블랙하우스

The Blackhouse

by Peter May

PETER MAY   THE BLACKHOUSE

피터 메이
장편소설

하현길 옮김

블랙하우스

비채

나와 함께 행복한 길을 여행했던 스티븐에게 바칩니다.

저것은 사라진 꿈들의 땅,
내 눈에는 빛나는 평원처럼 보이는구나,
내가 떠났었고, 다시는 돌아올 수 없는,
그 행복한 길들이.

A. E. 하우스먼, 〈기억에 떠오르는 푸른 언덕들〉

찾지 않아도 스스로 찾아오는 세 가지:
두려움, 사랑, 그리고 질투.

Tri rudan a thig gun iarraidh: an t-eagal, an t-eudach's an gaol.

스코틀랜드 격언

일러두기

· 이 책의 인·지명 및 고유명사는 게일어 원어 발음을 따랐습니다.
  원어 표기는 책 후반부에 별도 수록하였습니다.
· 모든 주는 옮긴이주입니다.

차례

프롤로그

그들은 아직 어렸다. 열여섯, 술기운에 대담해졌을 뿐이다. 안식일이 다가오자 다급해진 둘은 사랑을 갈구하며 어둠을 포옹했지만, 그 속에서 찾은 것은 죽음이었다.

날씨는 따뜻했다. 살갗을 애무하며 유혹하는 숨결처럼, 평소와 달리 미풍만 살랑거렸다. 하늘에 낀 옅은 안개가 별을 가렸지만 8월의 하현달은 썰물이 지나간 모래밭에 창백한 광선을 흩뿌렸다. 해변에서 부드럽게 숨 쉬는 바다는 황금색 물거품 위로 은색 거품을 터뜨리며 반짝였다. 어린 연인은 윗마을에서 이어지는 도로를 따라 황급히 내려왔다. 둘의 머릿속에서 파도치듯 피가 혈관을 따라 뛰놀았다.

자그마한 항구에 들어찬 바닷물이 일렁이며 수면에 쏟아지는 달빛을 바스러뜨렸다. 묶어놓은 작은 배들이 밧줄을 벗어나려 애쓰듯 삐걱거리는 소리도 들렸다. 선체의 나무판자가 더 넓은 공간을 차지하기 위해 어둠 속에서 서로 밀쳐내는 소리였다.

올리암은 상대가 주저한다는 걸 알아차리고 손을 꽉 잡았다. 그 애의 숨결에 깃든 알코올의 달콤함을 이미 맛봤고, 키스에 깃든 다급함을 느낀 터라 오늘 밤 상대가 유혹에 넘어오리라는 것을 알고 있었다. 하지만 시간이 부족했다. 안식일이 너무 가까이 와 있었다. 가로등을 지나치기 전 흘깃 훔쳐본 시계는 아무 일도 해서는 안 되는 금기의 날까지 겨우 삼십 분이 남았음을 알려줬다.

케이트의 호흡이 빨라졌다. 곧 하게 될 섹스 때문이 아니었다. 자정이 되기 전 꺼져야 할 운명인 토탄土炭 불씨를 지켜보고 있을 아버지가 두려웠다. 케이트는 안식일을 향해 시간이 똑딱거리며 흘러가는데도 돌아오지 않는 딸을 기다리며 아버지의 조바심이 점점 분노로 변해가는 것이 느껴졌다. 하나님을 경외하며 살아가는 이 섬에서는 어떻게 모든 것이 조금도 변치 않는 거지?

수많은 생각이 밀려들어 머릿속에 굳건히 자리 잡은 욕망과 자리다툼을 벌였다. 그러나 술기운이 저항심을 무디게 했다. 불과 두어 시간 전에 있던 소셜 클럽에서는 토요일 밤이 영원히 이어질 것만 같았다. 하지만 시간은 눈 깜짝할 새에 흘러 일말의 여지도 남기지 않고 사라져버렸다.

자갈해안 한쪽에 비스듬히 올라앉은 낡은 어선 그림자를 지나쳤을 때 케이트의 가슴속에서 극심한 공포와 열정이 동시에 솟구쳤다. 둘은 문이 반쯤 열린 보트 창고로 다가갔다. 유리를 끼우지 않은 창틀 너머로 해변이 보였다. 바다는 스스로 불을 밝힌 듯 환하게 빛났다. 윌리엄은 케이트의 손을 놓고 두 사람이 간신히 지나갈 만큼만 나무 문을 열었다. 그러고는 케이트를 안쪽으로 밀었다. 내부는 칠흑같이 어두웠다. 공기에 떠도는 디젤유, 바닷물, 해초 냄새가 황급하게 치르는 첫 섹스의 슬픈 향처럼 느껴졌다. 트레일러에 올라앉은 보트 그림자가 두 사람 머리 위로 드리워졌다. 작은 직사각형 창문 두 개가 해변을 훔쳐보는 구멍처럼 뚫려 있었다.

울리암이 케이트를 벽으로 밀어붙였다. 케이트는 울리암의 입술이 자신의 입술을 덮치고, 혀가 거세게 입속으로 들어오는 것을 느꼈다. 그의 두 손이 케이트의 부드러운 가슴을 움켜쥐었다. 케이트는 너무 아파 울리암을 밀어냈다. "너무 거칠게 하지 마." 케이트의 숨소리가 어둠 속에서 천둥소리처럼 들렸다.

"시간이 없단 말이야." 울리암의 목소리에 긴장이 잔뜩 서려 있었다. 욕망과 불안으로 뒤엉킨 긴장감이었다. 케이트는 다른 생각이 들었다. 이게 진짜 내가 원하는 첫 경험의 모습일까? 어둡고 더러운 보트 창고에서 대충 해치워도 되는 걸까?

"안 되겠어." 케이트는 신선한 공기를 마시려고 울리암을 밀치고 빠져나와 창문을 향해 돌아섰다. 지금이라도 서두른다면 자정 전에 집에 갈 수 있을 것 같았다.

어둠 속에서 서서히 움직이는 형체가 느껴졌다. 케이트는 그 순간 그게 무엇인지 목격했다. 부드럽고 차갑고 무거운 무언가. 저도 모르게 비명을 질렀다.

"왜 소리를 지르고 그래, 케이트!" 울리암의 목소리에는 욕망과 불안에 좌절감까지 깃들어 있었다. 그는 케이트에게 다가가다가 얼음판에 올라선 것처럼 쭉 미끄러졌다. 뒤로 넘어지며 한쪽 팔꿈치로 바닥을 짚은 탓에 팔뚝을 따라 고통이 번져나갔다. "빌어먹을!" 바닥에 디젤유가 흥건했다. 바지 엉덩이 부분에 축축하게 스며드는 게 느껴졌다. 두 손에도 잔뜩 묻었다. 주변이 그리 밝지 않아서 울리암은 무의식적으로 주머니를 뒤져 라이터를 찾았다. 그러나 휠을 돌려 불꽃이 튀는 순간, 자신이 횃불처럼 타오를지도 모른다는 생각이 머릿속을 스쳤다. 때는 이미 늦었다. 어둠 속에서 갑작스레 피어난 불빛은 놀랍도록 선명했다. 울리암은 두려워 몸이 굳었다. 하지만 공기에 떠도는 디젤유 입자에는 불이 붙지 않았다. 온몸을 사를 불길도 타오르지 않았다. 라이터 불이 켜진 순간 잠시 보인 형상은 너무도 충격적이어서 처음에는 알아볼 수 없었다.

한 남자가 창고 서까래에 목을 매고 있었다. 낡은 주황색 밧줄에 매달린 고개가 불가능한 각도로 꺾여 있었다. 벌거벗은 거구의 시퍼렇게 변한 살집이 그대로 드러났다. 두 사이즈 큰 옷을 입혀놓은 것처럼 가슴부터 엉덩이까지 살이 접혀 주름이 잡혔다. 한쪽 옆구리에서 반대쪽까지 함박웃음을 지은 듯 갈라진 복부에서는 뭔가 부드럽고 빛나는 것이 흘러나와 사타구니 사이로 늘어져 있었다. 여기저기 긁히고 얼룩진 벽 위로 라이터 불빛을 받은 남자의 그림자가 춤췄다. 유령들이 신참을 환영하는 모습 같았다. 매달린 남자 너머로 케이트가 보였다. 창백한 피부에 검은 눈을 가진 케이트의 얼굴이 공포에 질려 얼어붙어 있었다. 터무니없게도 바로 그 순간, 주변에 고인 디젤유가 눈에 들어왔다. 디젤유가 시뻘건 것은 국세청이 농업용 면세품임을 인증하기 위해 물감을 섞어서일까. 하지만 이내 디젤유가 아니라는 사실을 깨달았다. 두 손을 흥건하게 적셔 끈적거리던 피는 이미 말라붙어 갈색으로 변해 있었다.

1장

1

밤이 늦었다. 후텁지근한 날씨 탓에 축제 때나 있을 법한 열기가 느껴졌다. 핀은 정신이 산란해서 집중하기가 어려웠다. 작은 서재의 어둠이 사방에서 그를 압박했다. 마치 거대하고 부드러운 검은 손이 그를 의자에 대고 누르는 것 같았다. 책상 램프에서 흘러나오는 빛에 눈이 부셨다. 불빛을 향해 달려드는 나방처럼 일렁이는 빛을 보고 있자니 이제는 눈이 거의 보이지 않았다. 공책을 제대로 읽는 것조차 힘들었다. 정적 속에서 컴퓨터가 낮게 윙윙거렸고, 깜박거리는 화면이 눈가를 스쳤다. 핀은 이미 두어 시간 전에 잠자리에 들어야 했지만, 어떻게든 에세이를 끝내야 했다. 방송대학의 수업이 유일한 도피처가 되었음에도 이런저런 이유로 과제를 미루었던 것이다. 멍청하게도.

핀은 뒤에서 뭔가 움직이는 소리를 듣고 모나가 또 방해하는 게 아닌가 싶어 신경질적으로 휙 돌아앉았다. 하지만 순간 말문이 막히고 말았다. 핀은 똑바로 서 있지 못할 정도로 키가 큰 남자를 깜짝 놀란 눈길로 멍하니 올려다봤다. 그 사람은 천장에 부딪히지 않으려고 머리를 한쪽으로 기울이고 있었다. 방이 비록 크진 않지만, 서 있는 자세로 봐서 2미터 40센티미터는 족히 넘어 보였다. 다리가 굉장히 길었고, 바짓단은 검은색 부츠 안쪽으로 말려들어가 있었다. 체크무늬 셔츠의 끝자락은 허리띠를 두른 바지에 집어넣고, 그 위로 모자 달린 파카를 걸친 채였다. 두 팔이 몸통에서 덜렁거렸는데, 커다란 손이 너무나도 짧은 소매에서 불쑥 튀어나와 있었다. 주름진 침울한 얼굴에 초점을 잃은 검은 눈을 가진 그 노인은 핀의 눈에 예순 살 정도로 보였다. 기름기 낀 희끗희끗한 회색 머리카락은 귀밑까지 길게 늘어져 있었다. 노인은 아무 말도 하지 않았다. 그저 핀을 뚫어져라 내려다보며 우뚝 서 있었다. 램프에서 흘러나오는 불빛이 돌처럼 냉랭한 노인의 형체를 파고들며 짙은 그림자를 남겼다. 도대체 이 사람은 이곳에서 뭘 하는 걸까? 핀의 목덜미와 팔에 난 털이란 털은 모두 바짝 곤두섰고, 두려움이 슬그머니 온몸을 타고 올라와 손을 꼭 움켜쥐고는 놓지 않았다.

바로 그 순간 어둠 속에서 어린아이처럼 울부짖는 자신의 목소리가 들렸다. "웃기는 사아아람……." 노인은 여전히 핀을 응시하고 있었다. "웃기는 사아아람이 있어……."

"무슨 일이야, 핀?" 모나의 목소리가 들렸다. 모나는 놀랐는지 핀의 어깨를 흔들어댔다.

핀은 그제야 잠에서 깨어나 눈을 뜨고 겁에 질린 모나의 얼굴을 올려다봤다. 아직 덜 깬 듯 부어오른 눈에는 걱정스러운 기색이 가득했다. 자신이 울부짖는 소리가 또다시 들렸다. "웃기는 사아아람……."

"도대체 무슨 일이야?"

핀은 모나에게서 등을 돌리고 숨을 깊이 들이쉬며 호흡을 가다듬었다. 심장이 뜀박질을 할 때처럼 쿵쾅거렸다. "꿈을 꿨나 봐. 나쁜 꿈을."
서재에 서 있던 노인의 형체가 어린 시절의 악몽처럼 생생했다. 핀은 침
대 옆 탁자에 놓인 시계를 힐끔 봤다. 디지털시계의 문자판이 4시 7분을
가리켰다. 침을 삼키려 했지만 입안이 말라붙어 쉽지 않았다. 다시 잠을
청하기도 어려울 것 같았다.

"자기 때문에 숨넘어가는 줄 알았어."

"미안해." 핀은 이불을 젖히고 나와 침대에 걸터앉았다. 두 눈을 꼭 감
고 얼굴을 문질렀지만, 노인의 모습이 여전히 망막에 선명하게 맺혀 있
었다. 핀은 벌떡 일어섰다.

"어디 가?"

"소변 좀 보려고." 핀은 조심스레 카펫을 가로질러 복도로 통하는 문
을 열었다. 조지 왕조풍 창문 너머로 갈라진 달빛이 기하학적인 그림자
를 복도 가득 드리우고 있었다. 복도를 따라 걷다가 중간쯤에서 문이 열
려 있는 서재를 지나쳤다. 서재는 칠흑처럼 어두웠다. 꿈속에 침범했던
키 큰 노인이 떠올라 온몸이 부르르 떨렸다. 노인의 존재가 머릿속에 너
무나 강렬하게 남아 있었다. 욕실 앞에 다다른 핀은 걸음을 멈췄다. 지난
사 주 내내 매일 밤 그랬던 것처럼 복도 끝에 있는 방문이 그의 시선을
끌었다. 조금 열린 문틈으로 달빛이 새어 나왔다. 커튼을 치지 않은 모양
이었다. 실내에는 무서울 정도로 공허감만이 감돌았다. 핀은 마음이 아
파 얼른 눈길을 돌렸다. 이마에 식은땀이 송골송골 맺혔다.

고인 물에 떨어지는 소변 줄기 소리가 욕실에 울려 퍼졌다. 평소와 다
를 바 없는 꽤 우렁찬 소리였다. 우울해질 때면 소리가 거의 들리지 않았
기에, 그 소리는 마치 모든 상황이 정상임을 알리는 위로처럼 느껴졌다.
파카를 입은 노인 이미지가 둥지를 차지한 뻐꾸기처럼 다른 생각을 모
두 몰아내버렸다. 핀은 그 노인이 아는 사람인지, 긴 얼굴과 산발한 머리

카락을 어디선가 본 적이 있는지 의문을 품었다. 그러다 갑자기 차 안에 있던 남자의 인상을 묘사한 모나의 말이 떠올랐다. 모나는 경찰관에게 그가 파카를 입었던 것 같다고 말했다. 예순 살 정도에, 기름기 낀 회색 머리카락이 제법 길었다고.

2

핀은 도심으로 들어서는 버스를 타고 창밖을 내다봤다. 잿빛 공동주택들이 지루한 흑백영화처럼 흔들리며 빠르게 눈앞을 지나갔다. 운전을 할 수도 있지만, 에든버러가 차를 몰고 싶은 도시는 아니었다. 프린시스 거리에 도달했을 때, 구름 사이로 얼굴을 내민 햇살이 성 아래쪽에 펼쳐진 넓은 녹색 정원을 파도처럼 휩쓸었다. 불을 삼키고 곤봉으로 저글링하는 길거리 곡예사 주위에 축제를 즐기려는 사람이 떼를 지어 몰려 있었다. 미술관 계단에서는 재즈밴드 한 팀이 한창 연주중이었다. 핀은 웨이벌리 역에서 버스를 내려 구시가로 이어지는 다리를 건넌 다음 솔즈베리 절벽의 그림자 속으로 들어갔다. 햇살이 에든버러 A구역 경찰본부 너머로 보이는 진녹색 경사면을 비스듬히 비췄다.

위층 복도에서 친숙한 얼굴들이 고갯짓으로 인사를 건넸다. 누군가가 핀의 팔에 손을 올려놓으며 말했다. "삼가 조의를 표하네, 핀." 핀은 그저 고개를 끄덕하는 것으로 대답을 대신했다.

블랙 형사과장은 서류작업을 하다가 핀을 슬쩍 보더니 책상 맞은편에 놓인 의자에 앉으라고 손짓했다. 갸름한 얼굴에 안색이 창백한 블랙이 니코틴에 찌든 손가락으로 서류를 뒤적거렸다. 눈길에서 매가 사냥감을 노려보는 듯한 날카로움이 느껴졌다. 마침내 그가 핀에게 눈길을 돌렸다. "방송대학에서 수업 듣는 건 어떻게 되어 가나?"

핀이 어깨를 으쓱했다. "잘 듣고 있습니다."

"자네가 대학을 왜 그만뒀는지 한 번도 물어본 적이 없었네. 글래스고 대학교에 다녔지, 아마?"

핀은 고개를 끄덕였다. "제가 어려서 그랬습니다, 과장님. 멍청하기도 했고요."

"경찰에는 왜 지원한 건가?"

"당시 다들 많이 밟던 수순을 밟은 것뿐입니다. 섬에서 나오긴 했는데 할 일이 없었고, 그렇다고 특별한 자격증이 있는 것도 아니었습니다."

"그때 주위에 경찰 일을 하던 사람이 있었나 보군?"

"몇 명 있었습니다."

블랙은 뭔가 생각하는 듯 핀을 똑바로 바라봤다. "자넨 좋은 경찰관일세, 핀. 하지만 자네가 원하는 건 이런 게 아니야, 그렇지?"

"아니긴요. 제가 원하는 일인데요."

"아니, 예전에는 그랬을지도 모르지. 한 달 전까지는 말일세. 그때 벌어진 일은…… 큰 비극이었네. 맞아. 하지만 인생은 흘러가는 법이야. 우리는 그걸 거부할 수 없다네. 자네에게 애도의 시간이 필요하다는 걸 다들 이해해줬지. 이 일을 하면서 수많은 죽음을 목격하다 보면 그런 것쯤은 충분히 알아차리니 말일세."

핀은 잔뜩 성난 눈길로 블랙을 쏘아봤다. "과장님은 아이를 잃는다는 게 어떤 건지 전혀 모르실 겁니다."

"그래, 난 모르네." 블랙의 목소리에 동정심이라고는 눈곱만큼도 없었다. "하지만 가까운 사람을 잃은 적은 있지. 그리고 자네가 이제 이 일을 잘 이겨내야 한다는 걸 알고." 블랙은 기도하는 사람처럼 두 손을 모았다. "계속 그 일을 곱씹고 매달리면…… 음, 그건 건강에 해롭다네. 병적으로 되는 거지." 블랙은 입을 오므렸다. "이제 결정을 내려야 할 시간일세. 자네가 앞으로 어떤 인생을 살아야 할지에 관해 말일세. 그리고 그 결정을 내릴 때까지 일을 해서는 안 된다는 의학적 사유가 없다면 즉시 업무에 복귀해줬으면 하네."

그러지 않아도 업무에 복귀하라는 압력이 점점 거세지고 있었다. 모나도 그랬고, 전화를 걸어온 동료 형사들도 그랬고, 친구들 조언도 그랬다. 그런데도 핀은 여태 버텨왔다. 어떻게 해도 사고 이전의 모습으로 돌아갈 수 없을 것 같았다.

"언제 말입니까?"

"지금 당장일세. 오늘부로."

핀은 놀란 얼굴로 고개를 가로저었다. "아직 시간이 더 필요합니다."

"충분했다고 보네, 핀. 즉시 복귀하든가, 사직하게." 블랙은 핀의 반응을 기다리지 않았다. 책상 위로 몸을 쭉 뻗더니 아무렇게나 쌓인 서류 더미에서 누런 파일 하나를 집어 핀 쪽으로 밀었다. "5월에 리스 워크에서 발생한 살인사건 기억나나?"

"네." 핀은 굳이 파일을 열지 않았다. 그럴 필요가 없었다. 그는 거센 빗줄기 너머로 보이던 그날의 광경을 생생히 기억했다. 오순절교회와 은행 건물 사이의 나무에 벌거벗은 시신이 매달려 있었다. 교회 벽에 붙은 포스터에는 이렇게 적혀 있었다. "예수님께서 구원하시는도다." 그 포스터가 은행 홍보물처럼 보이기도 했기에 이렇게 읽혀야 하지 않을까 생각하던 기억도 났다. "예수님께서 예금하시는도다.*"

블랙이 말했다. "또 한 건이 발생했네. 동일한 수법으로."

"어디에서요?"

---

* '구원'과 '예금'은 같은 단어(save)를 사용한다.

"북쪽이네. 북부경찰청 관할 지역. 홈스HOLMES* 컴퓨터에 올라왔어. 사실 자네를 담당 수사관으로 지명하자는 명석한 아이디어를 낸 것도 홈스였지." 블랙은 긴 속눈썹을 깜빡이고는 회의가 가득한 눈길로 핀을 노려봤다. "아직도 그곳 말을 할 수 있겠지?"

핀은 깜짝 놀라 물었다. "게일어** 말입니까? 루이스 섬을 떠난 이후로는 사용하지 않았는데요."

"그렇다면 다시 공부 좀 하는 게 좋겠군. 희생자가 자네 고향 출신이라서 말일세."

"크로보스트라고요?" 핀은 정신이 아득했다.

"자네보다 두 살 많더군. 이름이……." 블랙은 앞에 놓인 종이를 들여다봤다. "맥리치로군. 앵거스 존 맥리치. 아는 사람인가?"

핀은 고개를 끄덕였다.

3

거실 창문을 통해 비스듬히 쏟아지는 햇살이 두 사람의 불행을 꾸짖는 것처럼 보였다. 햇살에 갇힌 먼지 입자가 고요한 공기를 떠돌았고, 길에서는 아이들이 공을 차며 노는 소리가 들려왔다. 불과 두어 주 전이었다면 밖에서 들려오는 목소리가 로비의 것일 수도 있었다. 벽난로 위에서 똑딱이는 시계 소리가 두 사람 사이의 적막을 비집고 끼어들었다. 모나는 두 눈이 빨갰지만 눈물은 이미 마른 지 오래였다. 그 자리에는 분노만이 남아 있었다.

* 주요 사건을 수사하는 데 쓰이는 영국 경찰의 정보기술시스템.
** 1천여 년 전 유럽에서 사용했던 켈트어가 스코틀랜드에서 발전된 형태의 언어.

"자기가 가지 않았으면 해." 두 사람이 다투는 동안 모나는 몇 번이고 같은 말을 반복했다. 이제는 그 말이 노래 후렴구처럼 들릴 지경이었다.

"오늘 아침에는 내가 일하러 갔으면 좋겠다고 했잖아."

"그건 자기가 매일 집으로 돌아온다는 전제 아래서였지. 몇 주나 여기 혼자 있고 싶진 않단 말이야." 모나는 몸을 부르르 떨며 길게 숨을 들이 쉬었다. "그 기억을 안고서는. 그…… 그…….."

어쩌면 모나는 자신의 말을 끝내기에 적절한 단어를 영원히 찾지 못할 것이다. 핀이 말을 대신 맺었다. "죄책감 말이지?" 핀은 한 번도 모나를 탓한 적이 없었다. 그런 말을 하지 않으려 그렇게나 애썼는데 해버리고 말았다. 모나가 고통 가득한 눈길로 노려보는 바람에 핀은 그 말을 뱉은 것을 즉시 후회했다. "어쨌거나 이삼 일이면 끝날 거야." 핀은 두 손으로 곱슬한 금발을 쓸어 넘겼다. "나는 가고 싶어서 가는 줄 알아? 십팔 년 동안이나 그곳에 가지 않으려고 버텼단 말이야."

"그런데 이제는 이렇게 간단 말이지? 탈출할 기회를 잡은 거로군. 내 게서 도망칠 절호의 기회."

"말도 안 되는 소리 마." 하지만 핀은 모나의 말이 옳다는 사실을 알고 있었다. 그리고 자신이 도망치고 싶은 게 모나에게서뿐만이 아니라는 것도 잘 알았다. 모든 것에서 도망치고 싶었다. 인생이 단순해 보였던 곳 으로 돌아가고 싶었다. 어린 시절로, 심지어는 어머니의 자궁 속으로 돌 아갔으면 했다. 그때로만은 되돌아가지 않기 위해 성인이 된 이후 삶 전 반을 소모해왔다. 그 사실을 묵살하는 게 이렇게나 쉬울 줄은 몰랐다. 십 대 소년이었을 때는 그곳을 떠나는 것보다 중요한 건 없었는데, 그걸 이 토록 간단히 잊어버리다니.

모나와의 결혼이 얼마나 손쉬운 결정이었는지 떠올렸다. 단지 함께 있을 사람이 필요해서였다. 되돌아가지 않을 핑계를 얻기 위해서였다.

하지만 십사 년 동안 두 사람이 얻은 것이라고는, 서로를 위해 각자의 삶에 만들어놓은 거처뿐이었다. 함께 차지하긴 해도 결코 공유한 적 없는 공간이었다. 둘은 친구였다. 사이에 따스한 온기는 있지만 그것이 사랑인지는 자신 있게 말할 수 없었다. 세상을 살아가는 많은 사람이 그러하듯 두 사람도 차선책으로 함께 살기 시작했다. 로비가 둘 사이의 가교 역할을 했지만 아이는 이제 세상을 떠나버렸다.

모나가 말했다. "지난 몇 주 동안 내가 어땠을지 생각은 해봤어?"

"당연히 했지."

모나는 고개를 저었다. "아니. 자기는 침묵으로 비난을 퍼붓는 사람이야. 깨어 있는 내내, 함께 지내는 내내 날 비난했지."

"비난 같은 거 한 적 없어."

"그럴 필요가 없어서였겠지. 하지만 그거 알아? 자기가 날 얼마나 비난하든, 내가 그 열 배는 스스로 비난한다는 걸. 나도 상심하고 있단 말이야, 핀. 로비는 내 아들이기도 하니까." 모나의 눈에서 다시 눈물이 흘렀다. 핀은 할 말이 없었다. "자기가 가지 않았으면 좋겠어." 다시 후렴구로 돌아왔다.

"내가 선택하고 어쩌고 할 문제가 아니야."

"아니, 자기에게는 선택권이 있어. 항상 선택권은 있다고. 지난번에는 몇 주 동안 일하러 가지 않겠다고 했잖아? 그러니 이번에도 섬으로 가지 않겠다고, 싫다고 말하기만 하면 돼."

"그렇게는 할 수 없어."

"핀, 만약 내일 그 비행기를 타면……." 핀은 모나가 최후통첩을 할 용기를 긁어모으는 동안 가만히 기다렸다. 하지만 그 말은 끝내 터져 나오지 않았다.

"뭐야, 모나? 내일 비행기를 탄다면 무슨 일이 벌어진다는 거지?" 핀이 몰아붙였다. 모나가 먼저 이별을 고하고 나면 그건 모나의 잘못이지 자신의 잘못은 아닌 게 될 터였다.

모나는 얼굴을 돌린 채 피 맛이 느껴질 정도로 아랫입술을 꽉 깨물었다. "돌아왔을 때 내가 여기에 있을 거라 기대하지 마."

핀은 모나를 오래 바라봤다. "어쩌면 그게 최선일지도 모르겠군."

37인승 쌍발 엔진 여객기가 스토너웨이 공항의 짧은 활주로에 착륙하기 위해 비스듬히 투아 호수를 감돌았다. 바람이 몰아치는 탓에 기체가 부르르 떨렸다. 낮게 깔린 두터운 구름을 여객기가 뚫고 나오자, 검은 바위 위로 회색 바닷물이 하얗게 부서지는 풍경이 내려다보였다. 아이 반도半島 끝자락에서 검은 손가락처럼 뻗어 나온 땅덩어리는 포인트라고 불렸다. 1차 세계대전 당시 유명했던 참호를 만들려는 것처럼 곳곳에 땅이 파인 흔적도 보였다. 하지만 이는 전쟁을 치르려고 교통로를 판 것이 아니라 온기를 얻으려 애쓴 흔적이었다. 특색 없는 습지에 불과했을 드넓은 이 땅에서 사람들은 수백 년간 토탄을 얻기 위해 땅을 파았다. 땅에 새겨진 눈에 띄는 상처는 그 결과물이었다. 차가워 보이는 바닷물이 거침없이 불어오는 바람에 출렁거렸다. 핀은 5천 킬로미터 떨어진 대서양에서부터 끊임없이 불어닥치는 바람을 그동안 잊고 살았다. 항구 너머로 보이는 섬에는 나무 한 그루 없었다.

여객기에 타 있는 동안 핀은 아무 생각도 하지 않으려고 애썼다. 자신이 태어난 섬으로 돌아가는 것이 기대되지도 않았고, 집을 떠나올 때 감돌았던 끔찍한 정적을 재생하고 싶지도 않았다. 모나는 어젯밤을 로비의 방에서 지새웠다. 핀은 짐을 싸면서 복도 맞은편에서 흘러나오는 울음소리를 들었다. 핀은 아무 말도 하지 않고 아침 일찍 집을 나섰다. 등 뒤로 현관문을 닫는 순간, 자신이 모나를 등진 동시에 절대로 쓰이지 않길 바랐던 인생의 한 장을 등지고 나온 것임을 느꼈다.

비행장에서 눈에 익은 반원형 막사들과 새롭게 지은 듯 반짝이는 낯선 여객터미널을 내려다보니 알 수 없는 감정이 밀려들었다. 너무 오랜만이었다. 핀은 미처 생각하지 못한 감정의 홍수에 휩쓸릴 뻔한 마음을 가까스로 다잡았다.

2장

1950년대에 태어난 사람들은 자신의 어린 시절을 어두운 갈색이라고 묘사하곤 했다. 우울한 암갈색 세상이었던 셈이다. 1960년대와 1970년대를 거치며 자란 나의 어린 시절은 보라색이었다.

우리는 크로보스트 마을에서 800미터쯤 떨어진 외곽의 화이트하우스에서 살았다. 우리 마을은 스코틀랜드 아우터 헤브리디스 제도에서 가장 북쪽에 위치한 루이스 섬, 그중에서도 가장 북쪽인 네스 지구에 속했다. 화이트하우스는 1920년대에 암석과 석회, 혹은 콘크리트 블록으로 지은 집을 일컫는 말이었다. 지붕은 슬레이트나 골함석, 타르를 칠한 펠트로 덮여 있었다. 화이트하우스는 이름에서 짐작할 수 있듯 오래된 블랙하우스를 대체하기 위해 지어졌다. 블랙하우스는 자연석으로 벽을 세우고 짚으로 지붕을 이은 전통적인 가옥 형태였다. 사람의 거처는 물론 축사 역할도 했다. 큰방의 돌로 된 바닥 한가운데에서는 밤낮으로 토탄이 탔다. 그런 탓에 큰방은 기관실이라고 불렸다. 굴뚝이 따로 없었던 터라 연기는 짚으로 된 지붕 사이사이 구멍으로 천천히 빠져나갔다. 연기가 잘 배출되지 않는 집 안에는 항상 그을음이 가득했다. 주민의 수명이 짧은 게 조금도 이상하지 않았다.

친할아버지께서 사셨던 블랙하우스의 잔해는 내가 살던 집 정원에 남아 있었다. 지붕이 사라지고 벽도 대부분 무너져 내렸지만 숨바꼭질을 하기에는 아주 좋은 장소였다.

아버지는 숱 많고 부스스한 검은 머리카락에 날카로운 푸른 눈을 가진 분이었다. 피부는 가죽 같았는데, 특히 여름철에는 깨어 있는 시간 대부분을 바깥에서 보낸 탓에 색이 콜타르색처럼 검게 변했다. 내가 아주 어렸을 때 아버지는 나를 데리고 바닷가에 가서 해변에 밀려온 것들을 줍곤 했다. 그때는 왜 그래야 하는지 이해하지 못했지만, 아버지가 실직 상태였다는 걸 나중에 알게 됐다. 어업 규모 감축으로 아버지가 몰던 어선이 팔려 폐선이 된 것이다. 아버지는 따로 할 일이 없었고, 우리는 아침에 눈을 뜨자마자 밤새 밀려온 것을 찾아 해변을 샅샅이 훑었다. 대다수는 목재였다. 아버지는 해변에 밀려온 목재만으로 집 한 채를 몽땅 지은 사람에 대해 말해준 적이 있었다. 그 사람처럼 아버지도 다락방을 짓는 데 들어가는 목재 대부분을 해변에서 충당했다. 바다는 우리에게 많은 것을 주었지만 많은 것을 앗아가기도 했다. 가엾은 누군가가 물에 빠져 죽었다는 소식을 듣지 않은 달이 없었다. 어선이 전복되기도 하고, 수영을 하다 이안류에 휩쓸려 변을 당하기도 했다. 절벽에서 떨어지는 사고도 있었다.

우리는 해변에 갈 때마다 온갖 잡동사니를 끌고 왔다. 아버지는 밧줄, 어망, 알루미늄 부표를 땜장이에게 팔았다. 폭풍우가 몰아친 후에는 훨씬 많은 것을 가져왔다. 한차례 폭풍우가 지나고 200리터들이 드럼통을 발견하기도 했다. 폭풍우는 잦아들었지만 강풍이 계속 불었고, 높은 파도가 해변을 무섭게 때렸다. 누더기처럼 흩어진 구름 떼가 시속 100킬로미터 이상의 속도로 머리 위를 흘러갔다. 구름 사이로 슬쩍 머리를 내민 태양은 녹색에서 보라색, 그리고 갈색으로 대지를 밝게 물들였다.

드럼통에는 아무 표시도 없지만 속이 무언가로 꽉 차서 무거웠다. 아버지는 그걸 찾아냈다는 사실에 무척이나 흥분했다. 하지만 살짝 기운 상태로 절반쯤 모래에 파묻힌 드럼통은 우리 두 사람 힘으로 옮기기에는 너무 무거웠다. 아버지는 트랙터 한 대와 트레일러 한 대, 도와줄 사람 몇을 부른 끝에 오후쯤 드럼통을 농장 별채 앞에 세워둘 수 있었다. 뚜껑을 열어 내용물이 페인트라는 걸 알기까지 얼마 걸리지 않았다. 밝은 보라색 광택 페인트였다. 그날 이후 우리 집의 모든 문짝, 찬장, 선반, 창문, 마룻장은 보라색이 되었다. 내가 그곳에 사는 동안은 그랬다.

어머니는 탐스럽게 곱슬한 금발을 바싹 잡아당겨 묶은 모습이 사랑스러운 여인이었다. 주근깨 박힌 창백한 피부에 갈색 눈은 촉촉했는데, 내 기억으로는 화장한 모습을 한 번도 본 적이 없었다. 성격이 쾌활하고도 점잖았지만, 오냐오냐한다고 멋대로 행동하면 불벼락을 내리기도 했다. 어머니는 농장을 일궜다. 농장이라고 하기엔 2만 4천 제곱미터 정도밖에 되지 않는 작은 크기였고, 집에서 해변까지 이어지는 가늘고 긴 띠 형태였다. 어머니는 풀이 잘 자라는 맥허machair*에서 정부 보조금을 받아 사들인 양을 방목하여 수입을 올렸다. 감자와 순무와 몇 가지 곡물뿐만 아니라, 양들을 먹일 건초와 발효사료를 마련하기 위해 풀도 길렀다. 내가 기억하는 어머니의 마지막 모습은 지역 행사에서 무슨 상인가를 받던 날이다. 푸른색 멜빵바지와 검은색 장화를 신고서 트랙터에 앉아 촬영하러 나온 지역신문의 기자를 향해 겸연쩍은 미소를 짓던 얼굴이다.

내가 학교에 가게 됐을 무렵, 아버지는 스토너웨이의 아니시 포인트

---

* 아우터 헤브리디스 제도 해안가에 있는 비옥한 저지대 초원.

에 건립된 정유소에서 다시 일하게 되었다. 아버지는 다른 어른들처럼 매일 아침 흰색 밴을 타고 시내까지 먼 거리를 가야 했다. 그래서 개학 첫날에는 어머니가 낡은 포드 앵글리아를 몰고 나를 학교까지 바래다줄 예정이었다. 나는 무척이나 들뜬 상태였다. 내 가장 친한 친구는 아슈타르 매킨스였는데, 걔도 나만큼이나 학교에 다니고 싶어했다. 우리는 불과 한 달 차이로 태어났고, 그 친구네 집은 우리 농장에서 가장 가까운 집이었다. 그래서 학교에 들어가기 전까지 대부분의 시간을 함께 보냈다. 하지만 아슈타르의 부모님과 우리 부모님은 가깝게 지낸 적이 없었다. 사회계층에 차이가 있어서 그랬던 게 아닌가 싶다. 아슈타르의 아버지는 크로보스트 학교의 선생이었다. 학교는 초등 과정 칠 년과 중등 과정 이 년에 해당하는 교육을 담당했는데, 그는 그곳에서 중등 과정 수학과 영어를 가르쳤다.

바람이 거세게 몰아치고 낮게 뜬 구름이 어둠을 드리우던 9월 어느 날이었던 것 같다. 바람에 빗방울 냄새가 실려 왔다. 비에 젖으면 짜증이 날 게 분명했기 때문에 나는 후드 달린 갈색 파카에 반바지를 입었다. 실내화와 점심 도시락이 들어 있는 빳빳한 책가방을 어깨에 둘러메고 집을 나서자 검은색 장화가 종아리에 닿아 대각거리는 소리가 났다. 나는 서둘러 학교에 가고 싶어 안달이 난 상태였다.

어머니가 차고로 사용하던 목조 창고에서 포드 앵글리아를 꺼내고 있을 때 시끄러운 바람 소리를 뚫고 경적이 들렸다. 돌아보니 아슈타르와 그 애 아버지가 밝은 주황색 힐먼 어벤저를 세우고 있었다. 중고이지만 거의 새것처럼 보이는 그 차 때문에 우리의 낡은 포드 앵글리아가 부끄러웠다. 매킨스 씨가 시동을 끄지 않은 채 차에서 내려 어머니에게 뭔가 말하려고 다가왔다. 잠시 후 그가 다가와 한 손을 내 어깨에 올려놓더니 자기 차로 아슈타르와 함께 학교에 가자고 했다. 차가 한참 달린 후 뒤를 돌아보니 어머니가 손을 흔드는 모습이 눈에 들어왔다. 어머니에게 다녀오겠다고 인사하지 않은 걸 그제야 깨달았다.

지금의 나는 아이가 학교에 처음 등교하는 날 부모가 어떤 기분인지 안다. 되돌릴 수 없는 변화가 일어나 뭔가 잃은 느낌이랄까……. 과거를 돌아보면, 어머니가 바로 그런 기분이었으리라. 그때 어머니 얼굴에는 아들이 등교하는 모습을 놓쳤다는 상실감과 함께 후회가 어려 있었다.

언덕 위에 있는 교회가 마을 지평선을 지배하듯 길게 그림자를 드리우는 곳, 크로보스트 학교는 아래쪽 분지에서도 북쪽의 네스 항을 향해 있었다. 학교는 탁 펼쳐진 목초지로 둘러싸여 있고, 저 멀리 있는 등대 꼭대기가 보일락 말락 했다. 아주 가끔이지만 민치 해협을 가로질러 아른거리는 수평선 너머로 본토 산맥의 윤곽이 희미하게 보이기도 했다. 사람들은 본토가 보이는 날이면 예외 없이 날씨가 곧 나빠진다고 했고, 그 말은 틀리는 법이 없었다.

크로보스트 학교에는 초등 과정 학생 백세 명과, 중등 과정 학생 여든여덟 명이 있었다. 열한 명의 신입생이 그날 나와 함께 입학했고, 우리는 여섯 개씩 두 줄로 놓인 교실 책상에 줄을 맞춰 앉았다.

담임은 호리호리하고, 머리가 회색이지만 보기보다 훨씬 젊은 게 분명한 매카이 선생님이었다. 나는 선생님이 꽤 구식일 거라 생각했다. 정말 좋은 분이지만 엄격했으며, 때로는 독설을 퍼붓기도 했다. 수업 시간에 선생님이 우리에게 던진 첫 번째 질문은 영어를 모르는 사람이 있느냐는 것이었다. 나는 남들이 영어로 말하는 걸 들은 적은 있지만, 집에서는 줄곧 게일어만 사용한 데에다 아버지가 집에 텔레비전을 들여놓으려하지 않았기 때문에 선생님이 무슨 말을 하는지 이해조차 할 수 없었다. 아슈타르가 뭔가 비밀이라도 발설하듯 히죽히죽 웃으며 손을 들었다.

곤 내 이름이 들렸고, 교실에 있던 모든 아이들의 시선이 내 쪽으로 향했다. 아슈타르가 선생님께 뭐라고 했는지는 바보가 아닌 이상 알아차릴 수 있었다. 얼굴이 벌게지는 게 느껴졌다.

"그러고 보니 피온라크Fionnlagh, 부모님께서 네가 학교에 입학하기 전에 영어를 가르쳐야 한다는 생각을 미처 못 하신 것 같구나." 매카이 선생님이 게일어로 말했다. 그 순간 머릿속에서 어머니와 아버지를 향한 분노가 들끓어 올랐다. 나는 왜 영어를 모르지? 이게 얼마나 쪽팔리는 일인지 어머니와 아버지는 몰랐을까? "이 교실에서는 영어로만 말해야 해. 게일어에 문제가 있는 건 아니지만, 그냥 이곳 방식이 그렇단다. 너도 아주 빨리 영어를 배울 수 있을 거야." 나는 고개를 들지 못하고 책상만 노려봤다. "우선 네 영어식 이름을 알려주는 걸로 시작해야겠구나. 뭔지 아니?"

나는 반항이라도 하듯 머리를 번쩍 들어 올렸다. "핀레이Finlay입니다." 아슈타르의 부모님이 나를 그렇게 불렀기 때문에 내 영어 이름 정도는 알고 있었다.

"좋아. 첫날이라 출석부를 작성해야 하니까 성姓도 뭔지 말해주렴."

"맥클로지Macleoid입니다." 나는 게일어 성을 말했는데, 잉글랜드 사람의 귀에는 매클로지Maclodge라는 발음과 비슷하게 들렸을 것이다.

"매클라우드Macleod란다." 선생님이 영어식으로 정정해줬다. "그러니 핀레이 매클라우드로군." 그러고는 다시 영어로 말을 바꿔 다른 아이들 이름을 쭉 불렀다. 맥도널드, 매킨스, 매클린, 맥리치, 머리, 픽포드……. 모든 눈길이 픽포드라고 불린 아이 쪽으로 향했다. 매카이 선생님이 그 아이에게 뭐라고 말하자 다른 애들이 모두 낄낄거렸다. 아이는 얼굴을 붉히며 잘 알아들을 수 없는 말을 중얼거렸다.

"저 애는 잉글랜드 사람이야." 옆에서 게일어로 속삭이는 목소리가 들렸다. 옆으로 얼굴을 돌렸다가 흠칫 놀라고 말았다. 금발을 두 갈래로 땋아서 양 끝에 푸른색 리본을 묶은 예쁜 여자애가 나를 보고 있었다. "저 애만 성이 'M'으로 시작하지 않잖아. 잉글랜드 사람인 게 분명해. 매카이 선생님은 저 애가 등대지기네 아들이라고 생각한 거야. 등대지기는 항상 잉글랜드 사람이었으니까."

"너희 둘 뭐라고 속삭이는 거지?" 매카이 선생님의 목소리가 날카로웠다. 선생님의 게일어를 알아들은 나는 한층 더 겁이 났다.

"죄송해요, 선생님." 머리를 땋은 여자애가 말했다. "핀레이에게 통역을 해줬을 뿐이에요."

"오, 통역을 했단 말이니?" 선생님이 짐짓 놀란 척을 했다. "통역을 하기엔 아직 너무 어린데 말이야." 선생님은 잠시 말을 멈추고 출석부를 들여다봤다. "알파벳 순서대로 자리를 바꾸려고 했는데, 네가 여러 말을 할 줄 안다고 하니…… 그대로 핀레이 옆에 앉아서 통역을 해주도록 하렴, 마저리."

마저리는 선생님의 목소리에 깔린 은근한 주의를 알아차리지 못하고 기분 좋게 미소 지었다. 아무튼 내 입장에서는 예쁜 여자애 옆에 앉게 되어 좋았다. 교실을 쭉 둘러보다가 나를 잔뜩 노려보던 아슈타르와 눈이 마주쳤다. 그때는 우리 둘이 함께 앉기를 원했는데 그러지 못해 화가 났다고 생각했다. 그러나 지금은 그게 질투 때문이었음을 잘 안다.

나는 쉬는 시간에 따지려고 아슈타르를 운동장으로 데려갔다. "왜 내가 영어를 모른다고 고자질한 거야?"

아슈타르는 별일도 아닌 걸 따진다는 듯 짜증 섞인 말투로 대꾸했다. "어쨌든 애들이 알 거 아냐?" 아슈타르가 주머니에서 파란색과 은색이 섞인 작은 흡입기를 꺼냈다. 그러고는 분사구를 입에 넣고 숨을 들이쉬며 배출 버튼을 눌렀다. 아슈타르를 처음 알았을 때부터 지금까지 쭉 흡입기를 가지고 있었으니 별로 이상한 일은 아니었다. 부모님은 개가 천식이 있다고 말해줬고, 그때는 별다른 의미로 여기지 않았다. 그냥 가끔숨 쉬는 게 좀 힘들고, 그때마다 흡입기를 쓰기만 하면 곧 괜찮아지는 것으로만 알았다.

머리가 붉고 몸집 큰 녀석이 아슈타르 손에서 흡입기를 낚아챘다. "이게 뭐야?" 녀석은 마치 내부의 비밀을 들여다보기라도 하듯 흡입기를 햇빛이 비치는 곳으로 들어 올렸다. 그때가 처음으로 머도 맥리치와 맞닥뜨린 순간이었다. 녀석은 다른 애들보다 키가 크고, 몸무게도 훨씬 많이 나갔다. 그리고 눈이 번쩍 뜨일 만큼 머리카락이 새빨갰다. 나중에야 사람들이 녀석을 머도 루아크Ruadh라고 부른다는 걸 알았다. 루아크는 '빨간'이라는 뜻의 게일어이다. 문자 그대로 '빨간 머도'였던 것이다. 사람들은 녀석의 아버지 머도 맥리치와 그 아들의 이름을 이렇게 구분 지었다. 아버지는 머리카락이 검어서 머도 두Dubh였다. 모든 사람들이 이런 방식으로 별명을 얻었다. 성과 이름이 같은 사람이 너무 많기 때문이었다. 머도 루아크에게는 우리보다 두 살 많은 앵거스라는 형이 있었다. 사람들은 앵거스를 '천사'를 뜻하는 에인절Angel이라고 불렀는데, 그건 제 또래 가운데 골목대장이기 때문이었다. 머도 루아크는 자신의 형이 가는 길을 그대로 따르려는 것 같았다.

"돌려줘!" 아슈타르가 소리치며 흡입기를 되찾으려 애썼지만, 머도는 손을 더 높이 들어 올렸다. 아슈타르도 나름 건장하지만 머도에 미치지는 못했다. 머도가 다른 아이에게 흡입기를 던졌고, 그 애는 또 다른 아이에게 가볍게 던졌다. 그리고 그걸 받은 애가 도로 머도에게 흡입기를 던졌다. 머도 루아크는 골목대장 노릇을 하며 똥에 몰려든 파리 떼처럼 똘마니들을 끌어들였다. 대개 약하지만 자신이 피해자가 되는 걸 피할 정도로는 영악한 애들이었다.

"얼른 와서 찾아가지 그래, 식식아." 머도가 아슈타르를 조롱했다. 아슈타르가 흡입기를 잡으려고 손을 뻗치자 머도는 파리 떼 중 하나에게 다시 던져버렸다.

흡입기를 쫓아다니는 아슈타르의 가슴에서 거친 소리가 분명하게 들렸다. 공포와 창피함이 동시에 치밀어서 기도를 막는 것 같았다. 나는 흡입기를 이어받은 똘마니 녀석을 붙잡아 손에서 그걸 빼낸 뒤 얼른 아슈타르에게 넘겼다. "여기 있어." 아슈타르는 흡입기를 여러 번 빨아들였다. 손 하나가 내 옷깃을 틀어쥐었다. 나는 저항할 틈도 없이 힘에 떠밀려 벽에 처박혔다. 오톨도톨한 외벽 칠에 뒤통수가 긁혀 피가 흘러나왔다. "대체 무슨 짓이냐, 게일어쟁이 주제에?" 머도의 얼굴이 불과 5센티미터 앞에 있었다. 입에서 썩은 내가 심하게 풍겼다. "난 영어 못 해. 아무것도 모른다고." 당시에는 그런 생각이 들지 않았지만, 역설적이게도 녀석의 약점은 게일어를 모른다는 것이었다. 영어는 교실에서만 사용될 뿐 운동장에서 사용하는 언어는 게일어였다.

"그 애를 놔줘!" 작은 남자아이의 한마디에 불과했지만, 그 소리는 머도에게 당하는 나를 구경하던 아이들의 함성을 한번에 침묵시켰다. 도저히 이해하지 못하겠다는 찡그린 표정이 머도의 큰 얼굴을 뒤덮었다. 불과 일 분 사이에 두 번이나 도전을 받은 녀석으로서는 이런 일이 더는 벌어지지 않도록 단단히 혼내줘야 했을 것이다. 머도는 내 옷깃을 놓고 뒤돌아섰다. 소리를 지른 아이는 나보다 몸집이 크지 않았지만 풍기는 분위기가 머도 루아크의 걸음을 멈추게 만들었다. 순간의 정적에 들리는 것이라고는 바람 소리와 운동장 한쪽에서 줄넘기를 하며 노는 여자애들의 웃음소리뿐이었다. 다들 머도를 보고 있었다. 머도는 자신의 명성이 위태로운 처지에 빠졌다는 걸 깨달았다.

"여기서 더 끼어들면…… 우리 형을 데려올 테니 그런 줄 알아."

머도의 말에 나는 하마터면 웃음을 터뜨릴 뻔했다.

소리친 아이는 머도를 가만히 보기만 했다. 그 눈빛이 머도를 불안하게 만든 것 같았다. "허겁지겁 달려가서 형을 데려온다면……" 그 애는 형이라는 단어를 경멸하듯 내뱉었다. "나는 아버지께 일러바치지, 뭐."

철사처럼 뻣뻣한 빨간 머리카락 아래로 머도의 얼굴이 창백해졌다. "그냥…… 저…… 내 일에 참견하지 말라고." 미약하기 짝이 없는 반항에 다들 머도가 꼬리를 내렸음을 눈치챘다. 머도가 아이들을 헤치고 운동장을 가로지르자 똘마니들이 종종걸음으로 뒤따라갔다. 파리 떼가 줄을 잘못 선 게 아닌가 하는 생각이 들었다.

"고마워." 아이들이 흩어지고 나서 도와준 아이에게 인사했다.

하지만 그 아이는 별일도 아니라는 듯 어깨를 으쓱했다. "약한 애를 괴롭히는 염병할 짓거리가 눈에 거슬렸을 뿐이야." 욕설을 들은 건 그때가 처음이었다. 그 아이는 두 손을 양쪽 주머니에 찔러 넣고 별관을 향해 걸어갔다.

"쟤는 누구야?" 아슈타르에게 물었다.

"몰라?" 아슈타르는 놀랍다는 듯 되물었다. 나는 고개를 가로저었다. "쟤가 도널드 머리야." 속삭이는 아슈타르의 목소리에는 두려움이 가득했다. "머리 목사님 아들이라고."

바로 그 순간 종이 울려서 우리는 모두 교실로 되돌아갔다. 내가 막 교장실 앞을 지날 때 정말 우연히 문이 열렸고, 교장 선생님은 그럴듯한 후보라도 찾듯 복도에서 학생들을 훑어봤다. "거기 학생, 너 말이다." 교장 선생님이 나를 가리켰다. 내가 걸음을 멈추자 교장 선생님은 봉투 하나를 손에 쥐여주었다. 그러고는 뭐라고 말하는데 전혀 알아들을 수 없어 공포심만 커졌다. 나는 그 자리에 우두커니 얼어붙었다.

"그 애는 영어를 못해서 매카이 선생님께서 제게 통역을 부탁하셨어요." 마저리는 내 어깨 주위를 맴도는 수호천사 같았다. 눈이 마주치자 마저리는 내게 싱긋 웃어 보였다.

"오호, 그런 수고를 한다고? 통역을?" 교장 선생님은 마치 엄격한 태도를 유지하려는 듯 한쪽 눈썹을 치켜세우고 흥미로운 눈길로 우리를 찬찬히 훑었다. 교장 선생님은 반달 모양 안경을 낀 키 큰 대머리였는데, 자신의 체격보다 한 사이즈는 큰 회색 트위드 재킷을 입고 다녔다. "그렇다면 꼬마 숙녀가 이 학생이랑 함께 가주는 게 좋겠구나."

"그럴게요, 매콜리 선생님." 마저리가 모든 사람의 이름을 아는 것이 놀랍기만 했다. "가자, 핀레이." 마저리는 나와 팔짱을 끼고는 운동장 쪽으로 방향을 틀었다.

"어딜 가는데?"

"네가 쥐고 있는 편지는 구내매점의 물건을 채우기 위해 크로보스트 상점에 보내는 주문서야."

"구내매점이라고?" 나는 마저리가 어떤 곳을 말하는지 감을 잡을 수 없었다.

"정말 아무것도 모르는 거야, 이 바보야? 학교에서 사탕, 과자, 레모네이드 같은 걸 살 수 있는 데가 바로 구내매점이야. 상점에 가려고 거리를 오갈 필요가 없으니까 차에 치일 염려도 없는 거지."

"아, 그래?" 나는 고개를 끄덕였다. 마저리가 어떻게 학교에 관한 모든 걸 아는지 의문을 떨쳐버릴 수 없었다. 한참 후에, 초등학교 6학년인 언니가 있다는 걸 알게 되기 전까지는 말이다. "그렇다면 차에 치이는 건 우리 둘뿐이겠네?"

마저리가 킥킥거렸다. "매콜리 선생님 눈에는 네가 아주 똑똑한 아이로 보인 게 틀림없어."

"그렇다면 교장 선생님 눈이 잘못된 거지, 뭐." 나는 머도 루아크와 맞붙을 뻔한 순간을 떠올렸다. 마저리가 또다시 킥킥거렸다.

크로보스트 상점은 도로 끝에서 800미터쯤 떨어진 낡은 석조 건물에 있었다. 건물은 큰길 옆 모퉁이에 자리 잡고 있었다. 텅 빈 듯한 작은 창문 두 개가 나 있고, 창문 사이에는 상점 안쪽으로 열리는 좁은 출입구가 있었다. 우리는 좀 떨어진 곳에서 상점을 볼 수 있었는데, 상점 옆에는 골조 지붕이 벌겋게 녹슨 석조 작업장이 있었다. 길게 뻗은 일차선 비포장도로 옆쪽으로 나무울타리 기둥이 있기는 했지만, 기울고 썩어가는 울타리는 양이 도로로 뛰어드는 것조차 막아내지 못할 것 같았다. 배수로를 따라 자란 키 큰 풀이 거의 타들어간 채 바람에 날려 고개를 숙이고 있고, 야생화는 거의 죽어 있었다. 저 멀리 경사면에는 줄에 꿰인 네모난 구슬처럼 큰길을 따라 늘어선 집이 보였다. 삭막한 풍경을 상쇄시킬 만할 나무나 덤불은 전혀 없었다. 썩어가는 울타리, 버려진 차량, 부서진 트랙터 잔해만이 뒤섞여 있을 뿐이었다.

"그런데 넌 크로보스트 어디 살아?" 마저리에게 물었다.

"나는 크로보스트에 안 살아. 미알라니슈에 있는 농장에서 살지. 크로보스트에서 3킬로미터쯤 떨어진 곳이야." 마저리가 목소리를 확 낮춰서 하마터면 바람 소리에 묻혀 듣지 못할 뻔했다. "우리 엄마는 잉글랜드 사람이야." 마치 비밀을 털어놓는 것 같았다. "그래서 게일어 억양이 없는 영어를 할 수 있는 거지."

마저리가 왜 내게 그런 말을 하는지 알 수 없어서 어깨를 으쓱했다. "그래? 난 전혀 몰랐어."

마저리가 큰 소리로 웃음을 터뜨렸다. "당연히 몰랐겠지."

날씨가 춥고 비가 내리기 시작해서 얼른 후드를 둘러썼다. 그러면서 마저리의 옆모습을 훔쳐봤다. 양 갈래로 땋은 머리카락이 바람에 휘날렸다. 마저리는 따갑게 와닿는 바람을 즐기는 것처럼 보였다. 마저리의 두 뺨이 빨개졌다. "마저리." 나는 목소리가 바람을 뚫고 들리도록 크게 외쳤다. "아주 예쁜 이름이야."

마저리는 뭔가가 마음에 들지 않는 눈치였다. "나는 싫어. 그건 내 영어식 이름인데, 아무도 나를 그렇게 부르지 않는다고. 내 진짜 이름은 마샬리Marsaili야." 그 애는 마저리를 발음할 때와 마찬가지로 첫 번째 음절에 강세를 두었다. 게일어를 발음할 때 항상 그러는 것처럼 'r' 다음에 오는 's'는 부드러운 'sh' 소리가 되었다. 그것은 이 섬이 이백 년 전 바이킹에게 지배를 받으며부터 전해 내려온 북유럽의 유산이었다.

"마샬리." 나는 그 이름이 내 입에 맞는지 조심스럽게 발음해봤다. 소리가 멋지게 들려 마음에 들었다. "훨씬 좋네."

마샬리는 수줍은 표정을 지으며 파란 눈동자로 나를 빤히 보다가 눈길을 돌렸다. "네 영어 이름은 어떻게 생각해?"

"핀레이 말이야?" 마샬리가 고개를 끄덕였다. "별로야."

"그럼 널 핀이라고 부를게. 그건 어때?"

"핀." 또다시 이름이 입에 붙는지 발음해봤다. 짧고 간결했다. "좋은데."

마샬리가 미소 지었다. "알았어. 그럼 앞으로 그렇게 부를게."

이렇게 해서 마샬리 모리슨은 내게 평생 따라다닐 이름을 지어주었다.

학교에 입학한 첫 주 동안 신입생들은 점심시간까지만 학교에 머물렀다. 아슈타르와 나는 차를 타고 첫 등교를 했지만 집까지는 불과 1.6킬로미터 남짓한 거리이기에 걸어서 돌아가기로 했다. 매카이 선생님이 부모님께 갖다드릴 편지를 따로 건네시는 바람에 약간 늦게 나왔는데, 아슈타르가 교문에서 기다리고 있었다. 마샬리가 저 앞에서 혼자 걸어가는 게 보였다. 우리는 아까 상점에서 되돌아오는 길에 비를 맞아 흠뻑 젖었다. 그 덕에 오전 내내 라디에이터 옆에 함께 앉아 몸을 말렸다. 지금은 비가 멈춘 상태였다.

"빨리 와. 기다렸단 말이야." 아슈타르는 얼른 집에 가고 싶어 안달이었다. 우리 집 아래쪽에 있는, 바위틈의 작은 웅덩이에서 게를 잡고 싶어서였다.

"나는 미알라니슈 농장 옆길을 따라 집에 갈 거야." 내가 아슈타르에게 말했다. "그게 지름길이거든."

"뭐라고?" 아슈타르는 내가 미치기라도 한 것처럼 눈을 똥그랗게 떴다. "그렇게 하면 몇 시간이나 걸릴 텐데!"

"아니, 그렇지 않아. 크로스-스키거스타 도로를 가로지르면 되니까." 나는 그 도로가 어디에 있는지 전혀 몰랐지만, 마샬리의 말에 따르면 미알라니슈에서 크로보스트로 가는 빠른 길이 있다고 했다.

나는 아슈타르의 반대 의견을 기다리지 않고 마샬리를 따라잡으려고 줄달음을 쳤다. 마샬리 곁에 다다랐을 때는 몹시 숨이 찼다. 그 애는 내 속을 들여다본 것처럼 미소를 지었다. "아슈타르랑 걸어서 집에 가기로 한 거 아니야?"

"너랑 미알라니슈까지 걸어가는 게 낫겠다고 생각했어. 그게 지름길이거든." 난 아무렇지도 않게 대꾸했다.

마샬리는 별로 믿지 않는 눈치였다. "지름길치고는 꽤 먼 길 같은데……." 그러고는 어깨를 으쓱했다. "하지만 네가 그러고 싶다면 나랑 가는 걸 막지는 않겠어."

나는 살며시 미소 지으며 허공에다 승리의 주먹질을 해대고 싶은 충동을 눌렀다. 뒤를 돌아보니 아슈타르가 우리를 노려보고 있었다.

미알라니슈 농장으로 가는 도로는 크로보스트로 가는 갈림길이 나오기 전 큰길에서 반대쪽으로 갈라져 나갔다. 일차선 도로라서 일정한 간격으로 대피소가 마련되어 있고, 저 멀리 수평선까지 뻗어 있는 수만 제곱미터의 토탄 늪지를 가로질러 남동쪽으로 휘어져 있었다. 이곳 지대가 훨씬 높아서 뒤를 돌아보면 스웨인보스트 마을과 크로스 마을을 잇는 일자 도로가 한눈에 들어왔다. 그 너머로 하늘을 배경 삼아 황량하게 서 있는 크로보스트 공동묘지가 있었다. 그 아래에 자리한 서쪽 해안을 따라 파도가 하얗게 부서졌다. 루이스 섬의 북부 지역은 언덕이나 산맥으로 단절되지 않아 편평했다. 대서양에서 이곳을 가로질러 민치 해협으로 이동하는 기후는 언제나 급변했다. 비가 오다가 해가 나고, 시커멓다가도 푸른 하늘이 얼굴을 내밀기도 했다. 쌍무지개가 뜨는 일도 다반사였기에 돌아보면 나의 어린 시절은 온통 무지개로 가득 찬 것 같았다. 그날도 푸른색과 검은색이 공존하는 하늘 아래, 말로 표현할 수 없을 정도로 아름다운 무지개가 토탄 늪지 위에 선명하게 떠 있었다.

도로가 약간 내리막이 되면서 살짝 오목한 곳에 모여 자리 잡은 농가 쪽으로 이어졌다. 울타리는 잘 손질되었고, 소와 양 들이 초원에서 풀을 뜯고 있었다. 높게 지은 빨간 지붕 헛간 한 동과, 석조 별채에 둘러싸인 무척 큰 흰색 농가가 보였다. 집까지는 흙길이 이어졌다. 우리는 흙길 초입의 페인트 칠해진 문 앞에서 걸음을 멈췄다.

"들어와서 레모네이드 마실래?" 마샬리가 물었다.

하지만 나는 걱정으로 골치가 아팠다. 내가 지금 어디에 있고 어떻게 집에 가야 하는지 전혀 알 수 없었다. 집에 가더라도 아주 늦을 듯했다. 어머니의 화난 모습이 벌써 눈에 선했다. "그러지 않는 게 좋겠어." 나는 걱정하는 티를 내지 않으려 애쓰면서 손목시계를 슬쩍 봤다. "집에 가는 게 약간 늦어질 것 같거든."

마샬리가 고개를 끄덕였다. "지름길에서는 으레 그래. 그 길로 다니다 보면 늦게 마련이야." 그 애는 밝게 미소 지었다. "아니면 토요일 아침에 놀러 와도 돼."

나는 장화 끝으로 잔디를 박박 긁으며 대수롭지 않은 듯 어깨를 으쓱했다. "한번 생각해볼게."

"그럼 잘 생각해봐." 마샬리는 말을 끝내자마자 돌아서더니 길 아래에 있는 하얀 농가로 내려갔다.

집으로 돌아가는 길을 어떻게 찾을지 막막했다. 미알라니슈를 지나자 도로가 점점 사라지면서 돌투성이 오솔길로 변했다. 절망감에 휩싸인 채 오솔길을 따라 꽤 오랫동안 걷자 수평선 가까이에서 빠른 속도로 내달리는 차량의 지붕이 보였다. 비탈길을 달려 올라가니 마샬리가 말했던 크로스-스키거스타 도로로 보이는 곳에 도달한 듯했다. 도로 양쪽 길은 온통 토탄 늪지로만 이어지는 것처럼 보였다. 어느 쪽으로 가야 할지 막막하고 겁이 나서 눈물이 쏟아질 뻔했다. 오른쪽으로 갔더라면 절대로 집에 도착할 수 없었을 테니 내가 왼쪽 길로 가도록 인도하는 손이 있었던 게 분명했다.

그렇긴 해도 이정표가 삐딱하게 서 있어 크로보스트를 애매하게 가리키는 갈림길에 도달할 때까지는 이십 분을 더 걸어야 했다. 거기서부터는 죽어라고 달렸다. 눈물이 흘러 양쪽 뺨을 달구고 장화 끝자락은 종아리를 쓸어댔다. 그곳에서는 바다가 보이지 않지만, 바다 내음이 나고 파도 소리가 들렸다. 오르막을 끝까지 올라가자 절벽 위에 옹기종기 모여 있는, 형태도 모양도 제각각인 주택과 작은 농장이 어렴풋이 보였다. 우뚝 솟아 있는 크로보스트 자유교회의 낯익은 실루엣도 눈에 들어왔다.

집에 도착하자 어머니가 밖에 포드 앵글리아를 주차하고 있었다. 아슈타르도 뒷자리에 앉아 있었다. 어머니는 황급히 차에서 내리더니, 내가 바람에 날아가기라도 할 것처럼 얼른 끌어안았다. 하지만 어머니의 안도감은 곧장 분노로 돌변했다.

"피온라크, 도대체 어디 갔던 거니? 널 찾으려고 학교 가는 길을 두 번이나 오르내렸어. 미쳐버릴 뻔했다고." 눈물이 흐르지 않도록 안간힘을 쓰는데 어머니가 얼굴에 묻은 눈물을 닦아주었다. 아슈타르는 차에서 내려 흥미진진한 얼굴로 지켜봤다. 어머니가 아슈타르를 곁눈질했다. "아슈타르가 학교 끝나고 너랑 함께 오려고 했는데 널 못 찾았다더라."

나는 아슈타르를 보며 왜 거짓말을 하는지 도무지 알 수 없는 녀석이라고 생각했다. "미알라니슈 농장에 사는 여자애를 집까지 바래다줬어요. 그게 이렇게 오래 걸릴지는 몰랐고요."

어머니의 입이 딱 벌어졌다. "미알라니슈라고? 피온라크, 생각이 있는 애니? 앞으로 절대 그래선 안 돼! 알았니?"

"하지만 마샬리가 토요일 아침에 집에 놀러 오라고 했단 말이에요."

"안 돼, 허락 못 해!" 어머니의 태도가 완강해졌다. "너무 멀어. 아버지나 내가 널 데려다주고 다시 데려올 시간도 없고 말이야. 알겠니?"

나는 울음이 나오지 않도록 애쓰면서 고개를 끄덕였다. 어머니는 갑자기 내가 가엾어 보였는지 따스히 포옹하고, 발갛게 달아오른 양쪽 볼에 키스를 해주었다. 바로 그 순간, 매카이 선생님이 준 편지가 떠올랐다. 나는 주머니를 뒤적여 편지를 꺼내 들었다.

"이게 뭐니?"

"선생님이 주신 편지예요."

어머니는 이마를 찌푸리고 편지를 받아 겉봉을 찢었다. 곧 어머니의 얼굴이 빨개졌고, 재빨리 편지를 접은 다음 입고 있던 작업복 주머니에 쑤셔 넣었다. 편지에 뭐라 적혀 있는지는 알 수 없지만, 그날 이후로 우리는 집 안에서 영어로만 이야기했다.

아슈타르와 나는 다음 날 아침에 함께 걸어서 등교했다. 아슈타르의 아버지는 교사 회의가 있어서 스토너웨이에 가야 했고, 우리 어머니는 암양 한 마리에 문제가 있었다. 등굣길 내내 거센 바람을 맞고 간간히 비치는 햇살에 따스함을 느끼면서도 우리는 입을 열지 않았다. 아래쪽에 있는 바다는 해변 위로 연신 하얀 파도를 던졌다. 언덕 아래에 거의 다다랐을 때 나는 입을 열었다. "왜 내가 미알라니슈에 간 걸 모르는 척하고 우리 어머니한테 거짓말했어?"

아슈타르가 벌컥 화를 냈다. "나는 너보다 나이가 많아. 네가 거기에 가는 걸 내버려뒀다고 내가 야단맞을 수도 있단 말이야."

"나이가 많아? 고작 한 달 차이잖아!"

아슈타르는 토요일 아침이면 크로보스트 상점 주위에 서 있는 노인들처럼 근엄한 표정을 짓더니, 머리를 한쪽으로 삐딱하게 기울이며 고개를 저었다. "그건 대단한 거야."

그 정도에 기가 죽을 내가 아니었다. "음, 오늘 학교가 끝나고 너희 집에서 놀 거라고 우리 어머니한테 말씀드렸어. 그러니 너도 나랑 말을 맞추는 게 좋을 거야."

아슈타르는 깜짝 놀란 눈길로 나를 봤다. "그럼 그러지 않겠다는 뜻이야?" 나는 고개를 가로저었다. "그럼 어디로 갈 건데?"

"마샬리네 집으로 갈 거야." 그러고는 반대할 엄두조차 안 나도록 무서운 눈길로 노려봤다.

우리는 큰길에 도달할 때까지 더더욱 침묵을 지키며 걸었다. "뭣하러 걔네 집까지 걸어가는지 모르겠다." 아슈타르는 기분이 좋아 보이지 않았다. "그건 여자애들이나 하는 짓이라고." 나는 아무 대꾸도 하지 않았다. 우리는 큰길을 건너 학교로 내려가는 오솔길로 접어들었다. 여러 방향에서 몰려드는 아이들이 두세 명씩 짝을 지은 채 멀리 보이는 학교를 향해 걸어가고 있었다. 갑자기 아슈타르가 입을 열었다. "좋아, 단……."

"단…… 뭐?"

"너희 어머니가 물어보시면 네가 우리 집에서 놀았다고 대답할게."

나는 아슈타르를 슬쩍 훔쳐봤지만, 걔는 내 눈길을 피했다. "고마워."

"한 가지 조건이 있어."

"그게 뭔데?"

"마샬리네 집까지는 함께 가는 거야."

나는 깜짝 놀라 이마를 찌푸리며 아슈타르를 오랫동안 노려봤다. 하지만 아슈타르는 여전히 내 눈길을 피했다. 여자애 같다면서 왜 마샬리네 집까지 함께 걸어가고 싶어하는 거지?

지금은 당연히 그 이유를 안다. 하지만 당시에는 그날 아침 대화가 학창 시절 내내, 그리고 그 이후까지 지속된 마샬리의 사랑을 얻기 위한 경쟁이었음을 전혀 몰랐다.

3장

1

핀이 수화물 컨베이어벨트에서 자신의 가방을 들어 올렸을 때 커다란 손이 가방 손잡이를 낚아챘다. 깜짝 놀라 돌아선 핀은 자신을 향해 씩 웃고 있는 얼굴과 마주했다. 포마드를 듬뿍 발라 뒤로 바짝 넘긴 검은 머리카락 밑에 주름살 하나 없는 크고 동그란 얼굴이 자리했다. 사십대 초반으로 보이는 그는 어깨가 널찍했고, 180센티미터가 넘는 핀보다 살짝 작았다. 남자는 두툼하게 누빈 검은 파카 속에 흰색 셔츠와 파란색 넥타이를 받쳐 입은 검은색 양복 차림이었다. 그는 가방을 들지 않은 다른 쪽 손으로 핀의 손을 쥐었다. "조지 건 형사입니다." 누가 들어도 분명한 루이스 섬 억양이 있었다. "스토너웨이에 오신 걸 환영합니다, 매클라우드 형사님."

"핀입니다. 그나저나 내가 누군지 무슨 수로 알아본 건가요?"

"저는 백 걸음 떨어진 곳에서도 경찰관이라면 전부 알아볼 수 있습니다." 그는 씩 웃더니 주차장으로 걸음을 옮겼다. "보시다시피 이곳에도 몇 가지 변화가 있었답니다. 하지만 한 가지만은 결코 변함이 없죠. 바람 말입니다. 이 바람은 지치는 법이 없어요." 그는 강한 서풍에 몸을 움츠리며 또다시 씩 웃었다.

그러나 오늘 부는 바람은 별로 매섭게 느껴지지 않았다. 구름 틈새로 내리쬐는 8월 햇살에 데워진 바람이었다. 건이 자신의 폭스바겐을 공항 출구 쪽 로터리로 몰았다. 둘이 탄 차가 경사면을 타고 올라갔다가 다시 올리버스 브레이 쪽으로 내려갔다. 그곳에서 도심으로 향하도록 우회전하면서, 살인사건으로 대화가 이어졌다.

"2000년대 들어 처음 발생한 살인사건입니다. 이곳에서는 20세기를 통틀어서도 사건이 단 한 건밖에 발생하지 않았는데 말입니다." 건이 말했다.

"음, 이번이 21세기의 처음이자 마지막 사건이길 빌어봅시다. 보통 어디에서 부검을 하죠?"

"애버딘에서 합니다. 섬에 경찰의가 세 명 있습니다. 평소에는 시내에서 병원 일을 하다가, 필요시에 그중 두 사람이 대리로 법의학자 노릇을 합니다. 돌연사한 시신 조사나 부검까지도요. 하지만 조금이라도 논쟁이 있을 법한 사건은 전부 애버딘으로 보냅니다."

"인버네스가 좀 더 가깝지 않나요?"

"그렇긴 한데 그곳 법의학자는 대리로 일하는 걸 좋아하지 않습니다. 시신을 몽땅 다 맡아서 하는 게 아니라면 아무리 부탁을 해도 부검해주지 않을 겁니다." 건이 장난스러운 표정으로 핀을 봤다. "하지만 이 말은 못 들은 걸로 하시죠."

"내가 뭘 듣기나 했습니까?"

핀과 죽이 잘 맞아 즐거운 듯 건의 얼굴에 미소가 퍼졌다.

스토너웨이로 향하는 도로는 길게 한참을 이어졌다. 드디어 핀의 전면에 마을이 모습을 드러냈다. 항구 대피소를 둘러싸고 지어진 마을 뒤로는 나무로 뒤덮인 언덕이 자리 잡고 있었다. 1990년대에 새롭게 만들어진 방파제 쪽에는 페리 부두가 있었다. 유리와 철근으로 지어진 탓에 마치 비행접시처럼 보였다. 그 너머의 버려진 옛날 부두를 보자 핀은 자신도 모르게 몸이 부르르 떨렸다. 멀리서 본 마을은 기억 속 모습과 거의 다를 바가 없었다. 비행접시만 새로웠다. 안에 외계인이 들어 있다 해도 믿길 정도로 이질적이었달까.

그들은 케네스 매켄지 리미티드 회사의 공장이었던 노란색 건물을 지나쳤다. 한때 이 공장에는 수천 개의 선반을 가득 채운 값비싼 수제 해리스 트위드 천이 수출되기만을 기다렸다. 연이어 다닥다닥 붙은 신형 주택이 보였고, 정부 자본으로 게일어 TV 프로그램을 제작하는 거대한 촬영장도 눈에 띄었다. 핀이 이곳에 살 때는 게일어가 인기 없었지만, 지금은 수백만 파운드를 벌어들이는 사업이 되었다. 요즘에는 게일어로 말하는 게 유행이라 학교에서도 수학, 역사나 다른 과목을 게일어로 가르치기까지 했다.

"엥게브레 카페도 다시 지었어요. 그곳은 일요일에도 문을 엽니다. 이제는 안식일에도 시내의 거의 모든 곳에서 식사를 하거나 술을 마실 수 있게 됐고요." 핀의 기억에 없는 낯선 로터리에 위치한 주유소와 작은 상점을 지날 때 건이 말했다.

핀은 놀라움에 고개를 절레절레 저었다.

"매주 일요일에 에든버러에서 항공기도 두 편 들어옵니다. 심지어 울라풀에서 여기로 오는 페리를 탈 수도 있고요."

핀이 이곳에 살던 시절에는 일요일이면 섬 전체가 영업을 하지 않았다. 외식을 하거나, 술을 마시거나, 담배나 휘발유를 사는 것조차 불가능했다. 안식일이면 관광객들은 목이 마르고 배가 고픈 상태로 월요일 첫 번째 페리가 출발할 때까지 거리를 방황하곤 했다. 물론 스토너웨이의 교회들이 일요일 예배를 마치면, 흥청거리며 놀고 싶은 사람들이 뒷문으로 몰래 숨어들어 술집과 호텔을 꽉 채웠다고 했다. 안식일에 술을 마시는 게 불법은 아니지만, 감히 상상도 할 수 없는 일이었다.

"요즘도 그네를 쇠사슬로 묶어두나요?" 핀은 안식일이면 어린아이들이 그네를 타지 못하도록 쇠사슬로 묶고 자물쇠까지 채우던 슬픈 풍경을 떠올렸다.

"아니요, 몇 년 전에 그만뒀습니다. 안식일 엄수주의자들은 그게 이 모든 사태의 발단이라고 했죠. 어쩌면 그 말이 맞을지도 모르겠고요." 건이 껄껄 웃으며 대답했다.

프로테스탄트 근본주의 교회들이 이 섬의 생활을 수백 년간 지배해왔다. 교회를 부정하는 선술집 주인이나 레스토랑 주인은 업계에서 조용히 쫓겨났다고들 했다. 은행 대출금이 회수되고, 허가증이 철회되었다. 본토 사람은 교회의 막강한 권력을 보고 중세 시대를 떠올렸을지도 모른다. 하지만 이 섬에서 그 권력은 현실이었다. 일부 교파가 장악한 이곳에서는 어떠한 오락도 사악한 것으로 규탄했고, 교회의 권위를 손상시키는 시도는 악마의 짓이라고 비난받았다.

건이 말했다. "그네를 묶어두지는 않지만, 일요일에 그걸 타는 아이는 물론이고 세탁물을 내거는 사람조차 찾아볼 수 없을 겁니다. 시내를 벗어나면 여전히 그래요."

새롭게 건립된 스포츠센터가 핀이 어린 시절 다닌 학교를 가리고 있었다. 이전에 시포스 호텔이었던 곳도 지나쳤다. 맞은편에는 전통적인 박공지붕 주택이 다닥다닥 붙어 있었다. 전통적인 추악함과 현대적인 추악함이 뒤섞인 곳이었다. 스토너웨이는 한 번도 아름다운 도시인 적이 없었고, 개선된 적조차 없었다. 건은 우회전하여 선술집과 어두컴컴한 상점이 바싹 붙어 있는 루이스 거리로 접어들었다가, 다시 좌회전하여 경찰서가 있는 처치 거리로 들어섰다. 핀은 거리마다 게일어로 된 이름이 붙어 있다는 걸 알아차렸다.

"누가 수사를 지휘하죠?"

"인버네스에서 파견된 팀이요. 일요일 오전 아주 이른 시각에 헬리콥터를 타고 왔죠. 형사과장인 경감이 팀장이고, 경사 한 명과 경장 일곱 명으로 구성된 팀입니다. 거기에다 법의학 팀도 하나 있죠. 그들은 사건이 발생하자 한시도 꾸물거리질 않더군요." 건이 대답했다.

경찰서는 처치 거리와 케네스 거리가 마주치는 모퉁이에 있었다. 여호와의 증인 집회소와 북경요리 테이크아웃 전문점 바로 옆에 위치해서, 분홍색으로 애벌칠한 건물들과 하나의 집합체로 보였다. 건은 정문을 통과해서 흰색 대형 경찰 밴의 바로 옆자리에 주차했다.

"스토너웨이에서 얼마나 근무했습니까, 조지?"

"삼 년이요. 저는 스토너웨이에서 태어나고 자랐습니다. 하지만 경찰이 된 후에는 계속 주변 섬에서 근무했습니다. 바로 전 근무처는 인버네스였고요." 건이 나일론 누빔 재킷을 들고 차에서 내렸다.

핀도 밖으로 나왔다. "수사를 넘겨받으러 밀고 들어온 사람들을 어떻게 생각하죠?"

건은 씁쓸한 미소를 보였다. "뭐, 당연한 거 아니겠어요? 이곳 경찰들은 이런 사건에 대한 수사 경험이 없으니까요."

"경감은 어떤 사람인가요?"

"아, 맘에 드실 겁니다. 아주 망할 놈이니까요." 미소로 건의 눈이 작아졌다.

그 '아주 망할 놈'은 숱이 많은 모랫빛 머리카락에 포마드를 잔뜩 발라 올백으로 넘긴, 땅딸막한 남자였다. 얼굴을 구닥다리로 가꾼 데에다가 냄새도 구닥다리(애프터셰이브 '브루트'가 이런 향이던가?)였고, 입을 열기도 전에 글래스고 출신일 게 분명하리라는 생각이 들었다. "톰 스미스 경감일세." 수사 지휘관이 의자에서 일어나 한 손을 내밀었다. "삼가 조의를 표하네, 매클라우드." 핀은 자신의 아들이 세상을 떠났다는 걸 모든 사람이 아는지 의아해하다가, 어쩌면 다들 미리 귀띔을 받았을 수 있겠다고 생각했다. 스미스의 악수는 굳세면서도 간결했다. 스미스가 다시 의자에 앉았다. 정성껏 다림질한 흰색 셔츠의 소매가 팔꿈치 위로 깔끔하게 접혀 있고, 엷은 황갈색 양복 상의는 앉아 있는 의자 등받이에 조심스럽게 정리되어 걸려 있었다. 책상은 서류로 뒤덮였는데, 나름 질서가 있었다. 핀은 스미스의 두꺼운 양손이 깨끗하게 닦여 있고, 손톱도 깔끔하게 손질되어 있다는 걸 알아차렸다.

"감사합니다." 핀은 기계적인 반응을 보였다.

"앉게." 스미스는 말을 하는 동안에도 자기 서류를 들여다보는 데에 많은 시간을 할애했다. "나는 이번 수사에 이 지역의 경찰 애들을 포함해서 형사 열세 명과 정복경관 스물일곱 명을 부리고 있네. 이 조그만 섬에서 마흔 명 이상이 활동중이라는 뜻일세." 스미스가 고개를 들었다. "자네가 왜 필요한지 이유를 모르겠군."

"솔직히 말씀드리자면 자원한 게 아닙니다, 경감님."

"그래, 홈스가 제의했겠지. 분명 내 생각도 아니었으니 말이야." 스미스는 말을 잠시 끊었다. "에든버러 살인사건 말일세. 용의자가 있나?"

"없습니다, 경감님."

"석 달이 지났는데도?"

"저는 지난 사 주간 휴가였습니다."

"아아, 그랬지." 스미스는 흥미를 잃은 듯 다시 서류작업으로 돌아갔다. "그래, 자넨 이곳에서 우리가 벌이는 사소한 수사에 얼마나 위대한 빛을 비춰줄 수 있을 것 같나?"

"수사 상황을 브리핑받기 전까지는 아무 의견도 없습니다, 경감님."

"그건 컴퓨터에 다 있네."

"한 가지 제안이 있기는 합니다."

"그래? 그게 뭔가?" 스미스가 회의적인 눈길로 올려다봤다.

"아직 부검을 하지 않았다면 에든버러 살인사건에서 부검을 담당했던 법의학자를 불러오는 게 좋지 않을까 합니다. 그럼 두 사건을 직접 비교해볼 수 있을 테니까요."

"기막힌 생각일세, 매클라우드. 내가 이미 생각해낸 방법이긴 하지만." 스미스가 의자에 등을 기댔다. 얼굴에 떠오른 만족감이 강력한 애프터셰이브 냄새를 뒤덮을 정도였다. "앵거스 윌슨 교수가 어젯밤 마지막 비행기 편으로 도착했네." 스미스는 손목시계로 시간을 확인했다. "약 삼십 분 후에 부검이 시작될 걸세."

"그럼 시신을 애버딘으로 수송하지 않는 겁니까?"

"이곳 시설도 충분히 훌륭하다네. 윌슨 교수를 데려왔으니 우리가 마호메트에게 산을 가져다준 셈이지.*"

"제가 뭘 하면 되겠습니까?"

"솔직히 말하면 아무것도 없네. 내게는 자네 도움 없이도 수사를 진행할 수 있는 완벽한 팀이 있으니까." 스미스는 좌절감을 내뱉듯 한숨을 내쉬었다. "하지만 홈스는 자네가 리스 워크 살인사건과 이 사건의 관련성을 말해줄 수 있다고 생각한 것 같구먼. 그리고 우린 홈스의 건의를 무

---

* 이슬람교의 창시자 마호메트가 산을 옮기는 기적을 행하려 했지만 산이 요지부동이자 자신이 산을 향해 걸어간 일을 인용한 관용구로, 상황에 맞는 적절한 대안을 제시해야 한다는 뜻.

시할 수 없지. 어떤가, 부검에 입회해서 살펴보다가 자네가 유사한 증거를 찾으면 우리가 그걸 검토하는 게? 그럼 되겠나?"

"범행 현장을 한번 둘러보고도 싶습니다만……."

"그건 편한 대로 하게. 조지 건 형사가 안내해줄 걸세. 이곳 애들은 별로 수사에 도움이 될 만한 자질을 갖추지 못해서 말이야. 궂은일에는 그런대로 써먹을 만하지만." 스미스는 제 팀을 제외한 사람들, 즉 핀을 포함한 모든 사람을 경멸하는 게 분명했다.

"사건 파일도 좀 살펴보고 싶습니다. 몇몇 증인과 대화를 나눌 수 있으면 좋겠고요. 그리고 용의자가 있다면 신문도 해보고 싶습니다." 핀은 어디까지 가능할지 모르겠지만 운을 시험하는 셈치고 한껏 밀어붙였다.

스미스는 입술을 잔뜩 오므리고 핀을 오랫동안 노려봤다. "매클라우드, 자네가 그러겠다면 막을 방법은 없지. 하지만 내가 이 사건을 며칠 내로 마무리하려 한다는 점을 알아줬으면 하네. 그리고 자네도 뭔가 착각하지 않는 이상 동의하겠지만, 나는 이 사건이 에든버러 사건과 관련되어 있다고 보지 않아."

"어째서입니까?"

"직감이라고 해두세. 이곳 사람들은 단순하거든. 자네도 그 점은 잘 알잖나." 스미스는 능글맞게 웃었다. 그는 다른 경찰서에서 파견된 하급자에게 자신이 직접 모든 상황을 설명해야 한다는 게 짜증 났는지 잡고 있던 연필로 책상을 탁탁 두들겼다. "내 생각에 이건 어설프게 모방한 살인사건일세. 당시 모든 신문이 그 사건의 세세한 부분까지 떠벌렸으니까. 살인범은 원한을 품은 현지인인데, 흔적을 감춰서 우리가 다른 델 뒤적거리게 할 속셈이겠지. 따라서 나는 모든 과정을 대폭 간소화할 예정이야." 핀은 터져 나오려는 웃음을 간신히 억눌렀다. 핀은 아주 어렸을 때 지름길이 되레 엉뚱한 곳으로 이어질 수 있음을 배웠기 때문이다. 하지만 스미스 경감은 그러한 지혜를 터득하고 있지 않았다. 스미스가 말했다. "부검에서 예상치 못한 게 튀어나오지 않는 이상, 크로보스트의 모든 성인 남자에게서 DNA 샘플을 채취할 계획이라네. 용의자의 것으로 추정되는 DNA 샘플 역시 당연히 확보할 테고. 그래 봤자 최대 이백여 명에 불과할 걸세. 규모의 경제지. 수사관을 몇 주 동안 현장에 묶어두는 장기 수사보다 훨씬 저렴한 방법 아니겠나?" 스미스는 최고 관심사가 수사 예산인 신종 경찰 간부였다.

어쨌든 핀은 깜짝 놀랐다. "살인범 DNA를 확보하셨습니까?"

스미스가 활짝 웃었다. "그렇다고 생각하네. 반감이 있었지만 정복경관을 내보내 주민들의 일요일 소재를 파악했지. 그러다가 800미터쯤 떨어진 배수구에서 쓰레기봉투에 담긴 피살자의 옷을 찾아냈어. 토사물로 덮여 있더군. 경찰의가 피살자는 토한 흔적이 없다고 확신하기 때문에 살인범의 것으로 보고 있다네. 법의학자가 그걸 확인할 수 있다면 우린 살인범의 완벽한 DNA 샘플을 확보한 셈이지."

2

처치 거리에서 내륙항으로 내려가는 내내 길가에 매달린 작은 꽃바구니가 바람에 흔들렸다. 우중충한 회색 삶에 색채를 더하려는 노력이었다. 분홍색으로 흰색으로 또 녹색으로 칠해진 상점들이 거리에 줄지어 늘어섰고, 그 끝에는 선착장에 묶인 채 파도의 오르내림에 따라 요동치는 어선 한 무리가 있었다. 구름 사이로 잠시 얼굴을 내민 햇살이 맞은편 해변의 하얀 보트 창고를 비추더니, 루스 성城 정원에 있는 나무 꼭대기를 훑고 지나갔다.

"수사 책임자는 어떻던가요?" 건이 물었다.

"당신 평가에 전적으로 동의합니다." 핀과 건은 서로 마주 보며 공감하는 미소를 지었다.

건이 차의 잠금장치를 해제하고 나서 두 사람은 차에 올라탔다. "그 사람은 자신이 슈퍼스타인 줄 알아요. 제가 이전에 인버네스에서 모신 상관은 고위 경찰관도 우리와 다르지 않다고 말하곤 했죠. 그들도 바지에서 발을 뺄 때는 한 번에 하나씩만 빼내야 한다면서요."

핀은 폭소를 터뜨렸다. 스미스 경감이 짧고 땅딸막한 다리를 바지에서 빼내려 애쓰는 장면이 떠올랐던 것이다.

"법의학자에 대해 미리 귀띔해드리지 못해 죄송합니다. 그 사람이 이 섬에 있을 줄은 저도 몰랐거든요. 제게 정보를 흘리지 않도록 그들이 얼마나 애쓰는지 보여주는 셈이죠." 건이 말했다.

"괜찮으니 신경 쓰지 말아요." 핀은 건의 사과를 털어버렸다. "사실 난 그 법의학자를 아주 잘 알아요. 사람이 괜찮아요. 그리고 적어도 우리 편을 들어줄 사람이죠." 두 사람은 차를 몰고 다시 거리로 나왔다. "스미스 경감은 왜 직접 부검에 입회하지 않을까요?"

"비위가 약한지도 모르죠."

"난 모르겠어요. 그렇게 애프터셰이브를 많이 쓰는 사람이 민감할 수는 없는 법인데……."

"맞는 말씀입니다. 하물며 시신 대다수도 그 사람보다 냄새가 좋은 편이죠."

두 사람은 케네스 거리에서 시내를 벗어나 북쪽 베이헤드로 향했다. 핀은 조수석 차창 너머로 놀이터와 테니스 코트, 잔디 볼링장과 그 뒤쪽 언덕에 있는 골프 코스 등을 내다봤다. 거리 맞은편에는 작은 상점들이 연립주택 지붕창 아래에 잔뜩 모여 있었다. 핀은 문득 자신이 이 섬을 전혀 떠난 적이 없던 것만 같았다. 그가 입을 열었다. "1980년대 금요일과 토요일 밤에는 아이들이 고물 차를 몰고 이 거리를 달렸어요."

"지금도 여전히 그렇습니다. 주말이면 알람이라도 맞춘 것처럼 주기적으로요. 애들이 이 거리를 아주 독차지하죠."

핀은 이게 얼마나 슬픈 현실인지 곰곰이 생각했다. 할 일이 거의 없는 상황에서도 종교는 여전히 즐거움을 죄악시했다. 그 손아귀에 잡혀 있는 아이들이 애처로웠다. 경제가 내리막길을 걷고, 실업률은 하늘을 찔렀다. 알코올의존증이 만연했고, 자살률은 전국 평균을 훨씬 웃돌았다. 아이들이 이곳을 떠나고자 하는 욕구는 십팔 년 전과 마찬가지로 강렬했다.

웨스턴아일스 병원은 핀이 이곳에 살던 시절에 전쟁기념비 아래쪽 언덕에 있던 작은 병원을 대체하며 들어섰다. 모든 장비를 완전히 다 갖춘 새 병원은 도시 사람들이 이용하는 병원보다 훨씬 현대적이었다. 매콜리 로드로 접어들자, 제멋대로 생겨먹은 주차장 곁의 2층 건물이 핀의 눈에 들어왔다. 건은 언덕 아래까지 차를 몰고 내려가서 규모가 작은 개인 주차구역으로 들어갔다.

앵거스 윌슨 교수는 영안실에서 둘을 기다리고 있었다. 고글을 헤어캡 위로 밀어 올리고 마스크를 턱 아래쪽으로 끌어내리자 은색이 듬성듬성 섞인 철사 같은 구릿빛 턱수염이 드러났다. 그는 소매가 긴 가운 안에 녹색 수술복을 입고, 그 위에 비닐 앞치마를 걸치고 있었다. 교수는 스테인리스 탁자에 팔뚝을 보호할 비닐로 된 소매 커버와 면장갑 한 벌, 라텍스 장갑 한 벌을 펼쳐놓고, 실수로 칼날이 파고드는 걸 방지하기 위해 메스를 잡지 않는 손에 특이한 금속망 장갑을 끼었다. 그는 서둘러 부검하고 싶어 조바심을 냈다.

"이제 피를 볼 시간이로군." 교수는 화를 잘 내는 괴짜로 보이고 싶어 했지만, 그의 녹색 눈동자에 어린 반짝이는 빛 탓에 일부러 꾸민 겉모습이 들통나고 말았다. 이러한 겉모습은 자신의 무례함에 대한 핑계로 꾸며낸 것에 불과했지만, 사람들이 그에게 기대하는 이미지이기도 했다. "그동안 잘 지내셨나?" 교수는 손을 내밀어 핀과 악수했다. "동일범의 소행인가?"

"바로 그걸 말씀해주시려고 교수님께서 여기 계신 겁니다."

"신도 포기한 망할 곳이지! 세상 어디에서도 이곳보다 신선한 생선을 얻을 수 없다고들 하잖나? 그래서 나도 어젯밤에 호텔에서 넙치 요리를 주문했다네. 하! 정말 신선하더군. 넙치가 빌어먹을 냉동고에서 튀어나와 널찍한 튀김 냄비로 바로 들어가더라니까! 염병할, 그런 건 우리 집에서도 해 먹을 수 있단 말일세!" 교수는 건을 보더니 탁자에 기대어 건의 겨드랑이에 끼어 있던 폴더를 잡아챘다. "사건 보고서와 사진인가?"

"네. 조지 건 경사입니다." 건은 한 손을 내밀었다. 하지만 교수는 이미 몸을 돌려 보고서를 읽으며 사진을 늘어놓고 있었다. 건은 멋쩍은 표정으로 손을 거둬들였다.

"홀 맞은편 법의학자 전용실에 헤어 캡과 신발 커버, 고글, 마스크, 가운이 있네."

"우리도 착용해야 합니까?" 건이 물었다. 핀은 건이 꽤 오랫동안 부검에 입회하지 않았나 보다고 생각했다.

윌슨 교수가 휙 돌아섰다. "아니. 그냥 다 불태워버려." 교수는 건을 노려봤다. "내가 이렇게 말할 것 같은가? 당연히 그 빌어먹을 것들을 걸치라는 소리지. 전동톱으로 피살자의 머리뼈를 잘라낼 때 뼛가루에 숨어 있을지도 모를 에이즈나 바이러스성 병원체에 감염되고 싶다면야 안 입어도 되지만. 입기 싫으면 그냥 밖에 서 있어도 되네. 그러면 빌어먹게도, 내가 하는 말을 들을 수가 없지." 교수는 빨리 나가라는 듯 복도로 통하는 커다란 유리창을 향해 손사래짓했다.

건은 법의학자 전용실에서 핀과 함께 보호 장구를 걸치며 투덜거렸다. "맙소사! 스미스 경감이 나쁜 놈이라고 생각했는데, 이 교수는 한술 더 뜨네요."

핀이 폭소를 터뜨렸다. 그러다가 자신의 웃음소리에 놀라 얼른 입을 다물었다. 크게 웃은 게 오늘만 벌써 두 번째였다. 꽤 오랫동안 웃음을 잃고 살았다. 아무리 재미있는 것을 생각해도 슬픔이라는 파도에 휩쓸려 사라져버렸던 게 떠올랐다. 핀은 잠시 멈추어 감정을 다스렸다. "앵거스는 저게 정상입니다. 본심은 험한 말투처럼 고약한 분이 아니거든요."

"저 사람에게 물리면 광견병을 걱정해야겠군요." 건은 법의학자의 독설을 듣고 여전히 충격에서 벗어나지 못했다.

두 사람이 영안실로 돌아왔을 때, 교수는 빈틈없이 빼곡하게 사진을 늘어놓고서는 탁자에 놓인 피살자의 옷가지를 검토하고 있었다. 스테인리스 판 위에는 정육점에서 고기를 싸줄 때 사용할 법한 흰색 전지가 덮여 있었는데, 옷감에서 떨어져 나올지 모를 섬유나 토사물이 말라붙은 조각을 수집하기 위해서였다. 흰색 남방셔츠와 청바지, 지퍼 달린 진청색 플리스 재킷. 피살자가 그날 입은 옷이었다. 더러워진 커다란 흰색 운동화도 탁자 끝에 놓여 있었다. 법의학자는 보호 장갑을 낀 채 네모난 확대경을 왼손에 들고, 핀셋으로 플리스 재킷 위에 말라붙은 토사물을 조심스럽게 집어 들었다. "피살자의 이름이 나랑 같다는 걸 말해주지 않았더군."

"피살자를 앵거스라고 부르는 사람은 없었습니다. 다들 그를 에인절로 알고 있거든요. 세계 어디에서나 루이스 섬의 네스, 에인절 앞이라고 편지를 써서 보내면 그 사람에게 전달됐을 겁니다." 핀이 말했다.

건은 무척이나 충격받은 표정이었다. "피살자와 아는 사이이신지 몰랐습니다."

"학교를 함께 다녔어요. 이 사람 동생이 우리 반이었고요."

"에인절, 천사라⋯⋯. 이 사람에게 날개가 있나?" 윌슨 교수는 여전히 핀셋에 주의를 기울였다.

"좀 반어적인 면이 있는 별명이죠."

"아, 어쩌면 그게 이 사람이 죽은 이유를 설명해줄 수도 있겠구먼."

"그럴 수도 있습니다."

"잡았다, 이 쪼그만 놈!" 교수는 허리를 펴며 핀셋을 불빛 쪽으로 들어 올렸다. 집게이빨 사이에는 자그마한 흰색 구슬 같은 게 정교하게 물려 있었다.

"그게 뭡니까?" 건이 물었다.

"소화되지 않은 놈이야." 교수가 두 사람을 보며 씩 웃었다. "알약이지. 서방정徐放錠에 속하는 이 알약 껍데기에는 약물이 서서히 새어 나가도록 해주는 미세한 구멍이 뚫려 있네. 이건 비어 있군. 하지만 이런 껍데기는 제 할 일을 다한 후에도 배 속에서 몇 시간은 남아 있을 수 있지. 흔히 볼 수 있는 현상일세."

"그 안에 유의미한 정보가 있겠습니까?" 핀이 물었다.

"그럴 수도 있고 그렇지 않을 수도 있네. 하지만 이 토사물이 살인범 것이 맞다면, 살인범에 대해 뭔가 알아낼 수 있을 걸세. 약물검사를 하면 여기에 어떤 약물이 들어 있었는지도 알 수 있네. 물론 나타나지 않을 수도 있지만. 하여튼 이게 무엇인지 정도는 파악할 수 있을 걸세."

"어떻게 말입니까?"

교수는 확대경을 들어 작은 껍데기에 갖다 댔다. "이걸로는 확실히 보이지 않겠지만, 해부현미경으로 살펴보면 표면에 새겨 넣은 숫자나 글자를 틀림없이 발견하게 될 걸세. 제약 회사 로고를 찾아낼 수도 있고. 등재된 의약품 목록과 비교해보면 약물 종류를 확인할 수 있지. 시간이 야 좀 걸리겠지만, 어쨌든 그것까지는 할 수 있네." 교수는 소화되지 않은 알약을 투명한 증거물 봉투에 넣고 조심스럽게 봉했다. "보다시피 수사 기법이 예전보다 훨씬 똑똑해졌단 말이야."

"DNA는 어떤가요?" 핀이 플리스 재킷의 섬유조직에 말라붙은 음식물 덩어리를 보면서 물었다. 형태로는 그게 어떤 음식이었는지 추측할 수 없었다. 무엇을 먹었든 간에 목구멍으로 다시 토해낸 잔해는 포리지*에 들어 있는 다진 당근처럼 보였다. "저 정도 양이면 DNA를 추출할 수 있습니까?"

"충분하다네. 침에서 입안 점막 세포를 찾아낼 정도니까. 입안이나 식도, 아니면 위 자체의 세포핵에서 DNA를 추출할 걸세. 그것들은 항상 벗겨져나가니까 분명히 토사물에 섞여 있을 거야."

"오래 걸릴까요?" 건이 물었다.

"표본을 오늘 오후에 DNA 연구소에 갖다줄 수 있다면, 추출하고……증폭하고……. 내일 오전까지는 결과를 얻어낼 수 있네." 교수는 손가락 하나를 자기 입술에 갖다 댔다. "그런데 이 일은 아무에게도 말하지 말게나. 그러지 않으면 너도나도 빨리 결과를 달라고 조를 테니 말이야."

핀이 말했다. "수사 지휘관 말로는 교수님이 토사물에서 무엇을 뽑아내시든 간에, 그걸 이백 개 정도에 달하는 DNA 샘플과 대조할 예정이라더군요. 수사를 촉진하기 위해서요."

"그래?" 윌슨 교수가 미소 짓자 그의 턱수염이 곤두섰다. "그건 시간이 좀 더 걸릴 텐데? 게다가 이 토사물이 피해자의 것이 아니라고 아직

---

* 오트밀에 우유나 물을 부어 걸쭉하게 죽처럼 끓인 음식.

확신할 수도 없고."

노란 고무장갑을 끼고 흰 가운을 걸친 보조원 두 명이 홀 맞은편 냉장고에서 시신을 꺼내 부검대로 옮겼다. 에인절 맥리치는 거한이었다. 핀의 기억보다 몸집이 훨씬 컸다. 마지막으로 봤을 때보다 20킬로그램은 불은 것 같았다. 럭비 경기에서 맨 앞줄에 세워놓아도 역할을 훌륭히 해냈을 만한 몸집이었다. 아버지에게서 물려받은 숱 많은 머리카락은 제법 많이 빠졌고, 검은색보다는 은색에 가까웠다. 죽어 있는 그의 피부는 창틀 접합제 같은 창백한 회색이었다. 어린 시절 남들에게 정신적으로나 신체적으로 고통을 안겼던, 뒤틀린 입술과 손상된 두 주먹은 이제 축 늘어져 무력하게만 보였다.

핀은 감정에 휘둘리지 않도록 애쓰면서 시신을 응시했다. 죽어 있는 에인절은 여전히 배가 뒤틀릴 만큼 핀을 긴장시켜서 실제로 몸이 아픈 것처럼 느껴졌다. 핀은 그의 배에 난 끔찍한 구멍으로 눈길을 돌렸다. 분홍색과 황갈색이 섞인 작은창자의 고리가 부풀어 올라, 핀이 에든버러 부검 때 알게 된 장간막이라고 불리는 얇은 막에 매달린 채 쏟아져 나와 있었다. 부풀어 오른 듯 보이는 큰창자도 얼굴을 내밀었다. 말라붙은 피와 체액이 에인절의 사타구니에 기다란 흔적을 남겼다. 자그맣고 축 늘어진 성기는 말린 무화과처럼 보였다. 핀은 뒤로 돌아서다가 방을 등지고 서 있는 건 형사를 봤다. 그는 유리창에 거의 붙어 있는 상태였다. 안색이 무척이나 창백했다.

윌슨 교수는 다리 맨 위에 있는 대퇴정맥에서 피를 채취하고 눈에서 유리체액을 뽑았다. 핀은 바늘이 눈알로 파고드는 순간을 보는 게 항상 힘들었다. 눈에 취약점이 있는 게 분명했다.

교수는 손에 녹음기를 들고 거의 들리지 않을 정도로 중얼거리며 두 발과 두 다리를 먼저 검사했다. 그런 다음 양쪽 무릎에 생긴 붉은 기가 있는 보랏빛 멍을 주목한 다음 마침내 배에 난 상처에 도달했다. "흐음…… 상처가 시신 복부 왼쪽 상단에서 시작해서 오른쪽 하단으로 나 있군. 점점 가늘어지다가 맨 끝은 피부만 긁혀 있고."

"그게 중요합니까?" 핀이 물었다.

교수가 허리를 폈다. "이 상처를 내는 데에 사용된 칼날이 복부를 오른쪽에서 왼쪽으로 갈랐다는 뜻이네. 살인범 입장에서 보자면."

핀은 교수가 뭘 지적하는지 알아차렸다. "에든버러의 경우에는 왼쪽에서 오른쪽으로 가른 것이었습니다. 그렇다면 한 놈은 오른손잡이이고, 다른 한 놈은 왼손잡이라는 뜻인가요?"

"어느 쪽 손을 쓰는지는 단정할 수 없다네, 핀. 지금쯤이면 자네도 잘 알 거 아닌가! 무슨 손이든 어느 쪽으로나 갈라버릴 수 있다네. 이건 그저 상처가 상이하다는 것만 말해줄 뿐이지." 교수는 피부가 말라붙으면서 꺼메진 상처 위쪽 가장자리를 라텍스 장갑을 낀 손가락으로 문질렀다. "에든버러에서 피살된 사람의 상처는 훨씬 깊었어. 너무 난폭하게 힘을 쓴 터라 후복막강에서 장간막이 잘려 나갔지. 작은창자가 90센티미터 정도 삐져나와 고리 형태로 다리 사이에 늘어졌잖아. 일부는 칼에 잘려 내용물을 흘리던 거 기억나나?" 핀은 사건 현장의 냄새와, 보도에 흘러내린 피 위로 군데군데 떨어진 연녹색과 노란색 얼룩을 떠올렸다. 그리고 에든버러의 부검에서 본, 액체가 싹 빠져나간 작은창자가 지금 눈앞에 놓인 에인절의 것과는 달리 둔중하게 빛나는 짙은 황금색이었다는 사실도 떠올렸다. "여기에 장막이 쐐기꼴로 밀려 나간 조각과 횡행결장의 둥그런 부분이 남아 있어." 교수는 상처 주위와 돌출된 부분을 검사하고는 그 길이를 쟀다. "25.5센티미터로군. 에든버러의 것보다 짧다고 생각되지만, 확인해볼 필요는 있겠어. 이 친구는 몸무게가 훨씬 더 나가. 훨씬 큰 표적이었겠지."

체외 검사는 양손과 양팔로 옮겨갔다. 교수는 양쪽 팔꿈치 주변의 타박상을 지적했다. 기름으로 찌든 양손에는 오래된 상처가 있었다. 교수는 손톱 밑에 낀 시커먼 기름 덩어리를 긁어냈다. "그것참, 흥미롭군. 이건 공격자와 사투를 벌인 사람의 손이 아니야. 외상의 흔적이 없고, 손톱 밑에 피부 조직도 없으니."

가슴도 면밀히 검사했지만 역시 외상이 드러나지 않았다. 하지만 목에는 선명한 멍이 있었다. 양쪽 무릎과 팔꿈치에 나 있는 것과 동일한, 붉은 기가 있는 보라색 멍이었다. 동그란 멍 네 개가 목 왼쪽에 줄지어 있는데, 그중 두 개는 지름이 1.2센티미터 정도였다. 목 오른쪽에는 그보다 큰 타원형 멍이 있었다. "손끝으로 누른 멍과 일치하는군. 여기 멍 자국에 있는 초승달 모양의 작은 찰과상이 보이나? 살인범의 손톱에 긁힌 거네. 오목한 부분에 미세한 피부 조각이 쌓여 있지." 교수는 핀을 슬쩍 봤다. "자네도 알겠지만, 아주 작은 힘만 가해도 누군가를 목 졸라 죽일 수 있다는 게 흥미롭기 짝이 없네. 호흡을 멈추게 할 필요도 없이 그저 머리에서 혈액이 흘러내리는 것만 막으면 되지. 머리에서 혈액을 운반하는 목정맥의 흐름을 막는 데에는 고작 2킬로그램의 압력만 있으면 된단 말일세. 반면에 머리로 혈액을 운반하는 목동맥의 작동을 멈추는 데에는 5킬로그램가량의 힘이 필요하지. 척추동맥의 흐름을 단절하는 데에는 약 30킬로그램, 기도를 봉쇄하는 데에는 15킬로그램 정도의 압력만 있으면 된다네. 이 사건의 경우에는 얼굴 곳곳에 붉은색 점상 출혈이 보일 걸세." 교수는 오른쪽 관자놀이에 있는 커다란 보라색 멍 아래쪽 눈꺼풀을 까뒤집었다. "그래, 여기 결막에도 나 있군. 사인이 정맥 순환의 차단이었을 수도 있다는 말이지."

교수는 시신의 목 쪽으로 되돌아갔다. "다시 살펴봐도 우리 천사가 어떤 형태로든 반항한 흔적이 없다는 게 흥미롭군. 자신을 방어하는 사람들은 공격자의 손을 뿌리치는 과정에서 자기 목을 긁기도 하거든. 피해자 손톱 밑에서 피부 조직을 찾아낼 수 있을 거라 기대하는 또 다른 이유이기도 하네. 또 한 가지 흥미로운 건 목 둘레에 생긴 밧줄 자국이야. 여기 멍 색깔을 보면 이 사람은 매달린 즉시 사망한 게 분명하거든." 교수는 사진을 늘어놓은 벤치로 움직였다. "바닥 피 웅덩이를 찍은 사진을 보게. 시신을 타고 흐른 피와 체액의 형태를 사진과 비교하면 누구라도 저기 저 천사가 천장에 매달려 숨이 끊어진 직후에 내장이 꺼내졌다고 결론 내릴 수밖에 없을 걸세. 상처가 생겼을 때 피가 압력을 받지 않았어. 압력을 받았더라면 피가 바닥에 흩뿌려졌을 테니까. 이건 상처를 통해 몸에서 그저 흘러내린 걸세."

건이 끼어들었다. "그렇다면 교수님께선 에인절이 목 졸려 죽은 후에 대들보에 매달렸고, 그다음에 내장이 꺼내졌다고 보시는 겁니까?"

"아니, 나는 그런 말 한 적 없네. 그냥 소리 내어 생각하고 있는 걸세. 우린 이제 막 빌어먹을 검사를 시작했잖은가." 교수의 인내심이 바닥나고 말았다.

보조원들이 조심스럽게 시신을 뒤집었다. 배 한가운데 겹겹이 겹쳐진 느슨한 지방이 밀려 나와 차가운 철판에 자리 잡았다. 거대하고 하얀 엉덩이는 축 늘어지고 움푹 파인 채, 철사처럼 빳빳한 검은 털로 뒤덮여 있었다. 목과 어깨 주위에 무성하게 자란 곱슬곱슬한 털과 동일한 체모였다. 이번에도 목에 난 상처를 제외하고는 눈에 띄는 것이 없었다.

교수는 실망한 듯 고개를 가로저었다. "참……. 어깨뼈 밑에서 날갯부리라도 발견하지 않을까 조금은 기대했는데 아쉽구먼." 교수는 머리 가죽으로 주의를 돌려 벼룩이라도 찾는 것처럼 머리카락을 가르고 또 가르며 세심하게 살폈다.

"날개 대신 뿔이라도 찾고 계십니까?" 핀이 물었다.

"그러고 있다면 놀랄 건가?"

"아니요."

"아하……." 교수가 이번에는 실망스럽지 않은 뭔가를 찾아냈다. 그는 얼른 도구가 있는 곳으로 가서 메스 하나를 집어 들고는 시신으로 돌아와 뒤통수 맨 위쪽 머리카락 사이로 피부를 벗기기 시작했다. 호두보다좀 더 큰, 붉은 기가 도는 보랏빛 멍과 함께 손가락으로 누르면 쑥 들어가는 타원형 자국이 드러났다. 피부가 찢어지고 피가 말라붙은 흔적이 있었다. "머리뼈에 아주 좋지 않게 금이 갔구먼."

"누가 뒤쪽에서 공격했군요." 핀이 말했다.

"그래 보이는군. 넘어지면서 양 무릎과 팔, 머리에 멍이 든 거고. 멍의 형태로 봐서는 아주 세게 넘어졌어. 머리뼈에 움푹 들어간 자국을 봐선 쇠 파이프나 야구방망이 같은 둥그런 물체로 얻어맞은 것 같네. 열어보면 더 자세히 알 수 있을 걸세."

시신을 다시 똑바로 눕히고 머리를 베개 형태의 금속 블록으로 고정한 후, 윌슨 교수는 겹겹이 숨겨진 에인절의 비밀을 벗겨내기 시작했다. 먼저 양쪽 어깨에서부터 가슴뼈의 한 점까지 Y자로 절개하고, 이어 메스를 아래로 끌어내려 가슴과 배를 지나 두덩뼈 부근까지 갈라낸 다음 살집을 양쪽으로 펼쳐 흉곽이 드러나도록 했다. 교수는 대형 전지가위를 이용하여 갈비뼈를 잘라 빗장뼈에서 떼어내고, 가슴뼈와 절반으로 분리된 갈비뼈를 제거했다. 심장, 폐, 간, 콩팥이 하나씩 제거되어 무게를 달기 위해 가장 안쪽에 있는 작업대로 옮겨졌다. 교수는 각 장기의 무게를 칠판에 분필로 기재하고, 검사를 위해 얇게 썬 빵처럼 잘랐다.

에인절은 체격이 비슷한 동년배 남자들처럼 건강한 상태였다. 오랜 세월 흡연한 탓에 폐가 시커멓고, 동맥이 굳었지만 위험한 정도는 아니었다. 너무나 오랫동안 알코올을 퍼마신 탓에 간경변증이 진행되어 간은 연회색과 갈색으로 변하고, 덩어리지고 상처 나 있었다. 교수는 신장을 적출하기 위해 복막 뒤 두터운 지방층을 파고들어야 했다. 위를 채웠던 끈적끈적한 체액이 스테인리스 대접에 흥건했다. 핀은 악취에 움찔했지만, 윌슨 교수는 그 냄새를 즐기는 것처럼 보였다. 두 눈을 꼭 감고 개처럼 서너 번 코를 킁킁거렸다. "카레로군. 양고기 카레일수도 있겠어." 교수가 말했다. 핀의 혐오감을 알아챈 교수의 눈이 장난스럽게 반짝거렸다.

건 형사가 작게 말했다. "이 사람이 토요일 저녁 8시경에 스토너웨이의 볼티 하우스에서 카레를 먹었다고 합니다."

교수가 대꾸했다. "흠. 어젯밤에 나도 그거나 먹을걸 그랬네."

핀은 불쾌감을 떨쳐버리려는 듯 숨을 깊게 들이쉬었다. "알코올 냄새같은 것도 나는데요."

"목격자에 따르면 크로보스트 소셜 클럽에도 들러 600밀리리터짜리 맥주 두 잔을 마셨답니다." 건이 말했다.

"위에 내용물이 거의 온전히 남아 있네. 일부만 소화됐고, 약품 잔여물 같은 것도 눈에 띄지 않아. 에탄올 냄새가 주목할 만하군. 카레와 알코올을 어떻게 뒤섞어 먹었는지 모르겠지만, 일단 넘긴 것을 다시 토하지는 않았어. 옷에 묻은 토사물이 정말로 살인범의 것일 수도 있겠군." 교수가 말했다.

교수는 내장을 지방층에서 잘라내 고리를 풀고는 내용물을 확인할 수 있도록 가위로 갈랐다. 배설물 악취가 참기 힘들 정도였다. 핀이 할 수 있는 일이라고는 구역질을 참는 것뿐이었다. 건이 헐떡거리는 소리를 내더니 한 손으로 입과 코를 단단히 막고 돌아섰다. 핀은 어떻게든 부검을 끝까지 지켜보고 싶었다.

마침내 쓸모를 다한 내장이 줄이 그어진 양동이에 버려졌다. "지극히 평범하구먼." 윌슨 교수는 아무렇지도 않은 듯 태연했다. 교수는 목 주위의 Y자 형태로 잘린 피부를 얼굴 위로 잡아당겨 뼈와 연골조직이 손상된 부분을 확인했다. 목이 꺾인 채 매달렸음에도 그는 시신의 목이 부러지지 않았다고 단언했다.

그다음, 귀에서 귀까지 연결되도록 뒤통수를 절개한 뒤 메스를 얼굴 아래까지 집어넣어 가죽을 벗겼다. 교수는 핀에게 뒤로 물러서라고 지시했다. 보조원 하나가 전동톱으로 머리덮개뼈를 잘라 제거하고 뇌를 또 다른 스테인리스 대접에 옮겨 담았다. 교수는 머리뼈를 검사하더니 만족스러운 얼굴로 고개를 끄덕였다. "내가 생각한 대로군. 왼쪽 마루뼈 위로 모상건막밑 출혈이 일어난 부분이 있어. 2.5에서 3.5센티미터 크기야. 두피의 타박상과 거의 일치하는군. 그리고 소량의 경막밑 출혈도 있고. 마루뼈에 비슷한 균열이 보이는데, 내 예상과 완전히 일치하네. 쇠파이프나 야구방망이 같은 것으로 뒤에서 내려친 거야. 이 사람이 완전히 정신을 잃지 않았더라도 반항할 상태는 전혀 아니었어."

핀은 법의학자가 현장 사진을 늘어놓은 벤치로 천천히 걸어갔다. 사진 속 보트 창고는 지나치게 열성적인 연극 조명감독이 불을 밝힌 것처럼 보였다. 색상이 야단스럽도록 휘황찬란했고 놀랍도록 선명했다. 피는 이미 말라붙어 녹슨 듯한 갈색이었다. 파랗고 하얗게 변한 살덩이가 겹겹이 층을 이룬 에인절의 몸뚱이는 상상할 수 없을 정도로 무거워 보였다. 웃는 것처럼 갈라진 복부에서 내장이 쏟아졌다. 비현실적인 풍경이었다. 1960년대에 만들어진 질 나쁜 B급 영화 같았다. 핀은 사진으로 에인절의 마지막 동선을 그려봤다.

에인절은 카레를 먹으러 스토너웨이로 갔고, 그 후 네스로 돌아와 크로보스트 소셜 클럽에서 맥주를 두어 잔 마셨다. 살인범과 함께 네스 항에 있는 보트 창고로 갔거나 그곳에서 살인범과 만났다. 어떤 이유로 만

낮는지는 분명하지 않다. 하지만 어떤 경우든 간에 에인절은 살인범을 잘 알았거나, 그에게 등을 보여 뒤에서 공격할 틈을 줄 정도로 전혀 의심을 품지 않았다. 뒤통수를 얻어맞아 정신을 잃었고, 몸이 바로 뉘인 상태에서 목이 졸렸다. 살인범은 신경이 곤두서고, 아드레날린이 마구 나와 흥분이 극도에 달한 게 분명했다. 살인범은 제 손으로 끝장낸 피해자 몸에 온통 구토를 해댔다.

하지만 살인범은 그에 구애받지 않고 계속해서 에인절의 옷을 벗겼다. 시간이 좀 걸렸을 것이다. 더구나 죽은 자의 몸무게가 113킬로그램에 달하니 단연코 쉬운 작업도 아니었을 테다. 에인절 목에 밧줄을 묶고, 그 줄을 천장 대들보에 엮어 발이 바닥에서 15센티미터 이상 떨어지도록 끌어 올렸다는 점도 믿기 어려웠다. 이건 살인범에 대한 하나의 단서였다. 아주 힘이 센 사람이라는 것, 그리고 살인행위로 인해 고통받았음에도 아주 단호하게 범행을 이어갔다는 것. 시간이 지체될수록 체포될 위험성은 훨씬 커지는 법이다. 보트 창고는 토요일 밤이면 사랑하는 젊은이들이 즐겨 찾는 곳이기에 언제라도 발각될 수 있었다. 보트 창고에서 섹스를 하던 연인들이 발각되듯이 살인이 발각될 수 있었다. 그럼에도 살인범은 에인절을 죽인 데에 만족하지 않고 옷을 벗기고 매단 다음 내장을 꺼냈다. 시간도 많이 걸리고 온통 지저분해질 일이었다. 이런 생각들 속에서 맴도는 무언가가 핀을 불편하게 했다.

핀은 다시 윌슨 교수 쪽으로 되돌아갔다. "리스 워크 살인사건과 비교해서 어떻게 생각하십니까? 살인 수법이 동일하다고 할 수 있나요?"

교수는 고글을 이마 위로 밀어 올리고 마스크를 턱수염 아래로 끌어내렸다. "우리 일이 어떻게 돌아가는지 잘 알지 않나, 핀. 어느 법의학자도 즉답을 해주지 않을 걸세. 나도 전통을 깨뜨리고 싶진 않아." 교수는 한숨을 내쉬었다. "표면적으로는 범행 수법이 아주 유사하군. 두 사람 다 뒤에서 공격당했고, 머리를 얻어맞아 의식을 잃은 후에 목이 졸렸네. 두 사람 모두 옷이 벗겨지고 목이 매달린 채 발견됐고. 내장이 제거된 것도 동일하단 말일세. 그래, 상처의 각도와 깊이에 차이가 있긴 하군. 에인절의 살인범은 시체에 토를 할 정도로 흥분했고 말이야. 하지만 그런 일이 에든버러에서도 벌어졌는지는 우리도 몰라. 시신에 토사물 흔적이 없었지만 피살자의 옷을 찾아내지 못했으니까. 자네도 기억하겠지만 그 시신에서 찾아낸 건 카펫 섬유였지. 피살자가 다른 곳에서 살해된 다음, 리스 워크로 이송되어 매달렸다는 걸 시사하는 거였지. 에든버러에서는 흘러내린 피도 확실히 적었어. 피살자의 사망과 내장 적출 사이에 얼마간 시간이 흘렀을 가능성이 높다는 뜻이야."

교수는 눈앞 탁자에 놓인 시신을 봉합하기 시작했다. "문제는 환경과 배경이 너무 상이하고, 그 탓에 세세한 부분도 다를 수밖에 없다는 점일세. 명확한 증거가 확보되지 않는 한 두 사건이 동일범 소행임을 밝히는 건 불가능하다네. 더구나 타블로이드 신문 두어 곳에 리스 워크 살인사건의 특징이 꽤 자세히 실렸다는 점을 고려할 필요가 있네. 누군가가 모방하려 했다면 상당히 쉽게 할 수 있었을 걸세."

"하지만 왜 모방을 하겠습니까?" 건이 물었다. 파랗게 질린 낯빛이 좀 가라앉은 것 같았다.

"나는 법의학자이지 정신과 의사가 아닐세." 교수는 주눅 들 만큼 매서운 눈길로 건을 노려보다가 핀에게 눈길을 돌렸다. "이제 피부를 면봉으로 문질러 검사를 좀 해볼 거야. 어떤 독극물이 드러날 수도 있겠지. 그런 게 있다면 말일세. 하지만 그게 수사의 전망을 밝혀줄 거라고 너무 기대하지는 말게나."

3

바르바스 로드는 스토너웨이를 구불거리며 빠져나갔다. 뒤로는 지역 농경지인 콜Coll의 풍경과, 투아 호수와 포인트를 향한 장엄한 풍경이 펼쳐졌다. 햇살이 만을 가로질러 반짝였다. 여러 갈래로 쪼개진 구름이 깊고 푸른 바닷물 위에 어린 자신의 그림자와 술래잡기를 했다. 앞으로 곧게 뻗은 도로는 서해안에 위치한 소규모 거주지인 바르바스를 향해 북서쪽으로 펼쳐졌다. 20킬로미터에 달하는 칙칙한 황무지가 이어졌다. 암울한 풍경이지만 햇살이 비치는 순간에는 모든 것이 달라졌다. 핀은 사철 내내 돌아다니던 이 길을 잘 알았다. 아무 특색 없이 끝없이 이어지는 수만 제곱미터의 토탄 늪지가 어떻게 달마다, 날마다, 심지어 매분 달라 보일 수 있는지 놀랍기만 했다. 겨울에는 말라 죽은 지푸라기 색상이었다가, 봄에는 작은 흰색 꽃이 카펫처럼 깔렸고, 여름에는 휘황찬란한 보랏빛으로 변했다. 갑자기 오른쪽 하늘이 어두워졌다. 내륙지역 어딘가에 비가 내리는 모양이었다. 그러나 왼쪽 하늘은 구름이 몇 점 떠다닐 정도로 맑았고, 여름날 햇살이 땅 곳곳에 내리쬐었다. 저 멀리에 해리스 산맥의 희미한 윤곽이 보였다. 핀은 그동안 이곳 하늘이 얼마나 넓었는지 잊고 살았다.

차가 달리는 동안 핀과 건은 침묵을 지켰다. 머릿속은 영안실에서 목격한 냉엄한 부검장 모습으로 꽉 차 있었다. 차디찬 영안실에 누운 타인을 목격하는 것만큼 자신이 언젠가는 죽어야 할 존재라고 상기시키는 일은 없었다.

거의 절반쯤 달린 지점에서 도로는 잠깐 내리막으로 이어졌다가 이내 봉우리로 올라갔다. 저 멀리, 해안선을 부술 기세로 가차 없는 분노를 터뜨리는 대서양이 보였다. 도로에서 북쪽으로 100미터쯤 떨어진 움푹 팬

곳에 녹색 양철 지붕이 덮힌 자그마한 석조 주택이 있었다. 해변에서 농사를 짓는 농장 주인이 좀 더 좋은 풀을 뜯어 먹을 수 있도록 가축을 내륙으로 이동시키는 여름철에 거처로 사용했던 오두막이었다. 이런 오두막은 섬 어디에나 널려 있었다. 오두막 대다수는 이곳과 마찬가지로 사용되지 않고 방치된 지 오래였다. 핀은 스토너웨이에 있는 학교 기숙사로 가는 매주 월요일이면, 그리고 집으로 돌아가는 금요일이면 바르바스 황야에 있는 녹색 지붕 오두막을 보곤 했다. 사시사철 언제나 오두막을 봤다. 오늘과 마찬가지로 시커먼 북쪽 하늘을 배경으로 남쪽에서 쏟아지는 햇살을 받아 집이 선명한 윤곽을 그리며 서 있는 모습도 종종 봤다. 오두막은 섬에 사는 사람이라면 누구나 알아보는 랜드마크였다. 하지만 핀에게는 그 오두막이 정말 큰 의미를 띠었다. 오두막은 핀이 오랫동안 잊고 있던 고통을 불러일으켰다. 핀은 이 섬에 있는 한, 피할 수 없는 과거의 기억이 밀려들 것이라는 사실을 잘 알았다. 어렸을 때 가지고 놀던 장난감처럼 어른이 되며 거의 이십 년 전에 치워버린 기억이었다.

서쪽 해안으로의 여정은 핀을 과거로 깊이 빠져들게 만들었다. 그는 건이 운전하는 동안 가만히 앉아 침묵을 지켰다. 길게 뻗은 텅 빈 도로는 여러 교파의 교회를 둘러싼 채 비바람을 맞고 있는 음산한 분위기의 주택가로 이어졌다. 스코틀랜드 국교회, 스코틀랜드 합일자유독립교회, 스코틀랜드 자유독립교회. 이 중 스코틀랜드 자유독립교회는 합일자유독립교회로의 통일을 거부한 소수파 자유독립교회Wee Free로 전세계에 알려져 있다. 이들 교회는 하나의 뿌리에서 시작했지만 이제는 사람들끼리 화합하지 못하는 계기가 되었다. 서로 증오하고 불신하게 하는 집합소가 되어버린 것이다. 핀은 마을이 낡은 가족사진첩 속 사진처럼 스쳐지나가는 걸 지켜봤다. 건물, 울타리, 풀잎 하나하나가 아프도록 새록새록 떠올랐다. 어디에서도 사람은 보이지 않았다. 아주 가끔 도로를 달리거나 마을 상점이나 주유소에 서 있는 차가 보일 뿐이었다. 아담한 마을 초등학교도 여름방학이라 문이 닫힌 상태였다. 핀은 학생들이 모두 어디에 있는지 궁금했다. 두 사람 오른쪽으로는 토탄 늪지가 무한히 펼쳐졌다. 대서양에서 불어오는 강풍을 맞으며 무심하게 서 있는 양 떼만이 간간이 흔적을 남길 뿐이었다. 왼쪽으로는 바닷물이 쉴 새 없이 해변을 덮치며 작은 만으로 밀려왔다가 물러나길 반복했다. 크림 같은 물방울이 오랜 세월을 버텨온 시커먼 편마암에 부딪혀 하얗게 부서졌다. 멀리 신기루 같은 유조선의 윤곽이 수평선에서 아른거렸다.

크로스 마을에 도착했을 때, 핀은 크로스 여관의 대피소에 있던 큰 나무가 잘려 나간 흔적을 발견했다. 랜드마크 하나가 사라진 것이다. 서쪽 해안에 있는 유일한 나무였는데……. 나무가 사라진 마을은 흡사 벌거벗은 것처럼 보였다. 칙칙한 화강암으로 지어진 크로스 자유독립교회가 여전히 우뚝 서서, 악천후를 물리치며 살아가는 완강한 섬사람들의 집을 굽어봤다. 때때로 그들의 기도가 받아들여지기도 했다. 아주 가끔씩이지만 오늘 같은날이면, 바람이 동정심을 베풀 듯 햇살을 쏟아부어 면도날 같은 바람의 칼끝을 누그러뜨리곤 했다. 고달픈 삶 속에서 맛볼 수 있는 아주 잠깐의 즐거움이었다.

교회를 조금 지나자 도로 높이가 정점에 이르러 핀과 건은 섬의 최북단을 내려다볼 수 있었다. 하얗게 칠한 수많은 집의 박공벽이 동쪽 지평선을 따라 햇살을 받았고, 폐허가 되어버린 오래된 블랙하우스 주변으로는 표면이 거친 돌이 제멋대로 토탄을 뚫고 올라와 있었다. 그곳에서 크로보스트 마을로 내려가는 낯익은 커브 길이 보였다. 크로스의 주민들에게 크로보스트 주민들도 뒤지지 않는 열성적인 신도임을 보여주기라도 하듯 교회의 두드러진 실루엣도 눈에 들어왔다.

스웨인보스트와 라이어널을 거쳐 네스 항의 작은 마을을 지나쳤다.

도로는 크로보스트와 미알라니슈로 이어지는 일차선 도로로 갈라졌다. 그곳에서 큰길이 끝났다. 절벽은 800미터가량 이어지는 텅 빈 황금빛 해변의 최북서단에서 자연항을 형성했다. 사람들은 그곳에 방파제와 항구 벽을 쌓아 자연의 힘을 조절했다. 한때는 트롤 어선과 낚싯배들이 어획물을 싣고 이 항구를 드나들었지만, 자연이 어느 날 갑자기 심술을 부려 방파제 한끝을 박살 냈다. 절반쯤 잠긴 수많은 바위와 콘크리트가 끊임없이 쳐들어오는 바닷물의 공격을 격퇴하다가 결국 힘이 다해 무너지고 만 것이다. 항구는 이제 방치되었고, 소형 낚싯배와 게잡이 어선, 소형 무동력 보트의 피난처로만 사용되었다.

건은 항구 도로 맞은편 오션 빌라 밖에 차를 세웠다. 범죄 현장임을 알리는 검은색과 노란색의 테이프가 바람에 두들겨 맞아 펄럭거리며 사람들의 접근을 막았다. 하버 뷰 갤러리의 담벼락에 기대 있던 정복경관이 운전석에서 내리는 건을 보고는 피우던 담배를 황급히 내던졌다. 어떤 웃기는 녀석이 항구 방향을 가리키는 '해안으로To the Shore' 표지판에서 'S'자를 지워버렸다*. 핀에게는 이 문구가 타락 천사가 살해된 보트 창고에서 숱하게 관계를 맺어온 십대들을 향한 조롱으로 느껴졌다.

두 사람은 테이프를 넘어 보트 창고로 이어지는 구불구불한 길을 걸어 내려갔다. 밀물 때라 녹색 바닷물이 노란 모래밭을 올라타고 있었다. 게잡이 어선 한 척과 소형 보트들이 항구 벽 안쪽에 계류되어 있었고, 고기 담는 바구니는 그물과 부표가 널린 위쪽 부두에 쌓여 있었다. 규모가 훨씬 큰 어선 한 척이 모래사장까지 끌려나와 곧 넘어질 듯한 각도로 기울어져 있었다.

보트 창고는 핀이 기억하던 것과 거의 다르지 않았다. 녹색 골함석 지

---

* 여성을 비하하는 단어 'whore'와 'hore'의 발음이 유사한 것을 이용한 말장난.

붕과 흰색 벽면도 그대로였다. 오른쪽은 비바람에 그대로 노출되어 있었고, 뒷벽에 뚫린 좁고 길쭉한 두 개의 유리창은 그 너머의 해변 쪽으로 열려 있었다. 왼쪽으로는 커다란 나무 문이 두 개 있었다. 그중 하나는 닫혀 있고, 다른 하나는 반쯤 열려 있어 트레일러에 실린 보트가 보였다. 이곳에도 범죄 현장 테이프가 늘어져 있었다. 두 사람은 어둑한 보트 창고로 들어갔다. 에인절의 피가 여전히 바닥에 흥건했고, 디젤 가스와 바닷물 냄새가 죽음의 냄새와 뒤엉킨 채 공기 중에 감돌았다. 머리 위쪽 대들보에는 에인절의 목을 억지로 끌어올릴 때 파인 밧줄 자국이 있었다. 바닷물과 바람 소리가 숨을 죽인 듯 고요했지만, 여전히 그 존재를 느낄 수 있었다. 핀은 열린 창문을 통해 조류의 흐름이 바뀌는 걸 지켜봤다. 바닷물이 푹 젖은 모래사장을 넘어 후퇴하기 시작했다.

　피로 얼룩진 곳을 제외하면 콘크리트 바닥은 비정상적일 정도로 깨끗했다. 일체형 작업복을 걸친 사람들이 정밀한 법의학 검사를 실시하기 위해 작은 부스러기까지 모조리 수거했기 때문이다. 벽은 세대에 걸쳐 내려오는 낙서로 도배되어 있었다. "머도는 동성애자다" "애나는 도널드를 사랑한다" 따위의 낙서. 예전부터 전형적으로 즐겨 적는 "교황은 엿이나 먹어라"도 있었다. 핀은 그 문장을 발견하자마자 참기 힘들 정도로 우울해졌다. 그는 밖으로 나와 열려 있는 창고 문틈에서 숨을 깊게 들이쉬었다. 조악하게 생긴 그네가 대들보에 매달려 있었다. 두 개의 가느다란 나무가 주황색 밧줄로 묶여 의자 역할을 대신했다. 대들보에 에인절을 묶을 때 사용한 것과 동일한 줄이었다. 핀은 건이 바로 옆에 와 있다는 걸 알아차렸다. "범인이 왜 에인절을 죽이고 싶어했는지 짐작 가는 게 있나요?" 핀은 얼굴을 돌리지 않고 건에게 물었다.

　"에인절은 적이 아주 많았습니다, 매클라우드 형사님. 크로보스트 출신 동년배 남자들 대부분이 언젠가 한번은 에인절 맥리치와 그의 동생

손에 곤욕을 치렀을 테니까요."

"아, 그건 맞는 말입니다." 핀은 기억을 떠올리는 것만으로도 입맛이 쓴지 바닥에 침을 뱉었다. "나도 그런 고통을 받던 사람 중 하나였으니까요." 핀은 얼굴을 돌리며 미소 지었다. "내가 토요일 밤에 어디 있었는지 물어봐야 할지도 모르겠군요."

건이 눈썹을 치켜세웠다. "정말 그래야 할지도 모르겠네요, 매클라우드 형사님."

"해변을 같이 걷겠습니까? 오랫동안 걸어보지 못해서 말입니다."

해변 내륙 쪽은 높이 9미터 정도의 허물어져가는 낮은 절벽으로 경계가 지어져 있었다. 멀리 보이는 끝 쪽에서는 마치 수온을 재는 것처럼 바닷물 속으로 뻗은 암석에 모래사장이 자리를 내주었다. 만 안쪽 돌출된 부분에 몰린 암초들은 여느 때와 마찬가지로 부서지는 파도에 연거푸 휩쓸렸다. 핀은 어렸을 때 이 해변에서 파도에 쓸려 온 물건을 찾아 헤매고, 게도 잡고, 절벽을 기어오르며 많은 시간을 보냈다. 이제 핀과 건은 아무도 밟지 않은 모래사장에 발자국을 남기고 있었다. 핀이 입을 열었다. "문제는 이십오 년 전에 학교에서 괴롭힘을 당한 일이 살해 동기로 이어진 적은 거의 없다는 거겠죠."

"그저 괴롭힘을 당한 정도가 아니라 에인절에게 원한을 품은 사람이 많은 것 같습니다, 매클라우드 형사님."

"그런 사람이 있다고요? 누구인가요?"

"음, 우선 스토너웨이에서 에인절을 고소한 두 명이 눈에 뜁니다. 한 명은 폭행으로, 다른 한 명은 성폭행으로요. 원칙적으로는 두 사람도 수사 대상입니다."

핀은 폭행에 불과한 일로 고소를 했다는 게 놀라웠다. "에인절 맥리치는 내가 알고 지낸 이후로도 변하지 않았다면 항상 싸웠을 거예요. 하지만 주차장이나 술집에서 주먹질하는 게 대부분이었고, 늘 어떤 식으로든 해결이 됐죠. 경찰서로 찾아간 사람은 아무도 없었단 말입니다."

"아, 그런데 이 사람은 지역 주민이 아닙니다. 심지어 섬사람도 아니고요. 그리고 에인절이 그에게 못된 짓거리를 했다는 명백한 증거도 있어요. 다만 그 사건에 대한 목격자를 단 한 명도 확보할 수 없었다는 게 문제지만요."

"무슨 일이 있었는데요?"

"그 사건은 에든버러에서 온 무슨 동물권 운동가와 관련이 있답니다. 크리스 애덤스라는 사람인데, '동물보호동맹'이라는 조직의 캠페인 부장이랍니다."

핀은 코웃음을 쳤다. "녀석은 이곳에서 뭘 하고 있던 걸까요? 술집이 문을 닫는 금요일 밤마다 양들이 희롱당하는 걸 막기라도 했나?"

건이 폭소를 터뜨렸다. "그건 동물권 운동가 정도의 힘으로는 해낼 수 없는 일인데요, 매클라우드 형사님." 건의 얼굴에서 미소가 사라졌다. "아닙니다. 애덤스는 구가 수렵 행사를 근절하려고 애썼습니다. 올해도 그 일을 추진하더군요."

핀은 가볍게 휘파람을 불었다. "맙소사!" 아주 오랫동안 잊고 지낸 일이었다. 구가는 크로보스트의 남자들이 루이스 섬 북북서 지역으로부터 80킬로미터 떨어진 섬에서 매년 8월, 두 주에 걸쳐 수렵하는 새끼 가넷새를 이르는 게일어였다. 이곳 섬사람들은 그 섬을 안 스커An Sgeir라고 불렀는데, 간단히 말하면 바위섬The Rock이라는 뜻이었다. 폭풍우에 시달리는 북쪽 바다 한가운데 90미터가량 되는 절벽이 솟아올라 있었다. 섬은 매년 이맘때면 알을 품는 가넷새와 그 새끼로 뒤덮이는 세계에서 가장 중요한 가넷새 서식지 중 하나였다. 네스 남자들은 사백 년 이상 갑판 없는 작은 배를 타고 산더미 같은 파도를 넘어 그곳에서 잡은 수확물을 운반했다. 요즘은 트롤 어선을 타고 오갔다. 네스에서도 이 전통을 지키는 유일한 마을인 크로보스트에서 열두 명이 출항했다. 이들은 섬에서 십사 일 동안 노숙하며 생명을 잃거나 팔다리가 부러지는 위험을 무릅쓰고, 어떠한 악천후에도 절벽을 기어올라가 둥지 속 새끼들을 죽였다. 원래는 고향 주민을 먹여 살리기 위한 일이었는데 요즘은 구가가 진미라고 소문이 나서 섬 전체에서 주문이 쇄도했다. 하지만 1954년 런던 하원에서 통과된 조류보호법 특별허가사항이 규정된 이후, 법령으로 한 해에 이천 마리만 수렵하도록 제한이 생겼다. 그래서 지금은 큰 행운이 따르거나 특별히 아는 사람이 있어야만 구가를 맛볼 수 있었다.

핀은 기름기가 좔좔 흐르며 혓바닥에서 감도는 기막힌 풍미를 지금도 생생하게 기억했다. 입에 침이 고일 정도였다. 소금에 저장했다가 데치면 오리의 식감과 생선의 풍미가 나는데, 처음엔 별로지만 서서히 좋아지는 맛이라고들 했다. 구가를 늘 먹고 자란 핀에게는 계절의 별미였다. 어른들이 섬으로 떠나기 두 달 전부터 구가를 맛보고 싶어 안달하기 시작했다. 매년 밀렵 기간 동안에 자연산 연어의 풍미를 즐긴 것처럼 말이다. 핀의 아버지는 언제나 구가 한두 마리를 얻으려고 손을 써뒀고, 구가를 얻어오면 일주일 내내 온 가족이 둘러앉아 마음껏 먹었다. 소금물이 든 작은 나무통에 저장하여 일 년 내내 나눠 먹는 사람도 있었다. 하지만 그렇게 저장해둔 것은 노린내가 났고, 소금 때문에 입안이 화끈거렸다. 핀은 섬에서 운반해오자마자 신선한 상태로 감자를 곁들여 우유와 함께 먹는 걸 좋아했다.

"구가를 맛본 적 있나요?" 핀이 건에게 물었다.

"네. 어머니께서 네스에 아는 사람이 있어서 매년 한 마리씩은 구했으니까요."

"그런데 동물사랑 어쩌고 하는 조직이 그걸 잡지 못하게 하려고 했단 말인가요?"

"네, 그랬습니다."

"에인절은 매년 그 섬에 갔죠?" 핀은 자신이 크로보스트에서 출항하는 열두 명에 유일하게 뽑힌 때를 기억해냈다. 그때 에인절은 이미 두 번째였다. 그 기억은 핀의 마음속에 드리우는 어두운 그림자 같았다.

"매번 틀림없이 일원이었죠. 요리사였으니까요."

"그렇다면 에인절은 그 행사를 망치려는 자에게 친절하게 굴진 않았겠군요."

"당연히 친절하지 않았죠." 건은 고개를 저었다. "그리고 어느 누구도 좋게 생각하지 않았을 겁니다. 경찰이 폭행 목격자를 확보하지 못한 이유가 그 때문이기도 하고요."

"에인절이 심하게 폭행했나요?"

"몸이랑 얼굴 여러 곳에 멍이 들었더군요. 갈비뼈도 두 대 나갔고요. 그 외에 심각한 건 없었습니다. 하지만 그 청년은 그 일을 꽤 오랫동안 잊지 못할 겁니다."

"그런데 왜 아직도 여기 있는 거죠?"

"트롤 어선을 저지할 수 있지 않을까 하는 희망을 버리지 못해서입니다. 대단한 녀석이죠! 내일 운동가들이 떼거리로 더 몰려올 거라더군요."

"안 스커에 언제 출항하기로 되어 있나요?" 핀은 이 말을 그저 입에 담는 것만으로도 온몸이 부르르 떨렸다.

"내일이나 모레쯤이라고 합니다. 날씨에 달렸죠."

두 사람은 해변 끝에 다다랐고, 핀은 바위에 올라가기 시작했다.

"제 신발은 바위를 오르기에 적당하지 못한데요, 매클라우드 형사님." 건은 번질거리는 시커먼 바위에서 위험스럽게 미끄러졌다.

"절벽까지 올라가는 길이 있어요. 어서 오세요, 어렵지 않다고요." 핀이 말했다.

건은 거의 네 발로 기다시피 하며 핀의 뒤를 간신히 따라갔다. 두 사람은 바위에 파인 좁은 홈을 따라 올라가다가 이내 꼭대기로 이어지는, 자연적으로 형성된 울퉁불퉁한 계단을 밟고 올라갔다. 꼭대기에 오르자 맥허를 가로질러 절벽 안쪽으로 움푹 들어간 곳에서 낯익은 풍경이 눈에 들어왔다. 핀이 어린 시절 수많은 일요일을 춥고 비참하게 보냈던 음침하고 위압적인 자유독립교회와, 그 주변에 몰려 있는 크로보스트의 집들이었다. 그 뒤쪽 하늘은 비가 오려는지 시커멨다. 핀은 어렸을 때와 마찬가지로 바람에 실려 오는 비 냄새를 맡을 수 있었다. 그는 바위를 등정해서 기분이 좋아진 데다 점점 강해지는 바람이 얼굴을 때리는 게 즐거워서 안 스커에 대한 생각을 씻은 듯이 잊었다. 건은 숨을 몰아쉬며 번쩍번쩍 광나던 검은색 구두에 생긴 흠집을 확인했다.

"이걸 오랫동안 해보지 못했군."

건이 숨을 헐떡거리며 말했다. "저는 이래 봬도 도시 사람입니다, 매클라우드 형사님. 이런 건 해본 적이 없었다고요."

핀이 미소를 지었다. "건강에 도움이 될 겁니다. 그런데 당신은 그 동물권 어쩌고 하는 남자가 얻어맞은 분풀이로 에인절 맥리치를 살해했다고 생각하는 건가요?" 핀은 꽤 오랫동안 우울하던 기분이 다소 풀리는 듯했다.

"아니, 그렇지 않습니다. 그럴 타입은 아니거든요. 뭐랄까 좀······." 건은 적당한 단어를 찾으려고 머리를 굴렸다. "특이한 구석이 있는 사람입니다. 제 말 아시겠죠?" 핀은 생각에 잠긴 채 고개를 끄덕였다. "하지만 경찰 생활을 오래 하다 보면 전혀 범죄를 저지르지 않을 것 같던 사람이 끔찍한 범죄를 저지를 때도 있죠. 그러니 딱 잘라 말하기는 어렵네요."

"게다가 그 운동가라는 사람이 에든버러에서 왔단 말이죠." 핀은 여전히 생각에 잠긴 채 대꾸했다. "리스 워크 사건 때 그 사람의 알리바이를 확인해준 사람이 있나요?"

"없습니다, 형사님."

"그 방향에서 뭔가 나올 수도 있겠군요. DNA 결과가 나오면 그가 용의선상에 오를지 가려질 테지만, 결과가 나올 때까지 하루 이틀은 걸릴 겁니다. 그 사람과 대화를 좀 나눠봐야 할지도 모르겠는데요."

"애덤스는 시내의 파크 게스트 호텔에 묵고 있습니다, 매클라우드 형사님. 동물보호동맹이 그렇게 예산이 풍부한 조직인 줄은 꿈에도 몰랐네요. 스미스 경감이 애덤스에게 섬을 떠나지 말라고 말해뒀습니다."

두 사람은 맥허를 가로질러 도로로 걸어갔다. 그들이 다가가자 양들이 뿔뿔이 흩어졌다. 핀은 바람 소리를 이기려고 목소리를 높였다. "성폭행 건도 있다고 했죠? 그건 무슨 일이었나요?"

"열여섯 살 된 여자애가 강간을 당했다며 에인절을 범인으로 지목했습니다."

"에인절이 실제로 강간을 했고요?"

건이 어깨를 으쓱했다. "이런 사건은 범인을 기소하는 데 필요한 증거를 확보하는 일이 무척이나 어렵습니다."

"음, 그건 별문제가 되지 않을 겁니다. 어쨌거나 이번 사건에서는 그렇다는 거죠. 열여섯 살 먹은 여자애가 에인절을 살해한다는 게 불가능하다는 생각입니다만."

"그럴 겁니다, 매클라우드 형사님. 하지만 그 애의 아버지라면 능히 하고도 남을 겁니다."

핀은 발을 내딛다가 우뚝 멈춰 섰다. "아버지가 누구죠?"

건은 멀리 서 있는 교회를 향해 고갯짓을 했다. "도널드 머리 목사입니다."

4장

가이 포크스의 날*이 겨우 사흘 앞으로 다가왔다. 우린 네스에서 가장 큰 모닥불을 피우려고 엄청나게 많은 고물 타이어를 모아 쌓아뒀다. 모든 마을이 모닥불을 피울 테고, 다들 제 것이 가장 큰 모닥불이길 원했다. 그 당시에는 우리 모두 진지하게 받아들인 경쟁이었다. 나는 열세 살이었고, 크로보스트 중학교 2학년이었다. 그해 학기 말에 치를 시험들이 미래를 상당 부분 결정하는 시기였다. 열세 살이면 앞으로 다가올 삶에도 어느 정도 책임을 져야 할 나이였다.

시험을 잘 본다면 스토너웨이에 있는 니컬슨 학교에 입학하여 상급 과정 수업을 듣고, 어쩌면 심화 과정을 거쳐 A레벨** 시험까지 치를 것이다. 그러면 대학에 갈 기회, 이 섬을 탈출할 기회를 잡는 셈이다.

시험을 잘 못 본다면 루스 성 내부에 위치한 루스 성 학교로 진학해야

---

* 가이 포크스가 1605년 11월 5일 의회의사당을 폭파해 잉글랜드의 왕과 대신을 몰살하려고 했던 사건을 기념하는 날.
** 영국 학생들이 대학 입학을 위해 치르는 과목별 상급 시험.

한다. 그 학교에서는 일급 선원을 배출해온 전통을 따라 직업교육을 받을 것이다. 하지만 나는 바다로 나가거나 무역을 배우고 싶지 않았다. 아버지처럼 어업으로 먹고살 수 없을 때 조선소 같은 곳에 처박히고 싶지도 않았다.

문제는 내가 학교를 다니는 동안에 성적이 좋지 않았다는 점이다. 공부에 집중할 수 없도록 만드는 일이 열세 살 먹은 내 인생에 가득 차 있었다. 물론 모닥불을 피우며 노는 일 같은 것이지만……. 당시에 나는 이모 집에서 오 년 동안 살았는데, 이모는 거의 쉬지 못할 정도로 농장에서 일을 시켰다. 토탄을 잘라오고, 양을 살충제로 씻기고, 숫양을 교미시키고, 새끼 낳는 걸 돕고, 건초를 구해와야 했다. 이모는 내가 학교에서 공부를 잘하는지에는 전혀 관심이 없었다. 그 나이 남자아이가 한밤중까지 기름을 태우면서 아무 재미도 없는 역사책이나 수학 방정식에 관심을 품고 스스로 공부하는 게 쉽지는 않았다.

바로 그즈음 아슈타르의 아버지가 이모를 찾아와서 나의 가정교사 노릇을 해주겠다고 제안했다. 이모는 그 사람에게 웃기는 소리라며 타박했다. 자신이 어떻게 가정교사비를 대겠냐면서. 아슈타르의 아버지는 돈 문제는 전혀 걱정할 필요가 없다고 했다. 이미 아슈타르를 가르치고 있으니 날 가르친다고 따로 일이 느는 것도 아니라고 했다. 게다가 내가 실력을 제대로 발휘하지 못해서 그렇지 아주 똑똑한 애라고 믿는다고도 했다. (이런 말을 했다는 사실을 내가 아는 건, 나중에 이모가 아슈타르의 아버지가 했던 말을 한 자도 빼놓지 않고 그대로 전달해줘서였다. 마치 내가 똑똑한 게 당연하다는 듯이.) 따라서 자신이 올바른 방향으로 조금만 밀어주면 내가 연말에 치르는 시험을 무사히 통과해서 니컬슨 학교에 진학할 거라고 말이다. 나아가 대학교까지 갈지 누가 알겠느냐는 말도 덧붙였단다.

바로 그런 이유로 그날 밤 나는 아슈타르의 아버지가 서재라고 부르는 좁은 골방에 앉게 된 것이다. 한쪽 벽은 온통 선반이 설치되었는데, 선반마다 책이 꽉 차서 가운데가 처져 있었다. 책이 수백 권은 되는 것 같았다. 사람이 살아오면서 어떻게 이렇게 많은 책을 읽는지 놀라웠던 기억이 난다. 매킨스 씨는 녹색 가죽 깔개가 덮인 마호가니 책상과 그에 걸맞은 등 높은 나무 의자를 가지고 있었다. 책상은 책장 맞은편 벽에 딱 붙어 있었다. 또 독서를 할 때 앉을 수 있는 편안하고 커다란 안락의자가 있고, 안락의자 옆에는 각도 조절 램프가 놓인 커피 탁자가 있었다. 안락 의자에 앉아 얼굴을 들면 창밖 바다 풍경을 볼 수 있었다. 아슈타르와 나 는 그의 아버지가 방 한가운데에 놓아둔 접이식 카드 탁자에 앉아 교육 을 받았는데, 바깥세상에 정신을 팔지 못하도록 창문을 등진 채 딱딱한 나무 의자에 앉았다. 수학을 배울 때만 가끔 아슈타르와 함께 지도를 받 았고, 대부분은 따로 배웠다. 남자애들은 함께 놔두면 공부에 제대로 집 중하지 못하는 경향이 있기 때문이었다.

칠흑 같은 겨울밤을 거쳐 이른 봄 햇살을 맞을 때까지 꽤 오랫동안 개 인교습을 받았지만 지금 돌아보면 별로 떠오르는 건 없고, 그저 재미가 없었다는 기억만 생생했다. 우습게도 그나마 기억하는 것은 이런 것뿐 이다. 펠트 깔개가 깔린 초콜릿색 카드 탁자, 그 위에 떨어져 있던 키프 로스의 지도 같은 커피 자국들……. 오래전 물이 새서 생긴 천장 한구석 갈색 자국이 마치 하늘을 나는 가넷새 같다고 생각했던 것, 천장 돌림띠 에서 비스듬히 시작하는 돌출 문양이 있는 크림색 벽지, 그리고 그 뒤로 감춰진 회반죽에 난 금이 생각났다. 그리고 바깥을 슬쩍 훔쳐볼 때 봤던 창틀 균열과 아슈타르의 아버지 주위에 항상 머물러 있던 퀴퀴한 파이 프 담배 냄새도 떠올랐다. 담배를 피우는 매킨스 씨의 모습은 한 번도 본 적 없었지만.

아슈타르의 아버지는 우리 아버지보다 열 살은 더 먹은, 홀쭉하게 키가 큰 사람이었다. 1970년대에 이르러서는 마침내 자신이 젊지 않다는 걸 인정했나 싶었지만, 1980년대가 되어도 당시 유행보다 훨씬 긴 머리 스타일을 고집했다. 사람들이 시간적 착각에 갇힐 수 있다는 게 정말 신기했다. 살아오는 동안 자기 존재를 정의하는 시기가 있는데, 이후 수십 년 동안 그 시기에 매달리게 된다. 자신이 알아차리지 못한 사이 주변 세상이 변했음에도 그때의 머리, 옷, 음악 취향을 고집한다. 우리 이모는 1960년대에 갇혀 있었다. 오크로 만든 가구와 보랏빛 카펫, 주황색 페인트 그리고 비틀스에 집착했다. 매킨스 씨는 이글스의 음악을 들었는데, 그중에서도 '테킬라 선라이즈Tequila Sunrise'와 '뉴 키즈 인 타운New Kids in Town'과 '라이프 인 더 패스트 레인Life in the Fast lane'이 기억난다.

하지만 매킨스 씨가 나긋나긋한 학자인 것만은 아니었다. 운동으로 다져진 아주 탄탄한 사람이었다. 항해를 좋아했고, 구구를 수렵하기 위해 매년 안 스커를 찾는 고정 인원이었다. 매킨스 씨는 그날 밤 내가 공부에 전혀 집중하지 않아 매우 화가 나 있었다. 내가 그 집에 도착했을 때 아슈타르가 뭔가 말하고 싶어했지만, 매킨스 씨는 나를 골방으로 몰아넣으며 아슈타르에게 입을 꼭 다물라고 지시했다. 뭘 하고 싶은 건지는 모르지만 나중에 해도 된다면서. 하지만 문밖에서 기다리는 아슈타르의 초조함을 고스란히 느낄 수 있었고, 결국 매킨스 씨는 백기를 들고 나에게 나가보라고 말했다.

아슈타르는 나를 재촉하며 대문으로 통하는 오솔길로 바삐 걸음을 옮겼다. 얼어붙을 만큼 추운 밤이었고, 시커먼 하늘에 보석을 박은 듯한 별이 유난히도 반짝거렸다. 바람은 불지 않았다. 달이 가을의 궤도를 따라 올라오며 잔잔한 바다에 황홀한 빛을 던져주자, 황야를 가로지른 두꺼운 서리가 서서히 빛났다. 헤브리디스 제도 바로 위쪽에 고기압이 자리 잡고 있고, 이삼 일 동안은 그 상태가 유지되리라는 일기예보가 있었다.

모닥불을 피우기에는 이상적인 날씨였다. 아슈타르가 흥분을 이기지 못하고 내뿜는 숨소리가 들렸다. 나보다 크고 강한 청년으로 자랐지만, 천식이라는 저주에서 아직도 벗어나지 못해 언제라도 기도가 막힐 수 있었다. 아슈타르는 흡입기를 길게 빨아들였다. "스웨인보스트 녀석들이 낡은 트랙터 타이어를 손에 넣었어. 지름이 180센티미터가 넘는 걸로!"

"야단났군." 입에서 욕설이 터져 나올 뻔했다. 그렇게 큰 타이어라면 우리가 가진 어떠한 것보다 멋지게 타오를 게 뻔했다. 타이어라면 우리도 열 개 이상 가지고 있지만, 그래 봤자 자동차와 오토바이 타이어뿐이었다. 더구나 스웨인보스트 녀석들도 그 정도는 이미 확보해놨을 게 분명했다. "그런 게 어디서 났대?"

"그게 중요해? 문제는 녀석들이 그걸 가지고 있고, 우리보다 훨씬 멋진 모닥불을 피울 거라는 점이지." 아슈타르는 말을 멈추고 내가 실망하는 모습을 지켜봤다. "잘돼야 말이지만."

나는 이마를 찌푸렸다. "잘돼야 그렇다는 게 무슨 뜻이야?"

아슈타르는 음모를 꾸미는 것처럼 목소리를 낮췄다. "녀석들은 우리가 그 타이어에 대해 안다는 사실을 몰라. 그걸 어딘가에 안전하게 숨겨두고, 모닥불을 피우는 시간에 자랑스럽게 굴리며 나올 거란 말이지."

어쩌면 모닥불을 피우는 시간에 나는 매킨스 씨 서재에 갇혀 있어야 할 수도 있었다. 아슈타르가 무슨 말을 하려는지 도무지 요점을 이해할 수 없었다. "그래서?"

"우리가 타이어에 대해 알면 샘나서 파괴할 거라고 생각할 거야."

슬슬 온몸이 긴장되기 시작했다. "그래, 우리는 그 타이어에 대해 알아. 하지만 아무리 머리를 짜봐도 트랙터 타이어를 어떻게 파괴할지는 모르겠는데?"

"바로 그거야! 파괴하지 않으면 되지." 아슈타르의 반짝거리는 눈동자에 흥분한 기색이 고스란히 드러났다. "슬쩍하면 되잖아."

나는 그 말에 소스라치게 놀라고 말았다. "그건 누구 생각이야?"

"도널드 머리야. 걔한테 계획이 있대." 아슈타르가 말했다.

다음 날 쉬는 시간에도 서리가 여전히 바닥에 깔려 있었다. 다들 운동장에 나와 있었는데, 썰매장 여섯 개가 가동되었다. 그중 가장 좋은 것은 교문에서 가장 멀리 떨어진 맨 끝 썰매장으로, 길이가 5미터에 육박했다. 배수로 쪽으로 경사져 있어 상당히 가팔랐기에 도움닫기를 조금만 하면 중력의 힘으로 썰매를 탈 수 있었다. 하지만 맨 끝에서는 재빨리 뛰어내려야 했는데, 그러지 못하면 배수로에 처박혔다.

나도 줄을 서서 한번 타고 싶었지만 도널드 머리가 크로보스트 아이들을 불러서 우리는 체육관 옆으로 옹기종기 모여들었다. 나는 먼발치에서 썰매장을 애처롭게 바라봐야만 했다.

도널드는 홀쭉하게 키가 크고 잘생긴 데에다가 눈썹까지 내려오는 모랫빛 머리카락이 눈에 띄는 영리한 아이였다. 모든 여학생이 그와 사귀고 싶어했지만 도널드는 전혀 관심을 보이지 않았다. 도널드는 어른 같은 대장이었기에, 아이들은 도널드와 함께 있으면 맥리치 형제에게서 안전하다고 느꼈다. 에인절은 그즈음 크로보스트 학교를 졸업하고 루스성 학교에서 직업교육을 받았다. 하지만 머도 루아크는 여전히 위협적인 존재였다.

도널드가 처음에 힘을 끌어모은 것은 사람들이 그의 아버지를 두려워하기 때문이었다. 도널드는 아버지를 두려워하지 않는다는 게 아이러니지만. 목사인 코냐흐 머리는 지역사회에서 영향력이 매우 크고 무서운 사람이었다. 코냐흐는 '케네스'에 해당하는 게일어였다. 교회 밖에서는 케네스 머리라고 불러도 될 텐데, 사람들은 모두 코냐흐로 알고 지냈다.

그나마 면전에서는 그렇게 부르지도 못했다. 그 사람과 대화를 나눌 때는 머리 씨 혹은 머리 목사님이라고 불렀다. 우리는 부인도 그를 목사님이라고 부를 거라 상상하곤 했다. 잠자리에서조차 말이다.

하지만 도널드는 자신의 아버지를 늙다리라고 불렀다. 모든 면에서 아버지를 공공연하게 반대했고, 교회 가는 것조차 거부했기에 안식일마다 목사관에 갇혀 있었다.

어느 토요일 밤에 우리는 누군가의 집에서 파티를 벌였다. 그 애 부모님이 스토너웨이에서 열린 결혼식에 참석했는데 술을 마신 탓에 하룻밤 묵고 오기로 결정한 모양이었다. 밤 10시 30분에 접어들 때쯤 문이 벌컥 열리고 코냐흐 머리가 우리의 죄를 벌하려는 듯 문간에 버티고 서 있었다. 하나님이 보낸 복수의 천사라도 되는 것처럼. 절반 정도 되는 아이들이 술을 퍼마시며 담배를 피우고 있었고 그중에는 여자애들도 있었다. 코냐흐는 우리에게 비난을 퍼부었고, 부모에게 낱낱이 말하겠노라며 고래고래 소리 질렀다. 너희는 오늘이 주일 전날이고, 집에서 자야 할 시간이라는 걸 모르는 거냐? 우리는 모두 겁을 먹고 파랗게 질려버렸다. 그러나 도널드만은 예외였다. 그는 여전히 소파에 비스듬히 기댄 채 한 손에 캔 맥주를 들고 있었다. 물론 머리 목사는 아들을 찾으러 왔다. 목사는 떨리는 손가락으로 도널드를 가리키며 얼른 나가라고 소리쳤다. 하지만 도널드는 반항의 기색이 역력한 부루퉁한 표정으로 그대로 버티고 앉아 있다가, 아버지에게 "엿 먹어"라고 소리쳐서 우리 모두를 놀랬다. 저 멀리 스토너웨이에서 바늘 떨어지는 소리까지 들릴 정도로 방 안이 조용해졌다.

화도 나고 창피하기도 해서 얼굴이 벌게진 머리 목사는 방으로 성큼 성큼 걸어 들어와 도널드의 손에 들린 캔 맥주를 쳐냈다. 맥주가 사방으로 튀었지만 아무도 피하지 않았다. 그리고 아무도 입을 열지 않았다. 심지어 목사까지 더는 말을 하지 않았다. 목사에게는 로만칼라*가 주는 것 이상의 강력한 존재감이 있었다. 키가 크고 힘이 센 목사는 도널드의 목덜미를 잡아채더니 소파에서 번쩍 들어 올려 질질 끌고 나갔다. 그건 공개적인 반항에 대한 어마어마한 물리력의 행사였고, 우리 중 어느 누구도 도널드를 대신하고 싶다는 생각을 못 하게 만들었다.

자신의 말을 충실히 지키듯 코냐흐 머리 목사는 그날 저녁 그 집에 있던 모두의 부모를 방문했고, 아이들은 혹독한 대가를 치러야 했다. 하지만 우리 집에서는 그런 일이 없었다. 우리 이모는 정말 괴짜였는데, 이렇게 신을 경외하며 살아가는 지역사회에서 철저한 무신론자로 살았으니 말해 무엇하겠는가! 이모는 도널드처럼 대놓고 원색적으로 욕을 한 건 아니지만, 목사의 분노를 불러일으키기에 충분한 어조로 상관하지 말라고 쏘아붙였다. 그러자 목사는 이모에게 지옥으로 떨어질 게 분명하다고 소리쳤다. "그럼 거기서 당신을 만나면 되겠군." 이모는 이렇게 대꾸하고는 목사의 면전에 대고 문을 쾅 닫았다. 교회에 대한 경멸은 이모에게서 배운 것 같다.

도널드는 이 사건을 통해 혼자 힘으로 전설적인 지위를 획득했다. 아버지가 목사라는 사실 때문이 아니라, 아버지에게 반항하고 아버지가 대표하는 모든 것과 엇나가는 길을 택했기 때문이다. 도널드는 우리 학년에서 가장 먼저 담배를 피웠다. 술도 제일 먼저 마셨다. 내 또래 가운데 술 마시는 걸 처음으로 보인 애가 도널드였다. 하지만 도널드에게는 긍정적인 면도 있었다. 운동을 두루 잘했고 우리 반에서 성적도 2등이었다. 신체적으로는 머도 루아크의 상대가 되지 못했지만, 지적으로는 녀석을 뛰어넘고도 남을 정도였다. 머도 역시 그 사실을 잘 알았다. 그래서

---

* 기독교 성직자들이 목에 두르는 빳빳이 세운 흰색 칼라.

되도록이면 도널드를 멀리했다.

그날 운동장에 모인 건 여섯 명이었다. 도널드와 나, 아슈타르, 마을 맨 끝에 사는 이언과 쇼니, 그리고 캘럼 맥도널드였다. 난 항상 캘럼에게 미안한 마음이 있었다. 그는 몸집이 가장 작고, 약간 어리바리한 면이 있었다. 미술 솜씨가 좋았고, 켈트 음악을 좋아해서 학교 오케스트라에서 자그마한 켈트 하프인 클라르사흐를 연주했다. 그리고 머도 루아크 일당에게 무자비하게 괴롭힘을 당했다. 캘럼은 한 번도 남에게 그런 사실을 말하거나 불평한 적 없지만, 나는 그 애가 밤마다 혼자 훌쩍거리는 모습을 상상했다. 나는 저 멀리 떨어져 있는 썰매장에서 눈을 돌려 오늘 밤에 있을 스웨인보스트 습격 계획에 귀를 기울였다.

"좋아." 도널드의 말이 이어졌다. "그럼 내일 새벽 1시에 스웨인보스트 묘지로 가는 길 끝에서 만나자."

"어떻게 들키지 않고 집에서 몰래 빠져나오지?" 캘럼의 눈이 겁에 질려 휘둥그레졌다.

"그건 네가 알아서 해야지." 도널드는 아무 동정심도 발휘하지 않았다. "오고 싶지 않은 사람은 지금 말해." 도널드는 빠지려는 아이에게 기회를 주려고 잠시 말을 멈췄다. 아무도 나서지 않았다. "좋아, 묘지로 가는 길로 100미터쯤 가면 지붕이 양철로 된 오래된 블랙하우스 잔해가 있어. 농기구를 보관하는 곳인데, 문에는 자물쇠를 채워놨지. 바로 거기에 녀석들이 타이어를 감춰뒀어."

"어떻게 그런 걸 다 아는 거야?" 쇼니가 물었다.

도널드가 히죽히죽 웃었다. "스웨인보스트에 사는 여자애를 한 명 알아. 그 애는 오빠와 사이가 좋지 않단 말이야." 우리는 모두 고개를 끄덕였다. 어느 누구도 도널드가 스웨인보스트에 사는 여자애를 안다는 데 놀라지 않았고, 속으로 다들 그 여자애와 성적인 관계도 가졌을 거라고 생각했다.

"여기서 무슨 짓거리야?" 머도 루아크가 모여 있던 아이들 사이로 파고들었다. 오래전 입학 첫날에 자신을 따르던 졸병 두 녀석을 거느리고 서였다. 그중 한 녀석은 얼굴에 여드름 꽃이 만발했는데, 코와 입 주위에 곪아 터지기 직전인 샛노란 여드름에 저절로 눈길이 끌렸다. 우리가 옹기종기 모여 있던 원은 머도를 피하려고 순식간에 넓어졌다.

"너랑은 상관없어." 도널드가 말했다.

"아하, 그렇단 말이지?" 머도는 도널드가 있는데도 자신감이 넘쳐 보였다. "너희, 스웨인보스트 애들이 몰래 감춰놓은 타이어를 훔치려고 작당하는 거잖아."

우리는 머도가 그 사실을 알고 있다는 데에 충격을 받았다. 충격이 약간 가시자 우리 중 한 명이 녀석에게 비밀을 까발렸다는 사실을 깨닫게 되었다. 모두의 시선이 캘럼 쪽으로 향했고, 캘럼은 불안한 듯 몸을 꼼지락거렸다.

"난 말하지 않았어. 정말이야."

"내가 어떻게 안 건지는 중요하지 않아." 머도 루아크가 으르렁거렸다. "안다는 게 중요하지. 그렇지? 우리도 함께하고 싶어. 나와 우리 형 에인절, 이 애들까지 말이야. 어쨌거나 우린 모두 크로보스트 사람들이잖아. 안 그래?"

도널드는 단호하게 거부했다. "그런 일은 우리만으로도 충분해."

하지만 머도는 무척이나 느긋했다. "그 타이어는 엄청나게 커. 1톤은 나갈걸? 운반하려면 손이 많이 필요할 테고."

"운반할 생각은 없어." 도널드가 딱 잘라 말했다.

도널드의 말이 머도를 잠시 동안 어리둥절하게 만들었다. "그럼 그렇게 큰 걸 크로보스트로 어떻게 가져올 건데?"

"굴리면 되잖아, 멍청아."

"아하! 그래도 타이어를 세우고 그 상태를 쭉 유지하려면 손이 많이 필요할 거라고." 머도는 그 점을 전혀 생각하지 못한 게 분명했다.

"아까 내가 말했지? 너희 도움은 필요하지 않다고." 도널드가 주장을 굽히지 않았다.

"이것 봐!" 머도가 엄지손가락으로 자기 가슴을 쿡쿡 찔렀다. "네가 뭐라고 말했는지 알 게 뭐야. 우릴 끼워줘. 아님 다 불어버리겠어." 머도는 가지고 있던 패를 내보이고는 등을 쭉 펴고 기세등등한 모습이었다. "그럼 어떻게 될 것 같아?"

도널드의 양어깨가 축 처지는 걸로 봐서 이번만은 패배를 인정하는 것 같았다. 우리 중 누구도 맥리치 형제나 그의 조무래기들과 뭔가 함께 하고 싶지 않았다. 하지만 가이 포크스의 날 밤에 스웨인보스트 녀석들이 가장 멋진 모닥불을 피우는 것 또한 원하지 않았다. "알았어." 도널드가 한숨을 쉬며 말하자 머도의 얼굴이 환해졌다.

그날 밤 잠을 이룰 수 없었다. 잠을 자고 싶어도 그럴 수 없었다. 대신 매킨스 씨가 내준 예습 과제를 하느라 늦게까지 책상에 앉아 있었다. 내 방에는 막대 모양 전기 히터가 두 개나 있는데도 추위가 전혀 가시지 않았다. 15센티미터 이내로 다가가야만 온기가 느껴졌는데 그랬다간 살을 데기 십상이었다. 그래서 양말을 두 겹으로 신고 농장 일을 할 때 신는 커다란 가죽 부츠를 신고 있었다. 청바지에 티셔츠를 걸치고, 그 위에 셔츠와 두툼한 모직 스웨터와 동키 재킷까지 걸쳤다. 그런데도 여전히 추웠다. 1920년대에 건축되어 크기만 하고 칙칙한 이 집은 바다에서 몰아치는 세찬 바람이 덜컹거리는 창문과 문짝 사이를 제멋대로 드나들었다. 오늘 밤에는 바람이 불어오지 않았지만 기온이 영하 20도 이하로 떨어졌다. 거실에 피워놓은 토탄 난롯불은 이미 오래전에 불기가 가신 것 같았다. 이모가 자러 가기 전에 내 방을 들여다본다면 옷을 두툼하게 껴입은 데에 대한 변명을 늘어놓아야 했을 터였다. 하지만 이모는 당연히 그러지 않을 것이다. 이모는 한 번도 내 방을 들여다본 적이 없으니까.

10시 30분경에 이모가 2층으로 올라오는 소리가 들렸다. 이모는 저녁형 인간이었는데, 그런 이모에게조차 오늘 밤은 너무나 추웠던 듯하다. 뜨거운 물주머니가 있는 침대만이 유일하게 온기를 주는 날씨였다. 나는 침대 등 불빛 아래에서 한 시간 삼십 분을 더 공부한 후에 마침내 책을 덮었다. 그러고는 문에 귀를 대고 인기척이 있는지 신경을 곤두세웠다. 아무 소리도 들리지 않자 복도의 어둠 속으로 살금살금 걸어 나갔다. 이모의 침실 문틈으로 불빛이 흘러나와서 하마터면 숨이 넘어갈 뻔했다. 책을 읽는 게 분명했기에 재빨리 방으로 되돌아왔다. 나무 계단이 낡고 삐걱거려서 이모에게 들키지 않고 빠져나갈 방법이 없었다. 남은 방법이라고는 창문을 통해 지붕으로 올라가서 빗물홈통을 타고 내려가는 것뿐이었다. 예전에 사용해본 방법이지만, 오늘 밤처럼 서리가 두텁게 내려앉은 날에 지붕 슬레이트에 발을 올려놓는 건 위험천만했다.

나는 녹슨 창틀 걸쇠를 조심스럽게 벗겨내 활짝 열었다. 경첩이 끔찍한 소리를 내는 바람에 바짝 얼어붙어 이모의 목소리가 들리나 기다렸다. 하지만 들리는 것이라고는 15미터 아래에서 자갈 해변을 씻어대는 파도의 리듬뿐이었다. 창틀을 지렛대 삼아 지붕으로 올라가자 얼굴을 꼬집던 한기가 손가락까지 파고들었다. 지붕창에서 홈통까지의 가파른 경사면에 타일이 붙어 있었다. 발로 더듬어 홈통을 찾은 뒤 그걸 딛고 장식용 박공까지 천천히 나아갔다. 박공이 있는 곳에서 갓돌을 붙잡아 매달릴 수 있었고, 부츠가 홈통에 닿도록 내려갈 수 있었다. 차디찬 금속관을 따라 미끄러져 내려온 다음 땅바닥에 발이 닿자 안심이 되었다. 드디어 밖으로 나왔다.

겨울 공기에는 서리와 토탄 타는 냄새가 섞여 있었다. 이모의 낡은 차가 집 앞 가림막에 세워져 있었다. 오래된 주거지에는 그림자가 드리워진 반면 아래쪽 자갈 해변은 대낮처럼 환하게 보였다. 이모의 창문에서는 여전히 불빛이 새어 나왔다. 나는 집 오른쪽 콘크리트로 된 창고에서 살그머니 자전거를 꺼냈다. 손목시계를 힐끗 보니 이제 막 밤 12시 30분이 지나 있었다. 크로보스트로 가는 일차선 도로를 따라 힘껏 페달을 밟았다. 황야가 왼쪽에서 어슴푸레 반짝거렸고, 바다는 오른쪽에서 희미하게 빛났다.

이모의 집은 암반 틈새로 깊이 들어앉은 작은 크로보스트 항구 근처 절벽 위에 있었다. 마을과는 남쪽으로 1.5킬로미터쯤 떨어진 곳이었다. 지금은 아무도 살지 않아 어둠에 잠긴 채 황폐해져가는 옛집을 지나쳐 마을까지 비교적 단시간에 돌파했다. 나는 항상 옛집을 보지 않으려 애썼다. 그곳을 마주할 때마다 부모님과 함께하던 예전의 삶이 그리웠고, 그 삶을 되돌릴 수 없다는 사실을 예외 없이 깨닫기 때문이었다.

도로보다 낮게 자리 잡은 아슈타르네 집에 산처럼 쌓인 토탄 무더기가 은빛 바다를 배경으로 그림자를 드리웠다. 달빛은 헤링본 무늬로 세심하게 쌓아둔 토탄 위를 비추었다. 나는 문 앞에 자전거를 세우고 집을 둘러싼 그림자 속을 살짝 들여다봤다. 아슈타르에게는 오래전부터 '식식이'라는 별명이 붙었지만, 나는 단 한 번도 그렇게 불러본 적이 없었다. "아슈타르!" 소리를 죽였는데도 무척 크게 들렸다. 하지만 인기척이 전혀 없었다. 오 분 넘게 기다렸다. 마음이 점점 초조해져서 시간의 흐름을 늦출 수 있기라도 한 것처럼 연신 손목시계를 흘끗거렸다. 이러다간 늦을 것 같았다. 포기하려는 순간, 토탄 무더기가 있는 쪽에서 땡그랑거리는 큰 소리가 들렸다. 아슈타르가 색색 숨을 몰아쉬며 어둠 속에서 모습을 드러냈다. 그는 발목에 걸린 플라스틱 양동이 손잡이를 떼어내려고 발을 탈탈 털었다. 아슈타르는 풀밭을 가로질러 달리다가 잠시 방심한 사이 팽팽한 철사줄에 걸려 울타리 너머로 공중제비를 돌 뻔했다. 그는 내 발 앞에 넘어진 채 달빛을 받으며 씩 웃었다.

"재주 좋네." 내가 약을 올렸다. "도대체 왜 이리 늦게 나와?"

"아버지가 삼십 분 전에야 자러 갔어. 그 인간은 망할 토끼처럼 귀를 바짝 세운다고. 잠든 걸 확인하려면 코 고는 소리가 들릴 때까지 기다리는 수밖에." 아슈타르는 서둘러 일어서며 욕설을 퍼부었다. "아, 빌어먹을! 양 똥 위로 굴렀나 보네."

가슴이 철렁 내려앉았다. 아슈타르를 뒤에 태우고 가야 하는데, 똥 묻은 바지로 안장에 타고 똥 묻은 양손으로 내 허리를 감쌀 텐데……. "얼른 타!" 아슈타르는 여전히 바보처럼 헤벌쭉 웃으며 한쪽 발을 높게 들어 안장에 올라탔다. 뒤에서 똥 냄새가 풍겼다. "똥 묻히지 마!"

"친구 좋다는 게 뭐야? 모든 걸 다 나눠야지." 아슈타르는 내 동키 재킷을 단단히 붙잡았다. 나는 이를 부드득 갈며 페달을 밟아 간선도로로 이어진 일차선 도로를 힘차게 달렸다. 아슈타르는 균형을 잡으려고 다리를 양쪽으로 쫙 벌렸다.

스웨인보스트 묘지로 가는 길에서 200미터쯤 떨어진 곳에 자전거를 감추고 나머지 길을 뛰어서 갔다. 다른 아이들은 네스 건설회사가 인수한 낡은 조합 건물 그림자 아래에서 초조히 기다렸다. "아, 대체 어디 있다가 이렇게 늦게 온 거야?" 도널드가 속삭였다.

에인절 맥리치가 어둠 속에서 툭 튀어나와 날 벽으로 밀어붙였다. "이 쥐똥만 한 명청이 새끼! 우리가 여기서 어슬렁거리며 네 녀석들을 기다릴수록 발각될 확률이 높아지는 걸 몰라?"

"아, 이런 씨발. 이게 무슨 냄새야?" 머도 루아크의 목소리가 어둠 속에서 새어 나왔다.

내가 아슈타르를 슬쩍 보는 찰나에 도널드가 말했다. "자, 이럴 시간 없어. 얼른 해치우자고."

에인절이 내 멱살을 쥔 커다란 손을 풀었다. 나도 다른 아이들을 따라 도로에 비스듬히 쏟아지는 달빛 속으로 들어갔다. 그곳에서는 온전히 벌거벗은 느낌이 들었다. 삐뚤빼뚤 엉망으로 서 있는 울타리 기둥이 묘지로 향하는 길잡이 노릇을 하는 듯했다. 저 멀리 묘비가 보였다. 목적지를 향해 다른 집 정원을 가로지를 때에는 발밑 서리가 바스러지는 소리에도 가슴이 조마조마했다. 차가운 공기 탓에 입김이 즉시 얼어붙어 연기처럼 머리 위로 피어올랐다.

앞장서던 도널드가 철판지붕이 덮인 블랙하우스 앞에 멈춰 섰다. 튼튼한 나무 문짝에는 굵은 철재 걸쇠가 있고, 큰 자물쇠로 잠겨 있었다. 커다란 농기구가 수월하게 드나들 수 있도록 문짝에 삼각형 지붕을 얹은 낡은 집이었다. "여기야."

머도 루아크가 코트 안쪽에서 대형 절단기를 꺼냈다.

"뭐 하려고?" 도널드가 속삭였다.

"자물쇠가 잠겨 있댔잖아."

"우린 지금 타이어를 훔치러 왔어, 머도. 남의 재산을 망가뜨리려는 게 아니라."

"그럼 자물쇠는 어떻게 딸 건데?"

"열쇠로 따면 되지." 도널드는 인식표가 달린 커다란 열쇠를 들어 보였다.

"빌어먹을, 그 열쇠는 어디서 났어?" 여드름쟁이가 물었다. 달빛을 받은 여드름이 반들반들 빛나는 것 같았다.

"도널드가 그쪽 여자애 한 명을 알고 있어." 캘럼은 그걸로 설명이 충분하다는 듯 대답했다.

도널드는 자물쇠를 열고 한쪽 문을 안쪽으로 밀었다. 문짝이 어두컴 컴한 안쪽으로 삐걱거리는 소리를 내며 밀려 들어갔다. 도널드가 주머 니에서 손전등을 꺼내자 우리는 그 뒤를 바짝 붙어 따라 들어갔다. 손전 등 빛이 놀라울 정도로 높이 쌓인 잡동사니를 비췄다. 낡은 트랙터의 녹 슨 뼈대, 옛날 쟁기, 배에서 물을 퍼내는 데에 쓰이는 망가진 파래박, 여 러 흙손과 괭이, 갈퀴, 가래 외에도 밧줄, 대들보에 걸린 어망, 머리 위에 서 대롱거리는 주황색과 노란색의 플라스틱 부표, 낡은 승용차에서 떼 어낸 뒷좌석 등이 쌓여 있었다. 그리고 맨 안쪽에 거대한 트랙터 타이어 가 벽에 기대 세워져 있었다. 우리가 가진 어떤 것보다 훨씬 커서 접지면 의 무늬 하나가 주먹 크기와 맞먹을 정도였다. 운전자의 부주의로 갈라 진 25센티미터 정도의 상처가 우리를 향해 드러나 있었다. 타이어 교체 비용은 보험회사에서 물어줬겠지만, 터진 타이어 자체는 사람이나 짐승 에게 더는 쓸모가 없었다. 모닥불을 피우는 데에나 완벽한 땔감으로 사 용될 뿐. 우리는 숨을 죽인 채 입을 딱 벌리고 타이어를 멍하니 봤다. "정 말 크다." 아슈타르가 속삭였다.

"저건 며칠은 불타겠어." 에인절이 말했다.

"얼른 밀고 나가자고." 도널드의 목소리에는 승리의 기색이 역력했다.

머도가 예측했던 대로 타이어는 1톤 정도는 되는 것 같았다. 문밖으로 나와 도로까지 나가려는데, 모두가 달라붙어도 타이어가 넘어지지 않게 막는 게 고작이었다. 도널드는 타이어에서 몸을 빼내어 문을 닫고 자물 쇠를 다시 채웠다. 그러고는 뭔가 기대된다는 듯 활짝 웃으며 돌아왔다. "녀석들은 무슨 일이 있었는지 전혀 모를 거야. 타이어가 공중으로 사라 진 것 같겠지."

"맞아, 타이어가 우리의 모닥불 속에서 연기로 사라질 때까지는." 머도가 신이 나서 맞장구쳤다.

간선도로까지의 경사면을 밀고 올라가려니 죽을 맛이었다. 그리 가파르지도 않았는데 말이다. 그러나 지금까지는 크로보스트로 이어진 언덕을 오르는 일이 얼마나 힘들지 알려주는 예고편에 불과했다. 우리 앞에 펼쳐질 기나긴 밤이 서서히 보이기 시작했다.

도로 끝에 도달했을 때, 우리는 낡은 조합 건물의 박공에 타이어를 기대어 세우고 잠시 휴식을 취했다. 숨이 가쁘고 땀이 줄줄 흘렀다. 추위는 더는 문제가 되지 않을 정도였다. 우리는 담배를 돌려 피우며 승리를 자축하듯 조용히 연기를 내뿜었다.

"여기서부터가 아주 힘들어." 도널드가 담배 불씨 주위를 손으로 감싸며 말했다.

머도가 도널드를 노려봤다. "무슨 뜻이야? 여기서 크로보스트 갈림길까지는 내리막인데?"

"그래, 바로 그거야. 중력이 무게를 가중할 테니 이게 도망가지 않도록 죽을힘을 다해야 할 거야. 제대로 통제하려면 제일 키 크고 힘센 사람이 앞장서야 해."

그렇게 해서 맥리치 형제와 여드름쟁이, 그리고 그의 친구가 타이어 앞에 서서 내리막길을 뒷걸음질로 내려가기로 했다. 나와 아슈타르가 타이어 한쪽을, 이언과 쇼니가 반대쪽을 맡았다. 도널드와 캘럼은 뒤쪽에서 테두리를 한쪽씩 잡았다.

타이어를 막 간선도로로 밀고 들어갔을 때, 언덕의 맨 꼭대기 커브 길 뒤쪽에서 갑자기 자동차 헤드라이트 불빛이 나타났다. 우리 중 누구도 차가 다가오는 소리를 듣지 못했다. 다들 겁에 질렸다. 다시 건물 그림자 속으로 되돌아갈 시간이 없었다. 도널드가 어깨를 타이어에 대고 배수로 쪽으로 힘껏 밀자 머도도 얼른 힘을 보탰다. 얇게 언 얼음이 깨지는 소리가 들렸다. 나머지 인원이 몸을 숨기자 머도가 소리를 죽이며 욕설을 퍼부었다. "저 망할 새끼들!"

자동차가 훌쩍 지나갔다. 파이브페니 마을과 성의 최상단 지역인 버트 오브 루이스Butt of Lewis로 가는, 멀리 떨어진 갈림길을 향해 헤드라이트도 사라졌다. 진흙과 하나님만이 알 것 같은 정체 모를 오물을 얼굴에 잔뜩 묻힌 머도가 배수로에서 비틀거리며 걸어 나왔다. 그는 덜덜 떨며 무어라 중얼거리더니 쉴 새 없이 욕설을 퍼부었다. 나머지 아이들이 배꼽을 잡고 웃었다. 머도는 씨근벌떡 화를 내며 자갈 깔린 도로를 가로질러 와서 내 옆얼굴을 때렸다. 웃음소리가 멎었다. 내 귀에서 윙윙거리는 소리가 났다. 머도가 날 좋아한 적은 한 번도 없었다. "이 쥐똥만 한 새끼야, 이게 우습냐?" 머도가 다른 아이들을 노려보자 다들 표정을 숨기려고 안간힘을 썼다. "내가 우습게 보이는 놈 또 있어?" 선선히 인정하는 아이는 아무도 없었다.

"하던 일이나 마저 하자고." 도널드가 말했다.

타이어를 배수로에서 꺼내 똑바로 세우는 데에만 오 분이나 걸렸다. 그러는 동안 내내 얼굴이 쑤셨다. 내일이 되면 뺨에 커다란 멍이 들 게 틀림없었다. 우리는 다시 원래 위치에 서서 크로보스트 도로 끝을 향해 서서히 그리고 조심스럽게 타이어를 굴렸다. 처음에는 경사면을 밀고 올라가는 것보다 내려가는 게 쉬워 보였다. 하지만 경사각이 증가할수록 타이어는 점차 무거워졌고, 저절로 가속도가 붙었다.

"이런, 제기랄! 속도 줄여!" 도널드가 식식거렸다.

"지금 우리가 낑낑대며 뭘 하고 있다고 생각하나?" 에인절의 목소리에 극심한 공포의 기색이 묻어났다.

타이어는 점차 무거워지고 속도가 빨라졌다. 그걸 늦추려는 우리의 손바닥은 고무에 쓸려 불이 붙은 것 같았다. 이제는 타이어 옆에 서서 점점 걸음을 재게 놀리는 데 급급했다. 맥리치 패거리도 더는 버틸 수 없었다. 여드름쟁이가 넘어지자 타이어가 그 애 다리를 타고 넘었다. 이어 캘럼이 여드름쟁이 몸에 걸려 대자로 나자빠졌다.

"더는 못 버티겠어! 더는 안 돼!" 머도가 아우성을 쳤다.

"제발 목소리 좀 낮춰." 도널드가 쉿 하는 소리를 냈다. 도로 양편에 집이 여러 채 있었다. 하지만 머도의 고함이야 우리가 당면한 문제 중 가장 사소한 것에 불과했다. 타이어는 이미 우리가 통제할 수 없는 상태였다. 에인절과 머도가 앞쪽에서 벗어나자 타이어는 어떻게든 자신을 멈추려고 안간힘을 쓰던 도널드의 손길을 뿌리쳤다.

자유를 얻은 타이어는 스스로 나아갈 방향을 잡았다. 우리는 그 뒤를 쫓아 허둥지둥 언덕길을 내려갔다. 하지만 타이어는 점점 더 속도를 올려 거리를 벌렸다. "아, 맙소사……." 도널드가 신음했다. 무엇 때문에 그랬는지 단번에 알 수 있었다. 타이어는 언덕 맨 아래쪽에서 간선도로의 커브길에 버티고 서 있는 크로보스트 상점을 향하고 있었다. 타이어의 무게와 속도를 감안하면 상점은 큰 손상을 입을 것이다. 그리고 우리에겐 막을 방법이 전혀 없었다.

유리 박살 나는 소리가 충격파처럼 한밤중 대기 속으로 퍼져 나갔다. 타이어는 문 왼쪽 유리창을 똑바로 치고 들어갔다. 건물 전체가 흔들렸으리라는 데에 내기를 걸어도 좋았다. 그러고는 그만이었다. 타이어는 괴이한 현대미술 조각처럼 유리창에 꼭 끼인 채 똑바로 서 있었다. 충돌이 있고 나서 삼십 초쯤 후에 모두 숨을 헐떡이며 상점 앞에 도착했다. 다들 충격에 빠져 아무 말도 하지 않았다. 우리는 절망적인 공포에 잠겨 멍하니 서 있었다. 150미터쯤 떨어진 가장 가까운 집에서 불이 켜졌다.

도널드는 도저히 믿지 못하겠다는 듯 머리를 흔들었다. "어떻게 이럴 수가 있지? 내 눈으로 보고도 믿기지가 않네." 도널드는 그 말만 몇 번이나 되풀이했다.

"빌어먹을, 얼른 이곳에서 빠져나가야 해." 머도가 숨을 급하게 쉬며 말했다.

"그러면 안 돼." 에인절이 당장이라도 도망치려는 동생의 가슴에 손을 올려 저지했다. "우리가 그냥 도망치면 누가 이랬는지 알아낼 때까지 조사를 계속할 거야."

"그래서 어쩌자는 거야?" 머도는 자기 형이 미친 게 아닌지 의심하는 눈길로 봤다.

"속죄양이 필요하다는 거지. 이 일을 다 뒤집어쓰고 나머지 사람을 밀고하지 않을 사람이. 사람들은 야단칠 상대를 손아귀에 넣으면 만족할 테고 말이야."

도널드가 머리를 가로저었다. "그런 말이 어디 있어? 미친 짓이지. 그냥 사라지자." 멀리서 사람들 목소리가 들렸다. 도대체 무슨 일이 벌어진 거냐고 물어대는 목소리가 점점 커졌다.

하지만 에인절은 주장을 굽히지 않았다. "아니, 내 말이 맞아. 날 믿으라고. 우린 지원자가 필요해." 그는 차례차례 한 사람씩 얼굴을 훑어봤다. 그러다가 내 얼굴에 눈길을 고정했다. "야, 고아 녀석. 넌 잃을 게 없잖아." 거부하려는 시도를 하기도 전에 나는 큰 주먹에 얼굴을 얻어맞고 다리가 풀리고 말았다. 허파의 바람이 다 빠져나갈 정도로 심하게 땅바닥에 쓰러졌다. 이어 녀석의 부츠가 내 배를 걷어찼고, 난 아무 저항도 하지 못한 채 태아처럼 웅크리며 땅바닥에 토를 했다.

도널드가 외치는 소리가 들렸다. "그만해! 빌어먹을, 그만두지 못해!"

그러자 에인절이 낮고 위협적인 목소리로 대꾸했다. "나랑 한판 해볼 생각이야, 목사집 아드님? 하나보다는 둘이 낫지. 네가 두 번째가 될 수도 있어."

잠시 적막이 흘렀고, 캘럼이 울먹였다. "이제 가야 해!"

빠른 속도로 멀어지는 발자국 소리가 소란했고, 괴괴한 평화가 서리와 함께 한밤의 공기 속으로 내려앉았다. 도저히 움직일 수 없었고, 심지어 돌아누울 힘조차 남아 있지 않았다. 가까운 집에서 흘러나오는 불빛이 많아졌다는 것만 간신히 느꼈다. 누군가가 외치는 소리가 들렸다. "상점이야! 상점에 도둑이 들었어!" 손전등 불빛들이 밤하늘을 찔렀다. 여러 손이 날 붙잡더니 난폭하게 일으켜 세웠다. 맥이 빠져 서 있기조차 힘들었다. 양쪽 겨드랑이에 어깨가 하나씩 들어와 날 떠받쳤다. 도널드의 목소리가 들렸다.

"제대로 받친 거야, 아슈타르?"

그리고 귀에 익은 아슈타르의 색색 소리가 들렸다. "그래."

두 사람은 나를 질질 끌며 도로를 가로질러 배수로로 뛰어들었다.

길게 자란 풀에 가려진 얼음과 진흙 속에서 얼마나 오랫동안 누워 있었는지는 모르겠지만, 거의 영원처럼 느껴졌다. 주민들이 잠옷에 가운을 걸치고 장화를 신고 달려와, 손전등으로 도로와 상점을 비추는 모습이 보였다. 실망에 찬 목소리도 들렸다. 1.8미터나 되는 트랙터 타이어가 상점 창문에 박혀 있는데 주변에 범인처럼 보이는 작자가 한 명도 없어서였다. 상점에 물건을 훔치러 들어간 놈은 없지만 그래도 경찰에 신고하는 게 좋겠다는 결론을 내리고 사람들은 집으로 되돌아갔다. 도널드와 아슈타르가 날 일으켜 세웠고, 우린 비틀거리며 얼어붙은 토탄 늪지를 가로질렀다. 언덕 그림자가 드리워진 어떤 집 문 앞에서 도널드는 아슈타르가 내 자전거를 가져올 때까지 함께 기다려주었다. 온몸이 쿡쿡 쑤시고 속도 거북했다. 도널드와 아슈타르가 붙잡힐 위험을 무릅쓰고 나를 데리러 왔다는 걸 잘 알고 있었다.

"왜 되돌아왔어?"

"아, 애초에 멍청한 아이디어를 낸 사람이 나니까." 도널드는 한숨을 내쉬었다. "네가 몽땅 다 뒤집어쓰도록 놔둘 수가 없었어." 그러고는 다시 말을 멈췄다. 얼굴이 보이지는 않았지만, 목소리에서 가득 찬 분노와 불만이 느껴졌다. "언젠가는 빌어먹을 에인절의 날개를 꺾고 말겠어."

사람들은 누가 스웨인보스트의 타이어를 크로보스트 상점 유리창에 처박았는지 끝내 밝히지 못했다. 하지만 타이어를 스웨인보스트 아이들에게 돌려줄 생각도 없었다. 경찰이 타이어를 압수했고, 그해 네스 지구에서 피운 모닥불 중 크로보스트의 것이 가장 멋졌다는 기록이 남았다.

5장

1

핀은 얼굴에 스치는 가벼운 바람을 맞으며 일차선 도로를 따라 마을
로 걸어갔다. 언덕 아래를 흘끗 내려다보니 차를 가져오려고 네스 항으
로 돌아가는 건이 보였다. 빗방울이 떨어지기 시작했지만, 시커먼 하늘
이 개고 있어 비가 더 내리지는 않을 듯했다.

8월임에도 누군가가 난롯불을 지피고 있었다. 결코 잘못 맡을 리 없
는 진하고 훈훈한 토탄 연기 냄새가 바람결에 실려 왔다. 그 냄새가 핀
을 이십 년, 삼십 년 전 과거로 몰고 갔다. 자신이 변해버린 그 세월 동안
변함없이 그대로인 이곳 풍경은 생각만 해도 기분이 이상했다. 어린 시
절 기억 속에 남아 있는 길을 걸으면서 핀은 과거라는 유령에 쫓기는 느
낌을 받았다. 토요일 오후가 되면 용돈으로 뭔가를 사 먹기 위해 자전거
를 타고 언덕 맨 아래쪽 상점으로 달려가던 자신과 아슈타르의 모습이
떠올랐다. 웬 아이의 고함 소리가 들려 고개를 돌리자 핀의 키보다 높은

곳에 올라앉은 집 옆에서 어린아이 두 명이 임시로 만든 그네를 타는 모습이 보였다. 빨랫줄에는 옷가지가 펄럭거렸고, 젊은 여자가 집 밖으로 나와 비가 떨어지기 전에 아이들을 불러들였다.

교회는 거만한 모습으로 커브 길에 버티고 앉아 아래쪽 마을과 바닷속으로 이어진 땅을 굽어봤다. 핀이 이곳을 마지막으로 찾았을 때까지만 해도 없었던 자갈 깔린 넓은 주차장이 마련되어 있었다. 입구와 출구에는 양 떼와 배설물을 막기 위해 캐틀 그리드*를 쳐두었다. 포장된 바닥면에는 깔끔하게 흰색 선을 그려놓아 신도들이 세례명순으로 주차할 수 있었다. 핀이 이곳에 살던 시절에는 신도들이 걸어서 교회에 갔다. 일부는 몇 킬로미터나 떨어진 곳에서 바람에 휘날리는 검은색 코트 자락을 다리에 휘감고, 어떤 사람은 양손으로 모자를 꼭 누르며, 또 어떤 사람은 양손으로 성경을 꼭 끌어안고 걸어왔다.

주차장부터 이어지는 계단 끝에는 거대한 이층집으로 지어진 목사관이 있었다. 목사에게는 친교실 세 곳과 침실 다섯 곳(세 곳은 가족용, 한 곳은 방문목사용, 다른 한 곳은 서재용)이 필요하다고 말하던 시절에 지어진 것이었다. 목사관에서는 저 멀리 하늘을 찌르는 손가락처럼 생긴 등대까지 섬 북단 풍경을 모두 볼 수 있었다. 목사관 역시 신의 분노를 전하듯 시시각각 변하는 날씨에 그대로 노출되어 있긴 마찬가지였다. 목사라 할지라도 루이스 섬의 변화무쌍한 날씨를 비켜가지는 못했다.

언덕의 커브 길을 지나면 절벽을 따라 도로 지면이 함께 높아졌다. 그 도로를 따라 펼쳐진 800미터가량의 땅이 크로보스트 지역이었다. 이곳에서 볼 수는 없지만, 핀은 아슈타르와 그의 부모가 살던 작은 농장이 불과 몇백 미터밖에 떨어져 있지 않다는 걸 알았다. 하지만 그곳을 방문할

* 자동차 외에 소나 양이 지나가지 못하도록 구덩이를 판 도로에 올려놓은 쇠막대기 판.

준비가 되어 있는지 확신할 수 없었다. 핀은 캐틀 그리드 옆에 있는 문을 열고 주차장을 가로질러 목사관으로 이어지는 계단을 올라갔다.

노크를 여러 번 하고 벨을 눌렀지만 대답이 없었다. 문을 밀자 어두운 현관 안쪽으로 열렸다. "계세요! 누구 없나요?" 침묵만이 핀을 맞이했다. 다시 문을 닫고 교회 쪽을 봤다. 이 지역 암석에서 잘라낸 커다란 돌덩이로 지어진 교회는 여전히 인상적이었다. 작은 탑 두 개를 좌우에 거느린 종탑이 아치형 출입구 위쪽으로 높게 솟아 있었다. 종탑이라고는 하지만 사실 안에 종은 없었다. 핀은 교회에서 종을 본 적이 없었다. 종이라고 해봐야 하찮은 거잖아. 어쩌면 종은 가톨릭을 연상시키는 것인지도 모른다. 양쪽으로 열리는 큰 문 바로 위쪽에 창문 두 개가 있고, 그 옆으로 각각 창문이 네 개 있었다. 높고 수수한 아치형 창문이었다. 엄격한 칼뱅주의 문화를 고수해온 이 교회에서는 색깔이 들어간 스테인드글라스 같은 것은 허용되지 않았다. 예수의 형상도 십자가도 없었다. 환희라고는 눈을 씻고 찾아도 보이지 않았다.

교회 문 하나가 절반쯤 열려 있었다. 핀은 목사가 신도를 맞이하거나 악수를 나누는 현관으로 걸어 들어갔다. 닳아빠진 마룻장에 덧바른 어두운 니스가 칙칙한 분위기를 자아냈다. 안에서는 먼지와 눅눅한 옷가지, 그리고 흘러간 시간의 냄새가 풍겼다. 그 냄새는 삼십 년이 지나도 바뀐 것 같지 않았다. 냄새는 길기만 했던 안식일의 괴로움을 연상시켰다. 핀의 부모님은 아침 6시 첫 예배는 아니지만, 낮 12시에 한 시간 삼십 분 동안이나 게일어로 이어지는 예배에 참석해서 찬송과 열렬한 설교를 듣게 했다. 오후에는 교회 뒤쪽 홀에서 주일학교 예배를 두 시간이나 참고 견뎌야 했다. 교회나 주일학교에 참석하지 않을 때면 아버지가 게일어 성경을 읽는 동안 집에 꼭 붙어 있어야만 했다.

핀은 어린 시절 발자국을 따라 교회로 들어갔다. 맨 안쪽에는 칙칙한 장로들이 찬송을 인도하는 높은 연단이 있고, 두 줄의 복도 좌우에는 조악한 신도석이 배치되어 있었다. 정교하게 조각되어 벽에 박힌 설교단은 높이 솟아 있어 양쪽에 설치된 계단을 딛고 올라가야 했다. 설교단에 선 목사는 일요일마다 지옥행이라는 위협을 내세우며 하찮은 미물들을 호되게 꾸짖었다. 신도 스스로 주님 품에 안길 때만 구원받을 수 있다고 매주 열변을 토하곤 했다.

핀의 머릿속에 게일어 찬송이 들려오는 듯했다. 그 소리에 익숙하지 않은 사람에게는 무반주로 행해지는 괴이한 성가가 혼란 그 자체일 게 뻔했다. 하지만 게일어 성가에는 깊은 연민을 자아내는 무언가가 있었다. 무지막지한 역경 앞에서 생존을 위해 몸부림쳤던 대지와 풍경이 담겨 있었다. 그는 이곳 사람들만이 뿜어내는 그 무엇인가에 둘러싸여 성장했다. 대부분은 주를 찬양하는 노래를 부르며 혹독한 삶에서 살아갈 의미를 찾아준 신에게 감사할 줄 아는, 그리고 삶을 지탱하는 독특한 뭔가를 스스로 찾아내는 선량한 사람들이었다. 하지만 그러한 기억을 떠올리는 것만으로도 핀은 소름이 돋았다.

그 순간 교회 발코니 주변에서 덜거덕거리는 소리가 교회 내부를 꽉 채울 듯 울렸다. 쇠와 쇠가 마주치는 소리였다. 핀은 어리둥절한 표정으로 주위를 둘러보고서야 벽을 따라 설치된 라디에이터 소리라는 걸 깨달았다. 중앙난방 장치는 새로운 것이었다. 높다란 창문에 끼워진 이중유리창도 마찬가지였다. 지금의 안식일은 삼십 년 전 그것보다 따스할 것 같았다. 핀은 현관 홀로 되돌아가다가 한쪽 문이 끝까지 열려 있는 걸 봤다. 덜거덕거리는 소리는 그 문짝 너머 어딘가에서 들려왔다.

그 문은 보일러실로 통했다. 커다란 기름보일러가 문이 활짝 열린 채, 보호 커버 없이 비잔틴 양식의 아치 형태를 드러내고 있었다. 내부에서 떼어낸 온갖 잡동사니가 보일러를 받치는 콘크리트 받침대에 흩어져 있었다. 공구 상자가 열려 있고, 푸른색 작업복을 걸친 남자가 바닥에 누워 커다란 스패너로 보일러 파이프를 두들기며 접합부를 느슨하게 하려고 애썼다.

핀이 말했다. "실례합니다. 도널드 머리 목사님을 찾는데요."

작업복 남자가 깜짝 놀라 몸을 일으키다가 보일러 문짝에 머리를 부딪쳤다. "젠장!" 핀은 그제야 목 부분이 벌어진 작업복 안 로만칼라를 봤다. 핀은 손질되지 않은 덥수룩한 모랫빛 머리카락 아래 각진 얼굴을 알아봤다. 머리카락은 이제 군데군데 회색이 끼어들고 조금 숱이 적어 보였다. 얼굴에도 변화가 생겼는데, 소년다운 아름다운 모습은 사라지고 입과 눈 주위에 주름이 잡혀 냉정해 보였다. "제대로 찾아오셨습니다." 그는 눈을 가늘게 뜨고 핀을 올려다봤지만, 핀의 등 뒤에 자리 잡은 햇빛 때문에 얼굴을 알아보지 못했다. "뭘 도와드릴까요?"

핀이 말했다. "악수 먼저 할래? 옛 친구들은 서로 만나면 으레 그러잖아."

머리 목사는 이마를 찌푸리고 일어서서 자신을 안다는 낯선 사람의 얼굴을 가만히 들여다봤다. 그러더니 목사의 눈동자에 반가운 기색이 떠올랐다. "맙소사! 핀 매클라우드잖아!" 목사는 핀의 손을 꽉 잡고 힘차게 흔들었다. 미소가 얼굴 전체로 퍼져 나갔다. 도널드에게서 예전에 알던 소년의 모습이 다시 보였다. "이런, 이렇게 만나서 정말 반가워. 다시보니 좋네." 도널드의 말은 진심이었지만, 그건 다른 생각이 문득 떠올라 그의 미소를 가시게 할 때까지만이었다. 도널드는 미소를 지우며 말했다. "오랜만이야."

도널드 머리가 아버지를 뒤이어 크로보스트 자유독립교회의 목사가 됐다고 건이 말했을 때 정말 믿기지 않았다. 하지만 눈앞에 서 있는 도널드의 모습을 부정할 수 없었다. 믿기 힘든 건 변함이 없었지만. "거의 십칠 년 만이지. 하지만 칠십 년이 지난다 해도 로만칼라를 한 너를 보게 될 줄은 꿈에도 몰랐어. 가장무도회에서나 이렇게 차려입겠거니 했지."

도널드는 머리를 약간 기울였다. "주님께서 잘못 살아온 길을 돌이켜 주셨지."

핀은 '길'이라고 하니 똑바르고 좁은 길에서 크게 벗어났던 도널드의 모습이 떠올랐다. 도널드는 핀과 같은 시기에 글래스고로 갔다. 핀이 대학에 다니는 동안, 도널드는 음악 프로모션 사업에 뛰어들어 1980년대에 글래스고에서 가장 성공한 몇몇 밴드의 매니저 겸 프로모터를 담당했다. 그런데 그때부터 일이 틀어지기 시작했다. 술을 퍼마시는 게 일보다 중요해진 것이다. 사업은 궁지에 몰렸고, 도널드는 마약에 푹 빠져들었다. 핀은 어느 날 밤 한 파티에서 도널드를 만났는데, 그는 핀을 보자마자 대뜸 코카인을 내밀고 여자도 한 명 떠맡겼다. 도널드는 당연히 파산했다. 눈동자에 죽음의 기운까지 감돌았다. 핀은 도널드가 마약소지죄로 체포되어 벌금형을 받고 스코틀랜드를 떠나 런던이 있는 남쪽으로 갔다는 소식을 나중에 들었다.

"그때 쿠람curàm에 걸렸던 거였어?" 핀이 물었다.

도널드는 일부러 핀의 눈길을 피하며 기름 묻은 두 손을 해진 수건으로 닦았다. "그건 내가 좋아하는 말이 아니야."

이 섬에서는 설명하려는 단어의 뜻이 게일어를 통해 완전히 뒤바뀌는 일이 비일비재했다. 쿠람의 뜻은 문자 그대로 걱정거리였다. 하지만 개과천선하여 새로운 삶을 살게 된 사람을 묘사할 때는 사람들이 걸릴 수 있는 무엇이라는 의미로 사용되었다. 바이러스처럼. 어떤 면에서는 틀린 말이 아니었다. 걱정거리는 마음의 바이러스와 다를 바 없으니까. 핀이 말했다. "난 딱 들어맞는 말 같은데. 세뇌에 가까운 어린 시절을 보냈고, 이어 거기에 반항이라도 하듯 타락한 삶을 영위했으니까. 음주에 마약에 자유분방한 여자들까지." 핀은 잠시 말을 멈췄다. "귀에 익은 소리 아니야? 내 생각은 이래. 지옥 불에 구워질 온갖 나쁜 일을 닥치는 대로 먹어치우다가 뒤늦게 소화불량에 걸린 것처럼 두려움과 죄책감이 찾아온 거지." 도널드는 도전적인 비난에도 꿋꿋하게 핀을 마주 봤다. "사람들 말처럼 바로 그때 주님께서 너에게 말씀하셨겠지? 그렇게 너는 주님 말씀을 듣고자 하는 사람들에게 아주 특별한 존재가 되었고. 네가 밟아온 길이 딱 이런 거지, 도널드?"

"널 참 좋아했는데, 핀."

"나는 언제나 널 좋아했어, 도널드. 날 때리려던 머도 루아크를 막아준 그날부터 쭉." 핀은 도널드에게 왜 그렇게 스스로 인생을 망가뜨려야 했는지 물어보고 싶었다. 그렇지만 도널드가 술과 마약에 찌들었던 자신의 과거를 변기 속으로 흘려보냈다는 걸 알았다. 어쩌면 지금 그의 모습이야말로 진정한 속죄일지 모른다. 어쨌거나 모든 사람들이 핀처럼 하나님을 향해 반감을 품은 건 아니었다. 핀은 마음이 풀렸다. "미안해."

"이유가 있어서 온 거야?" 도널드는 핀을 용서할 준비가 되지 않은 게 분명했다.

핀은 애석한 표정으로 살짝 웃음을 보였다. "대학에 가려고 그토록 많은 시간을 공부했건만 그걸 내던져버렸어. 결국 경찰이 됐고. 아주 엉뚱한 궤도 수정이지?" 핀은 씁쓸한 미소를 지었다.

"소문으로 들었어." 도널드는 조심스럽게 몸을 사렸다. "그런데 여전히 이곳에 온 이유를 말해주지 않았어."

"에인절 맥리치 살인사건을 수사하고 있어, 도널드. 에인절이 내가 수사하던 에든버러의 살인사건과 같은 수법으로 살해돼서 불려온 거지."

도널드의 얼굴에 미소가 잠시 스쳤다. 자신의 예전 모습을 살짝 드러내 보인 것이다. "내가 그 짓을 했는지 알고 싶은 거로군?"

"네가 그랬어?"

도널드는 폭소를 터뜨렸다. "아니."

"에인절 맥리치의 날개를 꺾어버릴 거랬잖아."

도널드의 미소가 사라졌다. "우린 지금 주님의 집에 있어, 핀."

"내가 그걸 왜 신경 써야 해?"

도널드는 잠시 핀을 보더니 등을 돌리고 쭈그려 앉아 공구를 상자에 넣었다. "네가 주님을 거역하게 된 건 무신론자 이모 때문이겠지?"

핀은 고개를 가로저었다. "아니. 이모는 내가 자기처럼 종교를 갖지 않는 것에 만족했어. 하지만 이모는 이미 늦었던 거야. 내 믿음 체계가 이미 손상을 입었거든. 오염되었다고 해야 하나. 일단 뭔가를 믿게 되면 그 생각을 깨는 게 무척이나 어렵잖아? 나는 하나님이 선하지 않다는 걸 믿게 됐을 뿐이야. 이렇게 된 책임은 오로지 하나님에게 있고." 고개를 획 돌려 핀을 보는 도널드의 찌푸린 얼굴에는 이해가 안 된다는 표정이 역력했다. "그분이 부모님을 바르바스 황야에서 데려간 그날 밤부터였어." 핀은 억지로 미소를 지었다. "아, 물론 그때 나는 어렸지. 좀 더 이성적인 판단을 하게 된 요즘에는 그 모든 게 그저 헛소리라는 걸, 그리고 살다 보면 그런 일이 일어난다는 걸 잘 알아." 그러고는 쓰디쓴 어조로 덧붙였다. "한 번이 아니었던 게 문제지만." 핀이 신을 향해 분개하는 데에는 한 가지 이유가 더 있었다. "하나님이 어쩌면 실제로 있을지도 모르겠다는 생각이 들 때 다시 화가 나기 시작했어."

도널드는 다시 공구 쪽으로 얼굴을 돌렸다. "너, 내가 에인절 맥리치를 죽였는지 물어보려고 여기 온 게 아니지?"

"네가 녀석을 정말 좋아하지 않긴 했지."

"꽤 많은 사람이 녀석을 좋아하지 않았지. 그렇다고 그 사람들이 녀석을 죽였다는 뜻은 아니잖아?" 도널드는 말을 멈추더니, 망치 하나를 손에 들고 무게를 가늠하듯 천천히 흔들었다. "하지만 그 죽음에 대한 느낌을 묻는다면, 이 세상에 별로 손해는 아니라고 생각해."

"별로 기독교인다운 생각은 아니네." 핀이 말하자, 도널드는 망치를 공구 상자에 집어넣었다. "우리가 어렸을 때 녀석에게 받은 수모 때문이야, 아니면 딸이 녀석에게 강간당했다고 주장하기 때문이야?"

도널드가 일어섰다. "내 딸을 강간한 건 사실이야." 그는 핀이 반박하도록 도발하면서 방어적인 태도를 취했다.

"그런 말을 들었는데도 전혀 놀랍지가 않아. 그래서 실제로 무슨 일이 벌어졌는지 알고 싶어."

도널드는 핀을 밀치고 복도로 나갔다. "네가 알아야 할 것들은 경찰 조서에서 찾을 수 있을 거야."

핀은 도널드를 따라갔다. "당사자에게 듣는 게 더 확실할 것 같거든."

도널드는 걸음을 멈췄다. 그는 몸을 홱 돌려서 옛 친구에게 한 걸음 다가섰다. 도널드는 지금도 핀보다 7센티미터 정도는 더 컸다. 180센티미터를 훌쩍 넘는 키라서 113킬로그램에 달하는 에인절의 목을 밧줄로 묶어 네스 항 보트 창고 대들보에 충분히 매달 수 있겠다는 생각이 들었다. "난 너뿐만 아니라 어느 누구에게도 딸아이가 겪은 일에 관해 말하고 싶지 않아. 그 녀석은 내 딸을 강간했고, 경찰은 딸아이를 거짓말쟁이 취급했지. 강간만으로는 충분히 수치스럽지 않은 것처럼."

"도널드, 난 네 딸을 창피줄 생각도 없고, 거짓말했다고 비난할 생각도 없어. 그저 그 애가 하는 이야기를 들었으면 해."

"안 돼."

"이봐, 억지를 부리고 싶진 않지만 이건 살인사건 수사란 말이야. 너희 딸과 이야기하고 싶다면 언제든지 이야기할 수 있어."

핀은 도널드의 눈동자에서 아버지의 분노를 봤다. 순간적으로 확 들끓었지만 어떤 내적인 자제력이 그 불길을 누그러뜨렸다. "딸아이는 지금 여기 없어. 걔 엄마와 함께 시내에 있지."

"그럼 다시 올게. 내일쯤."

"핀, 다시는 오지 않는 게 나을 거 같아."

핀은 도널드의 말과 어조에서 소름 끼치는 위협의 기색을 느꼈다. 이 사람이 핀을 지키려고 망나니들과 맞서고, 에인절 맥리치에게 얻어터져 크로보스트 상점 앞에 쓰러져 있던 핀을 구하러 달려온 소년과 같은 인물인지 의심스러웠다. "왜지? 내가 진실을 찾아낼지도 몰라서? 진실을 두려워하는 이유가 뭐야, 도널드?" 도널드는 핀을 노려봤다. "맥리치가 내 딸을 강간했다면 내 손으로 직접 문제를 해결하고 싶어할 거라고 생각했나 본데." 도널드는 머리를 가로저었다. "내가 그런 일을 했다고 생각하다니 믿을 수 없네, 핀."

"어쨌거나 토요일 밤에 어디 있었는지 알고 싶어."

"네 동료들이 이미 다 물었어. 조서에서 찾을 수 있을 거야."

"조서가 거짓말을 할 때는 알아차릴 수 없어. 하지만 사람이 거짓말을 할 때면 대부분 알아차릴 수 있지."

"토요일 밤이면 언제나 있는 곳에 있었어. 집에서 안식일에 할 설교의 원고를 썼지. 아내에게 물어보면 내 말을 증명해줄 거야." 도널드는 문으로 걸어가더니 이제 대화가 끝났다는 듯 핀이 나갈 수 있도록 문을 잡아두었다. "어쨌든 죄인에게 죗값을 전달하는 건 내 일이 아니야. 주님께서 당신의 방법으로 에인절 맥리치를 처리하시겠지."

"어쩌면 이미 처리했을지도." 핀은 본격적으로 비가 쏟아지는 오후의 공기 속으로 걸어 나갔다. 비가 가로로 세차게 날리며 떨어졌다.

건의 차가 공회전하고 있는 주차장에 도착했을 때, 핀은 흠뻑 젖고 말았다. 핀은 빗물을 뚝뚝 흘리며 조수석에 털썩 주저앉아 문을 세게 닫았다. 건이 송풍기를 켜고 핀을 흘깃 봤다. "어떻게 할까요?"

"에인절에게 강간당했다고 여자애가 고소했던 날 밤에 무슨 일이 있었는지 말해주세요."

2

스토너웨이로 차를 몰아 돌아가는 동안 하늘에 온통 드리워진 구름이 갈라졌다. 하늘은 푸른색과 검은색, 보라색이 섞인 넝마로 뒤덮인 것 같았다. 두 사람 앞에 펼쳐진 도로는 지평선까지 계속 올라갔다. 헤드라이트 불빛에 떨어지는 빗물이 보였다.

"그 일은 두 달 전쯤 발생했습니다. 도나 머리와 그 애의 친구들이 크로보스트 소셜 클럽에서 술을 마시고 있었죠." 건이 말했다.

"열여섯 살이라고 하지 않았나요?"

건은 핀이 농담하는 건가 하고 슬쩍 훔쳐봤다. "고향을 너무 오랫동안 떠나 계셨군요, 매클라우드 형사님."

"열여섯에 술을 마시는 건 불법이에요."

"금요일 밤이었다고요, 형사님. 술집은 엄청 바글댔을 겁니다. 여자애들 몇 명은 열여덟 살을 넘었을 거고요. 어쨌거나 아무도 걔들 나이를 궁금해하거나 주의를 기울이지 않았을 겁니다."

그 순간 햇살이 어둠을 갈랐고, 와이퍼가 햇살과 빗물을 뭉개서 창에 발랐다. 무지개가 멀리 떨어진 황야에서 솟아올랐다.

"남자애들과 여자애들 사이에 늘 벌어지는 일이 있죠. 알코올과 십대의 호르몬이 섞이면 어떻게 되는지는 잘 아시겠죠? 어쨌거나 에인절은 으레 차지하던 바 자리에 앉아 팔꿈치를 괴고 나이 어린 여자애들에게 음탕한 눈길을 던졌습니다. 수십 년 동안 그렇게 맥주로 내부 장기를 쓸어내렸는데 성 호르몬이 아직도 남아 있다니 놀랍지 않습니까?" 건이 웃었다. "녀석의 간 상태를 보셨잖습니까." 핀은 고개를 끄덕였다. 에인절은 십대였을 때도 술고래였다. "그건 그렇고 뭐 때문인지는 모르지만 그날 밤에 도나가 녀석의 눈에 든 모양입니다. 그리고 말도 안 되는 일이지만, 녀석은 도나가 자신의 매력에 빠져들 거라 생각했던 것 같습니다. 그래서 도나에게 술을 사겠다고 한 거고요. 처음에 여자애가 거절했을 땐 에인절은 아마 단념했을 겁니다. 그런데 그때 누군가가 도나가 도널드 머리의 딸이라고 말해줬나 본데, 그게 탐욕을 부추긴 것 같습니다."

핀은 도널드 머리의 딸을 건드린다는 게 맥리치의 비뚤어진 우월감을 얼마나 자극했을지 상상할 수 있었다. 특히나 그 애 아버지가 그 사실을 알게 됐을 때는 더욱더 신이 났을 것이다.

"맥리치는 그날 밤 내내 도나를 못살게 굴었습니다. 그 애가 손에 대지도 않는 술을 사기도 하고, 허리를 껴안으려 하기도 하고, 음탕한 제안도 하면서요. 도나의 친구들은 이 일을 웃음거리로만 생각했다더군요. 맥리치가 실제로 위협적일 거라고 생각한 사람은 없었어요. 그저 술이 과한 늙다리 정도로만 본 거죠. 도나는 한껏 즐겨야 할 금요일 밤을 망쳐서 집으로 돌아가겠다고 했답니다. 정나미가 떨어진 거죠. 도나 친구들 말로는 아주 화가 나서 뛰쳐나갔답니다. 대다수가 알아차리지 못했지만, 일 분쯤 후에 맥리치가 슬며시 빠져나가 도나를 쫓아가는 걸 여자 바텐더가 봤습니다. 여기서부터 진술이 상반됩니다."

그들이 탄 차는 콘크리트로 만들어진 사우스 델의 버스 정류장을 지나쳤다. 십대 여자애들이 정류장에 옹기종기 몰려 있었다. 이러한 버스 정류장은 루이스 섬에만 있는 특이한 것인데, 지붕은 편평했고 바람이 어떤 방향에서 불든 대피소 역할을 할 수 있도록 개방된 네 개의 칸으로 구성되어 있었다. 핀은 어렸을 때 '거인의 피크닉 탁자'라고 불렀다.

도나 또래로 보이는 여자애들은 밤을 즐기려고 스토너웨이로 데려다줄 버스를 기다리고 있었다. 알코올과 십대의 호르몬이 결합되면……? 핀은 이 나이대 애들이 칵테일 한 잔에도 자신이 얼마나 위험해질 수 있는지 전혀 모를 거라고 생각했다. 빗물이 들이치는 차창 밖으로 창백한 얼굴에 떠 있는 미소들이 지나갔다. 인생은 어느 누구도 예측할 수 없지만 분명 예측할 수 있는 길로 나아가기도 한다.

"도나가 소셜 클럽을 떠나 집에 도착하기까지 삼십오 분가량 걸렸습니다." 건이 말했다.

핀은 입술을 오므리며 숨을 내쉬었다. "기껏해야 십 분밖에 안 걸릴 거리인데요?"

"칠 분입니다. 여성 경찰 한 명을 걷게 하고 시간을 재봤습니다."

"그럼 사라진 삼십 분 동안에 무슨 일이 벌어졌던 건가요?"

"도나 말로는 에인절이 자신을 성폭행했다고 합니다. 그 애가 그렇게 말했습니다. 도나가 집에 돌아왔을 때는 옷차림이 엉망이었답니다. 그건 그 애 아버지가 한 말입니다. 얼굴이 벌겠고, 화장이 뭉개졌고, 어린애처럼 엉엉 울었다더군요. 아버지가 경찰에 신고했고, 경찰은 사정을 청취하고 경찰의에게 성폭행 검사를 받도록 하기 위해 도나를 스토너웨이로 데려갔습니다. 바로 그때 도나가 강간이라는 단어를 최초로 사용했습니다. 그러니까 네스와 스토너웨이 사이에서 성폭행이 강간으로 바뀐 거죠. 경찰은 항상 하던 대로 폭행의 정확한 본질을 파악해야 했습니다. 자세한 부분을 알아보기 위해 질문을 시작하자, 도나는 신경질적으로 돌변했죠. 하지만 도나는 맥리치가 자신을 강제로 바닥에 눕히고 성기를 질 속으로 넣었다고 증언했습니다. 물론 도나가 동의하지 않은 행동이었고요. 도나는 성관계를 가진 적이 없었답니다. 이전까지는요." 건은 좀 불안한 눈길로 핀을 슬쩍 봤다. "하지만 솔직하게 말씀드리자면, 매클라우드 형사님, 그 애의 몸이나 옷에서 피나 다른 특이 사항이 발견되지는 않았습니다. 축축했던 밤에 강제로 바닥에 눕혀졌다는 걸 증명하는 외상도 없었습니다. 양쪽 팔에 눈에 띄는 멍도 없고, 옷가지가 젖거나 더럽혀지지도 않았던 겁니다."

핀은 갈수록 얼떨떨했다. "성폭행 검사 결과는 어떻게 나왔죠?"

"바로 그게 문제입니다, 매클라우드 형사님. 도나는 검사를 받지 않았습니다. 단도직입적으로 거부하더군요. 너무 굴욕적이라면서요. 우리는 물증이나 목격자가 없으면 에인절을 기소할 가능성이 없다고 누누이 말해줬습니다. 나중에 밝혀졌지만, 우리가 소셜 클럽 밖에서 찾아낼 수 있던 유일한 목격자는 에인절이 도나와 반대 방향으로 갔다고 진술하더군요. 그리고 도나가 성폭행 검사를 거부했기 때문에……."

"그 애 아버지는 뭐라던가요?"

"아, 그 사람은 딸아이를 끝까지 지지하더군요. 딸이 검사를 받지 않겠다면 그건 그 애의 권리라고 하면서요. 경찰의 입장을 분명히 설명해줬지만, 딸아이가 원하지 않는다면 설득할 방법은 없다고 했죠."

"도나 아버지가 그 말을 하는 태도는 어땠죠?"

"화가 나 있었다고 말씀드려야겠네요, 매클라우드 형사님. 잘 아시죠? 주먹을 꽉 말아쥐고서 속으로 화를 삭이는 모습 말입니다. 겉으로는 아주 침착해 보였습니다. 너무나 침착해서 거슬리긴 했지만. 어쨌든 수문을 열기 전 댐에 갇힌 물처럼 고요했습니다." 건이 한숨을 내쉬었다. "아무튼 수사관들이 그날 밤 소셜 클럽에 있던 사람을 모두 취조했지만, 도나의 진술을 뒷받침해줄 사람은 한 명도 없었습니다. 이론상으로는 종결된 게 아니지만, 사실 수사는 끝났다고 봐야겠죠." 건이 이번에는 머리를 절레절레 저었다. "아주 옛 같은 사건입니다. 소문과 뒷말이 무성하고, 사람들 대부분은 에인절이 도나를 강간했다고 믿으니까요."

"당신도 그 녀석이 강간을 했다고 생각합니까?"

황야 곳곳에 형성된 작은 물웅덩이가 햇살을 받아 차가운 푸른빛으로 번쩍거렸다. 비가 남쪽으로 몰려가며 맑은 하늘이 드러났다. 그들이 시아드르를 지나갈 무렵에는 바르바스의 하얀 오두막들이 서쪽으로 넘어가는 태양의 햇살을 받아, 저 멀리 남쪽 산맥의 완만한 경사면을 밝혔다.

"제 생각으로는…… 매클라우드 형사님. 녀석에 대한 모든 것을 종합해볼 때, 아주 개차반이었던 건 분명합니다. 하지만 형사님도 아시다시피 증거가 없습니다."

"난 증거에 관해 묻지 않았어요. 당신 생각을 물었을 뿐."

건은 운전대를 두 손으로 꽉 잡았다. "제게서 들었다는 말씀을 하지 않으시리라 믿고 말씀드리겠습니다, 매클라우드 형사님." 건은 잠시 망설였다. "도나가 새빨간 거짓말을 하고 있다고 생각합니다."

3

파크 게스트 호텔은 사암 주택이 늘어선 거리에 우뚝 서 있었다. 길 맞은편 검은색 울타리 뒤쪽으로 빗물에 젖어 음울해 보이는 짙은 색 석조 건물, 칼라크 인 호텔이 보였다. 파크 게스트 호텔은 시내에서 쾌적한 레스토랑을 찾아다니는 사람들에게는 고향과 같은 곳이었다. 여름 햇살을 온전히 받아들일 수 있도록 온실처럼 꾸며져 있어, 동지와 하지에는 한밤중에도 태양이 붉게 물들인 하늘을 바라보며 식사할 수 있었다.

크리스 애덤스는 손님을 대접하는 1층 응접실이 이야기를 나누기에 적당한 장소가 아니라는 핀의 말을 듣고서야 마지못해 그를 싱글베드가 딸린 2층의 휴식 공간으로 안내했다. 마룻장이 젖은 눈을 밟을 때처럼 끽끽거리는 소리를 냈다. 핀은 애덤스가 계단을 오를 때 몸이 경직되고 불편해 보인다는 것을 알아차렸다. 애덤스는 예상치 못하게도 잉글랜드 사람이었다. 특유의 매끄러운 억양이 아니었더라면 전혀 알아보지 못할 뻔했다. 나이는 서른 살 정도였고, 비쩍 마르고 키가 큰 데다 아주 샛노란 금발이었다. 동물권을 추구하기 위해 많은 시간을 야외에서 보냈다고 하기에는 안색이 창백했다. 왼쪽 눈 주위와 광대뼈에 난 누르스름한 멍 때문에 상앗빛 피부가 손상되어 있었다. 애덤스는 헐렁한 코듀로이 바지와 "돈을 먹을 수는 없다" 어쩌고 하는 슬로건이 새겨진 맨투맨 티셔츠 차림이었다. 손가락이 비정상적으로 길었고, 어딘가 여자 손같이 보였다.

애덤스는 핀이 방으로 들어설 수 있도록 열린 문을 붙잡고 있더니, 이내 옷가지와 서류가 놓인 접이식 의자를 치우고 그 자리에 앉았다. 휴식 공간이 종이 폭발의 중심지인 양, 수백 장이 벽에 붙어 있었다. 지도와 메모지, 잘라낸 신문, 포스트잇이 즐비했다. 핀은 호텔 주인이 이런 꼬락서니를 보면 놀랄지도 모르겠다고 생각했다. 침대에는 책과 링 바인더 폴더와 공책 들이 널려 있었다. 창가 서랍장에 놓인 노트북 컴퓨터 주변에는 더 많은 서류와 플라스틱 컵들과 테이크아웃해 온 중국 음식 찌꺼기가 공존했다. 애덤스가 쓰는 휴식 공간 창문에서는 제임스 거리를 가로질러 유리와 콘크리트로 된 으스스한 건물이 눈에 들어왔다.

"저는 이미 경찰에 필요 이상의 시간을 할애했단 말입니다." 애덤스는 일단 불평부터 늘어놓았다. "그런데도 절 폭행한 녀석을 체포하려는 노력은 전혀 않다가, 그자가 죽었다는 사실이 드러나자마자 살인 혐의를 씌우더군요." 애덤스의 휴대전화 벨소리가 울렸다. "잠시 실례할게요."

얼른 전화를 받은 애덤스는 지금 바쁘니까 조금 있다가 전화하겠다고 했다. 그러더니 뭔가를 기대하는 눈빛으로 핀을 봤다. "저…… 제게서 뭘 알고 싶은 겁니까?"

"애덤스 씨께서 이 올해 5월 25일 금요일에 어디에 있었는가를요."

핀의 말이 애덤스의 허를 제대로 찌른 셈이었다.

"그건 왜요?"

"애덤스 씨, 이유는 일단 묻지 말고 그저 어디에 있었는지만 말씀해주시죠."

"음…… 모르겠는데요. 다이어리를 확인해봐야겠어요."

"그럼 그래주시죠."

애덤스는 두려움과 초조함이 뒤섞인 눈길로 핀을 봤다. 그는 다 들리도록 혀를 차더니 침대 끝에 엉덩이를 걸치고 앉아 기다란 손가락으로 노트북 키보드를 현란하게 두드렸다. 화면이 깜빡이더니 살아나서 다이어리 화면이 나타났다. 일간 기록에서 월간 기록으로 페이지를 바꾼 뒤 8월에서 5월까지 거꾸로 스크롤했다. "5월 25일에는 에든버러에 있었네요. 그날 오후에 사무실에서 RSPCA* 지역 대표들과 회의를 했거든요."

"그날 밤에는 어디 있었습니까?"

"모르겠는데요. 아마 집에 있었을 겁니다. 사생활은 따로 기록하지 않아서요."

"집에 있었다는 걸 확실히 알아야 할 필요가 있는데요. 혹시 주장을 뒷받침해줄 사람이 있습니까?"

깊은 한숨이 터져 나왔다. "로저라면 알지도 모르겠네요. 같은 집에 사니까요."

* Royal Society for the Prevention of Cruelty to Animals, 영국동물보호협회.

"그렇다면 그 사람에게 물어보고 제게 알려주시죠."

"도대체 뭐 때문에 이러는 겁니까, 매클라우드 형사님?"

핀은 그 질문을 묵살했다. "존 시브라이트라는 이름에서 뭐 생각나는 점 없습니까?"

애덤스는 생각하는 시늉조차 하지 않았다. "아니요, 아무 생각도 나지 않습니다. 도대체 왜 이러는지 말해주실래요?"

"올해 5월 26일 이른 시각에 에든버러의 부동산 양도 전문변호사 존 시브라이트가 리스 워크 초입의 가로수에 목이 매달린 채 발견됐습니다. 목이 졸리고, 벌거벗겨지고, 배가 갈라져 내장이 흘러나와 있었죠. 아시겠지만 불과 사흘 전에 앵거스 존 맥리치라는 사람이 이곳 루이스 섬에서 그 사람과 흡사한 운명을 맞이했습니다."

애덤스의 목구멍 깊은 곳에서 아주 작은 숨소리가 터져 나왔다. "그래서 형사님은 제가 스코틀랜드를 순회하며 사람 배를 가르고 다니는지 알고 싶은 겁니까? 제가요? 말도 안 되는 소립니다, 매클라우드 형사님. 웃기는 소리라고요."

"제가 농담하는 것 같습니까, 애덤스 씨?"

애덤스는 도저히 믿기 어렵다는 눈길로 핀을 빤히 봤다. "로저에게 그날 밤 우리가 뭘 했는지 물어보겠습니다. 로저라면 알 겁니다. 저보다 차분하거든요. 또 물어볼 게 있습니까?"

"네, 에인절 맥리치가 왜 애덤스 씨를 폭행했는지 말해줬으면 합니다."

"천사? 에인절이라고요? 그 녀석을 그렇게 부르나요? 지금쯤이면 천국이 아니라 지옥으로 날아가고 있을 텐데……." 애덤스는 이마를 찌푸렸다. "저는 이미 공식적인 진술서를 작성했단 말입니다."

"제게는 하지 않았죠."

"가해자가 경찰의 손길이 미치지 않는 곳으로 가버린 상황에서 폭행

따위를 더 수사해야 할 의미가 있나요?"

"무슨 일이 있었는지만 그대로 말해주시면 됩니다." 핀은 안달이 나는 걸 간신히 참았다. 하지만 그의 목소리에 담긴 무엇인가가 그대로 전달됐는지 애덤스는 더욱 극적으로 한숨을 내쉬었다.

"지역신문 중 하나인 〈헤브리디언〉이 제가 안 스커에서 매년 벌어지는 구가 학살을 저지하기 위해 이 섬에 왔다고 보도했죠. 형사님도 알다시피 섬사람들은 매년 이천 마리의 구가를 살해해요. 도살하는 겁니다. 사람들이 절벽을 기어올라가 가엾은 새끼를 목 졸라 죽이는 동안, 어미들은 미친 듯이 머리 위를 날며 죽어가는 새끼 앞에서 울음을 터뜨립니다. 잔혹하기 짝이 없죠. 비인도적이고요. 이게 전통인지는 모르겠지만 21세기 문명국가에서는 옳은 일이 아니죠."

"강의는 그만하시고 사실에만 집중해주시면……."

"신도 버린 이 지역 주민들과 마찬가지로 형사님도 그런 짓거리를 지지하나 보군요. 그게 제가 전혀 예상하지 못한 일 중 하나라는 걸 아나요? 섬 주민 중 단 한 사람도 저를 지지하지 않더라고요. 그래서 우리 숫자를 늘리면 지역의 반대를 물리칠 수 있지 않을까 생각했습니다."

"이 지역 사람들은 구가 맛을 즐기죠. 애덤스 씨에게는 야만적으로 보일지 몰라도 새를 죽이는 데 사용하는 방법은 고통 없이 순간적으로 숨을 끊는 겁니다."

"올가미 달린 막대기와 몽둥이로요?" 애덤스는 혐오감이 이는지 입술을 삐쭉거렸다.

"그런 도구들은 아주 효과적입니다."

"형사님이 그걸 어떻게 알죠?"

"당연히 잘 알죠. 저도 해봤으니까요."

애덤스는 입안에 역겨운 맛이 도는 표정을 지으며 핀을 봤다. "그렇다면 이 문제를 형사님과 논하는 건 아무 의미가 없겠네요."

"좋습니다. 그럼 다시 폭행 문제로 되돌아갈까요?"

휴대전화가 다시 울렸다. 그는 얼른 전화를 받았다. "애덤스입니다…… 아, 너로군." 애덤스는 친밀한 이야기를 나누는 것처럼 목소리를 낮췄다. "지금 울라풀에 있는 거야? 페리가 언제 들어온다고? 좋아, 페리 터미널에서 만나." 그는 핀을 의식해서인지 흘끗 봤다. "잠시 후에 다시 전화할게. 경찰관이 찾아왔거든……. 그래, 또 찾아왔다고." 애덤스는 눈 알을 굴렸다. "알았어, 끊어." 애덤스는 휴대전화를 침대에 내려놓았다. "대화 도중 전화를 받아서 미안하네요." 말만 그랬지 전혀 미안해하는 표정이 아니었다.

"지원군이 도착했다는 전화인가요?"

"꼭 알아야겠다면 맞습니다. 뭐, 비밀도 아니고요."

"몇 명이나 됩니까?"

"저까지 총 열두 명이 될 겁니다. 새를 학살하러 가는 인원 한 명당 한 명씩 붙을 거니까요."

"어쩌시려고요? 배 앞에 드러눕기라도 할 겁니까?"

"그것도 재미있는 생각이긴 하네요, 매클라우드 형사님." 애덤스는 짐 짓 재미있는 척하며 입술을 삐쭉거렸다. "우리가 그 사람들을 저지할 수 없다는 건 잘 압니다. 적어도 올해는요. 하지만 여론에 영향을 미칠 수는 있습니다. 우리에게 동조하는 신문과 텔레비전 방송이 있을 겁니다. 그 럼 우리는 이 활동을 전국적으로 알릴 수 있고요. 스코틀랜드 행정부를 설득해서 허가를 철회하도록 만들면, 새를 때려잡는 게 불법이 되겠죠. 그럼 형사님 같은 사람들이 가엾은 새들을 죽이지 못할 테고요."

"이 모든 게 〈헤브리디언〉에 실렸다고 하셨죠?"

"네, 그랬죠."

"그 기사piece*가 당신을 유명하게 만들었겠군요."

"신문이 제 사진을 싣도록 내버려둔 건 실수였어요. 익명성을 잃은 꼴이 됐으니까요."

"어떤 일이 벌어진 겁니까?"

"네스로 정찰을 간 날이었죠. 겉으로 보기에는 구가를 잡으러 떠나는 트롤 어선이 스토너웨이에서 출발하는 것 같지만, 실제로 크로보스트 사람들은 네스 항에서 작은 보트를 타고 나가거든요. 그 지역 사진을 몇 장 찍고 싶었어요. 참고용으로 사용하려고요. 좀 부주의했던 것 같습니다. 크로스 인 호텔에서 점심을 먹었는데, 신문 기사를 본 누군가가 절 알아본 겁니다. 그나저나 기사piece라는 말은 좀처럼 입에 붙지 않는군요, 매클라우드 형사님."

핀은 터져 나오려는 웃음을 간신히 참았다. "그곳에서 다른 사람과 이야기를 한 적 있었습니까?"

"음, 두 번이나 길을 잃어버려 물어야 했죠. 폭행당하기 직전에 물어본 사람은 크로보스트 바로 외곽의 작은 도예 공방에 있었어요. 털이 굉장히 많고 좀 이상한 사람이었어요. 술에 취하지 않고 멀쩡한 상태인지 좀 의심스러웠죠. 항구로 가는 길이 어디냐고 물어봤더니 가르쳐주더군요. 그래서 20미터쯤 떨어진 곳에 세워둔 제 차로 돌아간 겁니다. 바로 그때 일이 벌어졌고요."

"정확히 무슨 일이 벌어졌던 거죠?"

애덤스가 침대에서 살그머니 자세를 고치려다가 몸을 움찔했다. 그때 기억 때문인지 아니면 고통 때문인지는 정확히 알 수 없었다. "흰색 밴한 대가 앞을 지나쳤죠. 화물 수송용 밴이었던 것 같아요. 그런데 말입니

---

* 영미권에서 기사를 표현할 때 'article'이나 'story'가 주로 쓰이지만, 스코틀랜드에서는 'piece'를 쓴다.

다, 그날 오전에 두 번이나 그 차를 봤어요. 지금 생각해보니 절 미행하며 때를 기다린 게 아닌가 싶습니다. 어쨌거나 밴이 제 차를 가로막더니 웬 거한이, 나중에 앵거스 맥리치라는 걸 알았지만요, 운전석에서 펄쩍 뛰어내렸습니다. 좀 희한하긴 하지만 밴 안에 다른 사람들도 있다는 인상을 받았죠. 하지만 실제로 목격한 건 아닙니다."

"그가 뭐라고 하던가요?"

"한마디도 하지 않았습니다. 그럴 상황이 아니었고요. 다짜고짜 절 패기 시작했어요. 너무 놀라 도망칠 생각조차 하지 못했죠. 아마 주먹으로 두 대 얻어맞은 후에 무릎이 스르르 풀려버렸나 봐요. 카드로 쌓은 집처럼 허물어졌죠. 그랬더니 녀석이 갈비뼈와 배를 발로 걷어차더군요. 저자를 보호하려고 몸을 웅크리니까 팔뚝을 두 번 짓이기더군요." 애덤스는 상처를 보여주려고 옷소매를 끌어올렸다. "정말 잘났어요, 그놈의 구가 학살자들."

핀은 에인절 맥리치에게 맞는다는 게 어떤지 잘 알았다. 다른 사람들, 크리스 애덤스처럼 순진한 사람에게는 특히 악몽일 것이다. "맥리치는 전형적인 크로보스트 사람이 아니었습니다. 그 사람이 새를 죽이러 섬에 간 게 아니라는 걸 알면 좀 놀라실지도 모르겠네요. 그 사람은 요리사였거든요."

"그 말을 들으니 확실히 마음이 편해지는군요." 애덤스의 목소리에서 조롱하는 기색이 뚝뚝 떨어졌다.

핀은 그걸 무시했다. "그러고는 어떻게 됐죠?"

"녀석이 허리를 굽히더니 귀에 대고 당장 짐을 싸서 떠나지 않으면 목구멍에 구가 한 마리를 통째로 쑤셔 넣겠다고 속삭였어요. 그러고는 밴을 몰고 훌쩍 사라지더군요."

"차 번호판은 보셨나요?"

"놀랍게도 봤습니다. 어떻게 그런 생각이 들었는지는 모르지만, 번호를 기억에 똑똑히 각인해뒀죠."

"목격자는 있습니까?"

"음, 주변에 집이 몇 채 있긴 했죠. 그 사람들이 어떻게 아무것도 보지 못했다고 주장하는지 모르겠어요. 창문 커튼이 움직이는 걸 봤단 말입니다. 그리고 도예 공방의 그 사람도 있었고요. 그 사람이 쓰러져 있는 제게 다가와서 절 일으켜주고 집으로 데려가서 물도 한 잔 줬거든요. 그 사람은 목격한 게 없다고 했지만 그 말을 믿지 않습니다. 그 사람에게 경찰을 불러달라고 계속 부탁하자 전화를 걸더군요. 하지만 정말 마지못해 했다는 걸 꼭 말해두고 싶네요."

"맥리치가 구가 한 마리를 목구멍에 쑤셔 넣겠다고 위협했는데도 토요일 밤에 여전히 여기 있었던 이유는 뭔가요, 애덤스 씨?"

"월요일까지 페리 표를 구할 수 없어서요. 그런 와중에 우아할 정도로 취향이 근사한 누군가가 그 녀석을 살해하더니 이제 당신네 경찰이 절 떠나게 놔두지 않았고요."

"그 점에 관해서는 불평할 필요가 없는 것 같은데요. 어쨌거나 항의 시위를 하셔야 할 거 아닙니까?"

"갈비뼈 두 대가 부러진 상황에서는 말입니다, 매클라우드 형사님, 불평할 거리가 충분히 많다고 생각되거든요. 그리고 경찰이 해야 할 일을 제대로 했더라면 맥리치라는 녀석은 오늘 멀쩡히 살아 있었을 겁니다. 보트 창고에서 피살되는 대신 경찰서 감방에서 썩었을 테니까요."

핀은 어쩌면 애덤스의 말이 맞을지도 모르겠다고 생각했다. "토요일 밤에는 어디 있었습니까, 애덤스 씨?"

"바로 여기 제 방에요. 저녁식사로 생선 요리를 먹으면서요. 그리고 불행히도 제 말을 확인해줄 사람은 아무도 없습니다. 당신네들이 기쁜 표정으로 여러 번 물어봐서 미리 말하는 겁니다."

핀은 생각에 잠긴 채 고개를 끄덕였다. 어쩌면 애덤스는 정말로 에인절에게 그런 짓을 할 수 있을지도 몰랐다. 정상적인 신체 상태였다면. 간신히라도. 하지만 갈비뼈 두 대가 부러졌다면? 핀은 가능성이 없다고 판단했다. "생선을 좋아하십니까, 애덤스 씨?"

애덤스는 예상치 못한 핀의 질문에 깜짝 놀라는 것 같았다. "전 육식은 하지 않아요."

핀은 자리에서 일어섰다. "트롤 어선이 어망을 갑판으로 끌어올리면 생선이 얼마 만에 산소 부족으로, 말 그대로 숨이 막혀 죽는 줄 혹시 아십니까?" 핀은 대답을 기다리지 않았다. "구가가 올가미에 걸렸을 때보다 좀 더 오랫동안 발버둥 치다 죽죠."

4

수사본부는 스토너웨이 경찰서의 2층 복도 맨 끝에 있는 커다란 회의실에 마련되어 있었다. 창문 두 개가 케네스 거리와 아래쪽의 내항으로 급격히 경사져 내려가는 집의 지붕을 내려다봤다. 계류되어 밤을 보낼 트롤 어선 돛대 너머로, 바다 맞은편의 숲 위로, 루스 성의 탑들이 간신히 보였다. 책상과 탁자 들은 벽 쪽으로 쭉 밀쳐져 있고, 꼼꼼하게 묶인 한 아름 정도의 케이블이 여러 대의 전화기와 컴퓨터 단말기, 끊임없이 무언가를 찍어내는 프린터에 연결되어 있었다. 범죄 현장을 찍은 생생한 사진들이 한쪽 벽에 핀으로 꽂혀 있고, 화이트보드에는 여러 가지 확인 사항이 파란색 펜으로 적혀 있었다. 프로젝터 한 대가 작은 탁자 위에서 조용히 윙윙거렸다.

핀이 최신 정보를 얻기 위해 홈스 단말기 넉 대 중 하나 앞에 앉았을 때, 열두 명에 달하는 경찰관이 전화를 받고 컴퓨터 키보드를 두들기며 일하고 있었다. 에인절 살인사건뿐만 아니라, 에인절을 고소한 강간사건과 폭행사건에 대한 정보를 얻기 위해서였다. 게다가 핀은 수십 개의 진술과 법의학 보고서, 병리학 보고서에 대한 관점을 새롭게 하기 위해 존 시브라이트 사건에 관한 파일에도 접속해보려 했다. 하지만 핀은 지금 몹시 지쳐 있었다. 수사본부 내의 경찰관이 세 명으로 줄어들었다. 오늘도 긴 하루가 될 듯싶었다. 잠 못 이루며 밤을 지새우는 날이 이어졌다. 핀은 처음으로 모나에 대해 생각했다. 모나가 내뱉은 위협에 대해서도. '돌아왔을 때 내가 여기에 있을 거라 기대하지 마.' 그 말에 핀은 이렇게 대응했다. '어쩌면 그게 최선일지도 모르겠군.' 순식간에 주고받은 간단한 대화 두 마디로 두 사람 관계는 사실상 끝나고 말았다. 두 사람 중 어느 쪽도 그리되길 계획하지는 않았다. 그리고 후회했으리라는 데에는 의문의 여지가 없었다. 후회의 대부분은 십사 년이라는 세월을 허비한 것 같은 결혼 생활에 대한 것이었을 터다. 하지만 커다란 안도감이 있던 것도 사실이었다. 침묵으로 이어지는 불행의 무게가 핀의 양어깨에서 떨어져 나갔다. 곧바로 그 자리를 차지한 것은 예측할 수 없는 미래에 대한 불확실성이었지만. 그 미래에 대해서는 지금 당장 골머리를 썩고 싶지 않았다.

"어떻게 되어가고 있습니까, 형사님?" 건이 바퀴 달린 의자를 굴리며 핀 옆으로 다가왔다.

핀은 의자 등받이에 기대어 눈을 비볐다. "체력이 급속히 떨어지는군요. 오늘은 이만 일하는 게 좋겠어요."

"그럼 호텔까지 모셔다드리죠. 형사님 여행 가방은 아직도 제 차 트렁크에 있습니다."

두 사람은 무기고를 지나 연노란색 벽과 파스텔 계열의 보랏빛 카펫이 깔린 관리실을 지나쳤다. 계단에서 스미스 경감과 마주쳤다. "부검 결과를 다 보고하러 와주니 고맙군." 스미스가 말했다.

"보고드릴 만한 게 없습니다." 핀은 말을 멈췄다가 덧붙였다. "경감님." 핀은 상관의 빈정거림에 대처하는 유일한 방법이 말수를 줄이고 뻔뻔하게 버티는 것임을 오래전에 터득했다.

"법의학자에게서 구두로 보고받았네. 에든버러와는 유사점이 거의 없어 보인다더군." 스미스는 그 말을 하면서 두 사람을 지나쳐 한 계단 위로 올라갔다. 작은 키를 이런 식으로 보충할 셈이었다.

"결론이 난 건 아닙니다." 핀이 말했다.

스미스는 잠시 핀을 찬찬히 봤다. "날 위해 내일까지 최종 결론을 내려줬으면 하네, 매클라우드. 필요 이상으로 자네를 이곳에 잡아두고 싶지는 않으니까. 알겠나?"

"네, 경감님."

핀이 뒤돌아섰다. 하지만 스미스는 할 말이 남은 듯했다. "홈스가 가능성이 있는 또 다른 연관성을 토해냈어. 내일 아침에 건 형사와 함께 최우선적으로 확인해주기 바라네. 건이 자네에게 필요한 정보를 줄 걸세." 말을 마친 스미스는 돌아서서 뒤도 돌아보지 않고 계단을 하나씩 건너뛰며 위쪽으로 올라갔다. 핀과 건은 1층까지 내려갔다.

핀이 입을 열었다. "우리 둘을 보내는 걸 보니 이 일이 별로 중요하지 않다고 여기는 모양인데요."

건이 씁쓰레한 미소를 지었다. "형사님은 그리 여기시는지 몰라도 제 생각은 다릅니다."

"에든버러 사건과 연관 있다는 건가요?"

"제가 보는 바로는 없습니다."

"그렇다면 뭐죠?"

건은 핀이 나갈 수 있도록 문을 열었고, 두 사람은 주차장 차단기를 지나 바깥쪽 뒷문으로 갔다. 초저녁 햇살이 주차장을 가로질러 긴 그림자를 던졌다. "맥리치가 육 개월 전쯤에 불법침입을 했습니다. 잉글랜드인 소유의 섬 남서쪽 사유지예요. 연어 양식을 위해 그곳에 엄청난 거금을 투입한 터라 소유자는 밀렵꾼에게서 강을 보호하려 안간힘을 쓰고 있었죠. 그래서 일 년 전쯤에 런던에서 헤비급 인물을 불러들였습니다. 전역한 군인이라더군요. 형사님도 그런 유형의 사람 아시죠? 아주 폭력배 그 자체였습니다. 낚시에 관해서 빠삭한 녀석인데, 만약 형사님께서 몰래 낚시를 하다 녀석에게 잡혔다? 그럼 녀석에 대해 속속들이 알게 될 겁니다."

두 사람은 건의 차 트렁크에서 핀의 여행 가방을 꺼냈다. "그럼 그 사람이 몰래 낚시를 하던 맥리치를 붙잡았다는 건가요?"

건이 트렁크 문을 쾅 닫았고, 두 사람은 항구 길을 따라 걸어 내려갔다. "네, 그랬습니다, 매클라우드 형사님. 그냥 붙잡은 수준이 아니었죠. 맥리치가 우리 손에 넘겨졌을 때는 옷 꼴이 말이 아니더군요. 하지만 고발하려 하지는 않았습니다. 아시잖아요? 누군가에게 얻어터졌다는 걸 인정해야 할 판이니 체면이 상했겠죠. 맥리치가 덩치가 크긴 해도, 런던에서 온 녀석은 프로였습니다. 몸집이 아무리 커도 그런 녀석과 맞붙어 이길 가능성은 거의 없다고 봐야죠."

"그 사건이 맥리치의 죽음과 무슨 연관성이 있다는 건가요?" 핀은 누군가가 맥리치를 때렸다는 걸 상상만 해도 기분이 좋았지만, 건의 이야기가 어디로 흘러가는지 종잡을 수 없었다.

"삼 주 전쯤 어느 날 밤에 런던에서 온 그 녀석이 사유지에서 공격을 받았답니다. 마스크를 뒤집어쓴 놈들에게 죽도록 맞았다는 겁니다."

두 사람은 케네스 거리와 처치 거리 모퉁이에 있는 자선단체의 중고 품 가게를 지나쳤다. 공고문 한 장이 유리창에 붙어 있었다. 세계공정무역—원조보다는 무역을. "그래서 홈스 컴퓨터가 뭘 좀 안답시고 맥리치가 보복받았을 가능성이 있다고 판단한 모양이로군요. 이 전직 군인 녀석이 맥리치를 찾아다니다가 눈에 띄자 살해했다고요?"

"그걸 밝혀내는 게 우리에게 떨어진 새로운 임무겠지요."

"잠시 동안 자신을 방해하지 못하도록 스미스 경감이 우리를 쫓아낼 좋은 구실로 삼았다는 말이군요."

"남서쪽으로 드라이브하면 경치가 꽤 좋습니다. 위그 쪽을 좀 아시나요, 매클라우드 형사님?"

"아주 잘 알죠, 조지. 여름이면 종종 그곳으로 피크닉 갔거든요. 아버지와 나는 위그 해변에서 연을 날리곤 했죠." 핀은 저 멀리 방파제까지 기복 없이 수 킬로미터나 펼쳐져 있는 모래사장을 떠올렸다. 그리고 푸른 하늘로 치솟아 오르던 방패연, 얼굴로 흘러내리던 머리카락, 옷가지에 달라붙던 바람이 떠올랐다. 아버지 얼굴을 주름지게 만들던 미소, 여름에 탄 얼굴과 극적으로 대비되며 반짝거리던 파란 눈도 생각났다. 밀물 때가 되어 드넓은 백사장이 청록색 바닷물에 5, 60센티미터 아래로 잠기면 모래언덕에 앉아 샌드위치를 먹어야 했던 실망감도 떠올랐다.

만조 무렵 바닷물이 내항으로 밀고 들어와 크롬웰 거리의 부두를 따라 계류된 선박들이 솟아올랐다. 핀과 건은 돛대와 레이더망, 위성수신 장치 등이 보이는 숲을 지나 노스 비치 부두를 향해 남쪽으로 차를 몰았다. 스토너웨이는 페리와 유조선이 정박하는 수심이 깊은 외항과 내항을 분리하는 곳을 따라 뻗어 있었다. 핀이 객실을 예약한 크라운 호텔은 곶의 요충지인 포인트 거리와 노스 해변 사이에 자리 잡고 있어 내항과 루스 성을 내려다볼 수 있었다. 핀이 보기에는 변화가 거의 없었다. 두어 개의 상업용지가 개발되고 있었고, 몇몇 상점이 새롭게 칠해졌을 뿐이었다. 오래된 모자 상점은 여전히 그곳에 있었다. 진열장은 안식일마다 여자들이 머리에 올려놓고 핀으로 고정시켰던 괴이한 모자로 꽉 채워져 있었다. 이슬람 여성들이 부르카로 얼굴과 몸을 가리는 것처럼, 루이스 섬에서 교회에 다니는 여자들은 모자를 의무적으로 써야 했다. 급경사를 이룬 슬레이트 지붕과 지붕창 너머로 시청 시계탑이 보였다. 두 사람은 산더미처럼 쌓인 갯가재 통발과 뒤엉켜 있는 녹색 어망의 가장자리를 따라 나아갔다. 선장과 선원 들이 트롤 어선과 소형 어선에 필요한 보급품을 밴과 사륜구동 차로 실어 나르고 있었다. 출항 준비가 완벽하게 이뤄질 때까지는 하루가 끝나지 않았다. 머리 위쪽에서는 푸르른 하늘에 찍힌 하얀 조각구름 같은 갈매기 떼가 사라지기 직전의 햇살을 받으며 신께 호소하듯 끊임없이 구슬프게 울어댔다.

두 사람은 포인트 거리의 호텔 입구에서 걸음을 멈췄다. 핀은 화려한 화단과 주철로 만든 벤치가 나란히 놓인 보행자 전용 도로를 쭉 둘러봤다. 섬 주민들에게 '내로스'로 불리는 포인트 거리는 금요일이나 토요일 밤이면 십대로 가득했다. 아이들은 맥주를 마시고 대마초를 피우며, 피시앤칩스 가게에서 생선 버거와 생선 요리를 사서 게걸스럽게 먹어댔다. 별다른 오락거리가 없기에 이곳을 자기들만의 오락 공간으로 만든 것이었다. 핀도 여러 날 밤을 이곳에서 보냈다. 학교 친구들과 소나기를 피하려고 온몸이 쪼그라들 정도로 상점 문간에 몰려들어 있거나, 좀 더 나이 든 선배가 먹을 걸 사오기를 기다리곤 했다. 그 시절에는 온갖 가능성이 열려 있어 무척이나 흥분됐다. 여자애들, 술, 때로는 누군가가 가져온 대마초를 몇 모금 뻐끔거릴 수도 있었다. 파장이 될 때까지 버티면 싸움도 한두 번 구경할 수 있었다. 운이 좋으면 어디에선가 파티가 벌어진다는 소리를 듣고 그 자리를 벗어나기도 했다. 각 세대는 아버지의 기억

혹은 어머니의 기억을 따라, 이전 세대의 발자국을 뒤따라 그곳에 모여들었다. 그러나 지금 내로스는 텅 비어 있었다.

건이 여행 가방을 건네며 말했다. "내일 아침에 뵙겠습니다, 매클라우드 형사님."

"무슨 말을 그렇게 합니까? 들어갑시다, 술 한잔 살 테니까요."

건은 손목시계를 내려다봤다. "그러면 한잔만 하겠습니다."

핀은 체크인 수속을 하고 방에 가방을 내려놨다. 핀이 다시 아래로 내려왔을 때, 건은 바에서 맥주 두 잔을 주문하고 있었다. 호텔 라운지 바는 텅 비어 있었지만, 아래쪽의 퍼블릭 바*에서 목마른 어부들과 새롭게 문을 연 조선소의 인부들이 왁자지껄 떠들어대는 소리가 음악 소리에 뒤섞여 들려왔다. 바에는 명판이 하나 있었다. 찰스 황태자가 미성년자일 때, 친구들과 웨스턴아일스를 항해하다가 이곳에 들러 체리브랜디를 주문했던 스캔들을 기념하는 내용이었다. 열네 살이었던 찰스는 결국 본토의 고든스토운에 있는 학교로 붙잡혀 갔다고 한다. 시대가 얼마나 변했는지…….

"파일은 다 살펴보셨습니까?" 건이 물었다.

"대부분은요." 맥주는 차갑고 신선했다. 핀은 맥주를 길게 들이켰다.

"재미있는 걸 좀 발견하셨습니까?"

"그런 게 있더군요. 도나 머리가 강간당했다고 진술한 날 밤에 에인절 맥리치는 반대 방향으로 갔다고 증언했던 목격자가…….

건이 이마를 찌푸렸다. "야헨 스튜어트죠. 그 사람의 어떤 점이요?"

"당신은 애덤스 폭행사건 수사에 직접적으로 참여한 게 아니었군요?"

"네, 맞습니다. 그 사건은 프레이저 경사 담당이었죠."

* 가구나 시설이 간소하게 되어 있는 바.

"하긴, 홈스가 모든 관련성을 다 집어낼 수는 없겠죠. 야헨 스튜어트를 잘 아시나요?"

"네, 마약에 중독된 좀 기이한 늙은이죠. 크로보스트 바로 외곽에서 도예 공방을 운영하고요. 그곳에 여러 해 동안 살았습니다. 제가 알기 전부터 여행객들을 상대로 도자기를 팔았으니까요."

핀이 말했다. "제가 어릴 때부터였죠. 크리스 애덤스가 맥리치에게 얻어터진 게 바로 그 야헨 스튜어트의 공방 바깥에서였어요. 스튜어트는 폭행이 벌어지기 일 분 전에 애덤스와 대화를 했고, 폭행이 벌어지고 일 분 후에 애덤스를 도로 밖으로 끌어냈더군요. 그랬으면서도 아무것도 보지 못했다고 진술했고요. 맥리치 입장에서는 두 사건에 모두 유리한 증언을 해줄 가장 중요한 목격자를 확보해둔 셈이죠. 맥리치와 스튜어트 사이에 어떤 연관성이 있는 거 아닌가요?"

건은 가능성을 머릿속으로 검토했다. "맥리치가 스튜어트에게 마약을 공급했을 가능성이 있긴 합니다. 한때 맥리치가 마약을 취급한다고 의심하긴 했지만, 그 건으로 체포한 적은 없습니다."

"내일은 스튜어트 씨와 대화를 좀 나눠봐야겠군요." 핀은 다시 맥주를 한 모금 길게 들이마셨다. "조지, 오늘 오후에 맥리치에게 원한을 품은 사람이 있댔잖아요? 맥리치가 어릴 때 괴롭혔던 사람 말고요."

"네, 에인절의 동생이 그러더군요. 하지만 그건 그저 전해 들은 말일 뿐입니다."

"머도 루아크가요?" 건이 고개를 끄덕였다. "뭐라고 하던가요?"

"그 말이 얼마나 신빙성 있을지 모르겠습니다만, 매클라우드 형사님, 머도는 자신의 형과 학교를 같이 다닌 사람과 불화가 있었다고 생각하는 것 같았습니다. 캘럼 맥도널드라는 사람과요. 맥도널드는 수년 전에 사고를 당해 다리를 저는데, 자신의 집 뒤에 있는 창고에서 직조기를 돌리는 일을 한답니다. 두 사람 사이에 무슨 일이 벌어졌는지는 모르고요."

핀은 맥주잔을 카운터에 조심스럽게 내려놨다. 옛 기억을 떠올리는 것만으로도 구역질이 났다. "내가 알아요." 건은 설명을 기다렸지만 핀의 입에서는 말이 흘러나오지 않았다. 한참이 지난 후, 핀이 마침내 최면 상태에서 깨어난 듯했다. "그가 다리를 절지 않는다 하더라도……." 핀은 자신이 쓰러졌을 때 캘럼의 얼굴에 떠오른 표정을 기억해냈다. "어떤 사람에게도 그렇게 할 사람 같진 않아요."

"머도는 캘럼 맥도널드가 다른 사람을 시켜서 그랬을 수도 있다고 생각하더군요."

핀은 캘럼이 예상 외로 그럴 가능성이 있지 않을지 의문을 품고 건을 흘끗 봤다. 하지만 이렇게 많은 시간이 흐른 후에야 무엇 때문에? "나는 그렇게 생각하지 않아요." 핀은 결국 그렇게 결론을 내렸다.

이번에도 건은 설명을 기다렸지만, 핀은 자세히 이야기할 생각이 없어 보였다. 건은 손목시계를 슬쩍 내려다봤다. "저는 가봐야겠습니다." 그는 술잔을 비우고 재킷을 여몄다. "그런데 애덤스와는 어땠습니까?"

핀은 키가 크고 나른해 보이던 동물권 운동가의 생생한 모습을 머릿속에 떠올리며 잠시 대답을 늦췄다. "갈비뼈가 두 개나 부러진 사람이 맥리치를 수월하게 처리하지는 못하겠다고 단순히 짐작했는데, 문득 어떤 연관 고리를 놓치고 있다는 생각이 머릿속을 스쳤어요."

"그게 뭡니까?"

"애덤스는 게이더군요."

건이 어깨를 으쓱했다. "그렇다 하더라도 놀랄 일은 아닌데요, 매클라우드 형사님." 그러다가 어떤 생각이 들었는지 이마를 찌푸렸다. "설마 맥리치가 게이였다는 말씀은 아니겠죠?"

"그건 아니지만 에든버러의 피살자인 존 시브라이트가 게이였죠."

6장

핀은 몽롱한 상태로 바 내부를 떠다니듯 천천히 움직였다. 왁자지껄 떠들어대는 목소리, 술기운에 터뜨리는 폭소와 경쟁이라도 하듯 음악이 쾅쾅 울렸다. 어딘가에 있는 게임기가 내뿜는 불빛이 눈가에 스쳤다. 삐삐거리는 전자기기 소리가 무척 크게 들렸다. 그는 맥주를 한 잔 더 주문하고 카운터에 몸을 기댄 채 여자 바텐더가 술을 건네주기를 기다렸다. 자신이 보이지 않는 거품 속에 단단히 붙잡혀 있는 것처럼 느껴졌다. 자신이 이곳에 존재하지 않는 것 같았다. 그는 술 한잔하고 생선 요리를 저녁으로 먹은 뒤 일찍 잠자리에 들 작정이었지만, 쓸쓸한 라운지 바의 분위기를 더는 참을 수 없었다. 머릿속을 가득 채운 여러 상념을 털어내고 싶은 마음에 아래층의 퍼블릭 바로 내려왔다. 그러나 군중 속에서도 외로워질 수 있다는 사실을 절실히 깨달았다. 여기 있는 사람들이 누구든 간에 낯선 사람들 틈에서는 그 일원이 될 수 없었다.

맥주가 조금 고인 카운터 너머로 핀이 주문한 맥주가 쿵 소리를 내며 던져지듯 나왔다. 카운터에 지폐를 내려놓고 그를 뚫어져라 보는 바텐더의 시선에 응수했다. 바텐더는 지폐를 낚아채고는 잠시 후에 수건을 가지고 돌아와 카운터 물기를 닦았다. 핀이 승리의 미소를 날리자 바텐더는 찌푸린 얼굴로 냉랭하게 반응했다.

핀은 매우 울적해졌다. 맥주잔을 들어 막 한 모금을 마시려던 순간, 그는 동작을 멈췄다. 한 무리의 노동자들이, 그중 일부는 아직도 작업복 차림으로 창가 탁자에 둘러앉아 있었다. 탁자를 꽉 채울 정도로 빈 술잔이 쌓여 있었다. 게일어로 소소한 농담이 오가며 시끌벅적한 폭소가 터져 나왔다. 핀의 주의를 끈 것은 토막토막 들려오는 귀에 익숙한 목소리였다. 핀은 주위를 두리번거리다가 그 얼굴을 봤다. 명치를 주먹으로 한 대 얻어맞은 듯한 충격이 몰려왔다.

아슈타르는 그동안 많이 변했다. 핀보다 열 살은 더 나이가 들어 보였다. 그의 큰 뼈대로도 감당하기 힘들 정도로 살이 올라 있었다. 아름답던 어린 시절의 이목구비는 둥그렇고 벌건 얼굴에 파묻혔고, 한때는 굵고 새까맸던 머리카락이 이제 가느다란 회색 그루터기로 변해버렸다. 양쪽 뺨에 두드러진 모세혈관은 술을 지나칠 정도로 좋아한다는 걸 여실히 보여줬지만, 두 눈은 여전히 맑고 날카로웠으며 예전과 마찬가지로 따스한 진갈색이었다.

아슈타르는 목을 뒤로 젖히고 잔에 남은 위스키를 털어 넣다가 핀과 눈길이 마주쳤다. 아슈타르는 천천히 술잔을 입술에서 떼고 도저히 믿을 수 없다는 표정을 지었다.

"어이, 식식이." 같은 탁자에 있던 한 남자가 물었다. "무슨 일 있어? 유령을 본 것 같은 얼굴이군."

"진짜 봤어." 아슈타르가 일어섰고, 두 사람은 술꾼들의 머리를 사이에 두고 꽤 오랫동안 서로 바라봤다. 아슈타르의 탁자에 함께 있던 동료들이 얼굴을 돌려 핀을 봤다. "이런 일이 다 있나?" 아슈타르가 중얼거렸다. "이거, 핀 매클라우드잖아?" 아슈타르는 술꾼들을 헤치고 탁자를 간신히 빠져나와 핀을 두 팔로 힘껏 끌어안았다. 좀 어색해하던 핀은 들었던 술잔의 맥주를 절반이나 바닥에 쏟았다. 아슈타르는 포옹을 풀고 얼굴을 뒤로 빼서 핀의 얼굴을 빤히 봤다. "어이, 이 망할 친구야. 그동안 어디 있던 거야?"

"이곳저곳 돌아다녔지." 핀이 거북한 표정으로 말했다.

"저곳이었겠지, 아마도?" 아슈타르의 말에 감정이 실려 있었다. "이곳은 분명히 아니었으니까." 그는 핀의 술잔에 남은 맥주를 흘끗 봤다. "잔이 비었네. 내가 채워주고 싶은데?"

"아니, 괜찮아. 정말이야."

아슈타르가 바텐더와 눈을 마주쳤다. "이쪽에 한 잔 더 달라고, 마이 래드." 아슈타르는 다시 핀 쪽으로 얼굴을 돌렸다. "그래, 그동안 뭘 하고 지냈어?"

핀은 이러한 질문이 얼마나 대답하기 곤란할지 한 번도 상상해본 적이 없었다. 그는 어깨를 으쓱했다. 뭐라고 대답해야 하지? 십팔 년의 세월을 어떻게 한 문장으로 설명할까? "이런저런 일을 했지, 뭐."

아슈타르는 미소를 지었지만, 그저 우정을 가장했을 뿐이었다. 그의 목소리에서는 아직도 감정의 가시가 빠지지 않은 채였다. "그 일에 푹 빠졌던 모양이군." 아슈타르는 카운터에 놓인 위스키잔을 낚아챘다. "경찰서에 입성했다는 소문은 들었어." 핀은 고개를 끄덕였다. "제기랄. 이곳에서도 경찰 노릇은 할 수 있잖아, 이 친구야. 그랬으면 우리 둘이서 여전히 신나게 놀 수도 있고 말이야. 학위 받겠다던 건 어떻게 된 거야?"

"2학년 때 자퇴했어."

"망할. 네가 모든 시험에 통과할 수 있도록 우리 노인네가 그렇게 시간을 쏟아부었는데 그걸 날려버렸다는 거야?"

핀은 고개를 끄덕였다. "너희 아버지께 큰 신세를 졌지."

"흠, 적어도 너는 아버지의 지도를 순순히 받아들이려고 했잖아." 아슈타르는 기침을 하다가 숨이 가빠졌다. 그는 주머니에서 흡입기를 꺼내 두 번 빨아들였다. 확장된 기도를 통해 산소를 깊게 들이마시자 목에서 가래 걸리는 소리가 났다. "한결 낫네. 변한 게 없지, 응?"

핀이 씩 웃었다. "별로 없네."

아슈타르가 핀의 팔꿈치를 잡고 맨 안쪽에 있는 탁자로 끌고 갔다. 약간 비틀거리며 걷는 아슈타르를 보고 핀은 이번에 마신 위스키 이전에 두어 잔을 더 마셨으리라는 걸 알아차렸다. "우리 이야기 좀 해."

"꼭 해야 할까?"

아슈타르는 깜짝 놀란 것 같았다. "당연히 해야지. 십팔 년이나 못 보고 지냈는데." 두 사람은 서로 마주 보고 앉았고, 아슈타르는 핀의 얼굴을 찬찬히 들여다봤다. "맙소사, 이건 너무 불공평하잖아. 너는 전혀 나이를 먹은 것 같지 않아. 날 보라고. 살이 찌고 몸도 더 커져서 출렁출렁 요란하잖아. 경찰관 생활이 잘 맞는 모양이네."

"별로 그렇지도 않아. 조만간 퇴직할 생각이야. 방송대학 수업을 들으며 학위과정도 밟고 있고."

아슈타르는 고개를 가로저었다. "결국 할 거면서 엄청난 시간 낭비를 했군. 나야 이렇게 될 게 뻔했잖아. 하지만 넌 아니야, 핀. 너는 우등생이었어. 경찰관보다 나은 일을 하도록 태어났단 말이야."

"넌 요즘 뭘 하고 지내?" 핀은 이상하게도, 별로 알고 싶지 않으면서 꼭 물어봐야 할 것 같은 느낌을 받았다. 실은 이 친구에 관한 어떤 것도 알고 싶지 않았다. 그저 과거의 아슈타르를, 어린 시절 함께 지냈던 그 상태로만 기억하고 싶었다. 지금은 마치 전혀 모르는 사람과 대화를 나누는 듯한 기분이었다.

아슈타르의 입에서 처지를 비하하는 듯한 한숨이 새어 나왔다. "루이스 오프쇼어에서 수습 기간을 끝마치자마 직장이 폐업을 했어. 1991년에 재개업한 그곳에서 다시 일하게 되었을 땐 그래도 행운이라는 생각이 들었지. 그런데 그것도 잠시, 1999년 5월에 다시 문을 닫은 거야. 청산 절차를 밟더군. 우리 모두를 또다시 거리로 내몰았지. 이제는 그 망할 놈의 공장이 다시 문을 열어 풍력발전용 터빈을 만들어. 상상이나 돼? 놈들은 이 섬 전체에 빌어먹을 거대한 풍차를 설치하려고 정부를 설득하고 있지. 놈들 말로는 그래야 에너지를 자급자족할 수 있대나? 하지만 그렇게 되면 관광산업은 죽어버려. 누가 풍차들이 뱅뱅 도는 곳으로 구경 오고 싶겠냐 이 말이야. 섬 전체가 풍차 숲이 될 텐데……." 아슈타르는 씁쓸한 미소를 지으며 잔을 뒤집어 황금색 액체를 목 안으로 쏟아부었다. "하지만 마샬리는 놈들이 나를 받아줘서 행운이라고 하더군. 또다시 말이야." 그 이름이 언급되자 핀은 작은 충격을 받았다. 아슈타르의 미소는 우울하기 짝이 없었다. "있잖아, 그거 알아? 그래도 나는 내가 행운아라고 느껴. 정말로 그래. 한잔 더 할래?"

핀이 고개를 가로젓자 아슈타르는 아무 말 없이 의자를 뒤로 밀더니 카운터로 가서 잔을 채웠다. 핀은 탁자에 눈길을 고정한 채 가만히 앉아 있었다. 어렸을 때 가장 친했던 친구가 이처럼 우울해 보이니 말로 다할 수 없을 만큼 슬펐다. 인생은 번개처럼, 네스에서 비 오는 날 밤의 버스처럼 순식간에 지나갔다. 버스 기사가 정류장에 서 있는 모습을 보고 차를 세워 태워주면 다행이지만, 그러지 않으면 비에 젖고 바람을 맞으며 비참하게 집으로 걸어가야만 했다. 핀은 아슈타르와 다른 길을 걸었지만 결과는 다를 바가 없다고 생각했다. 그 버스를 놓침으로써 자신의 실수를 원통해하고 불확실한 미래를 두려워했다는 점, 혹시 다른 길을 택했더라면 어땠을까 하는 생각에 괴로워했다는 점에서는 똑같았다. 어렸을 때 꿨던 모든 꿈이 빗속 눈물처럼 영원히 사라져버렸다. 사실 핀과 아슈타르는 거의 다르지 않았다. 어떤 면에서는 아슈타르의 모습이 곧 거울에 비친 자신의 모습이었고, 핀은 자신을 바라보는 일이 별로 달갑지 않았다.

아슈타르가 돌아와 다시 의자에 앉았고, 핀은 그가 위스키를 더블로 가져왔다는 걸 알게 됐다. 이곳에서는 위스키를 술잔의 사분의 일인 약 120밀리리터 단위로 판매했다. "내가 카운터에 있을 때 잠깐 생각해봤어. 그 이름을 언급했을 때를. 그때 네 표정을 봤거든. 이렇게 오랫동안 고향으로 돌아오지 않은 건 바로 그 이유 때문이었어, 그렇지? 마샬리 때문에!"

핀은 고개를 가로저었다. "그런 건 아니야." 하지만 이 말이 진심인지 확신하지 못했다.

아슈타르는 탁자 위로 상체를 쑥 내밀고 핀의 두 눈을 불편할 정도로 노려봤다. "전화 한 통, 편지 한 장 없었어. 처음에는 내가 마냥 마음이 아팠다는 거 알아? 그러다가 화가 나더군. 하지만 그런 상태를 계속 유지할 순 없었어. 불길은 결국 스스로 다 타서 없어지는 법이니까. 그제야 비로소 죄책감이 느껴지더라고. 어쩌면 내가 마샬리를 빼앗았다고 여길지도 모른다고 생각했어." 아슈타르는 달리 표현할 방법을 몰라서 그저 힘없이 어깨를 으쓱했다. "그랬던 거 아니야?"

"절대로 그렇지 않아, 아슈타르. 나와 마샬리는 이미 끝났으니까."

아슈타르가 오랫동안 손을 잡고 눈을 줄곧 마주치는 바람에 핀은 눈치가 보였다. "있잖아, 나는 두 사람이 헤어졌다고 믿은 적이 한 번도 없었어. 정말로. 결국 내가 마샬리를 얻긴 했지만, 너랑 마샬리는…… 흠, 그리될 수 있었을 거 아니야? 그렇게 돼야만 했어." 마침내 아슈타르는 마주치던 눈길을 거두며 위스키를 한 모금 마셨다. "결혼은 했어?"

거의 감지되지 않을 정도로 핀이 망설였다. "응."

"애들은?"

한 달 전이었다면 대답은 '있어'였을 것이다. 하지만 이제는 아빠라고 말할 수 없었고, 하고 싶은 이야기도 아니었다. 지금 여기에서는 더더욱 하고 싶지 않았다. 핀은 고개를 가로저었다.

"우린 애를 하나 낳았어. 올해 학교를 마쳤지. 제 아비를 닮았나 봐. 그리 똑똑하지 못한 걸 보니. 아들놈이 아니시에서 직장을 얻게끔 손쓰고 있어." 아슈타르는 다시 머리를 살짝 기울이며 애정이 담뿍 담긴 미소를 지었다. "하지만 착한 녀석이긴 해. 이번 주에 구가 몇 마리를 잡으러 함께 섬으로 갈 예정이야. 이번이 아들놈의 첫 번째 사냥이지." 아슈타르는 껄껄 웃었다. "한번 생각해봐, 우리 아들이 너와 내가 처음으로 사냥을 떠났을 때와 똑같은 나이가 됐다는 걸." 그는 술잔을 비우고, 빈 잔을 탁자에 소리가 나도록 내려놓았다. 핀은 위스키가 아슈타르의 눈빛을 흐릿하게 만드는 것을 지켜봤다. 아슈타르는 핀을 올려다보다가 갑자기 진지한 목소리로 물었다. "고향으로 돌아오지 않은 이유가 그거였어, 응?"

어떤 면에서 핀은 이 순간을 두려워했다. 하지만 그건 섬에 발을 들여놓은 순간부터 결코 피할 수 없으리라 느꼈던 과거와의 대결이었다. "뭐라고?" 그는 속마음을 숨기며 물었다.

"안 스커에 갔을 때 일어났던 일 말이야."

핀은 아슈타르의 눈을 마주 볼 수 없었다. 그는 고개를 가로저었다. "모르겠어." 핀은 이렇게 대답했고, 실제로도 그랬다. "정말 모르겠어."

"흠. 정말 그렇다면, 그건 전혀 이유가 되지 않아."

"내가 그렇게 부주의하지 않았다면⋯⋯." 핀은 앞쪽의 탁자에 올려놓은 두 손을 쥐어짜고 있다는 걸 깨닫고, 그런 모습을 보이지 않으려고 손바닥이 탁자에 닿도록 손을 쭉 폈다.

"일단 벌어진 일은 벌어진 거야. 그건 사고였다고. 어느 누구의 실수도 아니었어. 아무도 널 비난하지 않아, 핀."

핀은 눈을 들어 아슈타르를 보며 그 말이 진심인지 살폈다. 아슈타르만은 비난할 것 같아서였다. 하지만 아슈타르의 눈동자에는 적의의 기색이, 옛 친구에게 나쁜 감정을 품고 있다는 기색이 보이지 않았다.

"이제 잔을 채울 준비가 됐나?"

핀의 맥주잔에는 2센티미터 정도만이 남아 있었지만, 핀은 고개를 가로저었다. "이미 충분히 마셨어."

"핀." 아슈타르는 은밀한 이야기라도 하려는 듯 상체를 탁자 위로 쑥 내밀었다. "술을 마시는 데 충분한 게 어디 있어?" 그의 얼굴에 미소가 퍼져 나갔다. "딱 한 잔만 더 하고 나갈 거야." 그러고는 다시 카운터로 걸어갔다.

핀은 밀려오는 기억을 되새기는 동안 맥주잔을 어루만지며 가만히 앉아 있었다. 안 스커…… 마샬리…… 카운터 저쪽에서 누군가를 부르는 목소리에 정신을 차리고 얼굴을 들었다. 아슈타르의 동료들이 문간에서 목청껏 작별 인사를 하며 손을 흔들었다. 아슈타르는 대충 손을 들어 알았다는 표시를 하고 비틀거리며 탁자로 되돌아왔다. 그가 털썩 주저앉자 의자가 삐걱거리며 비명을 내질렀다. 이번에도 위스키 더블이 담긴 잔을 탕 소리가 나도록 탁자에 내려놨다. 나비가 내려앉을 자리를 찾으려는 듯이 아슈타르의 입술 주위에 미소가 잘게 파도쳤다. "생각을 좀 해봤는데……. 2학년 때 우릴 가르친 역사 선생님 기억나?"

"셰드? 윌리엄 셰드 선생님?"

"바로 그분. 앞니 사이에 틈이 나 있어 's'를 발음할 때마다 휘파람 소리가 났잖아?"

핀은 지난 이십 년 동안 윌리엄 셰드를 떠올린 적이 없지만, 그 사실만은 분명히 기억했다. 그런 기억이 핀을 크게 웃게 만들었다. "그 선생님은 수업할 때 애들한테 역사책을 읽게 했잖아."

"그때마다 애들은 선생님처럼 's' 자에서 휘파람 소리를 냈고 말이야."

"그러면 선생님은 '휘파람 소리 내지 마!'라고 역정을 냈지." 핀은 셰드 선생이 했던 것처럼 's' 자 발음을 휘파람 소리로 대신했다. 두 사람은 하지 말라는 걸 아득바득 더 하려는 학생들처럼 큰 소리로 웃었다.

"그때 기억나?" 아슈타르가 물었다. "우릴 떼어놓으려고 내 한쪽 귀를 잡고 다른 책상으로 끌고 갔던 거?"

"물론이지. 네가 가방을 가져가려고 손을 뻗었는데 선생님은 도망치려 한다고 오해했고, 결국 모두가 보는 앞에서 레슬링한 꼴이 됐잖아."

아슈타르는 그 모습을 떠올리며 주체할 수 없는 웃음을 터뜨렸다. "그런데도 넌 의자에 앉아 구경하면서 박장대소하고 있고 말이야."

"그건 셰드 선생님이 계속 휘파람 소리를 내면서 '그만해라, 얘야!'라고 말했으니까 그랬지."

이 말에 아슈타르는 벌건 양쪽 뺨에 눈물이 줄줄 흘러내리도록 발작을 일으키듯 웃어댔고, 결국 숨을 쉴 수 없어 흡입기 신세를 져야 했다. 웃음이 핀의 긴장감을 모두 가시게 했다. 낯선 사람이 되어버린 옛 친구와 함께해야 한다는 스트레스에서 풀려났다. 두 사람은 학생 시절로 되돌아갔고, 그때의 치기 어린 기억을 떠올리며 스스럼없이 웃었다. 아무리 기나긴 세월 동안 떨어져 살았어도 그들의 기억은 둘을 이어주는 그 무엇이었다. 서로의 인생을 결속해주는 유대감이었다.

두 사람이 자제심을 회복하면서 웃음소리가 점차 사그라들었다. 둘은 다시 진지한 눈길로 서로 마주 봤다. 다시 어른의 현실로 되돌아온 것이다. 그것도 잠시, 아슈타르의 떨리는 입술에서 갑자기 웃음이 터져 나오자 다시 좀 전의 일이 되풀이됐다. 술집 안에 있던 몇몇 사람이 도대체 무슨 농담이 오가기에 이러나 하는 의문을 품고 두 사람 쪽으로 머리를 돌렸다. 하지만 무엇 때문에 폭소를 터뜨리는지 전혀 알지 못했다.

마침내 아슈타르가 평정심을 되찾았을 때, 그는 손목시계를 내려다봤다. "아, 이런. 가봐야겠는데."

"네스로?" 아슈타르가 고개를 끄덕였다. "거기까지 어떻게 갈 건데?"

"부두에 차를 주차해뒀어."

"설마 운전하는 건 아니겠지?"

"차가 자동으로 운전되지는 않더라고."

"넌 지금 운전할 상태가 아니야. 그러다가 죽는다고. 아니면 다른 사람을 죽이든가."

아슈타르는 손가락 하나를 핀에게 흔들어 보였다. "아하, 깜빡했네. 네가 경찰관이라는 걸. 그래서 어쩔 생각인데? 체포할 거야?"

"내가 몰아줄 테니 차 키 줘."

아슈타르의 얼굴에서 미소가 사라졌다. "정말이야?"

"정말이지."

아슈타르는 어깨를 으쓱하며 주머니를 뒤적거리더니 차 키를 꺼내 탁자에 떨어뜨렸다. "오늘은 행운의 날이네. 경찰관이 집까지 호위해줄 판이니."

태양이 서쪽 수평선에서 부풀어 오른 백랍 빛깔의 구름 뒤로 사라지자 하늘은 어슴푸레한 파란색이 되었다. 8월 중순부터는 밤이 급속히 짧아지는데, 여름이 한창인 지금도 런던보다는 이곳이 좀 더 밝았다. 바닷물이 물러나기 시작한 시각, 부두에 정박한 선박들은 이제 낮게 내려앉아 있었다. 한두 시간이 지나면 선박으로 내려가는 사다리가 필요할 게 뻔했다.

아슈타르의 차는 페인트를 어설프게 덧칠한 복스홀 아스트라였는데, 내부에서 비 오는 날에 밖에 내버려뒀던 낡은 운동화 같은 냄새가 났다. 룸미러에 매달려 힘없이 흔들리는, 소나무 모양의 오래된 공기청정제는 코를 찌르는 악취를 제거하는 승산 없는 싸움을 일찌감치 포기한 듯했다. 좌석 커버는 가죽이 다 일어난 채 갈라졌고, 주행기록계는 한 바퀴를 거의 다 돌아 저절로 리셋되려고 했다. 핀은 두 사람의 운명이 뒤바뀐 게 정말 아이러니하게 느껴졌다. 아슈타르의 아버지는 교사에 중산층이었고 수입도 좋아서 번쩍번쩍 빛나는 힐먼 어벤저를 몰았던 반면에, 핀의 부모는 실직과 농장 일 사이를 오가며 힘겹게 살았고, 여기저기 다 찌그러지고 낡은 포드 앵글리아를 몰았다. 하지만 지금은 아슈타르가 스토너웨이의 건설 현장에서 일하면서 다음번 차량 검사에서 불합격할 법한 차를 모는 반면, 핀 자신은 미쓰비시 쇼군을 모는 고위 경찰수사관이었다. 핀은 자신이 어떤 차를 굴리는지 아슈타르에게 절대로 말하지 말아야겠다고 단단히 마음먹었다.

핀은 운전석에 앉아 안전벨트를 매고 키를 꽂아 돌렸다. 엔진이 쿨럭하고 기침한 뒤 캑캑거리더니 꺼져버렸다.

"맙소사! 내 흡입기로도 시동을 걸 수 있는데 그걸 꺼트리네. 약간의 기술이 필요하긴 하지만, 클러치와 액셀러레이터를 동시에 바닥까지 꽉 밟아. 그랬다가 시동이 걸리자마자 페달에서 발을 떼면 되지. 그럼 아주 비단결처럼 매끄럽게 달리기 시작한다고. 넌 요즘 어떤 차를 몰아?" 아슈타르가 말했다.

핀은 조그마한 속임수에 집중하다가 자동차의 엔진이 폭음을 내며 살아나자 별일 아니라는 듯 대꾸했다. "포드 에스코트야. 도시에서는 차를 몰 일이 별로 없거든." 거짓말을 하고 나니 입이 썼다.

핀은 차를 몰아 크롬웰 거리로 나왔다. 베이헤드 쪽으로 방향을 잡자 오가는 차량이 거의 없었다. 헤드라이트는 황혼의 어둠을 밝히는 데에 거의 도움이 되지 않아 아이들 놀이터로 가는 사거리의 과속방지턱을 알아차리지 못할 뻔했다. 방지턱을 너무 빨리 지나는 바람에 차가 몸부림을 쳤다.

"조심해서 운전해줘. 이 고물 친구를 한동안 더 타야 하니까." 아슈타르가 말했다. 아슈타르가 숨을 길게 내쉬자 위스키 냄새가 확 끼쳤다. "그런데 네가 여기에 온 이유는 언제 말해줄 거야?"

"묻지도 않았잖아."

아슈타르가 고개를 돌려 핀을 뚫어져라 보자, 핀은 그 눈길을 의식적으로 피했다. "그래? 그럼 지금 물어보지, 뭐."

"에인절 맥리치 살인사건팀에서 수사하고 있어." 아슈타르가 갑작스럽게 흥미를 보였다. 핀을 똑바로 보려고 아예 몸을 돌려 앉았다.

"말도 안 돼! 너는 글래스고에서 근무하잖아."

"에든버러야."

"그런데 왜 수사팀원으로 차출된 거야? 네가 에인절을 잘 알아서?"

핀은 고개를 가로저었다. "내가 에든버러에서 뭐랄까……? 아주 유사한 사건을 담당했거든. MO가 동일한. MO라는 건 범행……."

"범행 수법이지. 나도 알아. 알다시피 내가 탐정소설 나부랭이는 많이 읽었다고." 아슈타르가 낄낄거렸다. "이거 아주 재미있는데? 어렸을 때 항상 우릴 패던 녀석의 살인사건을 수사하려고 네가 짠 하고 나타났으니 말이야." 그러다가 갑자기 무슨 생각이 떠오른 것 같았다. "그거 봤어? 뭐라더라? 해부? 하여튼 뭐라고 부르든 간에."

"검시라고 하지. 그래, 봤어."

"어땠어?"

"별로 알고 싶지 않을 거야."

"그럴 수도 있겠지. 나와 에인절 맥리치 사이에는 애틋한 사랑 같은 게 전혀 없었으니까." 아슈타르는 그 문제를 잠시 생각하다가 의견을 내놓았다. "그 자식을 누가 죽였든 간에 훈장을 받을 만해."

두 사람이 황야의 도로를 가로질러 바르바스로 가는 동안, 서쪽 하늘에는 여전히 빛이 남아 있었다. 희미해진 핑크색 하늘에 보랏빛이 도는 어두운 회색 띠가 떠 있었다. 시커먼 연기가 피어오른 듯한 구름은 저 멀리 바다 쪽으로 몰려 나갔다. 동쪽 하늘은 어두웠다. 녹색 지붕 오두막을 지나칠 때는 눈앞이 거의 보이지 않았다. 핀은 아슈타르가 옆좌석에서 가볍게 코를 곤다는 걸 알아차렸다. 바르바스의 가로등에 불이 들어와 있었다. 핀은 차를 북쪽으로 돌려 네스로 나아갔다.

핀은 아슈타르의 술주정 비슷한 횡설수설에 구애받지 않고 거의 이십분 동안이나 생각할 여유가 생겼다. 이모의 장례식 이후로 마샬리의 얼굴을 처음 마주하게 된 것은 거의 십팔 년 만이었다. 그 얼굴에서 뭘 보게 될지 전혀 예측할 수 없었다. 아슈타르는 이렇게 많이 변했는데…….많은 시간이 흘렀는데, 머리를 땋아 파란 리본을 달았던 그 애를 알아볼 수 있을까?

두 사람은 황량한 마을을 지나쳤다. 작은 시골집 창문에서 흘러나오는 노란색 불빛만이 사람이 살고 있다는 표시였다. 어딘가에서 개 한 마리가 짖기 시작했고, 핀은 그 소리를 피해 살짝 방향을 틀어야만 했다. 차량 환기장치로 들어온 토탄 연기 냄새가 스토너웨이에 있는 각자의 기숙사로 가기 위해 매주 아슈타르와 핀이 함께했던 기나긴 버스 여행 기억을 불러일으켰다. 핀이 곁눈질을 하자 아슈타르의 입과 턱이 느슨하게 늘어져 작은 침방울이 흘러내리는 모습이 가로등 불빛에 비쳤다. 완전히 곯아떨어진 모양이었다. 술에 기댄 도피였다. 핀은 물리적인 방법으로 이 섬을 도망쳐 나왔지만, 아슈타르는 핀과는 다른 수단을 찾아낸 것이다.

마침내 크로스에 도착했을 때, 핀은 아슈타르가 어디에 사는지 전혀 모른다는 걸 깨달았다. 팔을 뻗어 아슈타르의 어깨를 흔들었다. 아슈타르는 꿍얼거리며 한쪽 눈을 떴고, 이어 손등으로 입가를 훔쳤다. 앞유리창 너머로 밖을 내다보며 이곳이 어딘지 몰라 잠시 망설이다가, 이내 현재 장소를 확인했는지 자세를 똑바로 했다. "굉장히 빨리 왔군."

"어디 사는지 몰라서⋯⋯."

핀을 향해 돌아보는 아슈타르의 얼굴은 못 믿겠다는 듯 일그러져 있었다. "그게 말이나 돼? 내가 사는 델 어떻게 까먹을 수 있어? 난 평생 그곳에서 살았다고!"

"아하." 핀은 아슈타르와 마살리가 매킨스 씨의 집에 보금자리를 차렸을 줄은 꿈에도 생각하지 못했다.

"그래, 나도 알아. 슬픈 일이지, 그렇잖아? 내가 태어났던 거지 같은 집에서 여태 산다는 게." 아슈타르의 목소리에서 다시 괴로운 기색이 묻어났다. "너와는 달리 난 책임져야 할 게 있거든."

"어머니 말이야?"

"그래, 우리 어머니."

"지금도 살아 계셔?"

"아니, 어머니를 박제사에게 데려가서 속을 꽉꽉 채워 박제해달라고 부탁했어. 의자에 똑바로 앉아 우리와 함께할 수 있도록 말이야. 당연히 지금도 살아 있지! 어머니가 세상을 떴으면 내가 여태 이곳에 남아 있겠어?" 아슈타르가 불평을 늘어놨다. 차 안에 술 썩는 냄새가 진동했다. "맙소사! 십팔 년 동안이나 삼시 세끼 거르지 않고 숟가락으로 밥을 떠먹였단 말이야. 화장실로 안고 가서 기저귀도 갈아드리고. 미안, 요실금 패드라고 해야 하나? 그런데 정말 열받는 게 뭔지 알아? 할망구가 다른 일은 제대로 못 하면서 말 하나만큼은 나와 너 못지않게 잘 나불거린다는 거야. 뇌 상당 부분이 예전처럼 생생한 것도 같단 말이야. 내 인생을 처참하게 만드는 걸 즐기며 사는 게 아닌가 싶을 정도라고."

핀은 뭐라 할 말이 없었다. 아슈타르가 직장에 나가 있는 동안, 누가 어머니를 먹여주고 기저귀를 갈아주는지 궁금했다. 핀의 궁금증을 읽기라도 한 것처럼 아슈타르가 말했다. "마샬리가 어머니를 돌봐. 어머니가 마샬리를 좋아하거든." 핀의 머릿속에 그들이 사는 모습이 어땠을지 그림이 그려졌다. 아슈타르가 십대일 때 발생한 어머니의 뇌졸중 덕분에 마샬리도 낡고 오래된 집에 갇혀 살아가고 있었다. 가족이라는 이유로 정신적, 육체적 능력을 갉아먹는 노파의 욕구를 충족시켜줘야 한다는 책임감에 얽매여 말이다. 핀의 머릿속을 들여다보기라도 한 듯이 아슈타르가 또다시 말했다. "이러고 살았다고 하니 우리 어머니가 너그럽게 콱 죽어서 우리의 삶을 되돌려줬으면 하는 생각이 들겠지."

핀은 잔도를 따라 800미터가량 펼쳐져 있는 가로등이 있는 언덕으로 접어들었다. 교회의 그림자 아래쪽을 지나칠 때쯤 목사관의 불빛이 비쳤다. 언덕 커브 길을 돌아 들어가니 절벽에서 떨어져 나갈 듯한 경사면에 지어진 매킨스 씨네 집이 보였고, 그 길로 이어진 도로가 급경사를 이루었다. 창문으로 새어 나온 불빛이 헤링본 무늬를 따라 신중하게 쌓아둔 토탄 더미를 비쳤다. 아슈타르의 아버지가 늘 해왔던 그대로였다. 토탄 더미에서 200미터쯤 더 들어간 곳에 밤하늘을 배경으로 흐릿하게, 아슈타르가 부모님과 함께 살던 농가의 시커먼 실루엣이 보였다. 그곳에는 활기도 생기도 없었다.

핀은 속도를 늦춰 차고 문 앞에 차를 세웠다. 달빛 한 조각이 저 멀리 은빛 파도 위에서 반짝거렸다. 주방에 불이 켜져 있어서 창문 너머로 싱크대 앞에 서 있는 형체가 보였다. 핀은 그게 마샬리라는 걸 깨닫고는 흠칫 놀랐다. 지금은 좀 더 짙어진 기다란 금발을 말총머리로 대강 묶고 있었다. 화장을 전혀 하지 않은 파란 눈은 광채를 잃어버린 모습이었고, 눈 밑에 크게 자리 잡은 다크서클과 창백한 안색 탓에 상당히 피곤해 보였다. 마샬리는 차가 들어오는 소리에 고개를 들었고, 핀은 얼른 헤드라이트를 꺼서 마샬리 자신만이 창문에 비쳐 보이도록 만들었다. 마샬리는 자신의 모습에 실망하기라도 한 듯 순식간에 눈길을 돌렸지만, 핀은 처음 본 순간부터 자신의 시선을 빼앗았던 작은 소녀를 다시 한번 훔쳐볼 수 있었다.

7장

부모님 말씀에 반항할 용기를 짜내 마살리네 농장을 찾아간 것은 거의 일 년이 지난 후였다.

나는 거짓말을 한 적은 거의 없지만 해야 할 때는 아주 그럴싸하게 들리도록 노력했다. 다른 아이들은 거짓말을 할 때 부모님 혹은 선생님에게 들려줄 괜찮은 이야기를 지어냈다고들 하지만, 그 내용이 사실이 아니라는 것쯤은 나부터도 당장에 알아차릴 수 있었다. 어른들의 얼굴을 보면 거짓말을 눈치챘다는 기색을 즉시 알 수 있다. 믿을 수 있는 거짓말을 만들어내는 게 중요했다. 그런 방법을 찾아낼 수 없을 때면 올바른 순간 혹은 잘못된 순간이 찾아올 때를 대비한 도구를 사물함에 간직해야 한다. 어느 토요일 아침에 길을 내려가 아슈타르의 집에서 놀겠다고 했을 때 우리 부모님이 전혀 의심을 하지 않은 것은 바로 그런 이유였다. 어쨌거나 도대체 무슨 이유로 여섯 살 먹은 어린애가 그런 거짓말을 했던 것일까?

집에서는 이제 게일어를 사용하지 않았기 때문에 당연히 나는 영어로 말씀드렸다. 영어는 내가 상상했던 것보다 훨씬 배우기 쉬웠다. 아버지는 텔레비전을 사들였다. 아주 마지못해 하면서. 나는 몇 시간 동안이고 텔레비전에 붙어 있었다. 영어를 익히는 게 어렵지 않았던 이유는 그 나이 때의 내가 스펀지처럼 주변 모든 것을 빨아들였기 때문이다. 내게는 모든 것을 나타내는 단어가 한 가지에서 그저 두 가지로 늘어난 것에 불과했다.

아버지는 내가 아슈타르네 집으로 놀러 간다고 하자 실망한 기색이 역력했다. 아버지는 해변으로 밀려 올라온 낡은 목재 딩기*를 여름 내내 수리하며 보냈다. 딩기에는 선박 이름이 없었다. 페인트로 칠한 부분이 바닷물에 탈색되어 있었다. 항상 그랬듯 아버지는 〈스토너웨이 가제트〉에 그 딩기의 선체를 묘사한 광고를 실어 진짜 소유주가 되찾아갈 기회를 남겨두었다. 아버지는 정말 양심적인 사람이었다. 하지만 아무도 제 보트라고 나서지 않자, 양심의 가책 없이 복구를 시작하게 되어 아주 기뻐했던 것 같았다.

그해 여름에 나는 아주 오랜 시간을 아버지와 함께 일했다. 목재로 된 선체를 구석구석 문질러 윤을 냈고, 아버지가 또 한번 해변으로 밀려 올라온 목재를 톱질해서 바닥에 깔 판자를 만드는 동안 작업대가 흔들리지 않도록 붙잡았다. 아버지는 스토너웨이의 어느 경매에서 아주 싼값에 노걸이를 손에 넣었고, 딩기에 맞는 노를 직접 제작했다. 돛대도 만들고, 모험가처럼 해변을 샅샅이 뒤지며 찾아낸 캔버스 천으로 돛도 만들었다. 아버지는 오래된 선외모터도 창고에 한 대 보관하고 있었다. 이제 딩기는 노를 저어서도, 바람을 맞으면서도, 기름을 태우면서도 나아갈 수 있게 되었다. 날씨가 좋은 때를 잡아 당장 딩기를 바다에 띄워 네스

* 엔진과 선실을 갖추지 않은 소형 요트.

항에서 크로보스트 항구까지 둘러보고 싶어했지만, 이 모든 일은 기다림을 요구했다.

아버지는 딩기를 소금기에서 보호하기 위해 안팎을 페인트로 칠했다. 우리의 다른 살림살이와 마찬가지로 당연히 보라색이었다. 그리고 양쪽 뱃머리에 화려한 흰색 서체로 에이리Eilidh라는 배 이름을 적어넣었다. 게일어를 사용하지 않는 사람들의 귀에는 에이레이Ay-lay처럼 들렸을 것이다. 에이리는 '헬렌'을 의미하는 게일어였고, 어머니의 이름이었다.

항해를 하기에 정말로 완벽한 날이었다. 가을 강풍이 몰아치기 전, 청명한 9월의 토요일이었다. 밝은 태양이 강렬한 햇살을 퍼부어 날씨가 따뜻했고, 미풍이 잔잔한 수면을 살살 건드렸다. 아버지는 오늘이야말로 일을 해치울 날이라고 했고, 내 마음은 찢어지는 듯했다. 하지만 아슈타르네로 가겠다고 약속했고 그 애를 실망시키고 싶지 않다고 아버지께 말씀드렸다. 하지만 아버지는 다음 주 토요일까지 기다릴 수 없다고 말했다. 그때쯤이면 날씨가 급격히 나빠질 테고, 그렇게 되면 에이리호는 우리 집 마당에서 방수포를 뒤집어쓰고 봄이 되기까지 기다려야 한다는 이유였다. 그리고 내가 함께 가기 싫으면 혼자 딩기를 타고 나갈 거라고 말했다. 아버지는 아마 이렇게 말하면 내가 마음을 바꿀 테고, 아버지와 아들이 에이리호의 첫 항해를 함께할 수 있으리라 기대한 모양이었다. 아버지는 아슈타르와 함께 노는 것 때문에 이런 좋은 기회를 놓치려는 나를 전혀 이해할 수 없었던 것 같다. 아슈타르와는 언제든지 놀 수 있을 텐데……. 하지만 나는 어머니가 엄격히 금지했음에도 그 토요일에 농장으로 꼭 찾아가겠다고 마살리와 약속했다. 비록 내 마음이 아플지라도, 나아가 아버지 마음을 아프게 할지라도, 내가 한 약속을 어길 마음은 전혀 없었다.

아버지께 작별 인사를 하고 아슈타르네 집으로 향할 때는 심정이 복잡했다. 거짓말 때문에 양심의 가책을 느낀 것이다. 나는 아슈타르에게 그 토요일에는 몹시 바쁠 테니 기다리지 말라고 말해뒀다. 집이 보이지 않는 곳까지 걸어가서, 도로를 벗어나 토탄이 깔린 길을 따라 힘껏 달렸다. 크로보스트에서 내가 더는 보이지 않을 거라는 확신이 들 때까지 달렸다. 그곳에서 황야를 가로질러 크로스-스키거스타 도로에 다다라 미알라니슈를 향하여 서쪽으로 방향을 바꿀 때까지 십 분 정도가 걸렸다. 작년 내내 학교가 끝나면 아슈타르와 함께 마샬리의 집까지 걸어갔던 터라 길은 아주 익숙했다. 하지만 토요일에 그곳에 가려고 용기를 낸 것은 처음이었다. 운동장에서 다른 애들 눈치를 보며 몰래 대화를 나누다가 비밀리에 만날 약속을 했다. 아슈타르는 이 약속에 대해 전혀 알지 못했다. 남에게 절대로 말하지 말라고 마샬리에게 단단히 일러뒀다. 마샬리를 한 번만이라도 독차지하고 싶었다. 하지만 미알라니슈 농장으로 통하는 오솔길에서 경사면을 다급하게 내려가다 보니 문득 거짓말을 했다는 사실에 죄책감이 느껴졌다. 평소보다 훨씬 많이 먹었을 때 토할 것 같은 느낌과 비슷한, 아주 더러운 기분이었다.

나는 흰색 문 앞에 서서 빗장에 손을 올려놓고 잠시 망설였다. 아직 마음을 바꿀 시간은 있었다. 전력으로 질주해서 왔던 길을 되돌아간다면 아버지가 딩기를 트레일러에 싣기 전에 도착할 수 있고, 아무도 나를 의심하지는 않을 것이다. 하지만 바람을 타고 밝고 명랑한 목소리가 들려왔다.

"피인……! 안녕, 핀."

눈을 들자 농가에서부터 달려오는 마샬리가 보였다. 내가 언제 오나 목을 빼고 기다린 게 분명했다. 되돌아가는 일은 물 건너간 셈이다. 마샬리는 숨을 헐떡거리며 문 앞에 도착했다. 양쪽 뺨은 장밋빛으로 빨갛게 물들었고, 파란 눈동자는 옥수수 밭에 핀 꽃처럼 반짝거렸다. 머리카락은 학교에서 처음 본 날처럼 곱게 땋았고, 눈동자와 색을 맞춰 파란 리본을 달고 있었다.

"어서 와." 마샬리가 문을 열고 내 손을 잡았다. 나는 생각할 새도 없이 마샬리의 세계로 들어가는 거울을 통과하고 있었다.

마샬리의 어머니는 장미꽃 향이 나는 아주 아름다운 여인으로 내 귀에는 거의 음악처럼 들리는, 부드럽고 낯선 영어 억양으로 말했다. 굼실거리는 갈색 머리카락에 초콜릿색 눈동자였고, 크림색 모직 스웨터와 청바지 위에 무늬가 인쇄된 앞치마를 걸치고 있었다. 녹색 장화를 신었는데, 판석이 깔린 커다란 주방 바닥에 말라붙은 진흙 덩이가 떨어지는 게 전혀 신경 쓰이지 않는 것 같았다. 두 마리의 활기찬 보더콜리를 쉭쉭거리며 밖으로 몰아내고, 우리더러 식탁에 앉으라고 하고는 집에서 만든 뽀얀 레모네이드를 높다란 유리잔에 가득 부어줬다. 마샬리의 어머니는 교회에서 나와 우리 부모님을 자주 봤다고 했는데, 난 이분을 본 기억이 없었다. 모든 게 궁금한 것 같았다. 아버지는 뭘 하시니? 어머니는 뭘 하시니? 넌 크면 무엇이 되고 싶니? 나는 무엇이 되고 싶다는 생각을 해본 적 없었지만, 그 사실을 선뜻 인정하고 싶지는 않았다. 그래서 경찰관이 되고 싶다고 대답했다. 마샬리의 어머니는 깜짝 놀랐다는 듯 눈썹을 살짝 치켜세우더니 장래 희망으로는 좋다고 덕담을 했다. 아주머니의 질문이 이어지는 내내 마샬리가 내게서 눈길을 떼지 않고 있는 게 느껴졌다. 하지만 나는 그 애 쪽으로 얼굴을 돌리지 않았다. 그랬다가는 얼굴이 붉어질 게 뻔했으니까.

"그럼 점심을 먹고 가거라." 마샬리의 어머니가 말했다.

"아니에요." 나는 급하게 대답했다가 좀 무례하게 들렸을 수도 있다는 걸 깨달았다. "어머니한테 12시까지는 돌아간다고 말씀드렸거든요. 점심식사를 준비하고 있으실 거예요. 그런 다음 아버지와 함께 보트 타러

가야 해서요." 거짓말은 또 다른 거짓말로 이어진다는 걸 나는 일찌감치 습득하고 있었다. 그리고 연이어 또 다른 거짓말로. 마샬리의 어머니가 또 거짓말로 대답해야 할 뭔가를 물어볼까 봐 걱정이 되기 시작했다. "레모네이드 좀 더 주실 수 있나요?" 나는 대화의 주제를 바꾸려고 애썼다.

"안 돼. 나중에 마셔." 마샬리가 중간에 끼어들었다. 그러고는 자기 어머니에게 말했다. "헛간에서 놀게요."

"그래, 진드기 물리지 않도록 조심해라."

"진드기라니?" 우리가 밖으로 나왔을 때 내가 물었다.

"건초 진드기라는 게 있어. 눈에 보이지도 않아. 건초 더미 속에 살면서 다리를 깨물어. 자, 봐봐." 마샬리는 청바지 바짓단을 끌어올려 작고 빨간 자국들을 보여줬다. 얼마나 긁어댔는지 피가 흘러나와 있었다.

나는 잔뜩 겁을 집어먹었다. "그런데 왜 헛간으로 가려고 해?"

"놀아야 하니까. 우린 둘 다 청바지를 입었으니까 괜찮아. 어쨌거나 널 물지 않을 거야. 아빠가 진드기는 잉글랜드 사람 피만 좋아한다고 했거든." 마샬리가 이번에도 내 손을 잡고 농장 안마당을 가로질렀다. 헛간으로 갈 때 암탉 여섯 마리가 자갈이 깔린 곳을 건너 종종걸음으로 사라졌다. 왼쪽으로 뚝 떨어진 곳에 암소들을 먹이고 우유를 짜는 석조 외양간이 있었다. 커다란 분홍색 돼지 세 마리가 흩어진 건초와 잘게 썬 순무 사이에서 코를 킁킁거리며 돌아다녔다. 온종일 하는 일이라고는 음식을 먹고 똥과 오줌을 싸는 것뿐인 듯 보였다. 돼지 배설물로 만들어진 거름 악취가 지독해서 얼굴을 찌푸렸다.

"여긴 냄새가 너무 나는데?"

"농장이잖아." 마샬리는 너무나 당연해서 왈가왈부할 필요가 전혀 없다고 생각하는 듯했다. "농장은 항상 지독한 냄새가 나는 거야."

헛간 내부는 엄청 넓었고, 건초 더미가 골이 진 함석지붕까지 닿을 정도로 높이 쌓여 있었다. 마샬리가 좀 낮게 쌓인 건초 더미 위로 기어오르기 시작했다. 그러다가 내가 뒤따라 올라오지 않는다는 걸 알아차리고는 돌아서서 얼른 따라오라고 손짓했다. 내가 자기 뒤를 쫄래쫄래 따르지 않아 화가 난 모습이었다.

"얼른 와!"

나는 마지못해 그 애를 따라 천장을 향해 올라갔다. 좁은 구멍을 따라 올라가니 건초 더미로 작은 방만 한 공간을 만든 곳에 도달했다. 사방이 건초로 둘러싸이고, 우리가 계단 삼아 밟고 올라온 건초 더미들로만 연결된 곳이었다.

"여기가 나만의 공간이야. 아빠가 날 위해 만들어줬어. 아, 물론 가축 먹이로 건초를 주기 시작하면 없어지겠지만. 어때?"

나는 정말 굉장하다고 생각했다. 나에겐 나만의 것이라고 부를 만한 곳이 아무 데도 없었다. 아버지가 만들어준 좁은 다락방 침실이 하나 있지만, 그곳에서 조금이라도 뭔가 할라 치면 집 전체에 소리가 다 울려 퍼졌다. 바로 그런 이유 때문에 대부분의 시간을 집 밖에서 보낸 것이다.

"정말 멋져."

"TV에서 카우보이 본 적 있어?"

"물론이지." 난 애써 태연한 척하려고 했다. 〈에일리어스 스미스와 존스〉라는 서부극을 본 적 있지만 내용을 이해하고 따라잡기가 그리 쉽지 않았다.

"좋아, 그럼 카우보이와 인디언이라는 아주 재미있는 놀이가 있는데, 그걸 하면 되겠어."

처음에는 마샬리가 보드게임을 하자는 것으로 이해했는데, 설명을 듣고 보니 내가 인디언 전사에게 붙잡힌 카우보이가 되고, 자신은 나와 사랑에 빠져 내가 도망칠 수 있도록 도와주는 인디언 공주가 되는 놀이였다. 이건 지금껏 아슈타르와 하던 놀이와는 전혀 닮은 데가 없었고, 꼭 하고 싶다는 마음도 들지 않았다. 하지만 마샬리가 놀이를 할 수 있도록 앞장서서 착착 준비하는 바람에 거부할 여지가 거의 없었다.

"여기 앉아." 마샬리는 나를 한구석으로 데려가더니 건초 더미에 등을 대고 쪼그려 앉으라고 말했다. 그러고는 잠시 등을 돌리더니 건초 더미에 만들어놓은 조그만 은신처에서 뭔가 꺼냈다. 양손에는 기다란 밧줄과 커다란 붉은색 손수건을 들려 있었다. "이제 내가 널 묶을 거야."

어쩐지 그 말이 별로 좋게 들리지 않아 일어서려고 했다. "좋은 생각이 아닌 것 같아."

하지만 마샬리는 이런 애였나 싶을 정도로 단호하게 날 눌러 앉혔다. "당연한 건데 뭘 그래? 내가 달려와서 풀어줄 수 있도록 네가 묶여 있어야 해. 스스로 묶을 수는 없잖아?"

"그렇긴 하네." 나는 정말 마지못해 그 점을 인정했다.

마샬리는 내 등 뒤에서 양손을 묶고, 밧줄로 고리 모양을 만들어 발목을 함께 묶었다. 두 무릎이 턱밑에 닿을 정도로 바짝 당겨져 몸이 반으로 접혔다. 마샬리가 뒤로 물러서서 자신이 한 작업의 결과를 지켜보며 흐뭇한 미소를 지을 때, 난 꽁꽁 묶인 채 무력감을 느껴야만 했다. 오늘 농장에 온 게 현명했는지에 대한 심각한 의문이 들었다. 우리가 할 놀이에 대해서 어떠한 상상을 했든 지금 이 모습은 아니었다. 그런데 이게 끝이 아니었다. 마샬리는 상체를 앞으로 숙이고 빨간색 손수건을 눈가리개처럼 내 머리에 두르기 시작했다.

"뭘 하는 거야?" 나는 마샬리의 행동을 저지하려고 머리를 흔들었다.

"가만히 있어, 바보야. 눈도 가려야 한다고. 인디언은 포로를 잡으면 항상 눈을 가렸어. 내가 다가오는 걸 지켜보려다가 남 좋은 일만 시킬 수도 있어."

이제 마샬리가 미친 게 아닌가 하는 생각까지 들었고, 두려운 마음에 온몸이 떨렸다. "누구에게 좋은 건데?" 나는 건초 더미로 둘러싸인 내부를 훑어봤다. "여기엔 아무도 없잖아!"

"무슨 소리야? 당연히 있지. 다만 지금은 다들 자고 있을 뿐이야. 그래서 내가 몰래 숨어들어서 널 풀어줄 수 있는 거고. 자, 그러니 눈가리개를 다 묶을 때까지 가만있어."

마샬리가 이미 묶기 시작한 터라 이제 나는 반대할 입장이 아니었다. 그저 한숨을 크게 내쉬며 화는 나지만 할 수 없다는 뜻을 드러냈다. 마샬리는 몇 번 접은 손수건을 내 눈에 대고 머리 뒤쪽에서 잡아맸다. 손수건 가장자리로 스며드는 희미한 불빛을 제외하고는 세상이 온통 시커메졌다. 불빛마저 붉은색이었다.

"좋았어, 이젠 소리를 내지 마." 마샬리가 속삭였고, 그 애가 물러서자 건초가 바스락거렸다. 그러고는 정적이 찾아들었다. 아주 오랫동안. 정적이 너무나 오랫동안 이어져서 혹시 마샬리가 이렇게 꽁꽁 묶고 눈가리개까지 해서 놀림감으로 만든 채 훌쩍 가버렸나 하는 걱정이 들기 시작했다. 입에 재갈까지 물리지 않은 게 천만다행이었다.

"어떻게 된 거야?"

예상했던 것보다 훨씬 가까운 곳에서 대답이 들렸다. "쉬이잇! 저들이 듣겠어." 마샬리의 목소리는 속삭이는 정도도 아니었다. 숨 쉬는 것처럼 작았다.

"누가 듣는다는 거야?"

"인디언들이지."

나는 한숨을 쉬고 기다렸다. 그리고 또 기다렸다. 다리가 점점 더 저려와서 똑바로 펼 수도 없었다. 자세를 바꿔보려고 몸을 꿈틀거리자 건초가 바스락거렸다.

"쉬이잇!" 마샬리의 목소리가 다시 들렸다.

마샬리가 밀짚으로 이뤄진 비밀 방에서 내 주위를 살살 돌며 움직이는 소리가 들렸다. 그러다가 정적이 흐르더니 갑자기 그 애의 따스한 숨결이 내 얼굴에 느껴졌다. 마샬리가 이렇게 가까이 있을 줄은 전혀 몰랐다. 나는 펄쩍 뛸 뻔했다. 그 애의 숨결에서는 지금도 레모네이드의 달콤한 냄새가 풍겼다. 그러다가 부드럽고 축축한 입술이 내 입술을 누르자 레모네이드의 맛까지 느낄 수 있었다. 나는 너무나 깜짝 놀라서 머리를 뒤로 세게 젖히는 바람에 뒤쪽 건초 더미에 뒤통수를 찧고 말았다. 마샬리가 깔깔거리며 웃는 소리가 들렸다. "그만해!" 나는 소릴 질렀다. "이제 풀어주라고!" 하지만 마샬리는 계속 웃기만 했다. "마샬리, 장난 아니야. 얼른 풀어줘. 당장 풀라니까!" 나는 눈물을 흘릴 뻔했다.

아래쪽 어디에선가 목소리가 들렸다. "얘들아, 괜찮은 거니?" 마샬리의 어머니였다.

마샬리가 큰 소리로 대꾸하는 게 내 귀에는 천둥소리처럼 들렸다. "아무 일 없어요, 엄마. 우린 놀이를 하고 있을 뿐이에요." 그러면서 그 애는 재빨리 나를 풀어주기 시작했다. 나는 두 손이 풀리자마자 눈가리개를 내 손으로 풀고, 허겁지겁 두 발로 일어서서 최대한 자존심을 회복하려고 애썼다.

"너희, 잠시 내려오는 게 좋겠다." 다시 아주머니의 목소리가 들렸다.

"알았어요." 마샬리가 큰 소리로 대꾸했다. 그러면서 허리를 숙여 묶인 내 발을 풀어줬다. "지금 가요."

나는 손등으로 입을 훔치고는 마샬리를 노려봤다. 하지만 그 애는 그저 달콤한 미소를 지으며 나를 바라봤다. "재미있지? 인디언이 잠을 깨서 애석하지만." 그 말만 하고 마샬리는 건초 더미를 타고 아래쪽에서 기다리는 어머니 곁으로 내려갔다. 나도 머리에 붙은 건초를 털어내고 그 뒤를 따랐다.

 나는 마샬리 어머니의 얼굴을 보자마자 뭔가가 잘못됐다는 걸 즉시 알아차렸다. 얼굴이 약간 상기된 것처럼 보였다. "어쩌면 내가 너희 놀이를 망친 것 같구나." 마샬리의 어머니는 초콜릿색에 가까운 갈색 눈동자에 사과하는 기색을 담고 나를 봤다.

 마샬리가 이마를 찌푸렸다. "그게 무슨 뜻이에요?"

 그 애 어머니는 내게서 눈길을 돌리지 않고 말했다. "네가 우리 집에서 점심을 먹어도 되는지 물어보고, 점심을 다 먹으면 집까지 태워주겠다는 말을 전하려고 네 부모님께 전화를 걸었더니……." 나는 심장이 내려앉는 듯했다. 마샬리가 실망하는 표정으로 나를 보는 게 느껴졌다. 그 애 어머니가 말했다. "부모님이 너 혼자서는 우리 농장에 오지 못하게 하셨다고 왜 말하지 않았니?" 아, 죽었구나 하고 나는 속으로 생각했다. 제대로 걸렸네! "아버지께서 지금 차를 몰고 데리러 오신단다."

 그럴듯한 거짓말을 했다가 들통나는 경우의 문제점은, 앞으로 진실을 말할 때조차 아무도 믿지 않는다는 것이다. 어머니는 나를 앉혀놓고 늑대가 나타났다고 거짓말을 한 양치기 소년 이야기를 들려줬다. 그 이야기를 들은 건 그때가 처음이었고, 어머니는 이야기를 아주 맛깔나게 하는 재주가 있었다. 작가를 해도 됐을 텐데……. 나는 그때 숲이 무엇인지 몰랐다. 우리가 사는 곳에 제대로 된 큰 나무라고는 한 그루도 없었으니까. 하지만 어머니의 이야기는 마치 늑대들이 수많은 나무 뒤에서 호시탐탐 노리고 있는 것처럼 무시무시하게 들렸다. 나는 늑대가 무엇인지도 몰랐다. 그래서 어머니는 아슈타르의 이웃이 기르는 독일산 셰퍼드인 쇼라스를 예로 들었다. 그 개는 크기가 어마어마한 괴물이었다. 나보다 컸다. 어머니는 쇼라스가 미쳐 날뛰다가 나를 향해 달려들면 어떻될지 상상해보라고 했다. 어머니는 바로 늑대들이 그런 짓을 한다고 말했다. 나는 상상력이 풍부했기 때문에, 숲속에서 늑대를 조심해야 한다는 말을 들은 소년이 농담으로 "늑대다! 늑대가 나타났다!"라고 소리쳐서 사람들이 눈썹이 휘날리도록 도망치게 만드는 장면을 생생하게 그릴 수 있었다. 마을 사람 반응에 재미를 붙인 소년이 두 번째 거짓말을 하는 장면도 상상할 수 있었다. 그런데 소년이 그런 짓을 세 번이나 하다니 믿을 수가 없었다. 소년이 또 그랬다면, 이전에는 도망치기 바빴던 사람들이 이번에는 거짓말을 믿지 않을 게 뻔했다. 그러다가 늑대들이 실제로 나타났고, 당연히 소년은 잡아먹히고 말았다고 어머니는 말했다.

아버지는 화가 났다기보다는 실망이 큰 모양이었다. 여름 내내 함께 작업한 딩기를 타고 항해를 나서는 것 대신 여자애를 만나기 위해 거짓말하고 빠져나갔다는 사실 때문이었다. 하지만 아버지가 허리띠로 매질을 한 건 실망감 때문이 아니었다. 거짓말에 대한 처벌이었다. 허벅지 뒤쪽에 떨어지는 가죽의 따끔함과 늑대에 관한 어머니의 이야기 덕분에 앞으로는 무슨 일이 있어도 거짓말을 하지 않겠다고 결심했다.

아, 물론 거짓말을 적극적으로 하지 않는다는 의미다. 거짓인 줄 알면서도 말을 하지 않는 것은 제외하고.

방에 들어가 터져 나오는 울음을 참아가며 내가 뱉은 거짓말을 반성하는 동안, 아버지는 그날 오후에 홀로 에이리호를 타고 나갔다. 나는 한 달 동안 토요일 외출이 금지됐다. 집 안과 마당에서는 놀 수 있지만, 그 범위를 넘어서는 건 허용되지 않았다. 아슈타르가 우리 집으로 오는 건 허용됐지만, 내가 걔네 집으로 갈 수는 없었다. 그리고 용돈도 한 푼 받지 못했다. 아슈타르는 그런 나의 불행을 고소해했다. 마샬리에 관한 일이라서 특히나 더 즐거워했다. 하지만 곧 싫증을 냈다. 나랑 함께 놀려면 우리 집에서만 놀아야 했기 때문이다. 그래서 결국에는 내게 짜증을 내며 다음번에는 좀 더 신중하게 거짓말하라고 다그쳤다. 나는 다음번은 없을 거라고 잘라 말했다.

나는 학교에서 마샬리의 집까지 걸어가는 짓을 그만뒀다. 아슈타르와 나는 마샬리를 미알라니슈 도로 끝까지만 바래다줬고, 거기서부터 우리는 크로보스트로 가는 언덕 위 일차선 도로를 따라 올라갔다. 나는 밧줄과 눈가리개 사건 때문에 마샬리를 경계했고, 쉬는 시간과 점심시간에 운동장에 나갈 때면 그 애를 피하곤 했다. 건초로 된 방에서 당한 입맞춤에 관해 누군가가 알지 않을까 하는 두려움에 휩싸여 살았다. 발각되면 내 꼬락서니를 두고 다른 애들이 얼마나 놀려댈지 족히 상상되었다.

내가 독감에 걸려 앓아누운 건 크리스마스가 좀 지난 때였다. 생전 처음이었다. 곧 죽을 거라는 생각이 들었다. 지금 생각해보니 어머니도 그렇게 생각했던 것 같다. 독감에 걸렸던 그 주의 기억이라고는 눈을 뜰 때마다 어머니가 곁에 계셨고, 손에 들고 있던 차갑고 축축한 수건을 내 이마에 올리고 사랑한다는 말과 용기를 내라는 말을 속삭인 것뿐이다. 근육이 쑤셨고, 체온이 41도를 넘어섰으며, 주체할 수 없을 정도로 몸이 떨리는 가운데 타는 듯한 열기에 몸이 사그라질 것만 같았다. 그 주에 일곱 번째 생일을 맞았지만, 알아차리지도 못한 채 지나가버렸다. 속이 울렁거리거나 토가 나왔고 뭘 먹을 수가 없었다. 거의 일주일이 다 지나서야 어머니는 나에게 칡가루에 우유와 설탕이 조금 들어간 스프를 먹일 수 있었다. 그 맛이 무척 좋았고, 그 이후에 그걸 먹을 때마다 독감을 앓으며 보낸 끔찍한 낮과 밤 동안 항상 내 곁을 지킨 어머니 생각이 났다.

그때가 난생처음으로 아팠던 때였던 것 같다. 아주 진절머리가 나도록 고생했다. 몸무게가 줄어들고 허약해져서 학교에 다시 다닐 정도로 건강해지기까지는 꼬박 이 주가 걸렸다. 다시 등교하게 된 날에 하필 비가 내렸는데, 어머니는 내가 비에 쫄딱 젖어 한기가 들까 봐 차에 태워 데려다주고 싶어했다. 하지만 나는 걸어가겠다고 고집을 부렸고, 아슈타르네 집으로 가는 길 꼭대기에서 아슈타르를 만났다. 내가 아파서 누워 있는 동안에 아슈타르는 내게 가까이 오는 게 허용되지 않았다. 그래서인지 걱정스러운 눈길로 나를 힐끔거렸다.

"다 나은 거 맞아?"

"확실히 다 나았어."

"독감 옮기고 그러는 거 아니지?"

"당연하지. 그런 건 왜 묻는데?"

"네 모습이 끔찍하단 말이야."

"고마워. 그 말을 들으니 한결 나아진 것 같아."

그때가 2월 초였다. 비는 거의 보이지 않을 정도로 가늘게 내렸다. 하지만 얼음처럼 차가운 북풍에 실려 온 비는 몸을 금방 적셨다. 목과 옷깃 사이로 스며든 탓에 피부가 옷감에 쓸렸다. 양쪽 뺨은 불이 난 듯 화끈거렸고, 무릎은 껍질이 벗겨진 듯 벌게졌다. 하지만 기분은 상쾌했다. 이 주 만에 처음으로 다시 살아 있는 느낌이 들어서였다.

"그래, 내가 결석한 동안 무슨 일이 있었어?"

아슈타르는 한 손을 위로 들고 애매하게 흔들었다. "별로 없었어. 넌 아무것도 놓친 게 없어. 네가 걱정하는 게 그거라면. 아, 구구단times tables 을 배웠네."

"그게 뭔데?" 구구단이라는 말은 아주 이국적으로 들렸다. 나는 탁상시계들이 놓인 탁자를 상상했다.

"곱셈이지."

그게 뭔지 전혀 몰랐다. 하지만 멍청하게 보이고 싶지 않아 그냥 "아하"라고만 말했다.

학교에 거의 다 갔을 때 아슈타르가 입을 열었다. 아무 일도 아니라는 듯 아주 태연하게. "나 컨트리댄스 동아리에 가입했어."

"어디 가입했다고?"

"컨트리댄스. 너도 알걸?" 그 말과 동시에 아슈타르는 양팔을 머리 위로 쳐들고 두 발을 폴짝거리며 웃기는 발동작을 했다. "파드바스크야."

내가 결석한 동안에 아슈타르가 미쳤나 하는 생각이 들었다. "패디바라고?"

"댄스 스텝 말이야, 멍청아."

나는 깜짝 놀라 아슈타르를 멍하니 봤다. "춤을 춘다고? 네가? 여자애들에게 잘 보이려고 아슈타르가 춤까지 춘다니!" 나는 아슈타르가 변절했다는 걸 상상할 수도 없었다.

아슈타르는 어깨를 으쓱했는데, 그 반응은 내 상상보다 훨씬 가벼운 것이었다. "매카이 선생님이 날 뽑았단 말이야. 달리 어떻게 해볼 수가 없었다고."

나는 그때 처음으로 독감 때문에 학교를 결석한 게 다행이었다는 생각이 들었다. 그러지 않았다면 선생님이 날 뽑을 수도 있었을 테니까. 아슈타르가 정말 안됐다는 생각이 들었다. 진실을 알 때까지는 그랬다.

그날 오후 3시에 우리는 마샬리와 함께 길을 걷고 있었다. 그 애가 나를 다시 보고 기뻤는지는 알 수가 없었다. 교실에서 옆자리에 앉자 데면데면하게 안녕이라고만 했고, 그 뒤로도 나를 계속 무시했다. 적어도 내게는 그렇게 보였다. 내가 마샬리를 볼 때마다 혹은 그 애의 눈길을 붙잡으려고 할 때마다 일부러 내 눈을 피하는 것처럼 느껴졌다. 쉬는 시간에 운동장에서는 다른 여자애들에게 딱 달라붙어 줄넘기를 하거나 노래를 부르거나 땅따먹기를 하며 놀았다. 다른 초등학생 무리가 우리를 앞서거니 뒤서거니 하며 간선도로를 향해 가는 도중에 마샬리가 아슈타르에게 물었다. "매카이 선생님이 스토너웨이로 가는 날짜 알려주셨어?"

아슈타르는 고개를 끄덕였다. "부모님께 사인 받아오라는 편지를 받았어."

"나도 그래."

"뭐 하러 스토너웨이로 가는데?" 나 혼자 따로 논다는 느낌이 확 들었다. 이 주라는 짧은 기간에 얼마나 많은 일들을 놓칠 수 있는지 놀랍기만 했다.

"댄스 시합을 하러 가는 거지. 섬 전체에서 모인 학교들이 시청에서 시합을 해." 마샬리가 대답했다.

"댄스라고?" 잠시 동안 머릿속이 혼란스러웠지만, 곧 따뜻한 여름날 아침 북쪽 해안을 따라 피어오르는 차가운 해무처럼 모든 게 선명해졌다. 마샬리가 컨트리댄스 동아리에 가입해 있었다. 바로 그런 이유 때문에 아슈타르가 다른 남학생들 조롱을 각오하고 그 동아리에 가입한 것이다. 나는 눈사람도 녹일 법한 매서운 눈길로 아슈타르를 노려봤다. "달리 어떻게 해볼 수가 없었다고, 응?"

아슈타르는 그저 어깨를 으쓱했다. 나를 빤히 보는 마샬리의 눈길이 느껴졌는데, 나의 격한 반응에 즐거워하는 기색이 역력했다. 내가 질투한다는 사실을 아는 게 분명했다. 마샬리는 내 상처에 소금을 비벼댔다. "네가 좋다면 미니버스에서 내 옆좌석에 앉아도 좋아, 아슈타르."

아슈타르는 이제 좀 멋쩍어졌는지 마샬리의 말을 담담하게 받아들였다. "그래. 그때 가서 보자."

우리는 간선도로를 가로질러 미알라니슈 도로의 끝으로 갔다. 나는 내가 학교를 나오지 않는 동안에 아슈타르가 마샬리를 집까지 바래다줬는지 궁금했다. 하지만 우리가 멈춰 섰을 때, 마샬리가 바래다주기를 기대하지 않는다는 게 분명해졌다. "그럼 토요일에 보자." 그 애가 아슈타르에게 말했다.

"응, 알았어." 우리가 크로보스트 도로를 향해 돌아섰을 때 아슈타르는 두 손을 주머니에 깊이 찔러 넣었다. 흘끗 뒤를 돌아보니 마샬리는 가벼운 발걸음으로 폴짝폴짝 뛰면서 미알라니슈 도로를 따라가고 있었다. 아슈타르가 평소보다 빠른 걸음으로 걸어서 따라잡으려면 거의 뛰다시피 해야 했다.

"토요일이라고? 그날 댄스 시합이 열리는 거야?"

아슈타르는 고개를 가로저었다. "아니, 그건 수업이 있는 날에 해."

"그럼 토요일에는 무슨 일이 있는데?"

아슈타르는 위쪽 도로 어딘가의 한 점에 계속 눈길을 고정했다. "농장에 가서 놀기로 했어."

나는 내 귀를 믿을 수 없었다. 그때는 그게 뭔지를 콕 집어 말할 수 없었는데, 아마도 질투의 온갖 증상으로 고통을 받았던 것 같다. 분노, 쓰라린 마음, 혼란, 울적함 등이 한꺼번에 밀려왔다. "너희 부모님이 허락하지 않을걸!" 나는 지푸라기라도 잡는 심정으로 소리쳤다.

"아니, 허락하실 거야. 우리 부모님과 마샬리네 부모님은 교회에서 친하게 지내시거든. 우리 어머니는 지난주 토요일에도 날 미알라니슈까지 태워주셨다고."

입이 딱 벌어졌다. 6월이었다면 파리 떼가 입안으로 몰려들었을 것이다. "전에도 간 적이 있다고?" 나는 정말 믿고 싶지 않았다.

"두 번." 아슈타르는 얼굴에 살짝 미소를 지은 채 나를 흘끗 봤다. "헛간에서 카우보이와 인디언 놀이를 하고 놀았지."

나는 마샬리가 똑같은 밧줄로 아슈타르를 묶고, 빨간 손수건으로 눈을 가리는 악몽 같은 장면을 떠올렸다. 말이 나오지 않을 만큼 말라붙은 입으로 간신히 물었다. "걔가 네게 키스했어?"

아슈타르는 머리를 홱 돌려 나를 노려봤다. 얼굴 전체에 무슨 말인지 모르겠다는 표정과 혐오스럽다는 기색이 역력했다. "내게 키스를 해?" 아슈타르의 목소리에는 공포의 기운이 묻어났다. "걔가 뭣 때문에 그런 짓을 하고 싶겠어?"

그 말이 그나마 깊은 시름에 잠긴 내게 한 조각 위안을 줬다.

토요일, 북동쪽에서 바람이 불어왔다. 진눈깨비를 앞세운 2월의 매서운 강풍이었다. 나는 노란색 방수포와 방수모 그리고 검은 장화를 신은 채 우리 집 대문 옆에 서서 힐먼 어벤저가 지나가는지 지켜보고 있었다. 어머니는 밖에 있다가는 얼어죽을지도 모르니 집 안에 들어와서 놀라고 몇 번이나 다그쳤다. 하지만 나는 밖에서 기다리기로 작정했다. 내 마음 속 한구석에는 마샬리와 아슈타르가 농담을 주고받은 것뿐이라는 기대가 남아 있었던 같다. 그래서 아슈타르네 차가 절대로 지나가지 않을 거라는 희망을 품고 아침 내내 거기에 서 있었던 것이다. 하지만 오전 9시 30분이 막 지나자마자 그 차가 지나갔다. 아슈타르의 어머니가 운전하는 그 차에서 아슈타르는 뒤쪽 창에 얼굴을 꼭 붙이고 있었다. 김이 서려 어른거리기는 했지만, 분명 웃고 있었다. 훈련소에 들른 왕족처럼 승리의 표시로 한 손을 살살 흔들었다. 나는 흘딱 젖은 상태로 아슈타르를 노려봤다. 진눈깨비가 얼굴을 찔러 눈물을 감춰줬지만, 양쪽 뺨으로 흘러내리는 뜨거운 눈물이 고스란히 느껴졌다.

월요일 아침, 나는 이제 영어를 혼자서도 충분히 할 수 있으니 더는 통역이 필요하지 않으며, 원래 의도한 바와 같이 알파벳순으로 자리 배치를 해달라고 해서 매카이 선생님을 깜짝 놀래켰다. 질서 정연한 걸 좋아하는 매카이 선생님은 내 제안이 마음에 꼭 들었던지 자리를 얼른 바꿔주었다. 나는 첫 번째 줄에서 두 번째 줄로 이동했고, 마샬리와 책상

몇 개를 사이에 두고 떨어져 앉게 됐다. 마샬리는 실망감을 감추지 못했다. 그 애는 고개를 숙인 채 눈을 흘기며 상처받은 사슴 같은 눈길을 내게로 보냈다. 나는 철저히 무시했다. 마샬리의 계획이 나로 하여금 질투를 유발하는 것이었다면, 그건 분명히 성공한 셈이다. 하지만 그 계획은 엉뚱한 결과를 낳기도 했다. 지금부터 나는 마샬리와 거리를 둘 생각이었기 때문이다. 책상 두 개를 사이에 두고 아슈타르가 능글맞게 웃는 모습이 눈에 들어왔다. 저 녀석과도 끝장내겠다고 결심했다.

나는 쉬는 시간마다 걔들을 피했고, 수업 종이 울리자마자 교문을 맨 처음으로 나가서 마샬리와 아슈타르가 운동장을 채 떠나기도 전에 절반쯤 앞서 걸었다. 간선도로에 이르러 뒤를 돌아보자 마샬리가 나를 따라잡으려고 바삐 걸어왔고, 아슈타르가 숨을 헐떡이며 마샬리의 뒤를 쫄래쫄래 따라왔다. 나는 단호하게 고개를 돌리고 최대한 빠른 걸음으로 크로보스트 도로를 따라 걸어갔다. 그렇다고 마구 내달린 건 아니었다.

질투심에 벌이는 복수의 문제점은, 상대방 마음에 상처를 줄 순 있지만 자신의 아픔을 줄이는 데에는 효과가 거의 없다는 것이다. 그래서 모든 사람이 불행해지는 것으로 끝이 난다. 그러다 보니 당연히 일단 어떤 행동을 취하고 나면 면목을 잃지 않고서는 그걸 바꾸기가 쉽지 않다. 나는 그 뒤 이틀간처럼 불행해본 적이 없었다. 그래서 이렇게 괴로운 하루하루를 보내고 싶지 않다고 단단히 결심했다.

컨트리댄스 동아리는 목요일 정오에 학교 미니버스를 타고 스토너웨이로 출발했다. 나는 교내 식당 창가에 서서 교문 옆에서 미니버스를 기다리는 걔들을 볼 수 있도록 김 서린 유리창의 일부를 깨끗이 닦았다. 동아리는 여자애 네 명과 남자애 두 명, 아슈타르와 캘럼이었다. 아슈타르는 신이 나서 마샬리에게 다가가 관심을 끌어보려 애썼다. 하지만 마샬리는 눈길도 주지 않았고, 나를 찾으려는 듯 학교 쪽을 바라보고 있었다.

나는 그 모습에 피학적인 즐거움을 느꼈다. 아슈타르가 허겁지겁 흡입기를 꺼내 두 번 정도 길게 빨아들이는 모습이 보였다. 스트레스를 받는다는 분명한 신호였다. 아슈타르는 마샬리의 관심에서 벗어나 있었다.

하지만 그렇다고 해서 좀처럼 끝나지 않을 것 같은 오후 시간 내내 위로가 되지는 않았다. 교실에 남은 다섯 명에게는 칠판에 적힌 단어를 공책에 따라 적는 과업이 주어졌다. 대문자에 이어 소문자들이 등장했다. 나는 낮게 깔린 창밖 구름을 한참 동안이나 멍하니 내다봤다. 대서양에서 밀려온 구름이 해안선을 따라 조각조각 갈라지더니, 햇살이 보이는 틈을 피해 돌풍과 함께 소나기를 퍼부었다. 그러다 보니 수업을 제대로 듣지 않는다고 매카이 선생님에게 호된 꾸지람을 들었다. 선생님은 집중력이 없는 게 나의 문제점이라고 지적했다. 나는 몽상가였다. 능력은 많은데 발휘할 의지가 없었다. 아니, 아무것도 하고 싶지 않았다. 홀로 갇혀 그리움에 몸부림치는 슬픈 강아지와 다를 바 없었다. 지금 돌아보면 그렇게 어린 나이에 그런 감정으로 괴로워했다는 게 이상하다.

수업 종이 울릴 때쯤에는 거의 숨이 막힐 지경이었다. 나는 얼른 교실 밖으로 나와 얼음처럼 차가운 바람에 몸을 맡기고 소금기가 실린 상쾌한 공기로 허파를 가득 채웠다. 발을 질질 끌며 도로까지 올라가서 마지막 남은 용돈으로 먹을 것을 사기 위해 크로보스트 상점으로 들어갔다. 마음을 안정시킬 달콤한 것이 필요했다. 상점 바로 맞은편에 문이 하나 있었는데, 그 문은 언덕 위 길과 크로보스트 주민들이 수세대 동안 파헤친 토탄 도랑으로 이어졌다. 나는 문을 기어올라 넘어선 다음, 두 손을 주머니에 깊숙이 찔러넣은 채 토탄을 잘라낸 진창길을 터덜터덜 걸어갔다. 그곳에서는 멀리 학교의 모습이 보였고, 미알라니슈와 크로보스트 일차선 도로 양쪽을 다 굽어볼 수 있었다. 스웨인보스트와 그 너머까지 이어지는 간선도로가 훤히 보였기 때문에 스토너웨이에서 돌아오는 미니버스도 볼 수 있을 것 같았다. 지난 5월에 아버지 어머니와 함께 이곳에서 토탄을 잘라냈었다. 특수한 삽으로 부드러운 토탄을 푹 찔러 잘라낸 다음 도랑 위로 들어 올렸다. 그렇게 모은 토탄을 다섯 덩어리씩 쌓아 5월의 따스한 바람에 말리는, 척추가 휘어질 듯한 힘든 작업이었다. 나중에 다시 그곳으로 가서 토탄 덩어리가 잘 마르도록 뒤집고, 적당히 잘 마르면 트랙터와 트레일러를 끌고 가서 농장으로 실어온 다음, 배수를 위해 헤링본 무늬 형태로 잘라야 했다. 거대한 토탄 더미는 마치 곱사등 같았다. 토탄은 일단 잘 마르기만 하면 빗물이 스며들지 않았고, 겨우내 꼭 필요한 땔감이 됐다. 하지만 토탄을 잘라내는 일은 가장 힘든 작업이었다. 바람이 잠잠해지면 각다귀들이 달려들어 특히나 힘이 들었다. 스코틀랜드의 저주랄 만도 했다. 각다귀 한 마리는 크기가 너무 작아 눈에도 잘 보이지 않지만, 이것들이 떼를 지어 거대한 검은 구름을 형성하면서 머리카락과 옷을 파고들어 살을 물어뜯었다. 각다귀로 가득 찬 방에 갇힌다면 그날이 채 가기도 전에 미쳐버릴 게 분명했다. 토탄을 자를 때가 딱 그런 상황일 때도 가끔 있었다.

하지만 헤브리디스 제도에 한겨울이 불어닥친 지금은 각다귀가 없었다. 바람이 말라 죽은 풀을 헤치고, 하늘에서는 비가 보슬보슬 내렸다. 낮의 밝은 기운이 순식간에 사라졌다. 그것이 무엇인지 알아차리기도 전에, 미니버스의 헤드라이트 불빛이 눈에 들어왔다. 학교 쪽으로 굽어지는 도로에서 미니버스가 멈춰 서고, 주황색 비상등을 켠 버스가 아이들을 토해냈다. 마샬리와 아슈타르와 캘럼이었다. 그 애들은 미니버스가 떠난 후에도 잠깐 동안 이야기를 나누더니, 아슈타르와 캘럼은 크로보스트 도로 쪽으로 걸어가고 마샬리는 미알라니슈를 향한 농로를 걷기 시작했다. 나는 일 분 가까이 그 자리에 앉아 달콤한 사탕을 빨아 먹으며 일차선 도로를 걷는 마샬리를 내려다봤다.

아주 작고, 뭐라고 설명할 길이 없지만 외로워 보였다. 납덩이처럼 무거워 보이는 걸음걸이가 불행하다는 걸 나타냈다. 나는 갑자기 말로 설명할 수 없는 미안함을 느꼈고, 언덕 아래로 달려가 마샬리를 껴안고 미안하다고 말하고 싶은 충동을 느꼈다. 질투해서 미안하고, 네 마음을 아프게 해서 미안하다고. 그런데 나 자신을 무언가가 꽁꽁 붙잡고 있었다. 그건 감정을 솔직하게 표현하지 못하고 주저하게 만드는 내 태도였다.

마샬리가 겨울날의 황혼 속으로 모습을 감출 무렵, 어떤 마음이 타고난 나의 과묵함을 이겨내고 그 애를 좇아 황급히 언덕을 달려가도록 만들었다. 질척질척 달라붙는 황야를 가로지르는 동안 장화 속 발이 자꾸 미끄러졌다. 나는 균형을 잡으려고 두 팔을 풍차처럼 마구 휘둘렀다. 울타리를 넘다가 바지가 가시철사에 걸려 찢어졌고, 땅바닥에 철퍼덕 떨어졌다. 겁에 질린 양들이 사방으로 흩어졌다. 도로를 따라 거의 달리다시피 하면서 마샬리를 뒤쫓았다. 마샬리를 완전히 따라잡았을 때는 숨이 거칠어졌지만, 그 애는 고개를 돌리지 않았다. 혹시 내가 언덕에서 지켜봤다는 걸 처음부터 알았던 게 아닌가 하는 의문이 들었다. 나는 즉시 그 애 곁에 섰고, 우리 둘은 한마디 말도 없이 꽤 오랫동안 걸었다. 결국 숨을 고른 뒤 내가 입을 열었다. "그래, 어떻게 됐어?"

"댄스 말이야?"

"응."

"난리도 아니었어. 아슈타르가 그곳에 모인 사람들을 보고 겁먹어서 흡입기를 계속 빠느라 무대에 올라갈 수 없었거든. 우린 개를 빼놓고 할 수밖에 없었는데, 가망이 없는 일이었어. 연습 내내 여섯 명이 동작을 맞췄으니 다섯으로는 제대로 될 리가 없지. 내가 다시는 그런 걸 하나 봐!"

나는 거의 의기양양할 정도로 부풀어 오른 만족감을 느끼지 않을 수 없었다. 하지만 목소리에 그런 감정이 드러나지 않도록 조심했다. "그것참, 안타깝네."

마샬리는 혹시 조롱하는 게 아닌가 하고 슬쩍 곁눈질했다. 하지만 나는 그 애가 전하는 소식에 슬퍼하는, 그럴듯한 표정을 지었다. "꼭 그런 건 아니야. 나도 댄스 동아리에 들어가는 걸 좋아하지 않았거든. 댄스는 바보 같은 여자애들과 나약한 남자애들에게나 어울리는 거잖아. 우리 엄마가 꼭 해야만 한다고 해서 들었을 뿐이야."

우리는 다시 침묵에 빠져들었다. 앞쪽의 움푹 꺼진 곳에서 미알라니슈 농장의 불빛이 보였다. 집으로 가는 길은 칠흑처럼 어두울 게 뻔했지만, 어머니의 당부로 나는 가방에 작은 손전등을 넣어 다녔다. 겨울에는 낮이 아주 짧아서 손전등이 언제 필요해질지 모르기 때문이었다. 우리는 흰색 대문 앞에서 걸음을 멈추고 잠시 함께 서 있었다.

결국 마샬리가 입을 열었다. "학교가 끝난 후에 우리 집에 데려다주던 걸 왜 그만둔 거야?"

나는 마지못해 대꾸했다. "네가 아슈타르랑 함께 가는 걸 더 좋아한다고 생각했거든."

어둠을 뚫고 쏘아보는 마샬리의 매서운 눈동자에 다리가 저절로 풀리는 느낌을 받았다. "아슈타르는 골칫거리야. 어디에서나 내 뒤를 쫄래쫄래 따라다닌단 말이야. 내가 가입했다고 댄스 동아리까지 따라 들어왔잖아." 나는 그 말에 뭐라고 대꾸해야 할지를 몰랐다. 그러자 마샬리가 덧붙였다. "아슈타르는 나약하기 짝이 없는 애라고. 내가 정말로 좋아하는 건 너란 말이야, 핀." 그 애는 재빨리 내 뺨에 부드러운 키스를 하고 돌아서서 농장으로 이어진 길을 달려 내려갔다.

나는 마샬리의 입술이 뺨에 닿았던 달콤한 기분을 즐기면서 그 자리에 오랫동안 서 있었다. 그 애가 가버린 후에도 오랜 시간 동안 그 애 입술의 부드러움과 따스함을 느낄 수 있었다. 그러다가 손가락을 들어 얼굴을 만지작거리며 마법 같은 순간에서 깨어나려고 했다. 돌아서서 크로스-스키거스타 도로를 향해 달려가는 순간에는 숨을 쉴 때마다 가슴속에서 행복감과 자긍심이 부풀어 올랐다. 집에 도착하면 혼이 날 게 분명했지만 그런 건 전혀 신경 쓰이지 않았다.

8장

마샬리는 아슈타르가 주방 문으로 들어서자 싱크대에서 돌아섰다. 눈동자에는 당장에라도 폭발할 것 같은 분노가, 입술에는 비난의 말이 맺혀 있었지만, 일행이 있다는 걸 알고는 순식간에 사라졌다. 핀은 아직 계단 맨 위쪽의 불빛 속으로 들어서지 않은 상태라서 마샬리는 그림자에 가려진 사람이 누구인지 전혀 몰라봤다.

"늦어서 미안. 옛 친구를 우연히 만났거든. 여기까지 태워다줬어. 당신도 인사하고 싶어할 것 같아서 들어오라고 했어."

핀이 주방 불빛 속으로 걸어 들어오자 마샬리의 얼굴에 떠오른 충격이 확연히 보였다. 순식간에 남의 시선을 의식하는 마샬리의 자의식이 발동됐다. 접시를 닦으며 벌게진 두 손을 얼른 앞치마로 내렸고, 자신도 모르게 한 손을 들어 얼굴로 흘러내린 머리카락을 빗어 넘겼다. 아직 중년에 이르지 않은 듯한, 하지만 자신을 가꾸는 걸 그만둔 듯한 젊은 여인의 모습이었다. 다른 사람이 자신을 어떻게 생각할지에 대해서도 더는 신경을 쓰지 않는 것 같았다. 바로 지금 이 순간까지는.

"잘 있었어, 마샬리?" 핀의 목소리가 아주 작게 들렸다.

"안녕, 핀?" 아주 예전에 마샬리가 지어준 이름을 그 입을 통해 직접 듣는 것만으로도 핀의 가슴속에서 슬픔이 북받쳤다. 아주 귀중한 무엇인가를 영원히 잃어버린 듯했다. 그러다 문득 마샬리의 의식 한편에 부끄러움이 자리했는지, 싱크대에 등을 기대고 방어적으로 팔짱을 꼈다. "무슨 일로 섬에 돌아온 거야?" 이런 상황에서 할 수 있는 평범하기 짝이 없는 질문이지만, 마샬리의 어조는 아슈타르가 같은 질문을 하던 때의 말투와는 사뭇 달랐다.

아슈타르가 핀 대신 대답을 하고 나섰다. "에인절 맥리치의 살인사건을 수사하고 있대."

마샬리는 형식적으로 알았다는 듯 고개를 끄덕였지만 흥미를 드러내진 않았다. "오래 있을 거야?"

"그렇게 될 것 같진 않아. 하루나 이틀쯤 되지 않을까 싶어."

"살인범을 그렇게 빨리 잡을 수 있다고 추정하는 모양이지?" 아슈타르가 끼어들었다.

핀은 고개를 가로저었다. "여기 수사팀에서 에든버러 살인사건과의 연관성을 배제하게 되면 즉시 날 돌려보낼 거라서 그래."

"그렇다면 관련이 없다고 생각하는 거야?"

"없는 것 같아."

마샬리는 두 사람의 대화에 귀 기울이는 것 같았지만, 여전히 호기심을 보이진 않았다. 그저 핀에게 눈길을 고정했다. "넌 하나도 변하지 않았구나."

"너도 마찬가지야."

그 말을 듣자마자 마샬리가 크게 웃었는데, 두 눈에는 진정으로 즐거워하는 기색이 넘실거렸다. "거짓말 못하는 건 옛날이나 지금이나 똑같네." 그러고는 잠시 말을 끊었다. 핀은 여전히 활짝 열린 문간에 서 있는 상태였고, 이곳에 머물 생각이 없는 듯 보였다. "식사는 했어?"

"스토너웨이에서 피시앤칩스를 먹을 생각이야."

"무슨 말도 안 되는 소리야? 네가 돌아갔을 때쯤이면 가게들은 다 문을 닫을 거라고." 아슈타르가 으르렁거렸다.

"오븐에 파이를 넣어뒀어. 데우는 데 십오 분이면 충분해. 아슈타르가 언제 집에 올지 몰라서 그냥 넣어두기만 했거든." 마샬리가 말했다.

"아하, 그 말이 맞아." 아슈타르가 핀의 등 뒤에서 문을 닫았다. "남편이라는 작자는 예전부터 종잡을 수 없는 사람이었지. 집에 일찍 돌아올까, 늦게 돌아올까? 취해서 돌아올까, 맨 정신으로 돌아올까? 그런 게 인생을 아주 재미있게 해주지 않아, 마샬리?"

"그렇지 않았다면 말로 다할 수 없이 따분했겠지." 마샬리의 목소리에는 아무 감정이 실려 있지 않았다. 핀은 뭔가 비꼬는 기색이 있는지를 곰곰이 살폈지만 전혀 느껴지지 않았다. "감자도 같이 줄게." 그녀는 레인지 쪽으로 돌아섰다.

"먼저 한잔하자." 아슈타르는 그렇게 말하고 커다란 가구와 32인치짜리 텔레비전 탓에 한층 좁아 보이는 작은 거실로 핀을 끌고 갔다. 소리가 최저로 낮춰진 텔레비전에서는 보기 흉한 게임 프로그램이 진행되고 있었다. 하지만 수신 상태도 좋지 않고, 색상도 너무 짙게 설정되어 있어거의 볼 수 없었다. 커튼이 다 드리워져 있고, 난로에서는 토탄이 타올라방 안은 안락하고 따뜻했다. "앉아." 아슈타르는 식기대 찬장을 열어 쭉늘어선 술병을 보여줬다. "어떤 술이 좋아?"

"고맙지만 사양할게." 핀은 의자에 앉아 주방을 뚫어져라 봤다.

"안 마시긴? 식욕을 돋우려면 뭘 좀 마셔야 할 텐데?"

핀은 한숨을 내쉬었다. 아무리 버텨봐야 빠져나갈 방법이 없을 것 같아서였다. "그럼 아주 조금만 줘."

아슈타르는 위스키 두 잔을 듬뿍 부어서 한 잔을 핀에게 건넸다. "슬란지Slàinte." 그는 자신의 잔을 들어 게일어로 건배했다.

"슬란지 바Slàinte mhath*." 핀은 건배와 더불어 한 모금 마셨다. 아슈타르는 한꺼번에 절반을 목구멍으로 들이붓고, 눈을 들어 핀 뒤쪽에서 열리는 문을 봤다. 핀도 얼굴을 돌렸다. 반쯤 열린 문간에 남자아이 하나가 서 있었다. 열여섯이나 열일곱쯤으로 보이는 아이는 몸집이 호리호리하고 키가 180센티미터 정도였다. 머리카락은 밀짚 색깔인데, 양쪽 옆은 바싹 밀고 위쪽은 길게 남겨서 젤을 발라 송곳처럼 잔뜩 세운 채였다. 오른쪽 귀에만 동그란 귀걸이를 달고, 두툼한 흰색 운동화 위로 흘러내리다시피 한 자루 같은 청바지를 입고 후드가 달린 스웨터를 걸쳤다. 눈동자는 어머니를 닮아 수레국화 같은 진청색이었다. 인상이 퍽 좋은 아이였다.

"핀 아저씨께 인사드려라." 아슈타르가 말했다. 핀은 의자에서 일어서서 소년과 악수를 나눴다. 손아귀 힘이 상당했다. 가까이에서 눈을 마주쳐 보니 어머니와 꼭 닮은 눈동자가 정말 친근했다.

"안녕하세요?" 소년이 인사했다.

"우린 걔를 피온라크라고 불러." 주방 쪽에서 목소리가 들렸다. 핀은 문간에서 눈을 반짝이며 서 있는 마샬리를 봤다. 마샬리의 얼굴에는 기이한 표정이 어려 있고, 양쪽 뺨에는 좀 전에 봤던 혈색이 완전히 사라지고 없었다.

핀은 제 이름을 듣자 심장이 덜컹 내려앉았다. 그는 소년을 다시 보면서 이 부부가 왜 자신의 이름을 따서 아이 이름을 지었나 생각했다. 이

---

* '건강을 기원한다'라는 뜻의 게일어 건배 말.

섬에서는 흔한 이름이지만……. 왜 그랬을까. "만나서 반갑다, 피온라크." 핀이 말했다.

"같이 밥 먹을래?" 아슈타르가 아들에게 물었다.

"걔는 먼저 먹었어." 마샬리가 아들 대신 대꾸했다.

"그럼 우리랑 한잔하면 되겠네."

"컴퓨터가 제대로 작동하지 않아서 원인을 찾고 있어요. 아마 머더보드motherboard가 나간 것 같긴 한데……." 피온라크가 말했다.

"머더보드라. 너도 들었지?" 아슈타르가 핀에게 말했다. "파더보드fatherboard인적은 없어. 문제를 불러일으키는 건 항상 엄마들이라고." 그는 아들에게 고개를 돌렸다. "그래서 그게 어떻게 됐다는 거지?"

"완전히 죽었어요."

"고쳐 쓸 가능성이 없는 거야?"

피온라크는 고개를 가로저었다. "새것으로 바꿔야 해요. 그런데 머더보드를 교체하는 게 새 컴퓨터를 한 대 사는 만큼 비용이 많이 들 수도 있어요."

"빌어먹을, 컴퓨터 새로 사줄 돈은 없다는 걸 알아둬라. 일자리를 구해 스스로 돈을 모아 사든지 말든지." 아슈타르가 쏘아붙였다.

핀이 피온라크에게 물었다. "지금 사용하는 건 어떤 컴퓨터야?"

"아이맥인데요, G3예요. 아주 구닥다리죠."

"뭐 때문에 머더보드가 문제라고 생각한 건데?"

피온라크는 짜증이 나는지 숨을 길게 내쉬었다. "화면이 파래졌다가 시커메졌다가 해서 거의 읽을 수 없고, 이미지는 압축기에 깔리기라도 한 것처럼 잔뜩 찌그러져서 나오니까요."

"운영체제는 뭘 사용하는데?"

"어휴, 저는 한참 뒤떨어졌어요. 이제 막 '나인'에서 '재규어'로 업그레이드했으니까요. '스노 레오파드'를 돌리려면 성능이 훨씬 좋은 컴퓨터가 필요하죠."

아슈타르가 코웃음을 쳤다. "맙소사, 얘야! 우리가 알아먹을 말로는 이야기할 수 없는 거니?"

"꼭 그렇게 말을 해야겠어, 아슈타르?" 마샬리가 끼어들어 조용히 말했다. 핀은 거실을 가로질러 오는 마샬리를 슬쩍 곁눈질했고, 불편해하는 기색을 알아차렸다.

"도대체 무슨 말인지 알아듣겠어? 무슨 헛소린지 난 전혀 모르겠네." 아슈타르가 핀에게 물었다.

"방송대학에서 컴퓨터 강좌를 수강하는 참이라 그럭저럭 알아들을 만은 해." 핀이 대답했다.

"얼씨구, 영어도 할 줄 모르던 애가 이젠 컴퓨터 언어를 말할 수 있다는 건가?"

핀이 피온라크에게 물었다. "새로운 운영체제를 깔았을 때 문제가 시작됐니?"

소년이 고개를 끄덕였다. "네, 업그레이드한 날부터요. 돈을 좀 더 들여 메모리 카드도 교체했고요."

"망할! 그 돈을 내가 지불했으니 나도 좀 알아야지." 아슈타르가 으르렁거리며 술잔을 비웠다. 그러고는 잔을 다시 채우려고 몸을 구부리며 일어섰다.

"컴퓨터는 어디 있지? 네 방에?" 핀이 물었다.

"네."

"한번 볼 수 있을까?"

"물론이죠."

핀은 잔을 커피 탁자에 내려놓고 피온라크를 따라 복도로 나갔다. 다락방으로 이어지는 계단이 나타났다. "네가 이 섬에서 살던 때와는 집 구조가 많이 변했어." 아슈타르가 두 사람을 뒤따라 나왔다. "저 애를 위해서 다락에 침실을 하나 만들었지. 나와 마샬리는 예전에 부모님이 쓰던 방을 사용하고 있고, 어머니는 내 방을 써. 아버지 서재는 손님방으로 보존하고 있고."

"찾아오는 손님이 한 명도 없다는 게 문제지만요." 피온라크가 계단 맨 위쪽으로 올라가면서 투덜거렸다.

"뭐라고?" 아슈타르가 아래쪽에서 큰소리로 따졌다.

"핀 아저씨께 계단 맨 위쪽의 늘어진 카펫을 조심하랬을 뿐이에요." 그 말을 하면서 피온라크는 핀과 눈을 마주쳤다. 바로 그 순간, 둘이 서로만 아는 평계를 대는 공범 같다는 느낌이 들었다. 핀은 윙크했고, 작은 미소를 돌려받았다.

피온라크의 방은 다락 북면에 좌우로 길게 이어져 있었다. 방 양쪽으로 지붕 경사면에 맞춰 지붕창이 하나씩 나 있었다. 동쪽 창으로는 민치 해협까지 훤히 내다보였다. 컴퓨터는 북쪽 박공에 기대놓은 탁자에 있는데, 방 나머지 부분을 한층 어둡게 보이게 하는 굴절 램프의 빛을 받고 있었다. 핀은 벽 사방에 붙은 포스터를 간신히 알아봤다. 축구선수와 팝스타들이었다. 핀의 눈에는 보이지 않는 음향 기기에서 에미넴이 두 사람을 향해 뭐라고 구시렁거렸다.

"저 빌어먹을 것 좀 꺼라." 두 사람을 뒤따라 올라온 아슈타르가 문설주에 기댔다. 손에는 여전히 술잔을 들고 있었다. "저놈의 랩은 들어줄 수가 없어. 'c'가 묵음이 되어 뭔 소린지도 모르겠다니까." 아슈타르는 자신의 농담에 코웃음을 쳤다. "내 말이 무슨 뜻인지 알지?"

"난 에미넴 좋아해. 가사에 모든 게 다 들어 있거든. 그 친구는 얘네들 세대의 밥 딜런이지." 핀이 말했다.

"맙소사! 둘이서 아주 궁합이 잘 맞네." 아슈타르가 격한 감정을 드러냈다.

"가진 곡 대부분을 컴퓨터에 저장했어요." 피온라크가 말했다. "하지만 화면이 이 모양이라서……." 그는 절망적으로 어깨를 으쓱했다.

"온라인으로 이어져 있니?" 핀이 물었다.

"네, 두 달 전에야 브로드밴드로 교체했어요."

"내가 한번 봐도 될까?"

"그러세요."

핀은 아이맥 앞에 앉아서 마우스를 움직여 절전모드인 컴퓨터를 깨웠다. 화면은 피온라크가 묘사한 것처럼 검푸르게 일그러진 채였다. 아래쪽에 자리 잡은 '파인더 윈도우'와 '독바'만 간신히 알아볼 수 있을 뿐, 화면이 거의 보이지 않았다. "새로운 운영체제를 깔았을 때는 화면이 정상적으로 떴니?"

"네, 첫날에는 아주 멋지게 작동됐어요. 그런데 다음 날 켰더니 요 모양 요 꼴이네요."

핀은 고개를 끄덕였다. "펌웨어를 업그레이드하지 않은 게 분명해."

피온라크는 이마를 찌푸렸다. "펌웨어요? 그게 뭔데요?"

"음……. 컴퓨터 두뇌에 해당하는 데 있는 건데 하드웨어와 소프트웨어가 서로 말하게끔 허용해주지. 애플은 G3에서 시스템 업그레이드를 하는 경우에 펌웨어도 업그레이드해야 한다는 사실을 사용자에게 알리지 않아서 일을 엉망으로 만들었던 말이야." 핀은 피온라크의 실망한 표정을 보고는 씩 웃었다. "그렇다고 걱정하지는 마. 넌 전세계 절반가량 되는 회사가 맥 컴퓨터를 소유한 세상에 살고 있어. 사용자들이 펌웨어 업그레이드만 진행하면 문제가 해결된다는 걸 알았을 때 컴퓨터를 내동댕이쳤던 말이야. 화를 내고 아주 난리도 아니었지."

"그럼 우리도 그럴 수 있다는 건가요?" 피온라크는 믿을 수 없다는 듯 물었다. "펌웨어 업그레이드만 진행하면 된다고요?"

"당연하지." 핀은 짜부라진 웹브라우저를 열고 URL 주소를 타이핑했다. 잠시 후 그는 애플 웹사이트로 들어가서 G3에 필요한 펌웨어 다운로드를 클릭했다. 내려받는 데에는 이 분이 채 걸리지 않았다. 아이콘이 화면에 떠오르자 더블클릭해서 설치를 시작했다. "삼십 초쯤 걸릴 거야. 그런 다음 재부팅하면 아마 이전처럼 멀쩡하게 작동되겠지." 설치가 끝나자 핀은 애플 메뉴가 나타나도록 만들어 재부팅을 선택했다. 화면이 까매지고, 아이맥은 어서 오라며 합창을 울려대더니 운영체제를 다시 로딩하기 시작했다. 삼십 초 후 밝고 선명하고 전혀 뒤틀리지 않은 화면이 떠올랐다. "짜잔! 이제 됐다!" 핀은 제 솜씨에 만족하며 의자 등받이에 등을 기댔다.

"와! 아저씨, 정말 멋져요!" 피온라크는 기쁨을 감추지 못했다. "뭐라고 드릴 말씀이 없네요." 아이의 눈동자가 반짝거렸다.

핀은 일어서서 의자를 비워줬다. "자. 이제 네 차례다. 맘껏 써라. 이건 아주 괜찮은 컴퓨터란다. 또 문제가 생기면 날 부르럼."

"감사합니다, 핀 아저씨." 피온라크는 의자에 주저앉자마자 허겁지겁 커서를 사방으로 움직였다. 창을 열고 메뉴를 끌어내려 사라지지 않았을까 걱정한 것들을 검색하는 데에 열을 올렸다.

핀은 돌아서다가 문설주에 기대서서 심각한 표정으로 핀과 아들을 지켜보는 아슈타르를 발견했다. 그는 에미넴의 노랫소리가 꺼진 이후로 한마디도 하지 않았다. "아주 대단하네. 나는 백만 년이 지나도 저 녀석을 위해 저런 걸 해줄 순 없을 것 같아." 아슈타르가 조용히 말했다.

핀은 거북하게 자세를 바꿨다. "방송대학에서 이런 것까지 다 배울 수 있으니 놀랍지." 그는 흘끗 눈치를 보며 목청을 가다듬었다. "아래층에 마시던 걸 놔두고 온 것 같아."

하지만 아슈타르는 문간에 버티고 서서 길을 비켜주지 않았다. 그 대신 자신의 술잔 밑바닥에 5밀리미터쯤 남은 호박색 액체에 눈길을 고정했다. "넌 항상 나보다 똑똑했어. 그렇지 않아, 핀? 우리 아버지도 그걸 알았고. 그래서 나보다 너에게 많은 시간을 쏟아부은 거야."

"우리 둘 다 아래층 방에서 많은 시간을 보냈어. 너희 아버지께 많은 신세를 졌지. 여가 시간을 할애해가면서 우릴 가르쳤으니 정말 대단한 분이셨어. 어떻게 감사를 드려야 할지……." 핀이 말했다.

아슈타르는 고개를 한쪽으로 삐딱하게 기울이고 매서운 눈으로 핀을 오랫동안 노려봤다. 뭘 살피는 거지? 핀은 아슈타르의 눈길이 불편하게 느껴졌다. "으음, 적어도 너에게는 제대로 먹혀들었지." 아슈타르가 입을 열었다. "섬에서 벗어나 대학교에 다니도록 만들었으니까. 하지만 나는 발전 가능성이라곤 전혀 없는 루이스 오프쇼어에서 직장을 잡는 걸로 끝나고 말았어."

두 사람 사이의 정적은 피온라크가 두들기는 키보드 소리에 깨졌다. 소년은 두 사람을 전혀 의식하지 않고 컴퓨터 자판을 두드리며 인터넷 너머의 세계로 빠져들었다. 마샬리가 아래층에서 파이가 다 됐다고 소리치는 바람에 어색한 순간이 지나갔다. 아슈타르가 멍한 상태에서 깨어났다.

"자, 술잔 가득 채우고 음식을 배 속으로 넣어보자고."

계단을 내려섰을 때 복도 맨 끝에서 희미한 목소리가 들렸다. "아슈타르……. 아슈타르 너니?" 미약하고 떨리는 나이 든 여자의 목소리였다.

아슈타르가 두 눈을 질끈 감고 깊게 숨을 들이마셨는데, 턱 근육이 바르르 떨렸다. 그러더니 눈을 뜨고 대답했다. "지금 갑니다, 어머니." 이어 속삭이듯 작은 목소리로 말했다. "우리 어머니는 내가 집에 돌아온 걸

귀신같이 안단 말이야." 아슈타르는 무뚝뚝하게 핀의 곁을 스쳐 복도 맨 끝 방으로 향했다. 핀은 거실에서 술잔을 집어 주방으로 들어갔다.

마샬리는 접이식 식탁에 앉아 있었다. 식탁에는 파이 세 접시와 감자 튀김이, 식탁 주위에는 의자 세 개가 놓여 있었다.

"아슈타르는 어머니 살펴보러 갔어?"

핀은 고개를 끄덕이다가 마샬리가 입술에 붉은색 립스틱을 옅게 바르고 눈 주위에 색조 화장을 살짝 했다는 걸 알아차렸다. 머리카락도 풀어 빗질한 흔적이 있었다. 그것만으로도 달라 보였다. 찬사를 보내기에는 충분하지 않지만 알아차리기에는 충분했다. 마샬리가 맞은편 의자를 가리키자 핀은 털썩 주저앉았다. "그래, 그동안 어떻게 지냈어?"

그녀의 미소에서는 피로감이 잔뜩 묻어났다. "보는 대로야." 마샬리는 음식을 먹기 시작하며 덧붙였다. "굳이 아슈타르를 기다릴 필요는 없어. 꽤 오래 걸릴 테니까." 그녀는 핀이 파이를 한입 가득 먹는 걸 지켜봤다. "그러는 넌?"

핀은 어깨를 으쓱했다. "최악은 면했지, 뭐."

마샬리는 슬픈 표정으로 고개를 가로저었다. "우리가 세상을 바꾸려 할 때도 있었는데⋯⋯."

"세상은 날씨 같은 거야, 마샬리. 세상을 바꿀 수는 없어. 만들 수도 없고. 하지만 세상이 널 만들었겠지."

"그래? 여전히 철학자 노릇을 하네." 그러고는 식탁 너머로 손을 뻗더니 손끝으로 핀의 뺨을 살짝 어루만졌다. "넌 지금도 예쁘구나."

예상치 못한 행동에 핀은 자신도 모르게 얼굴을 붉혔다. 당황스러움을 감추려고 멋쩍은 웃음을 터뜨렸다. "그건 내가 해야 할 말 아닌가?"

"하지만 넌 거짓말을 그럴듯하게 한 적이 없잖아. 어쨌거나 넌 항상 예뻤어. 학교에서 처음 본 날을 지금도 기억해. 너처럼 예쁜 애를 본 적이 없었어. 내가 교실에서 왜 네 옆에 앉고 싶어했을 것 같아? 다른 여자 애들이 얼마나 부러워했는지 모를 거야."

핀은 전혀 몰랐다. 항상 마샬리만 바라봤기 때문이다.

"그때 네가 얼마나 나쁜 놈인지 알았더라면, 우리 모두 마음의 상처를 받지 않아도 됐을 텐데 말이야." 마샬리는 파이를 조금 떼어 입에 넣고 씩 웃었다. 핀이 지금도 생생하게 기억하는, 입꼬리가 위로 말려 올라가는 웃음이었다. 양쪽 뺨에 깊이 파인 보조개도 드러났다. 눈동자에는 여전히 예전 같은 장난기가 담뿍 담겨 있었다.

"내 생각이 옳았어. 넌 전혀 변하지 않았어." 핀이 말했다.

"아니, 변했는걸. 네가 알아볼 수 있는 것보다 훨씬 더 여러 방식으로. 그리고 네가 알고 싶어하는 것보다도 더." 마샬리는 파이를 먹어치울 생각을 포기한 것 같았다. "여러 해 동안 너를 생각했어. 우리가 어땠는지. 아이였을 때는 또 어땠는지……."

"나도 그랬어. 네가 보낸 편지를 아직도 가지고 있지." 핀은 머리를 한쪽으로 갸웃하고 입술에 살며시 미소를 지었다. 마샬리는 어떤 편지를 말하는지 기억나지 않아 이마를 찌푸렸다. "초등학교 마지막 학년 댄스 전에 보낸 편지 말이야. 네가 '농장의 소녀'라고 서명했잖아."

"오, 이런." 생각하면 부끄러워질까 봐 오래전에 파묻은 기억이 마샬리 머릿속 어딘가에서 불쑥 튀어나왔다. 저도 모르게 입을 가렸다. "그걸 지금도 가지고 있다고?"

"약간 지저분해지고 접힌 데가 해지긴 했지만……. 그래, 지금도 가지고 있어."

"뭘 가지고 있다는 거야?" 아슈타르가 주방으로 들어와 의자에 무거운 엉덩이를 걸쳤다. 핀과 마샬리 사이의 다정한 분위기가 단숨에 깨졌다. 아슈타르가 음식을 한입 가득 채우고 핀을 빤히 봤다. "응?"

핀은 또 다른 거짓말을 하기 위해 안간힘을 썼다. "초등학교 7학년 때 학교에서 찍은 낡은 사진 말이야." 마샬리는 핀의 눈길을 피했다.

"아, 나도 생각났어. 내가 찍히지 않은 단 한 장의 사진이지. 그해에 무척 아팠거든." 아슈타르가 말했다.

"그래, 바로 그거야. 넌 사진 찍기 전날 밤에 천식을 심하게 앓았지."

아슈타르는 더 많은 음식을 입안으로 퍼넣었다. "그때 거의 죽을 뻔했지. 간신히 살아났다고나 할까?" 그는 핀과 마샬리를 번갈아 흘끗거리고는 씩 웃었다. "내가 그때 죽어버렸다면 우리 모두에게 좋았을라나?" 그러고는 위스키로 음식물을 씻어내렸다. 핀은 아슈타르가 술잔을 다시 가득 채웠다는 걸 알아차렸다. "뭐? 그렇게 생각한 사람 없어. 그때 네가 죽었더라면 아주 끔찍했을 거야. 인생도 지금 같지 않았을 테고."

"그래, 그 말이 맞아." 마샬리가 핀의 말에 맞장구를 치자 아슈타르가 노려봤다.

세 사람은 더는 말을 하지 않고 먹기만 했다. 아슈타르가 음식을 다 먹고 접시를 밀어내자 침묵이 깨졌다. 아슈타르의 눈이 핀의 빈 술잔으로 향했다. "술 한잔 더 하는 게 좋지 않겠어?"

"실은 이제 가봐야 할 것 같아." 핀은 자리에서 일어나 마샬리가 미리 깔아놓은 종이 냅킨으로 입을 닦았다.

"어디로 간다는 거야?"

"스토너웨이로 돌아가야지."

"어떻게?"

"택시를 부르면 돼."

"멍청한 짓 하지 마, 이 친구야. 비용을 어떻게 감당하려고? 오늘 밤에는 우리랑 같이 지내고, 내일 아침에 내가 시내로 태워다주면 되지."

마샬리가 자리에서 일어서서 빈 접시를 집어 들었다. "손님방에 침대 준비해놓을게."

마샬리가 손님방에서 돌아왔을 때, 아슈타르와 핀은 술잔을 가득 채운 채 거실에 앉아 있었다. 텔레비전에서 축구 경기가 방송되는데, 소리는 여전히 작게 줄여진 상태였다. 아슈타르는 이제 고주망태가 되어 벌건 눈을 절반쯤 감고 있었다. 혀 꼬부라진 소리로 핀의 기억에 없는 어린 시절 자전거 사고에 대해 나불거렸다. 핀은 위스키에 탈 물이 필요하다는 핑계로 주방에 가서 잔에 있던 위스키를 절반쯤 싱크대에 붓고 나왔다. 핀은 집에서 자고 가라는 아슈타르의 권고에 너무 쉽사리 넘어간 것을 후회하며 불안하게 앉아 있었다. 그는 마샬리가 왔을 때 구원의 손길을 기대할 수 있을까 하는 희망을 품고 올려다봤지만, 마샬리는 너무 피곤해 보였다. 남편을 흘끗 내려다보는 얼굴은 생기 없는 낯선 표정이었다. 체념일까……? 그러더니 주방으로 들어가서 불을 껐다. "자러 가야겠어. 설거지는 아침에 할 거야."

핀은 마샬리가 방을 나서려고 하자 실망한 얼굴로 일어섰다. "잘 자."

마샬리는 문간에서 아주 잠깐 멈춰 섰고, 두 사람의 눈길이 스치듯이 마주쳤다. "잘 자, 핀."

문이 닫히자 아슈타르가 말했다. "빌어먹을! 안 보게 돼서 속이 다 시원하네." 그는 핀에게 초점을 맞추려고 애썼다. "그거 알아? 네가 아니었으면 난 저 여자와 절대로 결혼하지 않았을걸?"

핀은 목소리에 실린 독기 때문에 바늘에 찔린 느낌을 받았다. "무슨 말도 안 되는 소리야! 넌 학교에 입학한 첫째 주부터 마샬리를 졸졸 따라다녔잖아."

"저 여자가 네게 발톱을 꽂지 않았다면 나는 존재조차 알아차리지 못했을 거야. 나는 따라다닌 적이 단 한 번도 없어. 그저 너에게서 떼어내려고 했을 뿐이라고. 넌 내 친구야, 핀 매클라우드. 너와 난 걷기 시작할

186

때부터 친구였단 말이야. 그런데 입학 첫날부터 저 여자는 널 빼앗으려고 했어. 우리 사이가 틀어지도록 만들었다고." 아슈타르가 폭소를 터뜨렸다. 재미있다는 기색이 아닌, 씁쓸함이 가득한 웃음이었다. "지금도 그짓을 하고 있는 게 아니라면 날 엿 먹여도 좋아. 내가 립스틱을 못 알아봤다고 생각하나 보지? 게다가 마스카라는 어떻고? 그게 너에게 잘 보이려고 한 것 같아? 아니야! 그게 저 여자가 화를 돋우는 방식이라고. 내가 화장한 모습을 알아차릴 거라는 걸 알고. 저 여자는 꽤 오래전부터 내게 매력적으로 보이지 않으려고 했지."

핀은 크게 충격받았다. 뭐라 대꾸해야 할지 갈피를 잡을 수 없었다. 그저 양쪽 손바닥 사이에서 따스해지는 술잔을 느끼며, 물 탄 위스키잔을 꽉 움켜쥔 채 그대로 앉아 있었다. 난로에서 토탄 불길이 점차 죽어갔다. 방 안 공기가 점점 싸늘해져서 핀은 얼른 결정을 내렸다. 남은 위스키를 황급히 입에 털어 넣고 자리에서 일어섰다. "그만 자러 가야겠네."

아슈타르는 핀을 보지 않았다. 위스키로 흐릿해진 정신 속 어딘가를 멍하니 바라봤다. "정말 엿같은 아이러니가 뭔지 알아?"

핀은 알지도 못했고, 알고 싶지도 않았다. "내일 아침에 보자고."

아슈타르가 고개를 삐딱하게 기울이고 심술궂은 눈길로 핀을 봤다. "그 녀석마저 내 것이 아니라니까."

핀은 속이 뒤집히는 것 같았다. 꼼짝도 하지 못하고 얼어붙었다. "무슨 뜻이지?"

"피온라크 말이야." 아슈타르가 혀 꼬부라진 소리로 주절거렸다. "녀석은 네놈 자식이지 내 아들이 아니라고."

무늬가 도드라진 두꺼운 벽지는 최근에 칠해진 것 같았다. 복숭아색이나 분홍색이 약간 들어간 흰색이었다. 새 커튼이 걸리고, 새 카펫이 깔렸다. 천장은 흰색 무광 페인트로 칠했다. 하지만 벽 한구석으로 물이 서서히 스며든 얼룩은 여전히 날아가는 가넷새 형상을 하고 있었다. 가넷새를 가로질러 돌림띠까지 갈라진 금도 여전히 회반죽에 남아 있었다. 깨진 유리는 이중유리로 대체되었고, 매킨스 씨가 책상을 붙여뒀던 벽에는 더블 침대 하나가 놓였다. 맞은편 책장 선반들은 밤마다 수학, 영어, 지리를 배울 때 쓰던 책에 여전히 짓눌려 있었다. 이국적이고 마음이 산란해질 것 같은 제목을 단 책들이었다. 《가자에서 눈이 멀어》《눈이 멍든 금발 아가씨》《애들은 다 그래》《활력》……. 저자 이름은 한층 기괴했다. 올더스 헉슬리, 얼 스탠리 가드너, 루이스 그래식 기번……. 매킨스 씨의 낡은 안락의자는 한쪽 구석으로 밀쳐놓았는데, 팔걸이 천이 팔꿈치에 닳아 반들반들했다. 사람은 때로 세상을 떠난 이후에도 오랫동안 자취를 남기는 법이다.

핀은 우울감에 젖어들었다. 하지만 다시 생각해보니 우울한 감정이라는 말로는 그의 심정을 제대로 묘사할 수 없을 것만 같았다. 엄청난 무게를 지닌 뭔가가 그를 짓누르고 뭉개면서 숨통을 조였다. 방 자체가 어둡고 불안감을 주는 곳으로 느껴졌다. 심장이 공포에 질린 것처럼 폭주했고, 밝은 빛이 두려워졌다. 핀은 침대 머리맡 전등을 껐다. 그러자 이번에는 어둠이 두려웠다. 핀은 다시 전등을 켜고는 자신이 떨고 있음을 깨달았다. 기억을 떠올리려 안간힘을 쓰는 뭔가가 있었다. 아슈타르가 했던 말 중 무엇인가가, 혹은 그가 보인 표정이나 그의 말투가 촉발한 것이었다. 핀은 문 뒤쪽 벽에 붙어 있는 카드 탁자를 발견했다. 자신이 입학시험 준비를 하면서 수많은 시간을 보낸 탁자였다. 키프로스 형태의 커피 얼룩이 있는. 핀은 땀을 줄줄 흘리며 다시 전등을 껐다. 심장이 쿵쾅거리는 소리와 양쪽 귀의 혈관을 타고 흐르는 혈액의 맥박 소리가 들렸다. 두 눈을 꼭 감자, 보이는 것이라고는 빨간색뿐이었다.

피온라크가 어떻게 내 아들이 될 수 있지? 마샬리는 왜 임신했다는 말을 하지 않았을까? 임신 사실을 알았더라면 어떻게 아슈타르와 결혼할 수 있었을까? 맙소사! 비명을 지르고 싶었다. 로비와 모나가 있는 집으로, 불과 사 주 전까지 알고 있던 삶 속으로 돌아가고 싶었다.

벽을 관통해서 잔뜩 목청을 돋운 화난 목소리가 들렸다. 핀은 그들이 무슨 말을 하는지 들어보려고 숨을 죽였다. 하지만 벽돌을 통과하는 과정에서 말은 흩어져버렸다. 오로지 말투만이 벽을 뚫는 데 성공했다. 분노와 상심, 부정과 비난이 담긴 말투만이. 문이 쾅 닫히는 소리가 들리고 이내 정적이 흘렀다.

핀은 피온라크가 부모의 말싸움을 들었을지 걱정이 됐다. 어쩌면 이런 데에 익숙할지도 몰랐다. 밤마다 이런 상황이 벌어졌을지 모르니까. 아니면 오늘 밤만 특별했을까? 오늘 밤, 비밀 하나가 흘러나와 그들 사이를 유령처럼 흐느적거리며 돌아다녔다. 핀만이 그 존재를 알아보고, 자신의 세계를 영원히 뒤집어엎을 차가운 손가락을 느꼈을까?

9장

때는 6월 초였고, 나는 대학입학 자격시험을 치렀다. 학교 수업은 다 끝났고, 글래스고 대학교의 입학시험 결과를 기다리고 있었다. 합격만 한다면 올해 여름이 이 섬에서 보낼 마지막 계절이었다.

내 기분이 어떤지 말로 설명할 수 없었다. 마냥 행복하기만 했다. 지난 수년간 엄청난 무게로 짓누르던 부담감을 안고 어둠 속을 지나왔는데, 이제는 그 무게가 완전히 사라지고 햇살이 밝게 비치는 곳으로 빠져나온 기분이라고나 할까? 그해의 기막힌 날씨가 그런 기분을 한층 부풀렸다. 사람들은 1975년과 1976년의 여름이 아주 끝내줬다고들 말한다. 하지만 내가 기억하는 가장 멋진 여름은 대학교에 가기 위해 이 섬을 떠나기 바로 직전의 그 여름이었다.

마샬리와 헤어지고 여러 해가 흘렀다. 지금 와서 생각해보면 내가 왜 그리 잔인했는지 놀라웠다. 그때는 어렸다는 핑계 아닌 핑계를 대며 나 자신을 위로할 뿐이었다. 그때는 젊음이라는 게 모든 어리석은 행동에 대한 손쉬운 변명거리였다.

마샬리는 초등학교를 마칠 때까지 나와 같은 반이었지만, 이상하게 눈에 잘 들어오지 않기 시작했다. 크로보스트 학교에 다니던 중등 2학년 과정까지는 그래도 자주 마주쳤다. 하지만 우리가 스토너웨이의 니컬슨 학교에 들어가 기숙사 생활을 시작한 이후로는 거의 보지 못했다. 가끔 학교 복도에서나, 친구들과 내로스 거리를 떠도는 모습을 우연히 봤을 뿐이다. 나는 아슈타르가 다른 학교에 다녔음에도 3학년과 4학년을 마칠 때까지 마샬리와 단짝이었다는 걸 알고 있었다. 시청에서 벌어진 댄스파티나 다른 파티에서 두 사람이 함께 춤을 추는 걸 가끔 봤다. 두 사람은 아슈타르가 O레벨 시험*을 재수했던 5학년 때 갈라섰고, 그 이후로는 마샬리가 도널드 머리와 잠시 사귀었다는 걸 어렴풋이 알게 되었다.

나는 고등학교 내내 여러 여자를 계속 사귀었지만, 어느 누구와도 오랫동안 관계를 지속하지 못했다. 여자애들은 대부분 우리 이모와 만났을 때 저절로 떨어져 나갔다. 이모가 아주 괴팍스럽게 보인 모양이었다. 나는 이모에게 익숙해져서 그렇다는 걸 몰랐다. 방 여기저기에 아무렇게나 놓인 쓰레기가 얼마 지나지 않아 눈에 띄지 않게 되는 것과 마찬가지다. 학교를 졸업하자 나는 아무 데에도 매이지 않았고, 나 자신을 얽매고 싶은 생각도 전혀 없었다. 글래스고는 새로운 가능성에 대한 희망을 안겨줬고, 나는 섬에서 그 어떤 응어리도 떠안고 가고 싶지 않았다.

아슈타르와 함께 네스 항 해변에 간 게 7월 첫 주의 언젠가였던 것으로 기억한다. 우리는 기분이 극명하게 대조된 상태였다. 대학입학 자격 시험을 준비하는 동안, 나는 아슈타르의 아버지 서재에 갇혀서 오랫동안 힘든 시간을 보내야 했다. 매킨스 씨는 잠시도 쉴 틈을 주지 않고 합

---

* 1988년에 GCSE 제도가 도입되기 전, 영국에서 열여섯 살이 된 학생들이 치던 과목별 평가 시험.

격을 향해 가차 없이 몰아붙였다. 그는 아슈타르가 5학년 때 O레벨 시험에서 떨어지자, 재시험을 치르기 위해 재수를 결심했음에도 아들을 포기해버렸다. 그리고는 한때 아슈타르에게 품었던 모든 희망과 염원을 내게 투자하는 것처럼 보였다. 그게 아슈타르와 나 사이에 긴장감을 조성했다. 긴장은 아슈타르의 질투심에서 촉발된 것 같았다. 내가 개인교습을 받은 후에 우리 둘은 가끔 만났지만, 신경이 곤두선 듯 어색한 침묵을 지키며 마을을 함께 걷기만 했다. 한 시간 이상 단 한 마디도 주고받지 않은 채 크로보스트 항구의 경사로 끝에 서서 바닷속으로 돌을 던지던 기억도 떠올랐다. 우리는 개인교습에 대해서는 한 번도 대화를 나누지 않았다. 개인교습은 우리 둘 사이에 금지어처럼 드리워져 있었다.

하지만 모든 것은 이제 다 지나간 일이었다. 날씨는 내 기분을 반영하기라도 하듯 끝내줬다. 눈부신 햇살이 잔잔한 바다 표면에서 반짝거렸다. 가볍게 불어오는 바람은 따뜻한 공기를 살살 흐트러뜨렸다. 우리는 양말과 신발을 벗고 청바지를 종아리까지 말아 올린 후에 살짝 경사진 해변을 따라 맨발로 달렸다. 해변으로 올라와 부서지는 파도를 철퍽거리며 아무도 밟지 않은 백사장에 완벽한 발자국을 남겼다. 우리는 공업용 토탄을 짊어지는 데에 사용하는 비닐봉지를 하나씩 들고서 게를 잡을 작정이었다. 썰물이 빠져나가면 해변 맨 끝에 있는 암초 돌출부 사이에서 게가 숨어 있는 웅덩이가 드러났다. 세월이나 욕심에 재촉받지 않는 즐거운 이 여름이 영원히 지속될 것만 같았다.

하지만 아슈타르는 우울하고 기분이 축 처져 있었다. 그는 루이스 오프쇼어에서 9월부터 용접 수습공으로 일하기로 되어 있었고, 손가락 사이로 흘러내리는 모래처럼 덧없는 여름을 보내는 중이었다. 어린 시절의 마지막 여름이 힘들고 단조로울 직장 생활과 어른으로서 가져야 할 책임감을 향해 가라앉고 있었다.

바위틈 웅덩이에는 현실과 전혀 다른 세상이 숨어 있었다. 들리는 것이라고는 갈매기 울음소리와 급하게 달려온 바닷물이 해변과 마주치는 소리뿐이었다. 갈라진 바위틈에 갇힌 바닷물은 수정처럼 투명했고, 해를 받아 따뜻했다. 시커먼 바위에 고집스럽게 달라붙은 다채로운 갑각류와 부산하게 움직이는 게를 제외하고는, 점잖게 살랑거리는 해초의 움직임만이 유일했다. 우리는 스무 마리 넘게 게를 잡아 배낭에 집어넣은 후 담배를 피웠다. 아버지를 닮은 내 피부가 햇볕에 상당히 그을었다. 나는 티셔츠를 머리 위로 홀렁 벗어서 바위틈에 걸쳐놓았다. 그러고는 햇살을 받으며 두 눈을 감고, 갈매기 울음소리와 파도 소리에 귀를 기울였다. 아슈타르는 무릎을 턱밑까지 끌어당겨 두 팔로 감싸안은 채 우울한 표정으로 담배를 빠끔거렸다. 신기하게도 흡연은 천식에 영향을 미치지 않는 것처럼 보였다.

아슈타르가 말했다. "손목시계를 들여다볼 때마다, 또 일 분이 훌쩍 지나간단 말이야. 그러고는 한 시간이, 하루가 훌쩍 지나가고. 이러다가 곧 한 주가 되고, 한 달이 되겠지. 그러다 보면 곧 출근기록부를 찍게 될 테고." 그는 고개를 가로저었다. "그리고 머잖아 출근기록부를 마지막으로 찍는 날이 오겠지? 그럼 사람들이 크로보스트 공동묘지 구덩이에 날 내려놓을 테고. 도대체 인생이란 뭘까?"

"맙소사, 이 친구야. 우리는 앞으로 육칠십 년을 더 살아야 할 텐데, 넌 그 오랜 세월을 한순간에 훅 불어 날려버리고 있다고. 앞으로 네 인생이 멀리 펼쳐져 있는데도 말이야."

"네게는 그 말이 맞겠지. 넌 섬을 떠날 거잖아. 탈출로가 쫙 계획되어 있고 말이야. 글래스고에, 대학교에, 온 세상에……. 이곳이 아닌 곳을 어디든지 갈 수도 있고."

나는 한쪽 팔꿈치를 괴고 몸을 절반쯤 일으켰다. "주위를 둘러봐. 여기보다 더 좋은 곳이 어디 있다고 그래?"

"그래." 아슈타르의 목소리에는 조롱기가 가득했다. "그래서 그렇게 서둘러 이 섬을 떠나려고 하는구나?" 그 말에 뭐라고 대답할 수가 없었다. 아슈타르는 나를 빤히 봤다. "왜? 내 말이 틀렸어? 아무 말도 못하게?" 그는 바위 너머로 담배꽁초를 튕겼다. 살랑거리는 바람에 붉은색 불꽃이 춤을 췄다. "내가 앞으로 뭘 기대할 수 있겠어? 조선소 수습생 생활? 마스크 쓰고 철강에 불길을 내뿜으며 나이를 먹어가는 것? 맙소사, 벌써 그 독한 냄새가 나는 것 같아. 네스에서 스토너웨이까지 매일 차를 몰고 그 길 끝에 있는 구덩이를 피해 갈 생각만 해도 끔찍하다, 끔찍해."

"우리 아버지도 늘 했던 일이야. 아버지가 결코 원하던 일은 아니었지만, 한 번도 불평을 늘어놓는 걸 본 적 없어. 항상 멋진 인생을 살고 있다고 말했고. 그리고 조선소에서 일하지 않았을 때도 인생은 살 만하다고 자주 말했지." 내가 말했다.

"그래서 퍽이나 좋은 인생을 사셨다." 아슈타르는 무심코 말을 뱉고 나서 후회 가득한 눈빛으로 나를 돌아봤다. "미안해, 핀. 그렇게 말하려던 건 아닌데……."

나는 고개를 끄덕였다. 하늘에 떠 있는 구름 한 점이 내게 그림자를 드리웠다. "그래, 그렇다는 걸 알아. 하지만 네 말이 맞을지도 몰라." 나는 씁쓸한 생각에 젖어들었다. "어쩌면 아버지가 그렇게 자신의 신을 찾는 데에만 몰두하지 않았더라도, 삶의 질을 높이는 데 더 많은 노력을 기울일 수 있었을 거야." 그 말과 동시에 나는 숨을 깊이 들이쉬고 죽음의 그림자를 벗어나기 위해 안간힘을 썼다. "어쨌거나 대학교도 아직 결정된 건 없어. 시험 결과에 달렸지."

아슈타르는 내 걱정을 일축했다. "에이, 그건 아니지. 넌 쉽게 합격할 거야. 우리 아버지는 네가 올 A를 받지 못하면 실망할 거라고 하더라고."

바로 그 순간 어디선가 여자애들 목소리가 들려왔다. 처음에는 멀리서 웃고 재잘거리던 소리가, 해변을 따라 우리 쪽으로 다가오고 있었다. 우리가 있는 곳에서 여자애들이 보이지 않았기 때문에 당연히 여자애들도 우리를 볼 수 없었다. 아슈타르는 손가락 하나를 입술에 대고 따라오라는 신호를 보냈다. 우리는 맨발로 허겁지겁 바위를 타고 넘어 여자애들이 보이는 곳까지 다가갔다. 30미터도 채 떨어지지 않은 곳에 여자애들이 있었다. 들키지 않도록 얼른 몸을 숨겼다. 총 네 명이었는데, 우리 학교 같은 학년 아이들이었다. 우리는 여자애들을 좀 더 자세히 보려고 바위 너머로 머리를 살짝 내밀었다. 그 애들은 바구니에서 수건 몇 개를 꺼내 절벽 아래쪽 부드러운 모래에 펼쳤다. 그중 하나가 갈대 매트를 꺼내 펼치고, 가방에서 진저에일 몇 병과 감자칩 몇 봉지를 꺼내 매트에 늘어놓았다. 그러고는 다들 티셔츠와 청바지를 벗어 하얀 살결과 비키니를 드러냈다.

나는 거의 무의식적으로 마샬리가 있다는 걸 알아봤는데, 마샬리가 일어서서 머리카락을 하나로 땋는 모습을 직접 볼 때까지는 확신할 수 없었다. 내가 초등학교 때 차버린 작은 소녀가 아니었다. 마샬리는 매우 매혹적인 여인으로 성장해 있었다. 부드러운 햇살이 우아한 긴 다리와 엉덩이 위로 떨어졌다. 노출이 심한 푸른색 비키니 상의가 잔뜩 부푼 가슴을 간신히 감쌌다. 그 모습을 보는 것만으로도 사타구니에서 뭔가 꿈틀거렸다. 우리는 다시 암석 뒤쪽에 주저앉았다.

"맙소사!" 나는 숨넘어갈 듯 속삭였다.

아슈타르는 아주 신난 것 같았다. 우울한 모습이 즉시 사라지고, 눈에는 장난기가 넘치고 입가에는 짓궂은 미소가 감돌았다. "기막힌 생각이 있어. 이리 와봐." 그는 내 팔을 잡아끌었다.

우리는 티셔츠와 게가 들어 있는 배낭을 집어 들고, 절벽을 향해 뻗어 있는 암석으로 살금살금 걸어갔다. 그곳에는 우리가 때때로 항구까지 돌아가지 않고 해변을 따라 되돌아오던 작은 길이 나 있었다. 그 길은 빙하가 침식됨에 따라 절벽 표면에 깊게 갈라진 틈이었는데, 경사가 가파르고 조약돌이 깔려 있었다. 삼분의 이쯤 올라간 곳에 표면을 가로질러 대각선으로 좁은 바위가 튀어나와 있고, 그 위로 올라가면 정상까지 자연적으로 형성된 계단이 있었다. 우리는 해변에서 9미터쯤 위에 있었다. 발에 밟히는 바닥은 스펀지처럼 부드러웠다. 하지만 끄트머리에 너무 가까이 다가간다면 불안정한 토탄 덩어리가 떨어져 나갈 수도 있었다. 그러나 우리는 들키지 않고 절벽 꼭대기에 도달했고, 여자애들이 일광욕을 하는 곳 바로 위까지 조심스럽게 다가갔다. 절벽은 가파른 경사를 이루며 떨어지다가 6미터 높이쯤에서 거의 수직이 되며 아래쪽 해변으로 이어졌다. 바위에 얕게 들러붙은 흙에 풀들이 흩어져 자랐다. 그곳에서는 여자애들이 보이지 않았지만, 나란히 누워 재잘거리는 소리는 들을 수 있었다. 어렵게 잡은 게들을 풀어주기 전에 여자애들 바로 위쪽까지 확실히 다가가려는 계획이 성공한 것 같았다. 여자애들과 직접 마주치는 것만큼이나 기분이 좋을 게 분명했다.

우리는 풀이 난 가파른 경사면을 조금씩 내려갔다. 내가 배낭을 움켜쥔 채 앞장섰고, 아슈타르는 뒤따라 내려왔다. 그는 바스러지는 흙에 발뒤꿈치를 찍어 넣고 나의 왼쪽 팔뚝을 양손으로 붙잡아, 내가 몸을 쭉 빼서 여자애들을 훔쳐볼 수 있도록 해줬다. 낙하지점까지 거의 다 내려가서야 일렬로 늘어선 네 쌍의 발뒤꿈치가 눈에 들어왔다. 뒤꿈치들이 왼쪽으로 약간 치우쳐 있어서 나는 아슈타르에게 약간 왼쪽으로 움직여야 한다고 신호를 보냈다. 몸을 움직이자 가장자리 자갈들이 해변으로 떨어져 나갔다. 여자애들이 재잘거림을 멈췄다.

"저게 뭐지?" 한 여자애가 묻는 소리가 들렸다.

"일 억 년 동안 침식이 진행된 결과야. 우리가 일광욕을 한다고 해서 이곳의 침식이 멈추겠니?" 질문에 대답한 건 마샬리였다.

네 쌍의 발뒤꿈치가 바로 아래쪽에 보였다. 나는 최대한 몸을 밖으로 빼서 여자애들이 등 뒤의 비키니 끈을 풀어헤친 채 엎드린 모습을 봤다. 좋아, 완벽해. 아마 3, 4미터쯤 위쪽에 있는 것 같았다. 나는 아슈타르를 향해 씩 웃고는 고개를 끄덕였다. 그러고는 손에 든 봉지 입구를 열어 가장자리에서 봉지를 털었다. 스무 마리 남짓한 게들이 허공을 날아 시야에서 사라졌다. 효과는 즉시 나타났다. 우리의 모험에 열광으로 화답하듯 아래쪽에서 공포에 질린 비명이 허공을 가르며 터져 나왔다. 웃음을 참느라고 허리가 끊어질 듯했지만, 나는 목을 쭉 빼서 해변의 아수라장을 감상했다.

바로 그 순간, 암석에서 바스라져 흙이 내 다리를 경사면 아래로 밀어냈다. 아슈타르가 내 팔을 붙잡으려고 안간힘을 썼지만 소용이 없었다. 좀 전의 게들과 마찬가지로 나도 허공을 가로지르며 3미터를 낙하했다. 불행 중 다행으로 두 발을 디뎌 착지했지만, 중력 때문에 엉덩이로 털썩 주저앉고 말았다.

겁에 질린 게들이 사방으로 흩어졌다. 놀란 표정으로 나를 내려다보는 여자애들이 보였다. 벌거벗은 가슴 네 쌍이 햇살을 받으며 덜렁거렸다. 잠시 동안 우리 모두는 자신의 눈을 믿기 어렵다는 듯 서로 멍하니 봤다. 그러다가 한 여자애가 비명을 질렀고, 세 명은 두 팔을 교차해 가슴을 가렸다. 그러다 갑자기 낄낄거리며 웃어대는 걸 보니 수줍음을 가장한 게 분명했다. 이 여자애들이 나의 갑작스러운 등장에 실망한 것만은 아니라는 생각이 들었다.

하지만 마샬리는 자신을 전혀 가리려고 하지 않았다. 한참 동안 도전적으로 가슴을 내민 채 양손을 허리에 걸치고 서 있었다. 단단하고 앙증

맞은 가슴이 눈에 들어오는 걸 막을 수가 없었다. 마샬리가 두 걸음 앞으로 나서더니 눈에서 불이 번쩍 날 정도로 세차게 뺨을 때렸다. "변태 자식!" 마샬리는 경멸적으로 내뱉고는 허리를 굽혀 비키니 상의를 주워 들더니 모래사장을 가로질러 가버렸다.

그 후로 한 달 가까이 마샬리를 보지 못했다. 계절은 8월로 접어들었고, 시험 결과가 마침내 발표됐다. 매킨스 씨 예측대로 나는 영어, 미술, 역사, 프랑스어, 스페인어에서 모두 A를 받았다. O레벨 시험을 보고 난 후 수학과 과학은 포기했다. 내게는 잘 맞지 않는 것 같아서였다. 언어에 소질이 있었지만, 그걸 사용해먹을 생각은 전혀 없었던 것 같다. 글래스고 대학에서 입학승인이 나왔고, 문학 학사 학위를 따려고 마음먹었다. 뭘 공부하는 건지는 정확히 몰랐지만, 원래부터 인문과학에 관심이 있었고 인문과학 외의 과목을 열심히 공부해본 적도 없어서였다.

마샬리에게 얻어맞은 따귀의 흔적이 이제는 사라졌지만, 그날 이후 며칠은 뺨에 벌겋게 부어오른 손자국을 훈장처럼 달고 다녔다. 아슈타르는 내가 해변에 착지했을 때 본 것들을 하나도 빼놓지 않고 자세히 설명해달라고 졸라댔다. 자신은 허겁지겁 절벽 꼭대기로 다시 올라가는 바람에 젖꼭지를 하나도 훔쳐보지 못했다면서 말이다. 그 이야기는 마른 들판을 태우는 불길처럼 매섭게 번져나갔고, 나는 네스의 사춘기 소년들을 추종자로 거느리는 영웅으로서의 지위를 만끽했다. 하지만 여름이라는 계절이 늘 그러하듯 사람들의 기억은 점차 희미해졌고, 아슈타르가 출근기록기에 제 카드를 찍어야 할 날이 빠르게 다가왔다. 친구는 점점 더 시무룩해졌다.

예일란 벅에서 파티가 열린다는 걸 알려주려고 아슈타르의 집을 찾았을 때 그 애가 우울감에 빠져 있는 걸 발견했다. 예일란 벅은 루이스 섬의 남서쪽 해안선을 따라 있는 칼라니슈 마을의 바로 서쪽, 용 입에서 뿜어져 나오는 불길처럼 생긴 그레이트 베르네라 섬의 북쪽 해안에서 불과 몇백 미터 떨어진 작은 섬이었다. 그 파티를 누가 주최하는지는 모르겠지만 도널드 머리의 친구 하나가 도널드를 초대하고, 도널드가 우리를 초대한 것이었다. 모닥불을 지펴 바비큐도 해먹을 예정이었고, 날씨만 좋다면 별을 올려다보며 해변에서 잘 수도 있었다. 설혹 비가 내리더라도 비를 피할 낡은 오두막도 한 채 있었다. 우리가 할 일이라고는 마실 술을 가져가는 것뿐이었다.

아슈타르는 우울한 표정으로 고개를 가로저으며 파티에 갈 수 없다고 잘라 말했다. 아버지가 며칠간 본토로 나갔는데 어머니는 몸이 좋지 않다고 했다. 가슴 통증에 혈압이 위험할 정도로 높은 아슈타르의 어머니에게 의사는 협심증이라는 병명을 진단했다. 나는 협심증이라는 말을 한 번도 들어본 적이 없지만, 별로 기분 좋게 들리지는 않았다. 아슈타르가 갈 수 없다고 해서 정말 실망스러웠고, 그런 아슈타르가 안쓰러웠다. 기운을 낼 일이 꼭 필요했는데…….

하지만 아슈타르에 대한 걱정은 내 머릿속에 그리 오랫동안 머물지 않았다. 금요일이 되자 그 생각은 이미 희미해졌고, 도널드 머리가 그날 오후에 날 태워 가려고 이모 집에 차를 몰고 왔을 때는 아슈타르에 대한 모든 생각은 엔진 굉음과 엄청난 배기가스에 파묻혀 날아갔다. 도널드는 어디에선가 지붕을 접을 수 있는 푸조를 조달해왔다. 많이 낡아 보였지만 선명한 빨간색 차체에 지붕도 접혀 있었다. 머리카락을 탈색한 데다 적당히 잘 그을린 얼굴에 선글라스를 낀 도널드가 운전대에 앉아 있으니 영화배우처럼 보였다.

"여어, 친구우! 타고 싶나?" 도널드는 모음을 길게 빼면서 느릿느릿 말했다.

나는 정말로 타고 싶었다. 도널드가 그 차를 어디에서 어떻게 조달했는지는 전혀 관심이 없었다. 나는 그저 도널드 옆자리에 앉아 섬 곳곳을 느긋하게 돌아다니며 다른 아이들이 부러워하는 표정을 보고 싶었다. 루이스 섬에 오픈카가 있다는 말은 들어본 적이 없었다. 또다시 오픈카를 타볼 수 있을지도 미지수였다. 아마 행운이 따르더라도 그럴 날은 손에 꼽을 정도일 것이다. 바로 그해 내게는 정말 크나큰 행운이 따랐다. 구름과 바람이 거의 없는 멋진 날씨가 7월 내내 섬 전체를 갈색으로 그을렸고, 8월인 그때도 여전했다.

우리는 이모 집 별채에 저장해뒀던 맥주 네 상자를 푸조 트렁크에 집어넣었다. 도널드의 아버지가 그런 금지 품목을 목사관에 보관하게 해줄 리가 없었다. 이모가 밖으로 나와 우리가 떠나는 모습을 지켜봤는데, 지금 돌이켜보니 그때부터 이모의 몸이 좋지 않았던 것 같다. 이모는 자신의 몸 상태에 관해 내게 단 한마디도 하지 않았지만, 안색이 창백했고 예전보다 훨씬 말라 있었다. 헤나로 염색한 머리카락이 듬성듬성했고, 뿌리에서 1센티미터 정도가 흰색이었다. 화장이 잘 먹지 않아 떡이 졌고, 볼연지를 잔뜩 바른 양쪽 뺨에서 가루가 푸슬푸슬 흘러내려 창백한 피부가 드러났다. 마스카라가 속눈썹에 달라붙었고, 입술은 연분홍색으로 거칠게 발라져 있었다. 이모는 서로 다른 색깔의 시폰 천에 핀을 꽂은 망토 비슷한 웃옷을 입고, 무릎 아래를 잘라낸 청바지에 앞이 트인 분홍색 샌들을 신고 있었다. 발톱에는 분홍색 매니큐어를 칠했지만, 발톱은 관절염 탓에 거칠고 두꺼워져 있었다.

이모는 우리 어머니의 큰언니였다. 어머니보다 열 살 위였다. 어머니와 이모는 달라도 너무 달랐다. 이모는 히피 전성시대인 1960년대에 삼십대였는데, 이모가 본성을 드러낸 결정적인 시기였다. 이모는 그때 런던과 샌프란시스코와 뉴욕에서 살았는데, 내가 아는 사람들 중 유일하게 실제로 우드스톡 록페스티벌에 가본 사람이었다. 이모에 대해 거의 몰랐다는 게 이상했다. 젊은이들은 나이 든 사람에 대해서는 궁금해하지 않고 현재 상태를 고스란히 받아들인다. 하지만 지금은 과거로 돌아갈 수 있다면 이모가 어떻게 살아왔는지 묻고 잘 몰랐던 부분을 채우고 싶다. 그러나 우리는 과거로 돌아갈 수 없는 법이다. 이모는 결혼한 적이 없는데, 꽤 유명한 부자이면서 유부남인 누군가와 깊은 관련이 있었다. 이모는 섬으로 되돌아왔을 때 크로보스트 항구를 내려다보는 낡은 화이트하우스를 구입해서 혼자 살았다. 내가 아는 한, 이모가 정확히 그 사람과 무슨 일이 있었는지 누구에게 털어놓은 적은 없었다. 어쩌면 우리 어머니에게는 터놓고 말했을 가능성이 있지만, 어머니가 아주 어렸던 내게까지 말해줬을 리는 없었다. 이모는 사는 동안 딱 한 번 열렬한 사랑을 했는데, 낡은 화이트하우스로 이사하고는 마음의 문을 닫아버린 것 같았다. 이모가 어떻게 살아가는지, 돈은 어디에서 나오는지 나는 전혀 몰랐다. 사치 부릴 여유는 없었지만, 먹을 것이나 입을 것은 물론, 다른 갖고 싶은 것이 있을 때에도 아쉬웠던 적이 없었다. 이모가 세상을 떠났을 때 은행 계좌에는 단 10파운드가 남아 있었다.

이모는 수수께끼 같은 사람이었다. 내가 살면서 경험한 풀리지 않는 미스터리 중 하나였다. 이모와 구 년이나 함께 살았지만, 이모를 제대로 안 적이 있는지는 자신 있게 말할 수 없다. 하지만 이모가 날 사랑하지 않았다는 건 꽤 확실하게 말할 수 있다. 나도 이모를 사랑하지 않은 건 마찬가지이지만……. 이모는 그저 나를 참고 봐줬다. 하지만 내게 심한 말을 한 적은 단 한 번도 없었다. 그리고 온 세상이 나를 적대시할 때 항상 내 편을 들어줬다. 뭐라고 표현해야 할까? 우리 두 사람 사이에는 말로 표현하지 않는 애착이 있었다고나 할까? 나는 이모에게 한 번도 키스해본 적 없었고, 이모가 날 껴안은 건 우리 부모님이 세상을 떠난 바로 그날 밤이 유일했다.

이모는 자동차를 좋아했다. 오랫동안 잊고 지내던 자유로운 삶을 상기시켰기 때문이리라. 이모는 도널드에게 드라이브를 시켜줄 수 있냐고 물었고, 도널드는 흔쾌히 태워드렸다. 도널드가 절벽 도로를 치고 올라가 크로스-스키거스타를 달리는 동안 나는 뒷좌석에 앉아 있었다. 이모가 한사코 피워 문 담배의 불똥이 뒤로 날아왔다. 이모의 머리카락이 뒤로 날려서 섬세한 얼굴 윤곽이 그대로 드러났다. 이모가 그렇게 기뻐하는 모습을 한 번도 본 적 없었다. 집으로 되돌아왔을 때 이모의 얼굴에는 행복한 기색이 가득했다. 우리랑 함께 파티에 가고 싶은 게 아닌지 걱정될 정도였다. 푸조가 언덕 꼭대기를 거의 넘어 크로보스트를 향해 달리기 직전에 뒤를 돌아봤는데, 이모는 여전히 문간에 서서 차가 떠나는 모습을 지켜보고 있었다.

우리는 언덕 아래에서 이언과 쇼니를 태웠고 맥주를 좀 더 실은 후에 그레이트 베르네라 섬을 향해 남쪽으로 달렸다. 서쪽 해안 도로를 질주하는 동안 따스한 바람이 얼굴을 어루만지고 태양이 피부를 그을렸다. 드라이브는 무척 황홀했다. 반짝거리며 몽롱한 수평선까지 펼쳐진 바다가 그토록 잔잔한 걸 그날 처음 봤다. 마치 호흡이라도 하듯 바다 표면이 점잖게 부풀어 올라, 잔잔한 일렁임만이 바다가 움직이고 있음을 알려주었다. 마을을 지나칠 때마다 아이들은 우리를 향해 손을 흔들었다. 시아다르, 바르바스, 쇼보스트, 칼로웨이를 지나쳤고, 나이 든 사람 몇몇은 벌떡 일어서서 놀란 눈길로 우리를 봤다. 아마도 본토에서 온 관광객, 그 험한 스월븐 산 정상에 있는 호수를 가로질러 온 미친놈들이라 여겼으리라. 서쪽 하늘을 배경으로 세상에 또 하나의 풀리지 않는 미스터리를 던지는, 칼라니슈의 돌로 된 조각들이 조용히 그림자를 드리우며 줄지어 있었다.

그레이트 베르네라 섬 북동쪽 끝에 있는 부두를 발견했을 때, 서쪽으로 거의 기운 태양은 바다를 눈부신 황금색으로 물들였다. 해변에서 거우 200미터 떨어진 예일란 벅에서 태양이 바닷물에 낮게 가라앉는 게 보였다. 그 섬은 길이가 800미터 정도, 폭은 3, 400미터에 지나지 않았는데, 해변 가까운 곳에 오두막이 위치해 있었다. 집과 해변을 따라 모닥불을 피워놓아서, 흐름이 별로 없는 섬의 대기 중에 연기가 흩어지지 않고 떠다녔다. 이리저리 움직이는 사람들의 형체가 보였고, 해협을 가로지르는 음악이 종소리처럼 선명하게 들렸다.

우리는 푸조에서 맥주를 내렸고, 도널드는 제방에 주차된 수십 대의 자동차들 옆에 푸조를 세웠다. 쇼니가 부두에 설치된 종을 울리자 이삼 분 후에 누군가가 우릴 태워 가려고 보트의 노를 젓기 시작했다.

예일란 벅은 상당히 평평하고 특색이 없는 섬이었다. 여름철에 양들이 뜯어 먹을 정도의 풀은 자라났지만, 그 외에는 남쪽 해안을 따라 부드러운 모래사장이 이어졌고 북서쪽 옆구리를 따라 자갈 해변만이 펼쳐졌다. 그날 밤 거의 백여 명에 달하는 아이들이 섬에 있었던 게 분명했다. 아는 애들은 별로 없었다. 상당수가 본토에서 온 듯했다. 서로 아는 아이들끼리 집단을 이루어 모닥불에 둘러서서, 대형 카세트 플레이어가 쏟아내는 귀청 찢어질 듯한 음악에 몸을 맡겼다. 고기 바비큐와 생선 냄새가 공기를 가득 채웠다. 여자애들은 장작에 구울 음식을 은박지로 싸고 있었다. 누가 주최하는 파티인지는 몰랐지만 제대로 준비한 것 같았다. 우리가 섬 해안에 발을 내려놓자마자 도널드는 내 등을 손으로 살짝 갈기며 나중에 보자고 말했다. 몰래 가져온 7그램의 마리화나를 피울 모양이었다. 나와 이언과 쇼니는 다른 맥주들이 자리를 차지한 오두막에 우리가 가져온 맥주를 쌓아놓고 캔 맥주를 하나씩 땄다. 학교를 함께 다닌 아이들 몇 명을 발견했고, 두어 시간 동안은 맥주를 마시고 이야기를 나누다가 모닥불에서 꺼낸 생선과 닭고기를 먹었다.

순식간에 밤이 찾아왔고, 알아차리기도 전에 어둠이 우리를 감쌌다. 하지만 서쪽 하늘은 여전히 붉게 빛났고, 바닷물에 떠다니던 나무들이 모닥불 땔감이 되어 어둠을 한층 밝혀주었다. 어둠이 내려오자 나는 이유도 없이 외로워지기 시작했다. 아마 너무나 들떠 있고, 그게 오랫동안 지속되지 않을 거라는 사실을 알았기 때문이리라. 어쩌면 루이스 섬에서 보내는 마지막 여름이기 때문일 수도 있었다. 그때는 이모의 장례식을 치르러 한 번 더 섬으로 되돌아와야 한다는 걸 몰랐다. 나는 맥주 한 캔을 더 따고는 해변을 따라 지펴진 모닥불 사이를 어슬렁거리며 걸었다. 모닥불 불빛이 웃고 떠들고 마시며 담배를 피우는 아이들의 생기 어린 얼굴을 비췄다. 그러다가 나무 타는 냄새와 바비큐 냄새에 뒤섞인 마리화나의 달콤한 향이 풍겼다. 물가에서 불빛이 전혀 비치지 않는 새카만 하늘을 올려다봤다. 별빛만이 찬란하게 빛나는 그 광활한 공간이 경이롭게 느껴졌다. 하늘을 쳐다보면 모든 게 내 중심으로 회전한다고 느낄 때도 있고, 어떤 때는 내가 극히 작은 존재라고 느낄 때도 있다. 그날 밤의 나는 티끌만 한 작은 존재처럼 느껴졌다.

"어이, 핀!" 내 이름을 부르는 소리에 돌아섰다. 도널드가 다른 아이들 몇 명과 함께 가장 가까운 모닥불을 둘러싸고 있었다. 그는 여자애 하나를 한 팔로 감싸 안고 있었고, 나머지 애들도 거의 모두 짝을 이룬 것 같았다. "어둠 속에서 혼자 뭐해? 이리 와서 같이 어울리자고."

솔직히 그러고 싶은 생각이 전혀 없었다. 우울한 기분에 젖은 지금 이대로 고독을 즐기고 싶었다. 하지만 무례한 인상을 남기고 싶지는 않았다. 모닥불 불빛 속으로 걸어 들어가자 여자애와 진한 키스를 나누던 도널드는 내가 보고 있다는 걸 의식한 듯 여자애를 품에서 밀어냈다. 그 애가 마샬리라는 걸 그제야 알게 됐다. 온몸을 관통하는 전기처럼 질투심이 심장을 훑고 지나갔다. 내 얼굴이 벌겋게 물들었을 게 분명했지만, 모닥불이 곤란한 상황을 덮어주었다.

마샬리는 냉정하면서도 도도한 눈빛으로 나를 보며 미소 지었다. "어머, 이게 누구야? 여자 몸이나 훔쳐보는 도둑고양이잖아."

"도둑고양이라고?" 도널드는 어리둥절한 표정으로 잠시 미소를 지었다. 그는 네스에서 유일하게 그 이야기를 듣지 못한 아이였던 게 분명했다. 어쩌면 빨간색 푸조 오픈카를 구하려고 본토에 가 있었을지도 몰랐다. 내가 한 행동과 일치하지는 않지만, 마샬리가 자초지종을 말하자 도널드는 폭소를 터뜨렸다. 숨이 막힐까 걱정이 될 정도였다.

"이 친구, 돈 주고도 해볼 수 없는 대단한 구경을 했군. 그나저나 좀 앉아. 마리화나 한 대 피우고 기분 풀라고."

나는 자리에 앉았지만, 마리화나는 손을 저어 거절했다. "아니, 그냥 맥주나 실컷 마실 거야."

도널드는 알겠다는 표정을 지으며 고개를 살짝 기울였다. "아하, 마리화나를 한 번도 피워본 적이 없구나?"

"한 번도 못 해본 게 어디 한두 가지겠어?" 마샬리가 끼어들었다.

나는 다시 얼굴이 붉어졌는데, 어둠과 모닥불이 고마울 따름이었다. "그럴 리가 있어?" 그렇게 반박했지만 사실이 그랬다. 마샬리가 의심한 것처럼 마리화나뿐만 아니라 여러 가지를 경험해보지 못했다.

"그렇다면 맥주만 마시네 어쩌네 변명할 필요가 없겠군." 도널드가 오금을 박았다. "우리랑 피울 거지, 응?"

나는 어깨를 으쓱했다. "당연히 그래야지." 그리고 손에 들고 있던 맥주를 마시면서 아이들이 '스플리프'라고 부르는 마리화나 담배를 조심스럽게 마는 모습을 지켜봤다. 담배 마는 종이 넉 장을 겹쳐놓고, 표면이 되는 종이의 중심에 가루를 조금 뿌린 뒤 정제된 송진을 길이에 맞게 부스러뜨렸다. 좁고 길게 자른 두터운 종이를 한끝에 놓고 그것을 중심으로 둘둘 말아 기다란 담배 모양을 만들었다. 그러고는 풀이 칠해진 담배 종이의 한 면을 따라 침을 바르고 다른 쪽 끝을 비틀어서 막았다. 도널드는 막은 쪽에 불을 붙여 엄청난 연기를 허파까지 빨아들이고는 마샬리에게 담배를 넘길 때까지 머금고 있었다. 마샬리가 담배를 빨아들이자 도널드는 숨을 내쉬었다. 담배 연기가 밤하늘로 퍼져 나갔다. 마리화나의 효과가 곧장 눈에 들어왔다. 어둠의 장막이 펼쳐지는 것처럼 도널드에게 평화가 찾아들었다. 마샬리가 담배를 내게 건넸는데, 입으로 문 곳이 그 아이의 침으로 축축했다. 나도 담배를 가끔 피웠기 때문에 이까짓 것에 쩔쩔매는 짓은 하지 않겠구나 싶었다. 하지만 연기가 그렇게 뜨거울 줄은 전혀 예상하지 못했다. 허파에서 터져 나온 발작적인 기침이 목구멍에서 쉴 새 없이 쏟아져 나왔다. 간신히 숨을 골랐을 때, 도널드와 마샬리가 알겠다는 듯 슬쩍 미소 짓는 모습이 눈에 들어왔다. "연기가 목구멍에 걸렸어." 나는 쑥스러운 듯 조용히 말했다.

"그럼 한 모금 더 해봐." 도널드의 말에 나는 어쩔 수 없이 한 번 더 빨아들일 수밖에 없었다. 이번에는 십 초가량 숨을 꾹 참고 연기를 허파에 가둬두고는 담배를 도널드에게 건네고서야 천천히 숨을 쉬었다.

마리화나를 처음 피운 초짜들이나 쉴 새 없이 낄낄거린다는 걸 알아차렸어야 했는데. 나는 십오 분 내내 웃음을 터뜨렸다. 모닥불을 둘러싼 이들의 말과 표정, 숨이 넘어갈 듯한 웃음소리까지, 모든 말이나 행동에 반응하며 미친놈처럼 웃음을 터뜨렸다. 도널드와 마샬리는 경험이 많은 흡연가답게 내가 그만 낄낄거릴 때까지 느긋한 태도로 지켜봤다. 마리화나를 두 대째 피웠을 때쯤 나는 극도로 나른해져서 불길을 멍하니 보며 젊은이들이 인생에 대해 궁금해하는 온갖 질문과 대답을 떠올렸다. 불길 그 자체처럼 포착하기 곤란해서 다음 날 아침에 깨어났을 때는 그곳에 전혀 흔적을 남기지 않을 대답들을.

누군가 해변에서 소리치는 게 어렴풋이 들렸고, 도널드는 벌떡 일어서서 백사장을 가로질러 조용히 걸어갔다. 주위를 둘러보고 나서야 모닥불 주변에 있던 아이들이 대부분 사라지고, 마샬리와 나만 그대로 앉아 있다는 걸 알게 됐다. 서로 몸이 맞닿을 정도는 아니지만, 마샬리는 묘한 표정을 지은 채 가까이에 있었다.

"이리 와." 마샬리는 바로 옆 모래를 토닥거렸다.

나는 말 잘 듣는 강아지처럼 서둘러 곁으로 가서 그 아이가 손으로 매만져 놓은 움푹 팬 곳에 엉덩이를 걸쳤다. 내 허벅지가 마샬리의 허벅지를 건드리는 게 느껴졌고, 그 몸이 내뿜는 열기가 느껴졌다.

"넌 정말 못된 놈이야, 알아?" 하지만 마샬리의 목소리는 부드러웠고, 앙심을 품고 있지는 않았다. 내가 마샬리에게만큼은 나쁜 놈이었다는 걸 잘 알았기에 감히 반박하지 못했다. "아주 어렸을 때 내 마음을 훔치고는 날 떠났지." 나는 미소를 지으려고 애썼지만, 인상을 찌푸린 것처럼 보였을 게 분명했다. 마샬리는 진지한 눈길로 나를 보다가 고개를 가로저었다. "왜 여태 너에게 이런 감정을 품는지 모르겠어."

"어떤 감정인데?"

마샬리는 상체를 쑥 내밀고 내 뺨을 갈겼던 바로 그 손으로 내 얼굴을 당겨 키스했다. 혀를 탐닉하는 부드러운 키스가 길게 이어지자 온몸에 전율이 흘렀고, 사타구니로 피가 쏠렸다.

마침내 입술을 떼어낸 마샬리가 나를 바라봤다. "이런 거." 마샬리는 일 분 정도 지그시 나를 보다가 일어서서 내 손을 잡았다. "따라와."

우리는 손을 맞잡고 모닥불과 어른거리는 얼굴들 사이를, 뒤섞여 들려오는 노래와 어둠 속에서 조용히 속삭이는 목소리와 간간이 터져 나오는 웃음들 사이를 걸어갔다. 나는 주변에 있는 모든 것을 민감하게 느끼고 있었다. 바다가 어떤 소리를 속삭이는지, 우리를 에워싼 밤공기가 얼마나 두터운지 알 것 같았다. 손을 뻗으면 닿을 듯한 하얀 별들이 바늘처럼 나를 찌를 것만 같았다. 내 손을 맞잡은 따스한 손이, 키스를 하려고 걸음을 멈출 때마다 닿는 부드러운 피부가, 내게 닿는 말캉거리는 가슴이, 청바지 속에서 당장 터져 나올 듯 잔뜩 부풀어 상대의 배를 찔러대는 내 물건이 생생하게 느껴졌다. 마샬리의 손이 아래로 향하더니 단단해진 내 물건을 감쌌다.

우리가 오두막에 들어섰을 때 안방은 텅 비어 있었다. 바닥은 빈 맥주 캔으로 어질러져 있고, 바비큐 찌꺼기가 가득 찬 쓰레기봉투와 술병 상자가 무더기로 쌓여 있었다. 목적지를 확실히 아는 듯한 마샬리가 안방 뒤쪽 문으로 나를 인도했다. 앞에 도달하자 문이 활짝 열리더니 우리보다 한두 살 더 많아 보이는 커플이 낄낄거리며 밖으로 나왔다. 스쳐 지나가면서도 우리가 있다는 걸 전혀 의식하지 않았다. 뒷방은 안방보다 훨씬 작았고, 벽 둘레에 놓인 촛불이 전등을 대신해서 방 안을 밝히고 있었다. 방 안 공기는 마리화나 냄새와 왁스 타는 냄새, 사람 체취로 가득했다. 바닥에 펼쳐진 방수포에는 야외용 돗자리와 쿠션 들이 널려 있고, 지퍼가 다 내려간 슬리핑 백들이 이불처럼 펼쳐져 있었다.

마샬리는 내 손을 잡은 채로 돗자리 하나에 쭈그려 앉았다. 나는 그 손에 이끌려 곁에 앉았다. 내 엉덩이가 바닥에 거의 닿을락 말락 했을 때, 마샬리가 나를 밀어 넘어뜨리고 위에 올라타서 격렬하게 키스했다. 그러고는 팔을 위로 쭉 뻗고 윗옷을 벗어서 예전에 해변에서 봤던 멋진 가슴을 드러냈다. 부드러우면서도 단단한 가슴을 두 손으로 감싸자 젖꼭지가 단단해지는 게 느껴졌다. 마샬리가 내 청바지의 지퍼를 내려서 뛰쳐나오려고 애쓰던 물건을 해방시켰다. 마리화나로 몽롱해진 상태에서도 송곳 같은 두려움이 온몸을 찌르며 지나갔다.

208

"마샬리, 네 말이 맞아." 난 속삭였다.

그녀가 날 내려다봤다. "그게 무슨 뜻이야?"

"난 한 번도 해본 적 없어." 정신이 멀쩡한 상태에서는 전혀 털어놓지 않을 고백이었다.

마샬리는 큰 소리로 웃음을 터뜨렸다. "걱정하지 마. 난 해봤으니까."

설명할 수 없는 부아가 치밀어 벌떡 일어나 앉았다. "누구랑?"

"네가 상관할 바 아니야."

"아슈타르야?" 그녀의 첫 상대가 아슈타르만은 아니었으면 했다. 내게는 무척 중요한 문제였다.

마샬리는 한숨을 내쉬었다. "아니, 아슈타르는 아니었어. 굳이 알고 싶다면 말해줄게. 도널드였어."

그 말에 나는 놀라기도 했고, 안도하기도 했다. 그리고 혼란스럽기도 했다. 맥주와 마리화나뿐 아니라 그날 밤 내게 일어난 모든 일이 나의 이성을 빼앗아버린 것처럼 느껴졌다. 심지어 질투심까지도. 나는 마샬리의 숙련된 솜씨에 몸을 맡겼다. 첫 번째 섹스가 어땠는지 지금 기억나는 건 거의 없다. 매우 빨리 끝났다는 것뿐. 하지만 그해 여름 내내 섹스 솜씨를 완벽하게 갈고닦을 기회가 더 주어졌던 것만은 분명했다.

섹스가 끝난 후에 낑낑대며 옷을 입으려는데 문이 벌컥 열렸다. 양쪽 팔에 여자애 하나씩을 껴안은 도널드가 문간에서 씩 웃었다. "맙소사, 아직도 안 끝났어? 방 쓰려는 사람이 줄을 섰단 말이야."

10장

키보드 소리가 적막하던 어두운 침실을 채웠다. 이마와 콧등을 찌푸리며 집중하고 있는 핀의 창백한 얼굴이 컴퓨터 화면에 비쳤다. 이번 시험은 정말 중요했다. 모든 것이 그 시험 결과에 달려 있었다. 앞으로의 삶 자체를 결정할 판이었다. 집중하자, 집중! 한눈을 팔아서는 안 된다. 눈 가장자리를 스치는 움직임이 있어 핀은 고개를 돌렸다. 양팔과 어깨에 소름이 돋았다. 그 사람이 또 그곳에 있었다. 파카를 걸치고 기름기가 덕지덕지 낀 머리카락을 귀 뒤로 넘긴, 말도 안 되게 키가 큰 남자였다. 이전과 마찬가지로 천장에 닿지 않게 머리를 숙이고 커다란 두 손은 옆구리에 자연스럽게 늘어뜨린 채 문간에 조용히 서 있었다. 이번에는 뭔가를 말하려는 것처럼 입술을 달싹였다. 핀은 애써 들어보려고 했지만, 그 사람 입에서는 아무 말도 나오지 않았다. 숨을 쉴 때마다 썩은 듯한 퀴퀴한 담배 악취만 풍겨 나와 방 안을 채웠다.

핀은 확 끼쳐오는 썩은 술 냄새에 깜짝 놀라 눈을 떴다. 햇살이 얇은 커튼 너머로 한가득 쏟아졌다. 아슈타르가 피곤에 지쳐 부어오른 얼굴로 핀의 어깨를 흔들었다. "핀, 얼른 일어나. 젠장! 잠을 좀 깨라고."

핀은 벌떡 일어나 숨을 거칠게 몰아쉬었다. 정신도 혼미한 데에다, 여전히 겁이 났다. 그 사람은 어디로 갔지? 그러다가 핀의 눈길이 벽에 기대어 접혀 있는 카드 탁자와 키프로스 지도 같은 커피 얼룩으로 향했다. 그가 천장을 올려다봤을 때 가넷새가 날아올랐다. "맙소사!"

핀은 여전히 숨을 헐떡거렸다.

아슈타르가 몸을 뒤로 내빼며 이상하다는 듯 핀을 봤다. "괜찮아?"

"그래, 괜찮아. 악몽을 꿨나 봐." 핀은 따뜻하지만 약간 시큼한 냄새가 나는 공기를 깊게 들이마셨다. "몇 시지?"

"6시."

핀은 침대 옆 탁자에 놓인 디지털시계 화면을 돌아보느라 거의 잠을 자지 못했다. 2시, 2시 45분, 3시 15분, 3시 50분, 마지막으로 시계를 돌아봤을 때는 5시가 다 되어 있었다. 겨우 한 시간 남짓 존 모양이다.

"지금 출발해야 해." 아슈타르가 말했다.

핀은 어리둥절한 표정으로 물었다. "지금 이 시간에?"

"출근 전에 피온라크랑 네스 항에 들러야 해. 안 스커에 갈 때 필요한 물품을 트럭에 실어야 하거든."

핀은 이불을 한쪽으로 밀치고 다리를 침대 밖으로 내밀었다. 그러고는 피로에 지친 눈을 문질렀다. "옷 갈아입을 테니 일 분만 기다려줘."

하지만 아슈타르는 비켜줄 생각이 없는지 그 자리에 그대로 버티고 서 있었다. 핀이 흘끗 올려다보니 아슈타르는 이상한 표정을 짓고서 자신을 뚫어져라 봤다. "잘 들어, 핀. 어젯밤에 내가 했던 말은…… 취해서 한 헛소리였어. 그러니 잊어달라고."

핀은 아슈타르의 눈길을 맞받았다. "사실이야?"

"취했다니까."

"취중 진담인 법이야."

아슈타르의 참을성이 사라졌다. "이것 봐, 난 고주망태였다고! 너도 알잖아? 지난 십팔 년 동안이나 문제가 되지 않았는데, 왜 지금에 와서야 문제가 되지?" 아슈타르가 몸을 홱 돌려 방을 나서는 순간, 가래 끓는 소리가 들렸다. 복도에서 흡입기를 빨아들이는 소리가 들렸고, 화가 나서 발을 구르는 소리가 거실 쪽으로 점차 작아졌다.

핀은 옷을 입고 욕실에서 찬물을 얼굴에 끼얹었다. 눈을 들어보니 거울 속에서 핏발 선 두 눈이 자신을 노려보고 있었다. 안색이 끔찍했다. 핀은 치약을 손가락에 조금 짜내서 치아와 잇몸에 대강 문지르고, 어젯밤부터 고여 있던 께름칙한 맛을 없애려고 입안을 헹궜다. 모든 사실을 다 아는 상태에서 맑은 햇살을 받으며 피온라크의 얼굴을 어떻게 마주볼지 걱정이 태산이었다. 그는 거울 속 자신을 흘끗 보다가 얼른 눈길을 돌렸다. 제 얼굴을 보는 것조차 쉽지 않았다.

어젯밤 몰고 온 아스트라가 집 위쪽 도로에서 공회전하고 있었다. 배기음을 뚫고 들려오는 가르랑거리는 엔진 소리는 핀의 기분처럼 거칠기만 했다. 아슈타르는 뚱한 표정으로 운전대에 앉고, 피온라크는 후드 운동복을 입고 뒷좌석에 앉았다. 아이는 두 손을 맞잡은 채 다리 사이에 끼우고 있었다. 잠이 모자랐던지 얼굴이 잔뜩 부은 채였다. 그런데도 머리에 젤을 발라 창끝처럼 세울 시간은 있던 모양이었다. 핀은 조수석에 올라타 뒤쪽을 흘끗 봤다. "안녕." 단지 그 말만 하고 몸을 돌려 앞을 봤다. 안전띠를 채우면서 뭔가 더 말을 건네지 못하는 자신이 한심하게만 느껴졌다.

아슈타르가 1단 기어를 넣고 핸드브레이크를 풀자 차가 쿨렁하더니 앞으로 나아갔다. 경찰이 차를 세우고 음주 측정을 한다면 아슈타르가 통과하지 못할 거라고 핀은 확신했다.

하늘에는 구름이 끼었지만 비가 올 것 같지는 않았다. 바다 어딘가 보이지 않는 곳에서 태양이 비쳤다. 갈라진 구름의 틈을 통해 바다에 햇살을 던지는 것 같았다. 강한 바람이 여름철 잔디를 잡아챘다. 교회를 지나치자 항구까지 가는 길이 모두 보였다. 복스홀 아스트라는 간선도로를 향해 일차선 도로를 덜컹거리며 달려갔다.

핀은 차 내부의 침묵을 견디지 못했다. 그는 얼굴을 돌리지 않고 피온라크에게 말했다. "컴퓨터는 어떻게 됐니?"

"아주 잘돼요." 핀은 말이 더 이어지기를 기다렸지만, 그게 다였다.

아슈타르가 대신 끼어들었다. "이 녀석은 안 스커 가는 걸 별로 기대하지 않아."

핀은 소년을 보려고 목을 돌렸다. "왜?"

"취미에 맞지 않아서요. 뭔가 죽인다는 게 별로 탐탁지 않거든요."

"물러터졌다니까. 사냥이 이 녀석에게 도움이 될 거야. 남자로 만들어줄 테니까." 아슈타르가 비난조로 말했다.

"우리에게 했던 것처럼?"

아슈타르는 경멸감 가득한 눈길로 핀을 바라보다가 도로 쪽으로 눈을 돌렸다. "이런 게 다 통과의례라는 거잖아? 아이가 어른이 되는 거, 그게 쉽다고 한 사람은 아무도 없었어."

네스 항에는 근무중인 경찰관이 없었다. 근무 시간이 아니라고 생각했거나, 이렇게 이른 시각에 일어나 나다니는 사람이 있으리라고는 생각하지 못해서였을 것이다. 해변도로에 설치되어 있던 범죄 현장 테이프가 한쪽으로 걷힌 채 주황색 원뿔 교통표지에 감겨 있었다. 구불거리며 항구로 이어지는 좁은 길 아래쪽에는 트럭 한 대가 부두에 접근해 있고, 보트 창고 옆에 일고여덟 대의 차량이 주차되어 있었다. 세 사람은 테이프를 지나치면서 안쪽을 흘끗 봤다. 검은색과 노란색이 섞인 경찰

테이프가 바람에 흔들리는 이 창고에서 한 사람이 살해당했다. 그들 모두 아는 사람이었다. 세 사람은 살인범이 밝혀질 때까지 편안히 쉴 수 없는 유령처럼 에인절 맥리치가 여전히 이곳의 그림자 속에서 배회하는 것 같다는 느낌을 받았다.

트럭 주변에 모인 열 명의 사람들 사이에서 에인절의 부재는 한편으로 강한 존재감을 남겼다. 그는 지난 십팔 년 동안 이들 중 한 명이었고, 오늘도 함께 부둣가에 산더미처럼 쌓인 물품을 대형트럭에 실을 사람이었다. 땔감으로 사용할 토탄이 든 가방, 철제 통에 든 식수, 매트리스, 방수포, 음식물 상자, 사냥 도구, 무전기 전원으로 사용하는 자동차 배터리, 사십 포대가 넘는 절임용 소금이 항구 벽 쪽에 1미터 넘게 쌓여 있었다.

부두에 있는 사람 상당수는 핀이 아는 얼굴이었다. 그중 일부는 나이가 오십대에 접어들었고, 핀과 아슈타르가 처음 섬으로 갔을 때부터 지금까지 매년 순례에 참여하는 베테랑이었다. 한두 명은 학교 동창이었고, 핀이 모르는 이십대 젊은이들도 있었다. 하지만 그들 사이에는 말이 필요 없는 끈끈한 유대감이 있었다. 극소수에게만 회원권을 제공하는, 오백 년도 넘게 이어온 배타적인 클럽이었다. 회원 자격을 획득하기 위해서는 안 스커에 가서 용기와 강건함, 그리고 악천후를 참고 견디는 능력을 입증해야 했다. 이들의 선조는 살아남기 위해서, 배가 고픈 마을 사람들을 먹여 살리기 위해서 갑판 없는 작은 배를 타고 산더미 같은 파도를 헤치며 그곳으로 가야만 했다. 이제 섬 주민들은 먹을거리가 충분한데도 별미를 구하기 위해 트롤 어선을 타고 나갔다. 하지만 섬에 머무는 일은 이전 못지않게 여전히 위험하고 힘이 들었다.

핀은 그들 모두에게 인사말을 전하고 진지하게 악수했다. 맨 마지막 사람은 핀이 내민 손을 두 손으로 맞잡았다. 중간 키에 몸통이 가장 두꺼운 남자였는데, 흑발 사이사이에 회색 머리가 무성하고 눈썹이 짙었다.

신체적으로 제일 우월한 편은 아니지만, 존재감이 엄청났다. 긱스 매콜리는 오십대 초반이었다. 그는 어느 누구보다도 섬에 더 많이 나갔다. 핀과 아슈타르가 예전부터 내려오는 이 의식에 처음 참가했을 때 긱스는 이미 열네댓 번 이상 안 스커에 다녀온 상태였다. 그래서인지 누가 일부러 말하지 않아도 팀의 리더로 인식되었다. 그의 존재감은 지금도 확고했다. 그와의 악수는 다른 사람들보다도 굳건했고 따스함이 넘쳐흘렀다. 긱스는 날카롭고 새파란 켈트족의 눈빛을 핀에게 고정한 채로 말했다. "반갑네, 핀. 자네가 일을 잘하고 있다고 들었어."

핀은 어깨를 으쓱했다. "그럭저럭 해나가고 있습니다."

"최선을 다하면 돼. 주님께서는 더 많은 걸 요구하시지 않네." 그는 아슈타르 쪽을 슬쩍 보고는 다시 핀 쪽으로 눈길을 돌렸다. "오랜만이군."

"정말 그렇네요."

"얼마나 된 건가? 십칠팔 년 됐지?"

"그렇죠."

"아슈타르의 아들 녀석이 우리랑 사냥을 나간다네."

"네, 들었습니다."

긱스는 피온라크를 보며 씩 웃었다. "섬에 가면 헤어 젤이 없을 텐데 괜찮겠니, 얘야?" 사람들이 폭소를 터뜨렸고, 피온라크는 얼굴을 붉히며 바다만 바라봤다. 긱스가 손뼉을 탁탁 쳤다. "자, 이제 이 짐을 트럭에 싣는 게 좋겠어." 그가 핀을 봤다. "자네도 손을 좀 빌려줄 텐가?"

"물론이죠." 핀은 입고 있던 겉옷을 벗어 바구니에 던져놓고 소매를 걷어 올렸다.

그들은 한 줄로 늘어서서 조직적으로 움직였다. 포대와 상자를 옆 사람에게 순차적으로 넘기고, 트럭에 올라가 있는 사람이 넘겨받은 것을 차곡차곡 쌓았다. 핀은 자신도 모르게 피온라크에게 자주 눈길을 보냈다. 그 아이에게서 자신의 모습을, 진정으로 자신의 피와 살로 만들어진 아이라는 증거를 찾고 있었다. 피부색이 거의 흡사했지만, 마샬리도 피부색이 흰 편이었다. 피온라크의 눈동자는 마샬리를 빼다 박은 듯 연한 푸른색이었다. 핀은 녹색이었다. 만약 피온라크가 핀을 닮은 점이 있다면 그건 신체적인 게 아닐 수도 있었다. 그 애의 태도에, 예를 들어 말수가 적은 과묵한 태도에 있을 가능성이 높았다.

자신이 보고 있다는 걸 피온라크가 알아차리자, 핀은 쑥스러워서 얼른 눈길을 돌렸다. 긱스가 소금 한 포대를 건네줬다. 그게 너무 무거워서 핀은 낑낑거렸다. "제가 참석했을 때가 훨씬 쉬웠던 것 같네요. 이곳 항구에서 트롤 어선에 바로 짐을 실으면 됐으니까요."

"그때는 그랬지." 긱스가 진지하게 고개를 가로저었다. "하지만 항구가 손상된 바람에 트롤 어선이 진입하지 못해. 이제는 스토너웨이까지 트럭에 짐을 싣고 가야 한다네."

"하지만 팀원들은 여전히 이곳에서 출발하죠?"

"그래, 대부분은 그러지. 작은 보트를 타고 말일세." 긱스는 부두에 매여 있는, 갑판 없는 보트를 향해 고개를 끄덕였다. 선외모터가 물 밖으로 선명하게 드러나 있었다. "선외모터를 가동해 만에서 대기하고 있는 트롤 어선까지 가서 저 작은 보트를 끌어올리지. 섬에 도착해서 모든 걸 나르는 데는 여전히 저게 필요하니까 말일세."

"그런데 에인절의 살인범을 잡는 데 조금 더 가까워지긴 한 겁니까?" 젊은이 한 명이 느닷없이 핀에게 질문을 던졌다. 호기심을 참기 힘든 모양이었다.

"제가 수사를 이끌고 있는 게 아니라서요. 수사가 어떻게 진척되는지는 자세히 모릅니다." 핀이 대꾸했다.

"그래도 경찰은 이번에 할 DNA 검사가 살인범 검거에 결정적인 역할을 하리라고 보는 것 같던데요?" 또 다른 젊은이가 물었다.

핀은 깜짝 놀랐다. "그걸 어떻게 알죠?"

긱스가 대신 대답했다. "당연히 알지. 크로보스트의 모든 남자가 어제 수사본부의 전화를 받았을 걸세. 오늘 편한 때에 스토너웨이 경찰서로 출두하거나 크로보스트의 진료소로 가서 샘플을 채취해야 한다더군."

"하지만 이건 강제가 아닌데요." 핀이 말했다.

아슈타르가 나섰다. "그렇긴 하지만 안 갈 사람이 어디 있겠어. 내 말은, 안 가면 의심받지 않겠어?"

"저는 안 받을 거예요." 피온라크의 말에 사람들이 하던 일을 멈추고 그 애를 봤다.

"안 받겠다는 이유가 뭔데?" 아슈타르가 대답을 재촉했다.

"그게 모든 일의 발단이 되기 때문이에요." 피온라크의 얼굴이 괴상한 열정에 사로잡혀 벌겋게 달아올랐다. "경찰국가가 시작된다는 뜻이죠. DNA 검사 결과가 어딘가의 데이터베이스에 등록되어 DNA 바코드로 신원이 확정되고, 우리가 뭘 하든 간에, 혹은 어딜 가든 간에 그 이유와 오고간 곳을 다 알게 된다고요. 심지어 모기지나 생명보험을 거절당할 수 있어요. 보험회사가 위험 요소가 크다고 판단하면요. 그 모든 게 DNA 데이터베이스에 존재하게 되죠. 할아버지가 암으로 돌아가신 거나, 어머니의 심장질환 같은 가족력까지도 다 실리니까요. 어떤 사람의 증조할머니가 정신병원에 입원했던 적이 있고, 그 사람의 바코드가 증조할머니와 유사한 점이 있다는 걸 장래의 고용주가 발견하는 경우, 직장에서 쫓겨날 수도 있어요."

아슈타르는 주위에서 입을 딱 벌리고 서 있는 사람들을 둘러봤다. 트럭에 짐을 싣는 작업이 전면 중단됐다. "요 녀석이 하는 말, 들었나? 좌파 과격분자 같은 소리를 하는구먼. 빌어먹을 칼 마르크스 어쩌고 하는 놈 말일세. 요 녀석이 어디에서 이따위 소리를 들었는지 모르겠어." 그의 눈길이 잠시 핀 쪽으로 향했다가 다시 아들 쪽으로 돌아갔다. "잔말 말고 검사받도록 해라."

피온라크는 고개를 가로저었다. "싫어요." 그 애는 침착한 태도로 단호하게 대꾸했다.

"이것 봐라……." 아슈타르는 다소 달래는 어조로 말했다. "우리는 모두 검사를 받을 거야. 다들 그렇지?" 그는 동의를 구하려고 주변을 둘러봤다. 다들 고개를 끄덕이며 동의한다고 중얼거렸다. "네가 검사를 받지 않는다면 무지 의심스럽게 보일 거란 말이다. 그걸 원하니? 정말 그래? 경찰이 널 살인범이라고 생각하면 좋겠어?"

피온라크의 얼굴에 마지못해 받아들이겠다는 시무룩한 표정이 떠올랐다. "그렇긴 해도 누가 그 일을 했는지는 모르겠지만, 훈장을 줘야 해요." 핀은 일전에 아슈타르가 똑같은 말을 했다는 사실을 잊지 않았다. 피온라크는 사람들의 눈길을 당당히 받아들였다. "그 사람은 서슴지 않고 남을 괴롭혔어요. 이 부두에 서 계시는 여러분도 모두 그 사람이 죗값을 제대로 치렀다고 생각하실 거예요. 그렇지 않나요?"

아무도 말을 하지 않았다. 침묵이 거의 삼십 초 동안이나 이어졌고, 절벽의 풀을 헤치고 몰려오는 바람 소리만이 공간을 메웠다. 마침내 누군가가 침묵을 깨기라도 하듯 입을 열었다. "그래서 그게 많이 아픈가? DNA 검사라는 게?"

핀은 살짝 미소 지으며 고개를 가로저었다. "아닙니다. 그저 면봉으로 뺨 안쪽을 살짝 긁기만 하면 되니까요."

"설마 엉덩짝은 아니겠지?" 생강빛 머리카락에 천 모자를 쓴 호리호리한 남자가 물었다. 긴장을 풀게 돼서 반가운지 다들 박장대소했다. "내 엉덩이에 큼지막한 면봉을 쑤셔 넣은 사람은 아무도 없었단 말일세!"

웃음이 짐을 싣기 시작하는 신호가 됐고, 사람들은 일렬로 늘어서서 소금 포대를 트럭에 실었다.

"DNA 검사 결과가 나오는 데 얼마나 걸릴까?" 아슈타르가 물었다.

"모르겠어. 어쩌면 이삼 일쯤? 얼마나 많은 샘플을 조사하느냐에 달렸지. 다들 언제 섬으로 떠날 예정이죠?" 핀이 대답했다.

긱스가 대답했다. "내일이네. 오늘 밤일 수도 있고. 날씨에 달려 있어."

핀은 또 다른 포대를 건네받으며 꽉 다문 이 사이로 숨을 내쉬었다. 땀이 흘러나와 이마가 번질거렸다. 스토너웨이로 돌아가면 샤워를 하고 옷을 갈아입어야겠다고 생각했다. "그나저나 여러분이 그 사람을 계속 데리고 나간 이유를 모르겠단 말입니다."

"에인절 말인가?" 긱스가 물었다.

핀은 고개를 끄덕였다. "여기에 있는 사람 모두 그 사람을 미워하지 않았습니까? 이곳으로 돌아온 이후에 단 한 사람도 에인절에 대해서 좋게 말하는 걸 들어본 적이 없어서요."

우스갯소리를 했던 생강빛 머리카락이 대신 나섰다. "에인절은 요리사였어. 그것도 솜씨가 매우 좋은." 그러자 그 말에 동의한다는 중얼거림이 이어졌다.

"그럼 이번에는 에인절 대신 누구에게 요리를 해달라고 부탁했습니까?" 핀이 물었다.

"애스터릭스네." 긱스는 구레나룻과 콧수염이 무성하고 몸집이 작은 남자를 향해 고개를 끄덕였다. "하지만 우리가 저 친구에게 부탁하지는 않았네. 이제까지 어느 누구에게도 부탁한 적은 없었어, 핀. 우리는 자리가 비어 있다고만 알릴 뿐이고, 누군가가 함께 가길 원한다면 그들이 찾아와서 우리에게 부탁하곤 했지." 긱스는 소금 포대가 두 팔을 무겁게 내리누르자 말을 멈췄다. 하지만 그는 그걸 전혀 인식하지 못하는 눈치였다. "그런 식이니 어느 누구도 우리에게 책임을 뒤집어씌울 순 없지. 뭐가 잘못되더라도 말일세."

트럭에 짐을 다 싣자 그들은 담배를 한 대씩 피우며 숨을 돌렸다. 별로 어울릴 것 같지 않은 방직공과 소작농, 전기기사와 가구장이와 선박공들이 제각각 농장과 직장으로 흩어지기 직전의 조용한 순간이었다. 핀은 녹이 슨 캡스턴*과 엉켜 있는 녹색 어망을 지나쳐 둑을 따라 어슬렁거렸다. 최근 파도로 인한 손상을 복구하기 위해 보수 작업을 진행한 보도와 방벽에 선명한 콘크리트 자국이 남아 있었다. 내항의 수면 위로 번들거리는 커다란 바위 하나가 솟아올라 있었다. 핀은 어렸을 때 썰물이 되면 그곳까지 나가, 바위 맨 꼭대기에 올라타고 앉아 주변을 훑어보곤 했다. 그러면 항구의 왕이 된 기분이었다. 그는 바닷물이 밀려 들어와 그곳에 갇힐 때까지 그 기분을 만끽했다. 바위에서 내려오려면 다시 썰물이 될 때까지 기다려야만 했다. 대부분의 섬 또래 아이들처럼 핀도 수영하는 법을 배운 적이 없었다. 결국 집에 돌아왔을 때는 늦은 데에 대한 혹독한 대가를 치러야 했다.

"자네도 알다시피 그해에 벌어진 일에 대해 제대로 이야기해본 적이 없네." 긱스의 목소리가 바로 어깨 쪽에서 들려와 핀은 깜짝 놀랐다. 긱스를 제외한 나머지 사람들은 여전히 부두의 맨 끝에 정차한 트럭 주위에 모여 담배를 피우며 잡담하고 있었다. "우리가 되돌아왔을 때, 자네는 이야기할 수 있는 상황이 아니었어. 많은 걸 기억해내지도 못했고. 그러다가 대학에 진학한다고 훌쩍 섬을 떠나 돌아오지도 않았고 말이야."

"우리가 더 이야기해야 할 게 남아 있었는지는 몰랐는데요." 핀이 대꾸했다.

---

* 배에서 닻이나 무거운 물건을 끌어 올리는 기계.

긱스는 항구 벽에 매달린 구명 튜브에 몸을 기대고 파도에 휩쓸리는 방파제 너머를 가만히 응시했다. 트롤 어선이 안 스커에서 획득한 수확물을 부리던 곳이었다. "옛날에는 수백 명이 저곳 부두에 일렬로 늘어서서 마을로 들어가는 도로를 꽉 채웠어. 적어도 구가 한 마리는 얻으려고 말이야." 바람이 불어와 그의 입에서 흘러나오는 담배 연기를 흩었다.

"저도 기억이 생생합니다. 어릴 때부터 봤으니까요." 핀이 대꾸했다.

긱스는 고개를 갸웃하고는 살피는 듯한 눈길로 핀을 봤다. "더 생각나는 게 없나, 핀? 우리랑 함께 갔던 그해의 일 중에서?"

"제가 거의 죽을 뻔했던 건 기억납니다. 그건 잊혀질 만한 일이 아니죠." 내부의 어두운 부분까지 환하게 비추는 탐조등처럼 긱스가 매섭게 노려보는 바람에 핀은 무척이나 혼란스러웠다.

"한 사람이 죽었네."

"그것도 결코 잊을 수가 없더군요." 핀의 가슴속에서 감정이 솟구쳤다. "그걸 생각하지 않고 지낸 날이 단 하루도 없었죠."

긱스는 잠시 핀을 빤히 보다가 파도가 부서지는 방파제 쪽으로 눈길을 돌렸다. "나는 그 섬에 서른 번도 넘게 갔어, 핀. 갈 때마다 어땠는지를 다 기억해. 찬송가집에 실린 성가들처럼 다 달랐지."

"저도 그러리라고 생각합니다."

"아마도 자넨 서른 번 남짓이나 갔다 왔으면 어떤 한 해가 다른 해들과 똑같아 보이기 시작할 거라고 생각할지 모르겠지만, 나는 조금 전에 다녀온 것처럼 한 해 한 해의 세세한 부분을 떠올릴 수 있어." 그는 감정이 격해졌는지 잠시 말을 멈췄다. "자네가 우리랑 함께 갔던 해를 마치 어제 일처럼 기억하네." 긱스는 신중히 말하려는 듯 잠시 머뭇거렸다. "그해 그곳에 갔던 우리를 제외하고는, 다른 사람들 사이에서 그 문제가 거론된 적이 한 번도 없었어."

핀은 마음이 불편해서 이리저리 몸을 움직였다. "비밀이랄 게 있어야 논의를 하든 말든 하죠, 긱스 씨."

긱스가 다시 탐색하는 듯한 눈길로 핀을 봤다. 그러더니 입을 열었다. "참고로 이건 꼭 알아두게, 불문율이니까. 섬에서 벌어진 일은 섬에만 머물러야 하네. 이전에도 늘 그랬고, 앞으로도 늘 그럴 걸세."

11장

아슈타르와 함께 그해 안 스커로 가는 팀에 합류하게 되었다는 소식은 섬에서 보내는 나의 마지막 여름을 망쳐버렸다. 느닷없이 결정된 그 일은, 문자 그대로 나를 깊고도 시커먼 우울감 속으로 밀어 넣었다.

글래스고 대학교로 떠나야 할 날이 육 주밖에 남지 않았던 터라, 그날들을 지난 이 주처럼 보내고 싶었다. 마샬리와 나는 예일란 벽에서 다시 만난 이후로 거의 매일을 함께 보냈다. 섹스를 몇 번이나 했는지 셀 수도 없었다. 마샬리가 첫 키스를 훔쳐갔던 헛간의 건초 더미에서, 우리는 사랑을 나눌 기회가 다시는 없을까 봐 두려워하는 사람처럼 열정적이면서도 격렬하게 뒹굴었다. 또 어느 날에는 이 목가적인 나날의 여름과 태양과 섹스가 영원히 끝나지 않으리라 믿는 사람처럼 느긋하게 나른한 욕망을 즐기기도 했다.

바로 그때 불가능한 것처럼 보이던 일이 벌어졌다. 마샬리도 글래스고 대학교 입학 허가가 나와서 앞으로 사 년간 함께 보낼 수 있게 된 것이다. 우리는 함께 지낼 곳을 찾아보기 위해 지난주에 글래스고에 다녀왔다. 내가 누구랑 함께 가는지 관심도 갖지 않을 게 분명했지만, 이모에게는 도널드와 함께 간다고 말씀드렸다. 마샬리의 부모님은 딸이 학교 친구들과 함께 글래스고로 가는 것으로 알고 계셨다. 우린 아침식사가 나오는 민박의 방 하나를 빌려서 이틀을 보냈는데, 하루 종일 빈둥거리며 뒤엉켜 지내다가 결국 주인에게 쫓겨나고 말았다. 일단 학기가 시작하면 둘이 같은 침대를 쓰면서 매일 밤 섹스를 할 수 있다는 상상만으로도 심장 박동이 빨라졌다. 거의 불가능해 보이는 행복이었다. 지금의 나는 잘 안다. 당연히 그런 행복은 불가능한 것이었다.

우리는 신문에 난 광고와 대학에서 나눠준 목록, 그리고 어젯밤에 바이어스 로드의 술집에서 만난 다른 학생들의 귀띔을 참고하여 여러 시간 동안 웨스트엔드를 헤집고 돌아다녔다. 그러다가 운이 좋게도 하이버러 로드에서 에드워드 왕조풍의 큼지막한 숙소를 찾아냈다. 우리는 여섯 명이 함께 쓰는 층에서 둘만의 방을 하나 마련했다. 붉은색 사암으로 지어진 이 층짜리 공동주택인데, 스테인드글라스가 달리고 내부가 나무 판재로 마감된 곳이었다. 나는 이렇게 지은 집을 한 번도 본 적이 없었다. 주변 모든 것이 괴이할 정도로 이국적이었다. 펍과 중국, 이탈리아, 인도 식당이 밤늦게까지 문을 열었다. 식료품점은 자정까지 열었고, 미니 마켓은 스물네 시간 영업했다. 상점과 펍과 식당은 일요일에도 문을 열었다. 눈으로 직접 보고서도 믿을 수 없었다. 일요일에 일요일판 신문을 사고, 펍에 앉아 맥주를 마시면서 신문을 읽는 그 불법적인 일이 얼마나 달콤할까 하는 상상에 사로잡혔다. 섬에서는 월요일이나 되어서야 일요일판 신문을 볼 수 있었다.

루이스 섬으로 되돌아왔을 때는 약간 조바심이 일었지만, 그래도 여전히 달콤한 전원생활을 이어갔다. 우리는 영원히 계속될 듯한 그해 여름을 즐기면서도 글래스고로 떠날 때가 오기를 초조하게 기다렸다. 우리 앞에 놓인 인생은 위대한 모험처럼 느껴졌고, 어린 시절을 싹 잊어버리고 얼른 새로운 삶을 시작하고 싶었다.

안 스커로 나가게 됐다는 소식을 접하기 전날 밤, 마샬리와 나는 네스항 해변에 갔다. 우리는 어둠 속에서 해변 남쪽 끝에 있는 바위를 지나쳐, 수백억 년 동안 닳고 닳아 반들반들해진 시커먼 편마암 판으로 내려섰다. 절벽에서 엄청나게 큰 조각으로 잘려 나가 비스듬히 누워 있는 판이었다. 위쪽으로는 절벽이 무한한 가능성을 품은 밤하늘로 솟구쳐 있었다. 바닷물은 빠져나갔지만, 해변에서 부드럽게 숨을 내쉬는 물소리를 들을 수 있었다. 따사로운 바람이 절벽에 간신히 뿌리 내린 말라붙은 잡초를 뒤흔들며 소리를 냈다. 우리는 가지고 온 슬리핑 백을 바닥에 깔고 그 위에 알몸으로 누웠다. 환한 별빛을 받으며 바다의 심장 소리에 맞춰, 밤과 조화를 이루며 천천히 오랫동안 사랑을 나눴다. 그게 우리 두 사람 사이에 진실한 사랑이 남아 있던 마지막 섹스였다. 걷잡을 수 없이 강렬했던 터라 둘 다 축 늘어져서 힘겹게 숨을 골랐다. 잠시 후 우린 벌거벗은 채 바위를 지나 바닷물이 밀려나가며 남겨둔 단단하고 평평한 모래밭으로 내려섰다. 그러고는 쏟아지는 달빛을 신고 해변에 머물러 있는 바닷물까지 달려갔다. 손을 맞잡고 출렁이는 바닷속으로 뛰어들었고, 차가운 바닷물에 소스라치게 놀라 비명을 질렀다.

슬리핑 백이 있는 곳으로 되돌아온 우리는 서로 몸을 맞댄 채 추위에 덜덜 떨면서 옷을 찾아 입었다. 나는 마샬리의 머리를 두 손으로 붙잡고 여전히 물이 뚝뚝 떨어지는 금발에 오랫동안 부드럽게 키스했다. 키스를 마치고 얼굴을 떼었을 때, 나는 마샬리의 깊은 눈동자를 들여다보다가 이마를 찌푸렸다. 처음으로 뭔가 없어졌다는 걸 알아차렸다.

"안경은 어떻게 했어?"

마샬리가 살짝 미소를 지었다. "콘택트렌즈로 바꿨어."

구가를 사냥하기 위해 안 스커로 가는 일원으로 선발됐다는 소식을 듣고 내가 왜 그렇게 격렬하게 반항했는지 기억해내기는 쉽지 않다. 가고 싶지 않은 이유는 여러 가지였지만…….

나는 신체적으로 특별히 뛰어난 편이 아니었다. 안 스커에서의 생활이 육체적으로 힘들고, 위험과 불편이 따른다는 걸 잘 알고 있었다.

이천 마리의 구가가 도살되는 광경을 떠올리기도 싫었다. 대부분의 또래들과 마찬가지로 구가 맛은 즐겼지만, 그게 내 앞의 접시에 어떻게 놓이는지까지는 보고 싶은 생각이 없었다.

게다가 마샬리와 이 주간 혹은 그보다 오랫동안 떨어져 있어야 한다는 의미였다. 때로 악천후 때문에 사냥꾼들은 의도한 것보다 며칠 더 섬에 갇혀 있곤 했다.

하지만 더 큰 이유가 있었다. 이제 막 빠져나온 블랙홀으로 다시 떨어지는 것 같은 기분이었다. 그 이유가 무엇인지 설명할 길은 없지만 그냥 그렇게 느껴졌다.

나는 아주머니의 안부를 물으려고 아슈타르의 집으로 갔다. 지난 몇 주 동안 아슈타르를 거의 만나지 않았다. 그는 토탄 더미 옆 낡은 트랙터 타이어에 걸터앉아 민치 해협 너머 본토 쪽을 멍하니 바라보고 있었다. 좀 전까지는 눈치채지 못했는데, 연푸른색 하늘을 배경으로 선명하게 우뚝 선 서덜랜드의 산맥을 보고서야 날씨가 곧 개리라는 걸 알았다. 아슈타르의 표정을 보니 아주머니의 병세가 최악인 것 같았다. 나는 아슈타르가 앉아 있는 타이어에 엉덩이를 걸쳤다.

"어머니는 어떠셔?"

아슈타르는 내 뒤쪽 무언가를 바라보듯 멍한 눈길이었다.

"아슈타르……?"

"뭐라고?" 아슈타르는 막 잠에서 깨어난 사람 같았다.

"어머니 어떠시냐고."

아슈타르는 별일 아니라는 듯 어깨를 으쓱했다. "아, 괜찮으셔. 이전보다 오히려 좋아졌을 정도로."

"잘됐네." 그의 말이 이어지기를 기다렸지만, 더는 말이 나올 것 같지 않았다. "그럼 뭐가 문제야?"

아슈타르는 주머니에서 흡입기를 꺼내더니 으레 했던 독특한 형태로 빨아들였다. 얼굴 절반을 흡입기로 뒤덮은 채, 은색 카트리지를 누르고 입구를 물고 있는 그를 말없이 바라봤다. 하지만 그가 내게 이유를 말해주기도 전에 뒤쪽에서 문이 닫히고 그의 아버지가 계단에서 말하는 소리가 들렸다. "핀, 아슈타르가 아직 좋은 소식을 말해주지 않았니?"

내가 돌아서자 매킨스 씨가 우리 쪽으로 다가왔다. "무슨 소식이요?"

"올해 안 스커로 가는 팀원 두 명이 빈다는구나. 그래서 긱스 매콜리를 설득해서 너희 둘이 함께 가도록 했단다."

마치 매킨스 씨가 온 힘을 다해 따귀를 때린 것 같았다. 내 평생 그렇게 아파본 적은 없었다. 뭐라 할 말이 없었다.

매킨스 씨의 미소가 사라졌다. "별로 기쁜 표정이 아니구나." 그는 자신의 아들을 보고는 한숨을 내쉬었다. "아슈타르가 그랬던 것처럼." 그러고는 화가 나는지 머리를 세차게 흔들었다. "난 너희를 도저히 이해 못 하겠다. 섬에 가는 게 얼마나 영광스러운 일인지 모르니? 동료라는 느낌과, 함께한다는 감정을 드높일 기회인데? 그곳으로 나갈 때는 소년이겠지만 돌아올 때는 어른이 되어 있을 거다."

"가고 싶지 않아요." 내가 말했다.

"말도 안 되는 소리 마라, 핀!" 아슈타르의 아버지는 내 말을 무시해버렸다. "마을 어른들이 동의했고, 팀이 너희를 받아들였다. 당연히 가야지. 이제 와서 안 가겠다고 징징거리면 내 체면은 뭐가 되겠니? 너희를 받아달라고 사정했단 말이다. 반드시 가야 한다. 더는 이러쿵저러쿵하지 마라." 매킨스 씨는 홱 돌아서서 식식거리며 집을 향해 걸어갔다.

아슈타르가 나를 봤다. 둘 다 같은 심정인 것은 말하지 않아도 분명했다. 혹시라도 주변에서 어슬렁거리다가 매킨스 씨에게 핀잔을 듣고 싶지 않아 우리는 마을을 벗어나 이모 집으로 향하는 도로를 걸어 올라갔다. 우리가 즐겨 찾던 곳이었다. 너벅선이 가파른 조선대의 한쪽 면을 따라 정박해 있고, 조선대 맨 아래쪽에 설치된 작은 잔교에서는 녹색 바닷물이 내려다보였다. 우리는 윈치*가 서 있는 잔교 맨 끝에 앉아 바닷물의 움직임을 지켜봤다. 어부들이 게를 잡아 값이 오를 때까지 물속에 보관하는 바구니들이 바닷물에 휘말려 오르내렸다. 얼마나 오랫동안 그렇게 아무 말 없이 앉아 있었는지는 생각나지 않는다. 수면 위로 올라온 암초를 핥아대던 바닷물 소리와, 절벽 위쪽에서 애처롭게 울던 갈매기 소리만 기억날 뿐이다. 결국 내가 입을 열었다. "난 안 갈 거야."

아슈타르는 고통에 찬 눈길로 나를 봤다. "나 혼자 보내지 마, 핀."

나는 고개를 가로저었다. "미안하지만 아슈타르, 그건 네가 결정할 문제야. 어쨌든 나는 가지 않을 거야. 아무도 강요할 수 없다고."

마샬리가 결정에 동조해주기를 기대했지만 실망할 수밖에 없었다.

"왜 가고 싶지 않다는 거야?"

"그냥 가고 싶지 않아."

"뭐 별다른 이유가 있는 건 아니네, 그렇지?"

마샬리가 순전히 감정적인 문제에 논리를 적용하는 게 늘 못마땅했다. 가고 싶지 않다는 사실만으로도 충분히 이유가 될 수 있었다. "이유

---

* 밧줄이나 쇠사슬에 갈고리를 걸어 무거운 물건을 들어 올리는 기계.

같은 건 필요 없어."

우리는 헛간 높은 곳의 건초 더미 사이에 들어가 있었다. 그곳에는 담요와 잘 숨겨둔 맥주가 있었다. 우리는 진드기가 있든 말든 간에 그날 밤 다시 사랑을 나눌 수 있기를 기대하고 있었다.

"섬에 나가고 싶어서 죽기 살기로 덤벼들 아이들이 네스에 널렸을걸? 그곳에만 갔다 오면 다른 애들이 다 우러러볼 테니까." 마샬리가 말했다.

"그래, 그건 맞아. 아무 저항도 못하는 새를 죽이는 일이야말로 다른 아이들 존경을 받는 가장 위대한 방법이지."

"혹시 겁나?"

나는 격렬하게 부인했다. "아니, 겁나지 않아!" 하지만 그 말이 꼭 진실인 건 아니었다.

"다른 사람들은 다 겁나서 안 간다고 생각할걸?"

"뭐라고 생각하든 신경 안 써. 나는 가지 않을 테고, 누가 뭐라고 하든 마음 바꿀 일 없어."

마샬리의 눈동자에 공감과 불만이 뒤섞인 복잡한 기색이 맴돌았다. 내가 감정을 분명히 드러낸 것에 공감하고, 그 이유를 말해주지 않는 것이 불만인 모양이었다. 마샬리가 머리를 천천히 가로저었다. "아슈타르의 아버지는……."

"우리 아버지가 아니잖아." 나는 마샬리의 말을 딱 잘라버렸다. "그분이 나를 강제로 가게 할 수는 없어. 긱스를 찾아가서 내가 직접 안 가겠다고 말할 거야." 내가 벌떡 일어서자 마샬리가 재빨리 손을 잡았다.

"핀, 이러지 마. 제발 앉아봐. 그 문제에 대해 얘기 좀 해보자."

"얘기할 게 뭐 있어?" 구가 사냥팀의 출항일은 이제 며칠밖에 남지 않았다. 뒷말이 무성할 수밖에 없는 결정을 내린 데에 대해서 마샬리의 강력한 지지를 얻을 수 있으리라 생각했다. 사람들이 뭐라고 떠들어댈지는 뻔했다. 나를 두고 겁쟁이라고, 자랑스러운 전통을 배신한 녀석이라고 손가락질하며 수군댈 거라는 사실도 알고 있었다. 일단 안 스커로 가는 팀원으로 받아들여졌다면, 팀에서 빠져나오기 위해서는 정말 그럴싸한 이유가 있어야 했다. 하지만 그런 건 개의치 않았다. 어차피 나는 이 섬을 떠날 참이었다. 작은 마을에 갇혀 살았던 나의 폐소공포증을 털어내기 위해서라면 이유고 뭐고 들먹일 필요가 없었다. 하지만 마샬리는 그럴듯한 이유가 있어야 한다고 생각한 게 분명했다. 나는 건초 더미 틈으로 다가가다가 어떤 생각 하나가 떠올라 걸음을 멈췄다. 그러고는 얼른 돌아섰다. "내가 겁을 먹었다고 생각하는 거야?"

마샬리는 좀 길게 머뭇거리다가 대꾸했다. "모르겠어. 다만 네 행동이 이상하다는 건 알겠어."

그 말에 불쑥 화가 나고 말았다. "그래? 그럼 이상한 놈 없이 잘 먹고 잘 살아." 나는 바닥의 건초 더미로 뛰어내렸고, 땅거미 지는 창고 밖으로 서둘러 나왔다.

긱스의 농장은 크로보스트 아래쪽에서 절벽 쪽으로 경사진, 좁은 띠 모양의 땅덩어리에 위치했다. 그는 양과 암탉과 암소 두 마리를 키웠고, 뿌리채소와 보리를 재배했다. 가끔 낚시도 했지만, 그건 내다 팔 목적이 아니었기에 그의 아내가 스토너웨이에 있는 호텔에서 파트타임으로 일하지 않았더라면 생활을 꾸려가기 힘들었을 것이다.

어둠이 짙게 깔리고서야 미알라니슈에서 돌아온 나는 긱스의 농가 위에 위치한 언덕에 앉아 부엌 창문에서 흘러나오는 불빛을 내려다봤다. 불빛이 새어나온 마당에 고양이 한 마리가 뭔가 노리는 게 있다는 듯 살금살금 움직이고 있었다. 내 가슴속에서는 누군가가 커다란 망치를 움켜쥐고 가슴을 깨부수고 나올 것만 같았다. 몸이 아프기 시작했다.

서쪽 하늘에는 여전히 햇빛이 남아 있는 듯 보라색과 회색의 구름 띠 사이로 희미한 빛이 스며 나왔다. 붉은 기가 전혀 보이지 않는 걸 보면 날씨가 좋아지려는 징조는 아니었다. 나는 돌아앉아서 희미하게 사라지는 햇빛을 지켜봤고, 여러 주 만에 처음으로 추위를 느꼈다. 바람이 바뀌고 있었다. 향기를 내뿜는 것 같은 따스한 남서풍은 잠시 머물렀다가 사라지고 북극해에서 실어온 찬 기운이 손끝을 내밀었다. 바람이 점점 강해지고, 마른 풀을 헤치며 부는 휘파람 소리가 들렸다. 변화가 다가오고 있었다. 긱스의 집을 다시 내려다봤을 때 주방 창가에서 서성이는 그림자가 보였다. 긱스였다. 싱크대에서 설거지를 하고 있었다. 진입로에 차가 없는 걸 보면 긱스의 아내는 아직 시내에서 돌아오지 않은 모양이었다. 나는 두 눈을 꼭 감고 주먹을 말아 쥐며 결론을 내렸다.

긱스의 집까지 내려가는 데에 불과 몇 분밖에 걸리지 않았다. 도로에 발을 딛자마자 헤드라이트 두 줄기가 경사면 위로 솟구쳐 내가 있는 쪽 황야를 훑고 지나갔다. 나는 울타리 곁에 우거진 갈대 사이로 재빨리 몸을 숙이고, 차량이 진입로로 들어서서 집 앞에 정차하는 모습을 지켜봤다. 긱스의 아내가 차에서 내렸다. 스물다섯쯤 됐을까? 아주 아름다웠고, 젊어 보였다. 흰색 블라우스와 검정색 스커트 차림의 그녀는 피곤한지 다리를 질질 끌면서 주방 문을 열었다. 긱스가 그녀를 품에 안고 오랫동안 껴안다가 키스하는 게 창문으로 보였다. 나는 무척 실망했지만, 긱스의 아내가 있는 데에서 상의할 내용이 아니기에 높게 자란 잡초 틈에서 벌떡 일어나 울타리를 뛰어넘었다. 두 손을 호주머니에 깊숙이 찔러넣은 채 하보스트 로드에 있는 무허가 술집을 향해 터벅터벅 걸어갔다.

경찰이 일제 단속을 한 이후 지금까지도 운영되는 무허가 술집은 거의 없었다. 사람들이 술을 마시려고 모이는 장소일 뿐인데 무엇이 문제인지를 이해할 수 없었다. 무허가 술집이 비록 불법이긴 해도 나는 아직

미성년자라서 들어갈 수 없었다. 일종의 도덕성이라고 해야 할까. 뭐, 그렇다고 해서 술을 전혀 손에 넣을 수 없다는 뜻은 아니었다. 내 또래 아이들이 무허가 술집 뒤쪽의 석조 창고에서 형체만 남은 낡은 농기구 주위에 몰려 앉아 캔 맥주를 입안으로 기울이는 모습을 발견했다. 좀 더 나이 먹은 아이들이 현금과 담배를 손에 넣기 위해 술을 가지고 몰래 빠져나와 이 창고에서 술을 건넸다. 어린애들이 노는 무허가 술집으로 변모시킨 것이다. 누군가가 여섯 개들이 캔 맥주 여섯 팩을 손에 넣은 모양이었다. 공기 중에 마리화나 냄새와 주변 외양간의 배설물 냄새가 짙게 풍겼다. 휴대용 석유램프가 대들보에 아주 낮게 매달려 있어 주의하지 않으면 머리를 박기 십상이었다.

쇼니와 이언, 그리고 학교에서 얼굴이 익은 몇 명이 그곳에 있었다. 나는 기분이 우울해서 술을 마셔야겠다는 생각밖에 없었다. 자리에 앉자마자 내일이 없는 사람처럼 맥주를 목구멍에 쏟아넣기 시작했다. 여기 모인 아이들은 아슈타르와 내가 섬으로 간다는 걸 이미 알고 있었다. 네스에서는 마른 토탄 황무지에 불길이 번져가듯 말이 퍼져 나간다. 온갖 추측과 소문이라는 바람을 등에 업은 채……

"너는 아주 운이 좋은 녀석이야. 우리 아버지는 올해 사냥팀에 날 집어넣으려고 무진 애를 썼는데도 안 됐는데 말이야." 쇼니가 말했다.

"양보할게."

쇼니가 얼굴을 찡그렸다. "그래, 그러자고." 당연히 농담이라 생각했을 것이다. 그날 밤 내 자리를 대신하겠다는 녀석이 있다면 내 송곳니를 뽑아 기꺼이 목걸이를 만들어줬을 것이다. 아이러니라면 이 녀석들은 아무 대가도 치르지 않고 영광스러운 안 스커의 팀원이 될 수 있다는 것이겠지만. 물론 나는 이런 사실을 입 밖에 낼 수는 없었다. 녀석들은 내 말을 진지하게 받아들이지 않을 테고, 설혹 내 진심을 알게 되더라도 미쳤다고 생각할 게 분명했다. 이 녀석들 눈에는 내가 열광하지 않는 게 그저 기쁨을 속으로 감추고 느긋하게 행동하는 것으로 보였으리라. 녀석들의 부러운 눈길을 받아들이기 힘들었다. 그래서 그저 맥주를 마시고 또 마실 수밖에 없었다.

나는 에인절이 들어오는 소리를 듣지 못했다. 그는 우리보다 나이가 많아서 거의 매일 밤 무허가 술집에서 술을 마셨고, 마리화나를 얻기 위해 맥주를 몇 캔씩 가져오곤 했다. "아, 고아 녀석 아냐?" 에인절은 날 보자마자 떠벌렸다. 석유램프 불빛을 받아 노랗게 빛나는 둥근 얼굴이 창고의 어둠 속에서 야광 풍선처럼 둥둥 떠다녔다. "술을 최대한 마셔두는 게 좋을 거야. 안 스커에 나가면 한 방울도 마시지 못할 테니까. 빌어먹을, 긱스는 그 점에서만은 확고하단 말이야. 섬에서는 술이 한 방울도 허용되지 않아. 한 모금이라도 몰래 숨겨갔다가는 긱스가 널 절벽에서 던져버릴걸." 누군가가 종이에 돌돌 만 마리화나를 에인절에게 건넸고, 에인절은 불을 붙여 연기를 폐 속 깊은 곳으로 빨아들였다. 한참 후 연기를 내뿜은 에인절이 다시 입을 열었다. "올해 내가 요리사라는 거 알아?" 전혀 몰랐다. 에인절이 사냥을 나간 적이 있다는 것과 그의 아버지인 머도 두가 수년 동안 요리사였다는 건 알고 있었다. 에인절의 아버지가 그해 2월, 폭풍이 몰아치던 때에 트롤 어선 위에서 사고로 사망했다는 것도. 에인절이 아버지의 발자취를 따르는 건 당연한 일이었다. 네스의 남자들은 수세대 동안 그렇게 해왔기 때문이다. "걱정하지 마. 네가 먹는 빵에 집게벌레는 충분히 넣어줄 테니까." 에인절이 낄낄대며 말했다.

에인절이 떠난 후 또 하나의 마리화나에 불이 붙여지고 이 손 저 손을 돌아다녔다. 나는 토할 것만 같았다. 담배 연기를 두 번 빨아들이자 숨이 막힐 듯한 폐소공포증 때문에 눈앞이 뱅글뱅글 돌기 시작했다. "가야겠어." 문을 열고 차가운 밤공기로 나설 무렵, 참지 못하고 풀밭에 토했다.

차디찬 돌벽에 기대고 서서 무슨 수로 집에 돌아갈지를 고민했다.

온 세상이 어른거리며 곁을 스쳐 지나가는 것 같았다. 크로보스트 로드까지라도 걸어갈 수 있을지 암담하던 찰나, 커다란 차량의 불빛이 내게 쏟아졌다. 나는 토끼처럼 꼼짝도 못 하다가 비틀거리며 불빛을 벗어나려고 애썼다. 하지만 차가 지나가며 내뿜는 세찬 바람에 떠밀려 배수구에 빠져버렸다. 수주 동안 비가 오지 않았지만, 배수구에는 두터운 갈색 토탄 찌꺼기를 품은 구정물이 남아 있었다. 구정물이 슬러리*처럼 뒤엉켜서 내 옷을 적시고 얼굴을 타고 흘러내렸다. 기겁을 하고 욕설을 퍼부으며 얼른 몸을 일으켜, 가시가 뒤덮인 땅으로 몸을 굴렸다. 그곳에 몇 시간이고 누워 있었던 것 같다. 분명히 몇 분밖에 지나지 않았을 게 뻔하지만. 거칠 것 없는 북풍을 맞아 잔뜩 차가워진 땅바닥은 온몸에 한기를 몰고 왔다. 나는 이를 딱딱 마주치고 버둥거리며 두 손과 두 발로 간신히 땅을 짚고 엎드렸다. 또 한 대의 차량이 도로를 따라 내려오며 처량한 내 꼬락서니를 환하게 비추었다. 그 차가 다가오자 나는 고개를 돌리고 눈을 감았다. 차가 멈춰 서고 문이 열리더니 남자 목소리가 들렸다. "맙소사! 거기서 뭐 하니?" 커다란 두 손이 내 몸을 거의 들어 올리다시피 일으켜 세웠다. 눈을 뜨고 올려다보니 긱스 매콜리의 찡그린 얼굴이 보였다. 그는 작업복 소매로 내 얼굴을 문질러 진흙을 닦아냈다. "핀 매클라우드로군." 그는 나를 알아보더니 코를 쿵쿵거리며 내 숨결에서 나는 술 냄새를 맡았다. "너, 이런 꼴로 집에 가서는 안 되겠다."

어깨에 담요를 걸친 채 뜨거운 홍차가 담긴 머그잔을 양손으로 들고 토탄 난로 옆 의자에서 몸을 데울 때까지는 시간이 좀 걸렸다. 홍차를 마

---

* 동물 배설물에 점토, 분탄, 시멘트 따위를 섞은 걸쭉한 물질.

실 때마다 온몸이 부르르 떨렸다. 몸과 옷에 묻은 진흙은 죄다 말라붙었고, 조금씩 움직일 때마다 쫙쫙 갈라졌다. 내 모습이 어떨지는 상상도 가지 않았다. 긱스는 내게 문 앞에서 운동화를 벗게 했지만, 그래도 난로까지 말라붙은 진흙 발자국이 남아 있었다. 긱스는 난로 맞은편에 놓인 의자에 앉아 내 몰골을 찬찬히 살펴봤다. 그는 시커메진 낡은 파이프를 물고 있었고, 그곳에서 흘러나온 담배 연기가 소용돌이치며 탁자 위에 켜 놓은 기름 램프의 불빛 속으로 흘러들어 갔다. 담배 연기는 토탄의 훈훈한 냄새를 이기고 견과류처럼 달콤한 향기를 풍겼다. 긱스의 아내는 내 얼굴과 두 손을 젖은 수건으로 닦아준 뒤, 홍차를 건네고 나서 긱스가 보낸 무언의 눈짓을 보며 침실로 들어갔다.

마침내 긱스가 입을 열었다. "핀, 이번 일을 계기 삼아 섬으로 나가기 전에 제멋대로 구는 일이 다시는 없으면 좋겠구나."

"저는 가지 않을 거예요." 나는 속삭이듯 말했다. 아직도 취해 있었지만, 배수구에 빠진 충격으로 정신을 좀 차렸고 홍차도 도움이 됐다.

긱스는 내 말에 당장 반응을 보이지는 않았다. 그는 파이프 설대를 자근자근 씹으며 날 뚫어져라 봤다. "안 가겠다는 이유가 뭔데?"

지금 와서 생각해보니 그날 밤에 내가 뭐라고 대답했는지, 섬으로 간다는 생각만으로도 머릿속에서 일어났던 끔찍한 공포를 어떻게 표현했는지 기억이 나지 않았다. 어쩌면 긱스도 다른 모든 사람과 마찬가지로 내가 조금 겁을 내는 것으로 여겼음이 분명했다. 다른 사람들은 겁을 먹은 나에게 경멸의 표정을 지었지만, 그래도 긱스는 마음속을 짓누르던 엄청난 무게를 어떤 식으로든 이해해주는 것 같았다. 긱스는 난로를 가로질러 상체를 앞으로 내밀고 켈트인의 파란 눈동자로 지그시 나를 봤다. 손에 든 파이프에서는 담배 연기가 하늘거리며 올라갔다. "우리는 그곳에 개개인으로 가는 게 아니다, 핀. 열두 명이 함께하는 거지. 한 팀이라는 뜻이야. 각각이 다른 사람에게 의존하고, 동시에 다른 사람을 지원하게 돼. 어려운 건 사실이야. 말로 다하기 어려울 정도로 어렵단다. 그리고 위험하기도 하고. 위험하지 않다고 거짓말은 하고 싶지 않다. 주님은 우리 인내심의 한계가 어디까지인지 시험하려고 하실 거야. 하지만 그 일로 너는 한층 더 마음이 풍요로워지고, 너 자신에게 훨씬 진실해지게 될 거야. 그건 이전에는 물론, 어쩌면 앞으로도 다시는 겪어보지 못할 방법으로 너 자신을 잘 알게 되기 때문이지. 그리고 수백 년을 거슬러 올라가 우리 선조들과 손을 맞잡는 특별한 경험을 할 거야. 그들이 잤던 데서 잠을 자고, 그들이 남긴 돌무더기 옆에 새 돌무더기를 쌓으며 우리 전에 섬에 갔던 사람들 하나하나와 연결되었다는 걸 느끼게 될 거다." 긱스는 파이프를 뻑뻑 빨면서 오랫동안 입을 열지 않았다. 그의 입술과 코 주위로 뿜어져 나온 담배 연기가 정적을 뚫고 피어오르더니 머리 주위를 둘러싼 화관이 되었다. "네가 가장 두려워하는 것이 무엇이든 간에, 너의 가장 큰 약점이 무엇이든 간에 이 일을 받아들여야 해. 두려움을 극복하지 못하면 평생 후회하면서 살게 될 테니까."

나는 결국 가슴 가득 두려움을 안고 안 스커로 원정을 나갔다. 지금 다시 생각해봐도 가지 말았어야 했다는 데에는 추호의 의심도 없다.

섬으로 떠나기 전까지 평정심을 유지하려고 최선을 다했다. 바람 방향이 좀 더 북동풍으로 바뀌었고, 여름의 끝을 알리는 폭풍우가 이틀 동안 섬 전체를 두들겨 팼다. 10등급 바람*이 민치 해협에서 다가오는 빗줄기를 수평으로 몰아쳤고, 섬 땅바닥은 빗물을 게걸스럽게 빨아들였다. 나는 지난번 헛간에서 마샬리와 말다툼을 벌인 후 화해하지 않았고, 미

---

* 보퍼트 풍력계 기준 초속 24.5–28.4미터로, 나무가 쓰러지고 건축물에 큰 피해가 생길 정도의 바람.

알라니슈에 가는 것조차 의도적으로 피하고 있었다. 그냥 집 안에만 머물러 있었다. 내 방에서 책을 읽고, 창문을 두들기는 빗소리와 지붕 타일을 벗겨내는 바람 소리를 들었다. 화요일 밤에 아슈타르가 찾아와 내일 섬으로 떠난다고 했다.

그 말을 믿을 수가 없었다. "이렇게 북동풍이 불어오는데 나간다고? 동풍 비슷한 것만 불어도 섬에 상륙할 수 없다고들 하지 않았어?"

아슈타르가 말했다. "새로운 전선이 다가오고 있대. 북서풍으로. 긱스 아저씨는 섬에 상륙할 때까지 스물네 시간 동안은 바람막을 확보할 수 있다고 생각하나 봐. 그래서 내일 밤에는 나가야 한다더라. 내일 오후에 항구에서 트롤 어선에 짐을 실어야 하고." 아슈타르는 나만큼이나 불행해 보였다. 그는 아무 말도 하지 않고 침대 끄트머리에 꽤 오랫동안 앉아 있었다. 그러더니 불쑥 입을 열었다. "너도 가는 거지?"

나는 입을 열기조차 힘들었다. 그저 고개를 살짝 까닥여 동의의 뜻을 표시했다.

"고마워." 아슈타르는 내가 자신을 위해 함께 가는 걸로 알아들은 것 같았다.

다음 날 네스 항 방파제에 모인 팀원들은 퍼플아일호에 화물을 선적하기 시작했다. 바다 한가운데에 있는 섬에서 열두 명의 남자들이 이 주간 살아가는 데에 필요한 물품이었기에 선적 작업은 여러 시간이 걸렸다. 안 스커에는 자연적으로 얻을 수 있는 민물이 없기 때문에 낡고 커다란 맥주 통에 식수를 담아 가져가야 했다. 수많은 음식 상자와 2톤가량의 절임용 소금이 들어 있는 포대, 방수복, 잘 때 사용할 매트리스, 무선 신호를 받는 데에 사용되는 동그랗게 말린 4.5미터의 안테나도 있었다. 물론 몸을 데우고 음식을 만들 토탄도 있어야 했다. 이 모두를 부두에서 트롤 어선으로 운반하고, 그것을 또 짐칸에 정리하는 일은 중노동이라서 코앞에 다가온 출항은 머릿속에서 까맣게 사라지고 말았다. 폭풍우의 세력이 약해지기는 했어도 풍랑은 여전히 심해서 어선이 방파제 벽에 부딪히고 위아래로 춤을 추며 화물 적재를 곤란하게 만들었다. 이따금 위험하기까지 했다. 파도가 몇 번이나 밀려와 벽을 타고 넘으며 작업을 하는 우리에게 물보라를 쏟아부었다. 어제는 파도가 방파제를 들이받아 물거품이 15미터나 솟구치는 바람에 바다 쪽 광경이 아예 보이지 않았다.

우리는 한밤중 조류를 타고 출발했다. 상대적으로 안전한 항구를 떠나 만으로 흘러가자 거대한 파도가 우리를 맞이했다. 뱃머리를 타고 넘은 물줄기가 갑판을 휩쓸었다. 선박은 눈 깜짝할 새에 좌우로 뒤뚱거리고 상하로 요동치며 버트 오브 루이스를 지나 외해로 나섰다. 어느덧 네스의 불빛도 어둠 속으로 사라져버렸다. 마지막으로 사라진 것은 버트의 절벽 꼭대기에 위치한 등대의 불빛이었다. 위로가 되던 불빛이 사라지자 남은 건 망망한 바다뿐이었다. 비바람을 맞으며 가야 할, 거리가 얼마나 될지 말하기 어려운 뱃길이었다. 섬을 그냥 지나치기라도 하면 다음번 정박지는 북극이 될 터였다. 무자비한 공포라고밖에 표현할 길이 없는 어둠 속을 멍하니 바라봤다. 내가 가장 두려워했던 것을 마주 하고 있었다. 긱스가 내 방수복을 잡아당기며 아래에 선실이 있으니 좀 자두라고 했다. 첫날과 섬에서의 마지막 날이 언제나 가장 힘들다고.

몸이 덜덜 떨리고 물에 푹 젖은 비참한 상태로 어떻게 잠들 수 있는지 의문을 품고 뱃머리 왼편에 마련된 좁은 선실에 몸을 욱여넣었다. 하지만 웬일인지 깊은 잠에 빠져들었다. 세상에서 가장 악명 높은 바다에서 산더미 같은 파도를 헤치며 80킬로미터를 나아가는 여덟 시간 동안 내내 잠을 잔 것이다. 아마 나를 깨운 건 달라진 엔진 소리였던 듯하다. 아슈타르는 이미 사다리를 타고 조리실로 올라가 있었다. 나는 눈을 비벼

졸음을 쫓아내고, 장화를 신은 후에 방수복을 걸치고 그의 뒤를 따라 갑판으로 올라갔다. 이미 대낮이었고, 머리 위 하늘은 바람에 밀려 갈기갈기 찢어져 있었다. 얼굴 위로 휘날리는 가는 빗줄기에 이따금 눈앞이 보이지 않았다.

"이 고약한 냄새는 뭐지?" 내가 물었다. 똥과 암모니아가 걸쭉하게 뒤섞인 듯한, 코가 찡할 정도로 매캐한 악취였다.

"구아노*야, 고아 녀석아." 에인절이 나를 보며 씩 웃었다. 그는 이 광경을 무척이나 즐기는 것 같았다. "새똥이 만 년 동안이나 쌓인 거라고. 얼른 익숙해지도록 해. 앞으로 이 주 동안 이걸 벗 삼아 살아야 하니까."

새똥 악취는 우리가 섬에 가까이 다가섰다는 의미였다. 아직 섬을 볼 수는 없었지만, 가까이에 있다는 걸 알 수 있었다. 퍼플아일호의 속도가 불과 몇 노트로 낮아지자 이제는 파도의 높이가 극적으로 낮아졌다. 파도와 싸우는 대신 물살에 몸을 실은 듯이 나아가고 있었다.

"저기다!" 누군가가 소리쳤다. 나는 안개와 비를 헤치고 신화처럼 전해 들었던 그 땅덩이를 뚫어지게 응시했다. 90미터에 달하는 시커먼 절벽이 바닷속에서 우뚝 솟아 눈앞에 서 있었다. 그와 동시에 안개가 열어지면서 구름 틈새로 햇살 파편이 쏟아졌고, 번들거리는 섬은 완전히 대조되는 명암을 뿜어냈다. 꼭대기에서 눈처럼 보이는 무언가가 끊임없이 흩날렸는데, 조금 후 그 눈송이가 새 떼임을 깨달았다. 날개 끝이 검푸르고 노란 머리가 멋들어진 흰 새로, 날개 길이가 거의 2미터에 달했다. 가넷새였다. 수천 마리나 되는 가넷새가 하늘을 가득 채우고, 하늘색을 바꾸면서 요동치는 대기의 흐름을 탔다. 이곳은 가넷새의 가장 중요한 서식지였고, 희귀종이 되어버린 가넷새들은 이 험악한 지역에서 알을 낳

---

* 바닷새의 배설물이 바위에 쌓여 굳어진 덩어리.

고 새끼들을 키우기 위해 매년 마릿수를 불려가며 이곳으로 되돌아왔다. 크로보스트의 남자들이 매년 새끼를 잡아가는데도 어김없이 돌아왔다. 올해도 가넷새 둥지에서 새끼 이천 마리를 잡아갈 예정이었다.

안 스커는 남동쪽에서 북서쪽으로 길게 누워 있었다. 이 섬의 높이 솟은 등마루는 가장 높은 남쪽에서 출발하여 북쪽 끝에 위치한, 높이 60미터의 절벽으로 이루어진 빛바랜 곡선에서 끝났다. 끊임없이 휘몰아치는 폭풍우와 세차게 몰려드는 파도에 맞서 대항하는 억센 어깨를 연상시켰다. 서쪽에는 세 개의 곶이 바다로 뻗어나가, 주위를 둘러싸고 하얗게 부서지는 파도의 거품을 맞으며 바닷속 협곡으로 이어졌다.

그 세 갈래 갈비뼈 가운데 가장 가까운 곳을 '등대 곶'이라고 불렀는데, 섬 본체와 이어지는 가장 높은 곳이면서 섬에 접근할 때 필요한 무인등대가 설치되어 있기 때문이었다. 그 뒤로 세 갈래 중 두 번째로 긴 곶이 섬 안쪽으로 깊이 파고들어 서쪽과 북쪽 대피소로 쓰일 만한 작은 만을 이루었다. 동쪽으로 탁 트여 있기에 안 스커에서 짐을 내릴 유일한 장소였다. 시간의 흐름과 가혹한 악천후의 공격이 섬에 깊이 파고들어 동굴을 만들었다가, 깎아지른 듯한 반대쪽 절벽으로 뚫고 나갔다. 긱스는 펀트*나 고무 딩기를 타고 노를 저어 이 동굴을 통과할 수 있는데, 섬 반대편까지 자연적으로 형성된 거대한 수도원이 어둠 속에서 12-15미터 높이까지 솟아 있다고 했다. 그곳을 건널 수 있는 건 바다가 잔잔할 때뿐인데, 그럴 때가 별로 없다는 게 문제였다.

안 스커는 길이가 800미터 정도밖에 되지 않았고, 등뼈를 이루는 폭은 90미터가 간신히 될까 말까 했다. 이 섬에는 흙이 없고, 풀로 뒤덮인 제방이나 평평한 땅, 해변이 없었다. 그저 새똥으로 뒤덮인 거대한 바위

---

* 삿대를 저어 움직이는 작은 배.

가 바다에서 곧장 솟아올라 있을 뿐이었다. 마음이 좀 편안해질 만한 것을 단 한 가지도 머릿속에 그려볼 수 없었다.

선장은 퍼플아일호를 글라운 안 위스케 두Gleann an Uisge Dubh, 즉 '검은 물의 만'이라고 불리는 곳으로 몰고 가 닻을 내렸다. 녹슨 사슬이 묶여 있던 자리를 벗어나며 덜커덕하는 엄청나게 큰 소리를 냈다. 엔진이 꺼지자 처음으로 새들이 떠들어대는 소음이 들렸다. 구아노의 악취와 더불어 하늘을 가득 채운 새들이 비명을 지르거나 노래하는 불협화음에 귀가 따가웠다. 선반 모양으로 튀어나온 바위나 높이 솟은 곳, 바위가 갈라진 틈새 등 어느 곳에서나 한데 모인 새들이 눈에 들어왔다. 가넷새, 바다오리, 세가락갈매기, 풀머바다제비였다. 우리를 둘러싼 작은 만은 어린 유럽쇠가마우지로 생동감이 넘쳤는데, 녀석들은 물고기를 찾아 뱀처럼 기다란 목을 물속으로 넣었다 뺐다. 사람들에게는 적대적인 이 땅이 이처럼 수많은 생명을 품고 있다는 게 괴이하게만 여겨졌다. 긱스가 내 등을 탁 두들겼다. "정신 차려라. 할 일이 잔뜩 있단다."

펀트 한 척이 잔잔한 파도에 내려졌고, 우리는 화물을 어선에서 섬으로 운송하기 시작했다. 나는 첫 번째 화물과 함께 펀트에 탔는데, 긱스가 선외모터를 가동시켜 우리를 상륙 지점으로 데려갔다. 그가 마지막 순간에 모터를 끄고 배의 가장자리를 섬 쪽으로 돌리자 파도에 부드럽게 떠밀려 섬에 안착했다. 폭이 60센티미터 정도밖에 되지 않는 돌출된 바위에 밧줄을 들고 뛰어내려 그곳에 설치된 커다란 금속 고리에 묶는 건 내 일이었다. 미끈거리는 레몬색 이끼에 발이 미끄러져서 엉덩방아를 찧을 뻔했지만 간신히 균형을 잡고 밧줄을 고리에 묶었다. 펀트가 안정적으로 고정되자 실어온 짐을 부리기 시작했다. 상자와 통, 포대 들이 돌출된 바위 위에 불안정하게나마 쌓였다. 마치 아주 높은 곳에서 절벽 아래쪽으로 집어던진 것처럼 보였다. 펀트가 왕복할 때마다 더 많은 팀원들이 도착해서 섬으로 훌쩍 뛰어내렸다. 상륙 지점 바로 너머에는 바위가 접혀 들어간 듯한, 수도원 같은 동굴이 있었다. 시커멓고 으스스했다. 안쪽 깊은 곳에서 바닷물이 바위에 빨려 들어가면서 내는 소리는 마치 살아 있는 괴물의 숨소리처럼 들렸다. 바다 괴물이나 용 같은 전설이 바로 이런 곳에서 만들어진 것 같았다.

네 시간 후에 마지막 물품이 섬에 옮겨졌다. 때마침 다시 비가 내리기 시작했다. 안개처럼 흩날리는 비는 모든 걸 적셨고, 해조류로 뒤덮인 바위를 미끄럽게 만들었다. 섬으로 운반한 마지막 물품은 작은 고무 딩기였는데, 팀원 네 명이 경사면을 따라 끌어올려 만에서 15미터 정도 높이에 고정했다. 긴급 상황에 사용하기 위함이었는데, 어떤 긴급 상황이 발생해야만 그걸 바다에 띄울 생각이 드는지 전혀 상상이 가질 않았다. 에인절이 낮게 갈라진 절벽 틈에 쪼그려 앉은 채 자신의 큼직한 몸뚱이를 바람막이 삼아 토탄 불을 피우는 게 눈에 들어왔다. 불 옆에는 올려놓고 끓일 주전자가 있었다. 퍼플아일호가 만에서 뱃고동을 울렸고, 그쪽으로 돌아섰을 땐 배가 닻을 올리고 외해로 나가고 있었다. 어선이 사르르 빠져나가는 모습을 보는 것만으로도 두려움이 밀려들었다. 점점 멀어지는 뱃고물에서 선원이 손을 흔들었다. 그 배는 우리와 집을 연결하는 유일한 끈이고, 집으로 돌아갈 유일한 수단이었다. 배가 눈앞에서 사라지자 가장 가까운 육지에서 80킬로미터나 떨어진 이 황량한 바윗덩어리에 덩그러니 남겨진 셈이었다. 좋든 나쁘든 간에 나는 이곳에 와 있고, 이제 남은 일이라고는 적응뿐이었다.

에인절은 기적인가 싶을 정도로 재빠르게 뜨거운 홍차를 끓여 머그잔에 담아 팀원들에게 건넨 다음, 샌드위치가 든 깡통의 뚜껑을 열었다. 우리는 토탄 연기가 피어오르고 바닷물이 발을 핥고 지나가는 바위에 쪼그려 앉아 몸을 데우고 에너지를 충전하기 위해 먹고 마셨다. 이제부터는 순전히 우리 힘만으로 모든 짐을 75미터나 되는 섬 정상까지 들어 올려야 했다.

나는 구가 사냥꾼들이 이렇게 머리가 좋으리라고는 예상하지 못했다. 언제인지는 모르겠지만 이들은 두꺼운 판자를 싣고 와서 폭 60센티미터에 길이가 60미터에 달하는 활송장치*를 만들어두었다. 이 장치는 3미터씩 구간이 지어져 있는데, 사냥꾼들은 그걸 방수포로 덮어 매년 섬에 보관해왔다. 그들은 판자 한 장 한 장을 꺼내 짜 맞추고 튼튼한 버팀목으로 바위에 고정했다. 골드러시 시기의 금광 지대를 찍은 흑백사진에나 나올 법한 인공수로처럼 보였다. 밧줄 끝에 매달린 바퀴 달린 짐수레가 천둥 같은 소리를 내며 꼭대기에서 내려왔고, 물통과 포대와 둘둘 말린 매트리스를 수레 위로 끌어올리는 작업이 시작됐다. 비교적 작은 상자들은 사람들이 일렬로 서서 옆 사람에게 넘겨주며 꼭대기까지 날랐다. 아슈타르와 나는 아무 말도 하지 않고 작은 상자를 옆으로 넘기는 작업을 했는데, 그것을 받아드는 매킨스 씨는 쉬지 않고 장치에 대해 설명했다. 우리가 섬에 있는 이 주 동안 활송장치는 이렇게 오르내릴 것이고, 수렵이 끝날 무렵에는 털을 제거해서 그을리고 내장을 뽑아 소금에 절인 구가들을 한 마리씩 내려보내 배에 실을 거라고 했다. 이천 마리 모두를 말이다. 십사 일 만에 어떻게 그 많은 새를 죽이고 손질하는지 상상도 할 수 없었다.

화물을 섬 정상까지 올린 것은 오후 3, 4시경이었다. 아슈타르와 나는 다른 팀원들과 합류하기 위해 지친 몸을 이끌고 위로 올라갔다. 그곳에서 우리는 이백 여 년 전에 지어졌고 구가 사냥꾼들이 안식처로 삼아왔던, 바위틈에 웅크린 듯한 블랙하우스의 잔해를 볼 수 있었다. 사면의 벽

---

* 사람이나 물건을 경사를 이용해 미끄러뜨리듯 이동시키는 장치.

은 햇살과 소금에 탈색된 받침대로 이루어져 있었는데, 잔해를 보니 지금은 사라져버린 지붕을 떠받친 벽인 듯했다. 앞으로 이 주 동안 이곳이 우리의 집으로 사용된다니 믿을 수 없었다.

매킨스 씨가 우리의 얼굴을 보더니 씩 웃으며 말했다. "걱정하지 마라, 얘들아. 한 시간이면 저 집이 멋지게 바뀔 테니까. 지금 보이는 모습보다 훨씬 안락한 곳이 될 거다." 실제로 그렇게 변화하는 데는 한 시간이 채 걸리지 않았다. 블랙하우스에 도달하기 위해 우리 일행은 섬 정상의 혼돈스러운 길을 비틀거리며 나아가야 했다. 바위를 덮은 이끼와 새 배설물과 진흙에 수없이 미끄러졌는데, 틈새란 틈새에는 모조리 둥지를 튼 풀머바다제비가 있어 한 발을 내딛기가 어려웠기 때문이었다. 섬 정상은 새들 덕분에 생기가 돌았다. 바다에 버려진 어망의 잔해에서 물어온 끈으로 만든 둥지가 여기저기에 널려 있었다. 녹색, 주황색, 파란색……. 색깔도 다양했다. 가장 원시적인 곳에서 볼 수 있는 전혀 조화롭지 않은 모습이었다. 일행이 둥지를 밟지 않으려고 조심스럽게 걷는 동안, 전혀 예상치 못한 사람들의 급습에 놀란 바다제비 새끼들이 구역질을 하며 토사물을 뿜어냈다. 역겨운 녹색 담즙이 부츠와 방수복에 튀었고, 그 악취는 지표면을 뒤덮은 새똥만큼이나 심했다.

블랙하우스의 벽 내부는 방수포에 말려 있던 골이 진 거대한 함석판을 풀어 천장의 각재 사이에 맞춰 못질을 했다. 그런 다음 방수포로 함석판 위를 덮고 어망을 바위로 눌러 네 벽으로 늘어뜨렸다. 이제 우리가 묵을 블랙하우스는 추위도 비도 막을 수 있게 되었다. 집 내부는 어둡고 축축했으며, 구아노의 악취가 형언할 수 없을 정도였다. 바닥에는 둥지를 짓는 데에 사용되고 남은 잔해가 어지럽게 널려 있었다. 우리는 그것들을 치우고 벽과 벽 사이에 지어진 둥지들을 바위 사이의 안전한 곳으로 조심스럽게 옮겨놓았다. 여섯 개의 통을 난로 삼아 토탄을 피워 비에 푹 젖은 벽을 말렸고, 블랙하우스에서 가축우리로 사용했던 맨 끝 방에 모든 화물을 운반했다.

목이 따갑게 짙은 연기가 순식간에 방을 가득 채웠다. 훈증소독 효과 덕분에 새똥 냄새가 사라지고, 벽 틈새와 구멍에서 집게벌레가 줄지어 도망쳤다. 우리 눈에서 눈물이 줄줄 흘렀다. 아슈타르는 연기 때문에 기도가 막히는지 밖으로 허겁지겁 달려 나가 숨을 헉헉 몰아쉬었다. 나도 뒤따라 나갔는데, 그는 안간힘을 쓰며 흡입기를 빨아들였다. 기도가 다시 열리며 폐 속으로 산소가 공급되자 공포의 기색이 사라졌다.

긱스가 말했다. "얘들아, 너희는 가서 이 섬을 두루 살펴봐라. 이제 너희가 할 일은 없단다. 식사가 준비되면 소리쳐 부르마."

바람이 다리를 휘감고 빗물이 방수복을 타고 줄줄 흘러내렸지만 아슈타르와 나는 천천히 섬을 가로질러 북쪽의 세 번째 곶으로 향했다. 커다란 호를 그리는 반들거리는 바위는 깊숙이 파인 도랑으로 인해 본섬으로부터 거의 떨어져 나간 상태였다. 그곳에 돌무더기가 여럿 있었다. 돌기둥은 하나씩 깔끔하게 쌓여 있어 거의 1미터에 달했고 흡사 묘비처럼 보였다. 곶의 돌무더기 뒤로 작은 벌집 같은 집의 잔해가 남아 있었다. 지붕은 오래전에 무너져 내린 것 같았다. 우리는 앉을 만한 반반한 돌을 찾아냈고, 어렵사리 담배에 불을 붙였다. 아직까지도 서로 해줄 말이 없는 것 같았다. 우리는 아무 말도 없이 안 스커의 전경을 바라봤다. 정상까지 가파르게 이어진 등대까지의 전망이 기막혔다. 등대는 유리 천장을 갖추어 낮게 웅크리고 앉은 듯한 독특한 형태의 콘크리트 건물이었다. 바닷새 수천 마리가 등대 주위에 모여 있었다. 등대 바로 옆은 평평한 땅이었다. 바위에 콘크리트를 부어 만든 사각형 땅은 일 년에 두 번, 정비사들이 타고 오는 헬리콥터의 착륙장으로 사용되었다. 회녹색의 우울한 풍경을 뚫고 섬으로 몰려온 파도는 크림색 거품 화환을 만들며 부서졌다가 어두컴컴한 먼 곳으로 쓸려나갔다. 그런 거친 파도를 주변 모든 곳에서 볼 수 있었다. 가장 친한 친구가 바로 곁에 앉아 있고 열 명이나 되는 사람들이 이 섬에 함께 있는데도, 이전에는 전혀 경험해보지 못한 외로움을 느꼈다. 우울감이 수의처럼 머리 위로 떨어져 내렸다.

저 멀리서 형체 하나가 이쪽으로 접근하는 게 보였다. 가까이 다가온 그 형체는 아슈타르의 아버지였다. 그는 소리쳐 부르고 손을 흔들더니 우리를 향해 올라오기 시작했다. 세차게 몰아치는 바람 소리와 방수복 후드를 두들기는 빗소리를 뚫고 아슈타르의 투덜거림이 들렸다. "저 인간은 왜 우리를 가만 놔두지 않고 안달이람!" 나는 그 소리가 내게 한 것인지 확인하려고 고개를 돌렸다. 하지만 아슈타르는 다가오는 아버지를 정면으로 응시하고 있었다. 나는 화들짝 놀랐다. 아슈타르가 자기 아버지에 대해서 그렇게 말하는 걸 이전에는 한 번도 들어본 적 없었다.

"너는 담배 피우면 안 돼." 그게 매킨스 씨가 우리에게 다가와서 한 첫마디였다. "몸 상태가 안 좋잖아." 아슈타르는 아무 대꾸도 하지 않고 계속 연기를 뿜어댔다. 매킨스 씨는 우리 옆에 털썩 앉았다. "폐허가 된 저집의 뒷이야기를 아니?" 그는 무너져 내린 집을 가리켰다. 우린 고개를 가로저었다. "저건 12세기에 지어진 은둔자의 집인데, 어떤 사람 말로는 성 로넌의 여동생인 브룬힐다가 살았다더구나. 이곳에서 서쪽으로 16킬로미터쯤 떨어진, 북쪽 로나 섬과 가까운 곳에 있는 술라 스커라고 불리는 섬에도 저것과 똑같은 집이 있단다. 두 곳 중 한 곳에서 브룬힐다의 유해가 발견됐다는 전설이 있는데, 그게 이곳인지 술라 스커인지는 나도 모르겠구나. 하여튼 그 유해는 혹독한 환경에서 표류하는 목재처럼 하얗게 탈색됐는데, 유해의 흉곽에 가마우지 한 마리가 둥지를 틀고 있었단다." 매킨스 씨는 고개를 살래살래 저었다. "이런 곳에서 혼자 살고 싶은 사람이 있다는 게 믿기지 않아."

"돌무더기는 누가 쌓은 건가요?" 내가 물었다. 지금 우리가 있는 곳에서는 묘지처럼 보이는 수십 개의 돌무더기가 구부러진 곳을 가로질러 우뚝 서 있는 모습이 눈에 들어왔다.

"구가 사냥꾼들이지." 매킨스 씨가 말했다. "우리 모두 각자의 돌무더기를 가지고 있단다. 매년 새 돌을 추가해서 올려놓지. 다음에 뒤따라올 사람들에게 우리가 이곳에 왔다는 걸 상기시키는 상징물이 될 것 아니겠니?"

블랙하우스 쪽에서 들려오는 고함이 우리의 주의를 끌었다. 누군가가 손을 흔드는 모습이 보였다.

"식사 준비가 다 된 모양이다." 매킨스 씨가 말했다.

블랙하우스에 도달했을 때는 천장에 남겨놓은 구멍으로 연기가 솔솔 흘러나가고 있었다. 내부는 이제 놀라울 정도로 따뜻했고, 이전보다 연기도 훨씬 적었다. 에인절은 바닥 가운데에 놓인 통에 요리를 하기 위해 불을 피워놓았다. 천장에서 늘어뜨린 사슬에 냄비 하나가 걸려 있고, 불 위에는 토스트를 만들기 위한 석쇠가 설치되어 있으며, 석쇠 위에 놓인 커다란 프라이팬에서는 기름이 지글지글 끓었다. 구아노와 새가 토한 악취는 사라지고, 훈제 청어가 팬 속에서 익어가는 고소한 냄새가 진동했다. 냄비에서는 감자가 끓었다. 에인절은 육즙이 넘치는 맛있는 토스트를 한 무더기나 만들고 있었다. 두 개의 커다란 냄비에는 이 음식에 곁들일 홍차가 들어 있었다.

사방의 벽을 따라 빙 둘러놓은 폭이 3미터 정도 되는 선반은 방수포로 덮여 있고, 아침 일찍 낑낑거리며 끌어올렸던 커다란 매트리스가 깔려 있었다. 우리가 잠을 잘 침대였다. 실내를 빙 둘러 띄엄띄엄 켜져 있는 촛불 불빛 속에서 딱정벌레와 집게벌레가 침대 위를 기어 다니는 게 보였다. 이곳에서 하룻밤만 지낸다고 생각해도 몸이 부르르 떨렸다. 그런데 십사 일을? 혹은 그보다 오랫동안?

식사를 하기 전에 지난해에 보관해놓은 물로 손을 씻었다. 위쪽을 잘라낸 통에 들어 있는 탁한 갈색물이었다. 그런 후에 불을 둘러싸고 바닥에 쪼그려 앉았다. 긱스가 성경책을 펼쳐 게일어로 읽었다. 나는 단조롭게 웡웡거리는 그의 목소리를 거의 듣지 않았다. 무슨 이유에서인지 나는 두려움에, 불길한 예감에 사로잡혔다. 마음속 깊은 곳에서는 무슨 일이 벌어질지 알았던 것이다. 나는 몸을 덜덜 떨기 시작했다. 긱스가 성경 봉독을 마치자 떨리는 손가락으로 내 몫의 생선을 먹었다.

첫날 밤에 불가에 둘러앉아 나눈 수많은 이야기를 나는 기억하지 못한다. 우리는 험한 날씨에 잔뜩 얻어맞은 듯 소침해져 있었다. 앞으로 다가올 나날을 위해 몸속에 숨어 있는 불굴의 용기와 힘의 원천을 불러냈던 것 같다. 돌로 지어진 옛 보금자리를 휘감으며 비명을 지르는 바람 소리와 천장을 망치질하듯 두들기는 빗소리가 들렸다. 어떻게 침대로 들어갔는지는 기억조차 나지 않았지만, 옷을 다 입은 채로 담요를 둘둘 말고 딱딱한 돌 선반에 깔린 축축한 매트리스에 누웠다. 그때 떠올렸던 내용은 아주 선명하게 기억이 난다. 엉엉 울어도 타박받지 않는 어린 시절로 간절히 돌아가고 싶었다. 하지만 다 큰 어른은 울지 않는 법이다. 평화로움이 찾아들기를 갈구하면서, 뒤숭숭한 마음은 얕은 잠의 물결 속으로 조금씩 떠내려갔다.

다음 날에는 몸이 훨씬 가뿐했다. 불과 몇 시간 수면으로 손상된 심령을 회복할 수 있다는 게 놀라웠다. 햇살이 문간을 가로질러 쳐놓은 방수포를 뚫고 비스듬히 들어왔고, 푸른 토탄 연기가 그 빛 속에 맴돌았다. 나는 얼른 침대 밖으로 굴러 나와 두 눈을 깜빡거리며 졸음을 몰아내고 불가에 둘러앉은 사람들 사이로 끼어들었다. 벌겋게 타오른 토탄이 주는 따스함에 얼이 빠질 지경이었다. 누군가가 포리지 대접을 내게 건넸다. 나는 연기에 그을린 토스트를 크게 떼어서 뜨끈하고 걸쭉한 죽에 담갔다가 입에 넣었다. 혀가 델 정도로 뜨거운 홍차를 머그잔에 부으며 머릿속을 뒤적거려봤는데, 이보다 맛있는 음식을 먹어본 적이 없는 것 같았다. 이곳에서의 첫날은 감방에서 보내는 첫날처럼 최악이었다. 최악을 경험하고 나면 그날 이후로는 그럭저럭 이겨나가는 법이다.

긱스가 오랫동안 사용해서 여기저기 긁히고 닳은 성경책을 꺼내자 팀원들은 쉬쉬하며 귀를 기울였다. 성경책을 봉독하는 그의 목소리는 부드러운 게일어 주문을 외는 듯했다. 우리는 경건한 햇살을 받으며 경청했다. "자, 이제……." 긱스가 성경책을 덮었다. 이번 원정의 첫 번째 살육이 시작됐음을 알리는 신호였다. 나만 그렇게 생각했는지는 모르지만. "핀, 도니, 플루토. 너희는 나와 함께 간다." 첫날에 긱스와 한 팀이 되어 무척이나 안심되었다. 아슈타르는 다른 팀으로 구성됐다. 나는 불길 맞은편의 아슈타르와 눈길을 마주치고 용기를 내라는 미소를 보내고 싶었지만, 그는 내 쪽을 보지 않았다.

수확을 시작하기 위해 곧장 골짜기로 가는 줄 알았는데 아니었다. 아침 시간 대부분을 버팀목과 케이블을 이용하여 섬 정상의 도살 장소에서 돌무더기 곁에 있는 처리 장소, 그리고 활송장치까지 연결시키는 희한하게 생긴 그물망을 짜며 보냈다. 수백 미터에 달하는 그물망을 조잡한 삼각대 위에 올리고, 윈치를 이용해서 정확한 장력을 유지하도록 팽팽하게 잡아당겼다. 도르래로 작동되는 이 교묘한 그물망은 죽은 새들이 담긴 포대를 갈고리에 매달아 최소한의 노력으로 섬의 한 곳에서 다른 곳으로 이동시킬 수 있었다. 케이블의 각도와 장력만 제대로 잡아주면 나머지 일은 대부분 중력이 알아서 해줄 것이다. 긱스는 각 요소가 정확하게 맞아 들어가도록 세심하게 조정했다. 구가 한 마리는 대략 4킬로그램이고, 포대 하나에는 열 마리가 들어갔다. 그렇게 무겁고 다루기 힘든 짐을 달 표면처럼 울퉁불퉁하고 위험한 길을 따라 사람이 직접 운반하는 것은 미친 짓일 게 분명했다. 그런데 긱스가 도르래와 케이블을 사용하자는 아이디어를 떠올리기 전까지 수세기 동안 이곳에 온 구가 사냥꾼들은 그런 수고를 해야만 했다.

한낮이 다 되어서야 등대 곶 근처로 나갔다. 에인절이 놀라울 정도로 균형을 잡으며 정상을 넘어 우리 쪽으로 다가왔다. 한 손에는 뜨거운 홍차가 담긴 커다란 검은색 주전자를 들었고, 다른 손에는 케이크와 샌드위치가 있는 플라스틱 통을 들고 있었다. 그 통에서 늘어진 열두 가닥의 줄 끝에 우리가 사용하는 머그잔 손잡이가 묶여 있었다. 매일 정오와 오후 5시가 되면 기운을 북돋아줄 뜨거운 홍차와 샌드위치를 가지고 느릿느릿 섬을 가로지르는 에인절의 육중한 몸을 찾아 둘러봤다. 나는 에인절 맥리치를 아주 싫어했지만, 그가 만든 음식에는 전혀 불만이 없었다. 에인절은 자신이 하는 모든 일에 아주 꼼꼼했고, 이전부터 몇 번이나 이곳에 온 사냥꾼들은 에인절의 아버지도 그랬다고 입을 모아 칭찬했다. 에인절은 평생 써먹을 요리 기술을 가지고 있었고, 자신이 그럴 자격이 있다는 걸 증명해 보였다. 어느 누구도 에인절을 좋아하지 않았지만, 그는 적어도 사람들에게 인정받는 데에는 성공한 것 같았다.

우리는 등대 주위에 둘러앉아 샌드위치와 케이크를 먹고 뜨거운 홍차를 목구멍으로 넘겼다. 담배도 말아 피웠다. 햇살이 낮게 깔린 구름을 뚫고 나와 북서풍의 차가운 기운을 몰아내자 팀원들 사이에서 마음이 편해지는 정적이 흘렀다. 그러나 몇 분 후면 살육이 시작될 테다. 조용히 침묵을 지키던 팀원들은 그 생명을 어떻게 수확할지 생각하는 것 같았다. 뭔가를 죽이는 일은 처음이 힘들지, 일단 저지르고 나면 그 뒤는 한결 수월해지는 법이다.

등대 곶 동쪽 절벽에 위치한 서식지에서 첫 번째 수확을 시작했다. 네 명으로 이뤄진 두 팀이 양쪽 끝에서 가운데를 향해 협공 작전을 펼쳤다. 세 명으로 구성된 세 번째 팀은 정상을 가로질렀다. 우리가 절벽으로 내려가자마자 어미 새 수천 마리가 둥지에서 날아올랐고, 새끼들이 죽임을 당하는 내내 공중에서 빙빙 돌며 비명을 질러댔다. 마치 눈보라가 몰아치는 가운데 작업을 하는 것과 다를 바가 없었다. 가넷새의 흰색 날개가 번쩍거리는 모습이 시야를 가득 채우고, 분노와 고통에 찬 울음소리와 바람을 가르며 퍼덕거리는 날갯짓 소리가 귀를 가득 메웠다. 둥지와 같은 높이에 도달했을 때 새끼들을 놀래키면 반사적으로 부리를 내밀어 눈을 쫄 수 있으니 극히 조심해야 했다.

긱스는 툭 튀어나온 바위와 갈라진 틈새에 있는 둥지를 하나하나 들여다보면서 팀을 이끌었다. 그는 길이가 1.8미터에 달하고, 한쪽 끝에 스프링이 장착된 집게 달린 장대를 소지했다. 긱스는 장대를 뻗어 둥지에 있는 새끼를 낚아채 뒤쪽에 있는 팀원에게 재빨리 건넸다. 도니는 십 년 이상 사냥을 나온 베테랑으로, 오십대 초반으로 보이는 조용한 사람이었다. 천 모자를 눈썹까지 잡아당겨 푹 눌러쓰고, 세파와 비바람에 찌든 얼굴에 은빛 구레나룻을 빳빳이 세우고 있었다. 그는 굵직한 몽둥이를 가지고 있었는데, 장대 끝에 매달린 새가 빙 돌아서 자기 앞에 오면 그걸 한 손으로 잡고 숙련된 솜씨를 발휘하여 단 한 방에 죽였다. 내 자리는 도니의 바로 뒤였다. 긱스는 말 그대로 나를 피에 푹 젖게 만들려고 작정한 모양이었다. 나는 커다란 마체테 칼을 들었는데, 그걸로 새의 목을 자르고 뒷사람인 플루토에게 넘기는 일을 맡았다. 플루토는 블랙하우스로 돌아갈 때 운반하기 쉽도록 목이 잘린 새들을 차곡차곡 쌓았다. 처음에는 내가 맡은 일이 너무나 역겨워서 느릿느릿 해치웠다. 두 손에 묻고 작업복에 흩뿌려진 피에 비위가 상했다. 얼굴에도 튀었는지 뜨뜻한 무언가가 흘러내렸다. 하지만 죽은 새들이 너무나 빨리 밀려들어 우물쭈물할 시간이 없었다. 이런저런 생각을 다 털어버리고 기계적으로, 아무런 생각 없이 앞사람과 박자를 맞춰야 했다. 수천 마리 가넷새와 풀머바다제비 떼가 비명을 지르며 우리의 머리 주위를 끊임없이 맴돌았다. 60미터 아래쪽의 바닷물은 부글부글 끓어오르며 암초의 아랫단을 옷깃처럼 감싼 녹색 조류를 쳐부쉈다. 내가 입은 푸른색 작업복은 엉겨붙은 피로 점차 검게 물들어갔다.

처음에는 긱스가 새끼들을 마구잡이로 잡는 줄 알았다. 어떤 것은 잡고, 어떤 것은 둥지에 그대로 뒀기 때문이었다. 갓 태어난 새끼들이 세 단계에 걸쳐 발육한다고 설명해준 것은 도니였다. 솜털에 싸인 첫 번째 단계의 새끼에게서는 고기가 거의 나오지 않기 때문에 더 자라도록 내버려둔다고 했다. 세 번째 발육 단계에 있는 호리호리하고 까만 새끼는 잡기가 한층 더 힘들다고 했다. 그래서 두 번째 발육 단계에 있는 새끼야말로 가장 좋은 포획 대상이었다. 머리와 등, 다리에 남아 있는 세 덩어리의 솜털로 확인할 수 있고, 고기가 많이 나오는 데에다가 잡기도 수월하다고 했다. 긱스는 오랜 경험 덕에 슬쩍 보기만 해도 알아볼 수 있는 것이었다.

우리는 죽은 구가를 항적 기록처럼 무더기로 쌓아놓은 채 경이로운 속도로 죽음의 파도를 일으켰다. 두 번째 그룹과 만날 때까지 겨우 십 분 정도밖에 걸리지 않았고, 긱스는 오늘의 살육이 끝났다는 신호를 보냈다. 우리는 오던 길을 되짚어가며 최대한 많은 구가를 운반해서 쌓았다. 그런 후에 한 줄로 쭉 늘어서서 구가를 한 마리씩 정상으로 올려 보냈다. 세 그룹이 수확한 엄청난 숫자의 구가가 정상에 모였고, 긱스는 연필과 작은 공책을 꺼내 처리된 숫자를 신중하게 세어 적었다. 사냥한 곳을 돌아보니 검은색 절벽이 흘러내린 피로 벌겋게 물들어 있었다. 그때 내게는 두려워할 시간조차 주어지지 않았다. 지금에 와서야 생각해보면, 절벽에서 미끄러지거나 발을 한 번만 헛디뎠다면 즉사할 수도 있었다.

긱스는 내 쪽을 바라보며 여러 세대를 걸쳐 자신에게 전해진 위대한 비밀을 털어놓기라도 하듯 담담하게 말했다. "핀, 이게 우리가 하는 일이란다."

"왜요? 아저씨는 이걸 왜 하는 거죠?" 내가 물었다.

"전통이니까." 도니가 대신 나섰다. "누가 전통을 깨는 사람이 되고 싶겠니."

하지만 긱스는 고개를 가로저었다. "아니, 이건 전통이 아니다. 물론 전통의 일부일 수는 있겠지. 내가 이걸 하는 진정한 이유를 말해 주마, 얘야. 그건 온 세계를 통틀어 아무도 하지 않는 일이기 때문이다. 오직 우리만 한다는 뜻이지."

긱스의 설명은 어떤 면에서 그 '우리'를 특별한 존재로 만드는 것 같았다. 나는 바위에 차곡차곡 쌓여 있는 죽은 새를 바라보며 특별해지는 더 나은 방법이 있지 않을까 의문을 품었다.

우리는 포획한 새들을 올 굵은 포대에 담았다. 포대들은 밧줄에 매달려 줄지어 섬을 가로질러 날아가다가, 가장 낮은 지점에서 덜컥 걸려 멈춰 섰고, 다시 새의 내장을 꺼낼 돌무더기가 있는 곳까지 당겨져 올라갔다. 괴이한 광경이었다. 내장이 적출된 새들은 그곳의 방수포 위에 널어 바람에 말렸다.

나는 그날 밤에도 죽은 듯이 잠에 빠져들었다. 아침에 일어나서 날씨가 또 변했다는 걸 알게 됐다. 거세게 불어닥치는 남서풍과 함께 빗방울이 끊임없이 떨어져 내렸다. 초조해하던 긱스가 비가 그치기를 더는 기다릴 수 없다고 선언한 것이 오전 9시경이었다. 우리는 지시받은 대로 묵묵히 방수복을 걸치고 손에는 장대, 몽둥이, 마체테를 든 채 또다시 절벽으로 향했다. 우리가 등대 곶 낮은 곳에 숨겨져 있던 새 서식지를 훑고 지나가는 동안 부츠에 밟혀 미끈거리는 구아노의 감촉이 그대로 느껴졌다.

죽은 새들의 무더기가 커졌고, 비에 젖는 걸 막기 위해 방수포를 둘러놓았다. 비가 지나갈 때까지 새 내장을 꺼내는 작업은 시작되지 않았다. 결국 일요일까지 미뤄졌고, 구가 사냥꾼들은 안식일에 일을 하지 않기 때문에 우리가 그저 방수포를 걷어내고 햇살과 바람에 새들을 말렸다.

좀 이상한 점도 있었다. 섬에 있던 이 주 내내 아슈타르와 나는 한 팀이 되어본 적이 없었다. 사실 본 적도 거의 없었다. 사람들이 우리를 떼어놓으려고 애쓰는 것 같았는데, 그 이유를 전혀 상상할 수 없었다. 일을 쉬는 일요일에도 아슈타르를 거의 보지 못했다. 심지어 그의 아버지도 보지 못했다. 지금 돌이켜 생각해보니 매킨스 씨가 전혀 기억나지 않았다. 하지만 그게 별로 놀라운 일은 아니었다. 우리는 한 팀으로 작업한 적이 없었다. 새들의 깃털을 뽑고, 불에 그슬리고, 배를 갈라 내장을 꺼내고, 소금에 절이는 일련의 작업은 서로 다른 팀에 의해 서로 다른 곳에서, 서로 다른 시간에 이뤄지기 때문이었다. 모든 사람이 함께하는 유일한 시간은 블랙하우스에서 벌겋게 타오른 토탄 불가에 둘러앉아 식사를 할 때였는데, 어떤 때는 너무 지쳐서 말을 꺼낼 힘도 없었다. 불빛에 비친 모두의 얼굴에는 찡그린 표정뿐이었다. 저녁식사를 마치고 밖으로 나가서 낮에 마치지 못한 새털 뽑기를 계속해야 한다는 긱스의 주장도 새삼스럽지 않았다. 바깥의 돌무더기 옆에서 휴대용 석유램프 불빛에 의지해 한밤중까지 새털을 뽑아낸 적도 종종 있었다. 말하고 싶은 생각이 별로 없었고, 말을 하려고 해도 할 말이 거의 없었다.

그렇다 하더라도 그곳에서 맞이한 첫 번째 일요일부터 계속해서 아슈타르와 함께하지 못한 것은 이상했다. 함께 있어 봐야 침묵 속에 고통을 공유할 뿐이겠지만……. 나는 맨 처음 화물을 부린 곳 근처 지점으로 내려갔다. 바람을 훨씬 잘 막는 곳이었고, 바위틈에 갇혀 웅덩이를 이룬 바닷물은 8월의 햇살을 받아 미지근했다. 먼저 내려온 사람 몇몇이 부츠와 양말을 선반처럼 생긴 바위에 줄을 맞춰 벗어놓고, 바짓단을 무릎까지 걷어 올리고는 웅덩이 주변에 둘러앉아 발을 담갔다. 농담도 몇 마디 주고받고 담배도 피운 모양인데 내가 모습을 보이자 입을 닫아버렸다. 그곳에 오래 있을 분위기가 아니었기에 나는 남쪽으로 약간 기운 암반의 정상에 누워 눈을 감고 따뜻한 햇살을 즐겼다. 적어도 마음속으로는, 그리 쉽사리 포기할 수밖에 없었던 여름의 추억 속으로 날아갈 수 있었다.

아무 일도 하지 않고 가만히 누워 쿡쿡 쑤시는 근육을 풀며 햇살을 받는 시간만큼은 너무나도 황홀했다. 나중에 블랙하우스로 돌아가서는 매트리스를 끌어내 축축한 걸 말려봤지만, 습기가 너무 깊이 배어들어 완전히 말리려면 며칠은 햇볕에 내놓아야 할 것 같았다.

휴식은 순식간에 끝나버렸고, 우리는 베이컨과 달걀과 튀긴 빵으로 저녁식사를 마치고 긱스가 낭송하는 게일어 성경 구절을 들은 후에 매트리스로 기어들었다. 맞은편에 놓인 매트리스에서 나를 보는 아슈타르가 눈에 들어왔다. 활짝 웃어 보이며 잘 자라고 인사를 건넸지만, 그는 그저 얼굴을 벽 쪽으로 돌리고 아무 대꾸도 하지 않았다.

월요일부터는 다시 털 뽑는 작업을 시작했다. 새들은 안식일 햇살에 잘 말라 있었고, 우리는 돌무더기 사이에 앉아 발목을 돌아나가는 바람을 맞으며 일했다. 아주 지저분한 일이었다. 긱스는 내게 시범을 보였다. 먼저 무릎 사이에 새 한 마리를 놓고, 가느다란 한 줄의 깃털만을 남긴 채 목덜미의 털을 뽑았다. 그런 다음 가슴으로 내려가서 꼬리까지 몽땅 털을 뽑았다. 칼깃에 돋아난 깃털을 뜯어내고, 꽁지깃을 떼어냈다. 그러고는 뒤집어서 매끈한 하얀 살만 남을 때까지 등과 다리의 털을 뽑았다.

긱스가 구가 한 마리의 털을 제거하는 데에는 삼 분이 채 걸리지 않았다. 나는 긱스보다 두 배 이상이 걸렸다.

가혹할 정도로 힘이 들고 경쟁심을 불러일으키는 작업이었다. 한 시간이 지날 때마다 일을 멈추고 몇 마리나 손질했는지 집계했다. 긱스가 항상 일등이었고, 아슈타르와 나는 꼴찌였다. 집계가 끝나면 다시 작업에 들어갔다.

작업 첫날 아침이 끝나갈 무렵에는 손이 움직이지 않았다. 모든 근육과 관절이 아파서 엄지와 집게손가락으로 깃털 하나조차 잡을 수 없었다. 그리고 깃털이 사방에 널려 있었다. 눈과 코, 귀와 입도 온통 털투성이였다. 머리카락과 옷에도 달라붙어 있었다. 새털 뽑기가 한창일 때 바람이라도 스쳐 지나가면 깃털과 솜털로 이뤄진 눈보라 속에 갇힌 듯한 기분이 들곤 했다. 아슈타르의 천식은 그것에 민감하게 반응해서 두 시간이 지나자 숨쉬기가 곤란해졌다. 긱스는 아슈타르에게 털 뽑는 일 대신 훈제할 불을 피우도록 지시했다.

불은 우리가 처음 상륙한 곳 바로 위쪽에 위치한 사방 1미터의 낮은 굴뚝에서 피웠다. 헐거운 암반으로 만들어진 이곳은 수십 년 전, 어쩌면 수백 년 전에 발견되었는데 바람의 강도와 방향을 조절하여 불길을 피울 수 있는 이상적인 장소였다. 그래서 굴뚝은 항상 똑같은 장소에 설치됐다. 깃털이 뽑힌 새 열 마리씩을 포대에 넣어 200미터쯤 아래에 있는, 긱스가 '공장'이라고 부르는 곳으로 내려보냈다. 아슈타르가 불을 피우기 위해 임시방편으로 만든 부젓가락을 이용해서 토탄을 운반하는 게 보였다. 새들을 성공적으로 다 내려보내고 우리도 공장으로 내려왔을 때, 아슈타르는 굴뚝마다 벌겋게 불을 피워놓고 있었다. 아슈타르와 플루토가 대표로 뽑혀 훈제를 했다. 나는 플루토가 아슈타르에게 훈제하는 법을 가르쳐주는 걸 지켜봤다. 플루토는 새 한 마리를 집어 들고 양쪽 날개 관절이 가슴을 가로지르도록 꺾었다. 그런 후에 양손에 날개 한 쪽씩을 잡자 구가가 손에 매달려 축 늘어졌고, 불길 쪽으로 내리자 남아 있던 솜털이 호르르 타올랐다. 불길이 죽은 새를 핥고 올라가자 잠시 불길에 싸인 천사처럼 보였지만, 플루토가 그 즉시 끄집어냈다. 솜털은 부드럽고 새카만 재로 용해됐고, 물갈퀴가 달린 발은 도르르 말려 바삭바삭해졌다. 피부를 태우지 않고 향을 남기는 게 중요한데, 깃을 남기지 않는 것도 중요했다. 깃이 남아 있으면 식감을 망치기 때문이었다. 아슈타르와 플루토는 바람이 사납게 불어대는 그날 오후에 깃털을 뽑은 모든 새를 번갈아가며 훈제하기 시작했다. 수십 마리의 새들이 불길에 싸인 천사가 되었다.

불에서 나온 새는 해골 같은 머리에 뻐쩍 말랐지만 강단이 있는 쇼라스에게로 건네졌다. 보안 고글을 쓰고 있어 해골 같은 느낌이 더 강했다. 그는 재를 문질러 닦은 후 도니와 말콤에게 넘겼다. 그들은 일종의 품질 관리를 했는데, 불길에서 처리되지 않은 것을 토치램프로 태웠다.

이어 새들이 존 앵거스에게 넘어갔다. 그는 손도끼로 양 날개를 찍어 떼어낸 뒤 굵직한 떡갈나무 들보에 마주 앉은 긱스와 셰이머스에게 새를 넘겼다. 낮게 쌓인 돌무더기 위에 놓인 떡갈나무 들보는 해체 작업을 위한 것으로, 피비린내 나는 작업에 수십 년 동안 사용되며 긴 세월 섬에서 비바람으로 단련되었다. 들보 위에서 구가를 면도날처럼 날카로운 칼날로 맨 위부터 맨 아래까지 가르고 꼬리를 제거했다. 갈비뼈 위쪽의 세 군데를 가르고, 손가락을 살과 뼈 사이로 단번에 찔러 넣어 흉곽과 내장을 뽑아냈다. 그중에서 내장을 가져다가 플루토와 아슈타르가 천사들을 태우는 굴뚝 끝에 걸쳐놓는 게 내 일이었다. 지방이 불길 속으로 흘러내리자 지글지글 끓으며 불이 활활 타올랐다.

해체 작업 이후에 마지막 단계가 뒤따랐다. 긱스와 셰이머스는 칼로

새들의 살 네 군데를 깔끔하게 갈라 틈을 만들고 저장을 하기 위해 소금을 두어 주먹씩 쑤셔 넣었다.

활송장치 맨 위쪽 바로 옆의 평평한 땅바닥에서 두 사람은 방수포를 펼치고 소금에 절인 새들을 커다란 원형으로 늘어놓았다. 다리를 안쪽으로 모으고 염분으로 생성된 절임액이 새지 않도록 바깥 살을 안으로 말아놓았다. 새들이 쌓일수록 점점 원의 중심에 가까워지면서 두 번째 원이 첫 번째 원과 겹쳐졌고, 세 번째의 원이 두 번째의 원과 겹쳐지면서 첫 번째 층이 완성됐다. 죽은 새들로 이뤄진 거대한 수레바퀴였다. 그 위에 또 다른 층을 쌓아 높이가 1.5미터에 이를 때까지 작업이 계속됐다. 이 주간의 작업이 끝났을 때는 각각 천 마리의 새로 구성된 커다란 수레바퀴 두 개가 만들어졌다. 새들의 날개가 사방에 널려 있었고, 불어오는 가을의 강풍에 휘날려 자유를 향한 마지막 비행에 나섰다.

맥 빠지는 이 주 내내 섬에서 한 일이 바로 그런 것들이었다.

모든 계곡을 가로질러 나아가면서 모든 서식지를 샅샅이 훑는다. 죽이고, 털을 뽑고, 훈제하고, 해체하는 작업을 무한 반복한다. 두 개의 수레바퀴가 완성될 때까지. 일을 하다 보면 그 이후로는 완전히 기계적으로 움직이게 되는 지겨운 경험이 이어졌다. 아침에 깨어나서 종일 일하고 밤이 되면 매트리스로 기어들었다. 그런데 일부 팀원은 이런 일을 즐기는 것처럼 보였다. 침묵 속에 형성된 동지애인 듯 간간이 농담이 이어지고 웃음이 터져 나왔다. 그러나 나는 그 사람들과 동지애를 공유하지 못했다. 내 안의 뭔가가 문을 걸어 잠갔고, 나만의 세계로 들어섰다. 지금 와서 생각해봐도 십사 일 동안 단 한 번도 웃지 않았다. 이를 박박 갈며 십사 일에서 매일 하루씩 지워갔을 뿐이다.

두 번째 일요일이 되자 작업은 거의 끝난 상태였다. 날씨가 엄청나게 우호적이어서 상당히 빨리 진척되고 있었다. 지난주만큼 햇살이 비치지는 않았지만 그래도 건조한 편이었다. 나는 등대로 올라가 콘크리트로 만든 헬리콥터 착륙지에 서서 섬 전체를 둘러봤다. 안 스커 전체가 발아래에 엎드려 있었다. 울퉁불퉁 곡선을 그리는 등뼈와 부러진 세 개의 갈비뼈처럼 뻗어나간 곳들은 오랜 세월 침식에 시달리면서도 굳건히 남아 있었다. 북서쪽 끝을 막 벗어난 지점에서는 진녹색 바다에서 솟아나온 검은색 암초 무더기가 거칠게 공격하는 파도에 휩쓸려 거품을 내뿜었고, 암초의 꼭대기에는 바닷새들이 구름처럼 몰려들어 상승기류를 타면서 끊임없이 맴돌았다. 나는 돌아서서 절벽 끝까지 걸어갔다. 수직으로 뚝 떨어진 깎아지른 절벽은 갈라진 틈과 구멍, 깊게 파인 침니*로 흉터투성이였다. 몇몇 군데는 선반처럼 튀어나온 바위들로 인해 가로로 쪼개져 있었다. 절벽에는 수천수만 개의 새 둥지가 있었고, 바람과 비에 부드럽게 씻겨 내려간 구아노가 허옇게 뒤덮여 있었다. 이 섬에서 가장 많은 수확을 올릴 수 있는 지점이었지만 그곳의 둥지 대부분은 접근이 불가능했다. 내일 우리는 선반처럼 툭 튀어나온 아래쪽의 바위까지 내려가 마지막 수확을 할 예정이었다. 속에서부터 두려움이 밀려오는지 구역질이 나서 시선을 돌려버렸다.

하루만 더 참고 견디면 화요일에 퍼플아일호가 돌아와 철수 준비를 할 테고, 날씨만 허락한다면 수요일에 섬을 떠날 수 있을 것이다. 정말 기다리기 힘들었다.

그날 밤 이 섬에 머물면서 먹었던 것 가운데 가장 훌륭한 식사를 했다. 그해에 수확한 첫 번째 구가를 먹었던 것이다. 이제 가져온 보급품이 거의 떨어지고 있었다. 빵에서는 퀴퀴한 냄새가 나고 때로는 곰팡이가 피어 있었으며, 집게벌레가 기어 다녔다. 고기는 이미 먹어치운 터라 걸

---

* 암벽 지대에서 타고 올라갈 수 있게 세로로 갈라진 곳.

쭉한 죽과 달걀만 먹을 수 있었다. 매 끼니 변함없이 제공되는 유일한 것은 긱스의 성경책 구절과 잠언 말씀이었다. 그러다 보니 구가야말로 천국에서 내려온 만나*였다. 아마도 우리가 독실하게 지내온 데에 대한 포상 같았다.

에인절은 오후 내내 식사를 준비했다. 첫 번째 수레바퀴에서 구가 세 마리를 끄집어냈고, 박박 문질러 깨끗이 닦았다. 그런 후에 4등분을 하고 물이 팔팔 끓는 커다란 솥에 집어넣었다. 끓는 동안 남은 감자의 껍질을 벗겨 두 번째 불길 위에 놓인 물속에 가지런히 놓았다. 감자가 거의 삶아질 때쯤 에인절은 구가를 끓이던 솥의 물을 바꿨다. 조각난 구가를 조심스럽게 들어낸 다음 솥을 기울여 소금이 우러나오고 기름기가 둥둥 뜬 갈색 물을 비웠다. 그러고는 다시 팔팔 끓여야 할 새로운 물을 부었다. 이어 조각난 구가를 솥에 다시 집어넣고 삼십 분을 더 끓였다.

그날 저녁 블랙하우스에서 각자의 접시를 끌어안고 불가에 둘러앉았을 때, 우리가 내뿜는 기대감은 거의 전율이 느껴질 지경이었다. 식사 때마다 건네지던 식기 상자가 제자리에 덩그러니 놓여 있었다. 구가를 먹을 때에는 손가락만으로도 충분했다. 에인절이 각자의 접시에 구가 한 조각씩을 놓아줬고, 저마다 자신이 먹을 만큼 감자를 덜어냈다. 푸른 토탄 연기가 피어오르는 가운데 축제가 시작됐다. 다들 아무 말도 없이 껍질과 살과 감자로 허기진 입을 채웠다. 오리고기의 색감과 질감을 가진 살은 쫄깃쫄깃하지만 부드러웠고, 맛은 스테이크와 훈제 청어의 중간쯤이었다.

감자와 함께 먹은 구가 네 마리는 포식이라고 해도 좋을 만큼 양이 많았고, 다 먹고 나니 눈이 저절로 감겼다. 긱스가 읽는 성경 구절을 거의

---

* 이스라엘 민족이 사십 년 동안 광야를 방랑하고 있을 때 하나님이 내려주었다는 양식.

비몽사몽한 상태로 들었다. 이어 침대로 기어올라 꿈나라로 빠져들었다. 블랙하우스 안에 내일 마주할 마지막 절벽의 위험성을 알고 있는 사람은 단 한 명도 없었다. 그걸 깨달은 사람이라면, 그날 밤 잠들지 못했을 게 분명했다.

또다시 바람이 다른 얼굴을 드러냈다. 북서풍이 불어오면서 빗방울을 뿌려댔고, 한기도 한층 심했다. 어제까지만 해도 위쪽의 등대 옆에서 따스한 바람을 맞았는데, 오늘은 바람이 어찌나 세게 부는지 넘어져도 바닥에 부딪히지 않고 바람에 기댈 수 있을 것 같았다. 이 바람 속에서는 절벽을 따라 작업하는 게 한층 어려워질 게 분명했다. 어제 봤던 선반 같은 바위로 어떻게 내려갈지 궁금했다. 첫 번째 바위까지는 30미터 가까이 수직으로 뚝 떨어지기 때문이었다. 하지만 긱스는 왼쪽 바위틈 사이에 숨어 있다시피 한 가파른 도랑을 따라 우리를 아래쪽으로 인도했다. 이 도랑은 기다란 침니로 이어졌는데, 깨지고 갈라진 틈이 한쪽 면에 계단을 이루어서 등을 반대쪽 벽에 붙이고 수월하게 내려갈 수 있었다. 침니는 폭이 90센티미터 정도였고, 아래로 갈수록 좁아져서 맨 아래쪽에서 몸을 비집고 빠져나가면 첫 번째 선반 같은 바위에 내려설 수 있었다. 우리가 아래로 내려서자 수천 마리의 가넷새들이 공중으로 날아오르며 비명을 질러 동료들에게 침입을 알리고 우리의 면전에 거센 날갯짓을 해댔다. 툭 튀어나온 바위에는 새둥지가 즐비했다. 바위의 틈이란 틈은 모두 구아노로 채워져 있어 바위 표면이 몽땅 맨숭맨숭했다. 바람과 소금기로 다져진 구아노는 대리석과 같은 반질반질한 흰색 표면이 되어 발을 떼는 것조차 곤란했다. 우리가 바람을 마주 선 쪽에 있다는 것과 비가 머리 위를 지나갔다는 게 그나마 행운이었다. 바닷물이 60미터 아래쪽에서 절벽의 발부리에 있는 암초를 때렸다. 긱스가 재빨리 행동해야 한다는 신호를 보냈고, 우리는 가장 넓은 곳이라고 해봐야 폭이 1미터를 넘을까 말까 한 바위를 디디며 신속하게 움직였다. 최대한 빨리 새들을 죽였다. 새의 사체가 뒤쪽에 쌓였고, 구아노가 뒤덮인 흰색 대리석 위로 진홍빛 웅덩이가 생겼다. 우리 오른쪽에 있는 선반 같은 바위에서 두 번째 팀이 작업하고 있었다. 세 번째 팀이 어디에 있는지는 알 수 없었다.

그런 일이 발생하리라고는 전혀 예상하지 못했다. 새를 죽이다 보면 감각이 둔해지지만, 지금 돌이켜봐도 내가 어쩌면 그렇게 멍청했는지 이유를 알 수 없었다. 우리는 침니로 되돌아와서 죽은 새들을 계단의 아래쪽에 쌓았다. 플루토가 위쪽으로 올라가서 밧줄을 내렸고 한 번에 네 마리씩 밧줄에 묶어 위로 끌어올렸다. 긱스는 튀어나온 아래쪽 바위로 내려갈 길을 찾고 있었다. 나는 무심코 돌아서면서 바위틈에 있던 새끼를 놀라게 했다. 새끼는 비명을 지르고 날개를 퍼덕이며 내 얼굴로 달려들었다. 부리가 내 뺨을 파고드는 게 느껴졌다. 나는 두 팔을 들어 새를 떼어내려다 뒤쪽으로 한 걸음 물러섰다. 그 짧은 순간에 균형을 잡을 수 있으리라고 생각했던 것이다. 그 이후로 몇 번이고 생각해봤지만 충분히 그럴 수 있었다는 결론을 내렸다. 하지만 그 당시에는, 그 순간에는 절벽이 내 운명을 놓아버리듯 나를 밀어냈다. 발밑으로는 허공의 공기뿐이었고, 두 손은 뭔가 붙잡아보려고 허망하게 허우적거릴 뿐이었다. 아무것도 없었다. 자신이 기억하기로는 그 절벽에서 단 한 번도 사고가 없었다던 긱스의 말이 생생히 떠올랐다. 내가 그 기록을 깨는구나 하는 생각이 들었다. 나는 떨어지는 동안 새들이 내가 처한 곤경을 기뻐하며 웃는 소리를 들었다. 나는 새들과 달리 날 수가 없었다. 새끼를 죽인 데에 대한 보복이라고 여기는 듯했다. 너무 놀라서 두려움을 느끼거나 분통을 터뜨리지도 못하고 그저 조용히 떨어지기만 했다. 꿈 같았고, 실제로 벌어지는 일 같지도 않았다. 설마 내게 이런 일이……?

망치로 맞은 것 같은 첫 번째 충격이 온몸을 훑고 지나갔다. 왼쪽 팔이나 어깨쯤이었다. 고통이 너무나 심했던지라 비명을 내질렀다. 그런데 내 생명을 구한 것은 바로 그 충격이었던 것 같았다. 첫 번째 것보다는 빗겨 맞은 듯한 충격이 두어 번 더 있고 나서 떨어지던 내 몸이 덜컥 멈춰 섰다. 머리뼈가 깨지는 소리가 들렸지만, 촛불이 꺼지듯 의식이 사라지는 바람에 고통이 느껴지지 않았다.

내 기억으로, 맨 처음 들은 것은 사람들 목소리였다. 고함 소리였다. 정신이 들자마자 고통이 느껴졌기 때문에 뭐라고 소리치는지는 알 수 없었다. 흔히 동시에 두 곳의 고통을 느낄 수 없다고들 말한다. 그런데 어깨에서 뭔가 날카로운 것이 살과 근육과 힘줄을 뚫고 뼈에까지 닿는 것 같은 타는 듯한 아픔이 느껴졌다. 그와 동시에 누군가가 머리를 바이스로 조이고 나사를 살살 돌리는 것 같은 통증도 느껴졌다. 어딘가를 다친 것은 분명한데, 그곳의 고통을 아직 느끼지는 못하는 것 같았다. 당시에는 모든 감각이 그 두 곳에 집중되어 있었다. 몸을 꼼짝도 할 수 없어서 정신이 혼미한 가운데 등뼈가 부러졌나 하는 의문이 들었다. 안간힘을 쓰면서 눈을 뜨자 50미터쯤 아래쪽에서 암초를 격렬하게 공격하는 파도가 눈에 들어왔다. 선반 같은 바위가 가로막아 내 몸뚱이를 빨아들일 기회를 놓친 파도는 두 팔을 벌리고 내가 들끓는 어둠 속으로 뛰어들기를 재촉하고 있었다.

젖 먹던 힘까지 짜내서 하늘을 향해 돌아 누웠다. 무릎을 구부리고, 통증으로 정신이 혼미한 가운데 그래도 척수가 손상되지 않았다는 생각에 마음이 놓였다. 선반처럼 툭 튀어나온 바위는 폭이 60센티미터도 안 될 정도로 좁았다. 기적적으로 바위가 나의 추락을 막고, 절벽에 달린 가슴처럼 나를 품었다. 두 손에 묻은 피를 보고 숨이 넘어갈 뻔했지만, 추락

하기 직전에 도살한 구가의 피라는 걸 깨닫고 한숨을 돌렸다. 낡아 해진 녹색 밧줄의 끝부분이 내 머리 바로 위까지 늘어졌다. 15미터쯤 위에 내 모습을 보기 위해 아무것도 없는 허공 속으로 과감하게 몸을 내민 사람들의 머리와 어깨가 보였다. 정신이 멍했음에도, 이곳으로 내려올 방법이 없을 것 같았다. 절벽이 깎아지른 데에다 반질반질했고, 구아노로 뒤덮여 있었다. 내가 있는 곳까지 내려오려면 밧줄을 써야 했다.

그들은 여전히 고함을 질렀다. 처음에는 내게 고함치는 것인 줄 알았다. 아슈타르도 절벽에서 몸을 내밀고 있었는데, 창백한 얼굴로 잔뜩 겁을 집어먹고 있었다. 그도 소리를 지르고 있었지만, 한마디도 알아들을 수가 없었다. 얼굴에 그림자가 어른거려 얼른 고개를 돌려보니 매킨스 씨가 내 곁의 바위로 올라서고 있었다. 아저씨의 모습이 끔찍했다. 면도를 하지 않은 데에다가 안색은 적갈색에 가까운 노란색이었고, 두 눈은 움푹 들어가 있었다. 땀을 뻘뻘 흘리며 몸을 떠는데, 할 수 있는 일이라고는 추락하지 않도록 손으로 움켜쥘 곳을 찾는 것뿐이었다. 아저씨는 그 좁은 공간에 무릎을 꿇고, 절벽 표면에 몸을 힘껏 기댔다. "곧 상황이 나아질 거다, 핀." 아저씨의 쉰 목소리가 간신히 들렸다. "별일 없을 테니 안심해라." 그 말과 함께 아저씨는 녹색 밧줄을 자신의 손목에 서너 번 감고 바위 바깥쪽으로 쭉 내밀며 몸을 돌렸다. 마침내 내 머리 오른쪽에 똑바로 앉을 수 있었다. 그런 후에 등을 절벽에 바싹 기대고 두 눈을 감으며 숨을 거칠게 몰아쉬었다. 어떻게 했는지는 모르지만, 아저씨는 내게 다가오기 위해 아래쪽에서 절벽을 타고 올라온 것이었다. 오늘날까지 나는 매킨스 씨가 어떻게 그 일을 해냈는지 알 수 없었다. 하지만 아저씨가 두려워하는 느낌만은 알 수 있었다. 희한하게도, 그렇게 고통스러운 사이 아저씨에게 미안함을 느꼈다는 걸 지금도 기억한다. 내가 한 손을 내밀자 아저씨가 그걸 꽉 잡았다.

"똑바로 앉을 수 있겠니?"

나는 대꾸를 하려고 했지만 말이 나오지 않았다. 그래도 억지로 입을 열었다. "안 될 것 같은데요."

"똑바로 앉아야 겨드랑이에 밧줄을 묶을 수 있을 텐데……. 나 혼자서는 할 수가 없어. 네 도움이 필요하단다."

나는 고개를 끄덕였다. "한번 해볼게요."

아저씨는 한 손으로는 여전히 밧줄을 잡은 채로 다른 팔을 내 허리에 둘러 나를 똑바로 앉히려고 끌어당겼다. 어깨와 팔을 타고 흐르는 고통이 너무나도 극심해서 비명을 질렀다. 아저씨에게 필사적으로 매달린 채 숨을 몰아쉬며 그대로 있었다. 아저씨는 용기를 내라는 말을 연신 지껄였지만, 그건 바람에 휘날려 윙윙거리는 소리로만 들렸다. 그럼에도 아저씨의 말에서 위안을 얻었다. 나는 멀쩡한 팔로 아저씨의 팔을 붙잡고 구부릴 수 있는 한쪽 발로 몸을 떠받치며 있는 힘을 다해 어정쩡하게 몸을 일으켰다. 고통스러운 비명이 또다시 터져 나왔지만, 아저씨의 양다리에 겨우 기대어 앉았다. 아저씨는 재빨리 밧줄을 내 겨드랑이와 등에 두르고 가슴 쪽에 매우 안전해 보이는 커다란 매듭을 짓기 시작했다.

매킨스 씨가 준비를 다 마쳤을 때, 우리는 가능한 한 아래를 내려다보지 않으려고 애쓰면서 숨을 헐떡인 채 앉아 있었다. 아저씨가 나를 붙잡은 손을 놓는 순간이 정말 오지 않기를 바랐다. 슬쩍만 밀어내도 나는 이 낡은 녹색 밧줄에 매달릴 테고, 내 생명은 아저씨가 지어놓은 매듭과 나를 안전한 곳으로 끌어올려 줄 사람들의 힘에 달려 있게 될 판이었다. 까딱 잘못하면 다시 몇 초간 추락해서 아래쪽 바위에 부딪히며 고통을 끝장내겠다는 생각도 들었다.

"너, 피가 나는구나." 매킨스 씨가 말했다. 아저씨의 말을 듣는 중에 귀 위쪽 어디쯤 난 상처에서 목으로 뜨뜻한 피가 흘러내리는 게 느껴졌다. 아저씨는 손수건을 찾아내서 내 얼굴에 묻은, 아직 굳지 않은 피를 닦아냈다. "정말 미안하다, 핀." 아저씨가 왜 그런 말을 하는지 의아했다. 내가 추락한 건 그의 잘못이 아니었다.

아저씨는 밧줄을 세 번 힘껏 잡아당기며 목을 뒤로 젖히고 위에 있는 사람들에게 준비가 됐다고 소리쳤다. 그 소리에 반응하여 위쪽에서 밧줄을 한 번 잡아당겼고, 밧줄이 팽팽해졌다.

"행운을 빈다." 매킨스 씨가 말했다. 밧줄이 나를 힘차게 끌어올렸고, 나는 또다시 고통스러운 비명을 내질렀다. 아저씨가 잡았던 손을 놓자 나는 바위를 벗어나 바람을 맞으며 팽이처럼 빙빙 돌았다. 고통과 함께 몸이 조금씩 떠오르기 시작했다. 그러다가 절벽 표면에 두 번쯤 부딪혔고, 다시 바다에서 올라오는 상승기류 속으로 빨려 들어갔다. 그러는 동안 가넷새들은 머리 주위를 맴돌며 내가 떨어지기를 기원하듯 비명을 질러댔다. 죽어라, 죽어라, 죽어라 하고 소리치는 것 같았다.

사람들이 마침내 나를 끌어올리고, 주위에 둘러서서 걱정스러운 얼굴로 내려다보는 게 어렴풋이 느껴졌다. 긱스의 목소리가 들렸다. "야, 이 녀석아. 네가 죽은 줄 알았다."

바로 그때 누군가가 고함을 질렀다. 그 소리에 위험하고 압도적인 분위기가 실려 있어 온몸이 오싹해졌다. 머리를 그쪽으로 돌리는 순간, 매킨스 씨가 날개처럼 양팔을 쭉 펼친 채 허공을 가르고 있었다. 아래쪽 바위에 도달할 때까지 영원 같은 시간이 흘렀고, 그곳에서 비행이 중단됐다. 아저씨는 양팔을 쭉 펼치고 한쪽 다리는 구부린 모습으로 바위에 엎어져 있었다. 마치 십자가에 못 박힌 예수의 모습을 본뜬 것 같았다. 거대한 파도가 몰려와 몸을 끌어당겼고, 아저씨가 바닥이 보이지 않는 녹색 수중으로 영원히 사라졌다. 허연 물거품이 분홍빛으로 물들었다.

괴이하기 짝이 없는 고요가 찾아들었다. 새들은 누군가에게서 침묵을 요청받은 듯 입을 다물었다. 불어오는 바람만이 끊임없이 애절한 울음 소리를 흘렸고, 그러는 가운데 아슈타르가 비통하게 울부짖는 소리가 들렸다.

12장

1

낮게 깔린 시커먼 구름에 커다란 구멍이 뚫렸다. 조각조각 보이는 놀랍도록 파란 하늘과 넝마 조각처럼 흩어져 있는 흰구름을 드러낸 해리스 산맥이 그들 앞에 우뚝 솟아 있었다. 햇살 파편이 비탈을 깊게 파고든 호수의 반짝이는 물 위로 떨어졌다. 비탈의 모퉁이에서 두 사람은 이 섬만큼이나 오래돼 보이는 버려진 오두막을 순식간에 지나쳤다.

"몇몇 사람은 M25 고속도로의 교통정체 속에서 매일 두 시간을 허비하는 걸 선택하죠. 그런 멍청이들이 어디 있습니까?" 조지 건이 말했다.

핀은 동의한다는 표시로 고개를 끄덕였고, 자신도 그런 멍청이 중 한 사람이 아닌가 생각했다. 살아오는 동안 얼마나 많은 시간을 에든버러의 교통체증 속에서 허비했을까? 온 세상을 통틀어서 일부는 가장 황량하고 일부는 가장 아름다운 시골 지역을 구불거리며 위그로 가는 도로가 그런 인생을 일깨워주었다. 하지만 구름과 안개에 둘러싸인 산맥이 음울한 기분을 전염시키는 파란빛으로, 보랏빛으로, 진하디진한 녹색으로 빛나며 다가오자 핀은 자신이 암울함 속으로 다시 가라앉고 있음을 알아차렸다.

스토너웨이로 돌아온 핀은 호텔방 욕실에서 어젯밤의 기억을 지우려고 오랫동안 뜨거운 물줄기를 맞으며 서 있었다. 하지만 기억은 고집스럽게도 새록새록 떠올랐고, 안 스커로 원정을 떠나기 전에 우울하고 불행했던 어린 시절의 제 모습에 시달려야 했다. 너무나도 변해버린 옛 친구 역시 충격적이었다. 그렇게 활력과 장난기가 넘치던 홍안의 아슈타르가 지금은 불구 어머니와 자기 자식도 아닌 아들을 거느린 채 아무 사랑도 없는 결혼 생활의 함정에 빠져 허우적거렸다. 엄청나게 뚱뚱해진데에다가 입이 거칠어지고, 술고래가 다 되어 있었다. 마샬리도 마찬가지였다. 가련한 마샬리는 힘든 삶과 세월의 무게에 짓눌려 지치고 빛바랜 모습이었다.

그렇기는 해도 주방 식탁을 사이에 두고 서로 마주 보던 그 짧은 순간에는 젊은 날의 모습을 다시 볼 수 있었다. 반짝이는 눈동자에, 미소에, 자신의 뺨을 어루만지는 손가락 감촉에 여전히 소녀가 살아 있었다. 그리고 한때 자신이 그토록 좋아하던, 빈정대는 위트 속에서도 그런 기색이 보였다.

건은 조수석의 핀을 힐끗 보며 그가 정신을 다른 곳에 팔고 있다는 걸 알아차렸다. "한 푼 드릴 테니 무슨 생각을 하는지 말해주시죠, 매클라우드 형사님."

핀은 고개를 흔들며 몽상에서 깨어나 억지로 미소를 지었다. "내가 당신이라면 그런 데 헛돈을 쓰지 않겠어요, 조지."

그들은 수백만 년 동안 단단한 바위에 대고 가차 없이 완력을 발휘해 파고든 기나긴 도랑으로 접어들었다. 한때 거대한 강이던 이곳은 이제 바위 사이로 물이 졸졸 흐르는 실개천으로 변해버렸다. 어둠을 헤쳐 나오자 땅에 난 틈새로 위그 해변이 슬쩍 보였다. 수 제곱미터에 이르는 백사장이 너무 넓어 바다는 보이지도 않았다.

건은 해변에서 차를 돌려 캐틀 그리드 위쪽의 일차선 도로를 따라 비탈로 올라갔다. 얕지만 널찍한 강이 옆으로 빠르게 흘렀다. 강물은 구불대며 이리저리 흘러내리다가 강바닥에서 솟아오른 울퉁불퉁한 바윗돌에 충돌했다.

"에든버러에서는 야생 연어를 많이 먹습니까, 매클라우드 형사님?"

"아니, 그렇지 않아요. 요즘에는 양식뿐인 것 같더군요."

"정말 뭣 같지 않습니까? 그 불쌍한 녀석들을 빌어먹을 화학약품과 항생제를 섞은 작은 통 속에서 꼼지락거리게 하다니. 살이 얼마나 흐물거리는지 손으로 찌르면 푹 들어갈 정도라니까요." 건은 강물을 지나치며 그곳을 흘끗 봤다. "바로 그런 이유로, 몇몇 사람은 제대로 된 연어를 잡으려고 이곳에 그렇게 많은 돈을 기꺼이 지불하는 겁니다."

"그리고 바로 그런 이유로 그렇게 많은 사람이 밀렵을 하는 거겠죠." 핀은 의식적으로 건을 보지 않았다. "최근에 야생 연어를 많이 먹었나 보군요, 조지?"

건은 어깨를 으쓱했다. "아, 이따금 맛을 봅니다. 아내 지인이 때때로 가져다주어서요."

"당신 부인이요?"

건은 핀을 슬쩍 곁눈질했다. "네. 저는 부탁한 적이 없습니다, 매클라우드 형사님. 모르는 게 약이라는 말도 있잖습니까?"

"법의 관점에서 보면, 몰랐다고 용서가 되는 건 아니죠."

"맞는 말씀이긴 하지만 법이 때로는 거지 같아서요. 신이 세상에서 가장 좋은 연어를 여기 강에 넣어둔 것도 아니란 말이죠. 하지만 사람들은 이곳에 와서 돈을 지불하면서까지 그걸 잡아가려고 하죠."

"그럼 누군가가 연어를 밀렵한다는 사실을 알면 어떡할 건가요?"

"아, 당연히 체포해야죠. 그게 제 일이니까요." 건은 잠시도 망설이지 않고 대답했다. 그는 전방의 도로를 계속 주시했다. "오늘 밤에 저와 제 아내와 함께 식사하시겠습니까, 매클라우드 형사님? 분명히 말하지만 아내가 어디에선가 제대로 된 연어를 구해올 겁니다."

"정말 군침 도는 제안인데요. 하지만 오늘 하루가 어떻게 전개될지 알 수가 있어야죠. 당신은 모르겠지만, 수사본부 사람들이 오늘 오후쯤 집 으로 돌아가는 비행기에 나를 태우려 할 테니까요."

두 사람이 도로의 높은 곳으로 올라서자 저 멀리 낙서해놓은 것처럼 구불거리는 회색 호숫가에 스와니발 산장이 보였다. 둘러싸고 있는 언덕을 바람막이 삼아 잘 가꿔진 유럽 적송이 산장 주변에 자랐다. 산장은 오래된 농가였음이 분명한 곳을 개조해서 점점 옆으로 위로 덩치를 키워나갔다. 무척 인상적인 건물로, 새롭게 페인트칠되어 음침하고 우울한 대지 위에서 하얗게 반짝거렸다. 건물 옆에는 주차장과 자갈 깔린 길이 이어져 있어서 호수 물살에 따라 가볍게 오르내리는 작은 보트들을 정박해놓은 부잔교로 내려갈 수 있었다. 주차장에는 당장이라도 폭삭 주저앉을 것 같은 랜드로버 한 대가 주차되어 있었다. 건은 그 옆으로 차를 몰아넣었고, 두 사람은 포장된 지면으로 내려섰다. 파란색 작업복과 트위드 재킷을 걸친 몸집 큰 남자가 옷차림에 걸맞은 챙모자를 둥그런 붉은 얼굴까지 푹 눌러쓰고 산장 밖으로 서둘러 나왔다.

"도와드릴까요, 손님?" 핀의 눈에는 그가 사십대로 보였지만 정확히는 알 수 없었다. 얼굴은 햇볕에 그을렸고 군데군데 핏줄이 드러나 보였다. 모자 밖으로 흘러나온 머리카락은 백발이 듬성듬성 섞인 생강빛이었다.

"경찰이오. 스토너웨이에서 온." 건이 말했다.

남자가 안도의 한숨을 내쉬었다. "그 말씀을 들으니 기쁘군요. 예정보다 하루 먼저 들이닥친 공무원인 줄 알았거든요."

"어떤 부서에서 나온 공무원이라는 거죠?" 핀이 물었다.

"농축산부죠. 그 사람들이 이곳에 와서 보조금 산정을 위해 양의 마릿수를 셉니다. 어제는 코냐흐 이언의 농장에 찾아왔는데, 아직 그의 양을 우리 농장으로 옮기지 못했거든요." 그는 맞은편 호숫가에 있는 작은 농가를 향해 고개를 끄떡였다. 가느다란 한 줄기 땅이 농가 위쪽 비탈에 드러나 있고, 흰 양들이 야생화 사이사이에 점점이 박혀 있었다.

핀이 이마를 찌푸렸다. "저기 양이 있는데요?"

"아, 예. 저것은 제 겁니다."

"그럼 왜 코냐흐 이언의 양을 데려온다는 거죠?"

"그래야 공무원들이 실제보다 두 배를 기른다고 생각하고 보조금을 줄 테니까요."

"똑같은 양이 두 번 계산된다는 뜻인가요?"

"물론이죠." 남자는 핀의 질문에 깜짝 놀라는 것 같았다.

"이런 걸 우리에게 막 말해도 되나요?"

"비밀도 아닌데요, 뭘. 정부에서 나온 친구들조차 다 알아요. 공무원들이 이곳에 오면 이것저것 따지지 않고 그냥 보이는 양을 셉니다. 우리가 생계를 이어갈 유일한 방법이니까요. 먹고살아야 하니까 여기 산장 일도 맡아야 했고요." 남자가 심드렁하게 말했다.

"일이라는 게 뭔데요?" 건이 물었다.

"관리인 일이죠. 존 경이 안 계시는 동안에 제가 이곳을 돌봅니다."

"주인이 누구라고요?" 핀이 물었다.

"존 울드리지 경입니다." 그 사람은 껄껄 웃었다. "그분은 자신을 그냥 조니라 부르라셨지만, 어디 그게 쉽나요? 경은 경이죠." 그는 커다란 손을 불쑥 내밀었다. "참, 그건 그렇고 저는 케니입니다. 본명은 저도 코냐흐인데요, 헷갈리니까 다들 그냥 케니라고 부릅니다. 빅 케니라고요." 그는 씩 웃었다.

핀은 괴물처럼 악력이 센 케니의 손아귀에서 찌그러지다시피 한 손을 간신히 빼냈다. "음, 빅 케니 씨." 피가 잘 돌도록 주먹을 쥐었다 폈다 하면서 말했다. "존 씨가 여기에 있습니까?"

"아니요." 빅 케니가 대답했다. "존 경이 여름에 이곳에 온 적은 한 번도 없었어요. 항상 9월에 파티를 열죠. 사냥하기에는 가을이 가장 좋으니까요."

건이 주머니에서 접힌 종잇장을 꺼내 펼쳤다. "제임스 민토는요?"

빅 케니의 얼굴이 어두워지고, 코 주변에 드러난 핏줄이 시커먼 보랏빛으로 돌변했다. "아, 그 사람이요? 근처에 있습니다. 요 근처를 떠나는 법이 없죠."

"그 사실을 별로 즐거워하는 것 같지는 않군요." 핀이 슬쩍 떠봤다.

"저는 그 사람에게 별 불만 없어요. 하지만 그를 좋아하는 사람은 없죠. 밀렵을 하지 못하도록 누군가가 막아야 한다면, 그 사람이 제대로 해낼 거라고 생각합니다. 하지만 그러는 데는 다양한 방법이 있을 게 아닙니까? 제 말이 무슨 뜻인지 아신다면요."

"민토가 일하는 방식을 좋아하지 않는군요." 건이 말했다.

"물론이죠, 형사님. 좋아하지 않습니다."

"어디 가면 민토를 만날 수 있을까요?" 핀이 물었다.

"위그 해변 남쪽에 있는 모래언덕 사이 낡은 오두막에 살죠." 빅 케니는 자신이 누구와 대화하는지를 갑자기 깨달은 듯 말을 끊고 미간을 찌푸렸다. "그 사람이 무슨 일을 저질렀나요? 누굴 죽이기라도 했습니까?"

"그 사람이 그런 짓을 했다면 놀랄 겁니까?" 핀이 물었다.

"아뇨. 놀라지 않을 겁니다, 형사님. 전혀 놀랄 일이 아니죠."

민토가 사는 곳은 해변도로 맨 끝의 모래언덕 사이에 자리 잡은, 예전에 휴가철 숙박지로 지어진 집이었다. 장엄하게 홀로 서서 발밑으로는 백사장을 내려다보고, 등 뒤로는 구불구불한 산등성이가 보랏빛과 푸른색의 파스텔 톤으로 빛나는 인상적인 오두막이었다. 서쪽으로 멀리 보이는 바다에서 동쪽의 위그 산장까지 위그 해변 전체를 조망할 수 있었다. 정면으로 마주 보이는 해변 맞은편은 스코틀랜드의 예언자 케네스 매켄지의 탄생지인 발라나킬레로, 하얗게 칠한 건물이 몰려 있었다.

"당연히 우리는 그 사람을 게일어 이름인 코냐흐 오아르로 알고, 세상 사람들은 브러핸 시어로 알지." 아버지는 핀에게 이렇게 말했다. 핀은 맥허 끄트머리에 앉아 아버지가 연을 만들면서 해주는 이야기를 들은 그날을 똑똑히 기억했다. 어느 날 밤 여자 유령 하나가 자기 무덤이 있는 발라나킬레로 되돌아와서 코냐흐의 어머니에게 근처 호수에서 작고 둥근 파란 돌을 찾으라고 말했다는 이야기였다. "돌을 아들에게 건네주고, 아들이 돌에 눈을 대면 미래를 볼 수 있으리라고 유령이 말했다는구나."

"그렇게 했나요?" 눈이 휘둥그레진 핀이 아버지에게 물었다.

"그럼, 그랬지."

"정말 미래를 볼 수 있게 됐나요?"

"코냐흐는 실제로 실현된 많은 일들을 예언했단다, 피온라크." 아버지는 그렇게 대답하고, 어린 핀에게는 아무 의미 없는 코냐흐의 예언 목록을 몽땅 풀어놓았다. 이제 성인이 된 핀은 저 멀리 맥허에 자리 잡은 묘비를 지그시 바라보고 서서, 아버지가 살아 있는 동안 실현되지 못한 예언 한 가지를 떠올렸다. 브러핸 시어는 이렇게 적어놓았다. 말이 끝지 않는 마차를 타고 사람들이 바닷속으로 프랑스에 갈 때, 모든 압제에서 벗어난 새로운 스코틀랜드가 떠오르리라. 아버지와 함께 해변에서 연을 날릴 당시 마거릿 대처의 머릿속에 도버 해협 해저터널은 전혀 고려되지 않았고, 가장 열성적인 독립주의자조차 20세기가 끝나기 전에 스코틀랜드 의회가 에든버러에 다시 자리 잡을 걸 예언할 수 없었다. 코냐흐 오아르는 이런 일들이 벌어지기 거의 삼백 년 전에 마술로 혹세무민했다는 이유로 화형당했다.

"나름대로 신비한 곳이군요." 맥허에 길게 자란 풀이 파도처럼 출렁거렸다. 바람 소리에 뒤지지 않도록 조지 건이 목소리를 높였다.

"그래요, 맞는 말이에요." 핀은 이곳에서 전해지는 이야기를 떠올렸다. 위그 백사장에는 12세기 스칸디나비아 사람들이 바다코끼리 어금니로 조각한 '루이스 체스맨' 말이 묻혀 있었다. 처음 그것을 발견한 한 농장주가 그 말을 켈트족 전설에 등장하는 작은 요정인 엘프와 놈gnome이라고 생각해서, 발을 돌려 죽어라 도망쳤다는 이야기이다. 이런 신비한 곳에서라면 그런 전설이 충분히 믿길 듯했다.

그들이 차 문을 쾅 닫았을 때 오두막 앞문을 통해 한 남자가 밖으로 나왔다. 그는 몰스킨 바지를 무릎까지 올라오는 검은색 부츠 안으로 쑤셔 넣고, 어깨와 팔꿈치에 가죽을 댄 재킷 안에 두툼한 모직 스웨터를 입고 있었다. 산탄총 총신을 꺾어 한쪽 팔뚝에 걸치고, 가슴에는 캔버스 천으로 된 가방을 늘어뜨렸다. 까만 머리카락을 짧게 쳤고, 얼굴은 갸름했다. 여름 내내 피부를 태웠음에도 멍 자국이 여전히 남아 있었다. 심하게 갈라진 입술에는 거의 다 나은 상처가 두어 군데 보였다. 놀라울 정도로 반짝거리는 연녹색 눈동자를 보면서 핀은 그 사람이 자신과 거의 동갑일 거라고 짐작했다. 그 사람은 잠시 멈칫하더니 등 뒤의 문을 닫고 거의 보이지 않을 만큼 절름거리며 두 사람을 향해 천천히 걸어왔다. "도와드릴까요?" 워낙 조용조용 말한 터라 런던내기의 부드러운 억양은 시끄러운 바람 소리에 묻혀버렸다. 목소리가 그렇다고 해서 녹색 눈동자에 어린 신중함이나, 곧 달려들 듯 몸을 잔뜩 움츠린 고양이 같은 긴장감을 감추지는 못했다.

"제임스 민토이십니까?" 핀이 물었다.

"누구요?"

"핀레이 매클라우드 형사입니다." 핀은 건을 향해 고개를 끄덕였다. "이쪽은 조지 건 형사고요."

"신분증은?" 민토는 두 사람을 여전히 경계했다. 핀과 건은 신분증을 꺼냈고, 민토는 잘 살펴본 후에 고개를 끄덕였다. "제대로 찾아왔어요. 뭘 원합니까?"

핀은 총 쪽으로 고개를 갸웃했다. "총기 소지 허가증은 있습니까?"

"그쪽 생각은 어떤데요?" 눈에 어린 신중함이 적개심으로 변했다.

"질문은 제가 했습니다. 아직 대답하지 않은 것 같소만……."

"그래요, 허가증은 있습니다."

"뭘 쏠 생각이죠?"

"토끼요. 그게 당신과 무슨 상관인지는 모르겠는데." 민토는 현역 사병이 장교를 모욕하는 모든 몸짓을 내보이며 쏘아붙였다.

"밀렵꾼은 아니로군요."

"난 밀렵꾼을 쏘지 않아요. 그저 그들을 잡아서 당신네 경찰에 넘길 뿐이지."

"토요일 밤 8시부터 자정 사이에 어디 있었습니까?"

처음으로 민토의 자신감이 휘청거렸다. "왜요?"

"묻는 말에 답하십시오."

"뭣 때문에 묻는지 밝히면 대답하지."

"대답하지 않으면 수갑을 채워 저 차 뒷좌석에 태우고 스토너웨이로 이송해서 경찰 업무 방해 혐의로 구치소에 집어넣을 겁니다."

"어디 한번 해보시지. 그랬다간 두 팔이 부러질 테니까."

핀은 건이 출력해준 민토에 관한 기록을 읽었다. 전직 SAS* 대원으로, 걸프 만과 아프가니스탄에서 복무했다. 그의 말투에는 허투루 하는 말이 아니라는 기색이 역력했다. 핀은 차분하게 말을 이었다. "경찰관을 위협하는 것도 위법입니다, 민토 씨."

"그럼 어디 수갑을 채워 당신네 차 뒷좌석에 처박아보시지."

핀은 조용하면서도 위협이 느껴지는 건의 목소리에 깜짝 놀랐다. "매클라우드 형사님 질문에 대답하는 게 좋을 것 같은데, 민토 씨. 안 그러면 두 팔이 부러지는 건 선생일 테고, 수갑을 채우면서 그 팔을 부러뜨리는 건 내가 될 거요."

민토는 건이 그럴 능력이 있는지 재보려는 듯 흘끗 봤다. 지금까지 건에게는 거의 주의를 기울이지 않았다. 상관을 수행하는 별 볼 일 없는 부하라고 깔보다가 생각을 고쳐먹은 게 분명했다. 민토는 결론을 내린 모양이었다. "토요일 밤에 집에 있었소. 텔레비전을 보면서 말이오. 화질은 별로였지만." 그는 건에게서 눈을 떼고 다시 핀을 봤다.

"그걸 증명해줄 사람이 있습니까?" 핀이 물었다.

"위그에 친구가 많아요. 맥주를 마시거나 잡담을 하려고 아무 때나 들르죠."

"그때는 혼자 있었단 말인가요?"

"경찰관치고는 머리가 빨리 돌아가시는군."

"어떤 프로그램을 봤죠?" 건은 그 토요일 밤에 텔레비전을 보기라도

---

* Special Air Service, 영국 육군 소속 특수부대.

한 듯 당당한 어조였다.

민토는 건에게 경계하는 눈길을 던졌다. "염병할, 그걸 내가 어떻게 압니까? 매일 밤 똑같은 것만 틀어주는데." 민토는 핀과 건의 얼굴을 번갈아 봤다. "이것 보시오, 알고 싶은 게 뭔지 후딱 질문하면 내 얼른 대답해드리지. 그래야 이 하찮은 게임을 끝내지 않겠소?"

핀이 말했다. "안에 들어가서 이야기합시다. 홍차 한잔 대접해주면 좋겠네요." 적대감을 푸는 좋은 방법일 것 같았다.

민토는 핀의 제안을 잠시 머릿속에서 굴렸다. "아, 예. 그럽시다. 못 할 이유가 없죠."

혼자 사는 사람치고 민토는 집 안을 아주 깔끔하게 정리해놓았다. 협소한 거실은 그림이나 장식품 하나 없이 검소하고 깨끗했다. 창가 탁자에 놓인 체스판에서 흑백 사각형을 가로지르며 말들이 치열한 전투 양상을 보여줄 뿐이었다. 핀은 민토가 홍차를 내놓기까지 거실에 앉아 기다리며 주방을 슬쩍 들여다볼 수 있었다. 지저분한 접시는 단 하나도 보이지 않았다. 나이프와 포크 들은 벽에 고정한 말쑥한 걸이에 걸려 있고, 행주는 정성스럽게 접힌 채 히터 위에 놓여 건조됐다. 민토가 홍차 포트와 세 개의 커피 잔과 받침잔, 작은 우유 주전자, 각설탕 그릇이 놓인 쟁반을 들고 왔다. 머그잔을 기대했던 핀은 커피 잔이 나와 고개를 갸웃했다. 여러 해 동안 군에 복무하면서 체질화된 민토의 청결함과 규율에는 약간 지나치다 싶은 구석이 있었다. 핀은 무엇으로 동기부여를 해야만 이런 곳에 홀로 살게 될까 궁금해졌다. 민토가 하는 일의 특성상 친구를 많이 만들기는 힘들었다. 게다가 민토는 일을 하면서 적을 많이 만드는 성격 같았다. 아무도 민토를 좋아하지 않는다던 빅 케니의 말이 떠올랐다. 핀은 그 이유를 알 것 같았다.

민토가 홍차를 따르자 핀이 말했다. "혼자 체스 두기 쉽지 않겠어요."

민토는 체스판을 흘끗 봤다. "전화로 둡니다. 예전 부대장과요."

"루이스 체스맨 말을 가지고 있군요."

민토는 씩 웃었다. "불행히도 진품은 아닙니다. 대영박물관을 뚫고 들어갈 방법을 아직 찾아내지 못해서요." 그는 잠시 말을 끊었다가 다시 입을 열었다. "아름답지 않나요?"

핀은 민토의 입에서 아름답다는 말이 흘러나오리라고는 예상하지 못했다. 민토가 미적 감각이라는 게 있음을 설혹 알았더라도 그걸 즐길 줄은 꿈에도 생각하지 못했기 때문이었다. 하지만 핀이 경찰에 몸담은 여러 해 동안 배운 것은, 사람에 대해 아무리 샅샅이 잘 파악했다고 믿어도 언제나 빠진 구석이 있다는 점이었다. "진품을 본 적 있어요? 말 몇 개를 에든버러에 있는 스코틀랜드 국립박물관에서 전시하고 있던데요."

"에든버러에 가본 적이 없어서요. 사실 이곳을 제외하고는 스코틀랜드의 어느 곳에도 가본 적이 없어요. 그리고 십오 개월 전에 여기 온 이후로는 섬을 벗어나본 적도 없고요." 민토가 대답했다. 핀은 고개를 끄덕였다. 민토의 말이 사실이라면 그는 리스 워크 살인사건의 용의자 명단에서 제외되어야 했다. "당신네들을 처음 봤을 때는 내 얼굴을 이 꼴로 만든 놈들을 잡았다고 알려주러 온 줄 알았죠."

"유감스럽게 됐네요." 건이 말했다.

"그러시겠지, 뭐." 민토가 말을 질질 끌었다. "내가 무슨 생각을 했는지 알아요? 이 주변 다른 녀석들처럼 당신들도 자기 이익이나 챙기는 데 더 관심이 있다는 거요. 내 말 맞죠?" 민토는 의자에 앉으며 자신의 홍차에 각설탕 두 개를 넣고 우유를 조금 부어 저었다.

"밀렵꾼들 상당수가 엄청 얻어맞은 것 같더군요." 건이 말했다.

"밀렵꾼들 상당수가 잡히는 걸 좋아하지 않죠."

핀이 끼어들었다. "감시 일은 혼자서 합니까?"

"아니오. 존 경의 돈을 받는 사람이 두 명 더 있죠. 이 지역 사람인데, 당신네들도 알겠지만 나랑 함께 나가지 않으면 자기들이 먼저 밀렵을 할 겁니다."

"존 경이 지급해야 할 급료의 총액이 꽤 되겠군요. 밀렵꾼을 잡는 데만 세 명이나 고용한 걸 보면요." 핀이 말했다.

민토가 폭소를 터뜨렸다. "그래 봐야 새 발의 피라고요. 아는지 모르겠지만, 이곳으로 찾아오는 낚시협회 회원들은 일주일에 1만 파운드나 지불하고 오두막에 머물면서 낚시를 한다고요. 한 시즌에 그만한 돈을 지불하니 엄청나잖습니까? 그러니 그 사람들은 강에 연어가 없으면 불쾌해한단 말입니다. 백 년 전에는 '그리메르스타 에스테이트'에서 일 년에 이천 마리 이상의 연어를 잡았답니다. 당시 땅 소유자는 하루에 밀렵꾼 쉰일곱 명을 잡았다고 하고요. 요즘에는 운이 좋으면 한 시즌에 이삼백 마리나 잡을까? 야생 연어는 멸종되어 가는 어종이라고요. 멸종을 막는 게 내 일이고."

"야생 연어 불법 포획자들을 붙잡아 때려서요?"

"그거야 당신이 하는 말이고, 난 안 그랬어요."

핀은 생각에 잠긴 채 홍차를 홀짝 마시다가 예상치 못한 얼그레이 향기에 깜짝 놀랐다. 건을 흘끗 보니, 그는 홍차를 마시지 않은 채 잔을 탁자에 내려놓고 있었다. 핀은 다시 민토에게 주의를 돌렸다. "맥리치라는 사람이 생각나나요? 반년 전에 이곳에서 밀렵하다가 잡혔을 텐데요. 겉보기에도 참혹하게 만들어서 경찰에 넘겼고요."

민토는 어깨를 으쓱했다. "지난 반년 동안 밀렵꾼을 두어 명 잡기는 했죠. 녀석들은 죄다 '맥 머시기'라고 하더군요. 좀 자세히 설명해줘요."

"그 사람은 토요일 밤에 네스 항에서 피살됐습니다."

민토의 건방진 태도가 잠시 사라지더니 눈가가 잔뜩 찌푸려졌다. "머칠 전에 신문에 나왔던 사람인가 보군요." 퓐이 고개를 끄덕였다. "맙소사, 설마 내가 그 일과 관련 있다고 생각하는 겁니까?"

"당신은 두어 주 전에 심하게 폭행당했어요. 누군지 모르는 한 명, 혹은 그 이상의 공격자들에게요."

"맞아요. 당신네 경찰이 아직도 체포하지 못했으니 모를 수밖에요."

"공격한 그 밀렵꾼들과 우연히 마주친 게 아닌가요?"

"그래요, 녀석들은 몰매를 때리려고 밖에서 기다리고 있었어요."

"당신은 왜 그들을 알아보지 못했죠?" 건이 물었다.

"빌어먹을, 녀석들이 복면을 해서지 뭐 때문이겠어요? 얼굴을 노출하고 싶지 않았나 보죠."

"당신이 아는 얼굴일 수도 있다는 뜻이군요." 퓐이 말했다.

"아이고, 그래요? 정말 놀라 자빠지겠네요. 그건 한 번도 생각을 못 했어요." 민토는 빈정대는 말이 남긴 쓰디쓴 입맛을 얼른 목구멍으로 넘겨 버리려는 듯 홍차를 들이켰다.

"이 주변에는 당신을 싫어하는 사람이 정말로 널려 있는 게 분명하네요." 퓐이 말했다.

마침내 민토는 퓐이 던지는 힌트를 잡았다. 그의 녹색 눈이 휘둥그레졌다. "공격자가 이 맥리치라는 녀석이라고 생각하는군요. 내가 그걸 알아차리고 녀석을 죽였다고 생각하는 거고요."

"죽였나요?"

민토의 웃음은 즐거워 보이지 않았다. 그는 손가락으로 자신의 얼굴을 가리켰다. "이건 좀 알아두시죠. 누가 이런 짓을 했는지 알았더라면, 나는 아주 신속하고도 조용하게 처리했을 거요. 아무 흔적도 남기지 않았을 테고."

오두막 밖에서는 바람이 여전히 길게 자란 풀들을 구부렸다. 구름 그림자가 수 킬로미터나 이어지는 백사장을 가로질러 달리고, 조류가 바뀐 파도는 허겁지겁 모래톱을 향해 내달렸다. 주차된 차에 도달하자 핀이 말했다. "네스로 가서 주민 두어 명과 이야기해보고 싶어요, 조지."

"저는 스토너웨이로 돌아가봐야 합니다. 스미스 경감이 어지간히 깐깐하게 굴어대야죠."

"그 사람에게 차량을 요청해야 했는데 아쉽군요."

"아, 저 같으면 그러지 않을 겁니다, 매클라우드 형사님. 그 사람은 아무렇지도 않게 안 된다고 하고 말걸요." 건은 잠시 망설이다가 입을 열었다. "저를 본서에 내려주고 제 차를 가져가시죠. 하지 말라는 걸 굳이 하는 것보다는 나중에 용서받는 게 낫지 않을까요?"

핀이 미소를 지었다. "고마워요, 조지." 그는 차 문을 열었다.

"형사님 생각은 어떠세요?" 건은 오두막을 향해 고갯짓을 하며 물었다. "민토에 대해서요."

"차를 몰고 오는 길이 멋지지만 않았어도 엄청나게 시간 낭비를 했다고 생각했을 겁니다." 건이 고개를 끄덕였다. 하지만 핀은 동의한다는 뜻이 아니라 그저 예의상이라는 느낌을 받았다. "동의하지 않으요?"

"아닙니다, 매클라우드 형사님 말씀이 맞을 거라고 생각합니다. 하지만 저 친구가 별로 마음에 들지 않습니다. 곁에만 있어도 오싹하더군요. 녀석이 받은 훈련을 감안하면 칼을 아주 잘 쓸 것으로 보이고, 심사숙고하면서 칼을 사용할 것 같지도 않고요."

핀은 섬세한 곱슬머리를 한 손으로 쓸어 올렸다. "SAS 대원들은 고도로 훈련됐겠죠?"

"물론이죠."

"그런데도 녀석의 팔을 부러뜨릴 수 있다고 생각했어요?"

건은 얼굴을 붉히고 핀을 흘끗 봤다. 건의 입술에 옅은 미소가 피어올랐다. "제가 가까이 가기도 전에 제 몸의 뼈를 전부 부러뜨릴 수도 있다고 생각했습니다, 매클라우드 형사님." 그는 머리를 살짝 기울였다. "하지만 녀석은 그 사실을 몰랐죠."

2

도예 공방은 핀이 처음 봤을 때부터 언덕 아래 자락에 자리 잡고 있었다. 핀이 이모 손에 이끌려 처음으로 그곳을 찾았을 때, 야헨 스튜어트는 눈에 독기가 가득한 장발의 삼십대였다. 크로보스트 아이들 눈에는 아주 나이 들어 보였다. 핀과 동네 아이들은 스튜어트를 마법사라고 생각했고, 부모님 충고를 곱게 받아들여 스튜어트가 악마의 저주를 걸지도 모른다고 두려워하며 공방과 멀리 떨어져 지냈다. 스튜어트는 이 섬 출신이 아니었지만, 그의 할아버지는 루이스 섬에서도 황량한 서부에 해당하는 칼로웨이 출신이라고들 했다. 영국 북부 어딘가에서 태어난 스튜어트는 헥터라는 세례명을 받았지만, 자신의 뿌리를 찾아 이곳으로 돌아와서 헥터의 게일어에 해당하는 야헨으로 이름을 바꿨다.

핀은 건의 차를 맞은편 풀밭 가장자리로 몰면서 스튜어트가 자신의 오두막 대문 곁에 앉아 있는 걸 발견했다. 이제는 육십대로 훌쩍 접어든 것 같았다. 머리카락은 여전히 길지만 완전히 백발로 변했고, 대마초를 수년간 피워대는 바람에 그의 뇌와 마찬가지로 눈빛도 둔해져서 독기가 많아 사라진 것 같았다. 칠이 벗겨진 하얀 박공에 그가 삼십 년 전에 벽을 가로질러 붉은 페인트로 써놓은 도예 공방이라는 글씨가 지금도 잘 보였다. 수십 년 동안 해변을 싹싹 긁어 쌓아둔 허섭스레기로 가득 찬 지저분한 정원은 썩어가는 울타리 기둥 사이에 늘어뜨린 녹색 어망으로 덮여 있었다. 표류된 나무로 만든 말뚝이 곧 허물어질 듯한 나무 문짝을 붙잡고 있었다. 말뚝 위로 대들보 하나가 다 해진 밧줄에 묶여서 고정되어 있고, 거기에 주황색, 분홍색, 노란색, 흰색의 부표와 튜브와 표지판이 매달려서 바람에 흔들리며 달그락거렸다. 핀이 아직 어릴 때 스튜어트가 심어놓은 덤불은 바람에 시달려 크게 자라지 못한 상태로 얇은 흙에 안간힘을 쓰며 들러붙어 있었다.

야헨 스튜어트는 섬에 오자마자 흙을 가지고 신비스러운 작업을 시작했다. 그 일은 등교하는 아이들의 관심을 엄청나게 끌었다. 스튜어트는 자신의 집을 둘러싼 갈대 습지에 이 년 넘게 공을 들였다. 땅을 파고, 그 흙을 손수레에 실어 황야를 가로질러 두더지가 파놓은 두둑처럼 9, 10미터 간격을 두고 거대한 높이로 쌓아올렸다. 두둑은 모두 여섯 개나 되었다. 아이들은 안전한 거리가 확보된 언덕 위에 앉아 스튜어트가 두둑을 평평하게 고르고 잔디 씨를 뿌리는 걸 지켜봤다. 나중에야 그가 3홀짜리 미니 골프 코스를 만들고 있다는 걸 알게 됐다. 아이들은 스튜어트가 체크무늬 작업복과 납작한 모자를 쓰고 골프백을 멘 채 모습을 드러낸 첫 날, 첫 번째 홀에서 티업을 하고 코스를 돌며 라운딩하는 모습을 놀란 토끼 눈으로 빤히 봤다. 한 라운드를 끝내는 데는 불과 십오 분밖에 걸리지 않았지만, 그날 이후로 스튜어트는 비가 오건 해가 나건 매일 아침 마치 경건한 종교 의식을 치르듯 골프를 쳤다. 며칠이 지나 골프 구경의 신선함이 사라지자 아이들은 관심을 쏟을 다른 대상을 찾아냈다. 별난 도공 야헨 스튜어트는 그곳에서 새롭게 펼친 인생이라는 천에 자신의 남은 생을 바느질해서 박아넣었고, 사실상 눈에 띄지 않는 사람이 되어버렸다.

미친 도공이 여러 해 전에 오랜 시간 공을 들여 만든 골프 코스는 길게 자란 잔디 덤불 속에 가라앉아 방치되어 있었다. 웃자란 풀로 뒤덮인 땅을 스치며 대문이 열리자 앉아 있던 스튜어트가 흘끗 올려다봤다. 핀이 다가가자 그의 눈이 가늘어졌다. 스튜어트는 오두막 앞쪽에 줄지어 늘어뜨린 스물네댓 개의 도자기 풍경風磬 사이에 또 다른 풍경들을 줄로 꿰었다. 형형색색으로 빛나는 테라코타 파이프가 바람을 맞아 울리면서 나는 둔중한 음향이 핀의 주변 공기를 가득 채웠다. 스튜어트가 핀을 위아래로 훑어봤다. "음, 선생이 신은 신발로 봐서 경찰관이시로군. 내 말이 맞나?"

"틀리지는 않습니다, 야헨."

스튜어트는 고개를 갸웃했다. "우리가 아는 사이인가?" 그렇게 많은 세월이 흘렀는데도 그의 랭커셔 억양은 사라지지 않았다.

"저를 한번쯤 보셨을 겁니다. 기억하실지는 모르겠지만요."

핀을 뚫어져라 보는 스튜어트의 머릿속에서 기억의 바퀴가 끽끽대며 돌아가는 소리가 들리는 것만 같았다. 하지만 스튜어트는 결국 머리를 가로저었다. "힌트를 좀 줘야겠어."

"뭐라고 할까……? 우리 이모가 당신의 특이한 물품을 사곤 했죠."

늙은이의 눈동자에서 불빛이 번쩍거렸다. "항구 바로 옆 화이트하우스에 살던 이쇼벨 마르군. 말린 꽃을 꽂아두려고 커다란 원색 항아리를 여러 개 주문했지. 이 지역 주민 중 내게서 돼지 한 쌍을 사간 유일한 사람이고. 아주 별난 여자였어. 편히 쉬어야 할 텐데." 핀은 스튜어트가 자신의 이모를 별나다고 생각한 게 우스웠다. "그렇다면 자네는 틀림없이 핀 매클라우드겠군. 맙소사, 내가 자네를 마지막으로 본 게 매킨스 씨가 죽은 바로 그해 퍼플아일호에서 쓰러진 자네를 함께 옮겼을 때인데……."

핀은 뺨을 한 대 얻어맞은 것처럼 얼굴이 얼얼해지고 벌게졌다. 설마 야헨이 배에서 자신을 이송한 사람 중 하나일 줄은 몰랐다. 안 스커에서 돌아온 일과 앰뷸런스가 황야를 가로질러 스토너웨이로 질주한 일은 전혀 기억에 없었다. 기억나는 첫 번째 장면은 자신이 누워 있던 병원 침대의 빳빳한 흰색 침대보와 마치 천사처럼 주위를 맴돌던 젊은 간호사의 근심 어린 얼굴이었다. 잠시 동안 자신이 천국에 온 거라고 생각한 기억이 났다.

야헨은 일어서서 핀의 손을 잡고 펌프질하듯 흔들었다. "만나서 반갑구먼. 어떻게 지냈나?"

"저야 잘 지냈죠, 야헨."

"그런데 무슨 일로 크로보스트에 돌아온 건가?"

"에인절 맥리치의 살인사건 때문이죠."

스튜어트의 솔직하고 상냥한 태도가 순식간에 사라지고 아주 조심스러워졌다. "나는 맥리치에 대해 아는 걸 모두 경찰에 진술했네." 그는 느닷없이 돌아서더니 집 안으로 들어갔다. 데님 멜빵바지와 후줄근해 보이는 긴소매 셔츠를 걸친 그는 느릿느릿 걸었다. 핀은 스튜어트를 따라 안으로 들어갔다. 오두막은 작업장도 되고, 진열장도 되고, 거실과 주방, 식당도 되는 커다란 원룸이었다. 스튜어트는 이곳에서 작업도 하고 물건도 팔았다. 탁자와 선반의 공간이란 공간은 냄비와 잔과 접시와 조각상으로 가득했다. 도자기가 없는 곳에는 더러운 접시와 빨랫감이 수북이 쌓여 있었다. 대들보에는 풍경이 수백 개 매달려 있었다. 도자기 가마는 본채 뒤쪽에 붙여 지은 별채에 있었고, 외부 화장실은 허물어져 가는 정원 헛간에 마련되어 있었다. 개 한 마리가 야헨의 침대보다 두 배는 넓은 소파 위에서 잠을 자고, 토탄을 태우는 작은 주물난로에서 연기가 새어 나와 창문을 통해 방 안으로 쏟아지는 햇빛을 흐릿하게 했다.

"저는 공식적으로 온 게 아닙니다. 둘 사이에 오간 이야기를 아는 사람도 우리 둘뿐일 겁니다. 관심 있는 건 진실이고요." 핀이 말했다.

야헨은 싱크대 위쪽 선반에서 거의 비다시피 한 위스키 병을 꺼내더니, 지저분한 컵에 든 홍차 잎을 털어버리고 꽤 많은 양을 따랐다. "진실이란 꽤 주관적인 거지. 한잔하겠나?" 핀은 고개를 가로저었고, 스튜어트는 한 번에 컵을 비웠다. "뭘 알고 싶나?"

"맥리치가 당신에게 마리화나를 공급했어요. 맞죠?"

깜짝 놀라 스튜어트의 눈이 커졌다. "그걸 어떻게 안 건가?"

"스토너웨이 경찰서는 이전부터 맥리치가 마리화나를 취급한다고 의심했죠. 당신이 마리화나 담배를 즐긴다는 건 온 세상 사람이 알고요."

스튜어트의 눈이 한층 크게 떠졌다. "사람들이 안다고? 내 말은, 경찰도 안다는 건가?"

"경찰도 알아요."

"그럼 내가 왜 체포되지 않았지?"

"당신보다 거물이 있어서죠, 야헨."

"맙소사!" 스튜어트는 자신이 마리화나를 피운다는 걸 모든 사람이 오래전부터 알고 있었다는 사실에 놀랐는지 의자에 털썩 주저앉았다. 불법적인 일을 몰래 저지르던 즐거움을 다 빼앗긴 듯했다. 그러다가 갑자기 경계심이 드는지 핀을 올려다봤다. "그것 때문에 그 사람을 살해했다고 생각하나?"

핀은 폭소를 터뜨릴 뻔했다. "아닙니다, 야헨. 다만 그런 이유라면 맥리치를 위해 거짓말할 동기는 충분하다고 생각합니다."

늙은이의 얼굴이 찌푸려졌다. "그게 무슨 뜻인가?"

"도나 머리 강간사건 말입니다. 그리고 당신 집 바로 앞에서 맥리치가 동물권 운동가를 폭행한 일에 대해서도요."

"아, 잠깐만 기다리게." 스튜어트의 목소리가 찢어질 듯 올라갔다. "좋아, 알겠네. 인정하지. 덩치가 커다란 에인절이 그 친구를 흠씬 두들겨 팼지. 자네 말대로 내 집 바로 앞에서 그러는 걸 목격했다고. 하지만 다른 사람도 많이 봤단 말일세. 그리고 얻어맞은 친구가 안되기는 했지만, 자업자득이니 어쩌겠나. 크로보스트에는 그만한 일로 에인절을 밀고할 사람은 한 명도 없다네." 그는 떨리는 손으로 위스키 병에 남은 술을 몽땅 다 컵에 따랐다. "하지만 쪼그만 도나 머리는 거짓말을 했네."

"그렇다는 걸 어떻게 알았죠?"

"내가 그날 밤 소셜이 문을 닫기 전에 맥주나 한잔하러 찾아갔다가 그 애가 주차장 쪽으로 나와 길을 따라 올라가는 걸 봤기 때문이지." 그는 위스키를 단숨에 마셔버렸다.

"당신을 봤나요?"

"아니, 못 봤을 거라고 생각하네. 그 애는 딴생각에 정신이 팔려 있어 보였거든. 나는 길 맞은편에 있었는데, 그쪽 가로등은 몇 달째 고장 난 채로 방치된 상태였고."

"그러고는요?"

"그러고는 에인절이 나오는 걸 봤지. 아니, 비틀비틀 걸어 나오는 걸 봤다고 해야 하나? 정말 고주망태가 됐더군. 설혹 강간할 의도가 있었더라도 그런 상태에서는 성공할 리 없지. 차가운 바깥공기에 속이 뒤틀렸는지 도로에 온통 토악질을 해대더군. 분명히 말하지만 나는 그 친구를 피했네. 눈에 띄고 싶지 않았거든. 술이 한 방울이라도 들어가면 개망나니가 되는 친구라서……. 그래서 불 꺼진 가로등 옆 어두운 곳에 그대로 서서 이삼 분간 지켜봤네. 그 친구는 벽에 등을 기대고 숨을 돌리더니 비틀거리며 도로를 따라 내려가더군. 자기 집을 향해서. 도나 머리가 간 곳과는 반대 방향으로 말일세. 그러고 나서 소셜로 들어가 맥주를 마셨지."

"그곳에서 다른 사람은 보지 못했나요?"

"단 한 사람도 보지 못했네."

핀은 잠시 생각에 잠겼다. "그렇다면 도나 머리가 왜 맥리치를 강간범으로 고발했다고 생각하십니까?"

"내가 무슨 수로 알겠나? 그리고 그게 중요한가? 맥리치는 죽었잖은가. 그런 게 밝혀진다 한들 결과가 달라질 것도 아니고……."

하지만 어쩐지 달라질 수도 있다고 핀은 생각했다. "솔직히 말해주셔서 감사합니다, 야헨." 그는 문을 향해서 걸어갔다.

"대체 그때 그 섬에서 무슨 일이 벌어졌던 건가?" 야헨은 다시 목소리를 낮췄는데, 고함을 쳤어도 이보다 큰 효과를 내지는 못했을 것이다.

핀은 문간에서 걸음을 멈추고 돌아섰다. "그게 무슨 뜻이죠?"

"음, 다들 사고였다고 하더군. 하지만 그 일에 대해서는 아무도 입도 뻥긋하지 않아. 그때 이후로 단 한 번도. 비밀은 단 오 분도 지키지 못하는 에인절조차 말일세."

"그거야 지켜야 할 비밀이 없기 때문이죠. 제가 절벽에서 떨어졌어요. 매킨스 씨가 제 생명을 구해줬고, 그 바람에 목숨을 잃었고요."

하지만 야헨은 계속 고개를 가로저었다. "기억할지 모르겠지만 배가 회항했을 때 나는 그 자리에 있었네. 분명히 그것보다 많은 일이 있었어. 지금까지 살아오면서 그렇게 많은 사람이 입을 꼭 다문 건 본 적이 없었네." 그는 눈을 가늘게 뜨고 핀을 보더니 머뭇거리며 두어 걸음 다가갔다. "숨기지 말고 툭 털어놓게. 여기에는 자네와 나뿐이고, 지금 하는 이야기는 우리만 알면 되잖나." 스튜어트의 미소에는 유쾌하지 못한 뭔가가 있었다.

핀이 말했다. "혹시 캘럼 맥도널드가 어디 사는지 아십니까?"

야헨 스튜어트는 갑작스럽게 화제가 바뀐 것을 당혹해하며 이맛살을 찌푸렸다. "캘럼 맥도널드?"

"저랑 동갑이고요, 학교를 같이 다녔죠. 요즘은 직조기를 돌린다고 들었습니다만……."

"절름발이 말인가?"

"맞습니다."

"다람쥐로군. 사람들이 그렇게 부르지."

"사람들이요? 왜요?"

"나도 모르겠네. 그 사람은 언덕 꼭대기의 자갈 박힌 시멘트 오두막에 살지. 마을 맨 끝의 오른쪽 집일세." 스튜어트는 잠시 말을 멈췄다. "그 사람이 안 스커에서 일어난 일과 무슨 관련이 있나?"

"아무 관련도 없습니다. 옛 친구를 방문하고 싶어서 여쭤본 것뿐입니다." 핀이 말했다. 그러고는 몸을 돌려 허리를 숙이고 풍경들을 지나 상쾌한 북풍이 불어오는 밖으로 나갔다.

3

자갈 섞인 시멘트로 외벽을 바른 캘럼 맥도널드의 집은 언덕 등성이 바로 위쪽에 옹기종기 모여 있는 세 집 중 하나였다. 핀이 이 집을 마지막으로 봤을 때는, 반쯤 버려진 채 허물어지기를 기다리는 1층짜리 하얀 지붕 집이었다. 그날 이후로 누군가가 거금을 들여 수리한 것 같았다. 새로운 지붕에, 이중 단열 유리창에, 뒤쪽으로는 주방을 확장해놓았다. 담을 둘러친 정원도 보였는데, 그 담도 집과 마찬가지로 자갈 섞인 시멘트로 마감되어 있었다. 황무지를 가다듬고, 잔디를 깔고, 화단을 설치하는 데 많은 시간을 들인 것 같았다. 일종의 보상이 이뤄졌겠지만, 돈을 아무리 많이 준다 해도 평생 휠체어를 타게 된 걸 보상할 수는 없었다. 보상금은 전부 혹은 일부가 집 수리에 사용된 게 분명해 보였다.

캘럼의 어머니는 캘럼이 태어나기 전에 남편을 바다에서 잃어 홀몸이었고, 모자는 학교 근처 임대주택에 살았다. 핀이 알기로 캘럼은 자신이 따돌림을 당한다는 것에 대해, 그리고 등뼈가 부러진 그날 밤 사건에 대해 어머니에게 말한 적이 없었다. 아이들은 그 일의 전모가 밝혀지면 어쩌나 두려워하면서 하루하루를 보냈다. 하지만 아무 일도 벌어지지 않았다. 캘럼이 두려움과 꿈과 비밀스러운 욕구 등등과 마찬가지로 그 일도 가슴속에 담아뒀기에 다들 예상하던 폭풍우는 불어닥치지 않았다.

핀은 대문 옆에 주차하고 포장된 작은 길을 따라 주방 문으로 걸어갔다. 계단이 있어야 할 자리에 경사로가 설치되어 있었다. 핀은 노크를 하고 기다렸다. 캘럼의 집 뒤로는 집 두 채가 더 있었고, 경량벽돌에 적갈색 문을 단 커다란 차고가 있었다. 풀이 웃자란 마당에는 부품을 강탈당해 헐벗은 트랙터와 폭삭 주저앉은 트레일러의 잔해가 널려 있었다. 벽 안쪽의 단정하게 손질된 정원과는 완전히 대조적이었다. 문 열리는 소리에 돌아선 핀은 경사로 맨 위에 나이 든 여자가 서 있는 걸 발견했다. 그녀는 모직 스웨터와 트위드 스커트 위에 날염된 앞치마를 걸치고 있었다. 핀이 캘럼의 어머니를 마지막으로 봤을 때는 새카만 머리카락이었지만 이제는 완연한 백발이었다. 그물 무늬 주름살이 깊이 패고, 핏기가 거의 없는 얼굴 주위로는 완만한 곱슬머리가 그런대로 잘 정리되어 있었다. 물기가 촉촉한 연파란 눈동자는 핀이 누구인지 몰라보는 듯 유심히 봤다. 핀은 캘럼의 어머니를 보고 깜짝 놀랄 뻔했다. 또래 사람들의 부모님이 아직 살아 있다는 사실이 익숙지 않았기 때문이었다.

"맥도널드 부인이시죠?"

그녀는 아는 사람인지 의아해하며 이마를 찌푸렸다. "그런데요."

"저는 핀 매클라우드입니다. 이모와 함께 항구 근처에 살았죠. 캘럼과 함께 학교를 다녔고요."

얼굴은 조금씩 펴졌지만 미소는 나타나지 않았다. 입술이 일자가 되도록 꽉 다물었던 그녀는 "아하" 소리만 냈다.

핀은 어색해서 발을 이리저리 움직였다. "캘럼을 좀 볼 수 있을까요?"

"찾아오는 데 시간이 꽤 걸렸네요?" 말투에 날이 바짝 서 있어서 쌀쌀맞기 그지없었다. "캘럼의 등뼈가 부러지고 거의 이십 년이 흘렀는데, 당신네들 중 누구 한 사람 예의를 갖춰 병문안 오지 않았어요. 그 불쌍한 에인절만 빼고."

핀은 죄책감과 호기심 사이에서 어쩔 줄 몰랐다. "에인절이 캘럼을 보러 왔다고요?"

"그래요, 한 주도 빼놓지 않았어요. 시계처럼 규칙적으로요." 캘럼의 어머니는 가쁜 숨을 들이쉬려고 잠시 말을 멈췄다. "하지만 이제 더는 올 수 없겠죠."

핀은 그 말에 어떻게 반응해야 할지 몰라 잠시 망설였지만, 그 어떤 반응도 적절하지 않다는 생각에 화제를 돌렸다. "캘럼은 있나요?" 핀은 맥도널드 부인 뒤쪽의 집 안을 봤다.

"아니요, 여기 없어요. 일하고 있어서요."

"그럼 어디로 가면 만날 수 있을까요?"

"집 옆쪽 작업장에 있어요. 에인절이 직조기를 들일 수 있도록 지어줬죠." 그녀는 앞치마 주머니에서 담뱃갑을 꺼내 한 개비에 불을 붙였다. "이 길로 돌아가면 기계 작동되는 소리가 들릴 거예요. 그냥 노크해요." 그녀는 담배 연기를 훅 뿜어내더니 면전에서 문을 쾅 닫았다.

핀은 집과 이어진 새 길을 따라갔다. 포장재로 쓰인 돌이 빈틈없이 깔렸고, 휠체어가 지나기 편하도록 표면에 시멘트가 발라져 있었다. 핀은 이 일도 에인절이 한 것인지 궁금해졌다. 핀이 허리를 굽혀 세탁물이 바람에 흔들리는 빨랫줄을 통과하자 본채가 던지는 그늘 속에 헛간이 보였다. 경량벽돌로 지어진 단순한 건물인데, 빗물의 침식을 막기 위해 석회 골재로 마감되어 있고 함석으로 된 가파른 지붕이 있었다. 사면에 창이 나 있고, 출입문은 높게 쌓은 토탄 더미와 그 너머의 황야를 마주 봤다. 황야의 팬 곳마다 고인 물에 햇빛이 순간적으로 반사됐다.

문 쪽으로 다가가자 리드미컬하게 딸깍거리는 소리가 들려왔다. 직조기 바퀴가 돌아가며 나무로 된 북*이 빠르게 양모 사이를 왕복하는 소리였다. 핀이 네스의 거리를 걸을 때면 어딘가에서, 누군가의 헛간이나 차고에서 직조기 소리가 들려오곤 했다. 어린 시절 핀은 루이스 섬에서 직조된 트위드를 왜 '해리스 트위드'라고 부르는지 항상 궁금했다. 그러나 뭐라고 불리든, 직조한 사람들은 대부분 돈을 벌지 못했다. 해리스 트위드는 수작업으로 만들어지지 않는 한 해리스 트위드가 아니었고, 한때 섬사람들은 그걸 생산하기 위해서 수천 시간이나 집에 틀어박혀 일했다. 스토너웨이에 있는 직물 공장은 그들에게 병아리 눈물만큼의 돈을 주었고, 유럽과 미국의 시장에 상품을 팔아치울 때는 막대한 이윤을 남겼다. 하지만 지금은 트위드 시장이 시들해졌고, 트위드 대신 훨씬 세련된 천이 그 자리를 차지했다. 이제 극소수 사람만 트위드를 짰고, 여전히 병아리 눈물만큼의 소득을 올렸다.

핀은 노크를 하려고 손을 들어 올렸다가 또다시 밀려오는 죄책감에 눈을 꼭 감고 머뭇거렸다. 캘럼이 자신을 알아볼까 잠시 의문을 품었다가 이내 바보 같은 생각을 털어버렸다. 캘럼은 당연히 기억할 것이다. 어떻게 잊을 수 있겠는가?

---

* 씨실을 끼워 넣기 위해 날실 사이를 앞뒤로 미는 직조 도구.

13장

  너무나도 분명한 사실을 언급하는지 모르겠지만, 당시 루스 성 학교는 루스 성 안에 있었다. 많은 학생과 교직원이 복도와 계단이 어지럽게 이어진 성안의 기숙사에서 지냈다. 굳이 이런 말을 하는 건 캘럼과 내가 지붕으로 올라간 게 학교가 실제로 성 안에 있던 마지막 해이기 때문이었다. 학교 건물이 빠르게 노후되었기에 수리가 시급했고, 교육 당국은 수리비를 감당할 여력이 없었다. 그래서 학교를 다른 곳으로 이전해야만 했다. 지금도 루스 성 학교라고 불리기는 하지만.

  기묘하게도 학교가 이전한 곳은 리플리 플레이스에 있는 깁슨 호스텔이었다. 그곳은 내가 니컬슨 학교에서 중등 과정 3학년 수업을 들으며 기숙사 생활을 하던 곳이었다.

  아슈타르는 학교 성적이 좋지 않아서 루스 성 학교에서 직업교육을 받게 되었고, 그곳에서 반갑게도 머도 루아크와 에인절 같은 옛 친구들을 만났다. 캘럼은 운 좋게도 니컬슨 학교로 올 수 있었다. 그가 단 한 번도 털어놓고 이야기한 적은 없었지만, 크로보스트에서 끊임없이 당했던 따돌림과 구타에서 벗어나게 되어 마음이 놓였을 게 분명했다.

나는 학교에서 캘럼과 많은 시간을 함께하지 못했다. 사실 그는 우리를 졸졸 따라다녔는데, 우리가 차버린 여자친구 중 누군가가 얻어걸리지 않을까 하는 희망 때문인 것 같았다. 캘럼은 여자들과 잘 어울리지 못했다. 여자들이 먼저 말을 걸기라도 하는 날이면 부끄러워 어쩔 줄 몰랐고, 생강빛 곱슬머리의 뿌리까지 벌게지곤 했다. 캘럼은 여럿이 같이 있을 때만 여자아이들을 만날 수 있었다. 자기 입으로 자기를 소개하는 바보짓을 그럴 때에나 피할 수 있었기 때문이다. 십대 소년에게는 무척 가혹한 일이지만, 우리는 마음에 드는 여자아이에게 춤을 추자고 하거나 저녁을 사겠다고 제안했다가 거절당하는 굴욕을 무릅써야만 했다. 소년들 몸속에 흐르는 호르몬은 그런 수치심을 감수하도록 몰아붙이지만, 눈앞에서 거절당하고 나면 굴욕감과 함께 좌절감까지 맛봐야 했다. 물론 여자아이들은 그 사실을 깨닫지 못했지만 말이다. 더는 열다섯 살이 아니라는 게 얼마나 다행인지.

우리는 그해 스토너웨이 시청에서 벌어진 성 밸런타인데이 댄스파티에 참여했다. 주말이면 언제나 네스로 돌아갔지만, 댄스파티가 열린 그날은 다들 기숙사에 남아 있었다. 밴드 한 팀이 최신곡을 연주했는데, 그 나이에는 음악이 기억을 환기하곤 했다. 일반적으로는 특정한 장소나 시간과 연관된 향기가 완전히 잊고 지내던 기억을 불러일으킨다지만, 나의 십대 시절 기억을 되돌리는 것은 대부분 음악이었다. 나의 경우, 항상 특정한 노래가 특정한 여자아이와 연관되곤 했다. 시너Sine라는 이름의 여자애를 기억한다. (영국식으로는 시나Sheena와 흡사하게 발음된다.) 그때 춤을 추려고 데려간 애가 시너였다. 포리너의 '웨이팅 포 어 걸 라이크 유Waiting for a Girl Like You'가 자동차 라디오의 〈추억의 명곡 쇼〉에서나 텔레비전에서 재방송해주는 〈탑 오브 더 팝스〉에서 흘러나올 때마다 시너를 떠올린다. 시너는 몸집이 작고 예쁜 여자애였는데, 좀 지나치게 열정적이었다. XTC의 '센시스 워킹 오버타임Senses Working Overtime'과 미트 로프의 '데드 링어 포 러브Dead Ringer for Love'에 맞춰 바보처럼 뛰어다니며 춤을 추곤 했다. 그날 밤 나는 그 애를 내버려두고 캘럼과 함께 일찍 그곳을 떠났다. 문을 닫기 전에 기숙사로 돌아가야 한다는 것이 내 변명이었다. '웨이팅 포 어 걸 라이크 유'의 노랫말처럼 말이다.

아슈타르는 그 당시에 마샬리와 데이트하고 있었고, 성 밸런타인 댄스파티에도 함께 갔다. 연주곡 목록에는 영화 〈아서〉의 주제곡 '베스트 댓 유 캔 두Best That You Can Do'가 있었는데, '네가 할 수 있는 최선의 것'이라는 그 노래가 아슈타르와 너무 잘 맞아떨어져서 희한했다. 즐겁게 지내면서 자신을 향한 다른 사람의 관심에 대해서는 전혀 신경 쓰지 않는다는 내용이 마치 아슈타르의 주제곡처럼 느껴졌다. 그날 밤 이 노래가 연주될 때, 아슈타르와 마샬리는 꼭 껴안고 키스하며 춤을 췄다. 나는 시너와 춤을 추고 있었지만 그녀의 머리 너머로 아슈타르와 마샬리를 훔쳐보지 않을 수 없었다. 그 노래의 첫 번째 구절을 이전에는 들어본 적 없었는데, 그게 아서에 관한 가사가 아니라는 걸 나는 그제야 알아차렸다. 마음을 사로잡는 여자를 찾아냈다가 잃어버렸는데 그 아픔을 어떻게 견뎌내야 할지 모르겠다는 가사였다. 그 노랫말은 내 마음속에 잠들어 있던 질투나 후회 같은 감정을 자극했고, 시너와 춤을 추면서도 시너가 아닌 마샬리였으면 하는 충동이 일었다. 하지만 곧 그러한 충동조차 사라지고 말았다. 다시 호르몬에 사로잡힌 것이다. 당시에는 호르몬이 내 머릿속을 온통 뒤죽박죽으로 만들었다.

반면 캘럼은 몹시 실망스러운 밤을 보내고 있었다. 그는 애나라는 몸집이 작은 흑발 여자애와 줄곧 춤을 췄다. 하지만 그건 그녀가 내킬 때뿐이었다. 캘럼은 새로운 곡이 나올 때마다 춤을 청했지만, 그녀는 캘럼의 요청에 응했다가 거절하기를 반복했다. 캘럼은 그 모습에 완전히 좌절했고, 그녀는 그걸 알면서도 상황을 즐겼다.

밤이 절반쯤 지나갔을 무렵, 일행 중 몇몇은 거리로 나가 벌벌 떨면서 담배를 피우고 누군가가 바깥에 놓아둔 캔 맥주를 따서 들이켰다. 쿵쾅거리는 음악 소리와 춤을 추며 떠드는 소리가 축축한 2월의 밤거리로 쏟아졌다. 그 무렵 머도 루아크와 에인절이 우리와 함께 어울리다가 캘럼을 괴롭힐 기회를 잡았다.

"어이, 분위기 좋던데?" 머도가 낙심한 캘럼을 곁눈질했다.

"맞는 말이야. 몸집은 작지만 끝내주는 애지." 에인절이 맞장구쳤다.

"형이 그 애에 대해 뭘 아는데?" 캘럼이 안달이 나서 물었다.

"내가 뭘 아냐고?" 에인절이 껄껄 웃었다. "모든 걸 다 알지. 걔랑 안 해본 게 없거든."

"거짓말!" 캘럼이 악을 썼다. 다른 때 같으면 에인절은 그 말을 듣자마자 캘럼에게 달려들어 주먹을 날렸겠지만, 무슨 변덕인지 그날 밤에는 자비심을 발휘하는 쪽이 캘럼을 휘두르기에 좋다고 판단한 듯했다. 에인절이 그날 어떤 계획을 세웠는지를, 이제는 분명히 안다.

"애나는 루스 성 학교에서 일해. 하녀라고. 다들 그 애를 '하녀 애나'라고 부르지." 에인절이 말했다.

머도가 캘럼의 등을 찰싹 때렸다. "맞다니까, 꼬마야. 넌 아무리 기다려도 애나를 가질 수 없을걸? 다들 차례를 기다리니까." 녀석은 자신의 농담이 재미있다고 생각했는지 배꼽을 잡고 웃어댔다.

캘럼이 고양이처럼 손톱을 잔뜩 세우고 양팔을 휘두르며 머도에게 달려들었다. 머도가 깜짝 놀라 뒤로 물러서다가 캔 맥주를 땅에 떨어뜨렸다. 캔에서 맥주가 뿜어져 나와 바닥을 적셨다. 아슈타르와 내가 캘럼을 뒤에서 끌어안아 싸움을 말렸지만, 흥분한 머도는 캘럼을 죽일 것처럼 위협했다. 바로 그때 에인절이 끼어들어 무지막지하게 큰 손으로 동생의 가슴을 밀쳤다. "그만둬, 루아크. 쟤가 좌절하는 거 안 보여?"

머도는 콧김을 씩씩 내뿜었다. 심각하게 체면을 구긴 상황이었다. "저 새끼 죽여버리겠어."

"아니, 안 돼. 저 녀석은 지금 제정신이 아니거든. 네가 처음으로 어떤 여자애에게 푹 빠졌다가 차였을 때가 기억나네. 정말 불쌍하기 짝이 없었는데……." 형의 입에서 흘러나오는 말 한마디에 머도의 굴욕감은 점점 커져갔다. "넌…… 그걸 뭐라고 하더라? 그래, 저 꼬마에게 공감해줄 필요가 있어." 에인절은 씩 웃었다. "우리가 꼬마에게 베풀어줄 자그마한 호의가 있을지도 몰라."

머도는 정신을 잃은 듯한 표정으로 에인절을 봤다. "무슨 말인지 모르겠는데?"

"목욕하는 밤 말이야."

영문을 모르겠다는 표정이 머도의 얼굴에 떠올랐다. "목욕하는 밤이라니? 형, 설마 이 꼬마 놈과 욕실을 함께 쓰겠다는 건 아니지?"

캘럼은 내 손을 뿌리치고 구겨진 재킷을 다듬었다. "그게 무슨 뜻이야?" 그때 항구에서 뱃고동 소리가 들렸다. 우리는 고개를 돌려 민치 해협을 헤치고 나아가 세 시간 삼십 분에 걸쳐 올라풀로 항해할 설리번호의 항해등을 지켜봤다.

에인절이 말했다. "성의 맨 위층에 학교 직원들 방이 있어. 그곳 욕실을 공동으로 사용하는데 창문이 지붕 쪽으로 나 있어서 블라인드를 친 적이 없단 말이야. 쪼그만 애나는 매주 일요일 밤 10시 정각에 목욕을 한다고. 우리 학교 학생치고 그 모습을 몰래 훔쳐보지 않은 놈은 한 명도 없을걸? 그 애 몸매가 아주 황홀하단 말이야. 그렇지, 머도?"

머도는 형을 그저 노려보고만 있었다.

"원한다면 혼자 몰래 보게 해줄 수 있어."

"그건 구역질 나는 짓이야!" 캘럼이 소리쳤다.

에인절은 어깨를 으쓱했다. "알아서 해. 어쨌든 우리는 제안했어. 받아들이지 않으면 네 손해지 뭐."

캘럼은 이러지도 저러지도 못한 채 갈등하다가 결국 "싫어!"라는 말을 남기고 춤추는 곳으로 되돌아갔다. 그 모습에 나는 마음을 놓았다.

"정말 어리석은 짓이야. 캘럼을 그런 식으로 옭아매려고 하다니." 내가 말했다.

에인절은 속이 환히 들여다보이는 지나치게 순진무구한 표정을 지었다. "누가 옭아매려고 했다는 거야, 고아 녀석아. 지붕에서는 그 욕실이 정말 손에 잡힐 듯이 잘 보인다고. 어때, 너도 보고 싶지?"

"엿이나 먹어." 그 당시에는 나도 그 정도의 대꾸는 할 수 있었다. 그러고는 시너를 찾으려고 파티장으로 되돌아갔다.

파티장에 들어갔을 때 캘럼이 애나와 춤추고 있어 기분이 좋아졌다. 하지만 그 후 한 시간 동안 애나는 캘럼의 요청을 일고여덟 번쯤 거절한 게 분명했다. 벽을 따라 늘어놓은 의자 하나에 비참한 표정으로 홀로 앉아 애나가 다른 남자애들과 춤추는 모습을 지켜보는 캘럼이 두 번이나 내 눈에 띄었다. 애나는 심지어 에인절 맥리치와도 춤을 추면서 신나게 떠들며 웃음을 터뜨렸고, 에인절에게 몸을 기대고 비벼대면서 캘럼이 지켜보는지 연신 곁눈질했다. 캘럼은 당연히 그 모습을 지켜보고 있었다. 캘럼이 불쌍했고, 그가 안됐다고 생각했다.

그러나 나는 곧 캘럼은 싹 잊어버리고 시너에게서 빠져나올 방법을 강구하기 시작했다. 잠시 의자에 앉아 쉴 때마다 그녀는 나를 덮치다시피 했다. 심지어 혀를 내 귀에 밀어 넣었을 땐 몸서리치도록 싫었다. 얄궂게도 결국 나를 구해준 건 캘럼이었다. 그는 양쪽 주머니에 손을 쑤셔 넣고 우리에게 다가왔다. 돌이켜보면 그때 밴드가 스트랭글러스의 '골든 브라운Golden Brown'을 연주하고 있었다.

"가야겠어."

나는 주위 사람이 다 알아차리도록 손목시계를 들여다보는 시늉을 했다. "맙소사, 시간이 벌써 이렇게나 됐어? 까닥하다간 깁슨 호스텔에서 문을 잠가버릴 것 같은데?" 캘럼이 입을 열어 뭔가 말하려 했지만, 나를 더 깊은 곤경으로 빠트릴까 봐 얼른 그의 입을 막았다. "뛰어가야겠어." 나는 의자에서 벌떡 일어나 시너 쪽으로 돌아섰다. "미안해, 시너. 다음 주에 봐." 시너가 깜짝 놀라 입을 딱 벌리는 순간, 나는 캘럼의 팔을 잡아 순식간에 파티장을 가로질렀다. "내가 먼저 찾아갈 생각은 없지만." 나는 숨을 몰아쉬며 중얼거렸다.

"대체 무슨 일이야?" 캘럼이 물었다.

"방금 내가 궁지에서 빠져나왔을 뿐이야."

"넌 정말 운이 좋아. 나도 그런 궁지에 몰려봤으면 좋겠네……."

그날 밤바람에는 바다 냄새가 강하게 실려 왔다. 냉기 가득한 2월의 강한 바람에 몸이 얼어붙어 당장에라도 두 동강 날 것 같았다. 비는 그쳤지만, 거리는 마치 젖은 페인트를 바른 것처럼 가로등 불빛에 번들거렸다. 내로스에 사람들이 바글거려 캘럼과 나는 그들을 헤치고 내항으로 나갔다. 우리는 크롬웰 거리와 처치 거리를 따라 걷다가 언덕을 올라가서 매디슨 로드로 접어들었다.

간신히 로버트슨 로드로 들어섰을 때 캘럼이 그걸 하겠다고 말했다.

"뭘 한다는 거야?"

"내일 밤에 성 지붕에 올라갈 거라고."

"뭐라고?" 나는 캘럼의 말을 믿을 수 없었다. "농담하지 마."

"준비는 다 되어 있어. 파티장을 떠나기 전에 에인절에게 말해뒀거든.

날 위해 준비해준다고 했어."

"왜?"

"에인절 말이 맞아서지. 걘 남자를 꼴리게만 만드는 애일 뿐이야. 욕실에서 홀딱 벗은 꼴을 보는 게 복수 아니겠어?"

"아니, 내 말은 왜 에인절이 널 위해 그걸 준비해주냐고. 지금까지 녀석이 한 일이라고는 널 괴롭히고 때린 것뿐이잖아? 그런데 왜 갑자기 친한 친구인 척하느냔 말이야."

캘럼은 어깨를 으쓱했다. "에인절이 네가 생각하는 것만큼 나쁜 애는 아닌 모양이지."

"그래, 네 말이 맞겠지." 내 말투에는 '설마 그럴 리가?' 하는 심정이 고스란히 드러나 있었다.

"어쨌거나 난 말이지……." 캘럼이 머뭇거렸다. 지금 이곳에서는 만을 가로질러 언덕에 잔잔한 불빛을 던지는 성의 첨탑만 보였다.

"뭐가 걱정되는 거야, 캘럼?"

"나랑 함께 가줄 수 있어?"

"뭐? 농담 마! 절대로 안 되지." 그 짓을 일요일에 해야 할 뿐만 아니라, 한밤중에 몰래 빠져나갔다가 잡히기라도 하면 어떤 처벌을 받을지 훤했다. 게다가 이번 계획 자체가 의심스러웠다. 캘럼이 덫에 걸려든 것 같았다. 어떤 덫인지는 잘 모르겠지만, 에인절이 느닷없이 박애주의적 본성을 발휘하는 것만은 의심스러웠다.

"제발, 핀. 나 혼자 할 수는 없어. 너까지 지붕에 올라갈 필요는 없어. 그냥 성까지만 함께 가주면 돼."

"안 돼!" 말은 그렇게 하면서도 결국 따라갈 거라는 걸 나는 이미 알고 있었다. 마지못해서 말이다. 맥리치 형제는 이 불쌍한 녀석에게 덮어씌울 뭔가를 계획한 게 분명했다. 그러니 누군가가 캘럼의 뒤를 봐줘야 했다. 내가 따라가면 캘럼이 감당하지 못할 난관에 빠지는 걸 막을 수 있을지도 몰랐다. 그러나 지금에 와서는 따라가지 않았으면 좋았겠다고 생각한다. 어쩌면 상황이 다른 방향으로 전개됐을지도 모르니까.

이가 딱딱 마주칠 정도로 추운 밤이었다. 민치 해협에서 불어오는 거친 바람과 함께 진눈깨비와 우박이 시도 때도 없이 쏟아졌다. 어떤 음모가 숨어 있는지도 모르고 그 결과도 알 수 없는 정신 나간 모험을 돕기 위해 뽀송뽀송하고 따뜻한 기숙사를 벗어나기가 정말 싫었다. 하지만 캘럼과의 약속 때문에 결국에는 방을 나서야 했다. 9시 30분이 되기 직전에 우리는 방수포를 목에 두르고, 발각되더라도 얼굴이 드러나지 않도록 야구 모자를 푹 눌러쓴 채 어둠 속으로 몰래 나왔다. 되돌아올 때를 대비해 기숙사 1층 뒤편의 홈통 배관과 연결되는 창문 하나를 열어뒀다. 비록 이런 밤중에 홈통을 타고 오르는 게 내키지는 않았지만, 준비는 철저히 해뒀다.

스토너웨이는 유령 마을 같았다. 가로등만이 어둡고 텅 빈 거리에 희미한 불빛을 던졌다. 신을 경외하는 마을 주민들은 커튼이 쳐진 안락한 집에 들어앉아 텔레비전을 보며 뜨끈뜨끈한 코코아 잔을 홀짝거렸다. 부두에 정박된 트롤 어선들의 덜거덕거리고 삐걱거리는 소리가 바람을 뚫고 들려왔다. 얼음처럼 차가운 시커먼 바닷물이 부두 기둥을 때리고, 만 맞은편의 캐슬 그린 해변에 하얗게 부서졌다. 우리는 서둘러 인적 끊긴 베이헤드를 따라 걸었고, 브리지 문화회관에서 재빨리 방향을 꺾어 다리를 건넌 뒤 숲속으로 들어갔다. 그런 후에 진눈깨비가 섞인 돌풍을 헤치며 언덕 위로 올라섰고, 골프장 위쪽 도로로 들어섰다. 하늘의 구름이 걷히고 신비하도록 아름다운 은색 달빛이 잘 손질된 광활한 골프장 위로 쏟아졌다. 너무 환해서 5번 홀이 있는 언덕 위로 골프공을 때리는 골퍼들의 모습이 보이는 듯했다.

루스 성은 1870년대에 제임스 매디슨 경의 저택으로 건설됐다. 매디슨은 파트너였던 윌리엄 자딘과 함께 마약을 중국으로 실어 갔고, 육백만 중국인을 중독자로 만들고 얻은 이익금으로 1844년에 루이스 섬을 구매했다. 수백만 명의 고통이 수천 킬로미터나 떨어진 지구 반대편 헤브리디스 제도의 작은 섬을 변화시켰다는 것도, 섬 주민과 땅이 사고팔 수 있는 대상이라는 것도 이상했다. 매디슨은 새 항구를 건설했고, 스토너웨이에 가스 공장과 급수시설을 구축했을 뿐만 아니라 가라보스트에는 벽돌 공장까지 세웠다. 그는 토탄에서 타르를 추출하기 위해 화학 공장을 건설했고, 선박을 만들고 수리할 조선소를 세웠다. 또한 72킬로미터에 달하는 루이스 섬 전역의 더럽고 좁은 길을 사륜마차가 달릴 320킬로미터의 널찍한 도로로 변모시켰다. 그리고 튜더 왕조의 성을 모방한 자신의 대저택을 짓기 위해, 마을 전체를 굽어보던 언덕 위의 낡은 오두막인 시퍼스 산장을 밀어버렸다.

저택은 첨탑, 탑, 총안이 있는 홍벽으로 둘러싸인 분홍색 화강암 건물이었다. 그 저택은 항구 위쪽 언덕에서 가장 두드러졌다. 헤브리디스 제도를 구성하는 어떤 섬에서도 찾아볼 수 없는 유일한 건물일 것이다.

아, 물론 당시에 그랬다는 것이다. 나는 건축 양식이나 역사에 정통한 사람이 아니었다. 루스 성은 예전에 항상 그랬던 것처럼 그곳에 버티고 있었다. 버트를 둘러싼 절벽이나, 스카래스타와 러스켄타이어의 황홀한 해변을 인정하는 것과 마찬가지로 이 저택의 존재감을 인정해야 했다.

언덕 꼭대기 숲속에 서 있는 그날 밤의 그 저택은 창문 두어 개에서만 불빛이 새어 나와 어두운 그림자를 드리웠다. 거대한 양쪽 대문으로 이어지는 커다란 아치형 포치를 빙 둘러, 에인절과 만나기로 했다는 뒤쪽의 1층짜리 별채로 나아갔다. 보일러실과 세탁실 사이의 길고 좁은 뜰에 도착하자마자 어둠 속에서 검은 형체 하나가 손을 흔들었다.

"얼른 와!" 아슈타르의 목소리여서 나는 깜짝 놀랐다. 그도 나를 알아 보고는 깜짝 놀랐다. "너 여기서 뭐 하는 거야?" 아슈타르는 식식거리며 내 귓속에 속삭였다.

"캘럼 망이라도 봐주려고." 나도 속삭이는 목소리로 대꾸했다.

하지만 아슈타르는 고개를 가로저었다. "바보 같은 놈!" 그 말을 듣자 마자 불길한 예감은 한층 깊어졌다.

아슈타르는 짧고도 음침한 복도로 통하는 빨간 문을 열었다. 오래된 양배추 냄새가 풍겼다. 나는 즉시 이유를 알아차렸는데, 아슈타르는 손 가락 하나를 자기 입술에 대고 어슴푸레한 주방을 가로질러 롱홀이라 불리는 곳으로 우리를 이끌었다. 그곳은 성의 전면을 따라 기다랗게 이 어졌다. 밤새 켜놓는 등불이 롱홀을 따라 희미하게 타올랐다. 원래 도서 관이던 곳을 재빨리 지나쳐서 무도회장으로 들어섰는데, 우리가 발각된 다면 바로 이곳에서일 거라고 생각했다. 거의 60미터에 달하는 홀에는 몸을 숨길 만한 곳이 한 군데도 없었다. 양옆을 따라 늘어선 문이나 양끝 에 있는 문 가운데 하나만 열려도 곧장 붙잡힐 판이었다.

아슈타르를 따라 홀의 맨 끝에 있는 널찍한 계단을 두 칸씩 뛰어올라 2층에 올라선 후에야 약간 안심했다. 좁은 나선계단을 따라 3층으로 올 라서자, 아슈타르는 훨씬 어두운 홀과 문 들을 지나 성의 북쪽 끝에 있는 높다란 유리창 쪽으로 우리를 인도했다. 어둠 속에서 여러 아이들이 뭔 가 기대하며 초조하게 우리를 기다리고 있었다. 최소한 여섯 명 이상은 되는 것 같았다. 손전등 불빛이 우리 얼굴을 비추는 순간, 그들의 얼굴을 훔쳐볼 수 있었다. 몇 명은 아는 얼굴이고, 몇 명은 모르는 얼굴이었다. 그중에 머도 루아크와 에인절이 있었다.

"여기서 뭐 하는 거야, 고아 녀석아?" 에인절이 낮게 쉭쉭거리는 소리로 아슈타르와 똑같은 질문을 쏟아냈다.

"캘럼이 다치지 않도록 뒤를 봐줄 뿐이야."

"캘럼이 왜 다치는데?"

"그건 형이 말해줘야지."

"내 말 잘 들어, 요 뺀질아." 에인절이 내 재킷의 옷깃을 잡아챘다. "걔는 오 분 안에 목욕을 시작할 거야. 그러니 시간이 별로 없다고."

"나는 지붕에 올라가지는 않을 거야." 나는 에인절의 손아귀에서 옷깃을 뽑아냈다.

"맞아, 당연히 그래야지." 머도가 내 얼굴에 거친 숨을 내뿜었다. "안 그러면 성안에 침입자가 있을까 봐 눈을 부릅뜬 수위에게 발각될 테니까 말이야. 무슨 뜻인지 알지?"

"그러면 아예 수위를 부를까?" 내가 강하게 밀어붙였다. "네가 무슨 계획을 세웠는지 모르지만 고스란히 수포로 돌아갈걸?"

머도는 날 뚫어져라 노려봤지만, 내가 던진 허풍에 곧장 대응하지는 않았다.

에인절이 창문을 열고 화재 대피용 비상계단으로 나갔다. "캘럼, 여기로 나와 봐."

"안 돼, 캘럼. 널 함정에 빠뜨리려는 거야." 내가 말렸다.

"끼어들지 마, 고아 녀석아." 유리창을 통해 날 노려보는 에인절의 눈길에 살기가 번득였다. 그러다가 찡그렸던 얼굴이 순식간에 미소로 변하며 아직도 주저하는 캘럼 쪽을 봤다. "야, 어서 나오라니까. 널 해치려는 게 아니야. 눈요기를 마련해뒀을 뿐. 서두르지 않으면 멋진 광경 다 놓칠 거야." 캘럼은 내 조언을 뿌리치고 비상계단으로 나갔다. 내가 캘럼을 뒤따라 나가자 비상계단이 덜커덕 소리를 냈다. 캘럼을 설득할 기회는 아직도 남아 있었다.

비상계단 3층 플랫폼에서 아래로 내려가면 계단 중간의 층계참이 나오고, 바로 아래쪽으로 2층 플랫폼이 이어졌다. 그곳부터 계단이 현관 포치의 지붕으로 이어지고, 다른 방향으로는 내려가면서 성 전면의 벽을 따라 돌게 되어 있었다. 창문 밖에는 접고 펼칠 수 있는 사다리 하나가 벽에 기대 세워져 있었다. 에인절이 사다리를 늘리기 위해 잠금장치를 풀어서 끝까지 밀어 올리고 다시 잠금장치를 채웠다. 그런 다음 사다리 각도를 조정해 올라갈 수 있도록 붙잡았다.

"자, 준비됐어."

캘럼이 위를 봤다. 사다리는 지붕을 둘러싸고 있는 총안에서 1미터쯤 아래쪽에 위치한 툭 튀어나온 곳에 간신히 걸쳐 있었다. 캘럼 눈에는 공포의 기색이 가득했다. "못 올라갈 것 같아."

"올라갈 수 있어." 에인절의 목소리는 달래는 듯했다.

캘럼은 잔뜩 겁먹은 토끼 같은 눈길로 날 봤다. "함께 가줘, 핀. 잘 못 올라갈 것 같아서 그래."

"염병할, 오기 전에 당연히 그 생각을 했어야지." 머도가 창문 안쪽에서 속삭였다.

"꼭 하지 않아도 돼, 캘럼. 그냥 돌아 가자." 내가 말했다.

에인절이 나를 벽으로 밀어붙이리라고는 전혀 예상하지 못했다. "너도 함께 올라가야겠다, 고아 녀석아. 쟤가 다치지 않도록 돌봐줘야 하지 않겠어?" 에인절의 침이 얼굴에 튀었다. "그러려고 온 거 맞지?"

"난 올라가지 않을 거야!"

아주 친밀한 사이라도 되는 것처럼 에인절이 얼굴을 들이밀며 속삭였다. "올라가든 내려가든 알아서 해, 고아 녀석아. 선택을 하라고."

"제발 도와줘, 핀. 너무 무서워서 혼자서는 못 올라가겠어." 캘럼이 애걸했다.

선택의 여지가 없었다. 일단 에인절의 손아귀에서 몸을 빼냈다. "좋아." 혼잣말을 내뱉고는 함께 온 것을 후회하면서 지붕을 올려다봤다. 사실 사다리를 올라가서 지붕에 있는 총안을 통과하는 건 아주 간단한 일처럼 보였다. 지붕은 평평한 데다 일단 올라가면 흉벽이 둘러싸고 있어 떨어질 염려는 없었다.

"야, 꿈지럭거릴 시간 없어. 여기 더 있다가는 들킬 가능성이 높아진다고." 에인절이 재촉했다.

"얼른 가, 캘럼. 얼른 끝내버려야지." 내가 말했다.

"너도 갈 거지?"

"바로 뒤따라갈게." 창문 안쪽에 선 아슈타르를 곁눈질하니 내가 캘럼과 함께 올라가는 건 자기 잘못이 아니라는 듯 어깨를 으쓱해 보였다.

에인절이 말했다. "일단 지붕으로 올라가면 다락방의 경사진 지붕이 보일 거야. 그게 욕실 채광창이야. 전등이 켜지면 어느 게 욕실 창문인지 알게 될 테고."

에인절이 어떤 수작을 부릴 속셈인지 궁금했다. 그리고 지붕에서 실제로 뭘 보게 될 것인지도. 이제는 물러설 방법이 없었다. 그나마 다행인 것은 비가 잠시 그쳤고 밝은 달빛이 우리가 올라가는 길을 환히 비춰준다는 점이었다.

캘럼이 사다리로 올라서자 밑부분이 흔들려서 그 소음이 비상계단까지 퍼져 나갔다. "맙소사, 소리 좀 죽여." 에인절이 캘럼에게 속삭이듯 주의를 줬고, 사다리가 흔들리지 않도록 꽉 붙들었다. 그러더니 내 쪽으로 고개를 돌렸다. "고아 녀석, 너도 올라가." 그러면서 에인절이 씩 웃었다. 그 모습을 보자마자 이번 일은 비극으로 끝나리라는 걸 깨달았다.

사다리에서 지붕으로 올라가는 과정은 예상대로 상당히 쉬웠다. 캘럼조차 별 어려움을 겪지 않았다. 나는 캘럼에게 다가가서 타르칠이 된 평평한 바닥에 쭈그리고 앉았다. 총안들 사이로 아래쪽 항구가 훤히 보였다. 부두에 늘어선 트롤 어선들이 마치 장난감처럼 느껴졌다. 뒤쪽으로는 격자무늬로 교차하는 도로를 따라 가로등 불빛을 목걸이처럼 두른 마을이 쭉 펼쳐졌다. 민치 해협 저 멀리 거친 파도를 헤치고 북쪽으로 꾸준히 나아가는 유조선 불빛이 보였다.

날카롭게 경사진 다락방 지붕이 달빛을 받아 또렷이 보였다. 채광창이 두 개지만, 어느 쪽에서도 불빛이 보이지 않았다.

"이제 어디로 가?" 캘럼이 속삭였다.

"가만히 앉아서 불빛이 들어오는지 보자."

우리는 흉벽에 등을 대고 쭈그리고 앉아 추위를 조금이라도 면해보려고 몸을 최대한 숙인 채 기다렸다. 손목시계를 확인했다. 10시 5분이다 된 상태였다. 아래쪽 비상계단에서 덜커덩거리다가 이어 낄낄거리는 소리가 들려와서 당장에라도 집어치운 뒤 내려가고 싶었다. 하지만 에인절이 사다리 아래를 지키고 있었기에 조금 더 참아보기로 했다.

그러던 차에 가장 가까운 채광창에 불빛이 들어왔다. 기다랗고 노란 직사각형 불빛이 지붕을 가로질러 펼쳐졌다. 기대감에 부푼 캘럼의 눈동자가 반짝거렸다. "걔가 틀림없어. 가보자." 캘럼은 갑자기 대담해졌다. 그러더니 채광창으로 서둘러 다가갔다. 나도 함께 훔쳐볼 자격이 있다고 생각했다. 캘럼의 뒤를 따랐고, 우리는 창문보다 몸을 낮춰 쭈그려 앉은 채 불빛 속으로 머리를 들이밀고는 훔쳐볼 용기를 자아내려 일 분 이상 용을 썼다. 물 흐르는 소리와 함께 누군가가 창문 아래쪽에서 움직이는 소리가 들렸다.

"네가 먼저 봐. 하지만 서두르는 게 좋아. 조금 있으면 창문에 김이 서려 아무것도 보이지 않을 테니까." 내가 말했다.

불안한 기색이 캘럼의 얼굴을 스치고 지나갔다. "그 점을 전혀 생각하지 못했어." 그는 채광창의 경사면을 따라 몸을 조금씩 밀어 올렸고, 까치발로 서서 창문 안쪽을 훔쳐봤다. 그러다가 갑자기 숨을 훅 들이쉬더니 내 옆에 쭈그려 앉았다. 무척 화가 난 얼굴이었다. 캘럼이 그렇게 화를 내는 건 한 번도 본 적 없었다. "개자식들! 나쁜 새끼들 같으니!" 그렇게 욕설을 퍼붓는 것도 처음이었다.

"왜 그래?"

"직접 봐봐!" 캘럼은 분을 참지 못하고 식식거렸다. "못된 놈들!"

그래서 나는 얼굴이 창문 높이까지 올라가도록 채광창 각도에 맞춰 몸을 천천히 세웠다. 바로 그 순간 창문 안쪽에서 누군가가 걸쇠를 풀고 창문을 열었다. 분홍색 헤어캡 이외에는 아무것도 걸치지 않은, 크고 둥근 하얀 얼굴의 여자와 눈이 마주쳤다. 그 여자의 얼굴에 화들짝 놀라는 표정이 떠올랐는데, 내 얼굴에도 거울을 보듯 똑같은 표정이 떠올랐을 게 분명했다. 내가 지른 비명인지 그 여자가 지른 비명인지는 잘 모르겠지만 귀청을 찌를 정도로 큰 소리가 울려 퍼졌다. 아마 둘 다 비명을 내지른 게 분명했다. 여자는 비틀거리며 뒷걸음질 치다가 욕조에 빠져버렸다. 요동치는 산더미 같은 몸집 때문에 수십 리터의 뜨거운 물이 바닥으로 흘러넘쳤다. 나는 잠시 동안 온몸이 마비된 채 벌거벗은 뚱뚱한 여자가 욕조에서 허우적거리는 모습을 멍하니 보고 있었다. 그녀는 적어도 예순 살은 되어 보였다. 두 다리를 여전히 공중에서 허우적거리며 날 노려보는 걸로 봐서 내 얼굴이 욕실 불빛을 받아 훤히 보이는 게 분명했다. 벌어진 다리 사이를 보고 싶은 생각은 전혀 없었지만, 나도 모르게 눈이 그곳으로 향했다. 그녀는 작은 동산만 한 가슴이 흔들릴 정도로 깊이 숨을 들이쉬었다가 시체도 벌떡 일어서게 만들 정도로 비명을 질러 댔다. 귀청이 찢어질까 무서웠다. 나는 지붕에 주저앉다가 캘럼을 깔아 뭉갤 뻔했다.

캘럼의 눈이 휘둥그레졌다. "무슨 일이야?"

나는 고개를 가로저었다. "별일 아니야. 얼른 벗어나자!"

그 여자가 "도와줘요!"와 "강간이야!"라고 내지르는 비명이 똑똑히 들렸다. 여러 줄기의 불빛이 지붕 위를 훑기 시작했다. 나는 사다리가 연결된 곳으로 죽어라 달려갔고, 뒤쪽에서 캘럼이 잰걸음으로 따라붙는 소리가 들렸다. 총안들 틈을 간신히 비집고 나가서 몸을 돌려 발을 뻗어봤지만 사다리는 그곳에 없었다.

"빌어먹을!"

"무슨 일이야?" 캘럼은 잔뜩 겁을 먹었다.

"망할 자식들이 사다리를 치워버렸어." 녀석들의 계획은 바로 이것이었다. 우리를 지붕에 가두는 것. 녀석들은 그날 밤 애나가 목욕을 하지 않는다는 걸 알고 있었다. 어쩌면 애나는 녀석들과 한 패인지도 몰랐다. 그렇긴 해도 우리가 뚱뚱한 여자에게 발각될 줄은 아무도 몰랐을 것이다. 이제 사다리는 사라져버렸고, 우리는 지붕에 발이 묶여버렸다. 성 전체에 비상이 걸린 상태였다. 사람들이 우릴 찾아내는 건 시간문제였다. 발각되면 치러야 할 대가가 지옥 같을 것도 확실했다. 다시 지붕 위로 올라갈 무렵, 가슴속에서는 분노와 곧 닥쳐올 일에 대한 굴욕감이 치열하게 싸움을 벌였다.

"저, 여기 가만히 있으면 안 돼." 캘럼이 곧 숨이 넘어갈 듯한 목소리로 말했다. "사람들이 우리를 찾아낼 거야."

"무슨 수가 있어야지. 갑자기 날개라도 자란다면 모를까, 내려갈 방법이 없다고!"

"잡히면 안 돼! 잡힐 수는 없어!" 캘럼이 신경질적으로 소리쳤다. "엄마가 뭐라고 하시겠어?"

"지금 그까짓 사소한 걸 걱정할 때가 아니야, 캘럼."

"맙소사, 어떡해? 하나님, 맙소사!" 캘럼은 같은 말을 몇 번이나 되풀이했다. "멍하니 있지 말고 뭔가 해야 해." 그는 총안들 사이를 빠져나가기 시작했다.

나는 캘럼을 붙잡았다. "어쩌려고 그래?"

"선반처럼 생긴 곳으로 내려서기만 하면 비상계단으로 뛰어내릴 수 있어. 높이가 3미터 정도밖에 되지 않으니까." 이 말이 불과 십 분 전에 고소공포증이 있다고 덜덜 떨던 녀석의 입에서 쏟아져 나왔다.

"미쳤어? 캘럼, 너무 위험해."

"아니, 우린 할 수 있어. 할 수 있다고!"

"맙소사, 캘럼, 안 돼!" 하지만 더는 만류할 방법이 없었다. 캘럼은 마음의 준비를 단단히 하고 두 손으로 총안 양쪽 가장자리를 잡고 선반처럼 생긴 곳에 발이 닿을 때까지 미끄러져 내려갔다. 북쪽 탑에 불이 켜졌다. 그 여자는 그때까지도 비명을 질렀지만, 이제는 소리가 멀리서 들려왔다. 벌거벗은 채 복도 어디쯤인가를 달리는 모습이 떠오르자 온몸이 부르르 떨렸다.

아래쪽을 흘끗 보다가 다시 위쪽을 보는 캘럼의 얼굴은 달빛에 비친 백지장 같았다. 그의 눈동자에 떠도는 이상한 기색을 본 순간, 속이 뒤틀렸다. 뭔가 좋지 않은 일이 벌어질 것 같았다. "핀, 내가 말을 잘못했나봐. 못 뛰어내릴 것 같아." 캘럼이 덜덜 떨리는 목소리로 말했다.

"손 이리 줘."

"움직일 수가 없어, 핀. 못 움직이겠단 말이야."

"아니, 할 수 있어. 손만 뻗으면 다시 올라올 수 있어."

하지만 캘럼은 고개를 가로저었다. "못 하겠어. 못 한다고, 할 수 없어." 그러고는 캘럼이 손을 놓아버려 시야에서 사라지는 모습을 멍하니 보고만 있었다. 나는 꼼짝도 할 수 없었다. 마치 내가 석상으로 변해버린 것 같았다. 짧은 적막이 흐르다가 이내 아래쪽 비상계단에서 덜커덕거리는 끔찍한 소리가 들려왔다.

내가 정신을 차리고 캘럼의 상황을 살펴보기까지는 삼십 초 이상이 걸렸다. 캘럼은 3층의 플랫폼에서 완전히 벗어나 한 층 더 아래쪽의 난간에 떨어졌고, 철제 창살이 있는 곳까지 미끄러져 내려가 있었다. 몸이 비정상적인 각도로 뒤틀린 채 꼼짝도 하지 않았다.

바로 그때가 내 인생에 있어서 최악의 순간인 것처럼 느껴졌다. 눈을 꼭 감고 꿈에서 깨어나게 해달라고 열심히 빌었다.

"매클라우드!" 아래쪽에서 누군가가 내 이름을 불렀고, 비상계단이 덜컹거리는 소리가 들렸다. 눈을 뜨자 플랫폼에 서 있는 에인절이 보였다. 그는 사다리를 다시 가져와서 더듬거리며 늘리고 있었다. 사다리 윗부분이 총안 바로 아래쪽 벽을 긁어냈다. "매클라우드! 거기서 얼쩡거리지 말고 얼른 내려와!"

나는 여전히 벽의 일부가 된 듯, 벽과 동일한 재질의 화강암이 된 듯 꼼짝도 하지 못하고 못 박혀 있었다. 9미터 아래쪽에 엎드린 채 뒤틀려 있는 가엾은 캘럼의 몸에서 눈을 뗄 수 없었다.

"매클라우드!" 에인절은 성안 사람을 다 깨우겠다 싶을 정도의 큰 소리로 내 이름을 불렀다. 얼어붙은 혈관 속으로 다시 피가 흐르기 시작했고, 걷잡을 수 없이 덜덜 떨렸다. 그래도 몸을 움직일 수는 있었다. 흐느적거리는 다리를 질질 끌며 꼭두각시처럼 총안들 사이로 올라가서, 사다리에 다리를 내리고는 불안하다 싶을 만큼 재빨리 내려갔다. 차가운 금속인데도 손바닥에 불이 나는 것 같았다. 플랫폼에 발이 닿기도 전에 에인절이 내 재킷을 잡아챘다. 그의 얼굴이 바로 내 코앞에 있었다. 에인절이 내쉬는 숨에서 퀴퀴한 담배 냄새가 났다. 또다시 그의 침이 내 얼굴로 튀었다. "지금부터 한 마디도 하지 마. 입도 뻥긋하지 말라고. 너는 여기 온 적이 없어. 알았어?" 내가 아무 대꾸도 하지 않자 에인절은 얼굴을 바싹 더 들이댔다. "알아들었냐고!" 나는 고개를 끄덕였다. "좋아, 이제 가봐. 비상계단으로 내려가. 돌아볼 생각 말고."

에인절은 나를 풀어주고 창문을 통해 안쪽으로 들어가기 시작했다. 사다리는 벽에 기댄 상태로 내버려뒀다. 잔뜩 겁을 집어먹어 새하얗게 질린 얼굴들이 어둠 속에 옹기종기 모여 있었다. 여전히 발이 떨어지지 않았다. 에인절이 안쪽에서 나를 노려봤다. 난생처음으로 그의 얼굴에서 두려움을 봤다. 그의 머릿속을 장악한 진짜 두려움을.

"얼른 가!" 에인절이 창문을 닫았다.

그 말을 듣고 나는 몸을 돌려 덜컹거리는 비상계단으로 2층까지 내려 갔다. 그러고는 걸음을 멈췄다. 1층으로 내려가려면 캘럼의 몸을 밟고 지나가야 할 형편이었다. 이제 그의 얼굴이 보였다. 창백한 얼굴은 마치 자는 것처럼 움직임이 없었다. 뒤통수에서 당밀처럼 찐득하고 시커먼 피가 흘러나와 계단에 퍼지고 있었다. 1층 어딘가부터 두런거리는 소리 가 들리더니 바깥에서 불빛이 다가왔다. 나는 무릎을 꿇고 캘럼의 얼굴 을 만졌다. 얼굴은 여전히 따스했고, 가슴이 오르내리는 것도 보였다. 숨 을 쉬고 있었다. 하지만 캘럼을 위해 해줄 수 있는 일이 전혀 없었다. 사 람들이 캘럼을 발견하는 건 불과 일이 분 내의 시간문제였다. 얼른 이 자 리를 벗어나지 않는다면 나도 발각될 게 뻔했다. 나는 조심스럽게 그의 몸을 넘어서서 남은 계단을 죽어라고 내달렸다. 마지막 여섯 계단은 몸 을 훌쩍 날려 건너뛰었고, 숲으로 몸을 숨기려고 죽자사자 달렸다. 누군 가가 고함을 질렀고, 자갈 위를 달리는 여러 명의 발소리가 들렸다. 하지 만 뒤를 돌아보지 못했다. 그러고는 문화회관의 다리에 다다를 때까지 쉬지 않고 달렸다. 멀리서 사이렌이 울부짖었고, 앰뷸런스가 파란 불빛 을 번쩍거리며 숲을 지나 성 쪽으로 내달리는 게 보였다. 다리에 힘이 풀려서 난간을 꼭 움켜쥐고 몸을 내밀어 베이헤드 강에 토했다. 눈물을 줄 줄 흘리면서도, 얼어붙을 듯한 2월의 바람을 맞으며 서둘러 간선도로를 건넜다. 무거워진 발을 질질 끌고 매켄지 거리를 지나 매디슨 로드에 이르는 기나긴 길을 따라 터덜터덜 걸어갈 무렵, 대부분의 창문에서는 불빛이 보이지 않았다. 스토너웨이를 통틀어서 나 혼자만이 살아 있는 것처럼 느껴졌다.

리플리 플레이스에 도착했을 때, 성에서 병원으로 되돌아가는 앰블런스의 사이렌 소리가 멀리서 들려왔다. 내가 기적을 믿는 사람이었다면 바로 그 자리에서 신께 간구했을 것이다. 그러지 않은 것이 내 실수였을지도 몰랐다. 간구했더라면 캘럼이 괜찮아졌을지도 모르는 일이었다.

그때가 캘럼을 마지막으로 본 때였다. 그날 이후 마지막 순간을 기억하며 살아왔다. 분필처럼 새하얀 얼굴에 잔뜩 흩어져 있는 주근깨. 당근처럼 새빨갛고 빠글빠글한 곱슬머리. 머리 아래쪽 계단에 번져가던 당밀 같은 피. 달빛을 받으며 부자연스러운 각도로 엎어져 있던 그의 몸. 캘럼은 비행기를 이용하여 글래스고의 전문의 팀으로 이송됐다. 우리는 그의 등뼈가 부러져서 다시는 걸을 수 없다는 소식을 풍문으로 들었다. 캘럼은 학교로 돌아오지 않았고, 본토에 머물면서 여러 달 걸리는 집중치료의 첫 번째 달을 보냈다. 벌어진 상처에 얼마나 빨리 새살이 돋아나는지 놀라울 따름이었다. 그날 밤에 일어난 일이 표면으로 올라오지 않고 잠잠해지자, 상처가 다 아문 피부와 마찬가지로 새로운 기억이 낡고 쓰라린 기억을 대체했다. 가엾은 캘럼은 우리 모두의 머릿속에서 점차 지워졌다. 오래된 상처는 떠올릴 때만 상처를 남기는데, 우리는 결코 그 일을 떠올리지 않았다. 적어도 의식적으로는. 어쩔 수 없는 상황에 처할 때까지는.

14장

1

핀이 문을 노크했는데, 직조기의 딸깍거리는 소리는 멈추지 않았다. 핀은 깊게 숨을 들이쉬고 북 교체를 위해 작업을 멈추는 순간까지 기다렸다. 그러고는 다시 노크했다. 잠시 침묵이 이어지더니 들어오라는 목소리가 들렸다.

작업장 내부는 상상할 수 있는 거의 모든 물건이 버려진 곳이었다. 낡은 자전거, 잔디 깎는 기계, 잡초 제거기, 정원 도구, 어망, 전선 등등이 널려 있었다. 직조기는 한구석에 설치되었고, 직조기 뒤쪽 벽에는 직조 도구와 다양한 색상의 털실 뭉치가 놓인 선반이 손을 뻗으면 닿을 곳에 줄지어 있었다. 휠체어 이동이 쉽도록 통로는 깨끗이 치워진 상태였다. 캘럼은 커다란 직조기 뒤쪽에 앉아 있었다. 휠체어의 양쪽 손잡이에는 커다란 금속 핸들이 솟아나 있었다.

핀은 충격을 받았다. 캘럼은 엄청나게 살이 찐 모습이었다. 한때 호리호리했던 몸은 어깨가 둥그렇게 부풀고, 턱에는 커다란 옷깃처럼 살덩이가 매달려 있었다. 생강빛 머리카락은 거의 다 사라져버렸다. 그나마 남은 머리카락은 짧게 깎여 있었는데, 그래도 색상만은 그대로였다. 햇빛을 한 번도 보지 못한 창백한 피부는 표백한 것처럼 청백색에 가까웠다. 얼굴을 온통 뒤덮었던 주근깨조차 바랜 것 같았다. 캘럼은 불빛을 받으며 문간에 서 있는 핀을 경계와 의심의 기색이 가득한 녹색 눈으로 곁눈질했다.

"거기 누구야?"

핀은 뒤쪽에서 빛이 비추지 않도록 문간에서 비켜섰다. "잘 있었어, 캘럼?"

캘럼의 눈동자에 그를 알아보는 기색이 떠오른 건 잠시 후였다. 놀라는 기색도 감돌았지만, 이내 백내장에 걸린 것 같은 둔중한 눈길로 되돌아갔다. "안녕, 핀? 널 이십 년이나 기다렸어. 상당히 늦장을 부렸네."

핀은 뭐라고 변명할 여지가 없다는 걸 잘 알았다. "미안해."

"뭐가? 그건 네 잘못이 아니었어. 내가 멍청했지. 게다가 너도 보다시피 내게는 날개도 없었잖아."

핀은 고개를 끄덕였다. "그동안 어떻게 지냈어?" 그렇게 묻는 것 자체가 어리석은 짓이라는 걸 잘 알았다. 하지만 달리 뭐라고 물어볼 말이 떠오르지 않았다.

"어땠겠어?"

"상상조차 할 수 없네."

"당연히 그럴 거야. 이런 일이 너에게 일어나지 않았으니 대소변을 가리지 못한다는 게 어떤 건지 상상이나 할 수 있겠어? 옷을 더럽혔을 때 어린아이처럼 남에게 도움을 요청해야 한다는 걸? 하루 종일 앉아 있어야 하니 엉덩이에 생기는 염증은 또 어떻고? 그리고 섹스는?" 씁쓸하기 그지없는 헛헛한 웃음이 캘럼의 입술을 비집고 나왔다. "그러다 보니 지금까지도 총각 딱지를 떼지 못했네. 심지어 자위도 할 수 없어. 자위를 하고 싶어도 빌어먹을 거시기를 찾을 수가 있어야지. 웃기는 건 말이야, 모든 일의 시작이 바로 그거였더라고. 섹스 말일야." 그는 먼 과거의 기억을 더듬으며 말을 잠시 끊었다. "그애가 죽은 건 알고 있어?"

핀은 이마를 찌푸렸다. "누구를 말하는 거야?"

"하녀 애나 말이야. 몇 년 전에 오토바이 사고로 죽었어. 휠체어에 앉은 거대한 살덩어리는 여전히 목숨을 이어가고 있고. 이래서는 안 되는 거 아닌가?" 캘럼은 핀에게서 눈길을 거두더니 북에 실을 꿰어 통의 빈 공간에 집어넣었다. "여긴 왜 왔어, 핀?"

"나는 지금은 경찰이야, 캘럼."

"나도 들었어."

"에인절 맥리치의 죽음을 수사하고 있어."

"아, 그럼 나랑 수다나 떨기 위해 방문한 건 아니겠군."

"수사 때문에 섬에 왔어. 너에게는 오래전에 와야 했는데 그러지 못해서 찾아온 거고."

"오랫동안 겪어온 유령들을 이제야 잠들게 하려고? 상처가 불거진 양심에 연고를 문질러 바를 셈이군."

"어쩌면 그럴 생각으로 찾아왔는지도……."

캘럼은 휠체어에 등을 기대고 앉아서 핀을 똑바로 봤다. "너도 아는지 모르겠지만, 가장 큰 아이러니는 그 일이 벌어진 이후 지금까지 내가 친구라고 부를 만한 유일한 사람이 에인절 맥리치였다는 거야. 네가 이제야 불쑥 얼굴을 내밀었다는 점도 그렇고."

"직조기가 들어갈 헛간을 지어줬다고 어머니께서 말씀하시더라."

"아, 더한 것도 해줬지. 모든 방에 휠체어가 접근할 수 있도록 집을 몽

317

땅 다 개조해줬어. 밖에 정원을 만들고 작은 길도 내서 내가 원하면 바깥에서 앉아 있을 수도 있게 해줬고." 캘럼은 어깨를 으쓱했다. "그러길 원해본 적이 없어서 문제지만." 그는 양쪽에 있는 손잡이를 잡았다. "발로 밟는 페달을 연장해서 손으로 직조기를 작동시킬 수 있도록 손봐줬고." 캘럼이 손잡이를 앞뒤로 작동시키자 북이 옷감의 실 사이를 날아다니며 바퀴와 기어의 톱니가 맞물리기 시작했다. "좋은 친구였어." 그는 직조기의 덜커덕거리는 소리에 지지 않을 정도로 목소리를 높였다. "우리가 알던 것보다 훨씬 괜찮았다고." 캘럼이 손잡이를 놓자 기계가 멈췄다. "이 따위 옷감을 짜봐야 많이 벌지 못해. 물론 어머니 연금도 있고, 우리가 받은 보상금에서 남은 돈이 좀 있긴 하지. 그래도 입에 풀칠을 하기가 쉽지 않아, 핀. 그렇지만 에인절은 생필품이 부족하도록 놔둔 적이 없어. 빈손으로 온 적이 없으니까. 연어, 토끼, 사슴 고기를 가져다줬고, 매년 구가 여섯 마리를 가져와서 직접 요리까지 해줬지." 그는 휠체어의 팔걸이에 고정된 나무 상자에서 북 하나를 꺼내 생각에 잠긴 채 주물럭거렸다. "처음에 에인절이 찾아오기 시작했을 때, 그저 죄책감 때문이려니 생각했어. 에인절이 내가 자신을 비난하리라 예상했을 거라고도 생각했고."

"그러지 않았다는 거야?"

캘럼은 고개를 가로저었다. "왜 비난을 해야 하지? 에인절이 내 멱살을 잡고 지붕으로 끌어올린 건 아니잖아. 물론 나를 웃음거리로 만들려고 했지만, 나를 바보로 만든 건 나 자신이야. 에인절이 사다리를 치워버렸지만, 지붕에서 나를 떠민 것도 아니고. 겁을 집어먹은 내가 바보짓을 했던 거야. 비난받을 사람은 나 자신뿐이지." 북을 상자에 다시 내려놓을 때까지 단단히 거머쥔 캘럼의 손가락이 하얗게 변했다. "에인절에게 더는 악감정이 없다는 걸 알면 찾아오지 않을 거라고 생각했어. 양심의 가책을 받지 않아도 되니까. 하지만 에인절은 그러지 않았어. 그때 내가 에

318

인절 맥리치와 친구가 되고 싶다고 말했다면 넌 아마 내가 돌았다고 생각했을 거야." 그는 여전히 자신이 믿기지 않는다는 듯 고개를 가로저었다. "하지만 우리는 진짜 친구가 됐지. 에인절은 매주 찾아와서 정원 일을 해줬고, 이곳에 여러 시간 동안 앉아서 이야기꽃을 피웠어. 이런저런 온갖 것에 대해서."

캘럼은 말을 멈추고 핀이 감히 깨뜨릴 엄두도 내지 못할 침묵에 빠져들었다. 그러더니 갑자기 녹색 눈동자를 부옇게 만들며 눈물을 줄줄 흘렸다. 그러고는 오래전의 친구를 올려다봤다. "에인절은 나쁜 사람이 아니었어, 핀. 실제로는 전혀 그렇지 않았어." 그는 눈물을 훔치며 말을 이었다. "에인절은 사람들이 자신을 불량배로 생각해주기를 바랐지만, 그의 행동은 그저 자신이 당한 것과 똑같은 방식으로 사람을 대한 것일 뿐이야. 고통을 나눈다고나 할까? 나는 에인절에게서 다른 어느 누구도, 심지어 그의 동생조차 보지 못했을 법한 다른 면을 봤어. 아무도 보지 못한 그런 면 말이야. 다른 상황이었더라면, 다른 삶이었더라면 에인절이 어땠을지를 보여주는 모습을……." 눈물이 더 고여 바르르 떨리다가 뺨을 타고 굴러떨어졌다. 아무 소리 없이 굵직한 눈물이 서서히 흘러내렸다. "이제 에인절 없이 뭘 할 수 있을지 모르겠어." 캘럼은 눈을 깜빡거리며 눈물을 참으려 안간힘을 썼고, 손수건을 꺼내 얼굴을 닦았다. 미소를 지으려고 애써봤지만 찡그린 표정에 더 가까웠다. "어쨌거나……." 그의 목소리에 쓸쓸한 기색이 다시 묻어났다. "찾아줘서 고마워. 지나갈 기회가 있으면 다시 들려줘."

"캘럼……."

"가, 핀. 아무 말도 하지 말고. 제발!"

핀은 마지못해 문 쪽으로 돌아섰고, 밖으로 나가서 등 뒤로 문을 닫았다. 안에서 다시 직조기 작동하는 소리가 들렸다. 덜커덕 덜컥, 덜커덕 덜컥. 토탄 더미 너머의 황야를 가로질러 태양이 빛났다. 핀의 기분이 우울해진 만큼 높이 떠서 핀을 약 올리는 것 같았다. 지난 수년 동안 에인절과 캘럼이 함께 이야기를 나눴다는 게 상상이 되지 않았다. 하지만 한 가지는 분명했다. 에인절 맥리치를 살해한 범인이 누구이든 간에 캘럼은 아니라는 것이었다. 다리를 쓰지 못하는 가련한 직조공이야말로 이 지구상에서 에인절의 죽음에 눈물을 흘려줄 유일한 사람인지도 몰랐다.

2

핀이 차를 몰고 언덕을 되돌아 내려갈 때쯤, 대서양에서 불어오는 바람에 구름층이 길게 갈라지더니 하늘이 파래졌다. 저 아래쪽에는 작은 농장과 오두막, 울타리와 양이 보이는 맥허가 있었다. 맥허를 가로질러 양지와 음지가 경주라도 하듯 교대로 펼쳐졌다. 오른쪽으로 멀리 떨어진 바다는 단단하고 밝은 거울처럼 하늘을 그대로 비추었다.

부모님이 살던 농장을 지나칠 무렵 핀은 폭삭 내려앉은 지붕을 보고는 속이 뒤틀리는 슬픔을 느꼈다. 이끼로 뒤덮인 타일 두어 장만이 지붕 잔해에 매달려 있었다. 흰색이던 벽면에는 곰팡이와 녹조류가 진을 치고 있었고, 유리창은 흔적도 없이 사라져버렸다. 앞문은 조금 열린 채 마룻바닥조차 다 벗겨진 어두컴컴한 내부를 드러냈다. 거의 다 일어나서 문설주에 고집스럽게 달라붙어 있는 보라색 페인트의 흔적만이 간신히 보였다.

핀은 그 집에서 눈을 돌려 도로를 주시하며 액셀러레이터를 끝까지 밟았다. 설혹 방향을 정하지 않고 차를 몬다 해도 뒤돌아보는 건 도움이 되지 않을 터였다.

아슈타르의 집 뒤쪽에 있는 정원에서 누군가가 허리를 굽힌 채 낡은 미니의 보닛을 들여다보고 있었다. 핀은 브레이크에 발을 살짝 올리고 진입로 초입에 차를 세웠다. 자갈을 밟으며 오는 타이어 소리에 그 사람은 허리를 펴고 고개를 돌렸다. 핀은 작업복을 걸친 사람이 마샬리라고 생각했지만, 피온라크라는 걸 알았을 때도 실망하지 않았다. 핀은 엔진을 끄고 길로 내려섰다. 전날 밤 어둠 속에서는 정원에 널려 있던 자동차 잔해를 보지 못했고, 아침에는 황급히 떠나느라 알아차리지 못했다. 잔뜩 녹슬고 벗겨진 자동차 부품 다섯 개가 오래전 죽은 동물의 뼈처럼 풀밭에 흩어져 있었다. 피온라크 옆에는 공구 상자가 입을 벌리고 있었다. 그는 기름으로 시커메진 손에 스패너를 들었는데, 얼굴 여기저기에도 기름이 얼룩져 있었다. "안녕하세요." 핀이 다가서자 피온라크가 아는 척을 했다.

핀은 미니를 향해 고개를 끄덕였다. "작동되는 거니?"

피온라크가 폭소를 터뜨렸다. "아뇨. 고장 난 채로 너무 오랫동안 방치되어 있었나 봐요. 생명유지장치를 장착해주고 싶을 뿐이에요."

"그럼 꽤 오랜 시간이 흘러야 도로를 달리겠구나."

"그렇게 되면 기적이죠."

"요즘 미니가 다시 유행이더구나. 이거 미니 쿠퍼구나?" 핀은 차를 좀더 꼼꼼히 살폈다.

"오리지널이죠. 스토너웨이에 있는 폐차장에서 5파운드 주고 샀어요. 운반비가 더 들었고요. 이게 다시 달릴 수 있게 되면 제 운전교습 비용을 어머니가 내주신댔어요."

피온라크가 열띤 어조로 말하는 동안, 핀은 그 애를 좀 더 찬찬히 살펴볼 기회를 얻었다. 그의 어머니처럼 몸집이 호리호리했고, 눈에는 열정이 가득했다. 마샬리처럼 장난기도 넘쳐흘렀다.

"살인범은 아직 체포하지 못했어요?"

"글쎄, 그게 쉽지 않구나. 어머니는 집에 계시니?"

"가게에 가셨어요."

"아." 핀은 고개를 끄덕였고, 둘 사이에 잠시 어색한 순간이 흘렀다. "DNA 샘플 제출하러 진료소에는 다녀왔니?"

소년의 얼굴에 먹구름처럼 통명스러운 표정이 떠올랐다. "네, 하지 않고 버틸 방법이 없었으니까요."

"컴퓨터는 어때?"

피온라크의 얼굴에서 먹구름이 사라지고 얼굴이 환해졌다. "완전 잘 돼요. 고마워요, 핀 아저씨. 설마 펌웨어가 문제일 거라고는 꿈에도 생각 못 했거든요. 시스템 텐은 정말 끝내줘요. 반나절에 걸쳐 제 음악 CD를 아이튠즈에 복사도 했고요."

"그걸 내려받는 데 아이팟이 필요할 거야."

소년은 슬픈 미소를 지었다. "그게 얼마인지 알고나 계세요?"

핀이 크게 웃었다. "물론 잘 알지. 하지만 셔플은 아주 싸잖아?" 피온라크가 고개를 끄덕였고, 두 사람은 또다시 불편한 침묵으로 빠져들었다. 그러다가 핀이 입을 열었다. "어머니가 언제쯤 오실 것 같니?"

"모르겠는데요. 한 삼십 분쯤 걸리지 않을까요?"

"그럼 기다려야겠구나." 핀은 주저하며 물었다. "혹시 해변으로 내려가고 싶지 않니? 바닷바람에 복잡한 머릿속을 싹 날려버리면 좋을 것 같은데……?"

"좋죠. 이게 어디론가 혹 사라져버릴 것도 아니고요. 세수하고 작업복을 갈아입을 테니 이 분만 주세요. 할머니께도 어디로 가는지 말씀드려야 하니까요." 피온라크는 연장을 긁어모아 공구 상자에 넣은 뒤 집 안으로 들고 들어갔다. 핀은 그 애가 걸어가는 걸 지켜보며 왜 이토록 스스로를 고녀에 빠뜨리는지 의아했다. 피온라크가 설혹 자신의 생물학적 아들이라고 할지라도 여전히 아슈타르의 아들로 살고 있었다. 아슈타르도 그날 아침 '지난 십팔 년 동안이나 문제가 되지 않았는데, 왜 지금에 와서야 문제가 되지?'라고 강하게 말하지 않았던가?

그리고 아슈타르의 말이 옳았다. 십팔 년이나 아버지와 아들로 잘 지내왔는데, 이제 와서 다른 사람이 아버지인 걸 안다 한들 무슨 차이가 있겠는가? 핀은 신발 앞부리로 뻣뻣이 서 있는 풀을 걸어찼다. 하지만 어쩌면 차이가 있을지도 몰랐다.

피온라크는 청바지와 운동복 상의를 입고, 운동화를 신은 모습으로 등장했다. "너무 오래 있을 수는 없어요. 할머니께서 혼자 있는 걸 좋아하지 않으시거든요."

핀은 고개를 끄덕였고, 두 사람은 절벽 꼭대기를 따라 아슈타르와 핀이 어린 시절 해변으로 질러갈 때 이용하던 도랑까지 걸어갔다. 마지막 1미터 정도를 남겨놓고 평평하지만 약간 기운 편마암 바위로 훌쩍 뛰어내렸는데, 피온라크는 주머니에서 손을 빼지 않고도 그 일을 쉽사리 해치웠다. 젊은 날의 핀은 이 바위에서 마샬리와 사랑을 나눈 적이 있었다. 핀은 울퉁불퉁하고 미끄러운 표면을 내려가는 것이 십팔 년 전보다 좀 힘들었고, 피온라크가 검은 바위를 성큼성큼 밟고 해변으로 내려섰을 때는 뒤처지고 말았다. 피온라크는 모래밭에서 그가 다 내려올 때까지 기다려줬다.

"어머니가 아저씨와 데이트를 했다고 하시더군요."

"아주 오래전 이야기야."

두 사람은 파도가 밀려드는 곳까지 내려가서 항구 쪽으로 걷기 시작했다. "두 분은 왜 헤어지셨어요?"

핀은 아이의 직설적인 질문이 좀 쑥스러웠다. "너도 알겠지만, 사람들은 으레 그러잖니?" 핀은 과거의 기억이 되살아나서 순간 폭소를 터뜨렸다. "실은 네 어머니와 두 번 헤어졌지. 첫 번째는 우리가 겨우 여덟 살때고."

"여덟 살이요? 여덟 살 때 벌써 데이트를 했다고요?" 피온라크는 도저히 믿기 힘들다는 기색이었다.

"음, 뭐 사실 데이트라고 부를 만한 건 아니었지만. 우리 사이에 뭔가 비슷한 게 있던 셈이지. 학교에 갓 들어갔을 때부터 그랬거든. 나는 네 어머니를 농장에 있는 집까지 바래다줬어. 외할아버지와 외할머니는 지금도 거기 사시니?"

"그럼요. 하지만 요즘엔 자주 찾아뵙지 못했어요."

핀은 그 말에 깜짝 놀라서 피온라크가 더 자세히 설명하기를 기다렸지만, 깊은 이야기는 꺼내지 않았다. 그 대신 이런 질문이 흘러나왔다. "그럼 여덟 살 때 두 분은 왜 헤어지신 거죠?"

"아, 그건 전적으로 내 잘못이었지. 네 어머니가 어느 날 안경을 쓰고 등교했어. 아주 기괴한 안경을. 굵은 파란색 테 안경이었는데, 렌즈가 어찌나 두껍던지 눈이 골프공처럼 보이더구나."

피온라크는 핀이 묘사한 모습을 상상하며 폭소를 터뜨렸다. "맙소사, 어머니가 몹시 매력적으로 보였겠는데요."

"그래, 네 말대로였다. 그리고 당연히 교실에 있던 모든 아이가 네 어머니를 놀려댔단다. 네눈박이라든가 왕눈이라고 부르면서. 애들이 얼마나 잔인해질 수 있는지 너도 잘 알지?" 핀의 얼굴에서 미소가 점차 사라지며 슬픈 표정으로 대체됐다. "나도 예외는 아니었지. 네 어머니와 함께 있는 게 부끄러웠어. 운동장에서 마주치면 피했고, 걸어서 집으로 바래다주는 것도 그만두고 말았단다. 엄청난 충격을 받았을 거다. 네 어머니는 아주 예쁜 소녀였기 때문이지. 자존심도 강했고. 우리 반 남학생들은 날 죽도록 부러워했지. 하지만 안경 하나로 그 모든 게 싹 사라지고 만 셈이니…….” 핀은 그때 기억을 떠올리는 것만으로도 양심의 가책이 느껴져 우울해졌다. 마샬리는 그때 지옥 같은 경험을 했을 게 분명했다. 그리고 자신은 그토록 잔인했으니……. “애들은 말이야, 자기가 남에게 얼마나 큰 상처를 줄 수 있는지 전혀 모른단다.”

“그게 다예요? 두 분이 사귀는 걸 그만둔 걸로요?”

“대강 그런 셈이다. 네 어머니는 한동안 나를 쫓아다녔지. 하지만 운동장에서 내 쪽으로 다가오는 걸 보기라도 할라 치면 나는 다른 애들에게 말을 걸거나 축구공을 차는 데 끼어들었지. 도로에서 마주치지 않도록 먼저 교문을 나섰고. 교실에서 가끔 주위를 둘러보면 네 어머니가 안경을 책상에 벗어놓거나 안경을 쓴 채로 나를 봤단다. 하지만 나는 사슴 같은 그 커다란 눈을 못 본 척하며 시치미를 뗐지. 휴우, 지금 생각해보면…….” 지난 삼십 년간 전혀 생각지도 못했던 무엇인가가 갑자기 기억 속에서 되살아났다. “예배를 볼 때였어.” 전혀 예상치 못한 자세한 기억이 생생하게 떠올랐다.

피온라크는 바짝 호기심이 동하는 듯했다. “뭔데요? 교회에서 무슨 일이 있었는데요?”

“아, 맙소사.” 핀은 양심의 가책을 받고 씁쓸히 웃으며 고개를 가로저었다. “주님이 이 일과 관련이 없다는 건 분명한 듯하다만…….” 밀려오는 파도를 피해 두 사람은 얼른 뒷걸음질을 쳤다. “그때는 우리 부모님이 살아 계셨고, 나는 일요일마다 교회에 가야만 했지. 그것도 하루에 두 번이나. 나는 항상 사탕이 든 통을 가지고 다녔어. 폴로 프루트 같은 것 말이야. 지루함을 풀어주는 일종의 놀이였는데, 통에서 사탕을 꺼내 입으로 집어넣고 다 빨아먹을 때까지 남의 눈에 띄지 않는지 보는 거였지. 한 통을 다 먹는 동안에 들키지 않으면 강력한 종교적 압박에 대항한 작고도 비밀스러운 승리를 거뒀다고 여겼어. 왜 그런 생각을 했는지는 모르겠지만……."

피온라크가 씩 웃었다. "치아에 좋을 수는 없었겠네요."

"정말 좋지 않았지." 핀은 후회하는 심정으로, 때운 치아들을 혀로 살짝 건드렸다. "목사님은 내가 어떤 장난을 친다는 건 알았지만 현장을 한 번도 잡지 못했던 게 분명해. 매처럼 날카로운 눈길로 날 뚫어지게 봤지만 말이야. 한번은 목사님이 눈길을 돌릴 때까지 입에 고인 침을 삼키지 않고 버티다가 숨이 막힐 뻔한 적도 있었어. 어쨌거나 어느 일요일, 기도를 드리다가 사탕 하나를 입에 슬쩍 넣으려 했을 때였지. 너도 잘 알겠지만, 장로들이 교회 앞줄에서 드리는 장황하고 지겨운 기도 말이다. 그런데 실수로 사탕 통을 바닥에 떨어뜨렸어. 맨바닥이라 덜그럭하는 커다란 소리와 함께 그 빌어먹을 통이 복도 한가운데로 굴러가버린 거야. 당시에는 위층까지 좌석이 꽉꽉 들어차서 교회 내 모든 신도가 그 소리를 들었어. 기도를 드리던 중에 다들 눈을 떴고, 복도 한가운데 퍼질러져 있는 폴로 프루트 통을 바라봤어. 장로들은 물론이고 목사님까지 말이야. 기도를 드리던 장로님은 말을 멈추고 커다란 의문부호처럼 멍하니 서 있었어. 내 평생 그토록 오랫동안 지속된 침묵은 한 번도 본 적이 없었어. 그리고 그 통이 내 것임을 인정하지 않고는 다시 가져올 방법이 없다는 걸 알았지. 바로 그 순간, 복도 맞은편 신도석에서 조그만 형체가 튀어나와 그 통을 낚아챘어."

"어머니였나요?"

"그래, 네 어머니였어. 자그마한 마샬리가 모든 신도가 지켜보는 가운데 사탕통을 집어 들었어. 나 대신 비난받아야 할 판이었지. 네 어머니는 자신이 곤경에 빠졌다는 걸 잘 알았을 거야. 십 분쯤 후에 네 어머니와 눈길이 마주쳤어. 그 괴상한 안경을 통해서 나를 곁눈질하는 골프공만

한 두 눈에는 내가 저지른 죄를 뒤집어썼다는 걸 알아주기를, 내가 고마워하기를 바라는 기색이 역력했단 말이야. 하지만 나는 난처한 처지를 모면한 것에 안심하고 재빨리 눈길을 돌려버렸어. 얽히는 것조차 피해버렸지."

"정말 나쁜 놈이었네요."

핀이 얼굴을 돌리자 전혀 농담이 아니라는 눈길로 피온라크가 빤히 봤다. "그래, 네 말이 맞다. 그렇다고 인정하기는 부끄럽지만 부정할 수가 없구나. 다시 그때로 돌아가서 그걸 바꾸거나 뭔가 다르게 행동할 방법이 없으니……. 하여튼 일은 그렇게 된 거란다. 가엾은 마샬리. 그때 그 작은 소녀는 진심으로 나를 좋아한 게 분명했어." 꼭 집어 말할 수 없는 이유로, 그리고 극심한 부끄러움으로 갑자기 눈앞이 뿌옇게 흐려졌다. 핀은 황급히 만 쪽으로 눈길을 돌리고 눈을 몇 번이나 깜빡이며 곧 쏟아지려는 눈물을 막았다.

"슬픈 이야기로군요."

핀은 호흡을 조절하며 마음을 진정했다. "나는 그 후 사오 년 동안 가능한 한 네 어머니를 모른 척하며 지냈지." 핀은 이제 거의 잊고 지냈던 어린 시절로 빠져들었다. "우리 둘 사이에 어떤 일이 있었다는 것조차 잊어버릴 정도로 말이다. 그러다가 초등학교 졸업 댄스파티가 있었고, 나는 아이린 데이비스라는 등대지기 집 딸아이에게 함께 가자고 부탁했다. 여자아이들에게 별로 관심은 없었지만, 혼자 갈 수는 없는 노릇이었지. 네 어머니에게 부탁해야겠다는 생각은 전혀 없었어. 네 어머니의 편지를 받기 전까지는 말이야. 그 편지는 댄스파티 이틀 전에 도착했지." 연푸른 편지지에 짙은 청색 펜으로 꾸물꾸물 적힌 커다란 글씨가 지금도 눈앞에 선했다. "네 어머니는 왜 자기 대신에 아이린에게 부탁했는지 모르겠다고 했지. 지금 내 마음을 바꿔도 늦지 않으니 자신에게 얼른 부탁하라고 했고. 아이린은 지금의 네 아버지가 데려가면 해결될 거라고 했다. 끝에는 농장의 소녀라고 서명했더구나. 하지만 약속을 무르기에는 너무 늦었지. 내가 원한다고 해도 아이린에게 약속이 변경됐다고 뻔뻔하게 말할 수는 없었으니까. 결국 네 어머니와 댄스파티에 간 건 네 아버지였단다."

두 사람은 해변 끝에 도달해서 에인절이 살해된 보트 창고의 그늘 앞에 섰다.

"열한 살 먹은 애가 세상을 알면 얼마나 아는지 잘 보여주는 좋은 예였지. 불과 오 년 후에 네 어머니와 나는 미치도록 사랑에 빠지고 여생을 함께 보내려 했으니까 말이다."

"그때는 무슨 일이 있었는데요?"

핀은 미소를 지으며 고개를 저었다. "이제 그만 됐다. 우리도 비밀이 좀 있어야 하지 않겠니?"

"아이, 왜 그러세요? 잔뜩 구미가 당기게 해놓고 이걸로 그만이라뇨."

"그거야 내 맘이지." 핀은 돌아서서 백사장을 따라 암초가 있는 곳으로 향했다. 피온라크는 허둥지둥 달려와 핀 곁에 서서 오는 길에 남겨둔 발자국을 따라 걸었다. 핀이 물었다. "그래, 네 계획은 뭐니, 피온라크? 학교는 졸업했니?"

피온라크는 침울하게 고개를 끄덕이며 작은 백사장 너머로 조개껍질을 차서 날렸다. "아버지는 제게 조선소에서 일자리를 잡으라셔요."

"별로 그러고 싶지 않은 모양이구나."

"네, 맞아요."

"그럼 뭘 하고 싶니?"

"이 빌어먹을 섬을 벗어나고 싶어요."

"그럼 왜 그렇게 하지 않니?"

"제가 어디로 가게요? 뭘 해야 하고요? 본토에는 아는 사람이 한 명도 없는데요."

"날 알잖아."

피온라크는 핀을 곁눈질했다. "그렇군요. 단 오 분 동안이지만요."

"내 말 잘 들어라, 피온라크. 지금은 전혀 그런 생각이 들지 않겠지만 이 섬은 아주 멋진 곳이란다." 피온라크가 그게 무슨 말이냐는 표정으로 핀을 멍하니 봤다. "문제는 이곳을 벗어나 봐야 그걸 알아차릴 수 있다는 점이다." 그건 핀 자신이 이제 막 깨닫기 시작한 것이었다. "그리고 네가 이곳을 떠나지 않는다면, 평생 이곳에만 머문다면 네 세계관이 삐뚤어질 수도 있지. 나는 이곳 사람들에게서 그런 걸 많이 봐왔어."

"우리 아버지 같은?"

핀이 흘끗 봤지만 피온라크는 앞만 똑바로 바라보고 있었다. "어떤 사람은 이 섬을 떠날 기회를 전혀 얻지 못하고, 그런 기회가 찾아와도 덥석 잡아채지 못하지."

"아저씨는 하셨잖아요."

핀이 껄껄 웃었다. "나야 성질이 급해서였지. 이 섬이 간절히 벗어나고 싶어지는 곳이라는 점은 부인할 생각이 없다. 하지만 되돌아오기에도 좋은 곳이지."

피온라크는 돌아서서 핀을 찬찬히 봤다. "그럼 아저씨는 돌아오신 거군요, 그렇죠?"

핀은 미소를 지으며 고개를 가로저었다. "그렇게까지는 아니야. 하지만 돌아오길 원하지 않는다는 뜻은 아니다."

"휴, 제가 본토로 가면 뭘 하게 될까요?"

"전문대학에 진학할 수 있지. 자격만 갖춘다면 4년제 대학에도 갈 수 있고."

"경찰이 되는 건 어때요?"

핀은 잠시 주저했다. "경찰이 좋은 직업이긴 하다, 피온라크. 하지만 모든 사람에게 다 그렇다는 건 아니야. 보고 싶지 않은 꼴도 많이 보게 될 거야. 인간 본성 가운데 가장 나쁜 면 말이다. 그리고 그런 면이 불러오는 결말까지도. 변화시킬 수는 없으면서도 어쨌든 다뤄야 하는 그런 일을……."

"혹시 그게 경찰이 되라는 추천의 말씀인가요?"

핀은 큰 소리로 웃었다. "꼭 그런 건 아니고. 하지만 누군가는 해야 할 일이지. 경찰 중에 좋은 사람도 상당히 있는 편이고."

"그래서 아저씨는 경찰을 그만두려는 건가요?"

"뭘 보고 내가 경찰을 그만둘 거라고 생각했니?"

"방송대학에서 컴퓨터학을 전공한다고 하셨잖아요?"

"너는 단 한 마디도 놓치지 않는구나?" 핀은 씁쓸하게 미소 지었다. "그냥 대안을 찾고 있다고 해두자."

두 사람은 이제 암초 뒤쪽에 거의 도달했다. 피온라크가 물었다. "결혼하셨어요?" 핀은 고개를 끄덕였다. "아이는요?"

핀은 한참의 시간이 흐르고 나서야 대답했다. 너무 오래다 싶을 정도로 긴 시간이었다. 하지만 없다는 말이 아슈타르에게 했던 것만큼이나 술술 흘러나오지 않았다. "없어."

피온라크는 암초 위로 기어올라가 돌아서더니 핀에게 한 손을 내밀었다. 핀은 그 내민 손을 붙잡고 몸을 끌어올려 십대 소년의 곁에 섰다. "왜 저에게 진실을 말해주지 않으려고 하죠?" 피온라크가 물었다.

이번에도 핀은 그의 직설적인 말투에 깜짝 놀랐다. 어머니에게 물려받은 성격이 유감없이 발휘되는 순간이었다. "뭘 보고 내가 진실을 털어놓지 않는다고 판단한 거지?"

"그럼 진실을 말씀하신 거예요?"

핀은 피온라크를 똑바로 봤다. "너도 네 자신에 관한 어떤 것을 말하고 싶지 않을 때도 있잖아."

"왜요?"

"말하다 보면 그것을 생각하게 되고, 생각하다 보면 가슴이 아프기 때문이지." 핀의 말에는 날이 바짝 서 있었다. 피온라크가 그 말에 움찔하는 것을 보고 즉시 후회했다. 핀은 한숨을 내쉬었다. "아들이 하나 있었어. 여덟 살이었지. 하지만 지금은 세상을 떠나고 없단다."

"무슨 일이 있었는데요?"

그 일을 내부에 봉인하겠다던 핀의 의지는 소년의 가차 없는 재촉에 허물어졌다. 그는 햇살에 반사되어 유리처럼 반짝이는 물웅덩이의 가장자리에 주저앉았다. 암초에 형성된 미지근한 바닷물에 손가락을 담그고 살살 휘저으니 잔주름 같은 물살이 아주 조그마한 해변으로 잔잔히 밀려갔다. "뺑소니 사고였어. 아내와 로비는 길을 건너는 중이었지. 차가 붐비는 도로도 아니었는데…… 그 차가 모퉁이를 돌아 나와서 두 사람을 들이받았어. 아내는 공중으로 떠올랐다가 그 차 보닛으로 떨어졌어. 아마 그 덕에 목숨을 건졌을 거야. 로비는 바퀴 밑으로 빨려 들어갔고. 운전자는 아주 잠깐 동안만 차를 세웠어. 곧바로 차를 몰고 도망간 것을 보면 아마도 술을 마신 채 운전했을 거야. 목격자도 없고, 차량 번호도 몰라. 그러니 체포할 방법은 더더구나 없을 수밖에."

피온라크가 작은 소리로 말했다. "맙소사! 그 사고가 언제 난 건가요?"

"딱 한 달 전."

피온라크가 핀 옆에 쭈그려 앉았다. "핀 아저씨, 깊이 위로 드리고 싶어요. 고통을 또다시 떠올리게 해서 정말 죄송해요."

핀은 손을 저어 사과의 말을 저지했다. "미안해하지 마라, 얘야. 그렇다는 걸 네가 어떻게 알 수 있었겠니?" 핀은 자신이 '얘야'라는 단어를 사용했다는 것 때문에 심장이 멈출 뻔했다. 피온라크를 곁눈질하니 뭔가 골똘히 생각하는 것 같았다. 핀이 다시 눈길을 바닷물로 돌리는 순간, 하늘을 비춘 수면 밑에서 뭔가 움직이는 게 보였다. "저기 게가 있나 보다. 네 아버지와 나는 이 아래쪽에서 게를 수십 마리씩 잡았지."

"맞아요, 어렸을 때 아버지가 여러 번 이곳에 데려왔어요." 피온라크는 게를 잡으려고 소매를 걷어 올리고 물속에 손을 집어넣었다. 소년의 양쪽 팔뚝을 따라 보라색과 노란색 멍이 끔찍하게 얽혀 있었다. 핀은 충격을 받았다. 그는 피온라크의 손목을 잡아챘다.

"도대체 이 멍은 뭐니?"

피온라크는 이마를 찌푸리며 팔을 잡아 뺐다. "아파요." 소년은 멍을 가리려고 소매를 끌어내리며 일어섰다.

"미안하다." 핀의 입장이 난처해졌다. "상태가 안 좋아 보이는구나. 무슨 일 있었니?"

피온라크가 어깨를 으쓱했다. "아무 일도 없었어요. 미니에 새로운 엔진을 넣다가 살짝 부딪힌 것뿐이에요. 혼자 할 일이 아니었나 봐요."

"그걸 어떻게 혼자서 할 수 있니?" 핀도 일어섰다. "적당한 장비와 도움의 손길이 있어야지."

"한번 혼이 나고서야 그 점을 깨달았네요." 피온라크는 가볍게 암초를 뛰어넘어 도랑을 타고 오르기 시작했다. 핀은 두 사람 사이의 껄끄러운 대화를 그제야 마무리했다는 안도감을 느끼며 그를 뒤따랐다. 절벽의 꼭대기에 도달했을 때는 아무 일도 없던 것 같았다. 피온라크가 길 쪽을 가리켰다. 은색 르노가 언덕 위로 올라오고 있었다. "맥켈비 부인의 차예요. 그분이 어머니를 가게까지 태워다줬어요. 이제 돌아오나 봐요. 우리, 경주할까요?"

핀이 폭소를 터뜨렸다. "뭐라고? 내가 나이를 두 배나 더 먹었는데 경주를 하자고?"

"그렇다면 아저씨가 출발하고 육십 초 뒤에 뛸게요."

핀은 피온라크를 잠시 보다가 씩 웃었다. "좋아." 그러고는 냅다 뛰기 시작해서 절벽 가장자리를 따라 달리다가 언덕을 올라갔다. 다리는 납을 매단 것처럼 무거웠고, 폐는 더 많은 산소를 요구하며 숨이 가빠졌다. 토탄 더미가 눈에 들어오고 꼭대기에서 르노의 엔진이 공회전하는 소리가 들렸다. 핀은 거의 도착한 상태였다. 토탄 더미에 도달했을 때 쇼핑백을 양쪽 팔에 든 마샬리가 진입로를 따라 내려오는 모습이 보였고, 르노는 그곳을 벗어나 언덕을 올라갔다. 마샬리는 눈앞에서 핀과 마주치자 걸음을 멈추고 깜짝 놀라 입을 딱 벌렸다. 핀은 씩 웃었다. 피온라크를 이겼다고 생각해서였다. 집에 먼저 도착할 것 같았다. 하지만 마지막 순간에 피온라크가 큰 소리로 웃으며 그를 지나치더니 숨을 헐떡거리지도 않은 채 돌아섰다. 핀은 멈춰 서서 허리를 굽히고 두 손으로 무릎을 짚은 채 숨을 골라야 했다.

"힘내요, 할아버지. 뭘 그리 꾸물거리세요?"

핀이 눈을 부릅뜨고 피온라크를 노려보는데, 마샬리도 미소 지으며 물었다. "그래요, 할아버지. 뭣 때문에 그리 늦었어요?"

"열여덟 살이나 더 먹어서지, 뭐." 핀은 아직도 숨을 헐떡거렸다.

집 안에서 전화벨이 울리기 시작했다. 마샬리가 부엌문을 흘끗 봤고, 핀은 그녀의 눈동자에 어린 근심스러운 기색을 알아챘다.

"제가 받을게요." 피온라크가 말했다. 그는 계단을 한 번에 두 개씩 뛰어올라 부엌문을 열고 안으로 사라졌다. 잠시 후 벨소리가 멈췄다.

핀은 마샬리가 자신을 빤히 바라보는 걸 느꼈다. "여기에서 뭐 하는 거야?"

핀은 여전히 호흡을 가다듬으려고 애쓰며 어깨를 으쓱했다. "그냥 지나가는 길이었어. 조금 전에 캘럼을 만났거든."

그녀는 그 정도로 설명이 다 됐다는 듯 고개를 끄덕였다. "안으로 들어가는 게 좋겠어." 핀은 그녀를 뒤따라 길을 내려가서 부엌으로 통하는 계단을 올라갔다. 마샬리는 물건이 들어 있는 장바구니를 주방 식탁에 내려놓았다. 거실에서 여전히 통화하는 피온라크의 목소리가 들렸다. 마샬리는 찻주전자에 물을 채웠다. "홍차 마실래?"

"좋지." 핀은 엉거주춤 일어서서 마샬리가 찻주전자와 머그잔 두 개를 꺼내는 모습을 지켜봤다. 호흡은 이제 거의 정상으로 돌아왔다.

"괜찮다면 그냥 티백만 넣을게."

"그거면 됐어."

그녀는 머그잔에 티백을 하나씩 떨어뜨리고 돌아서서 조리대에 등을 기댄 채 핀을 봤다. 피온라크가 수화기를 내려놓고 계단을 밟으며 제 방으로 올라가는 소리가 들렸다. 마샬리는 파란 눈동자를 빛내며 뭔가를 탐색하는 듯한 눈길로 줄곧 그를 봤다. 물이 끓기 시작하자 찻주전자가 그렁거리며 쉭쉭 소리를 냈다. 부엌문이 제대로 닫히지 않았는지 바람이 문 가장자리를 훑고 지나갔다.

"왜 임신했다는 말을 안 했지?" 핀이 물었다.

마샬리가 눈을 꼭 감았다. 핀은 잠시나마 그녀의 눈길에서 벗어난 듯한 느낌을 받았다. "아슈타르가 너에게 말했다고 하더니. 그럴 권리도 없는 사람이."

"나는 알 권리가 있어."

"넌 아무 권리도 없어. 그 일이……." 마샬리는 말을 멈추고, 침착성을 긁어모아 자신의 둘레에 벽을 쳤다. "너는 이곳에 없었어. 아슈타르는 있었고." 그녀가 다시 빤히 보자, 핀은 벌거벗은 채 그 눈길에 사로잡힌 기분이 들었다. "난 널 사랑했어, 핀 매클라우드. 학교에서 내 옆에 앉은 첫날부터 쭉……. 네가 정말 나쁜 놈이 됐을 때조차 사랑했어. 이곳에 있지 않았던 때에도 내내 사랑했지. 지금 다시 내 앞에서 사라진다 해도 여전히 사랑할 테고."

핀은 할 말이 없어서 고개만 가로젓다가 결국 별로 설득력도 없는 질문을 했다. "그럼 뭐가 잘못된 거지?"

"내가 사랑하는 만큼 나를 사랑하지 않아서야. 네가 나를 사랑한 적이 있었는지조차 의심스러워."

"그런데 아슈타르는 널 사랑했단 말이야?"

마샬리의 눈에서 눈물이 솟구쳐 올랐다. "그만해, 핀. 이제 와서 끼어들지 말란 말이야."

핀은 단 세 걸음 만에 주방을 가로질러 자신의 손을 그녀의 어깨에 올렸다. 마샬리는 얼굴을 돌렸다. "마샬리……."

"제발……." 마샬리는 핀이 그녀를 늘 사랑했다고 말하려는 걸 아는 듯했다. "그 말은 듣고 싶지 않아. 지금은 아니야, 핀. 수많은 세월이 흘러버린 지금 듣고 싶었던 게 아니란 말이야." 그러고는 그녀가 얼굴을 돌려서 눈길을 마주쳤다. 두 사람의 얼굴은 불과 몇 센티미터밖에 떨어져 있지 않았다. "견딜 수가 없을 것 같거든."

둘은 마치 홀린 듯 키스했다. 의식적인 결정이 아니라 그저 조건반사적인 행동이었다. 입술끼리 마주쳤다가 이내 곧 떨어졌다. 숨을 한번 몰아쉬고는 이번에는 한층 더 뜨거운 키스가 이어졌다. 뜨거운 물이 펄펄 끓어 넘칠 지경이 되어 찻주전자가 심하게 덜거덕거렸다.

피온라크가 계단을 내려오는 소리에 두 사람은 전기에 감전된 듯 부르르 떨며 떨어졌다. 마샬리는 찻주전자 쪽으로 재빨리 돌아서서 얼굴을 붉힌 채 허둥지둥 끓는 물을 머그잔에 부었다. 핀은 두 손을 주머니에 집어넣고 몸을 돌려 창밖의 보이지 않는 뭔가를 뚫어져라 봤다. 피온라크가 커다란 여행 가방을 들고 거실을 통해 주방으로 들어왔다. 트레이닝복 상의는 벗어버리고 두툼한 모직 스웨터로 갈아입고, 두터운 방수 재킷을 걸쳤다. 행동에 죄책감을 느꼈다 해도 핀과 마샬리는 피온라크의 반응을 두려워할 필요가 없었다. 그는 뭔가에 사로잡힌 채 동요하며 매우 침울해했다.

"우리, 오늘 밤에 간대요."

"섬에?" 핀이 묻자 피온라크가 고개를 끄덕였다.

"왜 이리 빨리 간다니?" 마샬리의 부끄러움은 어머니로서 하는 걱정에 자리를 내주고 말았다.

"긱스 아저씨 말로는 기상이 곧 나빠진대요. 오늘 밤에 출발 못 하면 다음 주에나 가능성이 있다나? 애스터릭스가 도로 끝에서 저를 태울 거예요. 스토너웨이에서 배에 짐을 싣고 출발할 거래요." 피온라크가 문을 열자 마샬리가 재빨리 주방을 가로질러 아들의 팔을 잡았다.

"피온라크, 꼭 갈 필요는 없어. 너도 잘 알잖니."

피온라크는 어머니만이 해석할 수 있는 특별한 눈길로 마샬리를 봤다. "네, 잘 알아요." 그러고는 팔을 슬쩍 잡아빼고 작별 인사도 없이 부엌문을 빠져나갔다. 핀은 창가에 서서 피온라크가 여행 가방을 한쪽 어깨에 걸치며 떠나는 모습을 지켜봤다. 그는 돌아서서 마샬리를 봤다. 그녀는 문가에 얼어붙은 듯 꼼짝도 하지 않고 서서 마룻바닥만 멍하니 내려다보다가 핀의 눈길을 느끼고서야 고개를 들었다.

"너랑 아슈타르가 섬에 갔을 때 무슨 일이 있었던 거야?"

핀은 이마를 찌푸렸다. 오늘만 벌써 두 번째 받는 질문이었다. "무슨 일이 있었는지 너도 잘 알잖아, 마샬리."

그녀는 거의 보이지 않을 정도로 고개를 가로저었다. "나는 너희가 말해준 것만 알아. 하지만 그보다 더 많은 일이 있었던 게 분명해. 그게 너랑 아슈타르 모두를 변화시켰고. 분명 그 섬에서 이전과는 절대로 똑같아질 수 없는 어떤 일이 있었던 거야."

핀은 화가 나서 숨이 거칠어졌다. "마샬리, 그 사건 말고는 아무 일도 없었어. 맙소사! 그것만으로도 충분히 나쁘지 않았어? 아슈타르의 아버지가 죽고, 나도 거의 죽을 뻔했는데?"

마샬리는 핀을 보려고 고개를 기울였다. 그녀의 눈동자에는 비난 같은 것이 어려 있었다. 핀이 진실을 털어놓지 않는다고 믿는 것 같은. "아슈타르의 아버지가 죽은 것 이상의 뭔가가 있었어. 너와 내가 죽었어. 그리고 너와 아슈타르도 죽었고. 우리가 이전에 알던 모든 것이 그해 여름에 죽어버렸어."

"내가 거짓말을 한다고 생각해?"

마샬리는 두 눈을 꼭 감았다. "난 몰라. 정말 모르겠어."

"음, 아슈타르가 뭐라고 했는데?"

마샬리는 눈을 떴고, 목소리는 한 옥타브 더 내려갔다. "아슈타르는 아무 말도 하지 않았어. 그 오랜 세월 동안 그 일에 대해서는 단 한 마디도 하지 않았단 말이야."

집 안 깊숙한 곳 어딘가에서 목소리가 들려왔다. 힘이 없지만 여전히 상대를 쥐고 흔드는 강압적인 목소리였다. "마샬리! 마샬리!" 아슈타르의 어머니였다.

마샬리는 눈을 들어 천장을 올려다보며 깊고 떨리는 한숨을 푹 내쉬었다. "금방 갈게요." 마샬리가 대답했다.

"내가 떠나는 게 좋겠군." 핀은 그녀를 지나쳐 문으로 걸어갔다.

"홍차는 어떡하고?"

핀이 걸음을 멈추고 돌아서자 두 사람의 눈길이 다시 마주쳤다. 손등으로 마샬리의 부드러운 뺨을 문질러주고 싶었다. "다음에 기회가 되면 마실게." 그러고는 계단을 내려가 도로 곁에 세워둔 건의 차를 향해 서둘러 올라갔다.

3

인생을 온통 허비했다는 생각, 미련하거나 게을러서 기회를 놓쳤다는 생각이 어깨를 짓눌러 핀을 점점 더 깊은 시름으로 끌어내렸다. 민치 해협에 몰려드는 조각난 구름에도, 점점 거세지는 바람에 실려 오는 북극의 찬 공기에도 기분은 나아지지 않았다. 핀은 차를 언덕 위로 몰아 항구 쪽으로 내려갔다. 그곳에는 거의 십 년이나 이모와 함께 산, 낡은 화이트 하우스로 이어지는 갈림길이 있었다. 그는 차에서 내려 바람을 향해 서서 깊게 숨을 들이쉬었다. 자갈 위로 부서지는 파도 소리가 아래쪽 해변에서 들려왔다.

이모의 집은 모든 곳이 폐쇄되어 방치됐다가, 고양이에게 점령당했다. 고양이들을 위한 자선단체에 유증하려던 것조차 묵살되었다. 오랫동안 살았던 점을 고려하면 뭔가 감정적인 반응을 보여야 했지만 핀은 집을 보고도 별로 슬프지는 않았다. 이모가 핀을 나쁘게 대한 적은 없었는데, 지금도 이모를 생각하면 불행과 연관된 감정이 먼저 떠올랐다. 그런 불쾌한 느낌은 한 가닥의 기억으로만 남아 있는 게 아니었다. 뭔가 설명할 수 없는, 심지어 자신에게조차 설명할 수 없는, 형체도 갖춰지지 않은 시커먼 낙담의 구름처럼 쌓여 있었다. 그 집은 만 전체를 가로질러 볼 수 있는 곳에 있어서 한때 어선들이 수확물을 가져와 소금에 절이던 해변 언덕 위 작업장까지 내려다보였다. 그러나 지금은 석조 토대만이 작업장에 남아 있었다. 곶 위에는 세 개의 높다란 돌무덤이 서 있는데, 어릴 때 돌무덤에 흠뻑 빠져들었던 핀은 그곳으로 가끔 놀러가서 폭풍우가 위력을 떨치며 뒤흔들어놓은 돌을 제자리에 쌓아두곤 했다. 2차 세계대전에서 살아 돌아온 세 사람이 돌무덤을 쌓았다고 이모가 말해줬다. 아무도 그 이유를 몰랐고, 세 사람은 이미 오래전에 모두 세상을 떠났다. 핀은 이제 그 돌무덤을 제자리에 쌓아줄 사람이 있을지 궁금했다.

언덕을 내려가서 자신과 아슈타르가 엉덩이를 붙이고 앉아 잔잔하고 깊은 바닷물에 돌을 던지던 작은 크로보스트 항구로 갔다. 윈치하우스에서 조선대 아래쪽으로 흘러내린 육중한 강철 케이블 끝에는 커다란 갈고리가 매달려 있었다. 윈치하우스는 앞쪽과 한쪽 벽면에 문이 달린, 석회 골재로 마감된 상자 같은 사각형 건물이었다. 핀이 문을 열자, 수천 척의 선박을 띄우거나 끌어올릴 때 그 모습을 지켜봤던, 커다란 녹색 디젤 모터가 적막 속에 자리 잡고 있었다. 시동 키가 제자리에 꽂혀 있어서 핀은 충동적으로 그걸 돌렸다. 모터는 기침을 할 뿐 작동하지 않았다. 초크를 조절하고 다시 시도했다. 이번에는 쿨럭하고 기침하고 캑캑거리더니, 천둥 같은 소리를 어둡고 폐쇄된 공간으로 날려 보냈다. 누군가가 지금도 작동이 잘되도록 관리했던 것이다. 시동을 끄자 소리의 여파로 적막감이 더욱 깊어졌다.

밖에는 여섯 척의 작은 배가 조선대 가장자리를 따라 끌어올려져서 절벽 아래쪽을 등지고 비스듬히 줄지어 있었다. 핀은 빛바랜 하늘색 메이플라워호를 알아봤다. 수십 년이 흐른 지금까지도 여전히 사용되다니 믿기 힘들었다. 윈치하우스 위쪽에는 오래전에 폐선된 선박이 뒤집혀 용골이 위를 향해 있었다. 떨어져 나온 보라색 페인트 조각이 용골을 따라 흩어져 있었다. 핀이 허리를 굽혀 아직도 남아 있는 뱃머리의 녹색 진흙을 닦아내자 바로 그곳에 빛바랜 흰색으로 어머니의 이름인 에이리가 적혀 있었다. 이 배를 물에 띄우기 바로 전날에 아버지가 세심하게 페인트로 쓴 글자였다. 갑자기 가슴속에서 온갖 후회스러운 일이 샘물처럼 솟구쳐 올랐고, 핀은 배 옆에 무릎을 꿇고 울음을 터뜨렸다.

크로보스트 공동묘지는 학교 너머 서쪽 해변에 있는 맥허에 자리했다. 마을 사람들은 지난 수백 년 동안 그 땅에서 죽은 사람을 떠나보냈다. 묘비는 언덕 위로 뾰족한 가시처럼 솟아올라 있었다. 수세대에 걸친 수천 개의 니쇼흐*가 그들에게 삶을 주고, 또 삶을 빼앗은 바다를 영원히 내려다보는 것이었다. 핀이 맥허에서 세상을 떠난 사람들의 이름을 훑어보며 나아가는 동안, 저 아래쪽에서는 밀려오는 파도가 해변을 쓸며 허연 거품을 내뿜었다. 다들 매클라우드이고, 매켄지이며, 맥도널드이고, 머리였다. 또한 도널드이고, 모래그이고, 케네스이며, 마거릿이었다. 이곳은 대서양의 분노가 가득 담긴 폭풍우에 노출된 곳이라서 바다가 조금씩 초원을 먹어치웠고, 마을 사람들은 조상의 유골이 흙과 함께 유실되는 것을 막기 위해 보호장치를 마련해야만 했다.

핀은 마침내 부모님의 무덤을 찾아냈다. 존 앵거스 매클라우드, 38세, 35세 에이리의 사랑스러운 남편. 두 개의 평평한 석판이 초원에 나란히 누워 있었다. 핀은 부모님이 땅속에 들어가고 삽으로 뜬 흙이 관 뚜껑 위에 떨어지던 그날 이후로 이곳을 찾아온 적이 없었다. 그는 지금 세찬 바람을 맞으며 그동안 얼마나 많은 시간을 허비했는지 생각했다. 수많은 생명이 죽음을 맞이했다. 죽음으로 변화가 생겼다. 정말 모든 것이 달라졌을지도 모른다.

* 19세기부터 20세기까지 쓰인 소형 돛단배.

15장

나는 잠이 들면 누가 업어 가도 모를 정도로 깊이 잠드는 편이다. 하지만 그날 밤은 잠을 이룰 수 없었다. 무슨 일이 벌어질지 불길한 예감이 들었다는 식으로 말할 생각은 추호도 없다. 아마 침대와 더 관련이 있을 듯 싶었다. 그건 아버지가 다락방을 만들어주기 전까지, 내가 태어나서부터 삼 년 정도 사용한 오래된 침대였다. 우리 가족이 가장 많은 시간을 보내는 주방 벽의 움푹 들어간 곳에 있던 나무 좌판이었는데, 아래쪽에 리넨을 수납하기 위한 찬장이 붙어 있고, 주방의 다른 부분을 차단하기 위한 커튼이 달려 있었다.

그곳에 있을 때면 항상 따뜻하고 안전한 느낌을 받았다. 커튼 너머 주방에서 부모님이 이야기를 나누는 소리를 들으며 잠들었고, 토탄과 토스트 냄새와 난로 위에서 보글거리는 포리지의 소리를 들으며 잠에서 깨어났다. 지붕에 마련된 새로운 내 방은 차디찬 데에다 격리된 느낌을 주어서 익숙해지는 데 오래 걸렸다. 하지만 이제는 내 방에 적응해서 예전의 내 침대에서 다시 잠들기가 더 힘들었다. 그런데 그날 밤에 내가 있던 곳은 바로 예전의 그 침대였다. 그날 밤 이모가 나를 돌봐주었고, 이모는 저녁 내내 계단을 오르내리고 싶어하지 않았기 때문이다.

나는 잠이 들었다 깨기를 반복한 게 분명했다. 가장 처음 기억나는 게 홀에서 들려오는 목소리와 어딘가 열려 있는 문을 통해 침대로 파고들던 찬바람이기 때문이다. 나는 잠옷만 걸친 채 침대에서 맨발로 살그머니 빠져나왔다. 방 안은 벽난로에 지펴진 불길로 훤했지만, 사방의 벽은 괴상한 파란 불빛으로 번쩍거렸다. 조금 시간이 흐른 후에야 그 불빛이 밖에서 들어온다는 걸 깨달았다. 커튼을 치지 않은 창문으로 걸어가 창밖을 슬쩍 내다봤다. 경찰차 한 대가 도로에 정차한 모습이 빗물에 흐려진 유리창 너머로 보였다. 경찰차 지붕에서 번쩍이는 푸른 불빛을 보고 있자니 눈이 저절로 감기며 최면에 빠져드는 듯했다. 집으로 이어지는 작은 길에 어떤 형체들이 서 있었고, 고통에 찬 비명을 지르는 듯한 여자 목소리가 들렸다.

나는 방문이 열릴 때까지 여전히 잠에 취해 몽롱한 상태였기에 무슨 일이 벌어졌는지 전혀 몰랐다. 불빛이 방 안으로 쏟아져 들어와 눈이 멀 것만 같았다. 유령처럼 안색이 창백한 이모가 그곳에 서 있었고, 이모 뒤쪽에서 차가운 공기가 달려들어 냉기를 품은 커다란 담요처럼 나를 둘러쌌다. 경찰관 한 명과 제복을 걸친 여자 한 명이 이모 뒤쪽에 서 있었다. 하지만 모든 것은 기억의 단편일뿐이다. 지금도 무슨 일이 벌어졌는지 명확하게 설명할 방법이 없다. 이모가 내 앞에 꿇어앉아 나를 끌어안았을 때 느낀 부드럽고 따스한 이모의 가슴과, 숨을 쉴 때마다 울먹이며 몇 번이고 반복하던 "이 불쌍한 녀석, 이 조그만 애를 어떡하라고!"라는 말만 기억날 뿐이다.

사실 다음 날이 되어서야 어머니와 아버지가 죽었다는 걸 이해했다. 여덟 살 먹은 애가 죽음이 무엇인지 이해한다고 가정할 때 일이지만. 나는 지난밤에 부모님이 스토너웨이에서 열린 댄스파티에 갔다는 걸 알고 있었고, 이제 두 분이 돌아오지 않는다는 걸 알게 됐다. 여덟 살짜리가 다루기에는 너무 어려운 개념이었다. 그래서 화를 냈던 것 같다. 왜 부모님이 돌아오지 않는다는 거야? 내가 보고 싶어한다는 걸 모르는 거야? 내가 걱정되지도 않는대? 하지만 나는 많은 시간을 교회에서 보냈기에 천국과 지옥이라는 개념을 명확히 알고 있었다. 사람이 죽으면 가는 곳이잖아? 둘 중 한 곳으로. 따라서 부모님이 천국으로 가셨다고 이모가 말해줬을 때, 나는 그곳이 하늘 저편 어딘가이고, 한번 가면 영원히 그곳에 있어야 한다는 것쯤은 희미하게나마 알았다. 내가 알 수 없는 유일한 점은 그 이유였다.

지금 와서 돌아보면, 신과 종교에 대한 감정이 별로이던 이모가 그렇게 말해주다니 놀라울 뿐이다. 아마도 내게 큰 충격을 주지 않고 부모님의 죽음을 알릴 가장 좋은 방법이라고 여겼기 때문일 것이다. 하지만 큰 충격을 주지 않고 부모님의 죽음을 전해줄 방법은 없다고 해도 과언이 아니다.

나는 충격을 받았다. 그때 집 안은 온통 사람들로 가득 찬 것처럼 보였다. 이모, 먼 친척, 이웃 사람들과 부모님의 친구들로 북적거렸다. 수많은 얼굴이 나를 내려다보며 애석해하고 호들갑을 떨었다. 그때가 무슨 일이 벌어졌는지에 대한 설명을 들은 유일한 때였다. 이모는 함께 사는 내내 그 일에 대해 단 한 번도 언급하지 않았다. 누군가가 (누군지는 모르겠고 사람들로 붐비는 방에서 목소리만 들렸다) 양 한 마리가 배수로에서 뛰어올랐고, 아버지가 양을 피해 운전대를 휙 돌렸다고 말했다. "바르바스 황야에 있는 녹색 지붕 오두막 있잖은가? 바로 그 옆이었다는군." 거의 속삭이는 정도로 목소리를 낮춰서 거의 알아들을 수 없었지만, 다른 누군가가 말하는 소리는 들을 수 있었다. "불이 나기 전에 거의 대여섯 번은 굴렀나 봐." 그 말에 놀라 흑 하고 숨을 들이키는 소리가 들렸다. 또 다른 누군가가 말했다. "하나님, 맙소사! 어떻게 그런 식으로 죽을 수가 있어!"

타인의 죽음에 대해서 건전하지 못한 관심을 품은 사람도 간혹 있다는 생각이 든다.

나는 아래층에서 오가는 사람들과 진입로에 들어섰다가 다시 떠나는 차들을 거의 인식하지 못한 채 방에서 홀로 많은 시간을 보냈다. 수많은 사람에게 용감한 아이라는 말을 수없이 들었고, 이모는 그 사람들에게 내가 눈물을 한 방울도 흘리지 않았다고 말했다. 하지만 지금 돌이켜 보면 눈물이란 게 일종의 인정이었던 것 같다. 그때는 아직 부모님이 돌아가셨다는 걸 받아들일 준비가 되어 있지 않았던 것이다.

충격으로 인한 무감각이 추위를 잊게 해주는 사이, 나는 침대 가장자리에 앉아 방 안을 채운 익숙한 것들을 둘러봤다. 나와 침대를 함께 쓰는 팬더 인형과 작년 크리스마스 때 양말에 들어 있던 산타와 사슴이 들어간 스노글로브가 먼저 눈에 들어왔다. 색색의 플라스틱 모형과 레고 조각처럼 간신히 기어다닐 때 갖고 놀던 장난감을 넣어둔 커다란 상자도 보였다. 등판에 케니 댈글리시라는 이름과 7번이 박힌 스코틀랜드 축구 국가대표팀 셔츠도 보였다. 어느 토요일 오후에 스토너웨이의 스포츠용품점에서 아버지가 사준 축구공도 있었다. 선반 하나는 보드게임으로 가득했고 선반 두 개는 동화책으로 채워져 있었다. 부모님은 형편이 넉넉하지 않았을 텐데도 내가 갖고 싶어 안달 날 만한 것은 없도록 해주셨다. 그리고 그때 내가 가장 갖고 싶어하던 것은 두 분이 줄 수 없었다.

침대에 우두커니 앉아 있으니 문득 나도 죽을 거라는 생각이 들었다. 이전에는 한 번도 생각해본 적 없던 그 생각이 두려움만 채워 넣던 내 머릿속 작은 보관함으로 슬픔을 몰고 갔다. 하지만 내가 죽는다는 생각에 오랫동안 매달려 있을 수는 없는 일이다. 불과 여덟 살인 내가 죽기까지는 매우 긴 여정이 남아 있었다. 그렇기에 나는 내가 죽음을 마주해야만 할 때에 의연하게 대처하면 된다고 마음먹으며 그 생각을 훌훌 털어버렸다.

그래서 여전히 울 수가 없었다.

장례식 날의 날씨는 내가 아직 타협을 보지 못한 분노와 절망을 그대로 반영하는 듯했다. 진눈깨비에 가까운 폭우가 쏟아졌다. 바다에서 불어온 12월의 강풍이 우산 아래를 파고들어 얼굴로 돌진했다. 바늘로 찌르는 듯 따갑고 추웠다.

오직 검은색과 회색만이 떠오른다. 교회에서 성스러운 척하는 기나긴 영결식이 있었고, 게일어로 높낮이가 거의 없이 무반주로 불러대던 시편, 합창 소리의 환청은 잠재되어 있던 내 슬픔을 자극했다. 나는 지금도 그 소리에 시달린다. 영결식 이후, 집 앞 도로 중앙에 마련된 의자 위에 관 두 개가 나란히 놓였다. 폭우가 쏟아지는 날씨에도 백여 명 이상이 몰려들었다. 넥타이도 코트도 모자도 모두 검은색이었다. 검은색 우산들이 바람과 힘겨운 싸움을 했다. 다들 창백하고 슬픈 얼굴이었다.

나는 너무 어려서 관을 운반하는 데는 도움이 되지 못해 관 바로 뒤의 행렬 맨 앞에 섰고, 아슈타르가 내 옆에 섰다. 아슈타르가 숨을 쉴 때마다 가래가 들끓는 걸 보면 함께 슬퍼한다는 걸 알 수 있었다. 그의 차갑고 작은 손이 내 손을 꼭 잡으며 우정과 동정을 조용히 표현했고, 나는 무척이나 감동했다. 공동묘지로 걸어가는 내내 아슈타르의 손을 단단히 쥐었다.

루이스 섬에서는 남자만 죽은 자를 따라 묘지까지 갈 수 있었기에 여자들은 우리가 집을 떠날 때 도로 가장자리에 줄지어 서서 지켜보기만 했다. 고통의 기색이 가득한 마샬리의 어머니도 있었는데, 농장에 간 첫날 장미 향기를 풍긴 기억이 떠올랐다. 어머니의 코트를 부여잡고 옆에 선 마샬리는 머리카락을 검은색 리본으로 동여매고 있었다. 안경을 쓰지 않은 게 눈에 들어왔다. 마샬리는 빗속에서 푸른색 눈길을 내게 향했고, 그 눈에 담긴 커다란 아픔이 보여서 나는 눈을 돌리고 말았다.

바로 그 순간 눈물이 흘러내렸지만 쏟아지는 빗속에 감춰졌다. 부모님을 추모하는 첫 번째 눈물이었다. 부모님이 정말 세상을 떠났음을 받아들인 게 그때였던 것 같다.

나는 장례식 이후를 생각해본 적 없었고, 이후로 어떤 일이 벌어질지에 대해서도 의문을 품지 않았다. 만약 그랬더라면, 내 삶이 얼마나 처참하게 변할지 상상 정도는 했을까?

마지막까지 남아 있던 사람이 집을 떠나자 이모는 나를 위층으로 데려가서 옷 가방을 쌌다. 내 옷을 되는대로 가방에 쑤셔 넣고, 내게는 장난감과 책을 담아갈 작은 가방 하나를 건넸다. 이모는 우리가 적당한 때 다시 돌아와서 나머지를 챙겨 갈 거라고 말했다. 나는 이곳이 더는 우리 집이 아니라는 걸 정말 이해할 수 없었다. 남아 있는 내 물건을 가지러 다시 오지는 못했다. 전부 어떻게 됐는지는 전혀 모른다.

쫓기듯 내몰린 나는 시동이 걸린 채 유리창에 쏟아지는 빗물을 와이퍼가 닦아내고 있는 이모의 차에 탔다. 따뜻하긴 했지만 눅눅한 냄새가 났고, 창에는 온통 김이 서려 있었다. 언덕을 올라가며 멀어질 때 뒤를 돌아볼 생각도 하지 않았다.

이전에도 이모 집에 온 적이 있지만, 곳곳에 걸어놓은 형형색색 플라스틱 꽃바구니와 천 조각 때문에 춥고 끔찍한 장소라는 생각이 들곤 했다. 집 안에는 잠시만 있어도 뼛속으로 파고드는 한기가 있었다. 하루 종일 불을 피우지 않았던 터라 우리가 들어가려고 문을 열었을 때는 더욱 비참하고 슬픈 마음이 들었다. 가방과 상자를 들고 비틀거리며 계단을 올라가는 동안 홀의 알전구가 나를 비추었는데, 그 빛이 너무 밝아서 눈에 거슬렸다.

"다 왔다." 이모는 홀 맨 끝에 있는 다락방 문을 열고 말했다. 습기에 젖은 경사진 천장의 벽지, 녹슨 유리창에 매달린 물방울이 눈에 들어왔다. "여기가 네 방이다." 침대 하나가 벽 한쪽에 붙어 있고, 도톰하게 무늬를 새긴 분홍색 침대보가 깔려 있었다. 낡아 보이는 다용도 옷장은 반쯤 열린 채 내가 가져온 상자의 내용물을 기다리며 빈 옷걸이와 선반을 드러냈다. 이모는 내 옷 가방을 침대에 올려놓았다. "여기 있다." 이모는 옷장 문을 활짝 열어젖히며 말했다. "상관하지 않을 테니 옷장에 네 물건을 원하는 대로 집어넣으렴. 홍차를 끓일 동안이면 충분하지 않겠니?"

이모가 문밖으로 나가려는 순간 물었다. "언제 집으로 돌아가요?"

이모는 멈춰 서서 나를 빤히 봤다. 이모의 눈에는 가엾다는 기색이 있었지만, 분명히 짜증도 어느 정도 섞여 있었다. "이제 여기가 네 집이란다, 핀. 홍차가 준비되면 부를게."

이모는 등 뒤로 문을 닫았고, 나는 이제 내 방이 된 춥고 을씨년스러운 곳에 멍하니 서 있었다. 홀로 떨어져 있다는 느낌이 가슴속에 사무쳤다. 장난감을 넣은 가방에서 팬더 인형을 찾아내서 침대 끝에 앉아 꼭 껴안았다. 매트리스 습기가 바지를 뚫고 올라왔다. 그날 처음으로, 내 인생이 가차 없이 영원히 바뀌었다는 걸 깨달았다.

16장

1

차가 덜컹거리며 캐틀 그리드를 타고 넘어서 주차장으로 들어섰다. 핀은 목사관 계단 바로 아래쪽에 차를 댔다. 일찍부터 바다 위로 몰려든 불길한 구름 탓에 늦은 오후 무렵에는 햇빛이 모두 사라진 상태였다. 북서쪽에서 험상궂은 표정으로 하늘을 마구 두들기며 몰려온 구름은 섬 북단에 짙은 어둠을 던졌다. 목사관 앞쪽 거실에 전등이 켜져 있었다. 핀이 계단을 오르는 순간 빗방울이 떨어지기 시작했다.

핀이 벨을 누르고 문 앞에 서 있는데 바람이 재킷과 바지를 잡고 늘어졌다. 삼십대 중반의 젊은 여자가 문을 열었다. 그녀는 핀보다 머리 하나가 작았고, 검은색 머리카락을 짧게 잘랐다. 하얀 티셔츠를 카키색 카고 바지 안에 느슨하게 찔러넣고, 흰색 운동화를 신고 있었다. 핀이 예상하던 도널드 머리의 아내 모습은 아니었다. 그리고 이상하게 낯이 익었다. 핀은 그녀를 멍하니 봤고, 그녀는 고개를 갸웃했다.

"나를 전혀 기억하지 못하는군요?" 그녀의 질문에는 온기가 없었다.

"기억해야 하나요?"

"우리는 니컬슨 학교에 같이 다녔어요. 내가 두 학년 후배라서 몰라볼지도 모르겠네요. 당연한 말이겠지만, 우리 모두 당신에게 푹 빠졌죠."

핀은 얼굴이 붉어지는 게 느껴졌다. 그렇다면 이 여자는 서른세 살이나 서른네 살이다. 도나를 임신한 게 겨우 열일곱 살 때일 수도 있다는 뜻이었다.

"머릿속으로 무슨 생각을 하는지 다 들리는군요." 목소리에 비꼬는 듯한 기색이 어려 있었다. "기억나지 않아요? 도널드와 나는 니컬슨 학교에 다닐 때 잠시 사귀었어요. 그러다가 내가 학교를 졸업한 후에 글래스고에서 다시 만났고요. 런던에도 그 사람과 함께 갔죠. 그는 당시에 여전히 하나님을 영접하지 못했기에 원래 계획에서 벗어나 결혼한 거고요. 그리고 내가 임신을 했다는 이야기죠."

"카트리오네로군요." 핀이 갑자기 입을 열었다.

그녀는 놀라는 시늉을 하며 눈썹을 치켜올렸다. "훌륭하네요."

"성은 맥팔레인이고요."

"정말 기억력이 좋네요. 만나고 싶은 게 도널드인가요?"

"사실은 도나를 만나고 싶어요."

보이지 않는 덧문이 쾅 하고 닫혔다. "아니, 도널드가 맞겠군요." 그녀는 단호했다. "가서 데려올게요."

핀이 기다리는 동안 본격적으로 비가 쏟아졌다. 도널드 머리가 문 앞으로 다가왔을 무렵 핀은 비를 맞고 있었다. 목사는 냉랭한 눈길로 핀을 봤다. "우리 사이에 더 말할 게 있는지 모르겠네, 핀."

"우리 사이에야 없지. 내가 이야기하고 싶은 사람은 네 딸이니까."

"그 애는 너와 이야기하고 싶지 않대."

핀은 떨어지는 빗방울 때문에 얼굴을 찌푸리며 하늘을 슬쩍 올려다봤다. "좀 들어가도 돼? 여기 있다가는 흠뻑 젖을 것 같아서……."

"안 돼. 도나와 말하고 싶으면 공식적으로 해줘, 핀. 딸애를 체포하라고. 아니, 뭔가 묻고 싶으면 그쪽에서 하는 공식 절차가 무엇이든 간에 그 절차를 밟으란 말이야. 그게 아니면 제발 우리를 내버려둬." 그러고는 문을 닫아버렸다.

핀은 잠시 계단에 서서 쏟아지려는 분노를 눌러 삼키다가 옷깃을 세우고 주차해둔 차로 달려갔다. 시동을 걸고 따뜻한 바람이 나오도록 조절한 다음 젖은 재킷을 가까스로 벗어서 뒷좌석으로 내팽개쳤다. 1단 기어를 넣고 클러치에서 발을 떼는 순간, 조수석 문이 열렸다. 카트리오네 맥팔레인이 차 안으로 들어오더니 문을 닫았다. 머리카락이 비에 젖어 머리에 찰싹 달라붙어 있었다. 티셔츠가 젖어서 검은색 레이스 브래지어가 다 비쳐 보였다. 핀은 눈을 돌리지도 못하고 쩔쩔매면서 도널드가 세속에 찌들어 살던 시절에 오랜 시간 좋아하던 것을 하나님도 전혀 바꾸지 못했다고 생각했다.

카트리오네는 손가락을 깍지 껴서 두 손을 허벅지에 올려놓은 채 똑바로 앞만 봤다. 그러고는 말이 없었다.

핀이 침묵을 깼다. "그래서 당신도 그를 찾았나요?"

카트리오네가 고개를 돌려 핀을 보면서 이맛살을 찌푸렸다. "찾다뇨? 누구를요?"

"하나님이요. 아니면 도널드만 그렇게 생각하는 겁니까?"

"당신은 우리가 본 그 사람을 보지 못했을 거예요. 그이가 화가 났을 때를요. 하나님이 자신의 편에 서 있다고 여길 때를요. 올바르다는 확신이 깃든 목소리로 분노를 토해낼 때를요."

"남편이 두려운가요?"

"남편이 진실을 알았을 때 취할 행동이 두려워요."

"진실이 뭔데요?"

카트리오네는 주저했지만 잠깐뿐이었다. 그녀는 조수석 차창에 맺힌 물기를 손바닥으로 문질러 닦고 목사관을 훔쳐봤다. "도나는 맥리치에게 강간당했다고 거짓말을 했어요."

핀은 끙 하고 앓는 소리를 냈다. "이미 그런 게 아닐까 생각하고 있었어요. 거짓말이라는 걸 도널드가 안다고 해도 놀라지 않을 겁니다."

"남편은 어쩌면 알고 있을지도 몰라요." 그녀는 또 한 번 목사관을 훔쳐봤다. "하지만 그 이유는 몰라요."

핀은 설명을 기다렸지만, 카트리오네는 아무 말도 하지 않았다. "말해 줄 건가요, 말 건가요?"

카트리오네는 손을 배배 꼬았다. "그 애 방에서, 그 애가 포장이 뜯긴 그걸 든 모습을 보지 못했다면 나도 몰랐을 거예요." 카트리오네는 신경이 쓰이는 듯 핀을 흘깃 봤다. "임신 여부를 검사하는 키트 말이에요."

"언제 있던 일이죠?"

"음, 불과 두어 주 전이었어요. 하지만 벌써 임신 삼 개월에 접어들어서서히 표가 나고 있죠. 도나는 아버지가 이 일을 알면 어떻게 될지 잔뜩 겁을 집어먹고 있고요."

"그래서 도나가 맥리치에 관한 거짓말을 꾸며냈다는 건가요?" 핀은 정말 믿을 수 없었다. 카트리오네가 고개를 끄덕였다. "맙소사! 도나는 간단한 DNA 검사만으로 아이 아버지가 밝혀지는 걸 몰랐다는 겁니까?"

"나도 알아요, 안다고요. 분명히 멍청한 짓이었죠, 하지만 딸애는 잔뜩 겁을 먹었어요. 그리고 그날 밤에 술을 너무 많이 마셨고요. 정말 못된 수작이었죠."

"그렇군요." 핀은 카트리오네를 오랫동안 찬찬히 살폈다. "이걸 왜 말해주는 거죠, 카트리오네?"

"제발 우리를 그냥 내버려둬요. 이제 강간 여부는 문제가 되지 않잖아요? 그 불쌍한 사람은 죽었으니까요. 우리끼리 이 문제를 헤쳐 나가도록 더는 괴롭히지 말아줬으면 해요." 그녀는 얼굴을 돌려 핀과 눈을 마주쳤다. "조용히 지내도록 내버려두라고요, 핀."

"나는 어떤 약속도 할 수 없어요."

카트리오네는 증오와 두려움이 섞인 눈으로 핀을 노려보다가 얼굴을 돌리고 문을 열었다.

그녀가 빗속으로 내려섰을 때 핀이 말했다. "아버지가 누굽니까?"

카트리오네는 핀을 돌아보려고 허리를 굽혔다. 그녀의 얼굴 위로 쏟아지는 빗줄기가 코와 뺨에서 뚝뚝 떨어졌다. "당신 친구 아들이요." 그녀는 마치 침을 뱉듯이 그 말을 쏟아냈다. "피온라크 매킨스라고요."

2

핀은 자신이 어떻게 시내까지 차를 몰고 왔는지 기억이 나지 않았다. 무서운 기색의 하늘이 그를 덮치는 듯했고, 해리스 산맥이 회색 얼룩으로 달려드는 듯했으며, 빗줄기가 시야를 뿌옇게 만드는 사이 머릿속은 혼란과 불확실 사이를 떠다녔다. 바람이 바르바스 황야를 가로질러 불어왔기 때문에 핀은 자그마한 두Dubh 호수를 지나 정상에 도달할 때까지 도로를 벗어나지 않도록 온통 주의를 기울여야 했다. 일찍 찾아온 저녁의 어둠을 뚫고 아래쪽에 펼쳐진 스토너웨이의 불빛을 볼 수 있었다. 언덕에 둘러싸인 스토너웨이는 안전한 피난처에 쭈그리고 앉아 항구의 비호 아래 안겨 있는 듯했다.

러시아워가 끝난 시간이었기에 빗속에 잠긴 베이헤드에는 오가는 차량이 한 대도 보이지 않았다. 하지만 항구 주차장으로 접어드는 순간, 텔레비전 방송사 직원들이 올려놓은 휘황찬란한 조명등과 그 불빛을 받고 서 있는 상당한 군중을 보고 깜짝 놀랐다. 대부분 혹시라도 텔레비전에 얼굴이 나올까 하는 희망을 품고 빗줄기를 무시하며 달려온 구경꾼이었다. 중앙에는 빨갛고 노란 방수복을 걸친 채 플래카드를 든 열두 명가량의 시위자가 있었다. 플래카드에는 '구가를 구하자' '살인자들' '목 졸리고 머리가 잘린다' '새들을 죽이는 작자들'과 같은 구호가 손 글씨로 적혀 있었다. 빗물에 젖은 잉크가 흘러내렸다. 핀은 이 모든 게 너무 치졸하고 저급하다는 생각이 들었고, 뻔한 방법으로 시위를 하는 이자들에게 누가 자금을 대는지 궁금해졌다.

핀이 차에서 내리는 순간, 시위자들이 '살인자, 살인자, 살인자'라고 외치는 구호가 들렸다. 모여 있는 사람들 주변에 눈에 익은 얼굴이 보였는데, 핀이 기자라고 아는 사람들이었다. 암울한 표정의 정복경관 두 명이 상당히 떨어진 거리에서 시위자들을 지켜봤는데, 그들의 체크무늬 경찰모에서 빗물이 면사포처럼 흘러내렸다.

부둣가에는 네스 항에서 짐을 실었던 대형 트럭이 텅 빈 고기 바구니와 어망 더미 사이에 자리 잡고 있었다. 방수포와 방수모를 걸친 여러 남자들이 오래전 핀을 안 스커까지 태워준 바로 그 트롤 어선인 퍼플아일호의 선실을 내려다보며 서 있었다. 녹슨 난간과 비바람에 씻긴 널판자는 두껍게 새로 페인트칠되어 있었다. 갑판은 파란색이었고, 조타실은 최근에 옻칠을 한 마호가니색이었다. 퍼플아일호는 제 나이를 숨기려고 애쓰는 것처럼 보였다.

핀은 고개를 숙이고 사람들을 헤치며 부두로 걸어갔다. 시위 구호를 주도하는 크리스 애덤스의 얼굴도 보였지만, 지금 당장은 그 사람을 추궁할 시간이 없었다. 핀은 방수모를 쓴 피온라크를 발견하고 그 애의 팔을 움켜쥐었다. "피온라크, 할 말이 있다."

"어이, 친구!" 사람 좋은 온화한 기색이 가득 담긴 아슈타르의 목소리였다. 그는 핀의 등짝을 찰싹 두들겼다. "항해에 나서기 전에 한잔할 작정이었는데, 시간 맞춰 잘 왔어. 너도 낄래?" 핀은 주위를 둘러보다가 빗물이 뚝뚝 떨어지는 방수모를 쓴 채 씩 웃고 있는 아슈타르를 발견했다. "맙소사! 넌 레인코트도 없어? 그러다간 뼛속까지 젖어. 여기……." 아슈타르는 대형 트럭 운전석으로 뛰어올라 노란색의 방수 재킷을 꺼내 핀에게 던졌다. "자, 한잔들 하자. 출항하기 전에 알코올을 좀 섭취해야겠어. 거친 항해가 될 테니 말이야."

술집 안은 들뜬 분위기였다. 공기는 수증기와 퀴퀴한 알코올 냄새로 가득 찼고, 사람들 목소리는 술기운 덕에 활기가 넘쳤다. 모든 탁자가 사람으로 북적댔고, 서너 명의 술꾼은 아예 바 둘레에 몰려 있었다. 두어 시간 전부터 술집에 박혀 있던 사람들처럼 창문에도 습기가 어려 있었다. 구가 사냥꾼 열두 명과 핀은 사람들을 헤치며 바로 다가섰고, 그들을 알아본 술꾼 몇몇이 구가를 위해 건배하자며 목소리를 높였다. 퍼플아 일호의 선원들은 출발에 대비해서 선상에 머물렀고, 폭풍우를 헤치고 항해할 가능성이 높아서 술을 한 방울도 입에 대지 않았다.

핀은 어느덧 독한 맥주 반 잔을 한 손에 들고, 다른 손에는 위스키 한 잔을 들고 있었다. 아슈타르가 눈에서 열기를 뿜으며 씩 웃었다. "반반 비율로 섞는 거야. 활기를 되찾기에 딱 적당한 양이지." 이건 가장 빨리 취할 수 있는 방법이었다. 아슈타르는 다시 바 쪽으로 돌아섰다. 핀은 두 눈을 꼭 감고 위스키를 한입에 털어 넣고, 이어 맥주를 단숨에 들이켰다. 취하는 것도 나쁘지 않겠다는 생각이 들었다. 하지만 피온라크가 화장실로 가는 모습이 눈에 들어오자 핀은 잔을 모두 바에 내려놓고 사람을 헤치며 그를 뒤따라갔다.

핀이 화장실에 도착했을 때 피온라크는 세면대에서 손을 씻는 중이고, 소변을 보던 두 사람은 바지 지퍼를 올리고 있었다. 핀은 두 사람이 자리를 떠나기를 기다렸다. 피온라크는 핀을 경계하는 눈길로 봤다. 그런 눈길을 던지는 걸 보면 피온라크도 뭔가 잘못됐음을 아는 게 분명했다. 화장실 문이 닫히자 핀이 입을 열었다. "멍에 대해 말해주겠니?" 소년의 얼굴에서 핏기가 가시는 게 또렷이 보였다.

"오늘 오후에 다 말씀드렸는데요."

"솔직하게 털어놓지 못하는 이유가 뭐지?" 핀의 말에 실려 있는 묘한 비난에 피온라크는 그를 향해 고개를 돌렸다.

"아저씨가 상관할 일이 아니라서요." 자신을 밀치고 밖으로 나가려는 피온라크를 붙잡아 돌려세우고, 핀은 방수 재킷 안에 입고 있던 아이의 스웨터를 위로 잡아챘다. 피온라크의 가슴은 노란색과 보라색 멍 자국으로 뒤덮여 있었다.

"맙소사!" 핀은 소년의 얼굴이 벽을 마주 보도록 밀어붙인 후에 등이 드러날 때까지 스웨터를 들어 올렸다. 추악한 멍들이 창백한 상아색 피부를 흉물로 만들었다. "싸움을 자주 하는 모양이구나."

피온라크는 안간힘을 써서 몸을 빼내고 휙 돌아섰다. "아저씨가 상관할 일이 아니라니까요."

핀은 목이 콱 막힐 정도로 솟구치는 감정을 억누르려 애쓰면서 숨을 거칠게 몰아쉬었다. "상관할 일이고 아니고는 내가 판단한다."

"아니, 아저씨는 그럴 수 없어요. 우리는 지난 십팔 년 동안 아저씨의 관심 대상이 아니었어요. 아저씨가 한 일이라고는 이곳에 와서 우리 어머니의 마음을 뒤흔든 것뿐이에요. 우리 아버지와 저까지도요. 왜 원래 있던 곳으로 그냥 돌아가지 않죠?"

뒤쪽 문이 열렸다. 들어오는 사람이 누구인지 확인한 피온라크의 눈이 바르르 떨렸다. 얼굴을 붉힌 그는 핀을 밀치고 화장실을 빠져나갔다. 핀이 돌아서자 아슈타르가 영문을 모르겠다는 어색한 미소를 지으며 서 있었다. "무슨 일이야?"

핀은 한숨을 내쉬며 고개를 가로저었다. "아무 일도 아니야."

핀이 피온라크를 따라가려 하자 아슈타르가 커다란 손을 핀의 가슴에 대며 저지했다. "저 애에게 뭐라고 했어?" 목소리에 적의가 가득했고, 눈에서는 따사로웠던 모든 기운이 일시에 빠져나갔다.

핀은 이 사람이 부모님 장례식에서 내내 손을 잡아준 그 소년인지 믿기 힘들었다. 핀은 옛 친구의 눈길을 피하지 않고 맞받았다. "걱정하지 마, 아슈타르. 비밀은 단단히 지키고 있으니까." 그러고는 아직도 가슴을 누르는 친구의 손을 내려다봤다. 아슈타르가 천천히 손을 치웠고, 눈에 다시 미소가 기어들었다. 하지만 유머라고는 전혀 없는 미소였다.

"그럼 됐어. 저 아이가 우리 둘 사이에 끼어들게 하면 재미없을 거야."

핀은 아슈타르를 지나쳐서 다시 술집으로 들어갔다. 그는 피온라크를 찾아 사방을 둘러봤다. 구가 사냥꾼들이 아직도 바에 있었고, 긱스가 생각에 잠긴 검은 눈으로 핀을 지켜봤다. 피온라크는 보이지 않았다. 누군가가 등을 탁 치는 바람에 숨이 넘어갈 뻔했다. "어이, 이게 누구야? 고아 녀석이잖아." 핀은 얼른 돌아섰다. 괴이하게도 비현실적인 상황 속에서 에인절 맥리치를 다시 맞닥뜨린 것인지 혼란스러웠다. 아니면 그의 유령이든가. 다행히도 남자의 정체는 얼굴이 붉고 눈초리가 심술궂은 그의 동생이었다. 등교 첫날에 그랬던 것처럼, 핀에게는 머도 루아크가 여전히 커 보였다. 다만 지금은 자기 형처럼 몸무게가 많이 불었고, 훨씬 어두워진 생강빛 머리카락에 포마드를 잔뜩 발라 커다란 머리 뒤로 납작하게 넘기고 있었다. 그는 지저분한 흰색 티셔츠 위에 두꺼운 천 재킷을 걸치고, 가랑이가 허벅지 중간까지 축 처진 배기바지를 입고 있었다. 굳은살이 박인 커다란 손은 크리켓 공도 으스러뜨릴 것처럼 보였다. "여기 물을 흐리면서 무슨 짓거리를 하는 거야?"

"너희 형을 죽인 자를 수사하고 있어."

"오호, 그 문제를 신경이나 쓰고 있단 말이야?"

핀은 목덜미 털이 바싹 일어서는 걸 느꼈다. "그거 알아, 머도? 어쩌면 별로 관심이 없을 수도 있지만, 살인범을 철창에 가두는 게 내 직업이지. 너네 형 같은 인간쓰레기를 살해했대도 말이야. 됐어?"

"염병할, 되긴 뭐가 돼!" 머도는 분노가 치밀어 오르는지 몸을 덜덜 떨었다. 턱까지 바르르 떨렸다. "이 빤질이 새끼!" 그 말과 동시에 핀에게 몸을 날렸고, 핀이 재빨리 옆으로 비켜서자 머도는 추진력을 이기지 못하고 탁자에 처박혔다. 탁자에 있던 술잔이 바닥으로 떨어지며 박살 났다. 술로 가랑이와 허벅지를 적신 술꾼들이 깜짝 놀라 일어서며 머도에게 욕설을 퍼부었다. 머도는 세례받는 것처럼 두 손과 얼굴에 맥주를 뒤집어쓴 채 무릎을 꿇었다. 그러다가 화가 치민 큰곰처럼 고함을 지르며 벌떡 일어서서 핀을 찾았다.

핀은 피를 갈구하며 어서 싸우라고 함성을 지르는 사람들에게 둘러싸인 채 숨을 헐떡이며 서 있었다. 누군가가 자신의 팔을 강철 족쇄 같은 힘으로 움켜쥐었다. 핀이 얼굴을 돌리자 진지한 표정의 긱스가 눈에 들어왔다. "핀, 얼른 빠져나가." 하지만 머도는 이미 주먹을 휘두르며 돌진하고 있었다. 긱스가 핀을 옆으로 끌어당기자 그 주먹은 체격이 장대하고 뻣뻣한 수염을 기른 대머리 남자에게 적중했다. 연한 과일이 터져 나가듯 그 남자의 코가 주저앉은 것처럼 보였다. 그는 무릎이 허물어지더니 석탄 포대처럼 바닥에 쓰러졌다.

술집에서 소동이 벌어지자 웅성거리는 소리를 압도하는 단호하고 날카로운 목소리가 울려 퍼졌다. 여자 목소리였다. "나가! 나가란 말이야! 경찰을 부르기 전에 다 나가라고!"

"경찰은 이미 와 있는걸." 어떤 익살꾼이 한마디 빈정대자 핀을 아는 사람들이 폭소를 터뜨렸다.

여자 지배인은 작은 얼굴 주위에 금발이 곱슬거리는 사람이었다. 수년간 이 일에 종사한 터라 술이 들어간 남자들을 어떻게 다뤄야 할지 잘 알았다. 그녀는 굵직한 나무 막대기로 카운터를 탁탁 두들겼다. "나가! 지금 당장!" 아무도 그녀에게 대항하지 않았다.

텅 비어 있던 내로스 거리로 수십 명이 쏟아져 나왔다. 어스름한 석양을 희미하게 밝히는 가로등 아래에 빗물 고인 웅덩이가 널려 있었다. 긱스는 아직도 핀의 팔을 잡은 채였고, 구가 사냥꾼들이 그들을 둘러싸고 항구 쪽을 향하여 밀고 나갔다. 머도의 목소리가 거세게 몰아쳐서 바람을 뚫고 튀어 올랐다. "어이, 꼬맹이! 어디로 도망치는 거야! 염병할, 어렸을 적에 하던 짓거리가 어딜 가겠어!"

핀이 걸음을 멈추고 긱스의 손을 강하게 뿌리쳤다. "그냥 떠들라고 내버려두지." 긱스가 말했다.

하지만 핀은 돌아서서 수많은 군중을 등에 지고 분노를 내뿜는 머도 루아크의 말을 맞받아쳤다.

"그렇게 분하면 어디 한번 와보시지. 뭘 더 기다리는 거야?"

핀은 삼십 년 동안 마음속에 쌓아둔 증오를 쏟아냈지만, 잘못이라는 걸 즉시 깨달았다. 그는 온몸을 감싼 긴장을 풀어버렸다. "우리 악수 한번 하고 털어버리지 않을래, 머도? 싸움으로는 아무것도 해결할 수 없어. 지금까지도 그랬고, 앞으로도 그럴 거야." 핀은 한 손을 앞으로 뻗은 채 거한을 향해 신중하게 걸어갔다. 머도는 믿을 수 없다는 표정으로 핀을 멍하니 봤다.

"진심으로 이러는 게 아니지?"

핀이 대답했다. "그래, 진심 아니야. 실수하지 않도록 충분히 접근하고 싶었을 뿐이지." 그러고는 무방비 상태인 머도의 급소를 구둣발로 걷어 차버렸다. 머도의 얼굴에 떠올랐던 놀란 표정이 단숨에 몹시 고통스러운 표정으로 바뀌었다. 머도의 몸이 반으로 접히자 핀은 한쪽 무릎을 들어 올려 얼굴을 정확하게 가격했다. 머도의 입과 코에서 피가 뿜어져 나왔다. 머도가 비틀거리며 뒷걸음을 치자 뒤쪽에 서 있던 사람들이 홍해처럼 갈라지며 길을 터줬다. 핀은 녀석을 뒤쫓으며 꽉 말아쥔 주먹으로 술통 같은 복부에 연타를 날렸다. 피가 철철 흐르는 머도의 입에서 그때마다 앓는 소리가 쏟아졌다. 한 주먹 한 주먹이 다 보상이었다. 등교 첫날 운동장에서 멱살이 잡혀 담벼락에 밀쳐졌다가 도널드 머리의 개입으로 더는 수모를 당하지 않은 데 대한, 트랙터 타이어를 훔친 그날 밤에 대한, 평생을 휠체어에서 살아야 하는 가엾은 캘럼에 대한, 이 생각 없는 놈이 여러 해 동안 다른 사람들에게 저지른 온갖 잔인한 행위에 대한 보상이었다. 핀은 몇 대나 때렸는지 잊어버렸다. 끝없는 광분에 사로잡혀 이성의 끈을 놓아버린 상태였다. 그는 그저 머도를 패기만 했다. 머도는 눈이 돌아가고, 입에 피거품을 물고, 코에서는 피를 줄줄 흘리며 무릎을 꿇었다. 거리에는 귀가 멀 정도로 큰 함성이 터져 나왔다.

누군가가 강철 같은 손아귀로 핀의 두 팔을 잡아 꼼짝 못 하게 하고는 머도에게서 떼어냈다. "이게 뭡니까? 저 사람 죽이겠어요!" 핀이 고개를 돌리자 당혹한 조지 건의 얼굴이 눈에 들어왔다. "경찰들 출동하기 전에 얼른 빠져나가죠."

"당신이 경찰이잖아요."

"정복경관 말입니다." 건이 이를 악물고 말했다. "그들이 도착할 때까지 그대로 있으면 형사님 경력은 수포가 될 겁니다."

핀은 건의 어깨에 기대어 환호하는 사람들 사이를 절름거리며 빠져나갔다. 떠들어대는 사람들 얼굴 속에서 피온라크의 모습을 간신히 확인할 수 있었다. 아이는 충격을 받은 것 같았다. 머도 루아크가 마침내 당연히 받아야 할 벌을 받아 기쁘다는 듯 크게 웃는 아슈타르도 보였다.

핀과 건이 내로스를 따라 크라운으로 황급히 걸어갈 무렵 모여 있는 사람들에게 흩어지라고 경고하는 경찰차 사이렌이 들렸다. 머도의 친구 두 명이 얼른 그를 일으켜 질질 끌다시피 하며 황급히 사라졌다. 그걸로 모든 게 끝이 났다.

두 사람이 바에 앉을 때까지도 핀은 여전히 온몸을 떨었다. 핀은 손이 떨리지 않도록 두 손을 카운터에 편안하게 올려놓았다. 손은 거의 다치지 않았다. 주먹으로 상대방의 뼈를 가격하면 양쪽 모두 손상을 입는다는 것 정도는 알고 있었다. 그렇기에 본인은 다치지 않으면서 상대방에게 타박상을 입히고 기운이 쏙 빠져나가게 만들기 위해서는 살집이 많은 상체, 그중에서도 복부와 갈비뼈에 집중적으로 펀치를 날려야 했다. 실제로 타격을 준 것은 삼십 년 동안 쌓아온 분노와 굴욕을 상기하며 구둣발과 무릎으로 날린 두 방이었다. 하지만 핀은 왜 그것으로도 기분이 나아지지 않는지, 오히려 점점 우울해지고 패배감에 토할 것 같은지 알 수 없었다.

크라운 호텔의 라운지 바는 깊숙한 한쪽 귀퉁이에서 밀어를 나누는 젊은 연인 한 쌍을 제외하고는 텅 비어 있었다. 건은 핀 옆의 스툴에 앉아 5파운드짜리 지폐를 여자 바텐더에게 내밀며 술을 달라고 했다. 그러고는 조심스러운 목소리로 속삭였다. "도대체 뭘 하고 있던 겁니까?"

"나도 모르겠어요, 조지. 나 자신을 진짜 멍청이로 만들었다는 것밖에는." 핀은 아래를 내려다보다가 재킷과 바지에 머도의 피가 묻은 걸 발견했다. "말 그대로요."

"스미스 경감은 형사님이 위그를 방문한 이후에 경찰서로 들어오지 않아서 이미 화가 잔뜩 난 상태입니다. 아주 큰 곤경에 처할 수도 있습니다. 옴짝달싹도 못 할."

핀은 고개를 끄덕였다. "나도 알아요." 그러고는 맥주 거품이 입안으로 들어오는 게 느껴질 때까지 길게 맥주잔을 들이켰다. 그는 눈을 꼭 감았다. "누가 맥리치를 살해했는지 알 것도 같아요."

건은 꽤 오랫동안 아무 말도 하지 않았다. "누군가요?"

"그 사람이 직접 했다는 건 아닙니다. 그저 그럴 만한 확실한 동기가 있다는 거죠. 그리고 그에 걸맞게 멍이 많이 들어 있고요." 건은 핀의 말이 이어지기를 기다렸다. 핀은 또다시 맥주를 입안으로 들이부었다. "도나 머리는 맥리치가 자신을 겁탈했다고 거짓말을 꾸며냈어요."

"그거야 우리가 다 아는 이야기 아닙니까?"

"하지만 그 애가 임신했다는 건 몰랐잖아요. 그래서 거짓말을 한 겁니다, 조지. 비난받아야 할 누군가가 있어야 하니까요. 그래서 그 애는 자기 아버지에게 진실을 털어놓을 수 없었던 거고요."

"하지만 그 애 아버지가 겁탈당했다고 믿는 한, 그 애 아버지는 용의자일 수밖에 없고 동기가 있는 셈이로군요."

"그 애의 아버지가 아닙니다. 남자친구죠. 실제로 그 애를 임신시킨 녀석 말입니다. 정말로 도나가 겁탈당했다고 생각한다면, 그 녀석이 아주 강력한 동기를 품게 되는 거죠."

"그 남자친구라는 게 누굽니까?"

핀은 건의 질문에 잠시 머뭇거렸다. 일단 이름을 말하면, 다시는 주워 담을 수 없는 물이 되는 셈이었다. 지니를 다시 램프 속으로 되돌려 보낼 방법이 없어진다. "피온라크 매킨스죠. 내 친구인 아슈타르의 아들 말입니다." 그는 고개를 돌려 건을 봤다. "그 녀석은 온몸이 멍투성이예요, 조지. 격렬한 싸움을 한 것처럼."

건은 오랫동안 침묵을 지켰다. "제게 털어놓지 않은 게 뭐죠, 매클라우드 형사님?"

"무엇 때문에 그런 생각을 한 거죠?"

"알고 계신 걸 털어놓으면 형사님께 막대한 손해가 되는 거죠. 사적인 일이니까요. 그리고 사적인 일이니까 모든 걸 털어놓을 수 없는 거고요."

핀은 쓸쓸한 미소를 지었다. "당신이 아주 훌륭한 형사라는 건 아시죠? 그 유능함으로 승진하고 싶다는 생각은 안 해봤나요?"

"무슨 말씀을. 밤이 아주 늦었네요. 아내가 화를 펄펄 내겠는데요."

핀의 미소가 희미해졌다. "그 녀석은 내 아들이에요, 조지." 건이 이맛살을 찌푸렸다. "피온라크 말입니다. 나도 어젯밤에 알았어요." 핀은 펼쳐든 두 손 안에 머리를 떨어뜨렸다. "그러니 도나 머리가 임신한 아이는 내 손주인 셈이죠." 핀은 꽉 다문 입술 사이로 긴 한숨을 내쉬었다. "뭐, 이런 말도 안 되는 개판이 있는지!"

건은 생각에 잠긴 채 천천히 맥주를 마셨다. "형사님 사생활에 대해 이러쿵저러쿵할 입장은 아닙니다만, 그 소년에 대해서는 마음 놓게 해드릴 수 있습니다."

핀은 고개를 홱 돌려 건을 봤다. "그게 무슨 뜻이죠?"

"저는 그 목사라는 작자에게서 좋은 느낌을 받아본 적이 없습니다. 사건 당일 밤에 목사가 자신과 함께 집에 있었다고 그의 아내가 진술했지만, 아내란 으레 남편을 위해 거짓말을 하는 법이라서요."

핀은 고개를 가로저었다. "도널드는 아닙니다."

"제 말을 끝까지 들어주시죠." 건은 숨을 깊이 들이쉬었다. "오늘 이런

저런 것을 확인해봤는데요. 이 섬에는 온갖 교파가 다 들어와 있죠. 아, 형사님도 알고 계시겠군요. 도널드 머리는 스코틀랜드 자유독립교회의 목사직을 맡고 있습니다. 그들은 매년 에든버러의 성 컬럼바 자유독립교회에서 총회를 열고요. 올해에는 5월, 그것도 리스 워크 살인사건이 발생했던 주에 총회를 연 걸로 밝혀졌습니다. 그러니 도널드 머리는 양쪽 사건 현장에 다 있었던 셈이고요. 우리 같은 형사들은 우연의 일치 따위를 믿지 않죠. 안 그런가요?"

"맙소사!" 전혀 예상하지 못한 일이었다.

"경감이 목사를 취조하겠다면서 한 시간 전에 정복경관 두 명을 파견했어요."

핀이 스툴에서 내려섰다. "가서 경감과 이야기를 해봐야겠네요."

건이 핀의 팔을 잡았다. "대단히 죄송하지만 형사님은 취했어요. 스미스 경감이 술 냄새라도 맡으면, 형사님은 지금보다 훨씬 큰 곤경에 빠질 겁니다."

멀리 부두에서 시위자들이 외치는 구호가 들려왔다. 살인자, 살인자.

"퍼플아일호가 항구를 떠나는 게 분명해요." 핀은 그렇게 말하고 걸음을 옮겨 창가로 갔다. 하지만 크롬웰 거리의 부두는 보이지 않았다.

"오늘 밤에 안 스커로 출항하는 겁니까?"

핀이 고개를 끄덕였다. "피온라크도 함께 가고 있어요."

"그럼 적어도 앞으로 이 주 동안은 아무 데도 가지 못하겠군요. 그러니 형사님은 아침에 도널드 머리와 이야기를 할 수 있고요. 그 목사도 당장은 어디론가 사라지지는 않을 것 같네요."

내로스로 나서며 핀이 말했다. "고마워요, 조지. 신세를 졌네요."

건은 어깨를 으쓱했다. "제가 오늘 밤에 형사님을 찾아 나선 건 아내가 제가 생각했던 대로 야생 연어를 손에 넣게 되었다고 말씀드리기 위해서였죠. 우리 세 사람이 먹기에 충분하답니다. 아내는 우리가 원하면 연어를 굽겠다더군요."

하지만 핀은 다른 데 정신을 팔고 있었다. "다른 날 저녁이면 좋겠는데요, 조지. 하여튼 부인께 감사하다고 전해주세요."

건은 손목시계를 내려다봤다. "그러죠. 그러고 보니 시간이 많이 늦었네요. 사실 저는 모양이 흐트러지지 않게 삶은 연어를 더 좋아한답니다."

핀은 건의 눈에서 반짝이는 장난기를 봤다. "그건 나도 마찬가지입니다." 핀은 건의 차 키를 건에게 건넸다. "당신 차는 크롬웰 거리의 주차장에 있어요." 두 사람은 노스 비치로 걸어 내려갔고, 그곳에서 악수를 한 후 헤어졌다. 핀은 주차장을 향해 걸어가는 건을 지켜봤다. 퍼플아일호는 노스 비치 부두에서 남쪽으로 방향을 돌렸고, 에스플라네이드와 커디 포인트 사이 어디에선가 모습을 감췄다. 핀은 캐슬 거리로 되돌아가서 내로스를 가로질러 사우스 비치로 내려갔다. 쏟아지는 빗속에서 인적 끊긴 버스 정류장까지 이어지는 길을 가로등이 희미하게 밝히고 있었다. 그리고 새로 만들어진 페리 부두의 불빛이 이어졌다. 이쪽 끝에 위치한 예전 부두는 어둠에 휩싸여 있었다.

핀은 주머니에 두 손을 깊이 찔러 넣고 추위와 빗물에 맞서서 어깨를 움츠린 채 인적 끊긴 부두로 걸어 나갔다. 부두 동쪽에 유조선 한 척이 계류되어 있지만, 눈에 띄는 사람은 한 명도 없었다. 저 멀리 높은 파도를 헤치며 고트 아일랜드를 향해 힘겹게 나아가는 퍼플아일호의 불빛이 보였다. 갑판 주위에서 움직이는 형체가 보이는데 누가 누군지 분간은 불가능했다. 그저 노란색과 주황색 얼룩으로 보일 뿐이었다.

핀은 자신이 어떤 감정을 느껴야 할지 알 수가 없었다. 무엇을 생각하고 믿어야 할지도 몰랐다. 하지만 자신의 아들인 피온라크가 비밀을 간직한 채, 십팔 년 전에 자신이 죽을 뻔했던 황량한 섬을 향해 가는 저 트롤 어선에 승선해 있다는 건 분명했다.

피온라크가 학살과 불길에 휩싸인 천사들과 수레바퀴 모양으로 쌓인 죽은 구가 더미 한가운데 서 있는 모습을 생각만 해도 골치가 아팠다. 그 애의 비밀이 무엇이든 간에.

17장

강력한 서풍에 쫓기는 낮은 구름이 섬을 가로지르며 언덕 꼭대기를 면도하듯 스쳐 지나갔다. 스토너웨이 경찰서 전면을 따라 쭉 걸린 형형 색색의 화분이 바람에 날려 위험천만하게 대롱거렸다. 돌풍과 회오리바람 탓에 거리에는 쓰레기가 날렸고, 사람들은 유례없는 8월의 추위에 몸을 움츠리며 바람에 몸을 맡겼다.

핀은 항구에서 처치 거리로 힘겹게 걸어 올라갔다. 호텔 객실 세면대에 물을 받아서 담가놓은 피 묻은 셔츠 대신 파카 속에는 모직 스웨터를 입었다. 밤새 졸다 깨기를 반복했다. 잠이 슬쩍슬쩍 피해가는 것 같았다. 잠다운 잠을 자지 못했다. 모든 생각을 시커멓게 감싸고, 어둡고 깊은 심연의 바닥까지 조심스럽게 끌어내리는 깊은 잠이 필요했다. 모나에게 전화를 걸어볼까 여러 번 생각했다. 하지만 그녀에게 무슨 말을 하겠는가. 로비를 잃은 걸 더는 슬퍼할 필요가 없다고? 전혀 몰랐던 또 다른 아들을 찾아냈으니까?

핀은 주차장을 거쳐 뒷문을 통해 경찰서로 들어갔다. 당직 경사는 구속 사유를 기재하는 카운터에 기대어 서서 양식을 채웠다. 건물을 가득 채운 경찰서 구치소의 화장실 악취와 소독제 냄새는 커피와 토스트의 향기에 밀려 위력을 잃었다. 핀은 카운터에 설치된 CCTV를 흘끗 보며 경사에게 신분증을 내밀었다.

"머리 목사가 아직 이곳에 있습니까?"

당직 경사는 홀 저쪽을 향해 고개를 끄덕였다. 구치소 철문이 활짝 열려 있고, 다른 문도 조금씩 열려 있었다. "오른쪽 첫 번째 방입니다. 잠겨 있지는 않고요." 경사는 놀라는 핀을 보며 말했다. "그 양반은 취조에 성실히 응하고 있습니다. 아직 공식적으로 구금된 건 아니고요. 커피 좀 드시겠습니까?"

핀은 고개를 가로젓고 복도를 따라 걸었다. 최근에 페인트를 칠해서 모든 게 깨끗했다. 벽은 크림색이고 문은 베이지색이었다. 오른쪽에 있는 첫 번째 문을 열었다. 도널드는 벽에 높게 설치된 작은 유리창 아래쪽 낮은 벤치에 앉아 있었다. 토스트를 먹는 도널드 곁에는 김이 나는 커피 한 잔이 놓여 있었다. 후줄근해지고 주름이 잡힌 재킷 안에 여전히 로만 칼라를 달았는데, 낡은 옷은 그의 얼굴과 흡사해 보였다. 도널드도 핀만큼 잠을 이루지 못한 것 같았다. 충혈된 눈 주위로 다크서클이 큼지막하게 자리 잡았고, 빗질을 못 해 헝클어진 머리카락은 이마로 쏟아졌다. 핀이 들어서자 도널드가 흘끗 봤지만 단번에 알아채지는 못했다.

"저거 보여?" 도널드는 고개를 돌려 핀의 왼쪽 벽을 가리켰다. 진홍색 콘크리트 바닥에 'E' 자와 함께 그려진 흰색 화살표가 핀의 눈에 들어왔다. "동쪽을 가리키는 거야. 메카 쪽으로. 무슬림 재소자들에게 기도할 방향을 알려주는 표시야. 당직 경사는 여기서 단 한 명의 무슬림 죄수도 본 적 없다고 했어. 하지만 이리하는 게 규정이래. 나는 경사에게 이 지옥 같은 상황에서 마음의 평안을 얻고자 성경을 받을 수 있는지 물었어.

367

미안하다더군. 누가 성경을 엉뚱한 곳에 뒀는지 찾을 수가 없다면서. 하지만 내가 원하면 코란과 기도하는 데 사용하는 깔개는 줄 수 있다고 했지." 핀을 올려다보는 도널드의 얼굴에는 경멸의 기색이 완연했다. "이곳은 기독교인이 사는 섬이야, 핀."

"진실과 정직 같은 기독교적 가치도 이 섬에 함께한다고 알고 있어, 도널드."

도널드는 핀을 똑바로 주시했다. "나는 에인절을 죽이지 않았어."

"나도 그렇게 알고 있어."

"그렇다면 내가 왜 이곳에 있어야 하지?"

"내 결정이 아니야."

"어떤 다른 살인사건이 벌어졌을 때 내가 에든버러에 있었다고 다그치던데. 그렇다면 다른 오십 만 명도 함께 수사해야 하지 않겠어?"

"그날 밤 동선을 설명할 수 있겠어?"

"일행 몇이 같은 호텔에 묵었어. 저녁식사도 함께했던 것 같고. 경찰이 일행에게 사실을 확인하는 중이야. 물론 자러 간 이후의 움직임은 설명할 수 없겠지. 혼자 있었으니까."

"그 말을 들으니 기쁘네. 사람들 말로는 총회가 개최될 때마다 에든버러의 성매매 건수가 늘어난다더라고." 도널드가 떫은 얼굴로 핀을 봤다. "하긴 그게 중요한 건 아니야. DNA 샘플 결과가 나오면 맥리치 살해에 대한 네 혐의가 벗겨질 거야. 신의 바코드 덕분에."

"어째서 내가 살인하지 않았다고 확신하지?"

"밤새 그 점에 대해 생각해봤거든."

"흠, 나 말고도 잠을 이루지 못한 사람이 있었다니 기쁘네. 그래서 어떤 결론에 도달한 거지?"

핀은 문틀에 몸을 기댔다. 지치고 쇠약해진 느낌이 들었다. "나는 언제나 네가 좋은 사람이라고 생각했어, 도널드. 약자를 괴롭히는 녀석들에게는 항복하지 않는 사람이었지. 그 외에는 네가 누군가에게 손가락하나 대는 걸 본 적 없어. 네 힘은 신체적인 것이 아니라 심리적인 것이었어. 폭력 말고도 사람을 다루는 방법을 알았던 거지. 네가 누군가를 죽이리라고는 상상조차 되지 않아."

"믿어주니 고맙네."

핀은 도널드의 목소리에 어린 빈정거리는 기색을 무시했다. "하지만 너는 고집불통이고, 굉장히 이기적인 자존심의 소유자란 말이야."

"듣기 좋은 말에는 함정이 있기 마련이지."

"나쁜 놈들과 맞서고, 다른 사람을 위해 자신을 희생하고, 아버지를 거부하고, 반항아 역할을 한 것은……. 그리고 결국 하나님께 의지하기로 결말이 난 것도 같은 이유에서였어."

"아, 그래? 그 이유라는 게 뭔데?"

"관심의 중심이 되고자 하는 욕구. 너와 항상 함께한 게 그런 이미지 아니야? 너의 자아상 말이야. 다른 사람들이 너를 그렇게 봐주길 원했던 바로 그 자아상. 지붕이 접히는 빨간 차, 예쁜 여자애들과의 데이트, 마약, 음주, 풍족한 상류 생활까지. 그리고 지금은 또 목사가 됐어. 그보다 중심에 설 수 있는 건 없지. 루이스 섬에서는 말이야. 결국 이 모든 건 한 가지로 요약돼. 그게 뭔지 알겠어?"

"직접 말해주지 그래, 핀?" 도널드의 말에는 경멸의 기색이 농후했지만, 핀의 말은 나름대로 효과가 있었다. 도널드의 뺨이 벌게졌다.

"자존심이지. 너는 자존심을 먹고 사는 사람이야, 도널드. 너는 자존심을 그 어떤 것보다 우선시해. 그런데 웃기는 건 자존심이야말로 늘 죄악을 불러온다는 점이지."

"내게 성경 말씀을 강의하려 들지 마."

하지만 핀은 이야기를 그만둘 생각이 없었다. "사람들이 말하길, 뭔가 너무 내세우면 큰코다치기 쉽다더군." 핀은 문틀에서 몸을 떼어내고 두 손을 주머니에 넣으며 방 한가운데로 걸어갔다. "넌 맥리치가 도나를 겁탈하지 않았다는 걸 확실히 알고 있었어. 그리고 도나가 터무니없는 거짓말을 한 이유도 알았던 것 같군."

처음으로 도널드는 시선을 회피하며 자신만이 볼 수 있는 뭔가에 초점을 맞추듯 바닥으로 눈길을 돌렸다. 머그잔을 꽉 움켜쥐는 모습이 핀의 눈에 들어왔다.

"도나가 임신했다는 걸 알고 있지? 하지만 진실을 보고도 못 본 척 묵살하고, 사람들로 하여금 맥리치의 짓이라고 믿게 만들었어. 네 이미지에 먹칠할 것 같아서였어? 그 귀중한 자존심에? 목사 딸이 강간을 당해서가 아니라 남자친구와 눈이 맞아 임신한 거라면 명성에 어마어마한 오점이 되겠지. 자존심에도 큰 타격을 줄 테고."

도널드는 여전히 바닥을 노려봤다. 턱 근육이 무언의 분노를 뿜어내듯 꿈틀거렸다.

"이봐, 도널드. 네 아내와 딸애는 너를 무서워해. 무서워한다고! 다른 것도 말해주지. 에인절 맥리치는 가치가 없는 녀석이었어. 하지만 강간범은 아니었다고. 별 장점이 없는 친구였지만, 고인이 된 사람에게 그런 오점까지 안겨서는 안 된다는 말이야."

핀은 간밤에 잠들지 못했던 이유와 똑같은 고민에 여전히 휩싸인 채 구치소를 떠나 서둘러 계단을 내려갔다. 그 고민에 톰 스미스 경감은 포함되어 있지 않아서 목소리를 알아차리는 데에 시간이 조금 걸렸다.

"매클라우드!" 야멸찬 목소리에는 글래스고 억양이 깊이 배어 있었다. 핀이 즉시 대꾸하지 않자 이번에는 더 크게 터져 나왔다. "매클라우드!" 핀이 돌아서 보니 스미스가 문이 활짝 열린 취조실 문간에 서 있었다. "이리 들어오게."

글래스고의 경찰 간부로서 다듬어진 부드럽고 깔끔한 모습은 전혀 보이지 않았다. 면도를 하지 않은 데다가 후줄근하게 구겨진 셔츠를 팔꿈치까지 대충 걷어붙이고 있었다. 포마드를 잔뜩 발랐던 머리카락은 기름기를 머금은 채 널찍하고 평평한 이마 양쪽으로 흘러내렸고, 브루트 향 대신에 향기롭지 못한 체취가 그를 점유하고 있었다. 이 사람도 밤을 새운 게 분명했다.

스미스는 등 뒤로 문을 닫고 핀에게 책상에 앉으라고 말했다. 책상에는 서류가 잔뜩 흐트러져 있고, 재떨이는 가득 차다 못해 넘쳐흘렀다. 하지만 스미스 본인은 앉지 않았다. "머리와 이야기하고 있었군." 질문이 아니었다.

"엉뚱한 사람을 잡아들였습니다."

"리스 워크 살인사건이 벌어진 날 밤에 에든버러에 있었네."

"섬에 있는 다른 자유독립교회 목사들도 다 그랬는데요."

"하지만 그 사람들은 맥리치를 살해할 동기가 없네."

"머리도 마찬가지죠. 그는 맥리치가 딸을 강간하지 않았다는 걸 압니다. 남자친구 때문에 임신하자 딸이 거짓말을 꾸며낸 거니까요."

평소답지 않게 스미스는 말문이 막히는 것 같았다. 하지만 순식간에 태세를 전환했다. "자네가 그걸 어떻게 아나?"

"이곳 사람들을 잘 알기 때문이죠, 경감님. 제가 일원이잖습니까. 제가 도착하던 날, 경감님께서 단순하다고 조롱하셨던 그 사람들이요."

스미스는 발끈했다. "무례하게 굴지 말게, 매클라우드."

"경감님께서 저를 모욕하셔도 참아야 합니까? 여기에서는 다들 이렇게 일하나요?"

스미스는 맞대응하려던 걸 간신히 억눌렀다. "매클라우드, 자네가 그렇게 똑똑하다면 맥리치를 죽인 게 누구인지 분명히 알겠군." 그는 잠시 말을 멈췄다가 재차 물었다. "정말 그런가?"

"아닙니다, 경감님. 하지만 수사 초기부터 방향을 제대로 잡으신 것 같습니다. 에든버러와는 아무 연관이 없습니다. 누군가가 우리를 엉뚱한 방향으로 이끌려던 겁니다."

"자네 칭찬을 다 듣다니 기분이 우쭐해지는군. 정확히 언제 이런 결론에 도달했나?"

"부검 때입니다, 경감님."

"왜?"

핀은 고개를 가로저었다. "그냥 맞지 않다는 느낌이 들었습니다. 너무 많은 것이 일치하지 않았으니까요. 사소한 것들이요. 하지만 서로 다른 두 명의 살인자를 찾아야 한다는 생각을 하기에는 충분했습니다."

스미스는 창가로 걸어가서 짧은 팔로 팔짱을 꼈다. 그는 돌아서서 핀을 봤다. "그 결론을 언제 나랑 공유하려고 했나?"

"결론이 아니었습니다, 경감님. 그저 느낌이었죠. 그걸 경감님께 보고했다면 저를 에든버러행 첫 비행기에 태우셨겠죠. 그런데 제가 아는 이 지역에 대한 지식이 수사에 도움이 되겠다고 느꼈거든요."

"자네에게 결정을 내릴 권한이 있다고 생각했나?" 스미스는 믿기지 않는다는 듯 고개를 가로저었다. 그는 손가락 관절이 하얗게 변하도록 책상에 몸을 기대며 상체를 앞으로 내밀었다. 그러고는 코웃음을 쳤다. "술 냄새는 나지 않는군. 오늘 아침 출근 전에 양치질을 한 건가?"

핀이 이맛살을 찌푸렸다. "무슨 말씀이신지 모르겠군요, 경감님."

"내 지휘 아래 있던 경찰관 한 명이 어젯밤 술에 취한 채 싸움을 벌인 일에 대해 이야기하는 걸세. 내 휘하인 것도 탑승권을 구할 수 있는 첫 번째 비행기에 태워질 때까지겠지만. 자네가 섬을 떠났으면 하네, 매클라우드. 비행기를 탈 수 없으면 페리를 타게." 스미스는 그 말과 함께 몸을 쭉 펴서 세웠다. 그래 봐야 별로 키가 커 보이지도 않았다. "자네가 근무하는 에든버러의 수사과장과는 이미 이야기를 끝냈네. 거기 도착하면 따뜻한 환영식을 기대해도 좋겠군."

섬으로의 귀환은 아무 소득도 없이 끝나고 말았다. 과거의 유령들과 고통스럽게 만났을 뿐이다. 그나마 다행이라고 해야 할까? 피온라크의 말이 옳았다. 핀은 지난 십팔 년 동안 그들에게 관심을 두지 않았고, 이제 와서 삶에 끼어들 권리도 없었다. 한 사람이 살해당했고, 살인범은 여전히 자유롭게 돌아다녔다. 하지만 그건 이제 핀의 책임이 아니었다. 핀은 집으로 돌아가야 했다. 집이라는 곳이 여전히 있고, 모나가 그곳에 여전히 있었다. 핀은 그저 관심을 끊고 잊어버리기만 하면 됐다. 뒤가 아니라 앞만 보면 되는 것이다. 그런데 왜 불안이 마음을 가득 채우는 걸까.

핀은 복도에 있는 루이스 섬과 해리스 섬의 입체지도를 스치듯 지나서 접수처로 통하는 방화문을 열었다. 유리창 안쪽의 당직 경사가 눈을 들어 핀을 흘긋 봤다. 경사 뒤쪽에 줄지어 늘어선 CCTV 화면이 깜빡거렸다. 창문 맞은편 벽 앞의 플라스틱 의자에 외로운 형체 둘이 앉아 있었지만, 핀은 그들을 알아차리지 못했다. 핀이 정문을 거의 빠져나갈 무렵, 한 사람이 핀의 이름을 부르며 자리에서 일어섰다.

카트리오네 맥팔레인이, 아니 핀이 알기로 지금은 카트리오네 머리인 여자가 두 손을 맞잡고 서 있었다. 안색이 창백하고 풀 죽어 있었다. 그녀의 뒤쪽에는 열두 살을 갓 넘긴 듯한 여자아이가 핏기 없는 얼굴 뒤로 머리카락을 바싹 당겨서 묶은 채 인형처럼 앉아 있었다. 핀은 이 여자애가 도나라는 걸 깨닫고 충격을 받았다. 너무나 어려 보였다. 벌써 임신

삼 개월째라는 게 전혀 믿기지 않았다. 화장을 하면 좀 더 나이가 들어 보이려나. 아버지의 피부색을 그대로 물려받은 얼굴은 섬세한 상앗빛이었고, 머리카락은 모랫빛이었다. 분홍 블라우스에 청바지를 입었고, 온몸을 푹 감싼 누비 파카를 걸친 상태였다.

"나쁜 자식!" 카트리오네가 말했다.

"나는 이 일과 아무 관련이 없어요, 카트리오네."

"언제 풀어줄 거죠?"

"제가 아는 한 도널드는 자신이 원하면 언제든지 떠날 수 있어요. 저는 에든버러로 강제 복귀당하는 중이고요. 당신은 소원을 이룬 겁니다. 다시는 당신을 괴롭힐 수 없을 테니까요." 그들의 삶은 이제 핀의 관심거리가 아니었다.

핀은 반회전문을 열고 서둘러 계단을 내려와 강풍 속으로 들어섰다. 케네스 거리를 건너서 피시앤칩스 가게를 지나칠 때 뒤쪽에서 발자국 소리가 들려왔다. 돌아보니 도나가 기를 쓰며 핀을 뒤쫓아왔다. 도나의 어머니는 경찰서 계단에 서 있었다. 그녀가 도나의 이름을 불렀지만, 도나는 무시했다. 도나가 핀을 따라잡아 숨을 헐떡거리며 옆에 섰다. "꼭 이야기를 해야겠어요, 매클라우드 아저씨."

껌을 질겅질겅 씹는 웨이트리스가 창가 탁자에 앉은 두 사람에게 커피를 가져왔다. 유리창 바깥쪽의 크롬웰 거리를 따라 차들이 꼬리를 물고 흘러갔다. 날씨는 여전히 *꾸물꾸물*했고, 백랍 빛깔의 바다는 돌기가 돋은 바닷물을 항구 쪽으로 불어 보냈다.

도나는 스푼을 만지작거렸다. "제가 왜 커피를 주문했는지 모르겠어요. 좋아하지도 않으면서."

"그럼 다른 걸 시켜줄게." 핀은 손을 들어 웨이트리스를 호출했다.

"아니요, 됐어요." 도나는 스푼으로 컵 안의 커피를 휘젓다가 접시에 조금 쏟고 말았다. 핀은 커피에 설탕을 타고, 느긋하게 저었다. 도나가 뭔가 말할 게 있다면, 마음이 편해졌을 때 이야기하도록 놔둘 작정이었다. 핀은 커피를 한 모금 마셨다. 약간 미지근했다. 마침내 도나가 눈을 들어 핀을 봤다. "맥리치 씨와 무슨 일이 있었는지 어머니가 사실대로 말씀드렸다는 거 알아요." 엉뚱한 사람을 강간범으로 허위 고소한 아이치고는 두 눈에 솔직한 기색이 충만했다. "그리고 아버지도 그게 다 거짓말이라는 걸 안다고 확신해요."

"그래, 맞다."

도나는 깜짝 놀라는 것 같았다. "그렇다면 아버지가 그 사람을 죽이지 않았다는 것도 아시겠네요."

"네 아버지가 누군가를 죽였다고는 단 한 순간도 생각해본 적이 없단다, 도나."

"그럼 왜 아버지를 붙잡고 있는 거죠?"

"아버지는 구금당해 있는 게 아니야. 우리 조사를 도울 뿐이지. 절차가 그렇게 되어 있어서 그래."

"저는 이런 문제를 일으킬 의도가 전혀 없었어요." 도나가 입술을 깨물었다. 핀은 도나가 울지 않으려 애쓴다는 걸 알아차렸다.

"피온라크에게 뭐라고 말했지?"

갑자기 눈물이 쏙 들어가는 것 같았다. 도나가 조심스러운 눈길로 핀을 봤다. "무슨 말씀이세요?"

"네가 임신했다는 걸 피온라크가 아니?"

도나는 고개를 푹 숙이고 가로저었다. 그러고는 다시 스푼을 만지작거렸다. "저는…… 저는 말을 할 수가 없었어요. 아직까지는요."

"그렇다면 그 애가 맥리치에 관한 네 이야기를 믿지 않을 이유가 없겠구나. 네가 그 애에게 다른 이야기를 하지 않은 한." 도나는 아무 말도 하지 않았다. "말했니?" 도나는 고개를 가로저었다. "그럼 네가 맥리치에게 겁탈당했다고 믿었겠구나."

도나는 분노의 기색이 가득한 눈길로 핀을 노려봤다. "피온라크가 그 사람을 죽였다고 생각하시는 건 아니죠? 지금까지 그 애보다 착한 사람은 본 적도 없다고요!"

"흠, 네가 그 애에게 강력한 동기를 부여했다는 건 인정해야 해. 그리고 그 애는 온몸이 멍투성이였는데, 설명하기를 꺼려했어."

도나는 이제 화를 낸다기보다는 어리둥절해했다. "아저씨 아들인데 어떻게 그런 생각을 하실 수 있죠?"

잠시 동안이지만 핀의 평정심이 모조리 몸 밖으로 빠져나갔다. 핀은 자기 귀로 들은 말을 믿을 수 없어서 도나가 한 말을 그대로 되풀이했다. 쉰 목소리가 나왔다. "너 그거 어떻게 알았니?"

도나는 자신에게 유리하게 형세가 역전됐다는 걸 알아차렸다. "피온라크가 말해줬거든요."

불가능한 일이었다. "피온라크가 안다고?"

"자신에 대한 모든 걸요. 최소한 자신이 기억할 수 있을 때부터는요. 매킨스 씨가 수년 전에 그렇게 말했대요. 피온라크는 자기 아이가 아니라고요. 피온라크는 그게 언제적 일인지 기억조차 못하지만, 어릴 때부터 쭉 알았다고 하더라고요." 도나의 두 눈에 의기양양한 기색이 다시 떠올랐다. "피온라크는 그 사실을 제게 말하며 눈물을 흘렸어요. 제가 피온라크에게 정말로 특별한 사람인 게 분명하다는 느낌을 받았어요. 걔는 다른 누구에게도 그 이야기를 털어놓은 적이 없었거든요. 단 한 번도요. 피온라크가 그런 중요한 이야기를 저에게만 해줘서 정말 기분이 좋았어요." 그 순간을 떠올리며 도나의 얼굴에 떠올랐던 밝은 기색이 사라졌다. "피온라크의 아버지가 수년 동안 아들을 학대한 것도 그것 때문일 거예요."

핀은 충격을 받았다. 목이 칼칼했고 토할 것 같았다. "무슨 뜻이지?"

"그 아저씨는 덩치가 커요. 하지만 피온라크는 아버지에게 맞설 만큼 몸집이 크지 않고요. 그래서 늘 맞기만 했죠."

"도저히 이해할 수 없군." 핀이 뭔가를 오해했으리라.

"뭘 이해할 수 없다는 건가요? 피온라크의 아버지가 아들을 수년간 학대했다는 거요? 한 번도 본 적 없겠죠? 가엾은 피온라크는 갈비뼈가 여러 번 부러졌고, 팔이 부러진 적도 있어요. 가슴과 등과 다리는 온통 멍투성이고요. 생물학적 아버지가 저지른 죗값을 아들에게서 받아내는 것 같다니까요."

핀은 두 눈을 꼭 감고 악몽에서 깨어나기를 빌었다. 하지만 도나의 말은 그게 끝이 아니었다.

"피온라크는 언제나 그런 사실을 비밀로 했어요. 아무에게도 말하지 않았죠. 그 애와 제가…… 아저씨도 알다시피, 그 일을 한 그날 밤까지는요. 제 눈으로 직접 본 날 피온라크는 비밀을 털어놓았어요. 그 애 아버지는, 사실 아버지도 아니지만요. 그렇죠? 그 사람은 괴물이에요. 엄청난 괴물이라고요."

18장

섬에서 벌어진 사고가 남은 여름을 망쳐버렸다. 아니, 어쩌면 내 나머지 삶을 망쳐버린 사건인지도 모른다. 나는 거의 일주일을 입원했다. 의사들은 내가 극심한 뇌진탕으로 고생할 거라 경고했고, 수개월 동안 두통이 있었다. 엑스레이에는 나타나지 않았지만, 그들은 내 머리뼈에 금이 가지 않았나 의심했다. 왼쪽 팔이 두 군데나 부러져서 한 달 넘게 깁스를 해야 했다. 온몸이 시퍼렇게 멍이 들었고, 처음 정신을 차렸을 때에는 거의 움직일 수 없었다.

마샬리가 매일 문병을 왔지만 나는 그녀가 반갑지 않았다. 이유는 알수 없지만 함께 있는 게 불편했다. 내가 너무 냉랭하게 대해서 그녀는 상처를 받았고, 나에 대한 애정이 식어버렸다. 이모는 두 번 찾아왔는데 별로 동정하지는 않았다. 그때는 이모 자신이 죽어간다는 사실을 아셨던게 분명했다. 죽음의 문턱까지 다녀왔지만 의사들은 내가 완전히 회복될 거라고 했다. 그러니 이모가 왜 내게 동정심을 낭비하겠는가?

긱스도 병문안을 왔다. 단 한 번이었지만. 침대 옆에 앉아 깊고 파란 눈에 걱정을 가득 담고 찬찬히 나를 보던 모습을 희미하게나마 기억한다. 긱스는 섬에서 벌어진 일에 대해 얼마나 기억하는지 물었다. 하지만 그때는 여전히 혼란스러운 상태였다. 산산이 부서진 기억의 파편만 떠올랐고, 아귀가 맞지 않는 영상들로 혼란스러웠다. 아슈타르의 아버지가 선반처럼 튀어나온 바위로 올라왔고…… 그분의 두려움이 느껴졌고…… 그분의 시신이 절벽 아래쪽 암초에 있고…… 바다는 그 시신을 끌어가려고 거품 이는 손가락을 쑥 내밀었다…….

이 주 내내 거즈 너머로 보듯 모든 게 흐릿했다. 의사들은 뇌진탕 때문이라고 말했다. 시간이 지나야 거즈가 사라지고 초점이 또렷해질 거라고도 했다.

입원 기간의 기억 중 가장 또렷한 것은 아슈타르가 단 한 번도 문병을 오지 않았다는 사실이다. 처음 며칠은 알아차리지 못했지만, 상태가 호전되고 의사들이 퇴원을 언급하기 시작했을 때쯤 아슈타르가 오지 않았다는 걸 깨달았다. 마샬리에게 물어보자 아슈타르의 어머니가 끔찍한 상태라는 대답이 돌아왔다. 시신 없는 장례식이 있었고, 아끼던 물품만 서너 개 들어 있는 빈 관이 크로보스트 공동묘지까지 운반되었다고. 시신 없이는 사망을 확정하기 어렵다고 했지만 바다가 시신을 돌려줄 가능성은 없었다. 그 후로 매킨스 씨의 죽음이 어떻게 종결되었는지는 알 수 없었다. 아슈타르가 그 일로 나를 비난하는지 신경 쓰였다. 마샬리는 이 일이 비난하고 안 하고의 문제가 아니라고, 아버지의 죽음을 받아들여야 하는 고통 때문일 뿐이라고 했다. 어느 누구보다 내가 아슈타르의 심정을 이해해줘야 한다고도 했다. 그리고 나는 물론 그랬다.

퇴원하여 집으로 돌아갔을 때부터 대학교에 가기 위해 섬을 떠나기 전까지 고통스러운 날이 이어졌다. 섬에서 일어난 일과 매킨스 씨의 죽음 탓에 극심한 우울증에 시달렸다. 아무것도 하지 않고 보내는 일상은 고통을 배가시켰다. 어느덧 계절은 9월로 접어들었고, 여름은 거의 지나가버렸다. 글래스고로 가겠다는 열정이 식어버렸지만, 본토로 가면 기분이 전환되고 모든 걸 털어버릴 수 있을 것 같았다.

나는 글래스고에서 방 하나를 함께 쓰겠다고 한 약속을 후회하면서 마샬리를 의도적으로 피했다. 무슨 까닭인지 모르겠지만 그녀 역시 털어버려야 할 모든 것의 일부로 여겨졌다. 아슈타르의 문제는 간단히 회피했다. 녀석이 병원으로 찾아와주지 않으면 녀석을 보지 않으면 되는 것으로.

비가 오지 않는 날에는 절벽을 따라 동쪽 해변으로 내려가서 오랫동안 산책을 했다. 바일라스클라이터에 있는 오래된 마을과 교회의 폐허를 지나 톨라스다크의 기나긴 은색 해변까지 나아갔다. 그곳 모래 언덕에서 몇 시간이나 바다를 바라봤다. 휴일에는 본토에서 놀러와 해변을 산책하는 사람들이 있었지만, 내 곁에는 민치 해협에서 뛰노는 물고기와 절벽 근처로 급강하하는 수천 마리 바닷새뿐이었다.

어느 날 산책에서 돌아오자 이모가 아슈타르의 어머니가 뇌졸중으로 쓰러졌다고 말해줬다. 상태가 아주 좋지 않은 것 같다고도 했다. 그제야 더는 아슈타르를 피할 수 없음을 깨달았다. 팔에 여전히 깁스를 해서 자전거를 탈 수 없었기에 걸어가기로 했다. 끝내고 싶지 않은 여행은 언제나 재빨리 끝난다. 순식간에 아슈타르의 집까지 걸어 내려갔다. 몸이 좋지 않은 상태일 때도 이보다 빨리 내려온 적이 없어서 어안이 벙벙했다.

매킨스 씨의 차는 안 스커로 출발하기 전에 세워둔 그대로 진입로에 방치되어 있었다. 그분이 살아 돌아오지 못했다는 걸 일깨우는 표식이었다. 나는 뒷문을 노크하고 심장이 입에서 튀어나올 만큼 긴장한 채 계단에 서 있었다. 문이 열리기까지 거의 한 세대가 지난 듯했다. 아슈타르가 날 내려다보며 서 있었다. 끔찍할 정도로 창백했고, 다크서클이 눈 아

래쪽을 까맣게 물들였다. 살도 많이 빠진 것처럼 보였다. 그는 냉담한 눈
길로 나를 봤다.

"어머니 소식을 들었어."

"들어오는 게 좋겠다." 아슈타르가 문을 활짝 열었고, 나는 주방으로
올라섰다. 그의 아버지가 피우던 파이프 담배 향기가 여전히 집 안에서
맴돌았다. 매킨스 씨가 집 안에 없다는 걸 상기시키는 또 하나의 표식이
었다. 더러운 접시가 싱크대에 가득 쌓인 탓에 집 안 가득 쉰 음식물의
악취도 풍겼다.

"어머니는 어떠셔?"

"차라리 돌아가시는 게 나을 뻔했대. 몸 한쪽이 완전히 마비됐어. 운
동 기능이 상당 부분 상실됐고, 말하는 데도 영향이 있어. 의사들은 나아
질 가능성도 있대. 살아 계신다면 말이지. 퇴원하면 내가 수저로 먹을 걸
떠먹여야 한다더라고. 앞으로 다시는 걷지 못할 거 같아."

"맙소사, 아슈타르. 정말 안됐다."

"아버지의 죽음에 충격을 받았대." 그 말이 내 마음을 더 아프게 했다.
이전에도 어머니는 상태가 좋지 않아서 더 나빠질 여지도 없었지만. 아
슈타르는 어깨를 으쓱하더니 내 깁스를 흘끗 봤다. "넌 어때?"

"아직 두통이 심해. 깁스는 다음 주에 풀 거고."

"그럼 글래스고로 가는 데는 지장이 없겠구나." 아슈타르의 목소리에
는 씁쓸한 기색이 가득했다.

"너, 한 번도 문병 오지 않았더라." 의문문으로 질문을 던지지는 않았
지만, 우리 둘 다 내가 이유를 묻고 있다는 걸 알았다.

"눈코 뜰 새 없이 바빴어." 아슈타르가 발끈 성을 냈다. "장례식이 있
었잖아. 행정 절차를 천 가지쯤은 밟아야 했고, 사망을 처리하는 데 얼마
나 많은 단계를 거쳐야 하는지 짐작이나 할 수 있어?" 그렇게 질문했지

만 아슈타르가 내게 대답을 기대한 건 아니었다. "그래, 너는 당연히 모르겠지. 어렸을 때 부모님이 돌아가셨으니까 다른 사람이 그 염병할 일들을 처리했을 거야."

아슈타르가 내뱉는 저속한 말이 나를 화나게 만들었다. "아버지가 돌아가신 것 때문에 날 비난하는 거지? 그렇지?" 나는 불쑥 내뱉었다.

아슈타르는 마음을 혼란스럽게 만드는 이상한 표정으로 나를 봤다. "긱스 아저씨가 그러던데, 그 섬에서 벌어진 일에 관해 별로 기억하는 게 없다면서?"

"기억하고 말고 할 게 뭐가 있어?" 나는 당황했지만 지지 않고 대꾸했다. "내가 떨어졌지. 좋아, 어쩌다 그랬는지는 정확하게 몰라. 뭔가 멍청한 짓을 했기 때문일 테지. 그리고 네 아버지가 바위로 올라와 나를 구해주셨고. 그래서 네 아버지의 죽음이 내 책임이라고 한다면, 내 탓이라고 할 수밖에. 정말 미안해. 지금까지 살아오면서 이 일처럼 미안한 적은 없었어. 네 아버지는 대단한 분이셨어. 바위 위에서 내게 아무 일도 없을 거라고 말씀해주신 게 기억나. 사실 그대로 됐고. 물론 네 아버지는 예외가 되고 말았지만. 나는 평생 네 아버지께 감사드리며 살 거야, 아슈타르. 항상! 내 생명을 구해주신 것뿐만 아니라 내가 시험에 통과할 수 있도록 수많은 시간을 쏟아부어 인생에서 새로운 기회를 주신 것까지 말이야. 그분이 안 계셨다면 시험에 통과할 수 없었을 거야." 걷잡을 수 없이 그런 말이 쏟아져 나왔다. 모든 고통과 죄책감을 털어버리려는 듯이.

아슈타르가 두 눈에 이상한 기색을 떠올린 채 나를 빤히 보던 얼굴이 기억난다. 내게 얼마나 많은 비난을 퍼부어야 할지 저울질했음이 틀림없었다. 마치 결정을 내린 것처럼, 막 짼 종기에서 고름이 빠져나가듯 그의 몸에서 모든 긴장과 분노가 빠져나갔기 때문이었다. 아슈타르는 고개를 가로저었다. "널 비난하지 않아, 핀. 정말이야. 그저……." 그의 눈에 눈물이 차올랐다. "돌아가신 네 아버지에 대해 어떻게 말해야 할지 모르겠더라." 아슈타르는 떨리는 숨을 깊이 들이쉬었다. "지금 이 일도 그렇고." 그는 자신의 두 손을 절망적으로 들어 올렸다가 맥없이 떨어뜨렸다.

나는 아슈타르가 너무 안쓰러워서 이전에 한 번도 하지 않은 행동을 했다. 수컷 냄새가 물씬 풍기는 루이스 섬 남자라면 절대로 하지 않을 행동을. 나는 아슈타르를 꼭 껴안았다. 아슈타르는 흠칫 놀랐지만 잠시 뜸을 들이다가 나를 마주 안았다. 면도하지 않은 아슈타르의 빳빳한 수염이 내 목을 간질이는 게 느껴졌고, 그는 온몸을 떨며 울음을 터뜨렸다.

마샬리와 나는 9월 말에 각각 글래스고를 향해 떠났고, 바이어스 로드에 있는 술집에서 다시 만났다. 우리는 하이버러 로드에 있는 숙소에 들러 짐을 풀었지만, 먼저 해결해야 할 문제가 있었다. 나는 마샬리에 대한 감정을, 혹은 사라진 감정을 대면하고 처리해야 했다. 그때도 그 이유를 설명할 수 없었지만 지금도 설명이 불가능했다. 나는 생명을 잃지 않고 안 스커를 벗어났지만, 마샬리가 몇 년 후에 말한 것처럼 그 섬에서 내 안의 뭔가가 죽은 게 분명했다. 그리고 마샬리는 사라져버린 내 안의 그 부분과 어떻게든 연관되어 있었다. 나는 다시 성장하고 다시 만들어져야 하는 상황이었지만, 마샬리를 내 인생의 어느 단계에 두어야 할지 알 수 없었다. 마샬리 입장에서는 문제가 간단했다. 함께하기를 원하느냐, 원하지 않느냐 하는 것이었다. 내가 비겁하다는 걸 고백해야겠다. 나는 관계를 끝내는 일이 어렵기만 했다. 간결하고 깨끗하게 끝낼 기회가 왔는데도 상대방에게 고통을 줄까 두려워서 갈피를 잡지 못했다. 마지막에 가면 이런 관계는 엉망이 되어 상대의 마음을 더 아프게 할 뿐이다. 하지만 그때 나에게는 마샬리에게 우리 관계가 끝났다고 말할 마음이, 아니 용기가 없었다.

그 대신 우리는 술을 두어 잔 마시고 애슈턴 레인에 있는 중국집으로 식사를 하러 갔다. 식사에 와인을 곁들였고, 입가심으로 브랜디를 몇 잔 한 후에 숙소로 돌아왔을 때는 완전히 취해 있었다. 우리 방은 숙소 정면 쪽이었는데, 이전에는 거실로 쓰던 곳 같았다. 틀로 만든 처마 장식이 붙은 높다란 천장과 정교하게 조각된 목재 벽난로에 가스 불이 설치된 방이었다. 벽에서 튀어나온 멋들어진 스테인드글라스 창문을 통해 가로수가 보였다. 짧은 계단을 올라가면 공동으로 사용하는 욕실이 있고, 숙소 뒤쪽에는 엄청나게 큰 식탁과 뒷마당을 내려다볼 수 있는 창가와 대형 텔레비전까지 갖춘 넓은 공용 주방이 있었다. 우리가 주방으로 들어섰을 때 다른 학생들이 대화를 나누며 음악을 듣고 있었다. 하지만 다른 학생과 인사를 나눌 기분이 아니었다. 우리는 곧장 방으로 가서 방문을 잠갔다. 가로등 불빛이 나뭇잎을 스치고 방 안으로 들어와서, 방바닥을 가로질러 얼룩덜룩한 그림자를 드리웠다. 커튼을 치는 것조차 잊은 채 소파 겸용 침대를 펼치고 옷을 벗었다. 길 맞은편 숙소에서는 우리 모습이 다 보였을지도 몰랐다. 하지만 신경 쓰지 않았다. 알코올과 호르몬이 우리를 격렬한 섹스로 몰아갔다.

네스 항 해변에서 치른 마지막 섹스 이후 꽤 오랜 시간이 흐른 것처럼 느껴졌다. 글래스고에서의 첫날 밤에 육체적인 욕구는 일부 채워졌지만, 감정만은 이전과 같지 않았다. 섹스가 끝난 후에 나는 천장에서 흔들리는 나뭇잎 그림자를 노려보며 누워 있었다. 텅 빈 느낌밖에 남지 않았고, 이제 우리 사이는 끝났다고 생각했다. 그리고 우리가 그걸 직면하는 건 단지 시간문제임을 알고 있었다.

관계를 청산하고자 하는데 그게 자신의 책임이 되는 걸 피하고 싶을 때면 운명이 혹은 상대방이 책임지는 상황을 꾸며내곤 한다. 글래스고

대학교에서 첫 학기를 보내는 동안 나와 마샬리가 꼭 그랬다. 이제 와 회상해봐도, 글래스고에서 첫 겨울을 맞이할 때까지 몇 주 동안에 내 안에 살던 작자가 누구였는지 알 수가 없다. 녀석은 변덕이 심하고 다루기 힘든 반항아였다. 술을 지나치게 마셨고, 기분이 내킬 때면 마샬리와 섹스를 했으며, 나머지 시간에는 그녀를 없는 사람 취급했다. 정말 부끄럽지만 나는 녀석을 잘 알았다. 아니, 어떤 식으로든 녀석과 관련되어 있었다.

나에 대해 정말 많은 것을 알게 됐다. 실제로는 문학에 관심이 없었고, 학위를 받는 데도 관심이 없다는 걸 알게 됐다. 사실 공부에 전혀 관심이 없었다. 가엾은 매킨스 씨가 내게 허비한 그 많은 시간을 생각하면……. 그 많은 시간과 노력이 허사였다. 섬사람 특유의 심한 억양 때문에 스코틀랜드 저지대 지역 사람들이 소위 말하는 '북부 고지대에 사는 촌놈'으로 불린다는 걸 알고는 억양을 고치기 위해 엄청난 노력을 기울였다. 타지 사람의 귀에는 게일어가 우스꽝스럽게 들리는 것 같아서 마샬리와 둘만 있을 때에도 게일어로 말하지 않았다. 그러다 어느 순간 내가 여자애들에게 매력적으로 보인다는 걸 알게 됐다. 나와 잠자리를 같이할 여자애들이 무궁무진해 보였다. 아직 에이즈가 큰 충격을 주기 전이었기에 누구와도 거침없이 섹스를 했다. 마샬리와 함께 파티에 갔다가 다른 누군가와 그 자리를 떠나기도 했다. 숙소로 돌아오면 어둠 속에 마샬리가 혼자 있었다. 눈물을 흘렸다고 털어놓진 않았지만 베개에 남은 마스카라 얼룩이 모든 걸 말해줬다.

첫 학기 말미에 모든 게 곪아 터졌다. 우리가 사용하는 방 복도 맞은편에 방을 함께 사용하는 여자애 두 명이 있었다. 그중 한 명이 나를 무척 좋아했다. 그녀는 마샬리가 주변에 있을 때조차 공공연히 나를 좋아한다고 떠벌렸고, 마샬리는 그녀를 증오했다. 그녀의 이름은 애니타였다. 얼굴이 아주 예뻤는데, 그녀가 아무리 관심 있는 티를 내도 나는 흥미를 둔 적이 없었다. 너무 열정적인 게 꺼림칙해서 항상 그 애정 공세를 피하기만 했다.

그러던 어느 날, 나는 학교에서 일찍 숙소로 돌아왔다. 수업조차 빼먹고 펍에 갔다. 일 년 동안 사용해야 할 학비 보조금을 대부분 써버렸지만 개의치 않았다. 자기 파멸의 길에 들어서기로 작정해서였다. 귀가 떨어져 나갈 듯이 추운 날이었고, 도시를 뒤덮은 시커먼 구름은 곧 눈이라도 뿌릴 태세였다. 크리스마스를 앞두고 상점은 사람으로 꽉 차 있었다. 우리 부모님은 정확히 크리스마스 이 주 전에 세상을 떠났고, 그때 이후 크리스마스에는 기분이 처참하고 우울했다. 게다가 나를 위해 특별한 크리스마스를 만들어준 적 없는 이모 때문에 감정이 한층 악화됐다. 다른 아이들이 흥분에 들떠 크리스마스를 기다리는 반면에, 나는 두려움에 휩싸인 채 현실을 도피하기만 했다. 대도시의 들뜬 분위기, 꼬마전구를 둘러쓴 나무들, 화려하게 치장된 진열장, 상점과 펍에서 끊임없이 되풀이되는 캐럴은 방황하는 나의 기분을 한층 처참하게 했다.

숙소에 들어섰을 때는 약간 술이 취하고 자기 연민에 흠뻑 빠진 상태였는데, 그때 애니타가 혼자 주방에 있었다. 그녀는 마리화나를 말다가 눈을 들어 나를 보더니 활짝 웃었다.

"안녕, 핀. 방금 질 좋은 마리화나를 손에 넣었어. 피울래?"

"물론이지." 텔레비전을 켜자 BBC2의 낮 방송 스케줄에서 빠져버렸던, 게일어로 더빙이 된 아주 조잡한 만화영화가 방영되고 있었다. 게일어를 다시 들으니 기분이 이상했다. 비록 만화영화 캐릭터가 들려주는 목소리지만, 그래도 향수를 불러일으켰다.

애니타가 말했다. "맙소사. 너는 어떻게 저런 말을 이해하는지 모르겠어. 내 귀에는 노르웨이어를 빨리 말하는 것처럼 들리는데."

"가서 뒈져버리지 그래?" 나는 애니타에게 게일어로 말했다.

그녀는 미소를 지었다. "야, 방금 뭐라고 한 거야?"

"너랑 섹스하고 싶다고."

애니타는 순진한 척 눈썹을 치켜올렸다. "마샬리가 뭐라고 할 텐데?"

"마샬리는 지금 여기에 없어."

애니타는 마리화나에 불을 붙이고 천천히 길게 빨아들인 후 내게 넘겼다. 나는 연기로 폐를 채우면서 그녀의 입에서 서서히 흘러나오는 연기를 지켜봤다. 나도 연기를 끝까지 내뱉고는 말했다. "게일어로 말하면서 너랑 사랑을 나눈 사람이 있어?"

애니타는 큰 소리로 웃었다. "게일어로? 그게 무슨 뜻이야?"

"그런 사람이 있었다면 말뜻을 물어보지도 않았겠지."

애니타는 벌떡 일어서더니 내게서 마리화나를 낚아채 입안을 담배 연기로 가득 채운 다음, 내게 키스했다. 내 가슴에 눌리는 그녀의 가슴이 느껴졌고, 담배를 쥐지 않은 그녀의 다른 손이 미끄러지듯 내 다리 사이를 파고들었다. "보여줄래?"

우리가 내 방이 아니라 그녀의 방으로 갔더라면 결과는 달라졌을지도 모른다. 하지만 취한 데다 마리화나까지 했고, 내 바지에 손이 들어와 있다 보니 어찌 되든 상관이 없었다. 침대는 아침에 일어난 그대로였다. 나는 가스난로를 켰고, 우리는 옷을 벗은 채 마샬리와 어젯밤에 사랑을 나눈 그 침대 안으로 들어갔다. 이불 속이 무척이나 차가워서 좀 더 온기를 느끼려 몸을 밀착했고, 나는 게일어로 부드럽게 애니타 귀에 속삭였다.

"마법 주문을 거는 것 같아." 애니타가 말했다. 사실 어떤 면에서는 나의 아버지 그리고 나의 아버지의 아버지가 언어로 마법을 부린 것처럼, 내가 바로 그렇게 하고 있었다. 유혹하고 구슬리고 내가 전혀 지킬 리 없는 것을 약속했다. 그녀 안으로 미끄러져 들어가 나의 씨를 뿌렸다. 물론 애니타는 피임약을 복용하고 있으니 그 씨는 돌바닥에 떨어질 운명이었다. 하지만 잠시나마 그것은 탈출이었다. 그녀가 아닌 나를 위한 탈출. 한때 나 자신이었던 핀 매클라우드와 다시 연결될 기회였다. 한때 게일 어만 말하던 소년으로 돌아간 시간이었다. 하지만 그 모든 것이 마리화나 탓이었을 뿐이라고 생각한다.

마샬리가 문간에 서 있다는 걸 언제 깨달았는지는 확실하지 않았다. 하지만 그걸 깨닫자마자 급히 위를 올려다봤다. 마샬리의 얼굴이 창백하기 그지없었다.

"무슨 일이야?" 애니타가 무심코 말하다가 역시 마샬리를 봤다.

"옷 집어 들고 꺼져." 마샬리가 매우 조용한 목소리로 말했다.

애니타가 나를 봤고, 나는 고개를 끄덕였다. 애니타는 짜증을 내며 침대 아래에 떨어진 물건을 수습하더니 쿵쾅거리며 복도를 가로질러 제방으로 갔다. 마샬리가 등 뒤로 문을 닫았다. 그녀의 두 눈에는 이제 막주인에게 걷어차인 강아지의 기색이 아른거렸다. 배신, 아픔, 산산조각난 믿음이. 입이 열 개라도 할 말이 없었다.

마샬리가 입을 열었다. "말한 적 없지? 네가 진학해서 나도 대학에 왔다는 걸?" 그리고 마샬리가 이런 결정을 내린 게 우리가 그레이트 베르네라에 있는 섬에서 만나기 전이었다는 것도 알게 됐다. 초등학교 졸업 댄스파티에 아이린 데이비스를 데려가지 말라고 애원했던, 농장의 소녀라고 서명한 그 편지가 떠올랐다. 그리고 여러 해가 지난 그때서야 그녀가 나를 사랑하지 않은 적이 없었다는 걸 깨달았다. 마샬리와 눈길을 더는 마주칠 수 없어서 고개를 돌리고 말았다. 마침내 내가 무슨 짓을 했는지 깨달았다. 나의 잔인함과 이기심이 그녀의 희망을 앗아간 것이다. 언젠가는 내가 돌아오리라는 희망을, 예전의 핀을 되찾으리라는 희망을. 나는 그녀가 원하는 그러한 핀이 어디에 있는지 알 수 없었고, 내가 찾을 수 있는지조차 확신하지 못했다.

미안하다고 말하고 싶었다. 마샬리를 붙잡기 위해서 모든 게 잘될 거라고 말해주고 싶었다. 절벽 바위에서 매킨스 씨가 내게 말했던 것처럼. 하지만 나는 인생이 그분 말대로 되지 않는다는 걸 깨달았고, 그분도 그 사실을 아는지 궁금했다.

마샬리는 아무 말도 하지 않았다. 그녀는 옷장에서 가방을 끌어내려 옷가지를 쑤셔 넣기 시작했다.

"어디 가려고?"

"집에. 내일 기차로 인버네스까지 가서 울라풀 가는 버스를 탈 거야."

"오늘 밤은 어디에서 잘 건데?"

"몰라. 여기가 아니라는 건 분명하지만."

"마샬리⋯⋯."

"하지 마!" 그녀는 순식간에 내 말을 잘라버렸다. 그러고는 목이 멘 듯 좀 더 부드럽게 말했다. "그냥 아무 말도 하지 마."

나는 여전히 벌거벗은 채 추위에 덜덜 떨면서 침대 가장자리에 앉아 가방 꾸리는 걸 봤다. 마샬리는 일을 마치자마자 코트를 걸치고 옷 가방을 복도로 끌어냈다. 아무 말도 없이 등 뒤로 문을 닫았고, 곧이어 현관문이 열렸다 닫히는 소리가 들렸다.

나는 창가로 걸어가서 마샬리가 옷 가방을 힘겹게 끌며 바이어스 로드로 걸어가는 모습을 지켜봤다. 등교 첫날에 내 곁에 앉아 통역을 자청한 그 조그만 소녀를. 미알라니슈 농장 헛간에 쌓인 건초 더미에서 내 입술을 처음으로 훔쳤고, 교회에서 사탕 통을 떨어뜨렸을 때 나를 위해 대신 비난을 감수한 그 조그만 소녀를. 그렇게 여러 해를 함께 보냈지만 나는 마침내 관계를 유지할 수 없을 만큼 그녀의 마음을 상하게 했고, 그 사건은 내 삶에서 그녀를 몰아내버렸다. 커다란 눈송이가 휘날리기 시작하면서 신호등을 향해 걸어가는 그녀의 모습이 점점 흐릿해졌다.

그날 이후, 나는 이듬해 4월에 이모가 갑자기 세상을 떠났을 때 딱 한 번 섬으로 돌아갔다. 갑자기라고 말한 것은 그 소식이 난데없이 전해졌기 때문이다. 사실 수개월에 걸쳐 서서히 이모의 생명이 줄어들고 있었다. 지난여름에 말기 암 진단을 받았음에도 나는 이모가 아픈 걸 전혀 몰랐다. 이모는 질 좋은 와인을 마시고, 최고급 담배를 피우고, 가장 뛰어난 남자들(그리고 몇몇 여자들)과 잠자리를 같이하고, 그들 돈을 펑펑 써가며 오랫동안 행복한 삶을 살았노라 의사에게 말하고서는 화학요법을 거부했다. 그런 이모가 남은 육 개월을 망칠 필요가 있었을까? 나중에 알게되었지만, 이모는 거의 구 개월에 가까운 나날 대부분을 마지막 겨울의 차디찬 추위 속에서 고통으로 신음하며 홀로 지냈다.

나는 네스로 가는 버스를 잡아탔고, 크로보스트를 거쳐 언덕으로 걸어 올라가서 항구 옆에 자리 잡은 낡은 화이트하우스로 갔다. 바람이 심하게 부는 봄날이었지만, 죽은 풀을 스치며 불어오는 바람은 부드러웠다. 머리 위를 내달리는 구름을 뚫고 간간히 쏟아지는 촉촉한 햇살에는 따스한 기운이 담겨 있었다.

화이트하우스는 여전히 겨울의 냉기에 휩싸여 있었고, 축축한 소독제 냄새가 풍겼다. 이모가 한창 집 안을 꾸몄을 때 남긴 물건은 이제 낡고 더러워져서 슬퍼 보였다. 드라이플라워가 담긴 각양각색의 화분부터 보라색으로 칠한 사방의 벽, 분홍색과 주황색 천 조각까지, 이모가 어떤 식으로든 그 물건에 활력을 불어넣었으리라. 그녀가 없는 지금은 그저 싸구려 티가 나는 소품에 불과했다. 이모는 언제나 엄청난 존재감을 발휘했던 터라 이제 집 안이 휑해 보였다.

이모가 마지막으로 불을 지핀 난로 안에는 다 타버린 땔감이 차가운 재가 되어 남아 있었다. 나는 이모 의자에 앉아 난로를 멍하니 보면서 이모와 함께 살던 날을 머릿속에 떠올렸다. 그러나 몇 가지 기억밖에 떠오르지 않았다. 나의 어린 시절은 정말 이상하고 냉랭했던 모양이다.

이모가 상자에 쓸어 담아 옷장에 차곡차곡 쌓아놓았던, 예전에 갖고 놀던 장난감을 내 침실에서 찾아냈다. 너무 두려워서 남기고 떠날 수밖에 없었던, 과거를 환기하는 슬픈 표식이었다. 그걸 보자 바울이 고린도 사람들에게 쓴 편지가 떠올랐다. 내가 어렸을 때는 말하는 것이 어린아이와 같고, 생각하는 것이 어린아이와 같고, 깨닫는 것이 어린아이와 같았지만, 어른이 되어서는 유치한 것들을 버렸습니다.* 크로보스트 자유독립교회에서 보낸 그 많은 안식일이 내 의식 안에 나름대로 흔적을 남긴 셈이다. 나는 장난감 상자를 아래층으로 들고 내려와서 쓰레기통에 차곡차곡 쌓았다.

이모 물건은 어떻게 처리해야 할지 갈피를 잡을 수 없었다. 이모의 침실로 들어가서 옷장을 열었다. 죽음이라는 그림자에 가려 색상이 불분명해진 이모의 옷가지가 침묵을 지키며 나란히 걸려 있었다. 이모는 평생 다 입지도 못할 만큼 많은 바지와 스커트와 블라우스를 간직하고 있었다. 육십대이면서도 언젠가는 함께할 사람을 만날지도 모른다는 희망 언저리를 헤맸던 것 같다. 젊고 호리호리하며 매력적인 과거의 어느 때처럼.

나는 이 집에서 단 하룻밤도 보내고 싶지 않았다. 하지만 달리 묵을 데가 없었다. 밤이 찾아오자 불을 지피고 담요로 몸을 둘둘 만 다음에 불 앞에 펼친 소파 겸 침대에서 잠이 들었다. 이모와 매킨스 씨가 텅 빈 무도장을 가로지르며 함께 춤추는 괴상한 꿈을 꾸며 잠들었다 깨기를 반복했다.

쾅 소리에 잠에서 깨어났다. 밝은 대낮이었다. 손목시계를 보니 열 시간 가까이 잔 모양이었다. 누군가가 문을 노크했다. 담요로 몸을 감싼 채

---

* 신약성경 〈고린도전서〉 13장 11절.

나가겠다고 대답했다. 쏟아져 들어오는 햇살을 피하려 눈을 가늘게 뜨고 보니 모래그였다. 나의 육촌쯤 되는데, 나보다 나이가 훨씬 많아 보였다. 부모님 장례식 이후로 만난 적이 있는지 확신이 들지 않았다.

"핀, 분명히 너라고 생각했어. 토탄 냄새가 나서 누가 집에 있다는 걸 알았단다. 나한테 집 열쇠가 있는데, 누가 안에 있으면 쓰고 싶지 않았어. 오늘 장례식이 있는 거 아니?"

나는 침침한 눈으로 고개를 끄덕였고, 이모가 모래그에 대해서 좋은 말을 한 적이 한 번도 없다는 사실이 떠올랐다. 하지만 아이러니하게도 아무도 없는 그 집에서 이모의 장례식을 준비한 사람이 모래그였다. "들어오세요."

이모의 유품을 정리해준 것도 모래그였다. 그녀는 자신의 가족들이 사용할 수 있는 물품을 정리하고, 사용할 수 없는 것은 스토너웨이에 있는 자선단체의 중고품 가게에 갖다주겠다고 말했다. "글쎄, 누가 네 장난감을 몽땅 다 버렸더구나." 그녀는 단단히 화가 나 있었다. "쓰레기통에 들어가 있었단다. 쓰레기 취급을 받지 않도록 자동차 트렁크에 넣어뒀다." 이제 어느 다른 아이가 그 장난감을 가지고 놀면서 새로운 기억의 성채를 쌓아갈 게 분명했다. 나는 그 기억이 내 것보다 더 행복한 것이기를 빌었다.

교회를 찾은 문상객은 많지 않았다. 먼 친척 몇 명과 마을의 모든 장례식을 찾아가는 보수적인 마을 사람 몇, 항구 옆 화이트하우스에서 완전히 격리되어 살던 괴상한 노친네에 대해 호기심을 품어온 수다스러운 이웃 사람 몇이 고작이었다. 게일어로 읊어대는 잠언 글귀가 귀에 윙윙거리는 가운데, 자리에서 일어나서 문 쪽으로 돌아섰을 때 이슈타르와 마샬리가 뒤쪽 좌석에서 살며시 빠져나가는 게 보였다. 내가 앞쪽 좌석에 있다는 걸 분명히 알았을 텐데 마치 나를 피하기라도 하듯 등을 돌리고 재빨리 문을 빠져나갔다.

하지만 두 사람은 십오 분쯤 후 이모의 마지막 여행을 함께하기 위해 절벽 위쪽에 모인 열두 명의 문상객 사이에 서 있었다. 아슈타르는 나와 악수를 나누고 고개를 끄덕임으로써 아는 체를 했고, 우리는 어깨를 나란히 하고서 도로 위 의자에 놓인 관을 들어 올렸다. 관은 이모의 실제 몸무게보다 훨씬 더 무거웠다. 공동묘지까지 먼 길을 걸어가는 남자들을 지켜보는 여자들 사이에 검은 상복 차림의 마샬리가 서 있었다. 눈길이 마주쳤지만, 아주 짧은 순간뿐이었다. 마샬리는 슬픔을 이기지 못한 듯 눈을 바닥으로 내리깔았다. 그녀는 이모에 대해 별로 아는 게 없었고, 아는 것만큼도 좋아하지 않았다. 그녀는 이모를 애도하는 게 아니었다.

이모를 땅속에 내려놓고 무덤 파는 사람들이 흙을 덮을 때가 된 후에야 아슈타르가 내게 말을 걸었다. 몇 명 되지 않는 조문객이 뿔뿔이 흩어져 세찬 바람을 맞으면서 공동묘지 출입문 쪽으로 걸어가고 있을 때였다. 아슈타르가 물었다. "대학은 어때?"

"못 해먹을 정도는 아니야."

그는 내 말을 이해한다는 듯 고개를 끄덕였다. "글래스고에 있는 게 좋은 모양이구나?"

"그래, 좋아. 여기보다는 훨씬 낫지."

더는 말이 오가지 않은 채 문 앞에 도달했다. 다른 사람들이 지나가도록 길을 비켜주고, 아슈타르가 문을 닫을 때까지 기다렸다. 그가 돌아서서 나를 보며 입을 열 때까지 꽤 많은 시간이 흐른 듯했다. "네가 알아야 할 게 있어, 핀." 아슈타르가 숨을 깊이 들이쉬자 목구멍에서 가래 끓는 소리가 들렸다. "마샬리와 나, 결혼했어."

아무 권리도 없으면서 나도 모르게 분노와 질투의 뜨거운 기운이 온

몸을 훑고 지나갔다. "아, 그래? 축하해."

아슈타르는 당연히 내 말이 솔직하지 않다는 걸 알았다. 하지만 내가 달리 뭐라고 말하겠는가. 그는 알았다는 듯 고개를 끄덕였다. "고마워." 그리고 우리는 다른 사람들을 따라잡기 위해 맥허를 가로질러 걸어가기 시작했다.

19장

1

마샬리는 밖으로 나와 토탄 더미 사이에서 양동이를 채우고 있었다. 청바지에 무릎까지 올라오는 장화를 신고, 두툼한 모직 스웨터를 입었다. 머리를 묶지 않아서 바람에 휘날리는 머리카락이 얼굴 주위를 감쌌다. 진입로 맨 위쪽에서 핀이 모는 차가 들어왔지만 북풍에 엔진음이 묻혀 소리를 듣지 못한 것 같았다. 토사물 같은 색상의 소형 자동차는 하루 단위 렌터카였다. 마샬리가 서 있는 곳에서 저 아래쪽 해안선을 따라 하얗게 부서지는 바다가 보였다. 마치 침략군이 북서쪽에 집결한 폭풍우에 가담한 것 같았다.

"마샬리."

그녀는 어깨 너머로 들리는 핀의 목소리에 깜짝 놀라 돌아보더니, 그의 얼굴에 어린 기색을 보며 경계심을 품었다. "핀, 어쩐 일이야?"

"녀석이 애를 학대한다는 사실을 분명히 알고 있었겠지?" 그 말을 들은 마샬리는 두 눈을 꼭 감고 양동이를 떨어뜨렸다. 토탄이 풀밭에서 사방으로 흩어졌다.

"못 때리게 하려고 애써봤어. 정말이야."

"충분히 애쓰진 못했나 보군." 핀의 어조는 냉랭했고, 비난하는 기색이 역력했다.

마샬리가 눈을 뜨자 두 눈에 고인 눈물이 당장에라도 쏟아질 듯했다. "너는 그 사람이 어떤지 상상도 못 할 거야. 피온라크가 어렸을 때 몸에 난 멍 자국을 보고는 믿을 수가 없었어. 사고였을 거라 생각했어. 하지만 매번 사고가 난다는 건 말이 안 되잖아?"

"그럼 왜 피온라크를 데리고 떠나지 않았지?"

"안 해봤겠어? 믿어줘. 정말 떠나고 싶었어. 하지만 내가 떠나면 쫓아오겠다고 했어. 우리가 어디로 가든 찾아낼 거라고, 피온라크를 죽여버릴 거라고." 마샬리는 자신의 말을 이해해주는지 절박하게 살폈지만, 핀은 바위처럼 냉랭하기만 했다.

"뭐라도 할 수 있었잖아."

"했어. 이곳에 머무르는 것으로. 때리는 걸 막으려고 온갖 방법을 다 써봤어. 내가 있을 때는 손찌검을 안 해서 항상 곁에 있으려고 노력했어. 피온라크를 보호하려고. 하지만 늘 그럴 수는 없잖아. 가엾은 피온라크. 정말 보기 드문 아이야." 눈물이 마샬리의 얼굴을 타고 줄줄 흘러내렸다. "마치 올 것이 왔다는 듯 받아들였어. 절대 울지 않았어. 불평도 않고 그저 받아들였지."

핀은 분노와 고통으로 몸이 덜덜 떨렸다. "맙소사! 마샬리, 아슈타르가 왜 그러는 건데?"

마샬리는 거의 울부짖었다. "나도 몰라! 어쩐지 나를 비난하려는 것 같기도 해. 그 빌어먹을 섬에서 무슨 일이 벌어졌는지는 모르겠지만, 아무도 말해주지 않는 그 비밀이 그 사람을 몰라볼 정도로 변화시켰어."

"무슨 일이 벌어졌는지 알잖아, 마샬리!" 핀은 절망적으로 두 손을 들어 올렸다가 힘없이 툭 떨어뜨렸다.

마샬리는 고개를 가로저었다. "아니, 나는 몰라." 그러고는 핀의 완강한 어조에 당황하며 그를 오랫동안 노려봤다. "그 일이 우리 모두를 바꿔놓았어, 핀. 아슈타르가 가장 나빠졌지. 처음에는 나도 알아차리지 못했어. 하지만 피온라크가 태어나자 독이 스며 나오듯 그 사람에게서 뭔가 쏟아져 나오기 시작했지."

주머니에서 핀의 휴대전화가 울렸다. '용감한 스코틀랜드Scotland the Brave'가 흘러나왔다. 이 상황에 전혀 어울리지 않는 발랄하면서도 경쾌한 연주였다. 바람에 흩날리는 엉뚱한 벨 소리를 들으며 두 사람은 서로 멍하니 봤다. "전화 안 받을 거야?"

이 섬의 어느 누구도 그의 번호를 몰랐다. 본토에서 온 전화인 게 분명했다. "안 받을래." 핀은 자동응답 기능으로 넘어가기를 기다렸는데, 다행스럽게도 벨 소리가 멈췄다.

"그래서 이제 어쩔 거야?" 마샬리는 손등으로 눈물을 닦으며 물었다. 더러운 토탄 자국이 뺨에 남았다.

"나도 모르겠어." 핀은 그녀의 눈에서 지친 기색을 읽었다. 아슈타르와 함께 살아오는 동안 삶의 바탕이 허물어지고, 아들이 감내해온 학대를 막지 못했다는 죄책감 때문이었다. 핀의 휴대전화가 다시 울렸다. "젠장!" 핀은 주머니에서 거칠게 휴대전화를 꺼내 통화 버튼을 눌렀다. 새로운 메시지를 알려주는 자동응답 서비스였다. 조바심을 내며 귀를 기울이자 익숙한 목소리가 흘러나왔다. 하지만 전혀 예상하지 못한 사람의 음성메시지라 목소리를 알아차리는 데 약간 시간이 걸렸다.

법의학자 앵거스 윌슨 교수였다. "전화를 받지 못할 만큼 바쁜 모양이지, 응? 살인범을 체포하러 나갔나 보군. 그게 아니라면 도움될 만한 게 있네. 보고서에 들어간 내용이지만, 자네에게 조금 일찍 알려주는 게 좋겠더군. 살인범 토사물에서 발견한, 정체를 알 수 없는 쪼그만 알갱이가 있었잖나? 프레드니손이라는 약일세. 스테로이드의 일종인 코르티손을 경구용 약으로 만든 거지. 일반적으로 고통이 심한 피부 알레르기를 치료하는 데 사용하지만 기도의 염증을 줄이는 데도 아주 효과적이라서 천식 환자에게 자주 처방된다네. 따라서 심각한 발진 환자나 상습 천식 환자를 세심하게 살펴보라고 제안하는 바일세. 사냥 잘하게나, 친구." 자동응답 서비스는 그 이상은 메시지가 없다고 말했다.

핀은 대지가 자신을 확 삼켜버렸으면 했다. 자신의 세상을 둘러싼 모든 것이 허물어졌다. 핀은 휴대전화를 주머니에 다시 집어넣었다.

"핀?" 마샬리 목소리에는 겁먹은 기색이 역력했다. "핀, 무슨 일이야? 유령이라도 본 것 같아."

핀이 눈을 돌렸지만 그녀를 보는 건 아니었다. 그는 네스 항의 보트 창고에 있었다. 토요일 밤이고 무척 어두웠다. 그곳에 두 남자가 있는데, 그중 한 명은 에인절 맥리치였다. 다른 한 명이 달빛 속으로 움직였다. 아슈타르였다. 핀은 두 사람이 거기 있는 이유를 전혀 알 수 없었다. 맥리치가 돌아섰을 때 열려 있는 작은 창문으로 들어온 불빛에 쇠 파이프인지 야구방망이인지 모를 뭔가가 반짝 빛나며 에인절의 머리통에 내리꽂혔다. 에인절은 무릎을 꿇었다가 이내 바닥으로 엎어졌다. 흥분한 아슈타르는 숨을 헐떡거렸다. 그는 무릎을 꿇고 얼굴이 위로 향하도록 에인절을 돌려 눕혔다. 죽은 자는 아슈타르의 예상보다 훨씬 무거웠다. 그는 마을에서 들려오는 어떤 소리를 들었다. 사람 목소리였나? 스쳐 지나가는 바람 소리였을 수도 있었다. 아슈타르는 겁에 질리기 시작했고, 그 탓에 기도가 닫히는 걸 느꼈다. 위가 꿈틀거리며 내용물을 온통 쏟아냈다. 반사적인 반응이었다. 정신을 잃은 맥리치가 토사물을 온통 뒤집어 썼다. 아슈타르는 급히 주머니를 뒤적거려 알약 한 알을 삼킨 후에 연신 흡입기를 쓰며 효과가 나타나길 기다렸다. 어둠 속에서 여전히 무릎을 꿇은 채로 더듬더듬 숨을 쉬면서. 호흡이 천천히 돌아오자 아슈타르는 자신을 도발한 소리가 또 들리는지 귀를 기울였다. 아무 소리도 들리지 않았다. 아슈타르는 거한의 목둘레에 자신의 두툼한 손가락을 갖다 대고 힘껏 눌렀다. 그가 지금 해야 할 가장 긴급한 일이었다.

핀은 그 모습을 몰아내기 위해 눈을 꼭 감았다가 떴다. 초조해하는 마샬리가 다시 눈에 들어왔다. "핀, 제발 말 좀 해줘!"

핀은 그의 목소리에서 소곤거리는 듯한 가래 끓는 소리가 들렸다는 사실을 떠올렸다. "아슈타르의 천식에 관해 말해줘."

마샬리는 이마를 찌푸렸다. "천식에 관해서라니, 무슨 뜻이야?"

핀의 목소리에 다시 힘이 실리기 시작했다. "그냥 말해봐. 예전보다 심해졌어?"

도대체 왜 이런 멍청한 질문이나 하는지 의문을 품은 채 마샬리는 고개를 끄덕였다. "맞아. 악몽이 되다시피 했어. 의사들이 새로운 치료제를 처방해주기 전까지는 점점 나빠졌으니까."

"프레드니손?"

마샬리가 흠칫 놀라며 머리를 갸웃거렸다. 뭔가가 그녀의 푸른 눈동자를 까맣게 물들였다. 불길한 예감이었으리라. "어떻게 알았어?"

핀은 그녀의 팔을 잡고 집을 향해 끌어당기기 시작했다. "보여줘."

"핀, 뭐 때문에 이러는 거야?"

"그냥 보여주기나 해."

두 사람은 욕실로 들어갔고, 마샬리는 세면대 윗벽에 붙은 거울이 달린 수납장을 열었다. 약병은 맨 위 선반에 있었다. 핀은 병을 집어 뚜껑을 열었다. 거의 꽉 차 있었다.

"아슈타르는 왜 이걸 가져가지 않았지?"

마샬리는 무슨 말을 해야 할지 몰랐다. "몰라. 약병이 또 있나 보지."

핀은 그럴 가능성에 대해서 생각조차 하고 싶지 않았다. "아슈타르가 개인적인 서류를 보관하는 곳이 있어? 넌 절대로 보지 못하게 하는 거?"

"모르겠어." 마샬리는 그런 곳이 있나 생각해봤지만, 다른 데에 신경이 쓰여서 정신을 집중하기 힘들어 보였다. "그 사람 아버지가 사용하던 낡은 책상 서랍이 있는데, 항상 잠가두기는 해."

"보여줘."

책상은 엄청나게 많은 서류와 잡지에 파묻힌 채 매킨스 씨가 서재로 사용하던 방 창문 아래쪽에 밀쳐져 있었다. 철제 상자는 이미 지불이 끝난 청구서와 아직 지불되지 않은 청구서로 흘러넘쳤다. 핀은 불과 얼마 전 이곳에서 잠을 잤지만, 이런 책상이 있다는 걸 알아차리지 못했다. 책상에 딸려 있던 등 높은 나무 의자는 어디에서도 보이지 않았다. 대신 낡은 주방 의자 하나가 책상 다리 사이에 놓여 있었다. 핀은 그 의자를 끌어내 걸터앉았다. 왼쪽 서랍을 당기자 서랍이 사르르 열리며 집안일과 관련된 서류로 꽉 찬 서류철이 나왔다. 재빨리 훑어봤지만, 흥미를 끌 만한 것은 없었다. 오른쪽 서랍을 열어보려 했는데 잠겨 있었다.

"여기 열쇠 있어?"

"아니."

"큰 드라이버나 끌은?"

마샬리는 말없이 휙 돌아서서 나가더니 잠시 후 묵직한 대형 드라이버를 가지고 돌아왔다. 핀은 그걸 받아 서랍 맨 위쪽 틈새에 찔러 넣고 힘껏 들어 올렸다. 나무가 쪼개지면서 자물쇠가 망가졌다. 스르르 열린 서랍 속에 서류철이 가지런히 정리되어 있었다. 노란색, 파란색, 분홍색 서류철이었다. 핀은 하나씩 샅샅이 훑어봤다. 청구서, 투자증서, 편지 들이었다. 인터넷에서 다운로드한 신문 기사도 있었다. 핀은 동작을 멈추고, 자신의 숨소리를 들었다. 얕은 숨소리가 짧게 이어졌다. 핀은 기사들을 빼내서 책상에 올려놓았다. 〈헤럴드〉〈스코츠맨〉〈데일리 레코드〉〈에든버러 이브닝 뉴스〉〈글래스고 이브닝 타임스〉에 실린 것들이었다. 모두 5월 말이나 6월 초 기사였다. 내장이 다 도려진 시신이 리스 워크에서 발견됐다. 에든버러 리퍼, 목이 졸리고 절단된, 십자가 그늘 속 죽음, 리스 워크 살인사건에 대해서 시민들이 침착성을 잃지 않기를 호소하는 경찰. 살인사건 취재가 활발했다가 지방세 인상이 임박했다는 뉴스에 신문 1면을 내주기까지 삼 주 동안 실린 스무 개 이상의 기사가 수집되어 있었다.

핀이 주먹으로 책상을 내려치자 잡지 더미가 바닥으로 쏟아져 내렸다.

"핀, 제발 무슨 일이 벌어지는지 말 좀 해줘!" 마샬리의 목소리에서 공포에 질린 다급함이 묻어났다.

핀은 두 손에 머리를 파묻고 눈을 꼭 감았다. "아슈타르가 에인절 맥리치를 죽였어."

적막이 방을 얼마나 두텁게 감쌌던지 고요가 거의 피부로 느껴졌다. 겁에 질린 마샬리의 목소리가 목구멍을 간신히 뚫고 올라왔다. "왜?"

"나를 섬으로 부를 유일한 방법이라고 확신했겠지." 핀이 신문 기사의 인쇄물을 거칠게 쓸어버리자 서너 장이 공중으로 날아올랐다. "신문에 에든버러 살인사건에 관한 모든 게 실려 있어. 피비린내 나는 장면에 대한 자세한 묘사에, 내가 수사 책임자라는 사실까지 말이야. 루이스 섬에서 동일한 범행 수법으로 살해된 시신이 또 나타난다면 일정 단계에서 내가 개입하는 게 당연하지 않겠어? 특히 피살자가 나와 학교를 같이 다닌 사람이라면 두말할 필요도 없겠지. 도박하는 심정이었겠지, 아마. 그런데 그게 제대로 들어맞았어. 내가 여기 있으니까."

"그런데 왜? 네가 하는 이야기, 도저히 믿을 수가 없어. 그 사람이 왜 널 이곳으로 불러냈다는 거야?"

"피온라크에 대해 말하고 싶어서였겠지. 피온라크가 내 아들이라는 걸 알려주려고 말이야." 핀은 도나 머리가 한 말을 생각했다. '생물학적 아버지가 저지른 죗값을 아들에게서 받아내는 것 같다니까요.'

마샬리는 침대 끄트머리에 털썩 주저앉아 두 손으로 얼굴을 가렸다. "나는 정말 모르겠어."

"아슈타르가 너에게 복수하려고 피온라크를 때린 것 같다고 했지? 녀석이 복수하려는 대상은 네가 아니었어. 나였지. 오랫동안 가엾은 아이를 학대했는데, 때리고 걷어찬 대상은 항상 나였던 거야. 그리고 녀석은 내가 그 사실을 알기 원했어. 그 전에……." 그러고는 문득 떠오른 생각을 말로 옮기기조차 두려워 말을 뚝 끊었다.

"뭘 하기 전이라는 거야?"

핀은 천천히 돌아서서 마샬리를 봤다. "아슈타르는 경찰에 DNA 샘플을 제공하는 일에 신경을 쓰지 않았어. 자신이 살인범이라는 걸 밝혀낼 때쯤이면 섬에 가 있을 거라는 걸 알아서였겠지. 자신을 저지하기에 늦었다는 것도 알았을 테고."

마샬리는 이 모든 일이 어디로 흘러가는지 갑자기 깨달은 것처럼 벌떡 일어섰다. "막아줘, 핀! 못 하게 막아!"

핀은 고개를 가로저었다. "그래서 아슈타르는 일부러 알약을 가져가지 않은 거야. 돌아올 생각이 없는데 알약이 왜 필요하겠어?"

핀은 손목시계로 시간을 확인하고 일어서더니 기사들을 다시 서류철 안으로 쓸어 담았다. 바람이 거세지고 있었다. 해안 쪽으로 눈길을 돌리자 암초를 때리고는 거품을 물며 물러나는 파도가 보였다. 핀이 문을 향해 돌아서자 마샬리가 팔을 붙잡았다.

"어딜 가려고?"

"우리 아들을 죽이지 못하게 막아야지."

마샬리는 입술을 꽉 깨물고 당장에라도 숨 막힐 것 같은 흐느낌을 참으려 무진 애를 썼다. 눈물이 뺨을 타고 방울방울 흘러내렸다. "왜, 핀? 그 사람이 왜 그런 짓을 해?"

"내게 상처를 주고 싶어서겠지, 마샬리. 내가 견딜 수 있는 것보다 많은 고통을 안겨주고 싶어서. 녀석은 내가 이미 아들 하나를 잃었다는 걸 아는 게 분명해." 마샬리의 눈에서 그 사실을 전혀 몰랐다는 기색이 보였다. "남아 있는 한 아이를 죽이는 것보다 상황을 악화하는 방법이 있을까?" 핀이 마샬리의 손을 뿌리쳤지만, 그녀는 문으로 따라오며 다시 팔을 붙잡았다.

"핀, 날 좀 봐." 그 순간 마샬리의 목소리에 호소력이 실렸다. 핀은 돌아서서 강렬한 눈빛과 마주했다. "가기 전에…… 알아야 할 게 있어."

2

빗방울이 수사본부의 유리창을 두드렸다. 항구 주변에 펼쳐진 지붕에서부터 만 건너편의 루스 성까지의 풍경이 흐릿했다. 수사본부에는 스물다섯 명에 달하는 수사관이 앉아 있었다. 그들 모두 핀 쪽으로 시선을 돌렸다. 지금도 통화중인 조지 건과 다른 두 수사관만 예외였다. 스미스 경감은 얼굴을 벌겋게 물들인 채 씨근거렸다. 샤워도 하고 말끔한 모습이었다. 포마드를 발라 머리카락을 올백으로 넘겼고, 다시 브루트 향을 풍겼다. 경감은 수사본부의 중앙무대를 차지할 수 있었지만, 자신이 주도하는 수사인데도 핀에게 자리를 내줘야 했다. 그것만으로도 불행한데,

심지어 아예 구석에 찌그러져 있어야 했다.

스미스 경감이 입을 열었다. "좋아, 아슈타르 매킨스가 살인범일 가능성도 있다는 점은 받아들이지."

"그의 DNA가 그 점을 확인해주고 있습니다." 핀이 말했다.

스미스는 성난 눈길로 가까운 책상에 펼쳐놓은 신문 기사들을 흘끗 봤다. "자네를 섬으로 유인하기 위해 리스 워크 살인사건을 모방했다고 생각한다는 거지?"

"그렇습니다."

"그의 아들이 사실은 자네 아들이라는 걸 알려주기 위해서."

"그렇습니다."

"그러고는 그 아들을 죽이려 한다?" 핀은 고개를 끄덕였다. 스미스는 잠시 침묵이 흐르도록 놔뒀다가 다시 입을 열었다. "왜?"

"안 스커에서 무슨 일이 벌어졌는지 말씀드렸잖습니까."

"아슈타르의 아버지가 십팔 년 전에 절벽에서 자네를 구하려다가 죽었다고? 이렇게 많은 세월이 흐른 후에야 두 건의 살인을 일으킬 정도로 그 일이 충분한 동기가 된다고 생각하나?"

"그 점은 저도 설명할 수 없습니다." 핀의 짜증이 부풀어 올라 분노로 변했다. "그 녀석이 평생 그 애를 학대했고, 이제는 제가 아버지라는 이유로 그 애를 죽일 거라는 사실만 알 뿐입니다. 녀석은 저를 이곳으로 부르려고 살인을 저질렀습니다. 증거가 확실하니 아무도 그걸 부정할 순 없을 겁니다."

스미스는 한숨을 내쉬고 고개를 절레절레 흔들었다. "폭풍우가 몰아치는 이 미친 날씨에 80킬로미터나 떨어진 섬으로 수사관을 파견할 수는 없네."

건이 전화를 끊고 의자를 돌려 앉았다. "해안경비대에서 최신 기상정보가 들어왔습니다, 형사님. 안 스커 인근에 폭풍 수준의 바람이 불고 있고, 더욱 악화된답니다." 그는 사죄하는 기색이 담긴 눈길로 핀을 슬쩍 봤다. "이런 상황에서는 헬리콥터를 착륙시킬 방법도 없다고 하고요."

"거봐, 그렇다니까." 스미스의 목소리에는 안도하는 기색이 역력했다. "폭풍우가 지나갈 때까지 기다려야 하네."

건이 덧붙였다. "항만관리소장이 퍼플아일호는 안 스커에서 되돌아왔다고 했습니다. 한 시간 전에 입항했다는군요."

"이런 기상 상황에서 타고 나갈 배를 요구한 적은 없네!"

정복을 입은 경사가 수사본부로 들어왔다. "형사님." 경사의 얼굴은 어두운 색상의 돌로 조각한 것처럼 단호했다. "구가 사냥꾼들과 무전 연락이 되지 않습니다."

핀이 끼어들었다. "뭔가 아주 잘못 돌아가고 있는 겁니다. 긱스 씨는 항상 통신 채널을 열어두거든요. 항상이요."

스미스는 경사에게 그 말이 맞느냐는 시선을 보냈고, 경사는 고개를 끄덕였다. 스미스는 한숨을 내쉬며 어깨를 으쓱했다. "그렇대도 내일이 되기 전까지는 할 수 있는 일이 없어."

"내일이면 그 애가 죽을 수도 있습니다!" 핀이 목소리를 높이자 방 안이 쥐 죽은 듯이 조용해졌다.

스미스는 손가락 하나를 들어 올려 코끝에 갖다 댔다. 이상하지만 아주 위협적인 제스처였다. 스미스가 아주 낮은 목소리로 으르렁거렸다. "매클라우드, 자넨 이곳에서 선을 넘어서는 심각한 사건을 저질렀네. 더는 이 일에 관여해서는 안 된다는 걸 기억하지?"

"당연히 관여해야죠. 빌어먹게도 제가 이 사건의 중심인물이란 말입니다." 핀은 홱 돌아서서 반회전문을 밀치고 복도로 나왔다.

핀이 처치 거리를 빠져나와 크롬웰 거리로 접어들었을 때는 이미 흠뻑 젖은 상태였다. 파카와 후드 덕분에 상체가 비에 젖지는 않았지만 바지는 다리에 딱 달라붙었고, 얼굴은 얼어붙을 듯 차가운 빗줄기의 습격으로 얼얼했다. 잠시 비를 피하려고 녹색으로 칠해진 선물 가게의 문간으로 들어선 순간, 루이스 체스맨 말의 30센티미터짜리 모조품이 유리창 안쪽에서 호기심 어린 눈길로 핀을 마주 봤다. 핀은 주머니를 뒤적거려 휴대전화를 꺼내고 200미터 위쪽에 있는 수사본부의 전화번호를 찍었다. 정복경관 한 명이 전화를 받았다.

"조지 건과 통화하고 싶네."

"누구신지 전할까요?"

"아니."

잠깐 머뭇거리는 게 느껴졌다. "잠시만 기다리십시오."

이어 건의 목소리가 들렸다. "조지 건입니다."

"조지, 나예요. 통화할 수 있나요?"

잠시 침묵이 흘렀다. "별로 그럴 형편이 못 됩니다."

"알았어요, 그럼 듣기만 해요. 조지, 내 부탁 좀 들어주세요. 아주 중요한 부탁입니다."

3

트롤 어선이 밧줄에 계류된 채 내항의 파도를 타고 삐걱거리며 오르내렸다. 빨간색 플라스틱 양동이가 갑판 위를 이리저리 굴러다녔고, 무거운 쇠사슬이 쩔걱거리며 갑판을 휩쓸었으며, 상부에 부착된 것들이 모두 바람에 휘말려 부르르 떨거나 앓는 소리를 냈다. 빗줄기가 조타실

유리창을 힘차게 두들기는 가운데, 패드리크 맥빈은 오랫동안 깔고 앉아 닳고 뒤틀려서 테이프로 칭칭 감은, 충전재가 곧 빠져나올 듯한 낡은 조타석에 앉아 있었다. 그는 한쪽 발을 타륜에 올려놓고 생각에 잠긴 채 손으로 만 담배꽁초를 뻐끔거렸다. 꼭 서른 살이 된 패드리크는 이 배의 젊은 선장이었다. 퍼플아일호는 원래 그의 아버지 배였다. 패드리크가 겨우 열두 살이던 십팔 년 전에 핀을 섬으로 데려다준 것도 그의 아버지였다. 늙은 맥빈은 삼십 년간 매년 안 스커로 순례를 떠나는 구가 사냥꾼을 실어 날랐다. 그가 세상을 떠난 후, 그의 아들들이 전통을 이어받았다. 패드리크의 동생인 덩컨이 항해사였다. 이 배에는 형제 외에 선원이 딱 한 명 더 있었는데, 아치라는 젊은 남자였다. 아치는 오랫동안 백수로 지내다가 이 년 전에 육 개월짜리 수습으로 합류한 임시직 직원이었는데, 여전히 배에서 일하고 있었다.

"정말 끔찍한 이야기로군요, 매클라우드 형사님." 패드리크는 길게 질질 끄는 네스 본토박이 뱃사람 특유의 말투로 말했다. "솔직히 저는 아슈타르 매킨스를 좋아했던 적이 단 한 번도 없습니다. 그의 아들은 아주 말수 적은 소년이죠." 패드리크는 담배를 한 모금 더 빨아들였다. "하지만 이번에 가는 동안 별다른 낌새는 느끼지 못했는데요."

"나를 데려다줄 건가요?" 핀은 참을성 있게 물었다. 무리한 부탁임을 잘 알고 있었다.

패드리크는 머리를 숙이고 조타실 천장 아래쪽으로 밖을 슬쩍 내다봤다. "폭풍우가 휘몰아치는데요, 형사님."

"더 험했을 때도 나가봤을 거잖아요."

"네, 물론 나간 적도 있죠. 하지만 제 선택은 절대 아니었습니다."

"우리는 지금 한 소년의 생명을 놓고 이야기하는 겁니다, 패드리크."

"저는 이 배와 이 배를 출항시킴으로써 위험에 빠질 생명에 대해서 이야기하고 있고요."

핀은 입을 다물었다. 어떤 결정을 내릴지 알 수 없었다. 그는 일단 요청했고, 더는 할 수 있는 일이 없었다. 패드리크가 새끼손톱 반만큼 남은 담배를 빨아들이자 담뱃불이 꺼졌다. 그가 핀을 봤다.

"가자고 강요할 수는 없습니다." 핀은 희망의 불꽃이 희미하게나마 타오르는 걸 느꼈다. "하지만 물어볼 수는 있죠. 직접 결정하라고요. 다들 동의한다면 제가 섬으로 모셔다드리죠." 핀의 가슴속에서 희망의 불길이 피어올랐다.

핀은 젊은 선장을 따라 밖으로 나와 조리실을 통과했다. 한쪽 벽을 따라 방수복이 고리에 걸려 있고, 아래쪽에는 노란색 장화가 줄지어 놓여 있었다. 싱크대의 뿌연 물속에 지저분한 접시가 가득했고, 위에 떠 있는 기름에 쓸쓸한 전등 불빛이 반사됐다. 벽에 박힌 못에 이 빠진 머그잔이 나란히 걸려 있고, 가스레인지에는 주전자를 올려두었다.

두 사람은 금속 샤프트에 나사로 고정된 가로대를 밟고 트롤 어선 뒤쪽에 마련된 좁아터진 선실로 내려갔다. 침대 여섯 개가 설치되어 있고, 벤치 딸린 삼각 탁자가 나머지 공간을 차지했다. 덩컨과 아치는 홍차를 마시고 담배를 피우면서 벽 한구석에 높게 올라앉은 소형 텔레비전 속 지직거리는 화면을 응시하고 있었다. 게임쇼 호스트가 어떤 참가자를 무례하게 대하며 탈락을 통보했다. 씩씩거리는 중년 여인이 걸어 나가며 카메라를 향해 얼굴을 들이밀었다. 패드리크가 텔레비전을 껐고, 선원들의 항의를 눈길 한 방으로 잠재웠다. 그는 젊은 사람치고는 카리스마가 있었는데, 조용히 있어도 강력한 존재감이 느껴졌다.

낡고 녹슨 트롤 어선의 선실이 무미건조한 노란색 전등빛으로 물든 가운데 패드리크는 낮은 목소리로 핀이 요구하는 내용을 그들에게 전했다. 그리고 그 이유도. 너덜너덜한 작업복과 찢어진 청바지 차림에, 부러진 손톱에는 기름때가 잔뜩 낀 두 젊은이는 빈곤한 섬사람들처럼 얼굴이 창백하고 야위어 있었다. 그들은 패드리크의 말에 귀를 기울이면서도 간간히 핀을 곁눈질했다. 페인트를 새로 칠한 트롤 어선에서 스물네 시간 내내 그리고 일주일에 오륙 일 동안 먹고 자고 대소변을 보는 것은 생활이라고 보기 어려웠다. 그러나 그들은 입에 풀칠이라도 하기 위해 생명의 위험을 무릅쓰고 있었다. 패드리크의 말이 끝나자 두 사람은 침묵에 잠긴 채 잠시 앉아 있었다. 이내 아치가 입을 열었다. "펍에 가는 것보다는 싸게 먹히겠네요."

4

항구를 출발해서 뒤뚱거리며 커디 포인트를 지나 외항으로 진입했다. 민치 해협에서 밀려오는 드높은 파도를 직면한 것은 7시가 조금 지난 후였다. 고트 섬을 지나쳐 심해로 나갔을 때는 앞서간 폭풍우를 가르고 나아가는 것처럼 파도가 거세게 부풀어 올랐다. 번쩍이며 삑삑대는 레이더 화면의 불빛을 받아 얼굴이 녹색으로 빛나는 패드리크는 전면을 주시하며 이맛살을 찌푸린 채 타륜을 잡고 있었다. 하늘에 햇빛이 조금 남아 있지만, 시야에는 아무것도 보이지 않았다. 패드리크는 계기반과 자신의 본능에 의지하여 운항하고 있었다. "바다가 정말 거치네요. 그래도 루이스 섬의 이쪽은 그런대로 견딜 만합니다. 하지만 버트를 돌아가면 훨씬 난폭해지겠죠."

핀은 이보다 나쁜 상황을 상상도 할 수 없었다. 루이스 섬의 상징인 티움팬 헤드 등대를 지났을 때 이미 두 번이나 토했다. 제자리에 제대로 걸려 있는 게 하나도 없는 조리실에서 어떤 마술을 부렸는지 아치가 달걀프라이와 소시지를 거뜬히 만들어냈지만, 거절했다.

"얼마나 오래 가야 하나요?" 핀이 패드리크에게 물었다.

선장은 어깨를 으쓱했다. "어젯밤에는 여덟 시간쯤 걸렸어요. 하지만 오늘 밤에는 아홉 시간 이상 걸리겠는데요. 폭풍우의 중심을 향해 곧장 나아가니까 안 스커에는 새벽녘에나 도착하겠어요."

핀은 배가 버트 오브 루이스를 돌아서고 등대의 불빛이 완전히 사라진 시커먼 어둠 속으로 항해하던 십팔 년 전의 기분을 똑똑히 기억했다. 안전한 섬을 등 뒤에 두고, 몇 톤에 불과한 녹슨 트롤 어선과 선장의 노련함에 생명을 의지한 채 북대서양 망망대해로 항해한 그날. 핀은 그때 겁났고, 외로웠고, 상상할 수도 없을 만큼 취약했다. 하지만 그때 경험 중 무엇도 루이스 섬 북단 바다의 분노에 대한 대비는 되지 못했다. 디젤 엔진이 어둠 속에서 쿵쿵거리며 불가능해 보이는 싸움을 이어나갔다. 시커먼 눈을 둘러쓴 산봉우리처럼 바닷물이 곳곳에서 솟구쳐 뱃머리에 부서지고 조타실을 때렸다. 핀은 붙잡을 수 있는 것이면 무엇에든 매달리면서 패드리크는 이런 상황에서 어떻게 평정을 유지하는지 궁금했다. 어떻게 해야 앞으로 일고여덟 시간이나 더 이런 고초를 겪으며 멀쩡한 정신으로 살아남을지 상상해보려 애썼다.

패드리크는 우렁찬 엔진 소리와 폭풍우의 분노를 뚫기 위해 고함을 질렀다. "아버지가 돌아가시기 전에, 이 퍼플아일호를 대체할 배를 한 척 샀죠." 그는 계기반과 유리창 바깥의 어둠에 눈길을 고정한 채 고개를 끄덕이며 살짝 미소를 지었다. "네, 그 배도 정말 멋졌어요. 아버지는 그 배에 '철의 여인'을 뜻하는 아이언 레이디라는 이름을 붙였죠. 그 배가 마음에 들 때까지 시간과 돈을 들였고요." 패드리크는 핀을 흘끗 곁눈질했다. "형사님도 여자와 좀 싸우지 않고 잘 지냈으면 좋겠다고 생각하신 적 많죠?" 그가 다시 눈길을 돌리고 어둠 속을 향해 씩 웃었다. 그러더니 얼굴에서 미소가 싹 가셨다. "아버지는 기회가 되면 이 낡은 녀석을 팔려고 했죠. 결국 그렇게 되지 않았지만요. 간암 때문에요. 불과 몇 주 만에 돌아가셨죠. 그래서 제가 아버지 대신 배를 몰아야 했고요." 그는 한 손으로 담배를 넣은 틴 케이스를 열고 쭈글쭈글한 담배 한 개비를 꺼내 불을 붙였다. "아이언 레이디호는 처음 몰고 나간 날에 잃었어요. 기관실에서 파이프가 하나 터져버렸거든요. 들어가 보니 펌프로 퍼내지 못할 만큼 물이 들어와 있더라고요. 선원들에게 구명보트를 내리라고 지시하고, 그 배를 구할 수 있는 모든 방법을 다 써봤죠. 결국 목까지 물이 차올라서 벗어나야 했고요. 저는 간신히 살아남았죠." 그의 입에서 뿜어져 나온 담배 연기가 조타실의 혼란스러운 공기 속으로 똬리를 틀며 올라갔다. "그래도 운이 좋았어요. 날씨가 좋았고, 눈길이 미치는 곳에 다른 트롤 어선이 있었으니까요. 저는 배가 가라앉는 걸 지켜봤죠. 아버지가 모든 것을 털어 넣은 바로 그 배요. 그분의 희망과 꿈을 몽땅 쏟아부은 배가 순식간에 사라졌어요. 삼촌들에게 아버지의 배를 잃은 걸 어떻게 설명할지 막막했습니다. 하지만 그런 걱정은 할 필요가 전혀 없었죠. 삼촌들은 우리가 안전하다는 사실만으로도 기뻐하셨으니까요. 삼촌 한 분이 말씀하셨어요. '배라는 건 말이다, 나무와 금속의 덩어리일 뿐이란다. 그 배의 심장은 배를 모는 사람에게 있지.'" 패드리크는 담배를 오랫동안 빨아들였다. "지금도 그 배가 가라앉은 곳을 지나칠 때면 소름이 돋아요. 배를 마지막으로 본 바로 그 아래쪽 해저에 지금도 누워 있다는 생각을 하면 말이죠. 아버지의 꿈은 자신과 마찬가지로 영원히 사라져버린 겁니다."

젊은 선장의 열정이 조타실을 가득 채운 느낌이었다. 핀이 패드리크를 봤다. "우리가 바로 그 지점을 지나친 거죠, 그렇지 않나요?"

"그렇습니다, 매클라우드 형사님. 방금 지나쳤어요." 패드리크는 형사를 흘끗 봤다. "침대로 가서 잠깐 누우시는 게 좋겠습니다. 잠깐이라도 눈을 붙일 수 있을지도 모르죠. 아직 시간이 많이 남았으니까요."

핀이 아래로 내려가 예전 항해 때 쓰던 바로 그 침대에 몸을 뉘었을 때, 조타실에서는 덩컨이 핀의 자리를 차지했다. 핀은 잠을 자는 건 전혀 기대하지 않았고, 지겨울 만큼 시간이 느리게 흐르는 터라 자신을 괴롭히는 풀리지 않는 모든 의문을 몇 번이고 되풀이해서 되뇌어봤다. 그러나 어떤 것도 안 스커에 도착할 때까지는 풀리지 않을 게 분명했다. 도착한 후에 그 해답이 꼭 맞으리라는 보장도 없었다. 아슈타르와 피온라크가 이미 죽었다는 것을 전혀 모르고 있는 것일 수도 있었다. 지금 무슨 일이 벌어지고 있는지 감지조차 못하는 자신을 용서할 수 없었다.

그러다가 핀은 아치가 흔들며 깨워서 깜짝 놀라 눈을 떴다. "거의 다 왔습니다, 매클라우드 형사님."

핀은 침대에서 벗어나 지금 이곳이 어디인지 어리둥절한 얼굴로 눈을 비볐다. 리드미컬한 엔진 진동은 자신의 일부라도 된 것처럼 머릿속을 쿵쿵 때리고 신경을 긁었다. 트롤 어선은 상하좌우로 거칠게 흔들렸고, 핀은 넘어지지 않고 간신히 조리실로 올라갔다. 덩컨이 타륜을 잡고 극도로 집중하고 있었다. 패드리크는 덩컨 옆에 앉아서 어둠 속을 암울한 표정으로 노려봤다. 안색이 좋지 않았다. 그는 유리창에 비친 핀의 모습을 보고 얼굴을 돌렸다. "섬에 있는 사람들과 마지막으로 무전 접속을 시도해봤는데, 잡음과 진공관의 윙윙거림밖에 들리지 않더군요. 좋지 않습니다, 매클라우드 형사님. 이건 긱스 아저씨답지 않아요."

"언제 해본 건가요?"

"십 분이 채 안 됐습니다."

핀이 어둠 속을 노려봤지만 아무것도 보이지 않았다. 패드리크도 뭔가 보이는지 도끼눈을 뜨고 어둠 속을 주시했다. "빌어먹을 등대가 어디 있지?" 그가 스위치를 켜자 퍼플아일호의 모든 불빛이 어둠을 밝혔다. 핀이 거의 죽을 뻔했던 90미터 높이의 절벽이 바로 눈앞에 드러났다. 하얀 구아노를 흠뻑 뒤집어쓴 채 검게 번들거렸다. 핀은 절벽에 너무 가까이 다가선 것 같아 깜짝 놀랐다.

"맙소사!" 핀은 저도 모르게 소리를 지르며 한 걸음 물러서서 몸을 지탱하려고 문틀을 틀어쥐었다.

"빌어먹을! 배 돌려!" 패드리크가 덩컨에게 악을 썼다. 덩컨이 타륜을 좌측으로 최대한 꺾었다. 퍼플아일호는 뱃전을 두들기고 부서지는 파도에 휩쓸리다시피 위험천만하게 기울어지며 비틀거렸다. 덩컨이 울부짖었다. "불빛이 없어! 빌어먹을 등대는 어디로 간 거야!"

"어젯밤에는 등대가 작동하고 있었나요?" 핀이 고함을 치며 물었다.

"네, 수 킬로미터 밖에서도 보였어요."

덩컨은 어선의 통제력을 다시 회복하고 바람 속에서 배를 한번 더 안정시킨 후 섬 남단을 따라 등대 곶을 우회하여 안전한 피난처인 글라운 안 위스케 두로 파고들었다. 이곳은 눈에 띌 만큼 바람이 약했다. 하지만 파도 높이가 3미터를 넘어서 평소 사냥꾼들이 화물을 부리던 지점에는 파도가 허옇게 부서졌다. 안 스커 아래쪽 깊숙이 뚫린 동굴의 입구는 눈에 잘 보이지도 않았다.

패드리크가 고개를 절레절레 저었다. "오늘 밤에 딩기를 타고 들어갈 방법이 없습니다, 매클라우드 형사님."

"그 녀석이 내 아들을 살해하는 동안 배 안에 멍청히 앉아 있으려고 이곳까지 먼 길을 온 게 아니에요." 핀은 엔진 소리에 지지 않으려고 고함을 질렀다.

"형사님을 딩기에 태워 내려놓다가는 배가 저 암초에 충돌해서 산산조각 나고 말 겁니다."

"예전에 당신 아버지께서 폭풍우가 몰아치는 가운데 네스의 안벽 위로 트롤 어선을 올려놓는 걸 본 적이 있죠. 구가를 네스로 가지고 돌아오던 그날에." 핀이 말했다.

"그걸 기억하십니까?" 패드리크의 눈이 반짝거렸다.

"모두가 그 일을 기억해요, 패드리크. 나는 그때 소년이었죠. 사람들은 해가 지나도록 계속 그 일을 언급했어요."

"아버지는 겁이 없었어요. 뭔가 할 수 있다는 생각이 들면 주저 없이 해치웠죠. 사람들은 아버지의 신경이 강철로 만들어졌다고들 했어요. 그건 틀린 말입니다. 아버지는 아예 신경이란 게 없었으니까요."

"그분은 어떻게 하신 건가요?"

"먼저 닻을 내린 후에 거꾸로 바위에 다가간 겁니다. 그러다가 문제가 생겼다고 판단되면 기어를 풀고 닻을 끌어당기는 거죠. 그럼 다시 안전한 곳으로 벗어날 수 있으니까요."

"당신은 아버지의 그런 대담성을 물려받았나요, 패드리크?"

패드리크는 핀을 꽤 오랫동안 노려봤다. "매클라우드 형사님, 일단 딩기에 올라타면 순전히 혼자 알아서 해야 합니다. 제가 형사님을 위해서 할 수 있는 일이라고는 손톱만큼도 없으니까요."

이토록 두려웠던 적이 있었던가. 핀은 의문이 들었다. 주변 암초를 치고 올라오는 괴물 같은 파도 앞에 서 있으니 이보다 속수무책이었던 적이 없던 것 같았다. 가공할 힘을 발휘하는 자연에 정면으로 맞선 자신이 무척이나 초라하고 작아 보였다. 한 조각 배로 폭풍우 몰아치는 바다를 80킬로미터나 헤치고 와서, 이제 수십 미터를 나아갈 일만 남았다. 패드리크가 퍼플아일호의 닻줄을 팽팽히 유지한 채 후진하여 작은 만으로 진입할 때, 덩컨은 딩기에 줄을 매고 선미에서 떨어져 나가지 않도록 꽉 붙들었다. 두 곳 사이에 있는 만이 위험스러울 정도로 가까워지자 배는 파도 위에서 맥없이 미끄러지며 이쪽에서 저쪽으로 요동쳤다. 바닷물이 섬을 삼킬 것처럼 핥고 빠는 소리가 선명하게 들렸다.

패드리크가 배를 최대한 섬에 붙였다는 신호를 보내자 덩컨이 핀에게 고개를 끄덕였다. 가야 할 시각이었다. 핀이 줄사다리를 타고 딩기로 내려갈 때 비는 거의 수평으로 쏟아졌고, 얼어붙을 듯한 추위에 젖은 손가락이 뻣뻣해졌다. 방수복 덕분에 아직은 몸이 젖지 않았지만, 핀은 그게 그리 오랫동안 지속되지 않으리라는 걸 알았다. 덧입은 구명조끼조차 우스울 정도로 조잡해 보였다. 바닷물로 떨어지기라도 한다면, 파도가 섬으로 몰아붙여 산산조각 낼 때까지만 간신히 빠져죽지 않도록 해줄 것 같았다. 공기로 부풀린 딩기가 어찌나 심하게 요동치는지 내려서는 것조차 불가능해 보였다. 핀은 잠수라도 하려는 듯 숨을 깊이 들이쉬며 퍼플아일호에서 손을 떼고 딩기로 뛰어내렸다. 핀의 몸무게 때문에 딩기가 쑥 가라앉자 핀은 허겁지겁 딩기 어딘가에 있을 밧줄을 찾아 더듬었다. 하지만 손에 잡히는 것이라고는 축축하고 부드러운 천뿐이었다. 핀은 발이 미끄러지면서 딩기 밖으로 튕겨 나가는 느낌을 받았다. 핀은 물에 빠질 때의 충격에 대비하며 몸을 움츠렸다. 그 순간 거친 밧줄이 오른손에 잡혔다. 불에 덴 느낌이 들 정도로 밧줄을 꽉 움켜쥐었다. 딩기에 착지한 것이다. 딩기와 함께 파도를 타며 오르내리는 사이, 몸을 고정하려고 왼손으로도 밧줄을 거머쥐었다.

핀이 흘끗 올려다보자 하얗게 질린 덩컨의 얼굴이 꽤 멀리 떨어진 위쪽에 있었다. 그가 뭐라고 소리쳤지만, 핀은 알아들을 수 없었다. 핀은 딩기의 뒤쪽으로 몸을 밀고 가서 후미에 있는 선외모터를 젖혔다. 초크를 열고 시동용 로프를 잡아당겼다. 한 번, 두 번, 세 번, 네 번. 모터는 전혀 반응하지 않았다. 다섯 번째로 잡아당겼을 때, 모터가 기침을 하더니 폭발음을 내며 캑캑거렸다. 핀은 모터가 멈추지 않도록 고속으로 작동시켰다. 진실을 밝힐 시각이었다. 탯줄 같은 밧줄에 의지했던 핀은 이제 안전한 모선의 품을 벗어나야 했다.

핀이 딩기를 돌려 파도를 헤치며 상륙 지점으로 향하자, 역할을 다한 밧줄이 뒤로 떨어져 나갔다. 가속장치를 돌리자 자그마한 주황색 딩기는 놀라운 속도로 암초를 향해 돌진했다. 트롤 어선에서 쏟아지는 불빛을 통해 어마어마하게 큰 동굴의 시커먼 입구가 보였고, 섬의 복부에 해당하는 깊은 곳에서 바닷물의 커다란 외침과 거칠게 달려드는 소리가 들렸다. 광란하는 허연 거품이 주변에서 끓어오르고, 딩기가 파도에 높게 실려 암초를 향해 떠밀려 가는 게 느껴졌다. 핀이 키를 돌려 모터 출력을 최대로 높인 순간 암초와의 충돌을 모면했다. 파도가 딩기를 만 쪽으로 후진시켰다. 파도 소리에 귀가 멀 것 같았지만 트롤 어선 쪽을 뒤돌아볼 엄두도 나지 않았다.

핀은 다시 딩기를 돌려서 암초와 마주했다. 암초는 모습을 드러내며 핀의 습격에 대비하기라도 하듯 파도의 움직임에 따라 나타났다가 숨기를 반복했다. 핀은 산산이 흩어진 용기를 끌어모으면서 일 분 이상을 그곳에서 오르내렸다. 모든 게 타이밍에 달렸다는 걸 깨달았다. 또다시 파도를 타고 달려들었다가는 파도의 힘이 소형 선외모터의 출력보다 월등해서 암초에 충돌할 수 있었다. 파도가 밀려나는 순간에 모터를 가동해서 충돌을 피해야만 했다. 쉽잖아! 핀은 이 난관을 이성적으로 돌파하려는 자신의 터무니없는 시도에 웃음을 터뜨릴 뻔했다. 하나님이 있다면 핀의 생명이 고스란히 그의 손에 달려 있을 텐데……. 핀은 숨을 크게 들이쉬고 파도가 암초에 달려들어 부서지기를 기다렸다. 그 순간, 뒤로 물러나는 허연 파도를 향해 모터 출력을 최대한으로 높였다. 또다시 파도의 물거품에 휩싸인 채 제자리를 맴도는 것처럼 보였다. 그러다가 갑자기 딩기가 통제할 엄두도 나지 않는 속도로 돌진했다. 키를 꺾으려고 애썼지만, 스크루가 물 밖으로 튀어올라 허공을 가르며 비명을 내지를 뿐이었다. 안 스커 전체가 덮쳐오는 것 같았다. 핀은 저항하듯 고함을 내질렀지만, 파도는 핀을 손바닥으로 낚아채 딩기에서 빼낸 뒤 온몸의 공기가 다 빠져나가도록 암초에 패대기쳤다. 입안에서 피맛이 났고, 삐쭉삐쭉한 편마암이 피부를 갉아대는 게 느껴졌다. 딩기는 사라져버렸고, 핀은 파도에 휘말려 꼼짝도 하지 못했다. 그러다가 핀을 누르던 압력이 일순간 흩어지고 파도가 그를 다시 바다 쪽으로 빨아들였다. 수백만 년 동안이나 닳고 닳아 번들거리는 섬의 시커먼 표면을 따라 핀의 몸이 미끄러졌다. 핀은 미친 듯이 손을 놀려 붙잡을 곳을 찾았지만, 안 스커를 둘러싼 녹조류는 끈적끈적한 점액처럼 손가락 사이로 흘러내렸다. 차갑고 어두운 곳으로 끌어당겨 영원히 잠들게 하는 바다의 힘 앞에 핀은 잠시 무력해졌다.

그러다가 갑자기 차가운 뭔가를 느꼈다. 쇠고리임을 직감한 그는 필사적으로 붙들었다. 그리고 다시 고쳐 잡았다. 파도가 몸을 부르르 떨며 끌어당기자 어깨가 빠질 듯했지만, 결국에는 그를 놓아주고 말았다. 해변으로 밀려온 바다 생물처럼 핀은 암석에 박힌 계류 고리를 잡은 채 물 위에 가만히 누워 있었다. 그러다가 후다닥 일어서서 발 디딜 곳과 붙잡을 곳을 확인하고는 온 힘을 다해 몸을 끌어올렸다. 파도가 되돌아와서 그를 물고 늘어지기 전에. 십팔 년 전 이곳에 상륙한 날 에인절이 팀원들에게 홍차를 끓여줬던 툭 튀어나온 선반 같은 바위가 손끝에 만져졌을 때는 이미 발아래까지 파도가 들이닥쳐 있었다. 핀은 마침내 파도의 세력권을 벗어났다. 파도에서 안전한 바위에 올라섰다. 이제 바다가 할 수 있는 일이라고는 핀의 얼굴에 분노에 찬 침 세례를 퍼붓는 것뿐이었다.

비가 그치고 시커먼 하늘이 커다랗게 갈라졌다. 달빛이 섬 전체를 쓰다듬었다. 핀의 탈출에 공모한 데 화가 난 바다의 보복으로 몹시 출렁이던 퍼플아일호가 눈부신 은색 달빛에 잠긴 채 안전한 만 안으로 후진하는 모습이 눈에 들어왔다.

핀은 허리띠에 꿰찬 손전등이 제대로 작동되기를 희망하면서 손으로 더듬거렸다. 불이 켜지자 핀은 어둠 속에서 손전등을 흔들어, 자신이 안전하다는 걸 선원들에게 알렸다. 그러고는 양 무릎을 가슴까지 끌어올린 채 절벽에 등을 기대고 오 분 넘게 그곳에서 웅크리고 있었다. 호흡을 가다듬고, 마음의 평정심을 되찾고, 안 스커의 꼭대기로 올라갈 의지를 다지기 위해서였다. 그는 손전등으로 손목시계를 비췄다. 벌써 새벽 4시가 넘은 시각이었다. 동쪽 하늘에서 새벽이 시작되기까지는 두 시간도 채 남지 않았다. 핀은 아침 햇살이 무엇을 가져올지 생각만 해도 겁이 났다.

비는 멀리 사라졌고, 달의 일부가 하늘 사이로 숨바꼭질을 했다. 핀은 바람이 잠잠해진 것이 제 상상은 아닐까 걱정이었다. 그는 다리를 후들후들 떨며 일어서서 손전등으로 경사면을 비췄다. 불빛을 받으며 매끄럽게 번들거리는 것은 구가 사냥꾼들이 물품을 꼭대기까지 끌어올릴 때 쓰는 활송장치였다. 그 오랜 세월이 흐른 후에도 여전히 이용되고 있었다. 핀은 손전등을 높이 들고 경사진 면을 따라 가장 경사진 곳까지 나아갔다. 날카로운 바위와 맨들맨들한 바위가 뒤섞인 곳을 미끄러지듯 내려오는 데 사용하던 밧줄이 보였다. 핀은 밧줄이 손에 닿는 곳까지 올라가서 힘껏 잡아당겼다. 밧줄은 단단히 고정되어 있었다. 핀은 밧줄을 허리에 묶고 꼭대기까지 기나긴 등정을 시작했다. 밧줄은 어둠 속에서 길잡이 역할을 해줬고, 가파른 비탈에서는 그를 끌어올리는 역할도 해줬다. 떨어질 경우에 대비해서 종종 멈춰 선 채 당겨진 밧줄을 허리에 질끈 동여맸다.

섬의 지붕까지 몸을 끌어올리기까지는 이십 분 이상이 걸렸다. 핀은 숨을 헐떡거렸고, 무질서하게 흩어져 있는 바위와 돌을 가로질러 거침없이 불어오는 바람에 얻어맞으며 뒤를 돌아봤다. 저 멀리 만에서 깜빡거리는 퍼플아일호 불빛이 보였다. 핀이 다시 얼굴을 돌리자 누더기가 된 먹구름 사이로 보름달이 얼굴을 내밀며 안 스커에 달빛을 쏟아부었다. 멀리 섬 가장 높은 곳에 도사린 등대의 실루엣이 눈에 들어왔다. 매끈한 바위들과 새둥지들이 어지럽게 흩어진 곳을 지나 100미터쯤 떨어진 곳에 웅크린 듯한 블랙하우스가 어렴풋이 보였다. 낡아버린 블랙하우스는 불빛도 보이지 않았고 생기도 없었다. 하지만 토탄 연기가 바람에 실려 오는 걸로 봐서 집 안에 누가 있는 게 분명했다.

5

핀이 손전등 불빛에 의지한 채 바위를 가로질러 비틀거리며 나아가는 동안, 바다제비 새끼들이 그의 발에 토악질을 해댔다. 그의 걸음에 둥지가 뒤집히자 새들은 꽥꽥거리며 어둠 속으로 날아올랐다. 블랙하우스 입구 주변을 둘러싼 방수포가 무거운 바윗돌로 눌려 있었다. 핀은 방수포를 젖히고 안으로 들어섰다.

어둠에 휩싸인 방 한가운데 빛을 발하는 토탄 난로의 땔감이 보였다. 남자들의 시큼한 땀 냄새가 내부를 가득 메운 토탄 연기 냄새를 뒤덮었다. 핀은 손전등으로 사방의 벽을 비췄고, 파란 연기로 가득 찬 이곳에서 매트리스에 웅크린 채 잠을 자는 사람들을 발견했다. 서너 명이 몸을 꿈틀거렸다. 전등 불빛은 졸린 표정의 창백한 얼굴을 집중적으로 비추었다. 긱스였다. 그는 불빛을 한 손으로 막았다. "아슈타르? 자넨가? 대체 무슨 일로 이러나?"

"아슈타르가 아닙니다." 핀은 등 뒤로 방수포를 내려놓았다. "핀 매클라우드입니다."

누군가의 말소리가 들렸다. "세상에, 자네 무슨 수를 써서 여기까지 온 건가?"

사냥꾼들이 모두 깨어났다. 몇몇은 자리에서 일어나서 바닥으로 내려서기까지 했다. 핀은 재빨리 머릿수를 세었다. 열 명이었다. "아슈타르와 피온라크는 어디에 있죠?" 누군가가 램프를 켰고, 그 불빛을 통해 연기 사이로 자신을 유령처럼 멍하니 보는 사람들의 얼굴을 볼 수 있었다.

"우리는 모르네." 긱스가 대답했다. 또 다른 램프에 불이 붙었고, 누군가는 허리를 굽히고 토탄을 난로에 집어넣어 불길을 살리려 들썩거렸다. "우리는 활송장치를 설치하려고 땅거미가 질 때까지 일했지. 아슈타르와 피온라크가 일하던 곳을 떠나기에 블랙하우스로 갔다고 생각했네. 하지만 돌아와 보니 두 사람의 흔적이 보이지 않았어. 꾸려온 장비가 사라지고 무전기도 박살 나 있더군."

"그럼 두 사람이 어디로 갔는지 모른단 말입니까?" 핀은 믿을 수 없다는 투로 물었다. "안 스커에는 숨을 곳이 별로 없잖아요. 이런 날씨에는 밖에서 오래 버틸 수도 없을 테고요."

다른 사람이 끼어들었다. "아래쪽 동굴에 있겠지."

"하지만 우리는 그 이유를 모르네." 긱스는 핀에게 눈길을 고정했다. "자네가 우리에게 말해줄 수도 있겠군."

"도대체 어떻게 온 건가, 핀?" 그런 질문을 한 건 애스터릭스였다. "어제 보니 날개도 달리지 않았더구먼."

"패드리크가 데려다줬습니다."

"이런 날씨에?" 플루토가 믿기지 않는다는 듯 핀을 유심히 봤다. 그는 핀이 이곳에 사냥하러 온 해에 함께한 사람이었다. "자네 미쳤나?"

420

핀의 다급한 마음은 거의 공황 상태가 될 정도로 심해졌다. "제 생각에는 아슈타르가 피온라크를 죽이려는 것 같습니다. 얼른 두 사람을 찾아야 합니다." 핀은 다시 폭풍우 속으로 나가려고 방수포를 한쪽으로 밀쳤다. 긱스는 단 세 걸음만에 다가와 핀의 팔뚝을 움켜쥐었다.

"멍청한 짓 말게, 이 친구야! 밖은 칠흑처럼 어둡단 말일세. 두 사람을 찾기 전에 자네가 먼저 죽을 수도 있어." 긱스는 핀을 다시 안쪽으로 끌어들이고 방수포로 입구를 잘 가렸다. "시야가 확보될 정도로 밝아지지 않으면 아무도 누굴 찾으러 밖으로 나가지 않을 걸세. 그러니 불가에 둘러앉아 홍차를 마시면서 자네 이야기를 듣는 게 어떻겠나?"

말라붙은 토탄 표면에서 불길이 날름거리자 구가 사냥꾼들은 불가에 둘러앉았다. 애스터릭스가 물을 끓이기 위해 포트를 불길이 닿는 곳까지 내려놓았다. 몇몇은 어깨에 담요를 둘렀고, 어떤 사람은 베레모나 야구 모자를 썼으며, 또 몇몇은 담배에 불을 붙여 탁한 공기에 더 많은 연기를 내뿜었다. 긴장감 흐르는 적막 속에서 다들 물이 끓기를, 애스터릭스가 머그잔을 채우기를 기다렸다. 묵묵히 기다리는 그들의 인내심에서 핀은 어떤 확신을 발견했고, 지난 한 시간 동안에 벌어진 일로 인해 근육에 깊이 박힌 긴장을 조금 덜어내고자 애썼다. 어쨌든 자신이 지금 이곳에 있다는 것 자체가 스스로도 믿기 힘들었다.

홍차가 다 끓자 애스터릭스는 모두의 머그잔을 가득 채우고, 분유와 설탕통을 돌렸다. 핀은 설탕을 듬뿍 넣고 끈적댈 정도로 잘 섞인 액체를 단숨에 마셨다. 홍차 맛은 덜 났지만 그 열기가 기운을 북돋아주었고, 당분이 혈류에 녹아들면서 쾌감이 느껴졌다. 얼굴을 들자 다들 자신을 빤히 보고 있어 이상하기 짝이 없는 기시감을 느꼈다. 십팔 년 전 이 섬에 있을 때 핀은 매일 밤 이 불가에 둘러 앉아 있었는데, 지금은 달랐다. 이번에는 꿈같은 느낌이 있었다. 현실과는 전혀 다르게 느껴지는 뭔가가 있었다. 음침한 유령이 핀의 머릿속에 먹구름을 드리우기 시작했다. 핀은 이전에도 여기 왔었지만, 그의 기억과는 전혀 달랐다.

"그래서……." 긱스가 적막을 깨뜨렸다. "아슈타르가 왜 자기 아들을 죽이려 한다는 건가?"

"이틀 전에 아슈타르는 피온라크가 제 아들이라고 말해줬습니다." 바깥의 바람 소리가 멀리서 들려오는 비명 같았다. 블랙하우스 내부의 공기는 죽음처럼 얼어붙었고, 공중에 뜬 연기는 거의 움직이지 않았다. "그리고 어떤 이유 때문인지……." 핀은 고개를 저었다. "저를 이해할 수 없을 정도로 증오하는 것 같습니다." 핀은 숨을 깊이 들이쉬었다. "에인절을 살해한 게 아슈타르입니다. 저를 섬으로 불러들이기 위해 제가 수사하던 에든버러의 살인사건을 모방했고요. 아슈타르는 피온라크가 제 아들이라는 걸 알려주고 싶어했고, 피온라크를 죽임으로써 제게 고통을 주고 싶었던 겁니다."

사람들이 동요했다. 핀은 몇몇 사람이 뭔가 뜻이 담긴 듯한 어두운 안색으로 서로 흘끔거리는 걸 눈치챘다. 긱스가 말했다. "아슈타르가 왜 그리 자네를 증오하는지 단 한 가지 이유라도 생각해낼 수 없나?"

"자신의 아버지가 돌아가신 데 대한 책임을 물으려는 게 아닌가 싶을 뿐입니다." 핀은 불가에 둘러앉은 사람 중에서도 누군가는 이렇게 생각할지 모르겠다는 생각이 퍼뜩 들었다. "하지만 제 잘못이 아니었습니다. 긱스 아저씨, 아시잖아요? 사고였다는 걸."

긱스는 이해할 수 없다는 눈길로 여전히 핀을 응시했다. "자넨 정말로 기억하지 못하는군, 그렇지?"

핀은 호흡이 빨라지고, 두려움이 길고도 차가운 손가락처럼 자신을 옭아매기 시작한다는 걸 깨달았다. "무슨 뜻이죠?"

긱스가 말했다. "머리에 충격을 받은 게 원인인지는 확신할 수 없네.

뇌진탕 말일세. 아니면 그것보다 훨씬 깊은 곳에 있는, 자네 마음속에 있는 뭔가가 원인일 수도 있겠지. 자네의 기억을 텅 비운 심리적인 것 말일세." 두려움이 핀의 마음속 곳곳을 파고들었다. 오랫동안 잊고 지내던 상처가 벌어지면서 꽁꽁 숨어 있던 파편이 적출되는 듯했고, 그 아픔을 참을 수가 없었다. 핀은 긱스에게 더는 말하지 말라고 비명을 지르고 싶었다. 그게 무엇이든 알고 싶지 않았다. 긱스는 면도가 안 된 턱을 문질렀다. "처음에 병원으로 보러 갔을 때, 자네가 기억상실을 가장한다고 생각했네. 하지만 지금 보니 가장이 아닌 게 분명하군. 정말로 기억 못 하는 게고. 그러는 게 나을 수도 있고, 그렇지 않을 수도 있겠지. 결국에는 알게 되겠지만."

"도대체 무슨 말을 하시는 겁니까?" 손에 든 머그잔이 덜덜 떨렸다. 말할 수 없는 뭔가가 그들 머리 위쪽 연기 속에 감춰져 있었다.

"자네가 술을 마시고 도로 옆에 처박힌 밤이 기억나나? 섬에 가고 싶지 않다고 주절댄 일?" 핀은 말없이 고개만 끄덕였다. "그 이유를 기억하지는 못 하겠지?"

"겁이 났을 뿐입니다."

"겁이 나긴 했겠지. 하지만 섬을 두려워했던 건 아니네. 자네를 데려온 그날 밤, 자네에게 고통을 초래한 뭔가를 내게 말해줬다네. 나는 상상조차 못하던 이유였어. 자네는 불가에 앉아 어린애처럼 울어댔지. 다 큰 어른에게서는 한 번도 본 적 없는 그런 눈물을 뚝뚝 흘리면서. 두려움과 굴욕의 눈물이었지."

핀은 눈을 크게 뜨고 앉아 있었다. 긱스가 말하는 건 자신이 아닌 다른 사람인 게 분명했다. 핀 자신은 그날 밤 거기 있었지만 결코 눈물은 흘리지 않았다. 술에 취해 있었을 뿐이다.

긱스는 어두운 표정으로 눈길을 돌려 불가에 둘러앉은 사람들의 얼굴을 봤다. "자네 중 몇몇은 그해에 함께 왔으니 내가 무슨 말을 하는 건지 알 걸세. 그때 이곳에 없던 사람들에게 당시에 내가 한 말을 그대로 들려 줄 생각이네. 이 섬에서 무슨 일이 있었든 간에, 우리 사이에서 어떤 말이 돌아다녔든 간에, 모두 이곳에 남겨두어야 해. 우리 머릿속에서만 머물러야 할 뿐, 절대로 입술을 통과해서는 안 되네. 누구든 다른 사람에게 단 한마디라도 입을 뻥긋하는 날이면, 조물주께 해명을 하기 전에 내게 먼저 해명해야 할 거야." 불가에 앉은 사람 가운데 누구도 긱스의 그 말을 허투루 듣지 않았다.

불길이 토탄을 게걸스럽게 먹어치우자 불가에 모인 이들의 그림자가 침묵의 서약을 지켜보는 말 없는 목격자처럼 벽 사방에서 춤췄다. 불빛 너머에 존재하는 어둠이 블랙하우스를 단단하게 감싸는 듯 보였다. 모든 눈길이 핀에게 쏟아졌다. 핏기가 다 빠져나가 탈색된 뼈 같은 안색으로 어둠 속에서 덜덜 떠는, 최면에 빠져든 것 같은 사람이 보였다.

긱스가 말했다. "그는 악마였네."

핀이 이맛살을 찌푸렸다. "누구 말씀입니까?"

"아슈타르의 아비인 매킨스 말일세. 녀석은 자신의 서재에서 자네들에게 상상도 할 수 없는 몹쓸 짓을 했다네. 가정교사를 자청한 후에는 세상에 알려지지 않도록 문을 잠그고 그런 짓을 했지. 처음에는 아슈타르였고, 그 후에는 자네였어. 어떤 아이도 견딜 수 없는 학대를 받았다네." 긱스는 실내에 드리운 적막에 숨이 막히기라도 하듯 말을 멈추고 숨을 깊게 들이쉬었다. "그날 밤에 자네가 한 이야기가 바로 그것이었네, 핀. 자네와 아슈타르는 그 문제에 대해 서로 이야기해본 적이 없더군. 결코 고백한 적이 없었으니까. 하지만 무슨 일이 벌어지는지, 그리고 어떤 고통을 받는지 알고 있었어. 둘 사이에는 침묵의 연대가 형성된 게지. 그래서 자넨 그해 여름에 그렇게 행복했던 걸세. 이제 다 끝났으니까. 섬을 떠날 참이었잖나. 또다시 매킨스를 볼 이유가 없으니까. 영원히 끝나버렸으니까. 자네는 어느 누구에게도 말하지 않았어. 녀석이 자네에게 한 일을 다른 사람이 안다면 그 모멸감을 어떻게 견디겠는가? 그런데 이제 더는 고민할 필요가 없게 된 게지. 모든 걸 남겨두고 떠날 수 있었으니까. 영원히 잊어버릴 수 있었으니까."

"그러던 차에 그 사람이 우리를 섬으로 데려왔군요." 핀의 목소리는 허약한 속삭임에 불과했다.

긱스의 얼굴은 깊이 아로새겨진 주름 탓에 많이 어두워 보였다. "자네는 그렇게 마음을 푹 놓고 있었는데, 갑자기 녀석과 여기 안 스커에서 이주나 함께 있게 된 거지. 어린 시절을 망쳐버린 사람과 살을 맞대며 지내야 했어. 이곳 생활은 한 콩깍지 안 콩알들처럼 달리 도망칠 곳이 없지. 비록 녀석이 자네에게 손가락 하나 댈 수 없을지라도 하루 온종일 떨어질 수 없는 곤경을 치러야 할 판이니……. 자네로서는 생각조차 하기 싫은 일이었겠지. 얼마나 고통스러웠을지는 알겠네. 그래서 그때도 자네를 비난하지 않았고, 지금도 비난할 생각이 전혀 없네."

핀은 두 눈을 꼭 감고 있었지만, 머릿속에서는 십팔 년 만에 처음으로 보지 못했던 것들을 마주하게 되었다. 어른이 되고 나서 내내 느낀, 시각의 사각지대에 있던 답답한 느낌이 사라졌다. 말에게서 눈가리개를 제거한 순간처럼. 그 충격은 상상하는 것만으로도 아픔이 느껴질 정도였다. 핀은 긴장으로 몸이 뻣뻣해졌다. 어떻게 이걸 기억할 수 없었지? 잠에서 깨어나는 순간, 악몽 속에서 본 수많은 장면이 생생하게 떠올랐다. 말과 화면이 맞지 않는 오래된 영상들이 핀의 망막을 어른거리며 지나가자 그의 머릿속에 있던 빈 공간을 쓰디쓴 맛이 채우기 시작했다. 매킨스 씨 서재에 있던 책이 풍기는 먼지 냄새를, 숨을 쉴 때마다 얼굴에 퍼부어지던 퀴퀴한 담배와 알코올의 악취를 생생히 맡을 수 있었다. 차갑고 건조한 손바닥의 감촉이 느껴져서 지금도 몸이 움찔거렸다. 기억이 되살아날 전조라도 되는 것처럼, 로비가 세상을 떠난 후부터 꿈속에서 늘 자신을 뒤쫓던, 말도 안 되게 긴 다리를 가진 우스운 남자의 이미지가 다시 눈에 들어왔다. 천장에 닿은 머리를 숙이고, 입고 있는 파카의 소매에서 팔을 늘어뜨린 채 서재 한쪽 구석에 조용히 서 있던 그 형체. 처음으로 그게 누구인지 알아볼 수 있었다. 매킨스 씨였다. 회색의 긴 머리카락이 지저분하게 양쪽 귀를 덮고, 쫓기는 기색이 역력한 죽은 눈의 소유자 말이다. 왜 그걸 알아차리지 못했을까?

핀이 눈을 뜨자 눈물이 줄줄 흘러내리며 산酸처럼 양쪽 뺨을 태웠다. 그는 허겁지겁 일어서서 비틀거리며 문으로 걸어가 방수포를 한쪽으로 밀치며 폭풍우 속에 토했다. 털썩 무릎을 꿇은 채 복부 근육이 당기고 숨을 쉴 수 없을 때까지 구역질을 하고 또 했다.

여러 개의 손이 핀을 조심스럽게 일으켜서 온기가 있는 곳으로 돌려세웠다. 어깨에 담요가 둘러지고, 원래 앉았던 불가로 다시 이끌려갔다. 핀은 열병에라도 걸린 것처럼 떨림을 주체할 수 없었다. 이마에 진땀이 솟아나서 번들거렸다.

긱스의 목소리가 들렸다. "이제 얼마나 기억이 나는지 모르겠지만, 자네가 이야기를 했던 날 밤에는 너무 화가 나서 내가 녀석을 죽이고 싶었다네. 애들에게 그런 짓을 했다는 생각만 해도! 아들에게까지!" 긱스는 식식거리며 숨을 들이쉬었다. "경찰에도 신고하러 달려가고 싶었네. 하지만 자네가 그러지 말라고 애원하더군. 아무도 그 사실을 알게 하고 싶지 않다면서. 이 문제를 해결할 수 있는 유일한 방법은 이곳이라는 걸 바로 그때 깨달았네. 그래야 어느 누구도 모르게 될 테니 말일세."

핀은 고개를 끄덕였다. 이제 더는 긱스가 말해줄 필요가 없었다. 마치 어제 있었던 일처럼, 매년 다시 보면서도 줄거리를 도통 이해할 수 없던 영화가 의문이 풀리는 것처럼 선명하게 떠올랐다. 핀은 첫날 밤, 불가에 둘러앉아 있던 사람들을 떠올렸다. 긱스가 성경을 봉독한 후에 성경책을 내려놓고 아슈타르의 아버지가 저지른 죄를 추궁했을 때 경악하던 사람들 얼굴이 떠올렸다. 처음에는 부인이라도 하듯 무시무시한 적막이 흘렀다. 그러나 긱스가 몸짓으로 겁을 주고, 하나님의 분노를 상기시키고, 핀이 말해준 사실을 하나하나 들이대며 검사처럼 위협하자 마침내 매킨스가 허물어졌다. 모든 진실이 독물처럼 그의 입에서 쏟아져 나왔다. 두려움과 부끄러움에서 촉발된 행동이었다. 매킨스는 자신이 왜 그런 짓을 저질렀는지 설명할 수 없었다. 그럴 의도는 전혀 없었다고 했다. 그리고 너무나 미안하다고 했다. 이런 일이 다시는 없을 거라고, 아이들에게 보상하겠다고도 했다. 매킨스는 그렇게 사람들 앞에서 무너지고 말았다.

핀은 불 건너편에 있던 아슈타르의 눈빛을 떠올렸다. 고통스러우면서도 배신당했다는 기색이 가득한 얼굴이었다. 핀이 침묵의 서약을 깬 것이다. 매킨스 가족을 지금껏 지탱해온 그 침묵을 무너뜨린 것이다. 핀이 부인했더라면 이런 일이 벌어지지 않았을 거라는 눈빛이었다. 핀이 이제 와서 처음 깨달은 것은, 아슈타르의 어머니도 이 일을 다 알고 있었지만 완강히 부인하느라 정신에 문제가 생겼다는 사실이었다. 하지만 핀이 긱스에게 고백함으로써 사실을 부인하는 건 이제 선택 사항이 될 수 없었다.

긱스가 불가에 둘러앉은 사람들의 얼굴을 훑었을 때, 그들 눈에 어린 공포의 기색이 불빛에 드러났다. 긱스가 말했다. "우리는 그날 밤에 그를 심판했네. 동료들이 배심원이 되었지. 우리는 유죄라는 결론을 내렸어. 그에 따라 녀석을 블랙하우스에서 추방했고, 녀석이 받은 처벌은 우리가 여기 머무는 이 주 동안 섬에서 혼자 살아가는 것이었네. 돌무덤 옆에 먹을 걸 남겨놓고, 사냥이 끝나면 데리고 돌아갈 생각이었지. 그 이후 다시는 이 섬에 발을 들이지 못했을 테고, 무슨 일이 있어도 다시는 아이들에게 손을 대지 못했을 거네."

핀은 섬에서 지내는 이 주 동안 왜 매킨스 씨가 한 번도 기억 속에 등장하지 않았는지 그 이유를 알 수 있었다. 하지만 바로 지금, 돌무덤 옆에 놓인 음식물을 가져가기 위해 아래쪽 동굴에서 올라오는 매킨스 씨의 유령 같은 모습이 눈앞을 스쳐 지나갔다. 부끄러움으로 허리를 펴지 못하던 꾸물거리는 그 형상이. 긱스는 한 번도 입에 올린 적 없지만, 핀의 고백에 대한 아슈타르의 적의를 알아차리고 두 사람을 항상 다른 팀에서 일하도록 떼어놓았던 것이다.

핀은 눈앞에서 일렁이는 불길 너머로 긱스를 봤다. "제가 절벽에서 사고를 당한 그날 말입니다. 매킨스 씨가 저를 밧줄로 묶은 후, 스스로 떨어진 게 아니죠?"

긱스는 슬픈 표정으로 고개를 가로저었다. "나도 모르겠네, 핀. 정말일세. 우리는 자네가 있는 곳까지 어떻게 내려가야 할지 모르고 있었어. 그러다가 누군가가 아래쪽에서 올라오는 녀석을 발견했지. 소동이 벌어지는 걸 아래쪽 동굴에서 들은 게 분명하네. 무슨 수를 써서라도 죄악에서 구원받고 싶었을 거야. 어떤 면에서는 그리된 셈이지. 녀석이 자네의 생명을 구했을 수도 있어. 하지만 녀석이 떨어졌는지 뛰어내렸는지는 누구도 확실히 모르네."

"떠밀리지는 않았을까요?"

긱스는 머리를 한쪽으로 살짝 기울이고는 핀을 노려봤다. "누구에게 말인가?"

"저에게요." 핀은 분명히 알아야 했다.

밖에서는 폭풍우가 차츰 가라앉고 있었다. 하지만 바람은 여전히 섬에 있는 모든 틈새와 갈라진 곳에서, 모든 도랑과 동굴을 통해서, 오래전에 이곳을 다녀간 수세대의 구가 사냥꾼들이 남겨놓은 돌무덤들 사이에서 휘파람을 불고 비명을 지르며 내달렸다. 긱스가 말했다. "녀석이 사라졌을 때는 우리가 자네를 15미터나 위로 끌어올린 후였네, 핀. 아무도 녀석을 밀지 않았어. 하나님의 손이라면 모를까……."

20장

1

누군가가 이름을 부르는 소리가 들렸다. 귀 기울이지 않아도 들릴 정도로 선명했다. 핀. 핀 매클라우드. 하지만 멀리서 부르는 소리였다. 안개 너머 어디에선가 들려왔다. 핀은 해저의 어둠 속에서 일어나듯 몸을 일으키며 의식의 표면을 깨뜨렸다. 눈을 멀게 할 것 같은 햇살에 깜짝 놀라고 고통스러움에 눈이 감겼다. 주변에서 형체와 그림자들이 움직였다. 누군가가 방수포를 걷어서 블랙하우스에 노랗고 부드러운 햇살이 쏟아져 들어왔다. 서서히 타오르는 난로에서 피어오른 연기가 햇살과 함께 스며 들어온 바람을 타고 소용돌이치듯 맴돌았다.

긱스가 새벽이 오기 전까지 다들 잠을 자두라고 했을 때, 핀은 어떻게 잠들 수 있을지 상상도 할 수 없었다. 가장 안쪽의 벽을 따라 만들어진 석조 침대에 기어오른 것조차 기억할 수 없었다. 자기방어 메커니즘이 핀을 멈춰버린 것이다. 바로 그 메커니즘이 견디기 힘든 기억을 접근할 수 없는 머릿속 깊은 곳에 십팔 년이나 감춰뒀으리라.

"핀 매클라우드!" 목소리가 다시 그의 이름을 불렀고, 이번에는 그 안에 쌕쌕거리는 소리가 포함되어 있다는 걸 알아차렸다. 아슈타르였다. 두려움이 얼음 화살처럼 핀의 내부를 꿰뚫고 지나갔다. 핀은 침대에서 펄쩍 뛰어내려 비틀거리며 사람들을 헤치고 문을 나섰다. 긱스와 몇몇 사람이 이미 밖으로 나와 있었다. 핀은 동쪽 하늘에 아직도 낮게 떠 있는 눈부신 태양을 가리려고 눈 위로 손을 들어 올렸다가 등대 너머에서 밝아오는 새벽빛을 등진 두 사람의 검은 실루엣을 봤다. 분홍빛 구름이 수를 놓은 하늘은 거의 노란색이었고, 수천 마리에 달하는 가넷새가 커다란 날개를 바삐 움직이며 인간을 조롱하듯 비명을 질렀다.

아슈타르와 피온라크가 족히 200미터는 떨어져 있었지만, 핀은 피온라크의 목에 밧줄이 걸려 있고 그 줄이 아슈타르의 손에 쥐어져 있는 게 보였다. 소년은 양손이 등 뒤로 묶인 채 절벽 가장자리에서 비틀거리며 위험천만하게 서 있었다. 아슈타르가 붙든 밧줄에 간신히 의존한 채 90미터 아래쪽 암초로 떨어지지 않으려 안간힘을 쓰고 있었다.

절벽 꼭대기에 선 두 형체 주변에는 해조류와 맨들맨들한 바위가 뒤섞여 있었지만, 핀은 연신 발을 미끄러뜨리며 앞으로 나아갔다. 아슈타르는 야릇한 미소를 지은 채 다가오는 핀을 지켜봤다. "어젯밤에 트롤 어선이 들어오는 걸 봤을 때 넌 줄 바로 알았지. 네가 딩기에 내려서려고 안간힘을 쓰는 것도 봤고. 단단히 미쳤더군. 그런데 우리는 널 찾아다니고 있었잖아?" 아슈타르가 피온라크를 봤다. "안 그러냐, 핀 아들내미? 내가 바란 것보다 더 훌륭한 상황이 됐어. 아들이 절벽에서 떨어지는 모습을 직접 보게 됐으니 말이야." 아슈타르는 다시 핀에게 얼굴을 돌렸다. "어서 오라고, 매클라우드. 더 가까이 와. 너는 일등석에서 구경하게 될 거야. DNA 검사 결과는 이미 나왔겠지?"

핀은 이제 15미터 남짓 근처까지 다가갔다. 바람결에 스쳐오는 소년의 두려움까지 알아차릴 수 있을 정도였다. 핀은 숨을 헐떡거리며 걸음을 멈추고 어린 시절 가장 가까운 친구였던 그를 증오와 불신이 뒤섞인 눈길로 봤다. "그렇진 않아." 그는 큰 소리로 대꾸했다. "아슈타르, 네가 먹는 알약을 토해냈더군. 천식 환자가 먹는 프레드니손 말이야. 네 것일 수밖에 없지."

아슈타르가 폭소를 터뜨렸다. "맙소사, 그걸 생각했어야 했는데……. 나는 의도적으로 살인을 저질렀어."

핀은 아슈타르가 최대한 오랫동안 이야기하기를 고대하면서 아주 조심스럽게 그들 쪽으로 접근하기 시작했다. "단지 날 이곳으로 불러들일 목적으로 에인절 맥리치를 살해했더군."

"네가 그걸 알아내기까지 그리 오래 걸리지 않을 줄 알고 있었어, 핀. 넌 네 이익을 위해서라면 항상 영리했으니까 말이야."

"왜 맥리치였지?"

아슈타르가 다시 큰 소리로 웃었다. "염병할, 안 될 이유가 어디 있어? 알다시피 아무짝에도 쓸모가 없는 놈이었잖아? 누가 아쉬워하겠어?"

핀은 에인절이 여러 해 전에 절름발이로 만든 소년과 그 눈에 맺힌 눈물을 떠올렸다.

"그리고 말이야……." 아슈타르의 입술에 맺힌 미소가 핀의 등골을 오싹하게 했다. "당연한 응보를 받은 셈이었어. 십팔 년 전에 녀석과 여기 온 거 기억나? 그해에 실제로 어떤 일이 벌어졌는지 녀석은 알고 있었어. 녀석이 그 일을 떠벌려서 내가 모든 사람에게 굴욕당할 거라는 생각에 단 하루도 마음 편할 날이 없었어." 아슈타르의 얼굴이 분노와 증오로 뒤틀렸다. "이제 기억이 나나, 핀? 긱스가 다 말해줬겠지?"

핀은 고개를 끄덕였다.

"좋아. 안다니 기쁘군. 빌어먹을, 기억상실이라니 말이 돼? 네가 오랫동안 남들을 속인다고 생각했지. 그러다가 문득 이런 생각이 든 거야. 아니, 이건 정말이다. 염병하게도 너는 벗어난 거였어. 끔찍한 기억에서. 하지만 나는 꼼짝도 하지 못하고 그 집에 붙어 있어야 했지. 빨대로 떠먹여 줘야만 하는 어머니를 돌보면서, 네 아이를 임신했지만 버려진 여자와 결혼한 채 말이야. 아버지가 우리에게 한 짓거리에 대한 기억을 간직한 채로, 다른 모든 사람이 그 사실을 안다는 굴욕을 감수한 채로. 모든 게 바로 너 때문이었지. 그런데 너는 아무 대가를 치르지 않고 훌쩍 떠났어. 그게 말이나 돼!" 그는 고개를 뒤로 젖히고 하늘을 노려봤다. "그렇게는 안 돼, 핀. 너는 네 아들이 죽는 걸 똑똑히 보게 될 거야. 우리 아버지가 바로 이 절벽에서 죽는 걸 내가 지켜봤듯이. 바로 너 때문에!"

"내 아이가 뺑소니 사고로 죽었다는 건 알 테지?"

아슈타르가 씩 웃었다. "신문에서 읽었지, 암. 그 기사를 읽고는 마침내 너에게도 오물이 들러붙었구나 싶어 허공에 대고 승리의 주먹질을 해댔지. 바로 그 사건 덕분에 계획이 확실해졌어. 네가 내 인생을 망친 방식으로 네 인생을 망칠 수 있는 계획 말야."

핀은 이제 3미터도 채 떨어져 있지 않았다. 아슈타르의 눈동자에 어린 광기가 보였다. 피온라크의 눈동자에 어린 두려운 기색도.

"너무 가까운데." 아슈타르가 날카로운 목소리로 말했다.

핀이 대꾸했다. "내 아들이 죽는 모습을 지켜보는 내 꼬락서니를 보고 싶은 거야? 그런 즐거움을 누리고 싶었다면 지난달에 에든버러 병원으로 왔어야지. 겨우 여덟 살이었어. 아들의 생명이 끊어질 때 나도 그곳에 있었거든." 아슈타르의 눈에는 아주 잠깐 동안 희미한 연민의 흔적이 어른거렸다. "내가 고통스러워하는 모습을 아주 가까이에서 지켜볼 수 있었을 텐데 말이야. 자식을 잃어 내 인생이 어떻게 망가졌는지 직접 볼 수도 있었을 테고. 하지만 오늘은 그런 걸 볼 수 없을 거야."

아슈타르가 인상을 썼다. "그게 무슨 뜻이지?"

"어리디어린 피온라크가 이런 곳에서 죽는 걸 보면 마음이 아프긴 할 거야. 하지만 남의 아들이 죽든 말든 내가 무슨 상관이겠어."

아슈타르의 의문에 찬 표정이 분노로 돌변했다. "염병할, 도대체 무슨 소리야?"

"피온라크가 내 아들이 아니라는 사실에 대해 말하는 거야. 마샬리가 홧김에 그렇게 말했을 뿐이라고. 마음에 차지 않는 차선에 불과한 남자와 살게 된 데 대한 멍청한 복수심이었대. 너에게 안주해야 하는데, 네가 모든 것을 쉽게 생각하지 못하도록 미리 안전장치를 건 셈이었어." 핀은 그들을 향해 살그머니 두어 걸음 더 나아갔다. "피온라크는 네 아들이야, 아슈타르. 이전에도 항상 그랬고, 앞으로도 항상 그럴 테지." 소년의 얼굴에는 충격받은 기색이 역력했다. 핀은 전혀 눈치채지 못한 것처럼 행동했다. "불쌍한 아이를 그렇게 오랫동안 학대하다니…… 아버지 대신 아들에게 복수를 한답시고 말이야. 그런데 그게 결국 자신의 아들이라니, 원. 네 아버지가 너에게 한 짓과 뭐가 달라?"

핀은 아슈타르의 얼굴에서 그동안 품었던 모든 확신이, 그동안 알았던 모든 확실성이 사라지는 모습을 봤다. 아슈타르가 지금껏 생각조차 해보지 못한 진실을 마주하도록 내버려둔 채, 확신이 그를 떠나는 모습을 지켜봤다.

"헛소리하지 마! 그런 거짓말이 어디 있어?"

"내가 거짓말을 한다고? 한번 생각해봐, 아슈타르. 그게 어떻게 된 일이었는지 떠올려보란 말이야. 마샬리가 그 말을 취소하려고 얼마나 많은 노력을 했는지 기억이 나? 널 마음 아프게 하려고 그런 말을 했을 뿐이라고 얼마나 많이 말했을까?" 핀은 두 걸음 더 나아갔다.

"아니야!" 아슈타르는 고개를 천천히 돌려서 지옥 같은 지난 시간 동안 때리고, 걷어차고, 체벌을 가한 소년을 봤다. 아슈타르의 얼굴이 고통과 번민으로 일그러졌다. "마샬리는 내게 진실을 말했어. 그래 놓고 실수였다는 걸 깨달은 거라고." 그는 분노가 이글거리는 눈길로 핀을 바라봤다. "네게 진실을 되돌릴 힘이 없다는 걸 잘 알 텐데, 핀?"

"마샬리는 널 고통스럽게 하려고 거짓말을 한 거야. 그 말이 사실이기를 바란 건 바로 너였어. 내가 없는 상황에서 그 아이에게 비난을 퍼붓고 싶어했던 것도 너였고. 희생양이 필요했겠지. 나를 향한 증오를 퍼붓기 위한 대상이 필요했던 거야."

"아니야!" 아슈타르는 이제 거의 비명을 질렀다. 핀의 팔과 다리, 등의 모든 털을 곤두서게 만들던 새된 고함이 어느덧 사라졌다. 아슈타르가 밧줄을 떨어뜨리자 핀은 재빨리 앞으로 다가서서 소년을 절벽 가장자리에서 끌어냈다. 소년의 호리호리한 몸을 훑고 지나가는 전율이 느껴졌다. 두려움 때문인지 추위 때문인지는 분간할 수 없었다. 아슈타르는 눈물이 가득 찬 분노의 눈길로 두 사람을 매섭게 노려봤다.

핀이 아슈타르를 향해 한 손을 뻗었다. "이리 와, 아슈타르. 이렇게 끝낼 일이 아니잖아."

하지만 아슈타르는 핀을 똑바로 노려봤다. "너무 늦었어. 되돌릴 수 없다고." 그는 축 늘어진 채 핀에게 매달려 있는 소년을 봤다. 그러자 자기 인생의 모든 비극이 눈앞을 스쳐 지나갔다. 매번 조금씩 다른 모습으로 찾아오던 고통, 결국 자신을 칼로 후비는 듯하던 아픔이. "미안하다." 아슈타르의 목소리는 바람에 실려 온 속삭임에 불과했다. 십팔 년 전, 자신의 아버지가 핀에게 사과했던 그 말이 메아리가 되어 머나먼 산을 돌아온 것처럼. "정말 미안하다." 그는 핀의 눈을 흘끔 보고는 다른 말은 한마디도 않고 돌아서서 허공으로 몸을 날렸다. 가넷새들이 지옥으로 인도하는 불타는 천사처럼 그의 주위로 날아올랐다.

핀은 피온라크의 밧줄을 풀어주고, 바위들을 가로질러 블랙하우스 쪽으로 데려왔다. 몇몇 사람이 두 사람을 맞이하러 다가왔고, 소년의 어깨에 담요를 둘러줬다. 소년은 아무 말도 하지 않았지만, 그가 느끼는 고통을 모든 사람이 볼 수 있었다. 소년의 얼굴은 핏기가 싹 가셔서 회백색이 되어 있었다. 60미터 아래쪽 두 곳이 만나는 작은 만에서 퍼플아일호의 선원들이 갑판에 서서 위를 보고 있었다. 남서쪽에서 불어오는 바람을 타고 변덕스러운 대기를 가르는 회전날개 소리가 들려왔다.

핀이 돌아서자 눈앞에 있는 바닷새들과 구름을 흩뜨리며 헬리콥터가 하늘에서 내려앉고 있었다. 붉은색과 흰색이 섞인 거대한 헬리콥터의 엔진이 굉음을 내며 대기를 뒤흔들었다. 회전날개 아래쪽의 한쪽 면을 따라 흰색 바탕에 검은색으로 해안경비대라는 글씨를 선명하게 아로새긴 헬리콥터는 절벽에서 올라오는 기류에 몸을 이리저리 비틀다가 결국 등대 옆에 마련된 이착륙장에 얌전히 내려앉았다. 한쪽 문이 열리고 정복과 사복 차림 경찰관들이 콘크리트로 쏟아져 나왔다.

핀과 피온라크와 구가 사냥꾼들은 미끄러지고 비틀거리며 진창을 가로질러 다가오는 경찰관을 가만히 서서 지켜봤다. 스미스 경감이 일행을 이끌고 있었다. 레인코트가 뒤쪽으로 휘날렸고, 포마드를 잔뜩 발랐음에도 머리카락이 머리 주변에서 춤췄다. 경감은 핀 앞에 불안정한 자세로 서서 핀을 노려봤다. "매킨스는 어디에 있나?"

"너무 늦게 오셨습니다. 죽었습니다."

스미스가 잔뜩 의심하는 기색으로 머리를 갸웃했다. "어떻게?"

"절벽에서 뛰어내렸습니다, 경감님." 그리고 입술을 삐죽거리는 스미스를 보며 덧붙였다. "여기 있는 모든 사람이 그 장면을 목격했고요."

긱스를 흘끗 보자 그는 보일락 말락 하게 고개를 끄덕였다. 수사보고서에 뭐라고 적히든 간에 이제는 반쪽짜리 이야기일 수밖에 없었다. 모든 진실은 이 섬을 절대로 벗어나지 않을 것이다. 진실은 바위와 새들이 이루는 혼돈 속에서만 머물 테고, 바람만이 속삭일 것이다. 그리고 이날 이곳에 있던 사람들이 세상을 떠나게 되면 그들의 심장과 기억 속에서 함께 죽을 것이다. 오직 신만이 진실을 알게 될 터였다.

2

핀은 강철처럼 차가운 투아 호수의 물살을 내려다봤다. 회전날개가 하강 기류를 내뿜어 갈라진 빛의 동심원을 만 저편으로 보내고 있었다. 헬리콥터는 터미널 빌딩 뒤쪽의 에이프런*에 착륙하기 위해 기수를 숙이고 동쪽으로 날카롭게 돌아섰다. 일단의 경찰차와 앰뷸런스 한 대가 구름 틈새로 쏟아지다가 순식간에 사라지는 햇살을 받은 채 경광등을 번쩍이며 몰려들었다.

핀은 문짝 곁에 담요를 두른 채 앉아 있는 소년을 한 번 더 곁눈질했다. 소년은 비행 내내 무표정했다. 머릿속에서 어떠한 혼란이 벌어지는지 모르지만, 밖으로는 전혀 표현하지 않았다. 핀은 속이 텅 빈 것 같았다. 껍질을 벗어버린 느낌이었다. 한때 자신을 정의했을지도 모를 모든 것을 다 비워버렸기 때문일 것이다. 핀은 또다시 절망감에 사로잡혀 눈길을 돌렸다가 앰뷸런스 옆에 서서 그들을 기다리고 있는 마샬리를 봤다. 조지 건이 곁에 어색하게 서 있었다. 마샬리는 청바지와 부츠 위에

---

* 항공기가 방향을 돌리거나 짐을 싣는 구역.

긴 검정 코트를 걸쳤고, 8월의 달처럼 창백한 얼굴 뒤로 머리카락을 날리고 있었다. 건 옆에 선 그녀는 아주 작아 보였다. 핀은 그 모습에서 등교 첫날에 옆에 앉았던, 머리를 땋아 내린 어린 소녀를 다시 보고 있었다. 어린 시절의 그녀는 고집스러울 정도로 의지가 확고했지만 지금은 연약하기 짝이 없었다. 아슈타르의 죽음은 무전으로 이미 보고되었다. 마샬리는 해안경비대의 헬리콥터가 활주로에 착륙할 때 회전날개 탓에 휘몰아치는 바람과 먼지를 피하려고 얼굴을 돌렸다.

핀은 얼굴을 돌려 엄숙한 표정으로 뒤쪽에 앉아 있는 긱스와 플루토를 봤다. 두 사람은 스토너웨이로 돌아가서 공식적인 진술을 받으려는 스미스의 요구로 동행하고 있었다. 다른 사람들은 짐을 꾸려서 퍼플아일호를 타고 귀환하기 위해 섬에 남았다. 단 한 마리의 새도 가져갈 수 없었다. 수백 년 만에 처음으로 그해 루이스 섬 주민들은 구가를 맛보지 못하게 된 것이다.

엔진 회전수가 줄어들고 문이 열리자, 마샬리는 초조한 눈길로 헬리콥터에서 내리는 남자들 얼굴을 살폈다. 피온라크의 얼굴을 발견하자 숨을 훅 들이쉬며 활주로를 가로질러 달려왔다. 그러고는 아들 목에 두 팔을 두르고 절대 놓아주지 않겠다는 듯 꽉 끌어안았다. 땅으로 내려선 핀은 자신이 도움이 될지 모르겠다는 듯 확신 없는 눈길로 멍하니 두 사람을 봤다. 건이 다가와서 노트에서 찢어낸 종이 쪽지를 슬며시 핀에게 건네더니, 마샬리의 어깨에 한 손을 조심스럽게 올려놓았다. "병원에서 아드님을 검진해봐야 합니다, 매킨스 부인." 마샬리는 마지못해 아들을 놓아주고는, 양손으로 아들의 얼굴을 감싸고 그의 눈을 들여다보면서 자신을 원망하는 기색이 있는지 살폈다. "괜찮니, 피온라크? 뭐라고 말 좀 해보렴." 하지만 피온라크는 핀 쪽으로 고개를 돌렸다.

"사실인가요? 그 섬에서 아버지에게 한 말?"

마샬리는 겁에 질린 눈을 크게 뜨며 핀을 봤다. "너, 그 사람에게 뭐라고 말했어?"

핀은 건이 건네준 쪽지를 보는 게 두려워서 손바닥으로 꽉 쥐었다. "피온라크가 그의 아들이라고 했어."

"그런가요?" 피온라크는 두 사람을 번갈아 바라봤다. 두 사람이 공유하는 어떤 비밀에서 자신만 제외되어 있다고 믿는지 가슴속에서 피어나는 분노를 가득 담은 듯한 눈길로.

마샬리가 대답했다. "네가 태어나고 몇 주가 지난 때였다, 피온라크. 너는 매일 밤 자지러지게 울어댔단다. 나는 산후우울증뿐만 아니라 생각해낼 수 있는 모든 우울증에 시달리고 있었고." 그녀의 파란 눈이 핀의 눈과 아주 잠깐 마주쳤다가 과거의 그 시절 어디쯤인가로 흘러갔다. "아슈타르와 심하게 말다툼을 했어. 이제 와서는 뭘 가지고 다퉜는지도 기억나지 않아. 하지만 그 사람에게 고통을 주고 싶었어." 그녀는 죄책감에 시달리며 이맛살을 잔뜩 찌푸린 채 아들을 봤다. "그래서 너를 이용했지. 네가 그 사람의 아들이 아니라 핀의 아들이라고 말이야. 그냥 불쑥 튀어나온 말이었어. 그로 인해 어떤 일이 벌어질지, 그리고 이렇게 끝맺을지 상상이라도 할 수 있었겠니?" 마샬리는 눈을 들어 머리 위 하늘을 봤다. "바로 그 자리에서 혀를 씹어서 잘라버렸으면 하고 빌었어. 그냥 고통을 주려고 한 말이라고 몇백 번이고 해명했지만, 결코 내 말을 들으려고 하지 않았어." 그녀는 머리를 숙이고 손끝으로 아들의 얼굴을 어루만졌다. "그날 이후로 그런 끔찍한 삶을 살게 되었지."

"그럼 그분이 제 아버지로군요." 피온라크의 두 눈에 그렁그렁 맺힌 눈물에는 온갖 비통함과 실망이 배어 있었다.

마샬리가 주저하며 말했다. "진실이 뭐냐고?" 그녀는 고개를 가로저었다. "나도 모르겠어. 정말이야. 글래스고에서 핀과 헤어진 후, 비참하고 불행한 심정이 되어 루이스 섬으로 돌아왔어. 그리고 곧장 아슈타르의 품 안으로 뛰어들었지. 그 사람이 내가 찾는 위안을 줄 수 있어 정말로 기뻤단다." 그녀는 한숨을 내쉬었다. "나를 임신시킨 게 아슈타르인지 핀인지는 정말로 몰랐어."

피온라크의 몸이 축 늘어졌다. 번쩍거리는 경찰차의 경광등 불빛을 멍하니 보고 있었다. 그는 눈을 깜빡거려 눈물을 떨궈내고, 불확실성의 세계에서 살아남을 수 있도록 스스로 단련해야겠다고 마음먹었다. "알아볼 길은 전혀 없겠네요."

마샬리가 말했다. "밝혀낼 수 있을 거야."

"안 돼요!" 피온라크가 거의 발악하듯 소리쳤다. "알고 싶지 않아요! 모르는 채로 살면 그 사람이 내 아버지일 필요도 없는 거잖아요."

핀은 손에 들고 있던 쪽지를 펴고 고개를 숙여 찬찬히 들여다봤다. 목이 꽉 잠기는 것 같았다. "그러기엔 너무 늦었다, 피온라크." 소년은 두려움이 가득 담긴 눈길로 핀을 봤다.

"무슨 뜻이죠?"

근처에 있는 경찰차 무전기에서 내용을 알 수 없는 잡음이 들렸다.

"어젯밤에 건 형사에게 DNA 샘플을 조사하는 연구소에 전화를 걸어달라고 부탁했다. 거기서 네 DNA와 아슈타르의 DNA를 대조해서 검토하고 있었거든." 피온라크와 마샬리는 두 사람이 평생 짊어지고 가야 할 희망과 두려움이 가득 담긴 눈길로 핀을 빤히 봤다. 핀은 쪽지를 접어 주머니에 집어넣었다. "저번에 보니까 축구를 좋아하는 것 같던데." 소년은 이마를 찡그렸다. "너만 괜찮다면, 글래스고에서 벌어지는 다음번 스코틀랜드팀 경기 입장권을 구할까 해서 말이야. 아버지랑 아들이랑 보통 그런 걸 같이 하잖아. 축구장 가는 거 말이야."

감사의 말

《블랙하우스》를 집필하기 위해 조사하는 동안 시간과 지식을 아낌없이 제공해준 여러분께 감사의 말을 전하고 싶습니다. 특히 캘리포니아 주 샌디에이고의 검시관인 법의학자 스티븐 C. 캠프먼 박사, 게일어 화자이자 배우 겸 방송진행자 데릭 플루토 머리, 루이스 섬 스토너웨이 북부 경찰지구대의 조지 머리 형사, 루이스 섬 네스의 구가 사냥꾼인 존 '도즈' 맥팔레인과 앵거스 '보비' 모리슨, 앵거스 '앤지' 건, 루이스 섬 스토너웨이 헤더아일호의 선장인 캘럼 '퍼그워시' 머리와 일등항해사인 머도 '벡' 머리, 루이스 섬 네스의 라이어널 학교에서 수학과 지리를 가르치는 교사 도널드 맥리치, 게일어에 도움을 준 배우이자 방송진행자인 에벌린 쿨, 루이스 섬 스토너웨이의 일반개업의이자 경찰의이며 법의학자 대리인 브라이언 미키, 루이스 섬 네스의 네스역사학회 코먼 야흐드리에 감사드립니다. 또 제게 매년 술라 스커 섬에서 이천 마리의 구가를 사냥하기 위해 네스의 남자들이 벌이는 순례에 관해 사진과 글로 놀라운 기록을 제공해준 《술라: 루이스의 바닷새 사냥꾼들》을 저술한 존 비티에게 감사와 축하의 말을 전합니다. 그리고 오 년 동안 풍경을 필름에 담고 이 책을 집필하기 위한 조사를 진행하는 동안 관대하고 따뜻하게 대해준 루이스 섬 주민 여러분께 특별히 감사의 말을 전하고 싶습니다.

영국 및 루이스 섬 지도

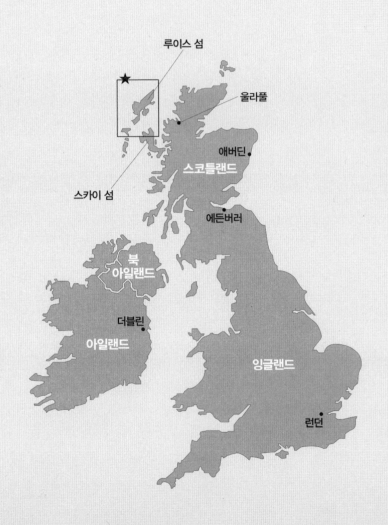

루이스 섬

울라풀

스카이 섬

애버딘

스코틀랜드

에든버러

북
아일랜드

더블린

아일랜드

잉글랜드

런던

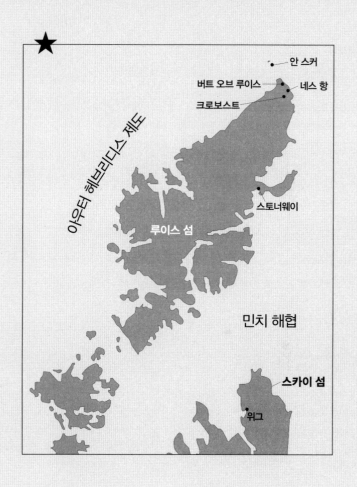

아우터 헤브리디스 제도

안 스커

버트 오브 루이스 — 네스 항

크로보스트

스토너웨이

루이스 섬

민치 해협

스카이 섬

위그

주요 게일어 표기 일람

〔인명〕

긱스 Gigs

두 Dubh

루아크 Ruadh

마샬리 Marsaili

마이래드 Mairead

매카이 Mackay

매콜리 Macaulay

매클린 Maclean

매킨스 Macinnes

맥도널드 Macdonald

맥리치 Macritchie

맥빈 MacBean

맥클로지 Macleoid

맥팔레인 Macfarlane

머도 Murdo

머리 Murray

모래그 Morag

셰이머스 Seumas

쇼니 Seonaidh

쇼라스 Seoras

시너 Sine

아슈타르 Artair

앵거스 Angus

야헨 Eachan

에이리 Eilidh

오아르 Odhar

울리암 Uilleam

이언 Iain

카트리오네 Catriona

캘럼 Calum

케이트 Ceit

코냐흐 Coinneach

패드리크 Padraig

피온라크 Fionnlagh

[지명]

글라운 안 위스케 두 Gleann an Uisge Dubh

미알라니슈 Mealanais

발라나킬레 Baile-na-Cille

술라 스커 Sula Sgeir

안 스커 An Sgeir

예일란 벅 Eilean Beag

위그 Uig

칼라니슈 Calanais

톨라스다크 Tolastadh

투아 호수 Loch a Tuath

[고유 명사]

구가 Guga

니쇼흐 Niseach

맥허 Machair

슬란지 바 Slàinte mhath

칼라크 인 Caladh Inn

쿠람 Curàm

클라르사흐 Clàrsach

옮긴이 하현길

한양대학교 법학과와 서울대학교 행정대학원을 졸업하고, 고려대학교에서 행정학 박사과정을 수료했다. 한양대학교, 국민대학교, 서경대학교에서 행정학을 강의했으며 현재 번역가로 활동하고 있다. 옮긴 책으로 《셜록: 크로니클》《셜록: 케이스북》, 할런 코벤의 《홀드타이트》《용서할 수 없는》, 로리 로이의 《벤트로드》등 다수가 있다.

블랙하우스

1판 1쇄 인쇄 2022년 6월 30일 **1판 1쇄 발행** 2022년 7월 27일

지은이 피터 메이
옮긴이 하현길
펴낸이 고세규
편집 백경현 박정선 **디자인** 정윤수
홍보 이혜진 **마케팅** 이헌영
발행처 김영사
주소 경기도 파주시 문발로 197(문발동) 우편번호 10881
등록 1979년 5월 17일(제406-2003-036호)
구입 문의 전화 031)955-3100 **팩스** 031)955-3111
편집부 전화 02)3668-3289 **팩스** 02)745-4827 **전자우편** literature@gimmyoung.com
비채 카페 cafe.naver.com/vichebooks **인스타그램** @drviche **카카오톡** @비채책
트위터 @vichebook **페이스북** facebook.com/vichebook
ISBN 978-89-349-6199-4 03840 책값은 뒤표지에 있습니다.

비채는 김영사의 문학 브랜드입니다.